인생은 고달파 ②

生死疲勞
by Mo Yan
Copyright ⓒ 2006, Mo Yan

Korean Translation Copyright ⓒ 2008 by Changbi Publishers, Inc.
All rights reserved.
This Korean edition is published by arrangement with Mo Yan through
Imprima Korea.

이 한국어판의 판권은 임프리마 코리아를 통해
저작권자와 독점 계약한 (주)창비에 있습니다.
저작권법에 의해 보호를 받는 저작물이므로 무단 전재와 복제를 금합니다.

인생은 고달파

모옌 장편소설

이욱연 옮김

창비

차례

주요 인물 소개 • 8

제28장 합작은 마음에도 없던 해방과 결혼하고
호조는 뜻하던 대로 금룡과 짝을 이루다 • 011
제29장 열여섯번째 돼지는 조소삼과 크게 한판 싸우고
밀짚모자는 충성을 맹세하는 춤을 추다 • 050
제30장 신비의 머리카락 덕분에 소삼의 목숨을 구하고
단독이 엄습하여 많은 돼지들을 죽이다 • 063
제31장 막언은 상단장에게 꼬리를 치며 아부하고
남검은 모주석 때문에 통곡하며 화를 내다 • 085
제32장 늙은 허보는 탐욕 때문에 목숨을 잃고
열여섯번째 돼지는 달을 좇아서 대왕이 되다 • 103
제33장 열여섯번째 돼지는 옛날 생각에 고향 마을을 찾고
홍태악은 취해서 술자리에서 소동을 부리다 • 124
제34장 홍태악은 성질을 부리다가 고환을 잃고
찢어진 귀는 혼란중에 왕위를 빼앗다 • 167
제35장 화염을 방사하여 찢어진 귀는 목숨을 잃고
몸을 날려 배에 오른 열여섯번째 돼지가 복수하다 • 189
제36장 지난 일들의 기억이 줄줄이 떠오르고
몸을 돌보지 않고서 아이들을 구하다 • 205

제4부 개의 정신
제37장 늙은 원혼은 윤회하여 개로 환생하고
소교아는 어머니를 따라 시내로 가다 • 212
제38장 금룡은 허풍떨며 웅대한 뜻을 말하고
합작은 말없이 해묵은 한을 새기다 • 221
제39장 남개방은 기쁘게 새집을 구경하고
넷째 강아지는 옛집을 그리워하다 • 236

제40장 방춘묘는 주옥같은 눈물을 흘리고
　　　　남해방은 앵두입술에 첫키스하다 • 242
제41장 남해방은 거짓 정으로 아내를 희롱하고
　　　　넷째 개는 아이를 호위해 학교에 보내다 • 256
제42장 남해방은 사무실에서 쎅스를 나누고
　　　　황합작은 사랑채에서 녹두를 키질하다 • 276
제43장 황합작은 떡을 구워 분노를 풀고
　　　　넷째 개는 술로 슬픔을 달래다 • 283
제44장 금룡은 리조트를 건설하려 하고
　　　　해방은 망원경에 사랑을 실었다 • 299
제45장 넷째 개는 냄새를 따라서 춘묘를 쫓고
　　　　황합작은 손가락을 깨물어 혈서를 쓰다 • 311
제46장 황합작이 어리석은 남편을 놀래주려 작정하고
　　　　홍태악은 사람들을 모아 현청사에서 소동을 일으키다 • 320
제47장 영웅인 척 잘난 체하던 아이 명품시계를 쏘고
　　　　버림받은 아내 상황을 수습하러 고향에 가다 • 335
제48장 화난 사람들에게 둘러싸여 심문을 받고
　　　　개인적인 정 때문에 형제가 서로 등지다 • 359
제49장 폭우를 무릅쓰고 합작은 화장실 청소를 하고
　　　　죽도록 얻어맞은 해방은 마침내 선택을 하다 • 374
제50장 남개방은 아비에게 진흙덩이를 던지고
　　　　방봉황은 이모에게 페인트를 뿌리다 • 393
제51장 서문환은 읍내에서 우두머리 노릇을 하고
　　　　남개방은 실험하느라 손가락을 자르다 • 415
제52장 해방과 춘묘는 연기를 하면서 진심을 말하고
　　　　태악과 금룡은 함께 황천길에 오르다 • 434
제53장 사람은 죽으면 은혜와 원한이 사라지지만
　　　　개는 죽어서도 윤회에서 벗어나지 못하다 • 455

제5부 끝과 시작
1. 태양의 빛깔 • 476
2. 쎅스 체위 • 482
3. 광장의 원숭이쇼 • 486
4. 살을 베는 아픔 • 493
5. 밀레니엄베이비 • 513

옮긴이의 말 • 519

1권 차례

제1부 나귀의 고초
제1장 염라대왕전에서 극형을 당하며 억울함을 호소하고 속아넘어가서 하얀 발굽의 나귀로 환생하다
제2장 서문뇨는 선행으로 남검을 살려내고 백영춘은 다정하게 나귀를 보살피다
제3장 홍태악은 고집쟁이 집주인에게 화를 내며 혼내고 서문나귀는 나무껍데기를 갉아먹다가 사고를 치다
제4장 풍악소리 요란한 가운데 사람들은 인민공사에 들어가고 눈밭을 걷는 듯 하얀 새끼나귀는 네 발에 징을 박았네
제5장 숨겨놓은 재산을 찾아내 백씨는 심문을 받고 공회당 마당을 뒤집어놓은 나귀는 담을 넘다
제6장 따뜻한 정과 깊은 사랑으로 아름다운 인연을 맺고 지혜와 용기를 두루 갖추어 악한 이리를 제압하다
제7장 뒷감당하기 두려운 화화는 약속을 어기고 위세를 과시하려는 뇨뇨는 사냥꾼을 물다
제8장 서문나귀는 애통하게도 불알을 하나 잃고 방영웅께서 영광스럽게도 마을에 납시다
제9장 서문나귀는 꿈속에서 백씨를 만나고 민병들은 명에 따라 남검을 체포하다
제10장 총애를 받아서 영광스럽게 현장을 태우고 뜻하지 않은 사고를 당해 앞발을 잘리다
제11장 영웅이 나를 도와 의족을 만들어주고 주린 백성이 나귀를 죽여 나누어먹다

제2부 쇠고집
제12장 대두에게 윤회의 일을 털어놓고 서문소 남검의 집으로 들어가다
제13장 입사하라는 사람들이 문에 넘쳐나고 귀인의 도움을 받아 개인농을 하다
제14장 서문소는 화가 나서 오추향을 들이받다 홍태악은 기뻐하면서 남금룡을 칭찬하다
제15장 강가에서 소에게 풀을 뜯기다가 형제가 싸우다 끊기 어려운 질긴 인연 때문에 힘들어하다
제16장 묘령의 여자 마음은 봄날 향기처럼 피어오르고 서문소는 쟁기질을 하면서 위풍을 드러내다
제17장 기러기는 떨어지고 사람은 죽고 소는 미치다 미친 소리와 망언이 모여 한편 문장이 되다
제18장 손재주가 좋아 옷을 손질하여 호조는 사랑을 보여주다 큰 눈이 내려 마을이 봉쇄되고 금룡은 왕 노릇을 하다
제19장 금룡은 연극을 하면서 새해를 맞고 남검은 죽어도 그의 뜻을 접지 않다
제20장 남해방은 아비를 배반하고 입사하다 서문소는 몸을 바쳐 살신성인하다

제3부 돼지가 즐겁게 뛰놀다
제21장 다시 억울해 소리치며 염라대왕전에 오르고 다시 속아서 돼지로 우리에 떨어지다
제22장 열여섯번째 돼지는 어미돼지의 젖을 독차지하고 백행아는 영광스러운 돼지사육사가 되다
제23장 열여섯번째 돼지는 편안한 곳으로 이사하고 조소삼은 술을 넣은 만두를 잘못 먹다
제24장 희소식에 인민공사 사원들은 횃불을 밝히고 돼지왕은 몰래 학문을 닦고 명문장을 듣다
제25장 현장대회에 참석한 고관이 일장연설을 하고 살구나무가지를 잡고 돼지는 묘기를 부리다
제26장 조소삼은 질투심에 불타서 돈사를 부수고 남금룡은 절묘한 계책으로 엄동을 넘기다
제27장 질투심이 부글부글 끓어올라서 형제가 싸우고 조잘조잘 입을 나불대던 막언은 외면을 당하다

| 주요 인물 소개 |

서문뇨(西門鬧) 서문촌의 지주. 총살당해 죽었다가 나귀 소 돼지 개 원숭이로 윤회한 뒤 마지막에 사람으로 환생하여 2001년 1월 1일 대두 남천세로 태어난다. 소설의 서술자 중 하나이다.

백씨(白氏) 서문뇨의 본부인.

영춘(迎春) 서문뇨의 둘째부인. 중화인민공화국 성립 후 남검에게 개가한다.

오추향(吳秋香) 서문뇨의 셋째부인. 중화인민공화국 성립 후 황동에게 개가한다.

남검(藍臉) 서문뇨 집안의 머슴이었으나 중화인민공화국 성립 후에도 집단농장에 참여하지 않은 중국 유일의 개인농.

서문금룡(西門金龍) 서문뇨와 영춘의 아들. 해방 후 양아버지 남검의 성을 따라 남금룡으로 바꾼다. 문화대혁명 기간 중 서문촌 생산대대 혁명위원회 주임을 맡았고, 그후 양돈장 소장, 공산주의청년단 서기, 개혁개방 후에는 서문촌 중공당지부 서기와 리조트 개발구 회장을 지낸다.

서문보봉(西門寶鳳) 서문뇨와 영춘의 딸. 서문촌에서 '맨발의 의사'로 활동하고, 마량재와 결혼했다가 그가 죽은 뒤 상천홍과 동거한다.

남해방(藍解放) 남검과 영춘의 아들로 서문금룡, 서문보봉의 씨다른 동생. 고밀현 공급판매사 주임을 거쳐 부현장을 맡는다. 대두 남천세와 함께 소설의 서술자 중 하나이다.

황동(黃瞳) 서문촌 민병대장과 생산대대장.

황호조(黃互助) 황동과 오추향의 딸. 서문금룡과 결혼했다가 그가 죽은 뒤 남해방과 동거한다.

황합작(黃合作) 황동과 오추향의 딸. 남해방의 처.

방호(方虎) 한국전쟁에 참전한 '지원군 영웅'으로, 제5면화가공공장 공장장 겸 중공당 위원회 서기.

왕낙운(王樂雲) 방호의 처.

방항미(方亢美) 방호와 왕낙운의 딸. 고밀현 중공당위원회 서기. 상천홍과 결혼하지만 서문금룡과 연인 사이를 유지한다.

방춘묘(方春苗) 방호와 왕낙운의 딸. 남해방과 사랑에 빠져 같이 도망하고, 나중에 정식으로 결혼한다.

상천홍(常天紅) 산동성 예술학원 성악과를 졸업하고 서문촌에 와서 사업을 한다. 문화대혁명 기간 중 현 혁명위원회 부주임을 맡고, 후에 산동지방 전통극단 부단장을 맡는다.

마량재(馬良才) 서문촌 소학교 교사였고 교장이 된다.

남개방(藍開放) 남해방과 황합작의 아들. 역전 파출소에서 일한다.

방봉황(龐鳳凰) 방항미와 상천홍의 딸. 진짜 아버지는 서문금룡이다.

서문환(西門歡) 서문금룡과 황호조의 양자.

마개혁(馬改革) 마량재와 서문보봉의 아들.

홍태악(洪泰岳) 서문촌 촌장, 합작사 사장, 당지부 서기.

진광제(陳光第) 구장을 맡았고, 현장으로 승진한 남검의 친구.

합작은 마음에도 없던 해방과 결혼하고
호조는 뜻하던 대로 금룡과 짝을 이루다

두 달이 지났다. 해방과 금룡 두 형제의 광기만 치유가 안 된 것이 아니었다. 황가네 자매의 정신도 약간 정상이 아니었다. 막언 소설의 표현에 따르면 남해방은 진짜로 미쳤고 서문금룡은 가짜로 미쳤다. 가짜로 미친 척하는 것은 부끄러워서 붉은 천을 얼굴에 뒤집어쓰는 짓과 마찬가지다. 얼굴에 쓰고 모든 창피한 일들을 덮어버리면 그만이었다. 사람이 미쳤다는데 이러쿵저러쿵 무슨 말이 필요하겠는가? 그 시절 서문촌 양돈장은 더욱 유명해졌다. 보리를 수확하기 전 짧은 농한기 동안 현에서는 다시 서문촌 양돈 경험을 견학하기 위한 프로그램을 계획하고 있었다. 우리 현 사람들만 오는 것이 아니라 다른 현 사람들도 오려고 했다. 이런 중요한 시기에 금룡과 해방이 병이 났으니 홍태악으로서는 오른팔, 왼팔이 다 잘려나간 셈이었다.

그런데 인민공사 혁명위원회에서도 전화를 걸어와 군대 보급부대에서도 대표단을 보내 참관학습을 하려고 한다면서 지구 간부가 직접 대동한다는 것이었다. 홍태악이 마을 수뇌부를 소집하여 대책을 논의했다. 막언은 소설에서 홍태악은 입술이 다 부르트고 눈에 실핏줄이 생겼다고 했다. 해방이 방에 누워 두 눈을 멀뚱하게 뜬 채 시도때도없이 우는 것이 뇌신경을 절단당한 악어 같았고, 눈물이 탁한 것이 돼지밥을 삶은 솥에서 나는 수증기 같다고도 했다. 그런가 하면 다른 방에서는 금룡이 넋을 놓고 앉아 있는데, 비상을 먹었다가 겨우 살아난 닭처럼 사람이 오는 것을 보면 그저 고개를 들고 입만 헤벌린 채 바보처럼 웃음을 지었다고 했다.

막언 소설에 따르면 서문촌 대대의 수뇌부들이 다들 고개를 숙인 채 한숨만 푹푹 쉬면서 속수무책일 때 막언이 자기한테 좋은 생각이 있다는 듯 회의실로 들어섰다. 그의 말을 전부 믿을 것은 못되고 그가 소설에서 하는 말들은 더욱더 구름 잡는 이야기이니, 그저 참고만 해야 한다.

막언은 그가 대대 회의실에 들어서자 황동이 밖으로 내쫓으려 했다고 말했다. 하지만 그는 쫓겨나지 않았고 오히려 슬쩍 몸을 피해 탁자 끝에 엉덩이를 붙이는 데 성공했는데, 두 다리가 시렁에 매달린 수세미처럼 딜렁거렸다. 이때 이미 민병대 연대장이자 치안보위대 주임이 된 손표가 벌떡 일어나 그의 귀를 비틀었다. 홍태악이 손을 저었다. 그냥 내버려두라는 뜻이었다.

"어르신, 어르신은 정신이 제대로이시지요?" 홍태악이 놀리듯이 말했다. "우리 서문촌 풍수가 어떻기에 이런 대단한 인물이 다 나오셨을까요?"

"난 미치지 않았어요." 막언은 엉망이라고 소문난 「양돈기」에서 이렇게 쓰고 있다. "조롱박이 박을 열 개 넘게 달고도 비바람에 그저 흔들릴 뿐 끊어지지 않듯이, 전세계 사람들이 다 미쳐도 난 미치지 않아요." 그는 또 이렇게 썼다. "내가 유머러스하게 말했다. '하지만 당신네들의 두 대장은 미쳐버렸어요. 여러분이 그 일 때문에 애가 탄다는 것 알고 있어요. 여러분은 우물에 빠진 원숭이처럼 어쩔 줄 모르며 속이 타고 있습니다.'"

"맞아, 우린 지금 그 일 때문에 애가 타고 있지." 막언이 쓰기를, "홍태악이 말했다. '원숭이가 차라리 우리보다 낫지. 우린 진흙구덩이에 빠진 나귀야. 무슨 고견을 갖고 계신지요, 막언선생?" 막언이 쓰기를, "홍태악이 두 손을 맞잡아 올려 읍하는 자세를 취했다. 옛날 소설에 나오듯이 주인이 예를 갖추어 고명한 선비에게 청하는 것 같았다. 하지만 실은 나를 조롱하고 비웃는 것이다. 조롱과 비웃음을 상대하는 가장 효과적인 방법은 바보인 척하여 그의 기지를 쇠귀에 경읽기처럼 만들어버리는 것이다. 나는 손가락 하나를 펴서 홍태악이 사시사철 빨지도 않고 입고 다니는 제복의 불룩한 주머니를 가리켰다. '뭐?' 홍태악이 고개를 숙이고 자기 상의를 보았다. '담배요.' 내가 말했다. '상의 주머니에 있는 호박(琥珀)표 궐련요.' 호박표 궐련은 한갑에 삼전 구푼 했는데, 당시에 가장 유명한 대전문(大前門, 따쳰먼) 담배와 맞먹었다. 이런 궐련은 인민공사 서기도 자주 피우질 못했다. 홍태악이 어쩔 수 없이 담배를 꺼내 사람들에게 하나씩 돌렸다. '이 녀석 눈에 투시경이 달렸나? 우리 서문촌에 너 같은 인재가 있다니.' 나는 담배를 피우며 아주 노련한 자세를 취했다. 연기로 동그라미를 세 개 만들고 기둥을 하나 만들어 보였다. 그러고 나서 말했다. '날 무시한다는 것 잘 압니다. 똥오줌도 못 가리는 어린애 취급하지만 난 벌써 열여덟살입니다. 성인이고요. 키가 작고 동안이어서 그렇지 내 머리는 서문촌 누구한테도 지지 않는다고요!'"

"'그래?' 홍태악이 사람들을 돌아보며 웃었다. '난 네가 열여덟살인지 전혀 몰랐네, 네 머리가 다른 사람보다 좋은 줄은 더더욱 그렇고.' 사람들이 다들 비웃었다." 막언이 쓰길, "내가 담배를 피우며 아주 조리있게 그들에게 말했다. 금룡과 해방의 병은 다 사랑 때문에 생긴 것이고 이런 병은 치료약이 없으니 옛날 방식대로 액막이를 하는 수밖에 없다고 했다. 그것은 바로 금룡과 호조를 결혼시키고 해방과 합작을 결혼시켜 이른바 '액막이 결혼', 요컨대 결혼으로 액을 막는 것이었다."

너희 형제를 황가네 자매와 같은날에 결혼시킨다는 생각

이 막언에게서 나왔는지를 두고 우리가 다툴 필요는 없을 것이다. 어쨌거나 너희 결혼식은 분명 같은날 치러졌고 결혼식 과정도 내가 직접 보았다. 서둘러 치르는 일이었지만 홍태악이 자리를 잡고 지휘를 하니 사적인 일이 공무로 변해서 동네 솜씨있는 여자들을 다 동원하여 결혼식이 제법 시끌벅적하고 성대했다.

  결혼식은 그해 음력 4월 16일이었다. 열엿샛날 달이 둥글었다. 한없이 큰 달이었고 한없이 낮게 뜬 달이었다. 달이 살구나무 농장을 떠돌면서 떠나지 않았다. 결혼식에 참석하러 일부러 온 것 같았다. 달에 보이는 화살은 고대에 여자에 미친 남자가 쏴서 생긴 것이고 성조기는 미국 우주인이 꽂은 것이다. 너희의 결혼식을 축하하기 위해서인지 돼지들 밥도 잘 주었는데, 술지게미 냄새가 풍기는 고구마잎에 수수와 검정콩을 섞어주었다. 돼지들은 배터지게 먹은 뒤 다들 마음이 편안해져 구석에서 잠을 자기도 하고 엎드려 노래를 부르기도 했다. 조소삼은? 나는 슬쩍 벽을 붙잡고 서서 녀석의 방을 들여다보았다. 녀석은 조그만 거울을 벽에 세워놓고 오른쪽 발톱으로 어디서 주워왔는지 몰라도 조그만 붉은 플라스틱 빗으로 목에 난 털을 단장하고 있었다. 녀석은 요즘 몸상태가 아주 좋아져서 볼에 살이 붙어 늘어져서 긴 입이 전보다 작아 보였고, 험상궂던 얼굴도 한결 나아 보였다. 빗이 녀석의 거친 피부에 닿으면서 듣기 싫은 소리가 났고 밀기울 같은 비듬이 떨어져서 달빛에 날아다녀

일본 이즈(伊豆) 반도의 설충(雪蟲) 같았다. 녀석이 빗질을 하면서 작은 거울에 입을 벌리고 이를 비쳐보았다. 이렇게 잘난 척하는 것은 요새 연애를 하고 있음을 뜻했다. 하지만 내가 장담하건대 녀석은 짝사랑을 하고 있었다. 젊은데다 예쁘기까지 한 호접미는 당연히 녀석에게 눈길을 줄 리 없었고 몇차례 새끼를 낳은 나이든 어미돼지들조차 관심을 보이지 않았다. 조소삼이 작은 거울 속에서 자기를 엿보고 있는 나를 발견하고는 꿀 하고 한번 소리만 내더니 뒤도 돌아보지 않은 채 말했다.

"형씨, 그렇게 볼 필요 없어! 예뻐지고 싶은 마음은 사람에게도 있고 돼지에게도 있는 거라고. 이 몸이 머리를 빗고 단장하는 것은 떳떳한 일이니 내가 널 상관할 것 같아?"

"입술 밖으로 튀어나온 송곳니 둘이나 뽑아버리면 좀 낫겠구먼." 내가 차갑게 말했다.

"그건 안돼." 조소삼이 진지하게 말했다. "송곳니가 길긴 하지만 그래도 부모가 준 것이니, 감히 훼손하지 않는 것이 효의 시작이 아닐까(父母所生, 不敢毀傷, 孝之始也). 이건 사람들의 도덕 기준이지만 돼지에게도 적용되는 거야. 그리고 어떤 암돼지들은 이 두 송곳니 때문에 날 좋아할지도 모른다고."

조소삼은 아는 것도 많아지고 학문도 늘고 말주변도 좋아져서 이 녀석과 말씨름을 했다가는 좋을 게 없을 듯싶었다. 나는 겸연쩍게 물러났다. 트림이 올라와 입 안이 불쾌했다. 앞발로 가지를 잡고 일어나 입을 벌려 아직 익지 않은 파란 살구를 몇개 따서 씹었다. 침이 가득 고이고 이뿌리가 시고 혀에 단맛이 느껴졌다. 가지가 이렇게 처질 정도로 살구가 달린 것을 보면서 속으로 우쭐해졌다. 보름만 더 지나봐라, 살구가 누렇게 익을 때쯤이면 조소삼, 네놈은 끝장이다. 이 잡종아.

덜 익은 살구를 먹고서 나는 누웠다. 양기도 보충하고 생각도 가다듬으려는 것이다. 세월이 덧없이 흘러 어느새 보리 추수기가 다가오고 있었다. 남쪽에서 바람이 불어오고 초목이 쑥쑥 자라나니 교배하기에 딱 좋은 시절이었다. 암퇘지들이 발정하며 피우는 암내가 공기 속에서 진동했다. 그들은 삼십여 마리의 젊고 건강하고 용모가 단정한 암퇘지들을 골라 돼지를 번식시키는 도구로 삼을 것이다. 뽑힌 암퇘지들은 단독축사를 쓰면서 좋은 사료도 더 많이 받을 것이다. 피부는 갈수록 매끄러워지고 눈은 갈수록 매력적이 되는 가운데 성대한 교배의식이 시작될 것이다. 나는 양돈장에서 나의 지위를 잘 알고 있었다. 이 교배의식에서 나는 주역인 A 역할이고, 조소삼은 조연인 B 역할이었다. 내가 체력이 떨어져야 조소삼에게 차례가 돌아갈 것이다. 그런데 돼지를 사육하는 사람들은 나와 조소삼이 평범한 돼지가 아니라는 것을 모르고 있었다. 우리는 생각이 복잡했고 체력이 보통이 아니어서 우리 담장을 평지처럼 넘나들었다. 감독하는 사람이 없는 저녁이면 나와 조소삼에게는 교배의 기회가 똑같이 널린 셈이었다. 동물계의 논리에 따르면 교배 전에 조소삼을 무너뜨려야 했다. 한편으로는 암퇘지들에게 자기들은 다 내 것이라는 사실을 알리고, 다른 한편으로는 심리적으로나 생리적으로 조소삼을 철저히 짓밟아놓아야 녀석이 암퇘지를 볼 때마다 양기가 쪼그라들 것이다.

내가 이런 문제를 생각하고 있을 때 커다란 달이 동남쪽에 있는 목이 비틀어진 늙은 살구나무 위에서 쉬고 있었다. 너도 알듯이 그 나무는 낭만적인 살구나무였다. 살구꽃이 만발할 때 서문금룡과 황호조, 황합작이 거기서 사랑을 속삭이다가 엄청난 결과를 초래했다. 하지만 무슨 일이든 양면이 있는 법이다. 그 기상천외한 나무에서 이루어진 교배가 너를 미치게 만들었지만 한편으로는 이 살구나무가 예년에 없이 풍작이었다. 몇년 동안 살구가 그저 상징적으로 몇 개 달리던 늙은 나무였는데, 올해는 커다란 살구가 줄줄이 열려서 가지가 처져 땅에 닿을 지경이었다. 나무가 살구 무게 때문에 부러지는 것을 사전에 방지하기 위해 홍태악은 사람들에게 일러 나무 밑을 받침대로 지지하게끔 했다. 보통 살구는 보리 수확이 끝난 뒤에 익는데, 이 살구나무는 품종이 독특해서 벌써 색깔이 황금색으로 변하고 향이 코를 찔렀다. 이 나무의 살구를 위해 홍태악이 손표에게 민병을 파견해 밤에 지키라고 명령을 내렸다. 민병들이 엽총을 들고 살구나무 주위를 순찰했다. 손표가 민병들에게 살구를 훔치려는 간덩이가 부은 놈이 있으면 즉시 사격을 하고 죽여도 상관없다고 명령했다. 그래서 그 낭만적인 나무에 달린 열매를 따먹고 싶은 마음이 굴뚝같았지만 감히 모험을 할 수가 없었다. 쇠구슬 총알이 가득 든 민병들의 엽총에 한 방 맞으면 정말 장난이 아니었다. 몇해 전에 일어난 잊을 수 없는 기억 때문에 나는 엽총만 보면 무섭고 떨렸다. 교활하기 짝이 없는 조소삼도 역시 경거망동할 리 없었다. 커다란 달이 살구색을 하고 나무 꼭대기에 앉아 그러잖아도 처진 나뭇가지를 더욱 처지게 했다. 한 반쯤 미친 민병 하나가 달에 대고 총질을 했다. 달이 떨었지만 다치지는 않았고 더 부드러운 빛을 비추며 내게 아득한 옛날 소식을 전해왔다. 내 귀에 편안한 음악이 들렸고 나뭇잎과 짐승가죽을 걸친 사람이 달빛 아래 춤을 추고 있었다. 여자는 상반신을 드러냈는데 가슴이 풍만하고 유두가 꼿꼿이 서 있었다. 다시 민병 하나가 총을 한방 쏘았다. 불꽃이 불을 뿜으며 총탄이 파리떼처럼 무더기로 달을 향해 날아갔다. 달빛이 어두워지고 하얗게 색이 변했다. 달이 살구나무가지 끝에서 몇번 흔들리더니 천천히 위로 올라갔다. 올라가면서 점점 작아졌지만 빛은 갈수록 강해졌다. 지면에서 약 이십자 높이까지 올라가더니 거기에 걸린 채 아쉬운 듯이 우리 살구나무 농장을 바라보고 있었다. 달은 결혼식을 보러 온 것이고 우리는 좋은 술과 좋은 살구로 그를 대접하여 달이 우리 살구나무 농장을 정박지로 삼게 해주었어야 했다. 그런데 그 멍청한 두 민병이 달에게 총을 쏘는 바람에 달이 다치지는 않았어도 마음에 상처는 입었으리라는 생각이 들었다. 그런 일이 있었어도 해마다 음력 4월 16일이면 고밀 동북향 서문촌의 살구나무 농장은 달을 감상하기에 지구상에서 가장 좋은 곳이 되었다. 이곳 달은 크고도 둥글고, 그렇게 다정다감하고도 슬플 수가 없었다. 나는 막언이 「장대로 달에 뛰어오르다」라는 제목의 환상적인 이야기를 다룬 소설에서 이렇게 쓴 것으로 알고 있다.

……그 괴이한 시절의 기이한 날들에 우리 양돈장에서는 미친 남녀 네 명의 성대한 결혼식이 열렸다. 우리는 노란 천으로 지은 옷으로 두 신랑을 시든 오이 두 개처럼 단장시키고, 붉은 천으로 지은 옷으로 두 신부를 싱싱한 무두 개처럼 단장시켰다. 요리는 두 가지뿐이었다. 하나는 오이 꽈배기 튀김볶음(밀가루로 꽈배기 모양을 만들어 기름에 튀긴 음식, 유조—옮긴이)이었고 다른 하나는 무 꽈배기 튀김볶음이었다. 원래 돼지를 한마리 잡자고 건의하는 사람도 있었지만 홍서기가 결코 동의하지 않았다. 우리 서문촌은 현에서 양돈으로 유명하고 돼지는 우리의 영광인데 어떻게 죽이느냐는 거였다. 홍서기는 과연 정확한 사람이었다. 오이 꽈배기 튀김볶음과 무 꽈배기 튀김볶음은 우리를 충분히 만족시켰다. 하지만 술은 질이 너무 떨어졌다. 병으로 파는 것이 아니라 근으로 떠서 파는, 고구마로 내린 술이었는데 암모니아를 담는 오십근짜리 통이

거의 다 찰 정도였다. 그런데 술을 받아올 책임을 맡은 사람이 게을러서 암모니아통을 깨끗이 씻지 않는 바람에 술을 따르자 코를 찌르는 고약한 냄새가 났다. 하지만 상관없었다. 밭의 농작물과 마찬가지로 농민들은 비료에 익숙해서 암모니아 냄새가 나는 술이 우리한테는 더 좋았다. 이날 나는 평생 처음으로 어른대접을 받았다. 열 개의 연회탁자가 차려진 가운데 나는 헤드탁자에 배정을 받았고 홍서기가 비스듬한 맞은편에 앉았다. 그런 대접을 받은 것은 내가 묘책을 낸 때문이었다. 그날 나는 대대에 들어가 내 견해를 피력했는데, 작은 일에 내 큰 재주를 먼저 시험해보니 단연 출중했고 그들은 다시는 나를 얕잡아보지 않았다. 술이 두 잔 들어가자 붕 뜨는 느낌이 들고 몸에 무궁무진한 힘이 느껴졌다. 나는 술자리를 박차고 나와 살구나무 농장으로 들어갔다. 지름이 족히 3미터는 될 법한 황금 보름달이 황금 살구가 가득 열린 그 유명한 늙은 살구나무에 편안하게 앉아 있었다. 그 달은 분명 나와 데이트하려고 나온 것이다. 그것은 상아(嫦娥)가 달아난 그 달이기도 하고, 상아가 달아난 그 달이 아니기도 했다. 그것은 미국인이 밟은 그 달이기도 하고, 미국인이 밟은 그 달이 아니기도 했다. 그것은 별의 혼이었다. 달아, 내가 왔다! 나는 구름을 밟듯이 달을 향해 달려갔다. 가는 길에 우물 옆에서 물을 길을 때 쓰는 가볍고 탄성이 뛰어난 오동나무 장대를 집어들었다. 그것을 가슴 앞으로 나란히 들자 준마를 탄 무사가 긴창을 들고 있는 것 같았다. 하지만 달을 찌르려는 것이 아니었다. 달은 내 친구였다. 나는 이 장대의 힘을 빌려 달로 날아갈 것이다. 내가 대대본부에서 몇년 동안 당직을 설 때 『참고소식』을 숙독한 나머지 소련의 장대높이뛰기 선수 부브카가 6.15미터를 이미 뛰어넘었다는 것을 알고 있었다. 게다가 농업중학교 운동장에 놀러 갔을 때, 체육선생인 풍금종(馮金鐘, 펑진중)이 높이뛰기에 소질을 보이던 방항미(龐抗美, 팡항메이)에게 시범을 보이던 것을 보기도 했다. 예전에 배우학교에서 공부하고 성 체육대대에서 활동하다 무릎을 다쳐 퇴출된 뒤 우리 농업중학교에 와서 체육선생을 하고 있는 풍금종 선생이 물품공급소 주임을 하다가 지금은 제5면화가공공장 공장장이자 당 총서기인 방호와 물품공급소 토산품회사 판매원이었다가 지금은 제5면화가공공장 식당에서 회계를 담당하고 있는 왕낙의 딸, 다리가 학처럼 긴 딸 방항미에게 설명하던 장대높이뛰기 동작의 핵심을 직접 듣기도 했다. 나는 달까지 뛰어오를 자신이 있었다. 방항미처럼 장대를 들고 빠르게 달리다가 장대를 꽂아 몸이 나는 순간 고개를 숙이고 다리를 높이 들어 장대를 버리고 몸을 틀어 사뿐히 매트에 떨어지듯이 그렇게 달에 떨어질 자신이 있었다. 무슨 근거가 있어서가 아니라 그냥 살구나무가지 끝에서 쉬고 있는 달이 분명 폭신하고 탄성이 많을 것이고, 일단 떨어지면 몸이 위에서 계속 통통 튈 것이고, 달이 나를 태우고 천천히 올라갈 것이라고 생각했다. 피로연을 하던 사람들이 뛰어나와 나와 달에게 작별을 고할 것이다. 황호조도 달려 나오겠지? 그럼 나는 벨트를 풀어 그녀 쪽으로 흔들어서 그녀가 내 벨트를 잡으면 있는 힘을 다해 끌어올릴 것이고 달은 우리를 태우고 높이 올라갈 것이다. 나무와 집 들이 점점 작아지고 사람이 개미처럼 보일 것이고 아래서 나는 소리가 가물가물하게 들릴 것이고 우리는 벌써 끝없이 펼쳐지는 허공에 있을 것이다……

이것은 명백히 잠꼬대 연작소설로, 막언이 여러 해가 지난 뒤에 술 마시고 환각상태에서 회상한 것이다. 그날 밤, 살구나무 농장에서 일어난 모든 일들은 누구보다도 내가 가장 분명하게 기억하고 있다. 너는 인상을 찌푸릴 필요가 없다. 너는 발언권이 없다. 막언이 그 소설에서 한 말은 99퍼센트가 거짓말이다. 딱 한가지, 너와 금룡이 노란 천으로 만든 모조 군복을 입고 시든 오이 같았던 것만큼은 진짜다. 피로연에서 무슨 일이 일어났는지 너는 이해가 되지 않는다고 했고, 살구나무 농장에서 일어난 일은 더욱 분명하지 않다고 했다. 지금쯤 조소삼은 아마도 윤회에 들어가 발톱 왕국에 가 있을 터이지만 그가 네 아들로 환생한다고 해도 나처럼 전생의 일을 잊게 만드는 망혼탕을 거절할 수 없을 터이니, 내가 유일하게 권위있는 서술자이고 내가 말하는 것이 곧

역사이고 내가 아니라고 하는 것은 역사가 아니다.

 그날 밤 막언은 술을 한잔 마셨을 뿐인데 취해버렸고, 술김에 헛소리하기 전에 기골이 장대한 손표에게 목을 잡힌 채 끌려나가 퇴비더미에 던져진 뒤, 겨울에 죽은 기몽산 돼지들 뼈가 인광을 내는 곳 옆에서 잠에 떨어졌으니, 장대를 가지고 달에 뛰어오른다는 것은 그 애송이의 꿈일 뿐이다. 사건의 진상은 —인내심을 가지고 내 말을 듣기 바란다— 이러했다. 피로연에 참가할 기회를 놓친 두 민병이 달을 향해 총을 발사한 바람에 달이 날아가버렸다. 떼지어 퍼진 쇠총알에 달이 다치진 않았지만 나무에 달린 살구들이 총에 맞아 우수수 수없이 떨어졌다. 황금빛 살구들이 투두둑 떨어져 바닥에 수북하게 쌓였다. 수많은 살구들이 총에 맞아 부서지고 즙이 사방으로 튀어 달콤한 살구냄새와 향기로운 화약냄새가 뒤섞이면서 더없이 돼지들을 유혹했다. 나는 민병의 야만적인 행동에 화가 나고 가슴 하나 가득 슬픔에 잠겨 점점 높이 떠오르는 달을 멍하니 쳐다보고 있는데, 눈앞에 까만 그림자 하나가 휙 하고 스쳐지나가는 게 느껴졌다. 그 순간 내 머릿속에 그것이 무엇인지 전광석화처럼 떠올랐다. 까만 조소삼이 우리를 뛰어넘어 그 낭만 살구나무로 달려간 것이다. 우리가 살구에 차마 입을 대지 못한 것은 두 민병이 들고 있는 엽총이 무서웠기 때문인데, 그들이 총을 쏘았으니 적어도 삼십분 안에는 화약을 채워넣을 수 없었다. 이 삼십분은 우리가 배불리 먹을 수 있을 만큼 충분한 시간이었다. 조소삼은 정말 대단히 총명한 돼지였다. 일분쯤 내가 녀석에게 뒤처졌을 것이다. 하지만 후회는 없다. 나도 지는 게 싫어 힘들이지 않고 우리를 뛰어넘었다. 조소삼이 곧장 살구나무로 달려갔다. 나는 곧장 조소삼에게로 달려갔다. 조소삼을 들이받아 해치우면 나무 아래 떨어진 살구가 다 내 것이었다. 하지만 그뒤의 일은 내가 얼마나 행운이었는지 느끼게 해주었다. 조소삼이 막 살구를 먹으려 하고, 내가 막 조소삼의 뱃가죽을 들이받으려 할 때, 오른쪽 손가락이 세 개 반밖에 없는 민병이 노란 불꽃이 튀어 바닥에 뚝뚝 떨어지면서 이리저리 뒹구는 붉은 물건을 던지는 것이 보였다. 아뿔싸, 위험했다! 나는 앞발에 힘을 주고 땅을 밟아 몸이 앞으로 튀어나가는 거대한 관성을 버텼다. 전속력으로 달리던 자동차가 급브레이크를 밟은 격이었다—일이 끝난 뒤에 보니 땅과의 마찰로 내 종아리에서 피가 났다—그런 뒤 나는 굴러서 가장 위험한 구역을 벗어났다. 나는 경황중에도 조소삼 그 잡종이 개처럼 불꽃이 툭툭 튀면서 구르던 그 폭죽을 입에 물고는 사납게 고개를 흔드는 것을 보았다. 녀석이 그 큰 폭죽을 다시 두 민병에게 되돌려주려는 듯 보였다. 하지만 안타깝게도 그 폭죽은 심지가 짧아서 조소삼이 고개를 흔드는 순간 터져버렸다. 조소삼 입에서 폭탄이 터지는 듯한 노란 불꽃이 터져나왔다. 솔직히 말해 그 위험한 고비에 조소삼의 반응은 지극히 민첩하고 과감했고, 산전수전 다 겪은 노병과 다름없는 차가운 머리와 용감한 정신을 모두 갖추고 있었다. 하지만 적들이 던진 수류탄을 고참이 다시 집어던지는 장한 행동, 우리가 영화에서 자주 본 그런 장면은 폭발용 심지가 너무 짧아 비극으로 끝나고 말았다. 조소삼은 꿀 소리 한번 제대로 내지 못하고 그대로 꼬꾸라졌다. 진한 화약냄새가 살구나무 아래 가득했고 점점 사방으로 흩어져갔다. 나는 땅에 너부러진 조소삼을 보면서 심경이 복잡했다. 존경심이 들기도 하고, 슬프기도 하고, 무섭기도 하고, 정말 다행이라는 생각도 조금 들었다. 솔직히 말해 남의 불행 앞에서 기뻐하는 것이 정정당당한 돼지에게는 생각할 수 없는 일이지만, 그런 감정이 이는 것을 나로서도 어쩔 수 없었다. 그 두 민병도 돌아서 뛰었다. 몇걸음 뛰어가다가 갑자기 멈추고 돌아서서 서로 바라보는데 표정이 완전히 얼어붙고 넋이 나가 있었다. 그러다가 누가 먼저랄 것도 없이 천천히 조소삼에게 다가갔다. 야만적인 두 녀석도 그때 콩당콩당 마음이 불안하다는 것을 나는 알았다. 홍태악 서기가 말하지 않았나. 돼지는 보물 중의 보물이고 그 시절 선명한 정치적 상징물이었으며, 서문촌 대대에 영광과 이익을 가져다주었으니, 돼지 한마리를 무단 살해한 것은, 그것도 씨뿌릴 책임을 가진 종돈 수퇘지를—물론 보조역할을 하는 돼지이긴 하지만—죽인 것은 그 죄가 실로 작지 않았다. 조소삼 앞에 선 두 사람이 무거운 표정으로 불안하게 고개를 숙인 채 들여다보고 있을 때, 조소삼이 꿀 소리를 내며 천천히 몸을 일으켜앉았다. 그의 머리는 꼬마아이들이

가지고 노는 땡땡이 장난감처럼 흔들거리고 목에서는 닭 우는 듯한 소리가 났다. 녀석이 일어서서 한바퀴 돌더니 뒷다리에 힘이 빠지면서 엉덩이를 땅에 대고 주저앉아버렸다. 나는 그가 어지럽고 입 안이 참을 수 없이 아프다는 것을 알았다. 두 민병의 얼굴에 희색이 돌았다. 한사람이 말했다. "난 이게 돼지일 줄은 꿈에도 몰랐어." 다른 사람이 말했다. "난 이리인 줄 알았다." 한사람이 말했다. "살구를 먹고 싶으면 좋게 말로 하면 되잖아? 우리가 한소쿠리 따서 네 우리에 넣어줄 텐데." 다른 사람이 말했다. "자네 이제 살구 먹어도 돼." 조소삼이 험하게 욕했다. 민병들이 알아듣지 못하는 돼지 말이었다. "네 어미하고 붙어먹을 놈들!" 그가 일어서더니 비틀비틀 우리 쪽으로 갔다. 내가 다가가면서 진심처럼 물었다. "형씨, 괜찮지?" 그가 차갑게 나를 흘겨보더니 피가 섞인 침을 뱉으면서 뭐라고 하는지 알아들을 수 없게 말했다. "이까짓 거야 뭐…… 아이고…… 이 몸이 기몽산에 있을 때 박격포도 열 발 넘게 맞았는데……" 마른 당나귀가 된똥 눈다고, 나는 이 녀석이 오기를 부리고 있다는 것을 알면서도 녀석의 인내와 용기에 감탄하지 않을 수 없었다. 이번 폭발은 정말 대단했다. 입에서 터져서 구강과 점막이 다 상처를 입고 그 험악한 왼쪽 송곳니도 절반이 떨어져나간데다 볼의 털도 적잖이 불타버렸다. 나는 녀석이 아주 멍청한 방법으로 철창살 틈을 통해 우리로 들어갈 줄 알았는데 아니었다. 녀석은 몇걸음 떼더니 공중으로 뛰어오른 뒤 자기

우리에 육중하게 떨어졌다. 녀석은 밤새도록 통증 때문에 끙끙 앓을 것이고, 암퇘지들이 풍기는 발정냄새가 아무리 짙어도, 호접미가 아무리 색정적으로 울어도 우리 바닥에 엎드린 채 그저 공상이나 할 수밖에 없을 것이다. 두 민병이 사과라도 하는지, 살구 수십개를 조소삼 우리에 던져주었는데, 나는 질투하지 않았다. 그처럼 막대한 댓가를 지불했으니 조소삼이 살구 몇개 먹는 것은 당연했다. 나를 기다리는 것은 살구가 아니라 활짝 핀 꽃 같은 암퇘지들이었다. 그네들의 미소 띤 얼굴과 머리에 압정이 박힌 콩벌레처럼 뻔질나게 흔들어대는 작은 꼬리야말로 지구상에서 가장 맛좋은 열매였다. 한밤중에 사람들이 다 잠들면, 나의 행복한 생활이 시작될 것이다. 소삼형, 미안하다!

조소삼이 부상을 입어 내가 뒷걱정할 필요가 없어졌기에 마음놓고 성대한 피로연 구경을 갈 수 있었다. 달이 삼십자 높이에서 다소 차갑게 나를 지켜보고 있었다. 나는 오른발을 들어 섭섭한 대접을 받은 교교하게 밝은 달에게 입맞춤을 날렸다. 그러고는 꼬리를 흔들며 유성처럼 재빠르게 양돈장 북쪽으로, 마을 중앙로를 따라 집이 늘어선 곳으로 갔다. 이 집은 모두 열여덟 칸이었는데 동에서 서로 순서에 따라 양돈장 사람들의 휴게실과 사료분쇄실, 사료제작실, 사료창고, 양돈장 사무실, 양돈전시관 등이 있었고, 맨 서쪽 끝방 세 칸에 두 신혼부부의 침실이 차려졌다. 중간의 한칸은 공용거실이었고, 양쪽이 그들의 침실이었다. 막언녀석은 소설에 이렇게 적었다.

"넓고 큰 집에 네모난 탁자 열 개가 놓이고 탁자에는 얼굴만한 접시에 오이 꽈배기 튀김볶음과 무 꽈배기 튀김볶음이 놓여 있고 시렁에는 가스등이 걸려 방 안을 눈빛처럼 밝게 비추었다……"

이 녀석이 또 거짓말을 한 것이다. 그 방은 길이가 5미터도 되지 않고 넓이가 4미터도 안되는데 어떻게 탁자를 열 개나 놓을 수 있는가? 서문촌은 그만두고 고밀 동북향을 통틀어도 탁자 열 개를 놓을 만한 방이나 백명이 들어가 밥을 먹을 만한 식당은 없었다.

피로연은 방이 아니라 그렇게 늘어선 집앞의 길고 좁은 공터에서 했다. 공터 모퉁이에 썩은 나뭇가지와 곰팡이가 핀 퇴비가 쌓여 있고, 족제비와 고슴도치가 거기에 집을 짓고 살고 있었다. 피로연에 쓴 탁자는 하나뿐이었다. 원래 서문뇨네 것이던 탁자는 가장자리에 꽃무늬가 새겨진 배나무 사각탁자로 대대사무실에서 전화기와 잉크병 둘, 그리고 유리덮개가 달린 가스등을 올려놓던 것이다. 이 탁자는 나중에 서문금룡이 가져가 자기 것으로 차지해버렸고—홍태악은 이것을 악덕지주의 아들이 빈농 중농에게 반격을 가하는 것으로 간주했다—넓은 자기 사무실에 두고선 제일가는 보물로 삼았다—이 녀석, 잘한다고 해야 할지 나무라야 할지 모르겠다—그래, 그래, 그래. 그뒤에 일어난 일은 나중에 이야기하자—그들은 소학교에서 수업할 때 쓰는 위는 까맣고 다리는 노란 장방형 이인용 책상도 스무 개 옮겨왔다. 책상은 온갖 잉크가 묻어 더러웠고 입에 담지 못할 욕과 상말들이 새겨져 있었다. 붉게 칠한 긴의자 마흔 개도 가져왔다. 탁자는 두 줄로, 의자는 네 줄로 공터에 죽 늘어놓으니 노천교실 같았다. 가스등도 없고 전등은 더더욱 없었다. 양철갓을 한 제등(提燈) 하나만 서문뇨네 배나무 탁자의 중앙에 놓여 있었는데, 노란 불빛을 보고 모여든 나방떼가 등불갓에 부딪히는 소리가 파닥파닥 울렸다. 사실 이건 필요없는 장식이었다. 그날 밤은 달이 너무도 가까워서 그 빛으로 여자들이 수를 놓을 수 있을 정도였다.

남녀노소 백명가량이 네 줄로 나뉘어 마주보고 앉았다. 맛있는 음식과 좋은 술을 앞에 두자 다들 흥분하고 조바심나는 얼굴이었다. 하지만 아직 먹을 수 없었다. 네모난 탁자에서 홍서기가 연설을 하고 있어서였다. 게걸스러운 몇몇 아이들이 몰래 접시에 손을 뻗어 꽈배기 튀김을 집어 입에 쑤셔넣었다.

"사원동지 여러분, 오늘밤, 우리는 남금룡, 황호조, 남해방, 황합작 동지의 결혼식을 거행합니다. 이 사람들은 우리 서문촌 대대의 뛰어난 청년들이고 우리 서문촌 대대 양돈장을 건설하는 데 탁월한 기여를 했습니다. 혁명사업에서도 모범인 동시에 만혼(晩婚)을 실천한 모범입니다. 우리 열렬한 박수로 이들에게 축하를 보냅시다……"

나는 썩은 나뭇가지 뒤에 숨어 조용히 결혼식을 지켜보

았다. 원래 달도 결혼식에 참가하고 싶었지만 괜한 일에 놀라고는 조용히 지켜보면서 그저 달빛으로 내가 모든 사람들의 표정을 뚜렷이 볼 수 있게 해주었다. 내 눈은 사각탁자에 앉은 사람들을 주로 쳐다보았지만 간혹 곁눈질로 긴 두 줄 탁자에 앉은 사람들을 보기도 했다. 사각탁자 왼쪽 긴의자에는 금룡과 호조가 앉아 있었다. 사각탁자 오른쪽 긴의자에는 해방과 합작이 앉아 있었다. 사각탁자의 남쪽에는 황동과 추향이 앉아 있었다. 그들의 얼굴은 내게 보이지 않았다. 나와 등을 돌리고 앉아 있어서였다. 사각탁자 중앙, 그러니까 성대한 연회장의 가장 높은 곳에 홍태악이 서서 연설하고 있었다. 영춘은 고개를 숙이고 앉아 있었다. 표정이 기쁘기도 하고 우울하기도 한 것 같았다. 심경이 복잡한 것도 인지상정일 것이다. 문득 이 잔치의 메인탁자에 중요한 사람이 빠졌다는 생각이 들었다. 우리 고밀 동북향의 유명한 개인농인 남검이었다. 너 남해방의 친아버지이자 서문금룡의 명목상의 아버지 말이다. 금룡의 정식 이름이 남금룡인 것도, 그의 성을 따르고 있었기 때문이다. 두 아들이 결혼하는데 아버지가 없으니 도대체 말이 되는가!

내가 나귀와 소로 살 때, 나와 남검은 거의 밤낮을 같이 보냈다. 하지만 돼지가 된 후 사이가 소원해졌다. 지난 일들이 갑자기 밀물처럼 밀려들어 그를 한번 보고 싶다는 생각이 들었다. 홍태악이 연설을 마칠 무렵 자전거 벨소리가 울리면서 세 사람이 결혼식장에 나타났다. 누가 온 것인가? 물품공급소 주임을 역임하고 지금은 제5면화가공공장 공장장이자 지부 서기인 방호였다. 제5면화가공공장은 현 상무국과 면화회사가 제휴하여 고밀 동북향에 세운 새 공장으로 서문촌 대대에서 팔릿길 정도 떨어져 있었다. 그들 공장건물 옥상에 있는 텅스텐 전등에서 나오는 불빛은 우리 서문촌 너머에 있는 강둑에서도 선명하게 보였다. 같이 온 다른 사람 하나는 방호의 부인 왕낙운으로 오랜만에 보는 얼굴이었다. 살이 쪄서 위아래 할 것 없이 통통했고 얼굴이 붉고 기름기가 번들번들한 것이 영양공급이 충분하다는 것을 짐작하게 했다. 또다른 동행자는 키가 훤칠한 젊은 아가씨로, 나는 그녀가 막언 소설에 등장한 방항미로 내가 나귀이던 시절에 하마터면 길가 풀밭에서 태어날 뻔한 여자아이라는 것을 한눈에 알아보았다. 붉은 격자무늬가 엷게 새겨진 셔츠를 입고 붓처럼 땋아내린 짧은 양갈래 머리에 가슴에는 하얀 바탕에 붉은 글씨가 쓰인 배지를 달고 있었는데 바로 농학원의 배지였다. 노농병(勞農兵) 대학생인 방항미는 농과대학에서 축산을 전공하고 있었다. 그녀가 거기 서 있자 자기 아버지보다도 머리 절반은 더 컸고 어머니보다는 머리 하나가 더 컸다. 늘씬한 것이 버드나무 같았다. 그녀는 얼굴에 자부심에서 나오는 미소를 띠고 있었다. 그렇게 자부심을 가질 만한 것이 그 시절 그런 집안 배경과 사회적 지위를 가진 젊은 여성은 달나라에 있는 상아처럼 높아서 감히 오를 수 없었기 때문이다. 막언 소설에서 자기가 꿈에 그리던 여인으로 나오는 여자가 바로 그녀인데, 그의 소설에서 이 다리가 긴 여인은 이름을 바꾸어 자주 출현한다. 알고 보니 이 집 세 식구는 결혼식에 참여하려고 일부러 온 것이었다.

"축하합니다! 축하합니다!" 방호와 왕낙운이 만면에 웃음을 띠고 사람들에게 말했다. "축하합니다! 축하합니다!"

"어이쿠!" 홍태악이 연설을 멈추고 말했다. 의자 앞으로 달려나오면서 서둘러 앞으로 두 걸음을 나아가 방호의 손을 꽉 쥐고는 위아래로 힘차게 흔들면서 흥분한 목소리로 말했다. "방주임 — 아니, 아니, 아니 — 방서기, 방공장장, 정말 귀한 손님이 오셨네요! 우리 동북향에 새로 공장을 지으셨다는 이야기는 진즉 들었습니다만, 차마 방해가 될까 봐……"

"홍형, 보아하니 마음에 차지 않으셨나 봅니다!" 방호가 웃으며 말했다. "마을에 이런 큰 경사가 있는데 나한테 기별도 안하시고요. 내가 와서 여러분이 마실 축하주를 빼앗을까봐 그러셨나요?"

"무슨 그런 말씀을, 높으신 분을, 우리가 차마 제대로 대접하지 못할까봐 그랬죠!" 홍태악이 말했다. "이렇게 오시니 정말 우리 서문촌이……"

"누추한 곳에 왕림해주셔서 그지없이 영광입니다……" 첫번째 탁자 끝에 앉아 있던 막언이 우렁차게 소리를 질렀다. 그 말이 방호의 관심을 끌었고, 특히 방항미의 관심을 끌었다. 그녀가 놀라 눈썹을 파르르 떨며 막언을 뚫어져라 보았다. 사람들 눈길이 막언의 얼굴에 모아졌다. 그가 만족스럽다는 듯이 입을 헤벌린 채 누런 이빨을 드러냈는데 그 모양이 실로 가관이었다. 녀석은 자기를 드러낼 기회다 싶으면 놓치는 법이 없다.

이 틈에 방호가 홍태악의 손에서 자기 손을 빼냈다. 겨우 손을 빼낸 방호의 두 손이 따뜻하게 영춘을 향했다. 몇해 동안 잘 먹은 덕분에 예전에 노리쇠를 당기고 폭탄을 던지던 영웅의 무쇠손이 하얗고 통통하게 변해 있었다. 영춘은 어쩔 줄을 몰랐다. 감격하고 감사한 나머지 입이 얼어붙어 말이 나오지 않았다. 방호가 영춘의 손을 잡고 흔들면서 말했다. "아주머니, 기쁘시지요!"

"기, 기, 기쁩니다. 다들 기뻐……" 영춘의 눈에 눈물이 맺혔다.

"저도 축하드립니다. 저도 축하드립니다!" 막언이 끼어들며 말했다.

"아주머니, 어째 남검형님은 보이지 않습니다?" 방호가 긴 탁자 앞뒤에 네 줄로 앉은 사람들을 돌아보며 말했다.

그의 질문이 영춘의 혀를 얼어붙게 하고, 홍태악을 난처하게 만들었다. 막언이 때를 놓치지 않고 끼어들어 말했다.

"그 사람이요, 지금쯤 달빛을 받으며 자기 땅 1무 6푼을 갈고 있을 거예요!"

막언 옆에 앉아 있던 손표가 발을 밟았는지 막언이 과장되게 죽는 비명을 질렀다. "왜 날 밟는 거예요?"

"입닥치지 못해. 널 벙어리로 아는 사람 여기 하나도 없어!" 손표가 험악한 표정으로 조용히 말하면서 손을 뻗어 막언의 허벅지를 꼬집었다. 막언이 자지러지는 소리를 지르면서 얼굴이 창백해졌다.

"좋습니다. 좋아요." 방호가 큰 소리로 난처한 상황을 정리하고는 몸을 돌려 손을 내밀면서 네 명의 새사람에게 축하를 보냈다. 금룡은 입을 벌린 채 바보처럼 웃고 해방은 입을 벌린 채 울기 직전이었다. 호조, 합작은 슬픈 표정이었다. 방호가 딸과 아내를 부르며 말했다. "선물 가져오라고."

"아이고, 방서기님, 이렇게 누추한 곳에 오신 것만도 그지없는 영광인데 선물까지 하시려고요?" 홍태악이 말했다.

방항미가 유리액자를 들고 왔다. 한쪽에 붉은 페인트로 '남금룡 황호조의 혁명적 부부 결합을 축하하며'라고 쓰여 있었다. 유리액자에는 코트를 입고 손에는 가방과 우산을 든 모주석이 안원(安源)에서 광산노동자들의 혁명활동을 격려하는 모습이 새겨져 있었다. 왕낙운이 같은 크기의 유리액자를 들고 왔는데, 한쪽에 붉은 페인트로 '남해방 황합작의 혁명적 부부 결합을 축하하며'라고 쓰여 있었다. 모주석이 나사(羅紗)로 된 외투를 입고 북대하(北戴河) 해변에 서 있는 모습을 새겨넣은 것이었다. 원래는 금룡이나 해방이 일어서 받으며 예를 표해야 하지만, 두 녀석은 앉아서 꿈쩍도 하지 않았다. 홍태악이 하는 수 없이 호조와 합작더러 예를 표하게 했다. 두 자매는 그래도 정신을 차리고 있어서 액자를 받은 황합작이 왕낙운에게 깊이 허리를 굽혀 인사했는데, 고개를 들었을 때 눈에 눈물이 그렁그렁했다. 그녀는 붉은 저고리에 붉은 바지를 입고 길게 땋은 까맣고 굵은 머리가 무릎 밑까지 닿았고 댕기머리 끝에 붉은 천이 묶여 있었다. 왕낙운이 그녀의 머리를 다정하게 만지면서 말했다. "아까워서 자르지 못하나 보지?"

오추향이 마침내 말할 기회를 잡았다. "아까워서가 아니라 우리 딸 머리카락이 다른 사람들하고 달라서 자르면 피가 스며나와서요."

"정말 신기하네. 그래서 머리를 만지니까 이렇게 살을 만지는 것 같았구나. 혈관하고 연결되어 있나 보군!" 왕낙운이 말했다.

호조가 방항미에게서 액자를 받으며 허리 굽혀 인사하지는 않은 채 그저 하얀 얼굴로 가만히 고맙다고 말했다. 방항미가 다정하게 그녀에게 손을 내밀며 말했다. "행복하세요." 그녀가 방항미의 손을 잡고 고개를 돌리더니 울먹이면서 말했다. "고맙습니다……"

합작은 당시 유행하던 단발에 허리가 잘록하고 피부가 검어서 내 판단으로는 호조보다 나아 보였다. 너 남해방이 그녀를 얻은 것은 정말 땡잡은 것이다. 억울해할 사람은 네가 아니라 그녀였다. 너한테는 천만번 잘된 일이다. 얼굴에 난 손바닥만한 파란 점 때문에 사람들이 얼마나 놀라는지 아느냐. 넌 염라대왕전에 가서 염라대왕 시중이나 들어야 마땅한데 인간세상에서 관료를 하고, 그것도 고관을 하고, 또 합작을 마음에 들어하지 않다니, 세상일은 정말 알다가도 모르겠다.

이어서 홍태악이 접대를 위해 방호 일가족 세 사람에게 자리를 마련해주었다. "거기." 홍태악이 막언이 앉아 있는 자리를 가리키며 물어볼 것도 없다는 듯이 말했다. "거기 좀 붙여앉고 의자 하나 빼가지고 와." 장내가 조금 소란스러워졌고 좁혀앉느라 원망하는 소리도 섞여나왔다. 막언이 의자를 빼서 들고 왔다. 네모난 탁자를 둘러싸고 의자가 네 줄로 놓여 있어 사각형이었는데, 이제 다각형으로 바뀌었다. 막언이 기회를 놓치지 않고 폼을 잡았다. "청하지 않은 객이 오니 큰 행운이 들 조짐이로다." 조선전쟁(중국에서는 한국전쟁을 '항미원조(抗美援朝)'전쟁이라고 한다—옮긴이) 지원군 전쟁영웅인 방호는 아마도 이 말뜻을 잘 이해하지 못한 듯했다. 눈만 똑바로 뜬 채 놀란 표정이었다. 대학생인 방항미가 기쁜 내색을 하며 말했다. "응? 『역경(易經)』을 읽었군요?" "재주가 비범한 것은 아니오나 책을 읽어 학식은 좀 있습지요." 막언이 부끄러운 줄도 모르고 방항미와 대화를 나누었다. "됐습니다, 나리. 공자님 앞에서 천자문 읽지 마시지요. 대학생 앞에서 꼬박꼬박 유식한 체 마시라고요." 홍태악이 말했다. "좀 재미있긴 하네요." 방항미가 고개를 끄덕이며 말했다. 막언이 더 떠들고 싶었지만 홍태악의 눈짓을 받은 손표가 허리를 굽히고 다가와서 친구라도 되는 듯 막언의

인생은 고달파 37

손목을 잡고 웃으며 말했다. "술 마시자고, 술."

마셔, 마셔, 마셔! 아까부터 술을 들고 싶은 마음이 간절하던 사람들이 지체없이 일어나 술잔을 들고 부딪쳤다. 그러고는 자리에 앉아 젓가락을 들고 각자 찍어둔 목표를 조준했다. 오이나 무에 비하면 꽈배기 튀김은 고급 요리여서 젓가락들이 동시에 거기로 향하는 장면이 연출되었다. 막언이 게걸대는 것은 세상이 다 아는 일이지만, 그날 밤은 아주 품위있게 행동했다. 그게 다 방항미 때문이었다. 몸은 아랫자리에 있어도 마음은 메인탁자에 있었다. 그의 눈은 수시로 그쪽을 보며 대학생 방항미의 혼을 낚으려 했다. 자신이 형편없는 글에서 쓴 그대로였다.

방항미를 보는 순간 내 마음은 터질 것 같았다. 원래 내 눈에 하늘에서 내려온 미녀는 호조와 합작, 보봉이었는데 지금은 더없이 못생겨 보였다. 고밀 동북향을 벗어나야 방항미 같은 여자를 찾을 수 있을 것이다. 늘씬한 몸매와 갸름하고 예쁜 얼굴, 하얀 이, 맑은 목소리, 몸에서 나는 그윽한 향기를 지닌 그런 여자를……

앞에서 말했듯이 막언은 딱 한잔 먹자마자 취해 떨어졌다. 손표가 목을 틀어쥐고 잡초더미에 던져버렸다. 돼지뼈가 옆에 널려 있었다. 메인탁자에서 금룡이 꿀꺽꿀꺽 술 반잔을 들이켜더니 멍청하던 눈빛에 바로 활기가 돌았다. 영춘이 걱정되어 중얼거렸다. "아들아, 조금만 마셔라." 홍태악이 생각한 것이 있었는지 그에게 말했다. "금룡, 과거 일들은 이제 모두 마침표를 찍자고. 이제부터 새로운 생활이 시작되는 거야. 앞으로 진행될 일에서 내게 멋진 모습을 보여주게." 금룡이 말했다. "이 두 달 동안 머리가 꽉 막힌 것 같았습니다. 정신이 없었는데 갑자기 맑아졌어요. 막힌 게 확 뚫렸어요." 그가 공손하게 술잔을 들고 방호 부부와 건배했다. "방서기님, 왕아주머니, 저의 결혼식에 참석해주셔서 감사합니다. 우리에게 귀한 선물까지 주셔서 고맙습니다." 그러고 나서 방항미와 건배했다. "항미동지, 대학생이시고 고급지식인이니 우리 양돈장 사업에 많은 지도를 부탁합니다. 사양하지 마시고 말입니다. 축산을 전공하는 분이 모르신다고 하면, 이 세상 누가 알겠습니까." 금룡이 미친 척하고 바보인 척하던 일은 이로써 끝났다. 해방의 병도 얼마 있다가 나았다. 금룡이 상황을 통제하는 능력을 회복하면서 건배 나눌 사람들과는 다 건배를 나누었고, 감사인사를 할 사람에게도 다 감사를 드렸다. 마지막으로 그는 화룡점정처럼 잔을 들고 합작과 해방에게 행복과 백년해로를 축원했다. 모주석 그림이 새겨진 유리액자를 황합작이 남해방 품에 밀어넣고는 일어서서 두 손으로 커다란 술잔을 들었다. 달빛이 한자는 더 높이 올라가 그 모습이 조금 더 작아졌고 은쟁반 같은 빛을 뿌리면서 달빛 아래 한결 뚜렷이 드러났다. 족제비들이 풀더미에서 고개를 내밀어 달빛 아래 장관을 구경하고 고슴도치들이 대담하게 사람 발밑을 지나다니며 먹이를 찾았다. 눈깜짝할 사이에 황합작이 커다란 잔의 술을 곧장 금룡의 얼굴에 부어버리고는 탁자에 술잔을 떨어뜨렸다. 이 돌연한 사태에 사람들은 다들 깜짝 놀랐다. 달빛이 다시 한자 위로 올라갔고 땅 위에서는 수은처럼 흘렀다. 합작이 얼굴을 감싸고 울었다.

황동: "이애가……"

추향: "합작, 너 이게 뭐 하는 짓이냐!"

영춘: "헛, 이런 철없는 애들 같으니라고……"

홍태악: "방서기, 자, 자, 자, 한잔 드리겠습니다. 저 사람들이 좀 싸워서 그렇습니다. 면화가공공장에 계약제 직원을 모집한다는데, 제가 합작과 해방을 좀 부탁드릴게요. 환경을 바꾸어주고 싶어서요. 다들 우수한 청년들이니 다른 데 가서 일하면서 경험을 쌓아야죠……"

이번에는 황호조가 자기 앞에 놓인 술을 들고는 동생 얼굴에 부어버렸다. "너 지금 무슨 짓을 하는 거야?"

나는 여태껏 황호조가 그렇게 크게 화내는 것을 보지 못했고 그렇게 불같이 화낼 수 있으리라고는 생각도 못했다. 그녀가 손수건을 꺼내 금룡의 얼굴을 닦아주었다. 금룡이 밀쳐냈지만 그녀가 다시 손을 들었다. 헛, 나처럼 영리한 돼지가 서문촌의 이 여자들 때문에 완전히 혼란스러워졌다. 막언녀석은 풀더미에서 기어나와 발에 스프링이 달린 흔들 인형처럼 비틀거리면서 탁자로 다가가 술잔을 머리 위로 들고서 이백(李白) 흉내를 내는지 두보(杜甫) 흉내를 내는지, 아니면 굴원(屈原) 흉내를 내는지 큰 소리를 지르는데 목소리가 쩌렁쩌렁했다.

"달아, 달아, 내 너에게 한잔 바치노라!"

막언이 잔에 든 술을 달을 향해 뿌렸다. 공중에서 파란 폭포수가 내리는 것 같았다. 달이 얼른 밑으로 내려왔다가 다시 천천히 평상시 높이까지 올라가 은쟁반 같은 무심한 표정으로 인간세상을 내려다보았다.

이곳은 벌써 막이 내려가고 사람들도 흩어지려 하지만 오늘밤 해야 할 일이 아직도 많이 남았다. 시간이 소중하니 머뭇거릴 수 없었다. 나는 옛친구 남검을 보러 가고 싶었다. 그에게 달밤에 일하는 습관이 있다는 것을 나는 알았다. 내가 소였을 때 그가 한 말이 생각났다. 소야, 태양은 저들의 것이고, 달은 우리 것이다. 나는 눈을 감고도 인민공사 땅에 겹겹이 포위된 그 좁고 긴 땅을 찾을 수 있다. 그 1무 6푼의 땅은 바다속 암초처럼 영원히 가라앉을 줄 모르는 사유지였다. 남검은 반동의 전형으로 진작부터 온 성에 이름이 나 있었으니, 그를 위한 나귀와 소였던 나의 영광은 기실 반동으로서의 영광이었다. "토지가 우리 자신의 것이어야만 우리는 토지의 주인이 될 수 있다."

남검을 보러 나는 돈사 쪽으로 돌아갔다. 나는 조심스럽게 움직였다. 소리도 죽이고 숨도 죽였다. 조소삼의 신음소리가 끊이지 않았다. 그가 심한 상처를 입었다는 뜻이다. 두 민병은 살구나무 아래 앉아 담배를 피우며 살구를 먹고 있었다. 나는 살구나무 그림자 속에서 왔다갔다했다. 몸이 제비처럼 가볍게 느껴졌고 움직임이 자유자재였다. 열 번 정도만 풀쩍 뛰면 살구나무 농장을 벗어날 수 있었다. 물이 가득 차고 넓이가 5미터쯤 되는 개천이 내 앞에 있었다. 물이 거울처럼 고요하고 달이 물속에서 나를 주시하고 있었다. 돼지로 태어난 뒤로 물에 들어가본 적은 없지만, 나는 본능적으로 수영기술을 가지고 있었다. 물속에 있는 달이 놀라지 않도록 개천을 뛰어넘기로 했다. 뒤로 약 10미터 정도 물러나 깊이 심호흡을 몇번 하여 폐에 산소를 가득 채운 뒤 뛰었다. 전력으로 질주했다. 개천을 따라 하얗게 흙이 쌓인 곳이 도약하기에 가장 좋은 지점이었다. 나는 앞발로 그 딱딱한 곳을 밟고서 뒷발로 땅을 차고 몸을 허공에 날려 포탄이 날듯이 몸을 날렸다. 수면 위 차가운 바람이 배를 스치는 것이 느껴졌다. 달이 물속에서 나를 보고 있었다. 내 몸이 개천 반대편 언덕에 떨어졌다. 개천가의 습한 흙이 뒷발에 닿는 느낌이 유쾌하지 않은 게 유일한 옥의 티였다. 나는 남북향으로 난 넓은 신작로를 지나갔는데 길가의 사시나무잎이 찬란하게 빛났다. 나는 동서로 난 신작로에서 동쪽을 향해 달렸다. 신작로 양쪽에 홰나무가 심겨 있었다. 나는 개천을 하나 더 뛰어넘어 신작로를 따라 북쪽으로 달렸다. 강둑이 나오자 그 아래 신작로를 따라 다시 동쪽으로 달렸다. 옆으로 둑에 이르자 생산대대의 옥수수, 면화 그리고 드넓은 밀밭이 쉼없이 스쳐갔다. 옛날 내 주인의 땅이 눈앞에 있었다. 생산대대의 토지 한가운데 끼어 있는 그 좁고 긴 땅이 눈에 들어왔다. 왼쪽은 생산대의 옥수수였고 오른쪽은 생산대의 면화였다. 남검의 땅에는 꺼끄러기가 없는 밀이 심겨 있었다. 인민공사에서는 진즉 도태된 것으로 생산량은 적고 늦게 익는 품종이었다. 남검은 화학비료도, 농약도, 개량품종도 쓰지 않고 나라에 죄를 짓지도 않았다. 그는 전통적인 농민의 표본이었다. 현대적 관념에서 보면 그가 생산한 양식은 진정한 녹색식품이었다. 생산대대에서 대량으로 농약을 뿌리는 바람에 해충들이 그의 땅으로 날아오곤 했다. 그가 내 눈에 들어왔다. 친구여, 오랜만이네. 그간 잘 있었는가? 달이여, 고개를 숙여 빛을 좀더 밝게 만들어줘. 내가 더 잘 볼 수 있게. 달이 천천히 밑으로 떨어졌다. 커다란 기구(氣球) 같았다. 나는 호흡을 가다듬고서 앞으로 다가가 조용히 그의 밀밭으로 몰래 들어갔다. 여기가 그의 땅이다. 밀들은 오래된 품종이긴 해도 정말 잘 자랐다. 이삭이 그의 배꼽까지 찼다. 꺼끄러기가 없는 이삭이 달빛 속에서 노란색을 드러냈다. 그는 사방을 기운, 내게 익숙한 무명저고리를 입고, 허리는 하얀 끈으로 묶고 머리는 수수껍질로 짠 갓을 쓰고 있었다. 얼굴 대부분이 갓의 그림자에 가렸지만 그림자 속에서도 나는 그의 얼굴 한쪽에서 빛나는 파란 점과 두 눈에서 나오는 슬프면서도 강한 불빛을 충분히 볼 수 있었다. 손에 긴 대나무 장대를 들고 있었고 장대에는 붉은 천이 묶여 있었다. 그가 장대를 휘두르자 장대에 달린 천조각이 소꼬리처럼 밀이삭을 쓸면서 알이 가득 차 배가 부른 해충들이 파닥거리면서 생산대대의 면화밭이나 옥수수밭으로 날아갔다. 이런 원시적이고 아둔한 방식으로 자기 농작물을 지키는 것인데, 보기에는 해충과 싸우는 것 같아도 실제로는 인민공사와 싸우고 있었다. 친구여, 내가 소였을 때는 자네와 동고동락했지만 지금은 인민공사의 종돈이 된 처지여서 자네를 도울 길이 없네. 원래는 자네 밀밭에 똥을 엄청 싸서 유기비료를 주려고 했지만 자네가 그것을 밟기라도 하면 좋은 뜻에서 한 일이 도리어 나쁜 결과를 가져올지 모른다는 생각이네. 내가 인민공사의 옥수수를 물어 끊어버리고 인민공사의 면화를 뽑아버릴 수도 있지만 옥수수와 면화는 자네의 적이 아니지 않나. 친구여, 천천히 견뎌내게, 제발 흔들리지 말고. 자네는 드넓은 중국 땅에서 유일한 개인농이니 꿋꿋하게 밀고 나가는 것이 곧 이기는 것이네. 나는 고개를 들어 달을 쳐다보았다. 달이 내게 고개를 끄덕이고는 갑자기 치솟아 빠른 속도로 서쪽으로 이동했다. 시간이 늦어서 돌아가야 했다. 내가 밀밭을 빠져나가려고 할 때 영춘이 대나무 바구니를 들고서 바삐 오는 것이 보였다. 밀이삭이 그녀의 허리에 쓸리며 쏴쏴 소리를 냈다. 그녀는 일이 있어서 늦게까지 밭일하느라 힘든 남편에게 밥을 내오는 아내의 표정이었다. 둘이 따로 살기는 하지만, 이혼한 것은 아니었다. 이혼은 하지 않았지만 잠자리를 같이하는 것도 아니어서, 그

것이 내게 조금 위안이 되었다. 이런 생각은 분명 파렴치한 것이지만, 돼지 주제에 남녀간의 일에 관심을 갖는 것은 내가 예전에 그녀의 남편 서문뇨였기 때문이다. 그녀 몸에서 풍기는 술냄새가 시원한 들판의 공기 속에 퍼졌다. 그녀가 남검과 2미터쯤 떨어진 곳에 멈추어서서 기계적으로 장대를 흔들며 해충을 쫓는 남검의 굽은 등을 바라보고 있었다. 장대를 이쪽저쪽으로 휘두를 때마다 휙휙 바람소리가 났다. 날개가 이슬에 젖고 배가 무거워진 해충들이 잘 날지 못했다. 등 쪽에 사람이 있다는 것을 분명 알 테고, 그 사람이 영춘이라는 것도 알고 있다고 나는 믿었지만, 그는 바로 멈추지 않고 그저 장대를 휘휘 젓는 속도가 점점 느려질 따름이었다.

"애기아버지……" 영춘이 마침내 입을 열었다.

장대를 두 번 휘두르더니 허공에 멈추었다. 사람도 움직이질 않았다. 허수아비 같았다.

"아이들이 결혼했어요. 우리 걱정이 끝났어요." 영춘이 말하고는 길게 한숨을 쉬었다. "술 한병 가져왔어요. 어쨌거나 당신 아들 아니에요."

"음……" 남검이 웅얼거리는 소리를 냈다. 손에 든 장대를 다시 두 번 휘둘렀다.

"방주임이 부인과 딸을 데리고 왔어요. 아이들 집에 액자도 선물하고요. 모주석이 새겨진……" 영춘이 목소리를 조금 높여 감동한 듯이 말했다. "방주임은 지금 면화공장공장장이 되었는데 해방하고 합작을 자기 공장에 데려가겠대요. 홍서기가 중간에 말을 넣어주었어요. 홍서기가 금룡하고 보봉, 해방한테 잘해주세요. 원래 사람이 좋기도 하고요. 애아버지, 우리 이제 세상을 따라가며 삽시다."

손에 든 장대가 사납게 춤을 추었다. 날아가던 해충들이 장대 끝 붉은 천에 쓸리며 울면서 땅에 떨어졌다.

"알았어요, 알아, 내가 말을 잘못했어요. 화내지 마세요." 영춘이 말했다. "그냥 이대로 하시구려. 사람들도 이제 당신한테 익숙해졌으니 말이에요. 아이들 결혼축하 술이에요. 내가 이 한밤중에 먼 곳까지 가지고 왔으니 한모금만 드시면 난 갈게요."

영춘이 대나무바구니에서 달빛을 받아 반짝이는 술병을 꺼내 마개를 따고 몇걸음 앞으로 다가가 몸을 틀면서 그에게 건넸다.

장대가 다시 한번 움직임을 멈추고 사람도 멈추어섰다. 그의 눈에서 반짝이는 눈물이 보였다. 그가 장대를 세우더니 어깨에 기대고는 삿갓을 머리 뒤로 넘기고 서쪽으로 기운 밝은 달을 바라보았다. 달도 비통하게 그를 바라보았다. 그가 술병을 받았다. 하지만 고개를 돌리지는 않은 채 말했다.

"어쩌면 자네들이 전부 옳고 나만 틀린 건지도 몰라. 하지만 난 맹세했어. 이것이 틀린 것이라도 끝까지 틀리자고."

"애아버지, 보봉마저 시집가고 나면 내가 인민공사에서 퇴사하여 당신 동무가 되어드릴게요."

"아냐, 개인농을 하려면 철저히 해야 해, 나 혼자 말이야. 누구도 필요없어. 나는 공산당을 반대하지도 않고 모주석은 더더욱 반대하지 않아. 인민공사도 반대하지 않고, 집단화도 반대하지 않아. 그저 나 혼자 일하는 것을 좋아할 뿐이야. 세상 새와 까마귀 들이 다 까맣다고 해도 어찌 하얀 것이 하나도 없겠어? 내가 바로 그 하얀 새와 까마귀야!" 그가 병 속에 든 술을 달을 향해 휘휘 뿌리며 내가 본 적 없는 흥분한 태도와 비장하고 차가운 목소리로 소리쳤다. "달아, 넌 십년이 넘게 나를 따라 일했다. 너는 하늘이 내게 내린 등불이다. 넌 내가 밭을 갈 때 내가 씨를 뿌릴 때 비춰주었고 내가 탈곡을 할 때도 비추어주었다⋯⋯ 너는 말도 없고 화도 내지 않고, 난 너에게 크게 신세를 졌다. 오늘밤, 너에게 술 한 병을 바치며 내 마음을 전하니, 달아, 너 고생했다!"

투명한 술방울이 공중에 흩어졌다. 파란 진주 같았다. 달빛이 떨며 남검에게 눈짓했다. 이런 모습이 나를 무척 감동시켰다. 모든 사람들이 태양을 찬송하는 그 시절에, 한사람이 달과 이렇게 깊은 정을 나누고 있었던 것이다. 남검이 병에 남은 술을 자기 입에 털어넣었다. 그러고서 술병을 어깨에 걸치며 말했다.

"됐어, 이제 그만 가봐."

남검이 장대를 휘두르며 앞으로 나아갔다. 영춘이 땅에 무릎꿇고 두 손을 합장한 채 높이 쳐들어 달을 향했다. 달빛이 부드럽게 그녀의 눈물을 비추고 백발과 떨리는 입술을 비추었다.

　두 사람의 사랑에 나는 뒷생각을 하지 않고 일어서버렸다. 나는 그들과 영혼의 감응이 있어 내가 누구인지 느낄 수 있을 것이고, 괴물로 여기지는 않을 것이라 생각했다. 나는 두 앞발로 부드럽고 탄력있는 밀이삭을 붙잡고 밭이랑을 따라 그들 앞으로 갔다. 나는 두 발을 모아 그들에게 예를 표하고 입으로 소리내 그들에게 안부를 물었다. 그들은 넋이 나간 나를 그저 바라만 보았다. 놀라기도 하고 뭔지 몰라 답답하기도 한 모양이었다. 내가 말했다. 나 서문뇨야. 내 귀에는 분명 내 목에서 사람소리가 난 것으로 들렸지만 그들은 아무 반응이 없었다. 한참이 지나 영춘이 비명을 질렀다. 남검이 장대를 세우고 내게 말했다.

　"이 돼지 요정아, 날 물어죽이려거든 어디 해보아라. 하지만 내 밀만은 제발 짓밟지 말아다오."

　마음에서 한없는 슬픔이 일었다. 사람과 짐승이 길이 달라 이렇게 소통하기가 어려웠다. 나는 앞발을 밀밭에 내려놓았고 완전히 풀이 죽고 말았다. 내가 살구나무 농장에 거의 다다랐을 때 기분이 다시 좋아졌다. 이런 생각이 들어서였다. 천하만물은 각자 맡은 바가 있고, 생로병사, 헤어짐과 만남, 기쁨과 슬픔에 다 법칙이 있어서이니 그것을 거스를 수는 없는 법이다. 지금 나는 돼지의 몸이니 돼지가 할 일을 다해야 한다. 남검은 그의 고집불통으로 자기를 남보다 탁월하게 만들었으니, 나는 열여섯번째 수돼지로서 내 용기와 머리, 범상치 않는 체력으로 경천동지할 일을 하여 돼지의 몸으로 사람의 역사에 들어가야 한다.

살구나무 농장으로 돌아온 뒤 나는 남검과 영춘을 잊었다. 조소삼이 호접미를 꼬드겨 벌써 정욕을 발산했고, 게다가 스물아홉 마리의 암돼지 중에 벌써 열네 마리 돼지가 우리를 뛰쳐나왔으며, 열다섯 마리 돼지가 우리의 문을 들이받거나 달을 보고 소리지르는 것이 내 눈에 들어왔기 때문이다. 성대한 대교배의 서막이 천천히 열리고 있었다.

A역의 배우가 아직 나서지도 않았는데 B역이 먼저 등장을 해버린 것이다. 아이고 어머니, 어떻게 이럴 수가 있단 말입니까!

제29장

열여섯번째 돼지는 조소삼과 크게 한판 싸우고
밀짚모자는 충성을 맹세하는 춤을 추다

그 유명한 살구나무에 등을 기대고 앉은 조소삼은 왼발로 누런 살구가 가득 담긴 밀짚모자를 들고 있었다. 오른발로는 연방 살구를 집어서 자신의 입 속에 정확하게 집어넣어 우물거리며 살구의 과육을 맛있게 먹고는 살구씨를 몇미터 밖으로 퉤 뱉어버렸다. 그의 근사한 모습을 보며 나는 저 잡종이 정말로 폭죽을 입에 물었다가 중상을 입었나 의심하기까지 했다. 조소삼에게서 수미터 떨어진 마른 살구나무 아래에서는 호접미가 한손에는 작은 거울을 들고 다른 손에는 반쪽짜리 플라스틱 빗을 집어든 채 교태를 부리며 추파를 던지고 있었다. 암퇘지들아, 눈앞의 이익만 좇는 너희의 무지가 바로 약점인 것을 모르느냐? 10여 미터 떨어진 곳에는 담을 넘어 뛰쳐나온 십여 마리의 암퇘지들이 이쪽을 바라보며 '꽥꽥' 소리를 지르고 있었다. 조소삼이 밀짚모자에 있는 살구를 던져주기 시작하자 살구가 앞에 떨어질 때마다 암퇘지들이 떼거리로 몰려들며 서로 먹겠다고 싸워댔다. 오빠, 오빠, 그렇게 호접미만 보지 마세요. 저희도 오빠를 사랑한답니다. 저희도 오빠의 훌륭한 자손들을 낳고 싶어요. 암퇘지들이 음탕한 말로 조소삼에게 집적거리자, 머지않아 수많은 처첩을 거느리게 될 듯한 느낌에 사로잡힌 조소삼이 신선이라도 된 양 우쭐해져 다리를 떨면서 흥흥거리며 콧노래를 불렀고, 그것도 모자라 밀짚모자를 든 채 춤까지 추고 나섰다. 조소삼이 흥얼거리는 곡조에 맞춰 십여 마리의 암퇘지들이 빙글빙글 원을 돌기도 하고 땅바닥에 누워 데굴데굴 구르기도 했다. 교양이라고는 눈씻고 찾아도 없는 암퇘지들의 추태를 보며 한심하기 짝이 없다는 생각마저 들었다. 그런데 바로 그때 나무 옆에 거울과 빗을 내려놓은 호접미가 엉덩이와 꼬리를 흔들어대며 조소삼에게 접근하는 것이 아닌가? 조소삼에게 다가간 호접미가 갑자기 방향을 틀어 엉덩이를 높이 쳐드는 순간, 나는 아프리카 사막의 영양처럼 호접미와 조소삼 사이로 몸을 훌쩍 날려 금방이라도 일어날 것 같던 둘만의 경사를 한낱 일장춘몽으로 바꾸어놓았다.

나의 등장으로 어느새 성욕이 다 사라져버렸는지 호접미가 머리를 획 돌리더니 마른 살구나무 아래로 물러섰다. 호접미가 자색 혓바닥으로 벌레먹어 떨어진 살구나무잎을 말아 입에 넣은 뒤 맛깔나게 씹어댔다. 자신의 자궁에 가장 우수한 유전자를 가진 정자를 받아들여 난자와 수정시켜서 훌륭한 후손을 잉태하고 낳는 것이 암퇘지들의 본분이었으니 갈대처럼 흔들리고 바람기 많은 그 천성은 누구도 비난할 대상이 아니었다. 일반 돼지들도 알고 있는 이런 단순한 이치를 높은 아이큐를 자랑하는 조소삼이 모를 리 없었다. 그가 발에 들고 있던 밀짚모자와 그 속에 아직 남아 있는 살구들을 나를 향해 냅다 던지며, 욕을 퍼부었다.

"이런 경을 칠 놈을 봤나! 왜 남의 집 경사에 재를 뿌리고 지랄이야?"

나는 몸을 뻗어 밀짚모자의 챙을 잽싸게 낚아채고는 뒷발로 땅을 디디고 똑바로 서서 재빨리 몸을 돌린 뒤 왼발로 몸을 지탱하고 섰다. 마치 원반던지기 선수가 손에 든 원반을 있는 힘껏 던지듯 내 온몸과 허공에 떠 있는 오른발을 들어 전광석화처럼 반원을 그려내며 엄청난 관성의 힘을 빌려 손에 들고 있던 살구가 담긴 밀짚모자를 던졌다. 황금색 밀짚모자가 아름다운 아치를 그리며 저만치 멀어진 달을 향해 날아갔다. 감동적인 밀짚모자 노래가 허공에서 갑자기 터져 나오기 시작했다. 라라라 — 라라랄라 — 엄마의 밀짚모자가 날아가네 — 엄마의 밀짚모자가 달을 향해 날아가네 — 라라라 — 암퇘지들의 환호성 속에 — 이제는 단순히 그 암퇘지 무리만이 아니었다. 돼지우리에 있는 수백 마리 돼지들 가운데 우리를 넘을 수 있는 것은 모두 뛰쳐나왔고, 우리를 넘지 못하는 돼지들은 모두 우리에 발을 올린 채 일어서서 사방을 두리번거리며 그들을 쳐다보고 있었다―나는 네 발로 땅을 구르며 담담하지만 단호한 목소리로 말했다.

"이봐, 조소삼, 내가 일부러 자네 좋은 일을 망친 건 아니니까 오해 마. 난 다만 우리 후대에 훌륭한 유전자를 물려주기 위해서 그랬을 뿐이야!"

나는 뒷발로 세게 땅바닥을 차며 조소삼을 향해 몸을 날렸다. 내가 조소삼을 향해 있는 힘껏 몸을 날리는 순간, 그도 나를 향해 젖먹던 힘을 다해 달려들었다. 지면에서 2미터가량 떨어진 공중에서 나와 조소삼의 주둥이가 세게 부딪쳤다. 그의 주둥이가 얼마나 단단한지 느낀 순간 그의 입에서 흘러나오는 비릿하고도 단 냄새가 코를 찔렀다. 코가 시큰거리자 밀짚모자 노래가 울려퍼지면서 내 몸이 공중에서 '쿵' 하고 떨어졌다. 데굴데굴 한바퀴 구른 뒤 일어나 앞발로 코를 만져보니 푸른 피가 묻어났다. 내 입에서 나지막이 욕이 나왔다.

"이런 제기랄!"

나와 마찬가지로 한바퀴를 구른 뒤 일어나 발로 코를 어루만지던 조소삼이 앞발에 묻어 있는 푸른 피를 보고 나지막이 욕을 퍼부었다.

"이런 제기랄!"

라라라― 라라라라― 엄마가 내게 선물해주신 밀짚모

자를 잃어버렸네— 밀짚모자 노래가 공중에서 메아리칠 무렵 다시 돌아온 달이 기류에 떠밀려다니는 우주선처럼 내 머리 위를 오갔다. 밀짚모자가 위성처럼 달 주위를 우아하게 맴돌았다. 라라라— 라라라라라— 엄마의 밀짚모자를 잃어버렸네— 돼지들이 손뼉을 치고, 발을 구르며 리듬에 맞춰 밀짚모자 노래를 같이 불렀다.

나는 살구나무잎을 한장 주워 우걱우걱 씹은 뒤 뱉어내어 앞발을 이용해 코피가 나는 콧구멍을 틀어막았다. 나는 2라운드를 위한 공격준비를 했다. 내 시야에 조소삼의 콧구멍에서도 푸른 피가 뚝뚝 흘러내리는 게 보였다. 땅바닥에 흘러내린 피가 귀신불처럼 번쩍였다. 나는 내심 쾌재를 불렀다. 1라운드에서 우리 둘의 싸움은 비긴 것처럼 보이지만 내가 우위를 점한 것은 분명한 사실이었다. 나는 한쪽 콧구멍에서 피가 났지만 조소삼은 양쪽 콧구멍에서 모두 피가 나지 않는가? 내가 뇌관에 버금가는 폭탄의 도움을 받지 않았던들, 내 코는 기몽산에서 돌덩어리를 상대하던 조소삼 코의 맞수가 되지 못했으리라는 것을 잘 알고 있었다. 조소삼의 두 눈이 마치 살구나무잎이라도 찾는 듯 희번덕거렸다. 자식, 너도 살구나무잎으로 콧구멍을 틀어막을 생각이냐? 네놈한테 그럴 기회를 줄 리 없지! 나는 꽥꽥 소리를 지르며 당장이라도 조소삼의 눈을 찍어낼 듯한 송곳눈을 하고 그에게 달려들었다. 온몸의 근육이란 근육은 모두 팽팽하게 긴장시킨 뒤 엄청난 힘을 실어 맹렬하게 몸을 던졌다.

교활한 조소삼이 이번에는 내게 맞서 몸을 맞부딪치는 대신 미꾸라지처럼 몸을 비틀며 빠져나가는 바람에 내 몸이 허공을 들이받는 꼴이 되었다. 허공에서 버둥대던 내 몸이 휘어진 살구나무 수관(樹冠)에 그대로 꽂히자 와지끈하는 소리가 들리는 동시에 몸이 부러진 살구나무가지와 함께 땅바닥으로 곤두박질쳤다. 머리가 먼저 땅에 닿은 뒤 몸뚱이가 그대로 바닥에 내동댕이쳐졌고, 한바퀴를 구른 뒤 일어나자 머리가 어질어질한 게 눈앞이 빙빙 돌고 입에는 진흙이 가득했다. 라라라— 라라라라— 암퇘지들이 손뼉을 치며 일제히 노래하기 시작했다. 암퇘지들은 나의 '팬'이 아니었다. 암퇘지들은 다들 바람에 흔들리는 갈대처럼 승자에게 그녀들의 엉덩이를 들이대게 마련이다. 승자야말로 그녀들의 대왕이었다. 기세등등해진 조소삼이 몸을 세워 앞발을 둥그렇게 모아 돼지들에게 감사인사를 하며 키스를 날렸다. 콧구멍에서 아직도 더러운 피가 흘러나오면서 가슴팍이 더러워지고 있는데도 암퇘지들은 그에게 아낌없는 갈채를 보냈다. 더욱더 우쭐해진 조소삼이 거들먹거리며 내가 벌렁 나자빠진 나무 밑으로 걸어왔다. 그가 나 때문에 부러진, 내 엉덩이 밑에 깔려 있는, 열매가 잔뜩 달린 살구나무가지를 주둥이로 물고는 힘껏 잡아당겼다. 아주 가관이로군! 이 자식! 하지만 나는 머리가 어지러웠다. 라라라— 라라라라— 나는 두 눈을 멀쩡히 뜬 채 그놈이 탐스러운 금빛 살구가 가득 달린 나뭇가지를 질질 끌며 뒷걸음질치는 모습을 보고 있었다. 서둘러 뒤로 몇걸음 물러나 잠시 숨을 돌리고는 계속 걸어갔다. 살구나무와 땅이 부딪치면서 지지직거리는 소리가 났다. 라랄라 ― 라라라랄라 ― 조소삼오빠, 정말 근사해요 ― 나는 피가 거꾸로 솟는 것만 같았다. 당장이라도 달려들어 그놈을 박살내고 싶었지만…… 아직도 머리가 어지러웠다. 조소삼은 살구가 가득 달린 나뭇가지를 호접미 앞으로 끌고 갔다. 그리고 똑바로 서서 오른발을 살짝 뒤로 빼고 허리를 숙이고는, 흰 장갑을 낀 신사처럼 앞발을 내밀어 반원을 그리며 말했다. 자, 아가씨…… 라라랄라 ― 조소삼이 다시 십여 마리의 암퇘지와 더 먼발치에 서 있는 거세당한 수퇘지들을 향해 손을 흔들었다. 돼지들이 환호성을 내지르며 몰려들자 발밑에 깔려 있던 살구나무가지들이 우지끈 부러졌다. 간이 배 밖으로 나온 거세돼지 몇마리가 살구나무 아래로 슬금슬금 접근하는 것을 보며 나는 몸을 일으켰다. 살구가 가득 달린 작은 나뭇가지를 획득한 이린 암돼지가 한껏 신이 오른 듯 머리를 흔들어 비대한 귀로 뺨을 때려 찰싹찰싹 소리가 났다. 조소삼이 우리를 돌며 키스를 날리자 험악하게 생긴 늙은 거세 수퇘지가 앞발을 입에 대고 날카로운 휘파람을 불었다. 돼지들이 모두 조용해졌다.

나는 마음을 진정하려고 노력했다. 지금 괜히 만용을 부렸다가는 더 큰 고통이 찾아온다는 것을 잘 알고 있었다. 고통쯤은 별게 아닐 수도 있지만, 중요한 것은 조소삼의 마누라가 된 저 암퇘지들이 오 개월 후 내 귀를 자극하는 수백 마리의 요물들을 쏟아낼 것이라는 사실이다. 나는 꼬리를 흔들며 천천히 근육을 풀었다. 입 안 가득 들어찬 진흙을 뱉어낸 뒤 살구 몇개를 주웠다. 방금 내 육중한 몸에 부딪혀 떨어진 살구들이 땅바닥에 가득했다. 잘 익은 살구는 꿀처럼 달고 맛있었다. 라랄라— 라라랄라— 달 주위를 돌고 있는 황금색 엄마의 밀짚모자가 어느새 은백색이 되었네! 살구 몇개를 먹고 나자 마음이 차분해졌다. 살구의 과즙이 나의 입과 목구멍에 녹아들자 마음이 진정되는 게 느껴졌다. 서두를 것 없어. 차라리 천천히 먹을 거나 좀 먹자. 조소삼이 앞발로 살구나무를 집어 호접미의 입가에 가져가자 호접미가 몸을 비비 꼬면서 먹지 않으려 했다. 우리 엄마가 수퇘지가 주는 거 막 받아먹지 말라고 했어요. 호접미가 간드러지게 말했다. 어머니가 뭘 잘못 알아도 한참 잘못 알고 말씀하신 거야. 조소삼이 호접미의 입에 다시 한번 억지로 살구를 밀어넣으면서 그녀의 귓가에 쪽 소리가 나도록 입을 맞추었다. 뒤에 서 있던 돼지들이 외치기 시작했다. 키스해! 키스해! 라랄라— 라라랄라— 그들은 벌써 나의 존재를 잊은지 오래인 듯했다. 돼지들은 나와 조소삼의 승부는 진작 가려졌고, 내가 이미 조소삼의 하수임을 인정했다고 생각했다. 그들 대부분은 조소삼과 같은 기몽산 출신이어서 내심 조소삼 편을 들고 있었다. 제기랄, 이제 때가 왔다! 나는 다리의 힘을 모으고는 조소삼을 향해 잽싸게 돌진했다. 내가 허공을 향해 몸을 솟구치자 조소삼이 조금 전 전략을 그대로 답습하며 내 배 아래로 미끄러지듯 빠져나갔다. 자식, 내가 원하던 게 바로 그것이다. 내 몸이 마른 살구나무 아래 가뿐하게 내려앉았다. 그곳은 호접미의 곁으로 조소삼과 내 위치가 정확히 뒤바뀌었다. 내가 앞발을 들어 호접미의 뺨을 사정없이 후려친 뒤 여세를 몰아 그녀를 바닥에 누이고 올라타자 호접미가 비명을 지르며 울어댔다. 조소삼이 나를 향해 돌진해올 것이고, 내 거대한 불알이자 내 몸에서 가장 연약하면서도 가장 소중한 부위가 조소삼의 공격을 받아 충돌하거나 물리면 그대로 모든 것이 한순간에 끝장난다는 것을 잘 알고 있었다. 위험수가 분명했다. 절대 물러서지 않겠다는 불퇴전의 승부수였다. 나는 곁눈질을 하며 바짝 신경을 곤두세워 살피면서 강도와 시간을 조절했다. 조소삼이 쩍 벌어진 흉악하게 생긴 큰 입에서 피거품을 뿜고, 두 눈에서 사나운 빛이 나오고 있었다. 라랄라 — 라랄랄라 — 절체절명의 순간 나는 뒷발을 들어올렸다. 앞발로 호접미의 몸을 지탱하고 서서 물구나무서기 자세를 취했다. 조소삼이 '쉬식' 하며 내 뱃가죽을 향해 폭탄처럼 날아 돌진해오면서 물구나무를 섰던 내 몸이 공교롭게도 조소삼의 등에 올라타는 모양새가 되어버렸다. 조소삼이 아무런 반항의 동작도 못하게 나는 두 발로 사나운 빛을 뿜어내는 그의 두 눈을 정확하고도 모질게 가격했다. 라랄라 — 라라랄라 — 엄마의 밀짚모자가 달나라로 날아갔네 — 나의 사랑과 이상을 모두 가져가버렸네 — 이번 공격은 실로 잔인했지만 상황이 상황이니만큼 위선적인 설교 따위를 따질 계제가 아니었다.

조소삼 위에 올라타고서 사정없이 마구 갈겨대던 내가 그의 등에서 떨어져나오자 그의 눈에서는 푸른 피가 흘러나왔다. 조소삼이 두 눈을 움켜쥔 채 땅바닥을 데굴데굴 구르며 처참하게 울부짖었다.

"안 보여…… 앞이 안 보여……"

라랄라— 라라랄라— 숨죽인 듯 고요한 돼지들의 모습이 숙연하기 이를 데 없었다. 달빛이 높이 올라가고 밀짚모자가 바닥에 떨어졌다. 밀짚모자 노래가 뚝 끊기고, 조소삼의 처참한 비명소리만이 살구나무 농장에 메아리쳤다. 거세당한 수돼지들이 꼬리를 가랑이 사이에 사리고 돼지우리로 돌아가자 호접미의 지시에 따라 암돼지들이 원을 만들어 나를 둘러싸고선 순순히 나에게 자신들의 엉덩이를 바쳤다. 암돼지들이 시끄럽게 재잘거렸다. 주인님, 사랑하는 주인님, 우리는 모두 당신 것이고, 당신이 우리의 대왕이십니다. 우리는 당신의 처와 첩 들로, 주인님의 대를 잇는 새끼들의 어미가 될 준비를 모두 끝냈답니다…… 라랄라— 라라랄라— 라랄라— 땅바닥에 떨어진 밀짚모자는 바닥을 데굴데굴 구르는 조소삼의 몸에 눌려 빈대떡처럼 납작해졌다. 내 머리에는 아무 생각도 없었다. 귓가에는 아직도 밀짚모자 노래의 여음이 들려왔지만 그 역시 마침내 깊은 연못에 잠겨버리는 진주처럼 사라지고, 모든 것이 정상으로 회복되었다. 맑은 달빛을 받으며 한기가 느껴지자 나도 모르게 살갗에 소름이 돋았다. 이렇게 천하를 평정한 것인가? 이렇게 대왕의 자리에 오르는 것인가? 정말로 이렇게 많은 암퇘지들이 내게 필요한 것인가? 솔직하게 말해 당시에 나는 이미 암퇘지들과 교배할 마음을 잃은 지 오래였다. 하지만 엉덩이를 높이 쳐든 채 마치 난공불락의 성곽처럼 나를 에워싸고 있는 암퇘지들 때문에 바로 그 자리를 벗어날 수 없었다. 바람과 함께 사라지고 싶었지만, 저 멀리 높이서 들려오는 준엄한 목소리가 내 본분을 일깨웠다. 돼지왕, 조소삼이 암퇘지들과 교배할 권리가 없는 것처럼 너에게는 이곳에서 도망갈 권리가 없다. 암퇘지들과 교배하는 것은 너의 신성한 의무임을 잊지 마라! 라랄라— 라라랄라— 밀짚모자 노래가 진주처럼 물속에서 서서히 떠올랐다. 그렇다. 대왕에게 개인의 사사로운 사정은 있을 수 없었다. 대왕의 자지에는 정치적 의미가 담겨 있다. 내 맡은 바 임무를 충실히 수행하여 암퇘지들과 교배해야 했다. 내 맡은 바 임무를 충실히 수행하여 내 정액을 암퇘지들 자궁에 넣어야 했다. 생긴 게 예쁘건 추하건, 색깔이 희든 검든 상관없었으며, 암퇘지들이 처녀든 다른 종돈이 이미 올라탄 적이 있든 중요하지 않았다. 복잡한 문제는 선택이었다. 암퇘지들이 하나같이 다급한 마음으로 후끈 달아올라 있었다. 도대체 누구와 먼저 교배할 것인가? 달리 말하면, 어떤 암퇘지부터 성은을 내려야 하는가? 그 일을 도와줄 만한 거세돼지가 한마리 정도 필요하다는 생각이 절실했다. 거세돼지 중에도 대사를 치를 만한 돼지가 있었지만 이미 때는 늦었다. 오늘밤 자신의 책임을 다한 달님은 아쉬움을 뒤로한 채 서쪽으로 이동하다가 살구나무가지 끝에 걸린 채 붉은 얼굴을 반쯤 내밀고 있었다. 동쪽 하늘가로 상어 뱃가죽 같은 은백색 기운이 나타나기 시작했다. 동이 터올 무렵, 하늘의 별들이 유난히 빛났다. 나는 단단한 주둥이로 호접미의 엉덩이를 문지르며 첫번째 성은을 내릴 대상이 그녀임을 알렸다. 호접미가 한껏 애교를 떨며 꿀꿀거렸다. 대왕님, 대왕님! 소첩 이 시간만을 손꼽아 기다렸습니다……

나는 잠깐 동안 머릿속의 온갖 상념과 갖가지 잡념 들을 모두 털어내버리고, 순수한 종돈의 입장으로 돌아가 맡은 바 소임을 다하기로 마음먹었다. 앞발을 들어 호접미의 등 뒤로 올라갔다…… 라랄라— 라라랄라— 밀짚모자 노래가 갑자기 울려퍼졌다. 오케스트라와 함께 남성 테너의 힘찬 목소리가 하늘 끝까지 울려퍼졌다. 엄마의 밀짚모자, 달나라까지 날아갔어요— 나의 사랑과 꿈을 싣고 날아갔어요— 모든 질투심을 버린 암퇘지들이 서로의 꼬리를 물고 원을 그리며 밀짚모자 노래에 맞추어 나와 호접미를 둘러싼 채 춤을 추었다. 새소리가 가득하던 살구나무 농장이 서서히 붉게 물들어가는 가운데 나의 첫번째 교배가 성공리에 끝났다.

호접미의 등에서 내려왔을 때, 서문백씨가 사료통을 메고 국자를 이리저리 흔들며 걸어오는 모습이 눈에 들어왔다.

나는 마지막 남은 모든 힘을 써서 담벼락을 뛰어넘어 우리로 돌아가 백씨가 밥 주기를 기다렸다. 검은콩과 밀기울을 보자 입에 한가득 침이 고였다. 배가 고팠다. 우리로 들어서는 백씨의 얼굴이 노을빛에 온통 붉게 물들었다. 그녀가 눈물을 가득 담은 눈으로 감개무량한 듯 내게 말했다.
"열여섯번째 돼지야, 금룡과 해방이 혼례를 치르고 너도 혼례를 치른 걸 보니 모두 다 컸구나……"

제30장

신비의 머리카락 덕분에 소삼의 목숨을 구하고
단독이 엄습하여 많은 돼지들을 죽이다

그해 8월, 날씨가 유난히 후덥지근하고 하늘에 구멍이 뚫린 듯 비가 자주 왔다. 돼지우리 옆 개울에도 가을비가 넘실거렸고 땅은 물기를 머금어서 빵처럼 부풀어올랐다. 수십 그루의 늙은 살구나무가 침수되어 잎이 모두 떨어지고 가련하게 그저 죽을 날만 기다리고 있었다. 돼지우리에서 들보와 도리 역할을 하던 버드나무에 긴 잔가지들이 나 있었고, 울타리 역할을 하던 수숫대에도 회백색 곰팡이가 잔뜩 피어올랐다. 돼지들이 싸놓은 똥오줌이 발효되기 시작하면서 돼지우리에 썩는 냄새가 진동했다. 게다가 원래 겨울잠을 자기 시작해야 할 개구리들이 무슨 일인지 다시 교배를 시작한 탓에 매일 밤마다 논밭에서 시끄럽게 우는 소리로 잠을 이루지 못하곤 했다.

얼마 지나지 않아 이번에는 멀리 떨어진 당산(唐山)에서 큰 지진이 일어났다. 지진의 여파가 여기까지 전해져 기초공사가 부실한 돼지우리 십여채가 무너지고 내가 살던 우리의 들보에서도 끼익끼익 소리가 났다. 설상가상으로 운석, 거대한 유성이 비처럼 떨어지면서 눈부시게 강력한 빛과 함께 굉음을 토해내면서 어둠의 장막을 가르고 지축을 흔들며 땅에 떨어졌다. 당시 이십여 마리의 암퇘지가 내 새끼를 갖고 있었다. 솟아오를 대로 오른 불룩한 배에 커다란 유두를 갖고 곧 해산을 준비하고 있었다.

조소삼은 여전히 내 옆 우리에 살았다. 나와 결투 뒤, 오른쪽 눈은 실명했고 왼쪽 눈은 희미하지만 그대로 시력을 유지했다. 조소삼의 불행에 나는 정말로 유감을 표명하지 않을 수 없었다. 봄에 나는 조소삼에게 사과의 의미로, 나와 여러 번 교배를 하고서도 새끼를 갖지 못한 암퇘지 두 마리와 조소삼이 나서서 교배해주면 좋겠다는 생각을 전했다. 하지만 그가 그렇게 침울한 음색으로 거절할 줄은 미처 생각지 못했다.

"열여섯번째 돼지야, 열여섯번째 돼지야, 자고로 선비란 죽음을 당했으면 당했지 모욕은 당하지 않는 법이다. 나 조소삼은 졌으면 그것으로 끝이니, 부디 자중하라고. 더이상 이런 방식으로 날 모욕하지 말고!"

조소삼의 말에 감동한 나는 지난날의 경쟁상대를 달리

보지 않을 수 없었다. 사실 결투에 지고서, 조소삼은 진중해졌다. 먹을 것을 밝히고 수다스럽던 예전 모습은 찾아볼 수 없었다. 하지만 모든 불행은 겹쳐서 온다고 하지 않던가? 더 큰 불행이 그를 향해 점점 다가오고 있었고, 그 불행은 나와 관계가 있다고도, 없다고도 할 수 있었다. 돼지사육장 사육사들이 나와 여러 번 교배를 하고도 임신이 되지 않은 암퇘지 두 마리를 조소삼과 교배시키려 했지만, 조소삼은 암퇘지들 뒤에 그저 말없이, 전혀 흔들림없이, 석고상처럼 차갑게 앉아만 있었다. 조소삼의 성기능이 사라졌다고 판단한 사육사들은 퇴물 돼지들의 육질을 개선하기 위한 방법인 거세를 조소삼에게 쓰기로 결정했다. 너희 인간들의 참으로 부끄럽기 짝이 없는 발명이었다. 어쨌든 조소삼은 그 형벌을 당했다. 아직 채 자라지 않은 새끼돼지는 거세가 채 몇 분도 걸리지 않는 작은 수술에 불과하지만 조소삼처럼 성숙한 수퇘지에게는—기몽산에서 불타는 로맨스도 분명 있었으리라—그야말로 목숨이 걸린 대수술이었다. 십여명의 민병들이 조소삼을 그 휘어진 살구나무 아래에 누이려고 안간힘을 썼다. 조소삼의 저항은 전에 본 적이 없을 정도로 강력했다. 적어도 민병 세 명은 손이 피범벅이 될 만큼 세게 물렸다. 그들은 조소삼의 다리를 각자 하나씩 붙들어 하늘을 향해 벌렁 자빠지게 만들고는 긴 나무작대기를 그의 모가지에 대고 눌렀다. 나무작대기 양끝에 민병이 각각 서서 힘껏 조소삼을 누르고는 그의 주둥이에 오리알만한 매끄러운 자갈을 집어넣어 삼키지도 토하지도 못하게 만들었다. 조소삼을 거세시키는 악행을 저지른 인간은 대머리로, 양쪽 구레나룻과 머리 뒤통수에 듬성듬성 흰머리 몇올밖에 남지 않은 노인네였다. 그 인간에게 원래 복수심을 갖고 있던 나는 사람들이 그의 이름을 부르는 소리를 들으며, 그가 내 두 차례 전생의 숙적 허보라는 사실이 불현듯 떠올랐다. 그놈은 이미 나이가 들 대로 든데다가 천식까지 심해져 조금만 몸을 움직여도 숨을 헐떡이며 기침을 해댔다. 조소삼을 붙잡을 때는 멀리 떨어져 구경만 하던 작자가 민병들이 조소삼을 제압해놓자 바로 다가왔다. 그의 눈에서 직업적인 흥분의 광채가 번득였다. 죽여도 시원찮은 작자가 아직도 살아서 조소삼의 불알을 간단하게 잘라내고는 상처에 석회가루를 아무렇게나 뿌린 뒤 망고만한 크기의 자홍빛 물건(불알) 두 개를 들고 저쪽으로 사라졌다. 금룡이 그에게 묻는 말이 들려왔다.

"허보아저씨, 상처 부위를 꿰매야 하는 거 아닙니까?"

허보가 숨을 헐떡이며 말했다. "꿰매긴 뭘 꿰매!"

민병들이 사방으로 흩어지자 자리에서 천천히 일어난 조소삼이 입에 물려 있던 자갈을 뱉어냈다. 참기 힘든 엄청난 통증이 전신을 휩싸는 듯 온몸이 떨렸고 등의 털들이 칫솔모처럼 일제히 꼿꼿이 일어섰다. 그의 뒤쪽 상처에서 피가 샘물처럼 콸콸 흘러나왔다. 조소삼은 아무런 신음소리도 내지 않았고, 그렇다고 울지도 않았다. 다부지게 꽉 다문 어금니가 엇갈릴 때마다 '뿌드득' 이 갈리는 소리가 났다. 허보는 살구나무 아래서 피묻은 조소삼의 불알을 들고서 기쁨을 감추지 못하고 주름이 깊이 팬 얼굴에 그대로 흘러나왔다. 이 잔인무도한 늙은이가 동물의 불알을 즐겨먹는다는 것은 알고 있었다. 나귀였을 때의 기억이 갑자기 생생하게 떠오르면서, 그가 '잎에 숨어서 복숭아 따먹기' 전법을 이용해 내 불알 한쪽을 잘라낸 것도 모자라서 고추랑 볶아먹은 것이 생각났다. 조소삼의 복수를 위해, 나 자신의 복수를 위해, 저 늙은 악당의 손에 고자가 되어버린 말과 나귀, 소와 돼지 들의 복수를 위해서라도 나는 정말이지 단숨에 담을 뛰어넘어 저 자식의 불알을 물어뜯고 싶었다. 누구에게도 두려움이란 것을 느낀 적이 없지만, 솔직히 말해 허보 저 악당만큼은 두려웠다. 저 늙은이는 우리 수컷들의 천적이었다. 그의 몸에서 흘러나오는 것은 냄새도, 에너지도 아니라 모골을 송연하게 만드는 어떤 기운이었다. 그것은 삶과 죽음을 가르는 경계이자 수컷을 거세하는 장(場)이었다.

살구나무 아래로 힘들게 걸음을 옮긴 우리의 조소삼은 배 한쪽을 나무에 기대고는 천천히 몸을 오그렸다. 조그만 분수처럼 솟구치는 피가 그의 뒷다리를 붉게 물들이고도 모자라 그가 앉아 있는 뒤쪽 땅까지 흥건하게 적셨다. 찌는 듯이 더운 날씨인데도 그는 사시나무 떨듯 몸을 떨었다. 이미 시력을 잃은 눈인지라 더이상 그의 눈빛을 읽어낼 수 없었다. 라랄라— 라라랄라— 밀짚모자 노래의 선율이 천천히 울려퍼졌지만 가사는 크게 바뀌어 있었다. 엄마— 내 불알이 사라졌어요. —엄마가 제게 주신 불알이 사라졌어요. —내 눈에 눈물이 가득 고였고 처음으로 동병상련의 깊은 아픔을 체험했다. 그리고 별로 정정당당하지 못했던 내 결투방식이 부끄러워졌다. 금룡이 허보에게 따지는 소리가 들렸다.

"아저씨! 제기랄, 어떻게 된 거예요? 혹시 혈관이라도 자른 거 아니에요?"

"형씨, 뭘 그런 것 가지고 그래? 저 정도 나이든 수컷들은 다 그래." 허보가 차갑게 말했다.

"그래도 뭔가 손을 써야 하는 거 아닙니까? 저렇게 피를 흘리다간 금세 죽고 말 거예요." 금룡이 걱정스럽게 말했다.

"죽어? 죽으면 더 잘됐지 뭘 그래?" 허보가 겉으로만 웃는 얼굴로 말했다. "이놈은 그래도 살이 좀 붙어서 적어도 이백근은 나가겠는걸. 수퇘지 살이 좀 질기긴 해도 두부보다야 맛있잖아!"

조소삼이 아직 죽지는 않았지만 나는 그가 분명 죽음을 생각했을 것이라고 짐작했다. 수퇘지로서 이런 형벌을 받으면 육체적 고통보다 정신적 고통이 훨씬 더 감내하기 힘들었다. 단순한 고통의 차원을 넘어 참기 어려운 수모였다. 조소삼이 흘린 많은 피는 어림잡아 두 대야가 넘었다. 그 늙은 살구나무에 조소삼의 피가 스며든 때문인지 이듬해 이 나무에 열린 살구에는 황금색 과육에 붉은 실핏줄 같은 것이 잔뜩 있었다. 엄청난 양의 피를 흘린 조소삼의 몸이 바짝 말라 쭈글쭈글 오그라들었다. 나는 우리에서 뛰쳐나와 그의 앞에 서서 뭔가 위로의 말을 전하고 싶었지만 적절한 말을 찾지 못했다. 나는 예전에 발전기가 있던 창고 위로 자란 토마토줄기에서 부드럽고 연한 토마토를 따서 그 앞으로 물고 갔다.

"이봐, 이거라도 좀 먹어봐. 뭐라도 먹으면 몸이 좋아지지 않을까……"

조소삼은 고개를 틀고 잘 보이지도 않는 왼쪽 눈으로 쳐다보면서 꽉 다문 어금니 사이로 흘러나오는 말로 대꾸했다. "열여섯번째 돼지야…… 오늘 내 모습이 바로 앞으로의 네 모습이란 걸 알아둬…… 이게 바로 수퇘지의 운명이지……"

말하면서 그가 고개를 숙였고 그의 몸을 지탱하고 있던 근육과 뼈에서 일시에 힘이 빠지는 것 같았다.

"조소삼! 조소삼!" 내가 소리를 질렀다. "죽으면 안돼. 조소삼……"

하지만 조소삼은 대답이 없었다. 내 눈에서 뜨거운 눈물이 줄줄 흘렀다. 후회와 원망이 섞인 눈물이었다. 나는 자신을 돌아보며 반성하고 참회했다. 겉으로 보면 저 늙은 잡종 허보의 손에 죽음을 당한 것이지만, 사실 따져보면 내 손에 죽은 것이나 진배없었다. 라랄라— 라라랄라— 조소삼 나의 벗이여, 편히 가시게. 자네의 영혼이 어서 빨리 염라전에 가서 염라대왕이 좋은 곳으로 윤회시켜주길 내 기도함세.

다음세상에서는 꼭 사람으로 윤회하길 빌겠네. 아무 걱정 없이 윤회하길 빌겠네. 남은 복수는 내가 꼭 해주겠네. 내가 저놈 허보의 방식으로 허보놈을 처치해주겠네……

내 머리에 온갖 생각들이 스쳐가는 사이 호조의 인도를 받아 보봉이 약상자를 메고 빠른 걸음으로 걸어왔다. 그때 금룡은 아마도 허보 집 낡은 마호가니 흔들의자에 앉아 허보의 장기 요리 — 돼지불알 고추볶음 — 를 먹으면서 술을 마시고 있었을 것이다. 여자들의 마음은 늘 남자들보다 자상하고 선했다. 이마에 뻘뻘 땀을 흘리면서 눈물이 가득 고인 두 눈으로 못생긴 수퇘지가 아니라 자신의 혈육을 대하듯 정성들여 조조삼을 대하는 호조를 보라. 그때는 벌써 음력 3월경으로 너희가 결혼한 지 이 개월이 다 된 때였다. 너와 황합작이 방호의 면화가공공장에 출근한 지 한 달이 되던 때이다. 면화가 이제 막 꽃이 피고 열매가 맺기 시작하여, 새 면화가 출시되려면 아직 삼 개월 정도 남아 있었다.

—그때의 나—남해방—는 면화검사실 주임을 따라 여러 마을과 현성에서 파견된 아가씨들과 함께 넓은 마당의 잡초를 모두 제거하고 바닥을 골라, 면화를 구매할 만반의 준비를 하고 있었다. 주조(周遭, 져우짜오)는 1천무에 달하는 제5면화가공공장 부지 주변 고분에서 꺼내온 벽돌로 담을 만들었다. 하나에 일전 하는 새 벽돌을 쓰는 대신 삼푼밖에 하지 않는 고분 벽돌로 담벼락을 세우자는 묘안은 방호가 공장건설경비를 절감하기 위해 짜낸 것이다. 오랫동안 이곳

사람들은 나와 황합작이 부부인지 알지 못했다. 나는 남자기숙사에 살았고 그녀는 여자기숙사에서 살았다. 면화가공공장처럼 계절을 타는 곳은 기혼남녀를 위한 특별기숙사를 만들어줄 수 없는 형편이었다. 하긴 부부기숙사가 따로 있어도 우리는 같이 살지 않았을 것이다. 나는 우리의 부부관계가 마치 소꿉장난처럼 현실로 느껴지지 않았다. 갑자기 꿈에서 깨어보니 누군가 나에게 앞으로 황합작이 너의 색시이고, 넌 황합작의 신랑이야라고 말한 것만 같았다. 정말 황당하고 받아들이기 힘든 현실이었다. 나는 호조에게는 사랑의 감정을 가지고 있었지만 합작에게는 사실 아무런 감정도 없었다. 그것이 바로 내 평생 괴로움의 근본원인이었다. 처음 면화가공공장에 간 그날, 내 눈에 방춘묘(龐春苗, 팡츈먀오)가 들어왔다. 그때 그녀는 만 여섯살이었다. 흰 치아와 붉은 입술, 별처럼 반짝이는 두 눈, 매끄러운 피부. 그녀는 크리스털 인형처럼 귀엽고 사랑스러웠다. 그녀는 면화가공공장 정문 앞에서 물구나무서기를 연습하고 있었다. 머리에 나비 모양의 씰크리본을 매고, 푸른색 짧은 치마와 흰 반팔 블라우스를 입고, 짧은 흰색 양말에 붉은색 에나멜샌들을 신고 있었다. 그녀가 몸을 앞으로 기울인 채 두 손으로 땅을 짚고 두 발을 힘껏 머리 위로 치켜올리고 부채꼴로 물구나무를 선 채 걷기 시작하자, 구경하던 사람들이 모두 박수를 치고 환호성을 질렀다. 그녀의 어머니인 왕낙운이 달려가 물구나무선 그녀의 다리를 잡고 바로 일으키면서 말했다.

아가, 바보 같은 짓 하지 마. 소녀가 제대로 놀지도 못했다는 듯이 아쉬워하며 말했다. 나 아직 더 할 수 있는데……

그때의 상황이 또다시 생생하게 내 눈앞에 펼쳐졌지만 세월은 이미 삼십년이나 훌쩍 흘러 있었다…… 그때 설사 제갈량이 살아나고 유백온(劉伯溫, 유명한 「적천수」의 저자—옮긴이)이 부활한다 해도 훗날 이 남해방이 사랑을 위해 가정과 직장을 버리고 그 소녀아이와 야반도주하여 고밀 동북향 역사상 가장 화제가 되었던 추문의 주인공이 되리라고는 점치지 못했을 것이다. 이 추문은 언젠가 미담으로 승화될 것을 믿어 의심치 않았다. 나와 방춘묘가 가장 힘들어하던 때, 나의 친구 막언이 우리에게 그렇게 예언했다……

어이. 대두 남천세가 법관이 법봉을 두드리듯이 탁자를 두드리는 소리에 나는 추억 속에서 깨어나 정신을 차렸다. 허튼 생각 그만하고 정신차리고 내 말이나 잘 들어. 너의 그 너절한 과거는 나중에 실컷 그리워하면서 떠벌리고, 지금은 정신을 집중해서 내가 하는 말이나 잘 들으라고. 내가 돼지였던 시절의 영광스런 역사를 잘 들으란 말이야! 그런데 내가 어디까지 이야기했더라? 그래 맞아, 네 누이 보봉이 네 형수—그래도 형수는 형수 아니겠어?—호조와 함께 거세 수술로 거의 죽음 직전이던 조소삼을 구하러 헐레벌떡 달려왔다고 이야기했지. 예전에는 살구나무에 얽힌 낭만적인 이야기를 꺼내기만 해도 입에 거품을 물고 쓰러졌지만, 지금은 너를 다시 그 나무에 데려가도 아마 오랫동안 전쟁을 치른 뒤 상처를 입고 퇴역한 노병이 옛 전쟁터를 방문하여 긴 한숨을 토해내듯 하겠지? 시간이라는 위대한 의사는 아무리 지독한 상처라고 해도 결국 모든 상처를 아물게 하지. 이런 제기랄, 그때 돼지였던 내가 무슨 생각이 그리 많담!

  보봉과 호조가 조소삼을 살리려고 그 나무 밑으로 달려왔다. 내가 조소삼의 오랜 친구처럼 눈물이 그렁그렁한 눈으로 그 옆에 서 있는 동안 그곳에 도착한 그녀들은 나와 마찬가지로 처음에는 조소삼이 죽은 줄 알았는데, 몇가지 검사를 해보더니 조소삼의 숨이 미약하게나마 뛰고 있다는 것을 알았다. 하지만 확실히 조소삼은 죽기 일보직전이었다. 보봉은 원래 사람에게 사용하는 약품을 그를 위해 쓰기로 결정했다. 그녀는 강심제와 지혈제 그리고 고밀도 포도당을 비롯해 갖고 있던 모든 약품을 그의 몸에 주사했다. 특히 여기서 꼭 이야기해야 할 것은 보봉이 조소삼의 상처를 봉합해준 일이다. 보봉의 상자에 의료용 봉합바늘과 실이 없는 것을 보고는 호조가 무슨 생각이 들었는지 자기 옷깃에 꽂혀 있는 바늘을 빼들었다 ― 이미 결혼한 여자들은 앞섶이나 틀어올린 머리에 습관처럼 바늘을 꽂고 다니는 것은 흔한 일이다 ― 바늘은 있어도 실이 없는 상황에서 잠시 생각에 잠겼던 호조가 얼굴을 살짝 붉히며 말했다.

  "내 머리카락을 쓰면 안될까?"

  "언니 머리카락을?" 보봉이 어리둥절한 말투로 물었다.

  "내 머리카락은 길어." 호조가 말했다. "내 머리카락에는 혈맥이 있잖아!"

"언니." 보봉이 감동한 듯 말했다. "언니, 언니 머리카락 정도면 소중한 아이들한테나 써야지, 이런 돼지한테 사용하기는 정말 아까워요."

"아가씨도 참." 호조가 감동한 듯이 말했다. "내 머리카락은 말갈기처럼 쓸모도 없는걸 뭐. 머리카락에 문제만 없었다면 예전에 잘라버렸을 거야. 내 머리카락은 자르지는 못해도 뽑아 쓰는 건 괜찮아."

"언니, 정말 괜찮겠어요?"

보봉이 주저하는 사이 호조가 어느새 머리카락을 두 올 뽑아들었다. 세상에서 가장 신기하고 가장 소중한 머리카락이었다. 150센티미터 되는 길이에 어두운 황갈색 머리카락은—당시에는 모두 흉을 보는 머리색이었지만 지금 보면 고귀하고 아름다운 색이다—보통사람에 비해 훨씬 두껍고 질겨서 육안으로도 그 강도를 느낄 수 있었다. 호조가 머리카락을 바늘귀에 꿰어 보봉에게 건네자 보봉이 알코올로 조소삼의 상처를 깨끗이 소독한 뒤 핀셋으로 바늘을 잡고는 호조의 신비한 머리카락으로 조소삼의 상처를 말끔히 꿰맸다.

눈물을 줄줄 흘리고 있는 나를 본 호조와 보봉이 나의 의리있는 모습에 무척 감동한 듯했다. 호조가 뽑은 두 올의 머리카락 가운데 한 올은 조소삼의 상처를 꿰매는 데 쓰고, 다른 한 올은 호조가 버린 것을 보봉이 다시 주워 붕대로 잘 싸서 약상자에 집어넣었다. 시누이와 올케 두 사람은 한동안 조소삼의 상태를 관찰한 뒤, 죽고사는 것은 저한테 달렸어, 우리는 할일 다했어,라고 말한 뒤 함께 가버렸다.

주사한 약품 때문인지 호조의 신비한 머리카락 덕분인지 조소삼의 상처에서 흐르던 피가 멈추고 맥박도 정상으로 돌아왔다. 백씨가 조소삼을 위해 정성스레 만든 죽을 가져다 먹이자 조소삼이 땅바닥에 무릎을 꿇은 채 천천히 마셨다. 조소삼이 기사회생한 것은 실로 기적이었다. 호조는 이 모두가 보봉의 탁월한 의술 덕분이라고 금룡에게 말했지만, 나는 왠지 호조의 신비한 머리카락 때문에 조소삼이 살아난 것만 같았다.

수술 뒤에 조소삼은 어서어서 많이 먹고 마셔서 하루빨리 살이 찌라는 사람들의 바람을 저버린 채—거세돼지가 살이 찌는 것은 곧 도살을 의미했다—먹고 마시는 데에 아주 절제했다. 게다가 나는 조소삼이 매일 밤이면 돼지우리에서 등줄기에 땀이 나 방금 목욕한 것처럼 털이 흥건하게 젖을 때까지 팔굽혀펴기 운동을 한다는 걸 알고 있었다. 그에게 존경심과 함께 약간의 두려움을 느꼈다. 세상에서 참기 어려운 모욕을 당하고, 죽을 고비를 넘긴 채 낮에는 사색에 잠기고 밤이면 운동을 일삼는 나의 형제가 도대체 무슨 생각을 하는지 가늠하기 힘들었다. 조소삼은 원래 영웅으로 타고난 종자였다. 허보의 칼이 깨달음을 주었고 조소삼이 영웅이 되는 길을 더욱 앞당겼다. 나는 조소삼이 안일하고 게으른 우리 생활에 적응하며 돼지우리에서 일생을 마칠 것이라고는 생각지 않았다. 조소삼 가슴에는 뭔가 웅대한 계획이 있는 게 분명했다. 그 계획은 분명 우리를 도망치는 것이리라…… 하지만 제대로 앞도 보지 못하는 돼지가 우리 밖으로 도망친다고 해도 무슨 일을 할 수 있을까? 그래, 이런 의문은 그만두자. 이제 나는 다시 그해 8월에 일어난 일로 돌아가야겠다.

나의 암돼지들이 막 해산을 앞둔 그때, 1976년 8월 20일 전후해서 수많은 돼지들에게 범상치 않은 예후가 발생한 뒤, 전염병이 걷잡을 수 없이 돼지우리를 습격했다.

우선 '팽두풍(碰頭瘋, 펑터우펑)'이란 거세돼지가 기침 고열과 함께 음식을 거부하기 시작하더니 그와 같은 우리에 있는 네 마리 다른 돼지들마저 똑같은 증상에 시달리기 시작했다. 돼지사육사들은 팽두풍을 비롯한 몇몇 돼지들이 여기 돼지우리에서 워낙 미운 짓만 골라한 탓에 별로 신경도 쓰지 않았다. 그 돼지들은 아무리 먹어도 평생 사라지지 않는 작고 늙은 돼지들이었다. 멀리서는 정상적인 영양상태에서 정상발육을 시작한 삼 개월에서 오 개월 된 새끼돼지들과 별차이가 없어 보이지만 가까이서 보면 거칠고 건조한 털과 거친 피부, 늙고 간교하게 생긴 추잡스런 얼굴에 실로 경악을 금치 못할 정도였다. 그 돼지들은 세상 고생이란 고생은 다 경험해본 돼지들이었다. 엄청난 양을 먹어치우면서도 체중은 전혀 늘지 않는 탓에 그 돼지들은 기몽산에 있을 때도 거의 이 개월에 한번씩 이리저리로 팔려다녔다. 그들은 완전히 사료만 축내는 괴물들로, 소장(小腸)이 없는 것 같았다. 목구멍에서 위로, 위에서 대장까지가 곧장 직선으로 연결된 것처럼 아무리 좋은 사료를 아무리 많이 먹여도 먹은 뒤 채 한 시간도 되지 않아 모두 똥구린내가 진동하면서 설사로 배출해버렸다. 그 돼지들은 한평생 배고프다고 미친 듯이 울부짖었다. 째진 눈이 충혈된 채 포만감이 들지 않으면 머리로 담벼락과 철문을 박아댔다. 그도 성에 차지 않으면 점점 더 미쳐날뛰며 입에 거품을 물고 기절할 때까지 사방을 머리로 박고 다녔다. 그리고 깨어나면 다시 계속 머리로 박았다. 그 돼지들을 사들인 주인들은 이 개월쯤 사육해도 체중이 똑같은데다 온갖 미운 짓을 다 하는 것을 보고는 곧바로 시장에 내다팔았다. 물론 '차라리 잡아먹지 왜 살려두느냐?'고 묻는 사람도 있겠지만 그놈들을 일단 보게 되면 뭐라고 설명할 필요도 없이 그놈들을 잡아먹으라는 말을 더이상 꺼내지 않을 것이다. 그놈들에게 붙어 있는 살덩어리들은 똥통에 사는 두꺼비보다 징그럽고 더럽게 느껴졌다. 바로 그 이유 때문에 이놈들은 여태껏 생명을 유지할 수 있었다. 이놈들은 기몽산에서 이 사람 저 사람 손에 팔려다니다 결국 턱없는 헐값에 금룡 차지가 된 것이다. 하지만 아무리 싸더라도 놈들은 어쨌든 돼지여서, 이곳 살구나무 농장에서 사육하는 돼지의 머릿수를 채워준 것만큼은 부인할 수 없는 사실이었다.

갑자기 기침을 하고 고열이 나고 먹을 생각을 하지 않는 이런 처지의 돼지들에게 사육사들의 관심이 쏠릴 리 만무했다. 그놈들을 먹이고, 그놈들의 우리를 청소하는 사육사는 우리가 앞에서 몇번이나 언급했고, 앞으로도 계속 언급하게 될 막언선생이었다. 그의 「양돈기」가 세상에 널리 알려지고, 이런 작품을 집필하게 된 것은 우리 살구나무 농장에서 사육사로 일한 경험과 밀접한 관계가 있다. 유명한 백거만(白哥曼, 빠이꺼만) 감독이 「양돈기」를 영화로 만들고 싶어한다는 말도 들었지만, 영화를 찍을 만큼 많은 돼지를 구하는 일이 쉽지만은 않을 것이다. 닭과 오리처럼 잘 배합한 사료에 화학첨가제 같은 것을 먹고서 바보천치처럼 지능이 낮은 지금의 돼지한테서 우리가 살던 당시의 돼지 같은 당당한 모습은 눈을 씻고도 찾아볼 수 없다. 당시 돼지들은 튼튼한 다리와 높은 지능, 권모술수와 달변가 기질이 있고 생동감이 넘치고 개성이 뚜렷하여 지구상에서는 더이상 찾아보기 힘든 것들이었다. 오 개월만 키우면 삼백근으로 자라는 지금의 백치 같은 돼지들은 그런 돼지 연기에 자격미달이다. 그런 이유에서 나는 백거만 감독이 「양돈기」를 영화화하려는 꿈이 물거품될 거라고 생각했다. 맞다, 맞다, 맞다. 네가 거론하지 않아도 나도 할리우드도 알고 디지털 특수효과란 것도 알고 있다. 하지만 그런 것들은, 첫째 비용이 엄청 많이 들고, 둘째 기술이 복잡하다. 물론 무엇보다 중요한 것은 디지털 작업으로 만들어진 돼지가 나 열여섯번째 돼지의 당시 풍모를 재연하기란 불가능하다. 조소삼이나 호접미 그리고 팽두풍 같은 돼지들의 모습을 정말 그래픽으로 표현할 수 있을까?

막언은 지금도 자신은 농민이라면서 걸핏하면 국제올림픽위원회에 참가할 수 있도록 올림픽 종목에 김매기를 추가해달라는 서한을 보내고 있다. 사실 이것은 막언이 사람들을 놀라게 하려고 한 짓에 불과하다. 올림픽위원회가 김매기를 추가한다고 해도 그는 선수 자격을 얻지 못할 게 뻔하다. 거짓말쟁이들은 고향 사람을 가장 무서워한다. 프랑스인, 미국인, 상해사람, 북경사람을 다 속일 수 있어도 자기 고향 사람은 속이지 못한다. 그가 고향에서 돼지를 치며 저지른 갖가지 엉뚱한 일들을 우리는 손바닥 보듯이 훤히 다 알고 있었다. 그때 나는 돼지였지만 머리는 사람이나 진배없었다. 이런 특수한 상황이 오히려 사회와 마을, 그리고 막언을 이해하는 데 훨씬 더 편리했다.

막언이 모범적인 농민인 적은 단 한번도 없었다. 몸은 농촌에 있으면서도 머리는 늘 도시를 꿈꾸었고, 출신성분은 비천하면서도 부귀영화를 꿈꿨으며, 못생겼으면서도 미녀를 쫓아다녔고, 게다가 별로 아는 것도 없는 주제에 박사 흉내를 내고 다녔다. 이런 사람이 마침내 작가가 되어 북경에서 매일 만두를 먹으며 지낸다고 하니 위풍당당한 나 서문돼지는…… 어휴, 이해할 수 없는 세상일이 너무도 많으니 아무리 말해봐야 입만 아플 것 같다. 막언이 돼지를 사육할 때도 별로 좋은 사육사가 아니었다. 그가 나를 사육하지 않은 것은 내게는 큰 복이었고, 백씨가 나를 키운 것은 내게 크나큰 행운이었다. 내가 제아무리 똑똑한 돼지라고 해도 막언이 한 달만 키웠다면 반미치광이가 되었을 것이다. 나는 팽두풍 무리가 세상에서 갖은 고생을 한 것이 다행일지도 모른다고 생각했다. 그러지 않았다면 막언의 사육방식을 정말 참기 힘들었을 것이다.

물론 다른 각도에서 보면 막언이 돼지사육장에서 처음 근무할 때만 해도 그 동기만큼은 훌륭했다. 그는 원래 호기심이 많고 터무니없는 상상을 즐기는 망상가였다. 그는 처음에는 팽두풍 돼지들에게도 별다른 반감을 갖지 않았다. 그는 돼지들이 사료를 잘 먹어도 살이 오르지 않는 이유가 음식물들이 위장에서 머무르는 시간이 너무 짧기 때문이라 만약 음식물이 위장에서 머무르는 시간을 연장할 수 있다면 음식물 속 영양분을 흡수할 것이라고 생각했다. 그의 이러한 생각은 문제의 핵심을 찌른 것으로 자신의 생각을 곧바로 실험에 옮겼다. 그의 해결방법 가운데 최악은 돼지들의 항문에 개폐기를 달아 인간이 그것을 통제한다는 생각이었다. 하지만 방법 자체가 실현할 수 없는 것이어서 그는 뭔가 음식물에 섞을 첨가제를 찾기 시작했다. 한약이든 양약이든 설사를 멈출 약물을 찾을 수는 있었지만 문제는 엄청 비싼 데다 사람한테 쓰는 것들이었다. 그는 처음에 음식물에 풀과 나무의 재를 섞어 팽두풍 돼지들에게 먹이기 시작했다. 팽두풍 돼지들은 막언에게 욕을 퍼부으며 먹기를 거부한 채 사방에 머리를 박아댔지만 막언은 뜻을 굽히지 않았다. 결국 팽두풍 돼지들은 하는 수 없이 그것을 먹었다. 나는 그가 돼지사료통을 두드리며 돼지들에게 하는 말을 들은 적이 있었다. 먹어, 먹어. 이걸 먹으면 눈도 밝아지고, 마음도 밝아져서 위장도 튼튼해질 거야. 풀과 나무, 잿가루를 먹인 뒤에도 별다른 효과를 보지 못하자 막언은 다시 사료에 콘크리트를 첨가했다. 뭔가 효과가 있는 듯도 했지만 이 방법은 하마터면 팽두풍 돼지들의 목숨을 앗아갈 뻔했다. 배가 아프다며 바닥에서 데굴데굴 구르던 팽두풍 돼지들이 돌덩이처럼 딱딱한 똥을 눈 뒤에야 겨우 살아났다.

막언을 향한 팽두풍 돼지들의 원망이 하늘을 찌를 때쯤 숱한 방법을 동원해도 나아지지 않는 이 돼지들을 향한 막언의 미움과 증오도 극에 달했다. 그 당시 너와 합작이 면화가공공장으로 갔기 때문에 자기도 면화가공공장으로 가게 될까봐 매우 불안하던 차였다. 그는 사료를 통에 들이부은 뒤 기침과 고열에 시달리며 꽥꽥거리는 팽두풍 돼지들에게 외쳤다. "이 요물들아, 왜 그래? 단식하는 거야? 죽으려고 작정이라도 한 거야? 그래, 아주 잘됐네! 죽으려거든 어서 죽어! 너희는 돼지도 아니야. 아예 돼지라는 이름이 아깝다. 너희는 모두 인민공사의 귀중한 사료를 축내는 반혁명분자들이야!"

이튿날, 팽두풍 돼지들이 모두 저세상으로 갔다. 돼지들의 시체에는 동전만한 크기의 자색 반점이 가득했다. 눈을 부릅뜨고 죽은 것이 마치 죽어서도 눈을 감지 못하겠다는 듯이 억울한 모습이었다. 앞에서 이야기했듯이 그해 8월은 유난히 비가 많고 후덥지근하고 습한 여름으로 모기와 파리 떼도 극성을 부렸다. 인민공사 수의검역소에서 파견한 수의사 관(管, 관)씨가 뗏목을 타고 홍수가 난 강을 건너 살구나무 농장의 돼지우리로 왔을 때, 이미 퉁퉁 부어오른 팽두풍 돼지들의 사체에서는 썩는 냄새가 진동했다. 비닐 우비와 장화를 신은 관씨가 마스크를 쓴 채 돼지 울타리 벽 밖에 서서 안을 보며 말했다. "급성 단독(丹毒)이니 어서 화장하고 묻도록 하게!"

양돈장 사람들은—물론 막언도 포함되었다—관씨의 지휘 아래 팽두풍 돼지 다섯 마리를 우리 밖으로 끌어내 살구나무 농장 동남쪽 모퉁이에 구덩이를 팠다—50센티미터 정도 깊이로 파들어갔을 때 지하수가 갑자기 펑 터져 솟아올랐다—사람들은 돼지들을 그곳에 버리고 휘발유를 뿌린 뒤 불을 붙였다. 남동풍이 부는 계절에 썩은 냄새가 진동하는 검은 연기가 양돈장을 뒤덮은 것도 모자라서 마을을 향해 날아가기 시작했다—저 멍청한 녀석들이 시체를 태우려고 고른 장소가 잘못된 것이 분명했다—나는 주둥이를 진흙 속에 처박은 채 세상에서 가장 무서운 냄새로부터 도망쳤다. 사체를 태우기 바로 전날 밤 조소삼이 벌써 돼지우리를 넘어 개울을 지나 동북쪽 광활한 들판으로 도주했다는 것을, 나중에 이 일이 다 지나고서야 알았다. 심각하게 오염

된 농장의 공기는 조소삼의 건강에 아무런 영향도 주지 않았다.

이어 발생한 일은 소문으로는 들었어도 직접 목격하지는 못했을 것이다. 빠르게 확산되는 바이러스로 인해 해산을 앞둔 스물여덟 마리 암퇘지를 비롯하여 돼지우리 안에 있던 팔백여 마리의 돼지들이 거의 다 단독에 감염되었다. 하지만 나는 강한 면역력 덕분에 감염되지 않았다. 모두 다 백씨가 나의 사료에 대량의 마늘을 넣은 덕분이었다. 그녀가 나를 달래듯 말했다. 열여섯번째 돼지야, 마늘을 꺼려하지 마라. 맵긴 해도 마늘을 먹으면 다른 병균들이 절대 들어오지 못한단다. 나는 이 병의 위험성을 너무도 잘 알고 있었기에 살아남기 위해 그깟 매운 것쯤은 아무것도 아니라고 생각했다. 전염병이 나돌던 그 시절 내가 먹은 것은 사료가 아니라 사료통에 가득 든 마늘이었다고 해도 과언이 아니었다! 너무 매워 눈물이 줄줄 흐르고 땀이 비오듯 흐르고 입천장이 다 헐었지만 어쨌든 나는 그 덕분에 이번 재앙을 잘 넘길 수 있었다.

대부분의 돼지들이 감염된 뒤 수의사 몇명이 다시 강을 건너 찾아왔다. 사람들은 수의사들 가운데 유난히 체구가 크고 여드름이 잔뜩 난 여성을 소장님이라고 불렀다. 그녀는 단호한 태도로 일사분란하게 지휘했다. 그녀가 양돈장 사무실에서 현으로 거는 전화 소리는 삼리 밖에서도 들릴 정도였다. 그녀의 지시에 따라 몇몇 수의사들이 암퇘지들에게 주사를 꽂아 피를 뽑았다. 해질 무렵 모터보트 한척이 강을 따라내려와 급한 약품들을 실어왔다. 이렇게 감염된 대부분의 돼지들이 목숨을 잃자, 활기 넘치던 살구나무 농장이 그대로 와해되었다. 죽어 나자빠진 돼지 사체들이 산처럼 쌓여 화장조차 할 수 없자 아예 땅속에 파묻으려고 했지만 조금만 파도 터지는 지하수 때문에 구덩이조차 팔 수 없었다. 다른 해결책을 찾지 못하던 사람들은 수의사들이 떠난 뒤에 야밤을 틈타 죽은 돼지들을 수레에 실어 강둑으로 끌고 가서는 넘실거리며 흘러가는 강물에 버렸다. 둥둥 떠내려간 돼지 사체들의 종적은 알 수 없었다.

돼지들의 사체를 처리하고 나자 벌써 9월초였고, 다시 몇번의 폭우가 쏟아졌다. 날림공사를 한 넓은 돼지우리는 연이은 폭우로 인해 기반이 약해졌는지 하룻밤 사이에 대부분 폭삭 주저앉았다. 금룡이 북쪽 방에서 대성통곡하는 소리가 들렸다. 야심이 가득하던 금룡이 폭우로 지연된 군대 지원부대 참관단 활동에 끼어 자신의 재능을 맘껏 발휘함으로써 그들의 눈에 들려고 했지만, 돼지는 죽고 축사는 무너져 농장이 완전히 폐허가 되었으니 모든 게 끝장나버렸다. 이런 상황에서 찬란했던 시절을 되돌아보고 있자니 내 마음이 한없이 참담했다.

제31장

막언은 상단장에게 꼬리를 치며 아부하고
남검은 모주석 때문에 통곡하며 화를 내다

9월 9일 그날, 산이 무너지고 땅이 갈라지는 엄청난 사건이 일어났다. 그날, 여러분의 모택동 주석이 오랜 치료에도 불구하고 불행히도 세상을 떠났다. 물론 여기서 우리의 모택동 주석이라고 해도 되겠지만 당시 내가 돼지였던만큼 그렇게 부르는 것이 괜히 불경스럽지 않을까 한다. 마을 뒤쪽 큰 하천 제방이 홍수로 범람하면서 전봇대가 부서지고, 그 때문에 전화는 물론 유선스피커도 먹통이 되었다. 모택동 주석이 세상을 떠난 소식은 금룡의 라디오로 들었다. 금룡의 라디오는 그의 절친한 친구인 상천홍이 선물했다. 상천홍은 당시 군사관리위원회 치안부서에서 건달로 체포되었다가 증거 부족으로 무죄 석방되었다. 이리저리 옮겨다니다

인생은 고달파 85

가 결국 현의 묘강(猫腔, 산동지방의 전통 민속극—옮긴이) 가극단 부단장으로 배치받았다. 음악학교에서 손꼽히는 수재였던 그가 가극단 부단장이 된 것은 그야말로 전공을 그대로 살린 것이었다. 자신의 일에 푹 빠진 그는 혁명가극 여덟 개를 모두 묘강 가극으로 옮긴 것은 물론 시대상황에 맞춰 우리 살구나무 농장에서 돼지 키우던 일을 소재로 자신이 직접 대본을 쓰고 연출한「양돈기」를 새롭게 선보였다—막언녀석이 자신의 소설「양돈기」후기에 이 일을 거론하면서 자신이 상천홍의 연출에 함께 참여했다고 하지만 내가 보건대 태반이 헛소리다. 묘강 가극「양돈기」를 창작하기 위해 상천홍이 우리 농장에서 직접 살며 체험한 것도 사실이고, 막언녀석이 상천홍의 뒤꽁무니를 죽어라고 쫓아다닌 것도 사실이지만 연출에 참여했다는 것은 거짓말이다—그 현대적인 혁명 묘강 가극에서 상천홍은 자신의 대담하고 비범한 상상력을 총동원하여 돼지를 주인공으로 등장시켰다. 돼지는 극에서 두 파로 나뉘었는데, 혁명을 위해 잘 먹고 잘 싸서 기름지고 살이 오른 돼지들이 일파를 이루고, 기몽산에서 사온 수컷 조소삼을 우두머리로 하여, 먹어도 살이 찌지 않는 팽두풍 돼지들이, 계급적으로 적인 돼지들이 또다른 일파를 이루었다. 돼지우리에서는 인간끼리의 투쟁은 물론 돼지와 돼지의 투쟁도 전개되었지만 이번 공연에서는 돼지와 돼지 사이의 투쟁이 주요갈등으로 다루어지고 인간들은 조연을 맡았다. 상천홍은 대학에서 서양음악을 전공한 수재로, 서양 오페라가 그의 전공이었다. 그는 극의 내용도 과감하게 바꾸고 노래 곡조나 묘강 가극의 전통선율도 과감하고 신선하게 바꾸기를 서슴지 않았다. 그는 극중에서 착한 주인공을 맡은 돼지왕 '소백(小白)'에게 긴 아리아를 맡겼는데, 그 부분이 정말 절정이었다—나는 줄곧 내가 바로 그 돼지왕 소백이라는 착각에 빠져 있었다. 하지만 막언은 자신의 소설 「양돈기」 후기에서 돼지왕 소백은 진취성과 진보, 자유와 행복을 추구하는 상징적인 힘이라고 언급했다—정말로 제멋대로다—나는 상천홍이 이 공연을 위해 얼마나 심혈을 기울였는지 잘 알고 있다. 그는 이 공연이 재래식과 현대식을 결합하고, 낭만과 현실이 서로 조화를 이루며, 엄숙한 사상과 활기찬 생활예술이 서로 어울려 빛을 발하는 혁명모범극이 되기를 갈망했다. 모택동 주석이 조금만 더 오래 살았더라면 중국에서는 더 많은 혁명모범극들이 만들어졌을 터인데, 기존의 혁명모범극 여덟 편 말고 아홉번째 모범극은 바로 고밀 묘강 가극 「양돈기」였을 것이다.

달빛이 교교히 흐르는 밤, 상천홍이 목이 휘어진 살구나무 아래서 콩나물이 가득 그려진 「양돈기」의 악보집을 들고 금룡과 호조, 보봉과 마량재(이때 그는 서문촌의 한 중요한 소학교 교장이었다) 등 젊은이들 앞에서 돼지왕 소백의 아리아를 시창(試唱)하던 모습을 나는 기억하고 있다. 물론 막언녀석도 그 자리에 있었다. 그는 왼손에 상천홍이 목청을 보호하기 위해 먹는 반대해(胖大海, 팡따하이, 기관지 보호 약—

옮긴이)를 두 알 녹인 유리병을 쥐고 있었다. 유리병은 붉은 색과 녹색 비닐끈으로 친친 감겨 있었다. 그는 상천홍이 목을 축일 수 있도록 유리병 마개를 열어 수시로 건네주었다. 그것도 모자라다는 듯이 오른손에는 검은 기름칠을 한 종이 부채를 들고 상천홍 뒤에서 열심히 부채질을 해주었다―알랑방귀를 뀌며 아첨하는 모습이 참으로 역겨웠다―그는 바로 이런 방법을 통해 묘강 가극「양돈기」의 창작활동에 참여했다.

사람들은 마을에서 그가 예전에 '큰 나귀'란 별명으로 불리던 것을 기억했다. 이것은 예술가를 폄하하는 말이었다. 십수년의 시간이 흐르면서 서서히 안목이 트인 서문촌 사람들은 상천홍의 묘강 가극의 예술성에 새로운 인식을 갖게 되었다. 돼지우리의 생활을 몸소 체험하고, 새로운 공연을 창작한 상천홍은 과거 십수년 전과 비교할 수 없을 정도로 많이 변해 있었다. 과거에 마을 사람들의 눈살을 찌푸리게 한 그의 몸에 밴 비현실적이고 오만한 태도는 어디론가 깨끗이 자취를 감추었다. 우울한 눈빛과 창백한 얼굴, 강인해 보이는 턱수염과 희끗거리기까지 하는 구레나룻을 가진 지금의 그는 러시아의 데카브리스트(1825년 12월 14일 발생한 러시아 최초의 무장봉기를 주도한 사람들―옮긴이) 혹은 이딸리아 마피아와 아주 흡사했다. 사람들은 모두 숭배의 눈빛으로 그를 쳐다보며 공연을 기다렸다. 나는 흔들거리는 살구나무 가지에 앞발을 구부려 올린 채 왼팔로 턱을 괴고 살구나무 아래서 벌어지는 감동적인 야경을 보면서 사랑스런 젊은이들을 구경했다. 보봉이 왼손을 호조의 왼쪽 어깨에 올리고, 턱을 호조의 오른쪽 어깨에 기댄 채 달빛을 머금어 빛나는 마른 상천홍의 얼굴과 곱슬거리는 머리카락을—당시 유행하던 스타일로 깎고 있었다—뚫어져라 바라보는 모습이 보였다. 그녀의 얼굴은 어둠속에 묻혀 있었지만 깊은 고통과 어찌할 수 없는 절망을 담은 눈빛이 반짝였다. 우리 사육장에 살고 있는 돼지들조차 상천홍이 방호의 딸로 대학을 졸업하고 현의 생산지휘부에서 일하는 방항미와 연인 사이라는 것을 알고 있었다. 이번 10월 1일 중화인민공화국 건국기념일에 결혼한다는 소문도 있었다. 우리 사육장에서 상천홍이 생활체험을 하는 동안 그녀는 두 번 이곳을 찾아왔다. 건강하고 아름다운 몸매에 밝은 눈동자와 흰 치아를 가진 그녀는 성격이 명랑쾌활하고 대범하여 지식인들과 도시인들의 오만한 꼴불견을 보이지 않았다. 그녀의 이런 모습은 서문촌 사람들과 가축들 모두에게 좋은 인상을 심어주기에 족했다. 그녀는 원래 생산지휘부에서 축산을 책임지고 있었기에 이곳에 올 때면 매번 생산대대의 축사를 시찰하면서 노새와 말, 당나귀와 소 등을 살펴보았다. 나는 보봉도 항미야말로 상천홍에게 어울리는 진정한 짝임을 알고 있을 거라고 짐작했다. 항미 역시 보봉의 고민을 잘 알고 있는 것 같았다. 어느날 저녁 무렵, 휘어진 살구나무 아래서 한참 이야기를 나누던 보봉이 끝내 항미의 어깨에 기댄 채 울음을 터뜨렸고, 눈물이 가득 고인 항미가 보봉의 머리카락을 위로하듯 어루만지는 모습이 보였다.

상천홍이 시범으로 부른 「양돈기」의 아리아에는 삼십여개가 넘는 대사들이 있었다. 첫번째 대사는 '오늘밤 달빛도 찬란해'였고, 두번째 대사는 '남풍이 불어 살구꽃 향기 피어오르니 잠을 이루기 어렵구나'였다. 세번째 대사는 '소백이 가지에 기대서서 푸른 하늘을 바라보는구나'였으며, 네번째 대사는 '눈부시게 아름다운 꽃들처럼 온 세상에 펄럭이는 홍기(紅旗)를 보네'였고, 다섯번째 대사는 '중국 전역에서 양돈사업을 발전시키라는 모주석의 외침이 울려퍼지는구나'였고, 이어 '돼지 한마리는 제국주의와 수정주의 반동들에게 날리는 포탄으로 나 소백은 수퇘지로서의 막중한 책임을 어깨에 짊어지고 기운찬 정신과 굳센 기상을 갈고닦아 부름에 임해 천하의 모든 암퇘지들과 교배를 마치고……'로 이어졌다.

나는 상천홍의 노래가 바로 내 이야기라고 생각했다. 그가 노래하는 것이 아니라 내가 노래하는 것처럼 느껴졌다. 내가 내 마음의 소리, 저 깊은 곳의 소리를 노래하고 있었다. 왼쪽 발굽을 움직여 박자를 맞추면서 마음이 뜨겁게 달아오르고 동시에 온몸에서 열이 나고 불알이 단단하게 수축하면서 당장 암퇘지들과 교배하지 못하는 것이 안타깝기만 했다. 혁명을 위해, 인민의 행복과 제국주의와 수정주의 반동들을 몰아내기 위해, 지구상에 아직도 온갖 고통 속에 신음하는 사람들을 구하기 위해 교배해야 했다. '오늘밤 별빛이 찬란해 — 아, 별빛이 찬란해 —' 무대 뒤에서 코러스가 이어지면서 돼지와 사람 모두 잠을 이룰 수 없었다. 상천홍의 맑은 목소리는 세 음역을 낼 수 있다고도 했다. 고음부분에서는 다이아몬드가 반짝이며 밝은 빛을 쏟아내는 것 같았다. 단아한 자세로 서서 가수들처럼 쓸데없이 흔드는 동작도 하지 않았다. 처음부분에서는 가사에 신경을 집중했지만 그가 노래를 부르는 동안 내게는 가사가 의미를 잃고 있었다. 그의 목소리에 완전히 취해 있었다. 세상에 수많은 악기들이 있고, 아름다운 소리를 자랑하는 갖가지 동물들이 있다지만 상천홍의 목소리와는 비교가 되지 않았다. 예를 들어 러시아소설에 자주 등장하는 나이팅게일이나 깊은 대양에서 짝을 찾으며 울부짖는 수컷고래, 중국 노인의 손에 들린 새장 속의 화미조(畵眉鳥)도 아름답기 그지없는 소리를 내기는 하지만, 상천홍의 소리에는 미치지 못했다. 서양음악에 대해 아무것도 모르는 막언녀석이 훗날 도시로 나가 음악회를 몇번 다녀오고, 음악가의 전기를 몇권 보고 약간의 음악적 지식을 쌓았다고 자기 글에서 상천홍의 목소리를 빠바로띠와 동격으로 비교한 적이 있다. 나는 빠바로띠의 공연을 본 적도, 그의 레코드를 들은 적도 없지만, 보고 싶은 마음도 듣고 싶은 생각도 전혀 없었다. 나는 시종일관 상천홍의 목소리야말로 세계 제일로, 그가 세계에서 제일가는 '큰 나귀'라는 것을 믿어 의심치 않았다. 그가 나무 아래서 노래를 부르자 나뭇잎이 가볍게 흔들렸다. 그가 부르는 음악기호들이 오색비단처럼 허공에서 춤췄다. 그의 아름다운 목소리에 곤륜산의 옥이 깨지고 봉황이 우짖으며 수퇘지들이 날뛰고 암퇘지들이 춤을 추었다. 모택동 주석이 몇년만 늦게 돌아가셨어도 그의 '이 작품'은 분명 유행했을 것이다. 분명 현에서 먼저 인기를 얻고, 그뒤 성에서 인기몰이를 하고 이어 북경까지 소문이 퍼져 태묘 앞에 무대를 세우고 공연했을 것이다. 그렇게 됐으면 고밀현은 유명인사가 된 상천홍을 더이상 붙잡지 못했을 것이고 방항미와 결혼도 조금은 쉽지 않았을 것이다. 이 작품이 그렇게 되지 못한 것은 참으로 안타까운 일이다. 그 점에 있어서는 막언녀석도 나와 같은 의견을 피력한 바 있다. 막언은 이 작품이 특수한 역사시대의 산물로서, 황당하지만 장엄한 색채를 동시에 갖는 포스트모던의 생생한 표본이라고 말했다. 그 대본이 아직도 있을까? 그 두껍던 악보집이 아직도 있을까?

 많은 말을 늘어놓긴 했지만 상천홍이 가극을 만들고 노래를 부른 일은 이야기 전개와는 직접적인 관계가 별로 없다. 내가 말하고자 하는 것은 그 라디오이다. 청도시 제4무선전자제품공장에서 제조 생산한 홍등표 반도체라디오는 상천홍이 금룡에게 선물한 것이다. 결혼선물이라고 말하고 준 것은 아니지만 결혼선물과 진배없었다. 상천홍의 이름으로 선물한 것은 맞지만 라디오는 청도에 출장갔던 방항미가 사온 것이다. 그리고 금룡에게 준 선물이지만 방항미가 직접 황호조에게 전해주었고 건전지를 넣는 법이나, 전원과 채널을 선택하는 법 등을 가르쳐주었다. 야밤에 우리를 나와 산책하는 돼지인 나는 그날 밤 그 '보물'을 직접 보았다. 금룡은 결혼식 피로연에 쓴 탁자 위에 등을 켠 뒤 한가운데에 라디오를 올려놓았다. 소리가 가장 잘 울려퍼지고, 음질이 가장 좋은 채널을 찾아 고정한 뒤, 양돈장에 모인 사람들에게 음악을 들려주었다. 길이 50센티미터, 폭 30센티미터, 높이 35센티미터 정도인 직사각형인 '보물' 정면에는 번쩍거리는 금빛 비로드가 둘러쳐져 있었고, 그 천 위로는 '홍등'이라는 상표가 찍혀 있었으며, 겉은 단단한 종려나무색의 나무로 만들어져 있었다. 섬세하고 정교하게 만들어진 그 '보물'을 본 사람마다 다가가 만져보고 싶은 마음이 굴뚝같았지만, 감히 그러는 사람은 없었다. 그렇듯 정교하게 잘 만들어진 기계라면 가격이 만만치 않을 테고, 자칫 고장이라도 났다가는 변상하기가 쉽지 않을 게 뻔했다. 금룡만이 붉은 비단으로 그 '보물' 주변을 닦았다. '보물'에서 3미터쯤 떨어진 곳에 둥그렇게 모인 사람들은 그 속에서 흘러나오는 여자의 가늘고 높은 노랫소리를 듣고 있었다. 붉은 산에 꽃이 피어, 붉디붉은— 그들의 관심은 온통 그녀가 어떻게 그 작은 물건 속에 숨어서 노래를 부르는지에 쏠려 있을 뿐, 그녀가 뭘 부르는지에는 아무 관심도 없었다. 나는 그들처럼 우매하지 않았다. 전자분야에 관한 지식이라면 내가 그래도 좀 아는 바가 있었다. 당시 지구상에 수많은 라디오가 존재한다는 것만이 아니라 라디오보다 훨씬 좋은 텔레비전까지도 알았고, 미국인들이 달에 다녀온 것은 물론 소련사람들이 우주선을 발사한 사실을 포함해 우주로 맨처음 쏘아올린 것이 돼지라는 사실도 알고 있었다. '그들'이란 돼지사육장에 있는 사람들로 물론 막언은 제외됐다. 그는 『참고소식』을 통해 천문과 지리에 대해 알고 있었다. 숲속에 몸을 숨긴 족제비와 고슴도치 들도 네모난 상자에서 흘러나오는 소리에 완전히 도취되었다. 가녀린 몸매의 암컷족제비가 곁에 있는 수컷에게 말하는 소리가 들렸다. 저 상자 속에서 노래하는 게 혹시 나 같은 족제비가 아닐까요? 뭐 너 같은 족제비? 말도 안되는 소리 마! 수컷 족제비가 쏘아붙였다.

9월 9일 오후 두시의 상황은 대략 이러했다. 우선 하늘을 이야기해보자. 하늘에는 큼지막한 먹구름이 끼어 있긴 했지만 그래도 맑은 편이었다. 바람의 세기가 4, 5급이나 되는 북서풍이 불고 있었다. 북서풍이 하늘을 여는 열쇠라는 것은 북쪽지방 농민들은 모두 알고 있었다. 북서풍이 뭉게뭉게 모인 먹구름을 동남쪽으로 밀어내자 살구나무 농장에는 간혹 먹구름의 그림자가 드리워졌다. 이제 땅을 이야기해보자. 지면으로는 수증기가 피어오르며 말발굽만한 수많은 두꺼비떼가 살구나무 농장에서 기어다녔다. 이제 사람들에 대해 이야기해보자. 십여명의 돼지사육사들이 희석한 석회수를 들고 다니며 아직까지 건재한 돈사에 뿌렸다. 돼지들이 거의 다 죽어서 돈사의 정경이 암담해 돼지사육사의 얼굴도 어두웠다. 그들은 석회수로 우리의 벽을 씻어내고 우리 앞에 있는 살구나무가지도 씻어냈다. 석회수로 돼지들을 죽음으로 몰고 간 단독 바이러스를 죽일 수 있을까? 흥! 웃기는 소리다! 나는 그들의 대화에서 나를 포함해 이 돼지사육장에 겨우 칠십여 마리의 돼지만 살아남은 것을 알게 되었다. 단독 바이러스가 발생한 뒤 행여 감염이라도 될까 무서워 나는 차마 함부로 나다닐 수 없었다. 살아남은 칠십여 마리의 돼지가 도대체 어떤 종자인지 정말 알고 싶었다. 그들 중에 혹시 나와 같은 어미에게서 나온 혈육은 없을까? 조소삼처럼 야생종은 없을까? 바로 내가 그런 쓸데없는 잡다한 생각에 잠겨 있을 때, 사육장 사람들이 사육장의 앞날을 걱정하며 쓸데없는 상상을 하고 있을 때, 땅속에 파묻힌 돼지들이 쏟아지는 태양광선 때문에 뱃가죽에서 둔탁한 소리를 내고 있을 때, 해박한 식견을 자랑하는 나조차도 본 적이 없는 큰 새가 아름다운 꼬리를 질질 끌며 저공비행을 하다 홍수 때문에 잎사귀가 다 떨어진 휘어진 살구나무에 내려앉았을 때, 서문백씨가 그 살구나무가지에 앉아 꼬리를 땅에까지 늘어뜨린 아름다운 새를 가리키며 흥분에 휩싸여 입술까지 떨며 '봉황'이라는 두 글자를 말하던 그때, 금룡이 라디오를 품에 안은 채 비틀거리며 신혼방에서 뛰쳐나왔다. 그의 얼굴은 완전히 흙빛으로 정신이 나가버린 사람 같았다. 그가 두 눈을 부릅뜨고 목이 잔뜩 잠긴 채 우리에게 말했다.

"모주석께서 돌아가셨어!"

모주석이 죽었다고? 헛소리겠지? 괴소문이겠지? 악랄한 공격이겠지? 모주석이 죽었다고 말하는 것은 스스로 무덤을 파는 것이나 다름없는 일이다. 모주석이 어떻게 죽을 수가 있는가? 모주석은 적어도 158세까지 산다고들 하지 않았나? 그 소식을 처음 접한 중국인들의 머릿속에 수없이 많은 의문들과 질문들이 스쳐지나갔다. 돼지인 나조차도 말할 수 없는 곤혹과 놀라움에 사로잡혔다. 하지만 우리는 금룡의 비장한 표정과 흘러내리는 눈물을 보며, 그가 감히 거짓말을 할 수도 없고, 정말 거짓말을 하는 것도 아니라는 것을 알아차렸다. 라디오에서 흘러나오는 중앙인민방송국 아나운서의 중후한 목소리는 콧소리가 울리는 무거운 어조로 전당, 전군, 전국 각 민족에게 모주석의 사망소식을 전하고 있었다. 나는 먹구름이 잔뜩 낀 하늘을 보고 잎사귀가 다 떨어진 나무를 쳐다본 뒤 다시 엉망진창이 된 돼지우리를 살펴보았다. 지금 이 상황과는 전혀 어울리지 않게 논밭에서 우는 개구리소리와 죽은 돼지의 뱃가죽 터지는 소리가 간헐적으로 들려왔다. 나는 비린내와 구린내, 썩는 냄새를 맡으며 과거 수개월 동안 잇달아 발생한 괴이한 사건들을 떠올렸다. 그리고 조소삼이 어느날 갑자기 사라진 사건과 그가 남긴 오묘한 말을 곱씹어보며 모주석이 정말 세상을 떠났다는 사실을 알아차렸다.

이어지는 상황은 이러했다. 금룡은 마치 부친의 유골함을 받쳐든 효자처럼 라디오를 두 손으로 받쳐든 채 침통한 표정으로 마을을 향해 걸어갔다. 양돈장 사람들 모두 손에 들고 있던 것을 내려놓고 숙연해진 표정으로 그의 뒤를 쫓았다. 모택동 주석이 세상을 떠난 것은 사람들에게만 손실이 아니라 우리 돼지들에게도 손실이었다. 모주석 없는 신중국은 있을 수 없었고, 신중국 없이는 서문촌 살구나무 농장에서 돼지를 사육하는 일도 없을 것이며, 서문촌 양돈장이 없으면 나 열여섯번째 돼지도 존재할 수 없었다! 내가 금룡 일행을 따라 거리로 나선 것은 그야말로 깊은 정에서 우러나온 행동이었다.

그때 전국의 모든 방송국이 다 똑같은 방송을 했고, 그때 모든 방송국의 상태는 지극히 좋았고, 그때 금룡은 라디오의 볼륨을 끝까지 올렸다. 홍등표 라디오는 1.5볼트짜리 건전지 네 개를 넣는 것으로 스피커의 출력은 15와트였다. 아무런 기계음이 들리지 않는 적막한 마을에서 그의 라디오소리는 온 마을에 퍼지고도 남을 만큼 컸다.

금룡은 사람과 마주칠 때마다 우리에게 보여준 태도와 들려준 목소리 그대로 한치의 오차없이 "모주석이 돌아가셨어!"라고 말했다. 그 소식을 들은 사람들 중에는 눈만 동그랗게 뜬 채 아무 말도 못하는 이도 있고, 이를 드러내고 입을 헤벌린 이도 있었으며, 고개를 세차게 가로젓는 이는 물론 가슴을 치고 발을 구르며 슬퍼하는 이도 있었는데, 하나같이 금룡의 뒤로 가서 대열에 합류했다. 마을 중간에 도착할 무렵 내 뒤에는 이미 사람의 행렬이 길게 늘어서 있었다.

인민공사 대대에서 나온 홍태악이 눈앞의 광경을 보고 무슨 일인지 막 물으려는 순간, 금룡이 먼저 입을 열었다. "모주석이 돌아가셨습니다!" 그 말을 들은 홍태악이 반사적으로 주먹을 들어 금룡의 턱을 갈기려 했지만 마을의 거의 모든 남녀노소가 다 나와 있는 것을 보고는 바로 허공에서 주먹을 멈추었다. 볼륨을 너무 크게 올려 여리게 흔들리는 금룡의 라디오를 본 뒤 주먹을 거두고서는 자신의 앞가슴을 세게 두드리며 참담한 비명을 질렀다. "모주석님…… 당신이 이렇게 가버리시면…… 우리는 이제 어떻게 살아야 합니까……"

라디오에서 슬픈 음악이 흘러나왔다. 침통하고 느린 음악이 울려퍼지면서 황동의 아내 오추향을 필두로 마을의 여인들이 방성대곡하기 시작했다. 통곡하는 여인들 가운데에는 울다 지쳐 진흙탕인데도 털퍼덕 주저앉은 채 땅을 치는 이도 있었고 — 진흙바닥에는 어느새 흘러나온 물이 고였다 — 얼굴을 하늘로 향한 채 손수건으로 입을 가린 이도 있었고, 눈을 가리고 우는 이도 있었고, 각자 가지각색의 곡소리를 내며 통곡했다. 통곡에 통곡을 하다 곡소리가 이어졌다.

"우리는 땅이고 주석님은 하늘이셨는데 — 주석님이 돌아가셨으니 하늘이 무너졌구나—"

슬픈 음악소리와 여인들의 통곡소리가 울려퍼지는 가운데 남자들 중에도 비통한 소리를 내지르는 자도 있고, 소리

없이 눈물만 흘리는 자도 있었다. 지주와 부농, 반혁명분자들도 이 소식을 듣고는 뛰쳐나와 먼발치에 서서 조용히 눈물을 흘렸다.

축생의 길을 가는 나도 주위 상황에 감염되었는지 눈시울이 시큰했지만 정신만큼은 어느때보다 맑았다. 사람들 사이를 걷고, 관찰하고, 생각했다. 중국 근현대사에서 모주석의 죽음처럼 큰 영향을 미친 사건은 없었다. 자기 친어머니가 죽어도 눈물 한방울 흘리지 않던 수많은 사람들이 모주석의 죽음에는 눈이 새빨개지도록 눈물을 흘렸다. 하지만 모든 일에는 항상 예외가 있는 법이다. 서문촌의 천여명이 넘는 사람들 가운데 모주석과 원한관계에 있는 지주와 부농들마저 그의 죽음에 목놓아 울며 눈물 흘리고, 그 소식을 접한 모든 노동자들이 들고 있던 도구를 내던진 때에도 오직 두 사람만은 소리높여 울지도 않고 말없이 눈물을 흘리지도 않았다. 그 두 사람은 자신의 일에 집중한 채 자신들 미래의 삶을 위해 준비하고 있었다.

두 사람은 다름아닌 허보와 남검이었다.

어수선한 사람들 대열에 끼어든 허보가 내 뒤를 따라 사람들 사이를 이리저리 헤집고 다녔다. 처음에는 그의 추적을 눈치채지 못했지만, 나는 곧 그의 눈에서 탐욕과 흉악한 빛을 발견했다. 그의 시선이 내 모과만큼 푸짐하게 큰 불알에 시종일관 죽어라고 고정되어 있다는 것을 의식하는 순간 나는 전에 느껴보지 못한 놀라움과 분노를 느꼈다. 이런 상황에서 어처구니없게도 내 불알에 욕심을 내는 그에게서 모주석의 죽음에 대한 비통한 빛이라고는 찾아볼 수 없었다. 모주석의 죽음으로 비통에 빠진 사람들 앞에서 내가 허보의 음모를 낱낱이 폭로할 수만 있었다면 허보는 아마 그 자리에서 분노한 군중들 손에 맞아죽었을지 모른다. 하지만 안타깝게도 나는 사람의 소리를 내지 못했고, 비통함에 젖은 군중들 중에 허보에게 주의를 기울이는 사람은 한명도 없었다. 나는 생각했다. 그래 좋다, 허보, 내가 예전에 당신을 무서워했고, 전광석화처럼 잘라내는 그 솜씨 때문에 겁에 질린 적도 있다는 것을 인정하마. 하지만 모주석 같은 위대한 인물도 죽는 마당에 나 같은 돼지가 죽는 것쯤 뭐 그리 대수겠느냐. 허보, 내 네놈을 기다리마. 오늘밤 내가 죽나 네가 죽나 한번 해보자.

모주석의 사망 소식을 듣고도 울지 않는 또 한사람은 바로 남검이었다. 서문저택 앞마당을 둘러싸고 모두 비통한 울부짖음을 토해낼 때에도 그는 서쪽 행랑채 문틀에 앉아 청색 숫돌에 녹이 시퍼렇게 슨 낫을 갈고 있었다. '슥삭슥삭' 하는 숫돌 소리가 크게 사람들 귀에 거슬리면서 오싹한 마음조차 들게 했다. 이는 상황과 맞아떨어지지도 않을뿐더러 많은 것을 암시해주고 있었다. 더이상 분노를 참지 못한 금룡이 라디오를 아내인 황호조 품에 넘기고는 온 동네 사람들이 보는 앞에서 남검에게 달려가 숫돌을 빼앗아 땅바닥에 내팽개쳤다. 숫돌이 두 동강 나자 금룡이 꽉 다문 이 사이로 외쳤다.

"이러고도 당신이 사람입니까!"

남검이 가늘게 뜬 실눈으로 분노로 몸을 바들바들 떠는 금룡을 훑어보며 낫을 들고 천천히 일어나면서 말했다.

"주석님이 돌아가셨어도 난 살아야 하지 않겠어? 저기 저 벼들도 다 베야 하고."

금룡이 외양간 옆에 있는 밑바닥이 녹으로 뒤덮인 낡은 철통을 가져와 남검을 향해 던졌다. 남검은 몸을 피하지 않았고 철통이 그의 가슴을 때리고는 발아래로 떨어졌다.

그래도 분이 삭지 않았는지 금룡은 막대기를 높이 쳐들고 남검의 머리통을 내려치려고 했다. 하지만 홍태악이 그들 사이에 끼어든 덕분에 남검의 머리통이 깨져 피가 나는 불상사는 피할 수 있었다. 하지만 홍태악 역시 불만인 듯 남검에게 소리쳤다.

"이봐, 남검, 말을 어찌 그리하나?"

남검의 눈에서 천천히 눈물이 쏟아져 흘렀다. 그가 두 다리를 굽힌 채 땅에 무릎꿇고 앉아 비통하게 울부짖었다.

"이 세상에서 모주석님을 가장 사랑하는 사람은 당신네들이 아니라 바로 저예요!"

사람들은 잠시 할말을 잊은 채 멍하니 그를 바라보기만 했다.

남검이 손으로 땅바닥을 치며 통곡했다.

"모주석님 ― 저도 주석님의 백성입니다 ― 제가 경작하는 이 땅도 바로 주석님이 주신 것 아닙니까— 이렇게 혼자서 개인농을 할 수 있게 해주신 것도 모두 주석님께서 제게 주신 권리가 아니고 무엇이겠습니까—"

영춘이 울며 다가와 그를 일으켜세우려 했지만 무릎에 무슨 자석이라도 붙은 것처럼 꼼짝도 하지 않았다.

영춘이 다리에 힘이 빠지면서 허물어지듯 남검 앞에 무릎꿇고 앉았다.

그때 마침 황금색 나비 한마리가 살구나무에서 떨어진 낙엽이 날아다니다가 결국 내려앉듯 영춘의 머리에 꽂혀 있는 국화꽃에 살포시 내려앉았다.

머리에 흰 국화를 꽂는 것은 가장 친한 사람의 죽음을 애도하는 서문촌의 풍습이었다. 앞다투어 영춘네 집으로 달려온 여자들이 국화꽃을 꺾어 머리에 꽂고서 그 큰 나비가 자기 머리에 앉기를 바랐지만 영춘의 머리에 한번 앉은 나비는 날개를 접은 채 더이상 꼼짝도 하지 않았다.

제32장

늙은 허보는 탐욕 때문에 목숨을 잃고
열여섯번째 돼지는 달을 좇아서 대왕이 되다

 나는 조용히 서문저택 마당을 떠났고, 남검을 에워싼 채 당황하여 어쩔 줄 모르는 사람들을 떠났다. 사람들 속에서 허보의 번뜩이는 사악한 눈동자가 보였다. 늙은 도적놈이 지금 당장 본색을 드러내지는 않을 것 같았다. 그 늙은이와의 전투를 준비할 시간은 충분했다.
 돼지사육장에 사람 모습은 보이지 않았다. 황혼이 드리울 무렵 먹이 주는 시간이 되자 살아남은 칠십여 마리의 돼지들이 배고픔에 꿀꿀거리며 밥 달라고 난리였다. 나는 당장이라도 울타리문을 열고 그들을 우리 밖으로 나가게 하고 싶었지만 나한테 이것저것 물어대며 귀찮게 하는 것도 싫었다. 친구들, 실컷 떠들고 마음껏 소리지르라고, 내 너희를 봐줄 겨를이 없다. 휘어진 살구나무 뒤편에 서 있는 교활한 허보의 몸이 보였다. 사실 좀더 정확히 말하면 저 잔인무도한 늙은이에게서 흘러나오는 강력한 살기가 그대로 느껴졌다. 머리가 팽글팽글 돌면서 나는 대책을 강구하기 시작했다. 돼지우리의 한구석을 차지한 채 몸을 숨기고 담벼락을 방패 삼아 소중한 불알을 지키는 것이 최선이었다. 아무것도 모르는 척 멍청히 엎드려 있었지만 이미 모든 계획은 세워져 있었다. 조용히 지켜보면서 때를 기다리다가 정(靜)으로 동(動)을 제압하리라. 허보, 어서 오너라. 내 불알을 날름 가져다 안주 삼아 술을 먹고 싶겠지만, 이 어르신이 오히려 네놈의 불알을 물어뜯어 네 손에 죽어간 모든 가축들의 복수를 해주리라.

황혼이 점점 더 물들어가며 땅 위에 축축한 안개가 잔뜩 깔렸다. 배고프다고 울부짖던 돼지들도 지친 듯 더이상 소리를 내지 않았다. 양돈장 동남쪽에서 가끔 개구리 울음소리만 들릴 뿐 아무 소리도 나지 않았다. 내가 조금 전에 느낀 살기가 점점 다가오는 것을 느끼며 늙은이의 공격이 임박했음을 알아차렸다. 낮은 담장 밖에 기름얼룩으로 반질거리는 호두처럼 생긴 찌그러진 얼굴이 보였다. 얼굴에는 눈썹도 없고, 속눈썹도 없고, 입가에 수염조차 나 있지 않았다. 그 늙은이가 나를 보고 빙그레 미소를 지었다. 그놈이 웃으면 나는 오줌이 마려웠다. 빌어먹을, 하지만 이번만큼은 웃음을 지어 보여도 어떻게든 오줌을 참아낼 것이다. 그놈이 돼지우리 문을 열고 입구에 서서 손을 흔들면서 '워워' 소리를 내며 나를 밖으로 유인하려고 했다. 나는 저 늙은이의 추악한 속셈을 바로 알아차렸다. 저놈은 내가 우리 문밖으로 빠져나가는 틈을 이용하여 불알을 떼어낼 계획이다. 이놈, 꿈도 야무지구나. 이 어르신이 오늘밤 네놈 계략에 놀아날 것 같으냐? 나는 정해진 계획대로 돼지우리가 무너져도 움직이지 않을 것이며, 아무리 맛있는 것이 눈앞에 있어도 욕심내지 않을 것이다. 허보가 옥수수를 꺼내어 우리 문앞에 던졌다. 이 자식아, 먹고 싶으면 너나 주워 처먹어라. 허보가 문밖에서 온갖 짓으로 나를 유혹하는 것을 보면서도, 나는 담모퉁이에 엎드린 채 꿈쩍도 하지 않았다. 교활한 늙은이가 짜증스럽게 욕을 퍼부었다.

"이런 제기랄, 저 돼지새끼가 아주 요물이구먼!"

허보가 이쯤에서 포기하고 갔으면 내가 끝까지 쫓아가 끝장볼 용기가 있었을까? 장담하기 어렵지만 그런 걱정 따위는 필요조차 없었다. 관건은 그가 가지 않았다는 것이다. 남의 불알을 잘라먹는 못된 버릇을 가진 이 늙은이는 내 뒷다리 사이에 늘어진 커다란 두 개의 불알에 이끌려 질척이는 진흙탕도 마다않고 허리를 숙인 채 우리로 들어왔다!

분노와 공포가 교차했다. 푸른빛과 황금빛이 뒤섞인 불꽃이 머릿속에서 타올랐다. 복수의 시간이 다가오고 있었다. 나는 어금니를 꽉 깨문 채 충동적으로 움직이지 않으려고 애쓰며 냉정을 유지하기 위해 최선을 다했다. 늙은이야

오너라. 좀더 가까이. 조금만 더 가까이 오너라. 적군을 내 집으로 끌어들여서 벌이는 전투는 근접전일수록, 야간전투일수록 유리했다. 오너라! 그가 나와 3미터쯤 떨어진 곳에 서서 괴상망측한 표정들을 지으며 유혹했다. 늙은이야 그만 꿈깨시지. 어서 와. 어서 덤벼들라고. 나같이 멍청한 돼지가 당신한테 무슨 위협이 되겠어. 허보도 자신이 한낱 돼지의 지능을 너무 높게 보았다고 생각했는지 경계심을 풀고 서서히 내 곁으로 다가왔다. 아마 달려들어 밖으로 내몰 생각을 하는 것이리라. 어찌됐든 그가 허리를 구부린 자세로 다가왔다. 나와의 거리가 1미터도 되지 않는 순간, 내 몸에 있는 모든 근육들이 시위를 당긴 활처럼 팽팽하게 긴장하는 것이 느껴졌다. 내가 공격을 감행하면 그의 다리가 제아무리 잽싸게 방어한다 해도 피하기 어려울 것이다.

그 순간 내 의지로 몸을 움직인 것이 아니라 몸이 알아서 자동으로 공격했다. 내 육중한 몸이 허보의 아랫배를 그대로 가격하자 그의 몸이 허공에 붕 떠오르며 머리를 벽에 찧고는 평소 내가 똥오줌을 싸는 곳에 정확히 떨어졌다. 몸은 벌써 땅바닥에 내동댕이쳐졌지만 그의 비명은 아직도 허공을 맴돌았다. 그는 이미 전투력을 상실한 채 시체마냥 내 똥오줌더미에 너부러져 있었다. 그의 잔혹한 손길에 불알을 잃은 친구들을 위해서라도 원래 계획대로 움직여야 했다. 그래, 눈에는 눈, 이에는 이였다. 나의 계획 자체가 조금은 혐오스럽기도 하고 또 왠지 그가 측은하다는 생각도 들었지만, 이미 시작한 이상 일을 깨끗하게 마무리하는 게 순서였다. 나는 그의 양다리 사이를 있는 힘껏 물어뜯었다. 하지만 허망하게도 내 입은 그저 그의 얇은 바지만 물어뜯은 것처럼 텅 빈 것이, 있어야 할 어떤 물체가 느껴지지 않았다. 그의 바짓가랑이를 힘껏 물어뜯은 통에 찢어진 바짓가랑이 사이로 참담한 광경이 펼쳐졌다. 허보, 그는 타고난 내시, 고자였다. 나는 망연자실한 채로 그의 인생을 이해하기 시작했다. 그가 왜 그토록 수컷의 불알을 마치 철천지원수처럼 증오했는지도 알 수 있었고, 불알을 잘라내는 절묘한 기술을 터득한 까닭도 알 수 있었으며, 왜 불알을 그토록 먹어대는지도 알 수 있었다. 말하고 보니 그는 정말 불행하고 불쌍한 사내였다. 그는 어쩌면 자신에게 없는 것을 먹으면 그것이 생긴다는 어리석은 미신을 믿고, 바위에서 열매가 열리고 고목에서 꽃이 피길 기대했는지도 모른다. 황혼이 깊어질 대로 깊어진 시각, 나는 그의 콧구멍에서 지렁이처럼 흘러나온 검붉은 피를 보았다. 그 늙은이가 원래 이렇게 약한 존재였는가? 겨우 한번 들이받았다고 이렇게 허망하게 죽는단 말이야? 나는 곧 그의 콧구멍에 앞발을 갖다대고 숨을 쉬는지 살펴보았다. 아무 숨결도 느껴지지 않았다. 아아, 이 양반이 정말 죽었나 보네. 나는 현에 있는 병원 의사들이 마을 사람들에게 응급조치하는 방법을 들은 적도 있고, 보봉이 물에 빠진 소년에게 응급조치를 하는 것도 보았다. 어떻게 하는지 정확히는 몰라도 보고 들은 풍월대로 흉내내기 시작했다. 허보의 몸을 바로 누이고는 두 발을 들어 그의 가슴을 누르기 시작했다. 누르고 다시 누르기를 거듭하며 온몸의 힘을 실어 가슴을 누르자 그의 갈비뼈 부러지는 소리가 들리더니 입과 코에서 더 많은 피가 쏟아져나왔……

우리 입구에 서서 잠시 생각에 잠겨 있던 나는 내 일생에서 가장 중대한 결정을 내렸다. 모주석이 돌아가신 지금 인간세상에는 엄청난 변혁이 시작될 것이다. 게다가 사람까지 죽인 흉악한 돼지로 전락한 지금, 이대로 양돈장에 남았다가는 결국 사람들에게 도살당해 국그릇에 빠지기 십상이다. 내 귓가에 저 멀리서 부르는 소리가 들리는 듯했다.

"형제들이여, 여기에서 탈출합시다!"

광야로 도망치기 전에 나는 전염병에서 살아남은 동족들이 우리에서 도망칠 수 있도록 문을 열어주고 그들을 해방시키려고 했다. 나는 높은 곳에 뛰어올라가 돼지들에게 소리쳤다.

"형제들이여, 이제 모두 여기서 탈출합시다!"

그들이 멍한 시선으로 나를 바라보며 내 말의 의미를 전혀 이해하지 못하고 있었다. 몸집이 작고 아직 채 자라지 않은 암퇘지—흰 몸통에, 배에 검은 얼룩이 두 개 박혀 있었다—한마리가 돼지무리를 헤치고 달려나오며 말했다. "대왕님, 전 대왕님과 함께 가겠어요." 나머지 돼지들은 우리를 돌며 먹을 것을 찾았고, 개중에는 내키지 않는다는 듯 우리로 돌아가 진흙 속에 엎드린 채 누군가 먹이를 주러 오기를 기다리기도 했다.

　나는 새끼 암퇘지를 데리고 동남쪽으로 전진했다. 푹신한 땅바닥은 한번 밟으면 무릎까지 들어가 우리가 걸어온 길에 깊은 발자국을 남겼다. 물이 깊은 개울에 도착했을 때 내가 어린 암퇘지에게 물었다.

"넌 이름이 무엇이냐?"

"소화(小花, 샤오화)예요, 대왕님."

"소화? 왜 그렇게 부르는 거지?"

"제 배에 두 개의 검은 얼룩이 있어서 그래요, 대왕님."

"소화 넌 기몽산에서 왔느냐?"

"아니에요, 대왕님."

"기몽산에서 오지 않았다면 고향이 어디냐?"

"고향이 어디인지는 저도 잘 모르겠어요, 대왕님."

"다들 나와 가지 않는데 왜 너만 날 따라온 것이냐?"

"전 대왕님을 숭배해요."

순백의 순진무구한 소화를 보며 감동하면서도 왠지 처량하다는 느낌도 들었다. 나는 애정의 표시로 소화 배에 입을 대고 한번 문질렀다.

"알았다, 소화. 이제 우리는 선조들이 그랬던 것처럼 인간들의 지배에서 벗어나 자유의 몸이 되었다. 하지만 앞으로 풍찬노숙을 하게 될 것이고, 모든 것이 힘겹고 고생스러울 것이다. 후회한다면 지금도 늦지 않았다."

"전 후회하지 않아요, 대왕님." 소화가 단호하게 잘라 말했다.

"그럼 좋다, 아주 좋아. 소화야, 헤엄은 칠 줄 아느냐?"

"예, 대왕님, 헤엄칠 줄 알아요."

"좋다!" 나는 앞발을 들어 소화의 엉덩이를 한번 친 뒤, 먼저 개울 속으로 몸을 던졌다.

따뜻하고 부드러운 개울에 몸을 맡기고 있자니 아주 편안했다. 원래 개울을 건너 육지를 걸어갈 계획이던 나는 생각을 바꿨다. 밖에서는 개울물이 전혀 미동도 하지 않는 것처럼 보였지만 물속에 들어가보니 일분에 최소한 5미터는 북쪽을 향해 이동하고 있었다. 북쪽은 운량강이 있는 곳이다. 청나라 정부를 위해 곡식을 운반하던 강이었고 황제의 후궁들에게 바치려고 여지(荔枝, 중국의 특산 과일 — 옮긴이)를 실어나르던 목선들도 건너다닌 강으로, 개울물은 그 강을 향해 흘러가고 있었다. 큰 강 양쪽에서 건장한 사내들이 허리와 다리를 구부린 채 배의 밧줄을 잡아당기다 보면 철사처럼 단단한 힘줄이 장딴지에 불룩불룩 솟아오르고 흘러내리는 땀방울이 땅을 적시곤 했다. '억압이 있는 곳에 저항이 있다.' 이것은 모택동이 한 말이다. '맑스주의의 이치를 곰곰이 생각해보면 결국 하나이다. 이유없는 저항은 없다는 것이다!' 이 역시 모택동의 말이다. 물의 유동성과 내 몸의 부력 때문에 따뜻한 개울물을 헤엄치는 것은 정말 식은죽 먹기처럼 쉬웠다. 앞발을 가볍게 움직이는 것만으로도 마치 상어처럼 빠른 속도로 전진할 수 있었다. 고개를 돌리자 내 뒤를 바짝 붙어 따라오는 소화가 보였다. 물속에서 네 발을 열심히 버둥거리면서 고개를 위로 쳐든 소화의 눈이 반짝거렸고 코로는 푸푸거리며 숨쉬기를 했다.

"소화, 괜찮으냐?"

"대왕님…… 전 괜찮아요……" 나와 말을 하는 바람에 콧구멍에 물이 들어갔는지 재채기를 하고는 잠시 발을 버둥거렸다.

내가 얼른 앞발을 소화의 배 쪽으로 뻗어 가볍게 위로 밀어주자 그녀의 몸 대부분이 수면 위로 떠올랐다. 내가 말했다. "꼬마녀석이 제법인데. 우리 돼지들은 타고난 수영선수들이다. 긴장을 푸는 게 가장 중요하다. 난 사악한 인간들이 우리를 쫓아오지 못하도록 육로가 아닌 수로로 도망치려고 한다. 견딜 수 있겠느냐?"

"대왕님, 전 견딜 수 있어요……" 소화가 숨을 헐떡이며 대답했다.

"알겠다. 내 등으로 올라오너라!" 소화가 내 권유를 거절했다. 소화의 밑으로 잠수해서 몸을 들어올리자 소화가 이미 내 등에 올라타 있었다. 내가 말했다. "단단히 붙잡아라. 어떤 상황이 닥쳐도 발을 놓아서는 안된다."

나는 소화를 태운 채 살구나무 농장 동쪽에 있는 그 개울을 따라 운량강으로 들어갔다. 큰 강은 도도하게 동쪽으로 흘러갔다. 서쪽 하늘에 붉게 물든 구름이 수시로 옷을 갈아입으며 청룡과 백호, 사자와 들개를 만들어냈다. 구름 사이를 뚫고 나오는 수만 갈래의 노을빛이 강물을 찬란하게 물들였다. 큰 강 양쪽에 있는 제방에 구멍이 나 있어서 강물이 많이 줄었다. 제방 안쪽으로는 모두 얕은 물목이 드러나 있었고, 얕은 물목 위로 빽빽하게 들어선 붉은 버들은 급류의 충격을 제대로 받은 듯 부드러운 가지들이 동쪽으로 몸을 꺾고 있었다. 가지와 잎사귀 위에는 두꺼운 진흙이 묻어 있었다. 물살이 다소 수그러들기는 했어도 일단 그 속에 빠지면 사람의 간을 졸일 정도로 빠르고 도도하게 흐르는 물살의 세기를 그대로 느낄 수 있었다. 특히 붉게 물든 구름이 내비치는 강물이 보여주는 그 웅대함이란 실로 목격하지 않은 사람은 절대 상상할 수조차 없을 것이다!

남해방, 너한테 말해주지. 그해 내가 그 강물을 헤엄쳐 도망간 일은 고밀 동북향에 길이 남을 쾌거였어. 그때 너는 강물 상류 맞은편에서 면화가공공장을 수마로부터 지키기 위해 제방을 지키느라 여념이 없었지. 소화를 태운 나는 동쪽으로 흘러가면서 당시(唐詩)에 나오는 깊은 의미를 몸소 체험하고 있었다. 넘실거리는 강물을 타고 내려가니 커다란 파도가 우리를 추격해왔다. 우리가 파도에 추격당하고 있을 때 또다른 파도들이 그 파도를 추격했다. 강물아, 그 거대한 힘으로 흙과 모래를 끌어안고 옥수수와 수수, 고구마가 달린 넝쿨을 싣고, 뿌리째 뽑힌 나무까지 싣고 동해로 동해로 흘러들어 다시 돌아오지 않았구나! 강물아, 너는 우리 살구나무 농장 돼지사육장에서 죽어나간 수많은 돼지 사체들이 붉은 버들더미에 걸려 부풀어오르고 부패하여 썩은 냄새가 진동하게 했고, 그것들을 다 보았지. 나는 소화를 태우고 이렇게 순조롭게 강물을 떠내려가는 일이 돼지의 세계를 초월한 것이자 단독 바이러스는 물론이고 이제 막을 내린 모택동 시대를 초월한 것이라고 생각했다.

나는 막언이 「양돈기」에서 강물에 버려져 둥둥 떠내려가던 돼지 사체들에 대해 쓴 것을 알고 있었다. 그는 이렇게 썼다.

천여 마리의 살구나무 농장 돼지들이 장엄한 행렬을 이룬 채 강물 속에서 썩고 팽창하여 배가 터지면서도 기꺼이 구더기의 밥이 되고 물고기에게 몸을 유린당했다. 그런 가운데 잠시도 쉴새없이 떠내려가던 시체들은 결국 호탕한 동해의 만경창파 속으로 사라져 먹히기도 하고 해체되기도 하여 갖가지 물질로 바뀌어 영원불멸의 위대한 순환 속으로 들어갔다……

그 녀석이 잘못 쓴 것은 아닌데, 다만 소중한 기회를 놓친 것은 사실이다. 그가 나, 돼지왕이 소화를 태우고 황갈색 강물을 타고 가며 파도의 추격을 받는 장면을 보았다면 절대로 죽은 돼지들 따위나 묘사하지는 않았을 것이다. 그는 살아 있는 것을 노래했을 것이다. 우리를 찬양하고, 나를 찬양했을 것이다. 나야말로 생명력 자체이자, 열정과 자유, 사랑, 그리고 지구상에서 가장 아름다운 생명의 장엄함 그 자체였다.

우리가 강물을 타고 내려가며 본 음력 8월 16일의 달은 너희가 결혼식을 올린 그날 밤에 뜬 달과는 확실히 달랐다. 그날 밤에 뜬 달이 하늘에서 떨어진 것이라면 지금 이 밤에 뜬 달은 강물에서 불쑥 솟아오른 달이었다. 살이 통통하게 오른 둥그런 보름달인 것은 마찬가지였지만 막 수면으로 떠오른 달은 얼굴이 온통 새빨갛게 물든 것이 우주의 음도(陰道)를 지나 갓 태어난 시뻘건 핏덩이처럼 앙앙 울고 피를 뚝뚝 흘리면서 강물을 붉게 물들였다. 너희의 결혼식을 위해 뜬 달이 감미로우면서도 상심한 모양이었다면 세상을 떠난 모택동을 기리며 뜬 달은 비장하고 황량했다. 우리는 달에 앉아 있는 모택동을 보았다—그의 비대한 몸집 때문에 달이 어느새 타원형이 되어 있었다—온몸에 홍기를 두르고 손에 담배를 든 그는 마음이 무거운 듯 고개를 약간 쳐들고서 뭔가 생각에 잠긴 표정이었다.

소화를 등에 태우고 강물을 타고 내려가던 나는 곧 달을 쫓고, 모택동을 쫓아나섰다. 나는 모택동의 얼굴을 좀더 확실하게 보려고 달에 더 가까이 다가가려 했지만 우리가 달리면 달도 달렸다. 내가 죽을힘을 다해 물살을 가르며 수면에 찰싹 붙어 미끄럽게 날아가는 어뢰처럼 빠르게 헤엄쳐봐도 달과의 거리는 시종 변화가 없었다. 내 등에 올라탄 소화가 뒷발로 내 배를 차며 연방 소리를 질러댔다. "힘내세요, 힘!" 내가 소화를 태운 말 같았다.

나와 소화만 달을 좇는 것이 아님을 발견했다. 강에 사는 금빛 비늘의 수많은 잉어떼와 푸른 등의 백색 드렁허리, 둥그런 등을 가진 자라…… 수많은 어류들도 달을 좇고 있었다. 잉어들은 헤엄치며 시시때때로 물살을 타고 수면 위로 튀어오르며 달빛을 받아 보석처럼 반짝이는 몸을 자랑했다. 수면에서 꿈틀거리며 헤엄치는 은빛 드렁허리들은 얼음 같은 물 위에서 미끄럼을 타는 것 같았다. 자라들은 평평한 몸이 주는 부력과 등딱지 주위의 부드럽고 강인한 살, 두꺼운 네 발이 만들어내는 힘찬 추진력을 이용하여 수륙양용보트처럼 얼핏 둔해 보이는 몸을 빠르게 이동하고 있었다. 붉은 잉어들이 달까지 올라가 모택동 곁에 걸터앉아 있다고 느낀 것이 한두 번이 아니었다. 한참을 들여다본 뒤에야 내 착각임을 깨달았다. 어쨌거나 수많은 어류들이 각기 자신들이 갖고 있는 타고난 장기를 이용하여 가까이 가려 노력해도 달과의 거리는 변화가 없었다.

　우리가 강물을 타고 내려갈 때 강물 양쪽 언덕 가까이 홍수에 잠기지 않았던 붉은 버들 위로 수천수만개의 반딧불들이 엉덩이에 초록빛 불을 밝히고 양쪽 언덕에 초록빛 물결을 만들어내는 게 보였다. 붉은색 강물 양쪽으로 수면보다 조금 높이 두 줄기 초록색 강물이 흘러가는 것만 같았다. 이것 역시 참으로 보기 힘든 인간세상의 장관이었다. 막언녀석이 보지 못한 게 안타까웠다.

　훗날 다시 개로 태어난 나는 그때 막언이 너에게 자신이 쓴 「양돈기」를 위대한 소설로 완성하겠다고 말하는 것을 직접 들었다. 막언은 「양돈기」를 가지고 그의 작품과 위대한 소설을 쓰는 비결을 알고 있는 다른 작가의 작품을 구별지으려고 했다. 마치 육중한 몸집과 거친 호흡, 피비린내나는 태생인 망망대해의 고래가 날렵한 체형과 민첩한 몸놀림, 오만하고 냉혹한 상어와 자신을 구별하려고 하듯이 말이다. 나는 당시 네가 그에게 기왕 소설을 쓰려거든 사랑이야기나 우정, 꽃 이야기나 소나무 등에 관련된 고상한 이야기를 쓸 일이지 돼지 키운 이야기는 써서 뭐 하느냐고, 돼지 이야기를 써서 위대한 소설이 되겠느냐고 말하던 것을 기억하고 있다. 그 당시만 해도 네가 아직 관리였기 때문에 남들 눈을 피해 방춘묘와 잠자리를 같이하긴 했어도 표면적으로는 막언 앞에서 도덕군자 행세하는 것이 당연했다. 나는 이빨이 근질근질해서 죽을 지경이었다. 그 고상한 너의 입을 다물게 하기 위해서라도 당장 뛰어올라 너를 물어뜯고 싶은 생각에 근질근질해서 죽을 지경이지만 너와의 오랜 정을 생각해서 차마 물지는 못했다. 사실 고상하고 안하고는 무엇을 쓰느냐에 달린 것이 아니라 어떻게 쓰느냐에 달려 있으며 소위 '고상'이라는 것에 일정한 기준이 있는 것도 아니다. 예를 들어 유부남인 자네가 스무살도 더 어린 양갓집 규수를 꾀어낸 뒤 가정과 직장을 버린 채 그녀를 데리고 야반도주한 일에 대해서는 현과 성안에 사는 개조차 비열하다고 욕했지만 막언만큼은 관직마저 버리고 야반도주한 일이 '고상'하다고 말했다. 그런 까닭에 만일 막언이 우리와 수많은 어류들이 강물을 헤치며 달과 모택동을 쫓던 광경을 직접 목격한 뒤 「양돈기」에 썼다면 그의 야심은 실현되었을 것이라고 생각했다. 하지만 안타깝게도 그가 1976년 9월 9일이자 음력 8월 16일 밤 운량강 강물과 강 양안의 버들더미와 제방 위에서 벌어진 아름다운 광경을 보지 못해서 「양돈기」는 극소수 사람들의 사랑만 받은 채 고매한 인격을 지닌 대다수 사람들은 쳐다보지도 않는 책이 되어버렸다.

고밀 동북현과 평도현 접경지역에는 강물의 물줄기를 동북쪽과 동남쪽으로 나누어 보내는 오가취(吳家嘴, 우쟈쭈이)라는 모래섬이 있었다. 동북쪽과 동남쪽으로 갈라져 흐르던 강물은 크게 한바퀴를 휘돌아 다시 두 마을 부근에서 합류했다. 8제곱킬로미터쯤 되는 모래섬의 귀속문제를 놓고 고밀현과 평도현은 여러 차례 논쟁을 벌였지만 결국 그 모래섬은 성 소속 생산건설부대에 귀속되었고, 부대는 모래섬에 말사육장을 지었다. 하지만 그뒤 부대가 철수하자 모래섬은 인적이 끊긴 채 붉은 냇버들과 갈대숲이 우거진 황량한 땅이 되고 말았다. 모택동을 태우고 떠다니던 달이 갑자기 뛰어오르며 버들 위에서 잠시 멈추었다가 빠르게 하늘로 비상하자 흐르는 물줄기가 마치 소낙비처럼 떨어졌다. 급물살을 이루며 도도히 흐르던 강물이 갑자기 두 갈래로 갈라질 때 반응이 민감한 몇몇 물고기들은 물의 흐름을 타고 순조롭게 헤엄쳐갔지만 대부분의 물고기들은 관성과 원심력 ─ 달이 갖고 있는 물질적 만유인력과 모택동이 갖고 있는 심리적 만유인력까지 더해져—때문에 앞으로 튀어나가다 결국 버들가지와 갈대숲에 떨어졌다. 이 광경을 상상해보라. 소용돌이치듯 거칠게 흐르던 강물이 갑자기 두 갈래로 나뉘자 물을 따라 떼지어 달리던 붉은빛 잉어와 흰색 드렁허리, 검은 등딱지의 자라 들이 지극히 낭만적인 모습으로 달을 향해 날아올랐지만 임계점에 이르러 다시 인력에 이끌려, 반짝이는 아름다운 곡선을 그려 보이기는 했지만 상당히 비참하게 곤두박질쳤다. 대부분 비늘이 벗겨지고 지느러미가 잘려나갔으며, 아가미가 터지고 등이 깨진 채로 그곳을 지키고 있는 여우와 야생멧돼지의 먹이가 되었다. 그중 극소수만이 초인적인 체력과 억세게 좋은 운 덕분에 버둥거리다 다시 물속으로 뛰어들어 동남쪽 혹은 동북쪽을 향해 헤엄쳐갔다.

나는 원래 몸이 무거운데다 소화까지 등에 태운 탓에 짧은 순간 허공으로 날아오르긴 했지만 3미터 정도 높이에서 밑으로 고꾸라졌다. 탄성이 뛰어난 붉은 버들의 강력한 완충작용 덕분에 우리는 전혀 부상도 입지 않고 떨어질 수 있었다. 그곳 여우들에게는 우리는 너무 비대해서 먹잇감이 되지 않을 것이고, 몸의 앞부분이 유난히 발달하고 엉덩이 부분은 날렵한 야생멧돼지들에게는 그래도 친척뻘쯤 되는 우리가 먹잇감이 되지는 않을 터이니 모래섬에 떨어진 우리는 안전했다.

먹을 것을 쉽게 찾을 수 있는데다 영양이 풍부한 먹이를 먹은 덕분에 이곳 여우들과 멧돼지들은 모양새가 엉망일 정도로 살이 올라 있었다. 여우가 물고기를 먹는 것은 원래 자연스러운 일이지만 멧돼지 십여 마리가 물고기를 먹는 모습은 왠지 이상해 보였다. 물고기의 주둥이를 먹어치운 멧돼지들은 물고기의 뇌와 알만 먹을 뿐 살이 통통하게 오른 몸뚱이는 냄새조차 맡지 않았다.

멧돼지들이 경계의 눈초리로 우리를 노려보며 서서히 포위해왔다. 그들이 뿜어내는 사나운 빛과 긴 송곳니가 달빛 아래서 무섭게 보였다. 내 배에 찰싹 붙어 있는 소화의 몸이 부들부들 떨리는 것이 느껴졌다. 나는 소화를 데리고 가능한 한 그들이 부채 모양으로 포위해 합동공격을 하지 못하도록 계속 뒤로, 뒤로 물러섰다. 그들을 살폈다. 아홉 마리, 모두 아홉 마리였다. 암수가 섞여 있었으며 체중은 모두 이백근쯤 나가 보였다. 단단하고 우둔해 보이는 긴 머리와 입, 뾰족한 늑대귀와 긴 털, 윤기가 자르르 흐르는 검은 멧돼지들의 영양상태는 그야말로 최상이었고, 그들 몸에서 야생의 힘이 그대로 발산되고 있었다. 나는 체중이 오백근에 달했고 몸집은 작은 배만했다. 사람에서 당나귀와 소로 윤회한 내가 지능으로나 힘으로나 일대일로 싸우면 저놈들이 감히 적수가 되지 못하겠지만 동시에 아홉 마리를 상대한다는 것은 나의 죽음을 의미했다. 당시 내 머릿속에 떠오른 것은 일단 후퇴, 후퇴였다. 물가까지 후퇴하고서 나의 엄호 아래 소화가 도망치고 나면 그들과 일전을 불사할 생각이었다. 하지만 그 많은 물고기의 뇌와 알을 먹은 멧돼지들의 지능 역시 여우들과 비슷한 수준이 되어 있는 듯 그들도 나의 생각을 꿰뚫고 있었다. 내가 물가까지 후퇴하기 전에 부채꼴 대형으로 우리를 포위하여 합동공격을 하려고 멧돼지 두 마리가 내 측면에서 뒤쪽으로 포위해오는 것이 보였다. 순간 후퇴만 거듭하다가는 오히려 당할 게 뻔하고 선제공격이 최우선이라는 생각이 불현듯 떠올랐다. 과감하게 공격하면서 상대의 허를 찔러 포위망을 뚫고 모래섬 중앙에 있는 넓은 지역으로 나아가야 한다. 모택동의 유격전술처럼 저들을 움직여 한놈씩 처리하자. 내가 소화를 한번 문지르며 뜻을 전하자 소화가 나지막이 소곤거렸다.

"대왕님, 전 신경쓰지 말고 혼자라도 빨리 여기서 도망치세요."

"그게 무슨 말이냐?" 내가 말했다. "서로 목숨을 의지하고 돌보는 정이 남매와 다르겠느냐? 너 없이는 나도 없다."

내가 정면에서 위협적으로 다가오는 수퇘지를 향해 돌진하자, 놀란 수퇘지가 흠칫 뒤로 물러섰다. 그사이 나는 몸을 휙 돌려 동남쪽에 있던 암퇘지를 향해 몸을 날렸다. 암퇘지와 나의 머리가 부딪치자 기왓장 깨지는 소리가 나더니 저 멀리 나동그라지는 암퇘지의 몸이 보였다. 포위망이 뚫린 순간 내 몸 뒤편에서 그놈들의 씩씩거리는 숨소리를 감지했다. 내가 소리높여 고함을 지른 뒤 동남쪽을 향해 나는 듯 달려갔지만 소화가 내 뒤를 따라오지 못했다. 소화를 데려오기 위해 얼른 걸음을 멈추고 몸을 돌렸지만 가엾은 소화, 사랑스런 소화, 유일하게 나를 따라온 소화, 충성심으로 똘똘 뭉쳐 있던 소화의 엉덩이를 흉악한 수퇘지가 물어뜯고 있는 게 보였다. 소화의 처참한 비명소리에 달빛마저 창백해지는 순간 내가 소리높여 포효했다. "당장 그 아이를 놓지 못해—" 앞뒤 가리지 않고 그 수퇘지를 향해 돌진했다. 소화가 소리쳤다. "대왕님— 저는 상관 말고 어서 도망치세요—"—여기까지 들으며 뭐 감동한 것 없어? 우리가 돼지지만 행동만큼은 정말 고상하다고 느껴지지 않나?—소화의 엉덩이를 문 멧돼지가 천천히 엉덩이살을 잠식해갈 때 지르는 소화의 비명소리에 나는 거의 미칠 지경이었다. 아니 거의 미칠 지경이 아니라 제기랄, 정말 미치고 말았다. 하지만 비스듬한 방향에서 달려드는 수퇘지 두 마리가 소화를 구하러 달려가는 나를 방해했다. 더이상 전술이니 뭐니 떠들 겨를이 없었다. 한놈을 조준한 뒤 그대로 돌격했다. 내 공격을 채 피하지 못한 수퇘지의 목을 인정사정없이 그대로 물어뜯었다. 그놈의 단단한 껍질을 찌르고 들어간 내 이빨에 녀석의 목뼈가 느껴졌다. 녀석이 데굴데굴 굴러 벗어났을 때 내 입에 그놈의 피와 긴 털이 가득했다. 그놈의 목을 물어뜯을 때 다른 놈이 달려들어 내 뒷발을 세게 물었다. 나는 나귀처럼 세차게 뒷발질을 하여—나귀였을 때 배워둔 기술이었다—그놈의 뺨을 후려갈겼다. 고개를 돌려 돌진하자 그놈은 혼비백산한 듯 줄행랑을 쳤다. 그놈이 내 다리를 물어뜯은 탓에 견딜 수 없이 아팠다. 붉은 피가 줄줄 흘렀지만 다리를 돌볼 겨를이 없었다. 재빨리 뛰어올라 바람을 가르는 소리를 내며 소화를 물어뜯는 그 나쁜 녀석에게 돌진했다. 내 맹렬한 돌격에 그 나쁜 놈의 내장이 모두 터져버렸다. 그놈은 제대로 비명조차 내지르지 못한 채 땅에 쓰러져 그대로 죽고 말았다. 나의 소화는 겨우 한줄기 숨이 붙어 있었다. 앞발을 들어 부축하자 찢어진 배에서 창자가 흘러나왔다. 뜨겁고, 미끈거리며, 비린내가 진동하는 물건 앞에서 어찌해야 할지 몰랐다. 말 그대로 속수무책이었다. 가슴 한쪽이 미어지는 고통을 느끼며 말했다.

"소화야, 소화야, 내가 널 지켜주지 못했구나······"

소화가 애써 눈을 떴다. 눈에 푸른빛이 돌면서 식어가고 어렵게 숨을 몰아쉬었으며, 입에서는 피와 거품을 토하며 말했다.

"대왕님이라 부르지 않고······ 오빠라고······ 불러도······ 될까요?"

"불러, 불러······" 내가 울며 대답했다. "사랑하는 내 동생아, 너야말로 내게 혈육 같은 아이다······"

"오빠······ 전 행복해요······ 정말 행복해요······" 말을 마치고 숨이 멎었다. 사지가 나무막대처럼 굳었다.

"소화야······" 나는 울면서 일어섰다. 필사의 결심을 하고서 오강(烏江)에서 항우가 그랬듯이 그 돼지들을 향해 한걸음 한걸음 다가갔다.

무리를 이룬 그놈들이 당황하면서도 일사분란하게 퇴각하고 있었다. 내가 거세게 돌진하자 놈들이 사방으로 흩어지면서 나를 중심으로 동그랗게 에워쌌다. 더이상 전술은 없었다. 박치기, 물어뜯기, 코로 들어올리기, 어깨로 들이박기 같은 필사의 공격을 가하면서 그놈들에게 부상을 입혔고 나도 적지 않게 부상을 입었다. 모래섬 중앙으로 싸움터를 이동했을 때였다. 군부대가 지은 말사육장에 방치된 기와집의 무너진 담장 앞에서 나는 진흙에 반쯤 파묻힌 돌구유 옆에 앉아 있는 낯익은 얼굴을 발견했다.

"조소삼, 너야?" 내가 큰 소리로 고함을 지르며 물었다.

"형씨, 자네가 올 줄 알았어." 내게 아는 체를 한 조소삼이 고개를 돌려 멧돼지들을 돌아보며 말했다. "난 너희의 대왕이 못된다. 저분이야말로 너희의 진정한 대왕이시다!"

잠시 머뭇거리며 주저하던 멧돼지들이 모두 앞발을 가지런히 모아 땅에 엎드린 뒤 입을 바닥에 조아린 채 외쳤다.

"대왕 만세! 만만세!"

나는 원래 뭔가 더 할 이야기가 있었지만 상황이 이렇게 된 이상 무슨 말을 더 할 것인가? 나는 얼떨결에 모래섬에 사는 멧돼지들의 대왕이 되어, 멧돼지들의 절을 받았다. 달 위에 앉아 있던 인간세상의 그 대왕은 벌써 38킬로미터나 떨어진 머나먼 곳으로 날아갔다. 커다랗던 달이 고작 은쟁반만한 크기로 작아지자 인간세상의 대왕의 모습은 성능 좋은 망원경으로도 그 모습을 제대로 찾기 힘들어졌다.

인생은 고달파

열여섯번째 돼지는 옛날 생각에 고향 마을을 찾고
홍태악은 취해서 술자리에서 소동을 부리다

'일촌광음 불가경이요, 세월은 화살과 같다'고 했다. 내가 인적없는 황량한 모래섬에서 대왕 노릇을 한 지도 어느새 오년이 흘렀다.

처음에 나는 이곳 모래섬에서 일부일처제를 시행하려고 했다. 그것은 인류문명을 구현하는 개혁으로 돼지들의 환영을 받을 줄 알았는데, 강력한 반대에 부딪혔다. 암돼지뿐만 아니라 그 제도로 혜택을 누릴 수 있는 수돼지들조차도 툴툴거리며 나에게 불만을 표했다. 예상치 못한 반응에 곤혹스러워하던 나는 조소삼을 찾아가 해결책을 물었다. 비바람을 가릴 수 있게 그를 위해 지어준 조그만 초막에 엎드린 채 그가 냉정한 충고를 건넸다.

"왕을 안할 거면 모를까, 할 거면 매사를 법에 따라 처리해야 하지 않겠어."

나는 무정한 정글의 법에 따를 수밖에 없었다. 눈을 감고서 소화와 호접미를 떠올리고 이제는 모습조차 희미한 암나귀를 떠올렸으며, 더욱 그 모습조차 희미한 여인들의 모습까지 떠올리면서 암퇘지들과 교배했다. 암퇘지들과의 교배를 최대한 피했지만 그런 와중에도 수년 동안 모래섬에 이런저런 색깔의 잡종 수십 마리가 태어났다. 새끼들 가운데에는 황금색 털이나 검푸른 털을 갖고 태어난 것도 있고, 텔레비전 광고에서 자주 보는 달마티안처럼 반점이 난 것도 있었다. 이런 잡종녀석들은 야생 멧돼지의 신체적 특징을 갖고 태어나긴 했지만 어미들보다는 훨씬 머리가 좋았다. 잡종들이 커가면서 나는 더이상 교배라는 무거운 짐을 맡을 수가 없었다. 암컷들의 발정기가 도래하면 매번 나는 그녀들을 피해 몸을 숨기기 바빴다. 대왕이 자취를 감추고 없는 상태에서 욕정에 사로잡힌 암퇘지들은 꿩 대신 닭이라도 골라야 했다. 그 덕분에 거의 모든 수퇘지들이 교배 기회를 얻으면서 이후에 태어난 세대는 더 가관이었다. 양처럼 생긴 놈도 있고, 개를 닮은 놈도 있고, 아예 스라소니를 닮은 녀석도 있었다. 그중에서도 한 잡종 암퇘지가 낳은 긴 코를 가진 코끼리 모양의 괴물이 가장 경악스러웠다.

1981년 4월. 살구꽃이 만개하는 암컷들의 발정기에 나는 강의 지류를 따라 남쪽 언덕까지 헤엄쳐갔다. 강물 위쪽은 따뜻했지만 깊은 곳은 차가웠다. 따뜻한 강물과 아직 차가운 강물이 만나는 지점에는 벌써 수많은 회귀성 어류들이 강을 거슬러올라가고 있었다. 원래 태어난 곳으로 돌아가려고 온갖 고난과 희생을 마다하지 않고 용감하게 강을 거슬러 헤엄쳐 나아가는 모습을 보면서, 나는 깊은 감동을 받았다. 한참 동안 얕은 물가에 서서, 부지런히 꼬리지느러미를 흔들며 거침없이 전진하는 회백색 물고기들을 바라보며 나는 깊은 생각에 빠졌다.

왕년에 암퇘지들을 피해 몸을 숨기고 숨바꼭질하면서도 모래섬을 떠난 적은 없었다. 모래섬에는 초목이 무성했고, 동남쪽에는 솟아오른 모래언덕이 있었는데 아름드리 잣나무가 빽빽하게 자라고 있는데다가 그들 나무 아래로 관목들도 무성하게 자라고 있어서 몸을 숨기기에는 아주 안성맞춤이었다. 하지만 올해는 갑자기—사실 갑작스런 생각이 아니라 너무나도 절박한 마음의 소리였다. 오래전에 정해서 꼭 지켜야 하는 약속처럼 살구나무 농장의 양돈장과 서문촌에 꼭 한번 가봐야만 할 것 같았다—이상한 생각이 들었다.

내가 소화와 함께 양돈장에서 도망친 지도 거의 사년이 되었지만 살구나무 농장의 양돈장은 눈을 감고도 찾아갈 수 있었다. 따스한 서풍에 살구꽃 향기가 실려 있었기 때문이고, 또 그곳은 어쨌든 내가 태어난 곳이기 때문이기도 했다. 강둑의 좁고 평평한 길을 따라 서쪽으로 걸었다. 강둑 남쪽으로 드넓은 평야가 펼쳐져 있었고, 북쪽으로는 붉은 버들이 끝없이 이어져 있었다. 강 양쪽 둔덕에 자란 비쩍 마른 족제비싸리를 넝쿨처럼 휘감고 올라가 활짝 꽃을 피운 하얀 꽃무덤에서는 라일락 같은 짙은 향기가 뿜어져나오고 있었다.

달빛은 당연히 좋았다. 하지만 예전에 내가 생생하게 묘사한 그 두 개의 달과 비교하면 오늘밤의 달은 마치 마음을 딴데 두고 있는 사람처럼 저만큼 높이 걸린 채 더이상 내게 가까이 내려오려고도, 달빛의 색을 바꾸어 나의 동무가 되려고도, 나를 쫓아오려고도 하지 않았다. 오늘밤 달은 깃털 달린 모자를 쓰고, 흰 면사로 얼굴을 가린 채 화려한 마차에 앉아 황급히 길을 재촉하는 귀부인을 닮았다.

남검이 소유한 1무 6푼의 고집스런 땅에 도착한 나는 달을 따라 내내 서쪽으로 옮기던 걸음을 멈추고 남쪽을 바라보았다. 남검의 땅 양쪽 서문촌 생산대대 땅에 잎이 무성한 뽕나무가 심겨 있었고, 뽕나무 밑에서 달빛을 빌려 뽕잎을 따는 여자들이 보였다. 그 모습이 내 마음을 뒤흔들었다. 모택동 사후에 농촌에 변화가 일고 있음을 알 수 있었다. 남검의 땅에는 여전히 보리가, 옛날 낡은 품종의 보리가 심겨 있었다. 양쪽 뽕나무의 쭉쭉 뻗어나간 뿌리가 남검 토지의 영양분을 모두 빨아들인 탓에 피해를 입어 적어도 네 이랑에 심긴 보리는 키가 작고 힘이 없었고 보리이삭이 파리처럼 비쩍 말라 있었다. 너 같은 개인농이 얼마나 버티는지 두고 보자는 홍태악이 남검을 다루는 비열한 짓처럼 보였다. 달빛 아래, 뽕나무 옆으로 그림자 하나가 어른거렸다. 그는 깊이 도랑을 파며 웃통을 벗은 채 인민공사와 할 때까지 해보자는 심산이었다. 자신의 땅과 생산대대의 뽕나무 사이에 깊고 좁은 고랑을 파고 있는 그의 날카로운 삽 끝에 누런 뽕나무 뿌리가 그대로 잘려나갔다. 이는 예사로운 일이 아니었다. 자신의 땅에 고랑을 파는 일이야 누가 왈가왈부할 수 없었지만 생산대대의 나무뿌리를 잘라버리는 일은 집단농장의 재산을 훼손했다는 혐의를 받을 수 있었다. 나는 멀리서 무식하게 덩치만 큰 남검의 몸과 서툰 동작을 바라보며 한동안 생각에 잠겼다. 양쪽의 뽕나무들이 하늘을 찌를 듯한 거목으로 자랄 때면 개인농 남검의 땅은 불모지가 될 것이 불보듯 뻔했다. 그렇지만 곧 이러한 나의 생각이 틀렸다는 걸 알게 되었다. 생산대대는 이미 사라졌고 인민공사는 유명무실해져 농촌개혁이 땅을 분할해서 개인에게 나눠주는 단계였다. 남검의 땅 양옆의 토지도 이미 개인명의로 분할된 상태였고, 뽕나무를 심든 양식거리를 심든 전적으로 자기 마음이었다.

드디어 살구나무 농장에 도착했다. 살구나무는 그 자리에 그대로 있었지만 돼지우리는 사라지고 없었다. 표식은 없었지만 휘어진 살구나무를 한눈에 알아볼 수 있었다. 살구나무 주위에는 보호용 나무울타리가 있었고 울타리에 과육에 붉은 선이 있는 황금 살구나무라고 쓴 팻말이 걸려 있었다. 그 팻말을 보자 조소삼의 뜨거운 피가 살구나무의 뿌리에 스며들던 장면이 떠올랐다. 그의 피가 아니었다면 살구에 붉은 선이 있을 리도 없었고, 이 나무에서 열린 살구가 최상품으로 매년 현정부에 고가로 판매되는 일도 없었을 것이다. 그뿐 아니다. 이 살구 덕분에 홍태악을 대신해 생산대대 당지부 서기를 맡게 된 금룡이 현과 시의 인사들과 가까워질 수 있었고, 그리하여 훗날 부귀영화를 누리는 바탕이 되었다는 것도 나중에 알게 되었다. 돼지우리는 진즉 없어졌지만 곁가지가 돼지우리 안까지 들어왔던 그 살구나무는 그대로였다. 내가 엎드려서 잠을 자거나 몽상에 빠졌던 곳에는 땅콩이 심겨 있었다. 나는 재빨리 일어서서 예전에 거의 매일 붙잡고 놀던 그 곁가지를 앞발로 잡았다. 이 동작을 해보니 오랫동안 몸을 움직이지 않아서 내 몸이 그때보다 크고 둔해졌다는 생각이 들었다. 이 동작이 참으로 낯설게 느껴졌다. 어쨌든 그날 밤 나는 살구나무 농장 구석구석을 한가로이 거닐며 옛날을 회상했다. 순간순간 마음속에 옛 추억이 떠오르는 것은 아마 내가 이미 중년이 되었다는 의미이리라. 그렇다. 돼지로서 나는 이미 충분히 온갖 풍상과 경험을 다 겪었다.

당시 사육사들이 일하며 묵었던 건물 두 동은 양잠실(養蠶室)로 바뀌어 있었다. 양잠실에 전등이 켜진 것을 보고 서문촌에도 전기가 들어온다는 것을 알았다. 이어 머리가 희끗희끗해진 백씨가 겹겹이 놓인 누에채반 앞에서 허리를 구부리고 일하는 것이 보였다. 그녀가 껍질을 벗긴 붉은 버들가지로 엮은 소쿠리에 담긴 두툼한 뽕잎을 하얀 누에채반에 뿌리기 무섭게 누에들이 바스락거리며 먹는 소리가 가랑비 소리처럼 울렸다. 너희 신혼집이 누에를 치는 잠사(蠶舍)로 변한 것을 보고 너희에게 새집이 생겼다는 것을 알았다.

나는 폭이 배나 넓어지고 아스팔트까지 깐 마을길을 따라 서쪽으로 걸어갔다. 도로 양쪽에 있던 야트막한 담장의 초가집들 대신에 똑같은 크기와 높이로 붉은 집들이 가지런하게 들어서 있었다. 길 북쪽 이층짜리 작은 건물 앞 공터에는 백여명 되는 노인과 아이 들이 21인치 일제 파나쏘닉 텔레비전 앞에 모여앉아 연속극「애틀랜타에서 온 사나이」를 보고 있었다. 손가락과 발가락 사이에 물갈퀴가 달린 잘생긴 젊은이에 관한 판타지 드라마로 주인공은 상어처럼 물속을 우아하게 헤엄쳐다닐 수 있었다. 서문촌 노인과 아이 들은 작은 텔레비전 화면을 뚫어져라 보며 연방 혀를 끌끌 차면서 탄성을 질러댔다. 텔레비전은 붉은색 네모난 의자 위에, 그 의자는 네모난 탁자에 올려져 있었다. 탁자 옆에는 붉은색으로 '치안(治安)'이라고 쓰인 완장을 팔에 두른 백발의 할아버지가 앉아 있었다. 가늘고 긴 나무막대기를 손에 쥐고 시험감독을 하는 늙은 선생처럼 날카로운 시선으로 사람들을 지켜보던 그 사람이 누구인지, 당시 나는 아는 바가 없었다.

"오방(伍方, 우팡)은 부농 오원의 큰형으로 국민당 제54군 라디오방송국 국장으로 중령이었지만 1947년 포로가 되었어. 신중국이 수립된 뒤 반혁명죄로 무기징역을 선고받고 서북지역에서 노역하다 얼마 전 석방되어 집으로 돌아왔는데 늙어서 일도 못하고, 돌봐줄 가족이나 친척도 없어서 오보호(五保戶, 의식주와 교육, 장례 등의 사회보장을 받는 가정—옮긴이) 혜택과 함께 매월 현에서 십오원씩 생활보조금을 타고 있지……"—내가 얼른 말을 끼어들었다.

남천세의 이야기는 며칠 동안 청산유수처럼 끝없이 이어졌다. 그가 말하는 사건들은 진짜 같기도 하고 허구 같기도 했다. 그의 이야기를 듣다가 비몽사몽간에 그를 따라 지옥과 용궁을 오가다 보면 머리가 어지럽고 눈이 빙빙 돌았다. 가끔 내 의견이라도 피력할라치면 수초에 발이 감긴 사람처럼 그가 내 입을 틀어막았다. 나는 그가 유수처럼 풀어놓는 이야기의 포로가 되었다. 포로에서 벗어나기 위해 기회를 포착하여 오방의 내력을 거론하며 이야기를 현실로 끌어들이려 했지만 그가 분노하면서 탁자로 뛰어올라 구둣발로 탕탕 구르며 외쳤다. 닥쳐! 그가 바지 속에서 아예 태어날 때부터 포경이었던 것 같은, 그의 나이에 어울리지 않게 크고 못생긴 자지를 꺼내서 내게 오줌을 갈겼다. 그의 오줌에서 진한 비타민 B 냄새가 났다. 그 오줌 때문에 연방 컥컥대는 동안 맑아졌던 머리가 다시 멍해졌다. "넌 닥치고 내 얘기를 들어. 아직은 네가 얘기할 때가 아냐." 그의 표정은 어린아이 같기도 하고 온갖 풍파를 다 겪은 노인 같기도 했다. 그를 보면서 나는 『서유기』의 요괴 홍해아(紅孩兒)—그 아이는 입에 힘을 조금만 주면 화염이 뿜어져나왔다—가 떠올랐고, 발로 풍화륜(風火輪)을 굴리고 손에 창을 들고서 어깨를 한번 흔들면 머리가 세 개요 팔이 여섯 개로 늘어나는, 용궁을 발칵 뒤집어놓은 소년영웅인 『봉신연의(封神演義)』의 나타(哪吒)가 생각났다. 또 김용의 『천룡팔부』에 나오는 아흔살이 넘었는데도 동안인 천산동료(天山童佬)도 떠올랐다. 천산동료는 발을 한번 구르면 하늘높이 치솟은 나무에도 뛰어오르고, 새소리 같은 휘파람도 불던 위인이다. 또 내 친구 막언이 쓴 소설 「양돈기」에 나오는 재간둥이 수퇘지도 떠올랐다—

내가 바로 그 수퇘지다—대두 남천세가 자기 자리로 돌아가면서 기세등등하게 폼을 재며 말했다. 물론 나도 그 노인네가 부농 오원의 형 오방이라는 것과 생산대대 당지부 서기를 새로 맡은 금룡이 그에게 생산대대 사무실에서 전화 받는 일과 마을 전체에 딱 한대 있는 컬러텔레비전을 매일 밤 옮겨다놓고 사람들에게 보여주는 일을 맡겼다는 것을 나중에 알았다. 홍태악이 그 일에 불만을 품고 금룡을 찾아가 따졌다는 것도 알게 되었다. 웃옷을 대충 걸치고 신발을 꺾어서 신고 다니는 그의 모습은 조금 불량스럽고 허풍스러워 보였다—듣자하니 당지부 서기를 사임한 후 쭉 이 모양이었다고 한다. 물론 그가 원해서 직위를 사임한 것은 아니고 인민공사 당위원회에서 나이를 이유로 강제사임시켰다고 했다. 이때 인민공사 당위원회 서기는 현에서 가장 젊은 당위원회 서기이자 정치계의 떠오르는 샛별인 방호의 딸 방향미였다. 그녀에 대해서는 나중에 다시 이야기할 기회가 있을 것이다. 홍태악이 거의 만취한 상태로 생산대대 —바로 앞에 보이는 새로 지은 이층건물— 에 도착했을 때 문을 지키고 있던 오방이 일본군관을 만난 촌장처럼 굽실거리며 깍듯하게 인사했다. 홍태악이 경멸하듯이 '흥!' 하고 콧방귀를 뀌고는 고개를 빳빳이 들고 건물로 들어가 일층 입구에서 자기 직무를 충실히 수행하면서 문을 굳게 지키고 있는 대머리 오방에게 손가락질하면서 금룡에게 벌컥 화를 냈다.

"이봐! 금룡, 이건 정말 자네가 심각한 정치적 실수를 범하는 거야! 저 자식이 누군가? 국민당 대령을 지낸 놈이야. 총살을 시켜도 벌써 스무 번은 더 시켰을 놈의 개같은 목숨을 살려주는 것도 모자라 어떻게 자네가 저놈에게 오보호의 혜택까지 줄 수 있단 말인가? 자네 계급의식이 어떻게 된 거 아니야?"

금룡이 상당히 고급인 수입담배 한개비를 꺼내 순금인 듯한 불이 엄청 잘 켜지는 라이터에 불을 붙인 뒤, 홍태악 입에 물려주었다. 홍태악은 두 손이 다 불구여서 자기 힘으로는 불도 붙이지 못하는 사람 같았다. 당시로서는 흔치 않던 회전의자에 홍태악을 앉힌 금룡 자신은 사무실 탁자 한쪽에 걸터앉아 말했다. 아저씨, 전 아저씨가 직접 키워주셨고, 아저씨가 하시던 일도 물려받았습니다. 저 역시 무슨 일이든 아저씨가 하던 대로 따라하려고 하지만 세상이 변하고 시대도 변한 것을 어떡하겠습니까? 오방에게 오보호 혜택을 준 것은 현정부의 결정입니다. 오방은 지금 오보호의 특혜뿐 아니라 매달 인민정부에서 주는 십오원씩의 생활보조금을 받을 수 있습니다. 아저씨, 화나셨죠? 하지만 국가정책이니 화나도 참으셔야지 달리 방도가 없습니다. 홍태악이 붉으락 푸르락해진 얼굴로 말했다. 그럼 우리가 수십년 동안 혁명한 게 전부 헛수고였단 말이야? 탁자에서 내려온 금룡이 회전의자를 반쯤 돌려 찬란한 햇빛을 받고 서 있는 창밖 붉은 기와집들을 가리키며 홍태악에게 말했다. 아저씨, 이건 비밀입니다만 공산당은 국민당과 장개석(蔣介石, 쟝졔스)을 몰아내려고 혁명을 한 게 아닙니다. 공산당이 인민들과 함께 혁명을 한 진짜 목적은 바로 모든 인민들이 잘 먹고 잘살게 해주기 위해서였습니다. 국민당의 장개석은 이런 공산당의 갈길을 막아섰기 때문에 타도된 것입니다. 아저씨, 우리는 모두 이 나라의 한 백성으로 우리를 더 잘살게 해주는 사람은 여러 생각 할 것 없이 그가 누구건 옹호해야 합니다. 홍태악이 버럭 화를 내며 소리쳤다. 무슨 개소리를 하는 거야. 자네 이건 수정주의야! 내 당장 성에 달려가 널 고발할 테다! 금룡이 이죽거리며 말했다. 아저씨, 성에서 우리 같은 사람한테 신경쓸 시간이 어디 있다고 그러세요? 아저씨, 먹고 마시고 주머닛돈만 넉넉하면 더이상 불평 마시고 쓸데없는 일에 참견 마세요. 홍태악이 고집스럽게 말했다. 안돼, 이건 노선문제야. 중앙에서 수정주의를 내건 게 분명해. 자네 눈 똑바로 뜨고 잘 지켜보라고, 이게 시작이라고. 앞으로 모주석이 시에서 '천지가 개벽하니 통쾌하구나'라고 한 것 같은 변화가 일어날 테니까 말이야!

나는 둘러앉아 텔레비전을 보는 사람들 뒤에서 십분 정도 머무르다가 다시 서쪽으로 달려갔다. 내가 어디를 가려는지는 아마 너도 알고 있을 것이다. 허보를 물어죽인 일로 고밀 동북향에서 나를 모르는 사람이 없게 된 지금 마을 사람들이 나를 보면 필시 한바탕 소동이 일어날 것이니 나는 길을 따라 걷지도 못했다. 사람들과 싸워서 이길 수 없을까 봐 걱정하는 게 아니고 어쩔 수 없는 상황에서 무고한 사람들이 다치는 것을 우려했고, 그들 자체를 두려워한 것이 아니라 귀찮은 일이 일어나는 것을 꺼릴 뿐이었다. 도로 남쪽에 있는 집들의 그림자를 끼고 서쪽으로 계속 가자 서문저택 마당이 눈에 들어왔다.

대문은 활짝 열려 있었다. 마당 안의 오래된 살구나무는 면화처럼 아름다운 꽃을 피우고 있었고 그 꽃향기는 담장 밖까지 흘러나왔다. 문 옆 어둠속에 몸을 숨긴 채 바라보니 살구나무 아래 비닐을 깐 탁자 여덟 개가 있었다. 임시변통으로 나뭇가지에 걸어놓은 전등이 대낮같이 환하게 비추는 마당 탁자 주위에는 십여명이 둘러앉아 있었다. 나는 단번에 그들을 알아보았다. 모두 다 예전에 반동이던 자들이었다. 마을 경찰을 사칭했던 여오복, 매국노 장대장, 지주 전귀, 부농 오원 같은 이들이었다. 다른 탁자에는 머리가 허옇게 센 전 치안유지대 주임 양칠과 손가네 두 형제 손룡과 손호가 앉아 있었다. 탁자에는 술잔과 접시가 어지럽게 널려 있고 그들은 거의 술에 취해 있었다. 나중에 알았지만, 양칠은 그때 대나무 장대를 파는 일을 하고 있었다—그는 원래가 정통 농사꾼이 아니었다—그는 정강산 참대를 기차에 실어 고밀로 가져온 뒤 다시 차로 서문촌까지 운반하여 새 학교를 짓고 있는 마량재에게 통째로 팔았다. 꽤나 큰 거래여서 양칠을 단숨에 부자로 만들어주었고 그 덕분에 그는 마을에서 최고 부자 행세를 하며 나무 아래 앉아 술을 마시는 것이다. 회색 양복에 붉은 넥타이를 매고 전자시계가 잘 보이도록 팔을 걷어올리고 있었다. 원래 마른 얼굴이던 그의 뺨에는 혹처럼 살이 늘어져 있었다. 양칠이 황금빛 미제 담뱃갑에서 담배를 꺼내 돼지다리를 뜯고 있는 손룡과 냅킨으로 입을 닦고 있는 손호에게 건넨 뒤 빈 담뱃갑을 구겨버리고는 동쪽 사랑채를 향해 소리질렀다.

"아줌마!"

주인아주머니가 시원스럽게 대답하면서 달려나왔다. 앗, 오추향이었다. 그녀가 여주인이 된 것이다. 그제야 대문의 동쪽 담벼락에 석회를 하얗게 바르고 붉은 페인트로 추향주점이라고 쓰여 있는 것이 눈에 들어왔다. 추향주점 여주인 오추향은 벌써 양칠의 등 쪽에 달려와 있었다. 얼굴에 분을 찍어바르고 웃음을 가득 띤 채, 어깨에는 수건을 걸치고 허리에는 앞치마를 두른 것이 그녀가 그 일에 얼마나 열심인지 충분히 짐작할 수 있었다. 세상 많이 변했구나. 개혁이

다, 개방이다 하더니 서문촌도 정말 많이 변했어. 추향이 눈웃음치며 양칠에게 물었다.

"양사장님, 뭐 시키실 거 있으세요?"

"지금 누구 욕하는 거야?" 양칠이 눈을 부라리며 말했다. "그저 대나무나 파는 장사치한테 사장님이라고 부르니 말이야."

"겸손도 하셔라. 만개가 넘는 참대를 한개에 십원만 받고 팔아도 십만원이나 되잖아요. 허리춤에 십만원이나 찬 양반이 사장님이 아니면 우리 고밀 동북향에서 사장님이라고 불릴 사람이 어디 있겠어요?" 오추향이 아양을 떨면서 양칠의 어깨를 쿡쿡 지르며 말했다. "이 옷차림을 봐도 알지요! 머리부터 발끝까지 쫙 빼입은 것 좀 봐요. 적어도 천원은 되겠는걸요?"

"너무 비행기 태우지 말라고. 비행기 태우다가 전에 살구나무 농장의 죽은 돼지들처럼 뻥 하고 터져버리면 좋겠지요?" 양칠이 말했다.

"알았어요, 알았어! 양사장님은 돈 없어요, 땡전 한푼도 없어서 딸랑딸랑 방울소리만 나요, 이제 됐나요? 누가 돈 빌려달라고 할까봐 먼저 선수치는 거예요, 뭐예요?" 오추향이 입을 삐죽이며 삐친 사람처럼 물었다. "뭘 더 시킬 건지나 말해보세요!"

"어, 화가 나셨나 보네? 그래도 그렇게 입은 삐죽이면 안 되지. 아줌마가 그러면 내 물건도 덩달아 삐죽거리고 싶어하거든!"

"아휴, 엉큼하긴!" 오추향이 기름에 전 수건으로 양칠의 머리를 한번 쓱 치며 말했다. "빨리 말해요, 뭘 시킬 건데요?"

"양우(良友) 담배 한갑 줘."

"담배만 한갑요? 술은요?" 오추향이 벌써 얼굴이 빨개진 손호와 손룡을 보면서 말했다. "이 두 분은 아직 술을 제대로 못 마신 것 같은데?"

손룡이 애써 혀에 힘을 주며 대답했다. "양사장님이 한턱 내는 건데 채신머리없이 많이 먹으면 되겠어요."

"이봐 아우님, 그건 이 형님을 욕하는 거야." 양칠이 탁자를 탁 치며 화가 난 척 말했다. "내가 십만원은 없어도 아우들한테 술 사줄 돈은 있어! 그리고 아우들이 하는 홍표 고추장이 이미 전국에 팔리고 있는 마당에 언제까지 길바닥에 냄비 두 개 걸어놓고 볶을 수만은 없잖아? 다음 차례는, 아우님들, 내가 자네들이라면 스무 칸 정도 되는 넓고 멋진 공장을 지어서 냄비 이백개쯤 걸어놓고 일꾼 이백명 불러서 이십초짜리 텔레비전 광고를 찍겠어. 홍표 고추장은 산동뿐 아니라 전국적으로 유명해질 거야. 그러면 아우들은 돈을 긁어모으기만 하면 돼. 이거 내가 먼저 큰부자인 두 분에게 빌붙어야겠는데!" 양칠이 오추향의 엉덩이를 꼬집으며 말했다. "좋았어! 여기 소흑단(小黑壇) 두 병 더 가져오라고."

"소흑단, 그건 너무 싸구려예요." 오추향이 말했다. "이런 큰부자들 정도면 못해도 소노호(小老虎) 정도는 마셔야지요."

"젠장, 오추향 당신, 정말 장사수완이 보통이 아니야." 양칠이 할 수 없다는 듯이 말했다. "그럼 소노호로 하자고!"

손룡, 손호 형제가 눈짓을 주고받더니 손호가 말했다. "형, 양사장님 의견도 일리가 있는 것 같지 않아?"

손룡이 조금 더듬거리며 말했다. "나무에 걸린 나뭇잎처럼 인민폐가 풀풀 떨어지는 게 보이는 것 같다."

"아우님들, 유비가 왜 선물을 싸들고 삼고초려하며 제갈량을 찾아갔는지 아시는가? 유비가 밥 먹고 할일이 없어서 그랬겠어? 아니지. 나라를 안정시키고 튼튼히할 가르침을 얻기 위해서 찾아갔고, 제갈량의 한마디 덕분에 유비는 나아갈 길을 알게 되었으며, 그로부터 천하가 삼분되었다 이거야. 이 양칠의 말을 두 사람은 새겨들어야 해. 나중에 성공하면 이 군사(軍師)에게 감사하는 거 잊지 말고!"

"큰솥 들이고, 공장 짓고, 노동자들 들이고, 장사를 확장하는 것도 좋지만 그럴 돈을 어디서 구하느냐가 문제지요." 손호가 말했다.

"금룡한테 가서 돈 좀 융통해달라고 해." 양칠이 무릎을 치며 말했다. "금룡이 살구나무에 무대를 만들고 혁명할 때 자네들 형제 넷이 그 사람의 충견이지 않았나."

"형님, 충견이라니, 어째 말이 좀 듣기 거북합니다! 우리는 생사를 같이한 전우입니다!" 손호가 말했다.

"그래그래, 생사를 같이한 전우, 전우." 양칠이 말했다. "어쨌든 자네 형제는 그 사람에게 신세를 질 만한 처지 아닌가 이 말이야."

"형님." 손룡이 아부하듯이 물었다. "하지만 대출도 언젠가는 갚아야 하는 거 아닙니까. 돈을 벌면 문제가 없겠지만 망하는 날에는 뭘로 갚지요?"

"이런 멍청한 사람들!" 양칠이 말했다. "공산당 돈은 쓰지 않으면 손해야. 벌어서 우리가 갚으려고 해도 저들이 필요없다 할지 모르고, 손해를 보면 갚으라고 성화해도 갚을 돈이 없으면 어쩌겠나? 게다가 홍표 고추장은 무조건 성공할 상표야. 고추 볶을 때 돈으로 불쏘시개하지 않는 한, 망할 일은 없다고!"

"그럼 한번 금룡한테 대출해달라고 해볼까?" 손호가 물었다.

"그래, 그러자." 손룡이 대답했다.

"금룡이 대출해주면 솥 사고, 노동자들 모으고, 건물 짓고, 광고하고?"

"사고, 모으고, 짓고, 광고하고!"

"그렇지! 이 돌머리들이 이제야 뭔가 좀 통하는군!" 양칠이 무릎을 치며 말했다. "두 사람이 지을 건물에 쓰일 목재는 내가 책임지고 대주지. 정강산 참대는 단단하고 곧게 뻗어서 백년이 지나도 썩지 않아. 가격도 삼나무 들보 값의 반이니 정말 일석이조 아냐. 스무 칸짜리 건물에 들보 사백개가 들어가니까 참대를 쓰면 적어도 개당 삼십원씩은 싸게 먹히는 셈이지. 그렇게 되면 자네들은 벌써 내 덕분에 일만 이천원을 절약하는 거야!"

"결국 우리한테 참대 팔려고 한 말들이었군요!" 손호가 말했다.

오추향이 소노호 두 병과 양우 담배 두 갑을 들고 걸어왔다. 호조가 오른손과 왼손에 각각 오이 돼지귀 볶음과 땅콩 볶음 접시를 들고서 따라왔다. 술을 탁자에 내려놓은 오추향이 양칠 앞에 담배를 밀어놓으면서 농담조로 말했다. "이 요리는 내가 손씨 형제들에게 안주로 대접하는 거니까, 돈 내라고 안할 테니 지레 겁먹을 거 없어요!"

"오주인장, 지금 나 양칠을 무시하는 거야?" 양칠이 불룩한 호주머니를 툭툭 치며 말했다. "내가 큰돈은 없어도 오이 한접시 정도 먹을 돈은 있어."

"돈 있는 거야 알지요." 추향이 말했다. "이 요리는 내가 보기에도 홍표 고추장이 날개 돋친 듯 팔릴 것 같아서 나중에 손씨 형제 덕 좀 보자고 내가 한턱내는 거예요."

호조가 씽긋 웃으며 손씨 형제 앞쪽에 접시를 내려놓자 두 사람이 황망히 일어서며 어쩔 줄 몰라했다. "사모님이 직접 나오셨네요……"

"할일도 없어서 좀 도와드릴까 하고 나왔어요……" 호조가 웃으며 말했다.

"아줌마, 사장님만 손님이야? 우리한테도 신경 좀 쓰시지 그래!" 다른 탁자에서 비닐을 씌운 약식 메뉴판으로 흰나방을 잡던 오원이 말했다. "여기 주문 받으시오."

"그럼 술들 드세요. 우리 사장님 술값 생각해줄 것 없으니 실컷 마셔요." 손씨 형제에게 술을 따라준 추향이 양칠을 한번 힐끔 쳐다보며 말했다. "난 가서 저기 반동분자들과 인사 좀 할게요."

"저 반동 양반들 죽어라 고생했으니까 이제라도 좀 사람답게 편하게 살아야지." 양칠이 말했다.

"지주에 부농, 가짜 경찰, 역적, 반혁명분자까지……" 오추향이 건너편 탁자에 앉은 사람들을 하나하나 가리키며 반농담조로 말했다. "아이고, 서문촌의 반동이란 반동은 여기 다 모이셨네. 왜 오늘 머리를 맞대고 앉아 역모라도 꾸미려고요?"

"주인아줌마도 악덕지주의 작은마누라였다는 걸 잊으셨나 보군!"

"저야 좀 다르지요."

"다르고 말고 할 게 뭐 있어?" 오원이 말했다. "그렇게 부르지 말라고. 우리한테 반동 낙인을 찍었던 거 다 옛날이야기라고. 지금은 남들처럼 어엿한 인민공사 사원이라고!"

여오복이 말했다. "멍에를 벗은 지 일년 됐어."

장대장이 말했다. "이젠 통제도 받지 않아."

전귀가 아직도 겁나는 듯 양칠 쪽을 힐끔 보더니 목소리를 낮추고 말했다. "또 당하면 어떡하려고 그래."

"오늘은 우리가 반동의 멍에를 벗고 공민 신분을 회복한 지 일년이 된 날이야. 삼십년 넘게 통제를 받아온 우리 같은 사람에게는 아주 기쁜 날이지." 오원이 말했다. "우리가 다 같이 모여서 축하한다고는 감히 말 못해도 술 두어 잔 하는 것쯤이야……"

여오복이 벌게진 눈을 깜빡거리며 말했다. "꿈에도 생각 못한 일이야. 꿈에도 생각 못한……"

전귀가 눈물을 글썽이며 말했다. "……우리 손자가 작년 겨울에 드디어 해방군에 들어갔어. 해방군에 말이야…… 설날에 금룡 서기가 직접 '영광스런 인민의 집'이라는 현판까지 우리집 문에 달아줬다고……"

"영명하신 지도자 화(華, 화국봉을 가리킴—옮긴이)주석님! 감사합니다." 장대장이 말했다.

"주인아줌마." 오원이 말했다. "우리 같은 사람들이야 풀로 배를 채우는 사람들이어서 뭘 먹어도 맛있으니까 알아서 몇가지 내오시오. 저녁 먹고 나온 터라 배는 고프지 않아요……"

"아무렴, 제대로 축하를 해야지요." 추향이 말했다. "사실 따지고 보면 나도 지주의 마누라였잖아요. 다행히 황동에게 시집가는 바람에 모진 고생은 피할 수 있었죠. 말이 나와서인데 홍태악 서기가 참 은인이라니까요. 다른 마을 같았으면 나하고 영춘 모두 반동 딱지를 벗을 수 없었을 거예요. 우리 세 사람 중 큰형님이 가장 많이 고생했지요……"

인생은 고달파 143

"어머니, 그런 얘기는 뭣 하러 하세요!" 찻주전자와 찻잔을 든 호조가 등뒤에서 추향을 건드리며 웃음을 띠면서 말했다. "아저씨들, 우선 차부터 먼저 들고 계세요!"

"날 믿지요? 알아서 한상 내오리다." 추향이 말했다.

"믿다마다." 오원이 말했다. "호조 같은 서기부인이 우리한테 손수 차 갖다주고 물 따라주는 것은 사십년 전이라면 꿈도 꾸지 못할 일이야."

"사십년까지 갈 거 뭐 있어?" 장대장이 거들었다. "이년 전만 해도 꿈도 꾸지 못하던 일이야……"

내가 이렇게 오래 이야기했는데, 너도 한마디하는 게 어때? 무슨 불만이라거나 느낌이라거나 말이야. 대두 남천세가 말했다. 내가 고개를 흔들며 말했다. 해방이는 할말 없어.

남해방, 내가 짜증 한번 내지 않고 그날 밤 서문저택 마당에서 돼지의 몸으로 보고 들은 광경을 너에게 말해주는 것은 아주 중요한 사람, 바로 홍태악 이야기를 하기 위해서였다. 서문촌 생산대대가 새로 사무실 건물을 지은 뒤, 예전의 생산대대 사무실—서문뇨의 집 안채—은 금룡과 호조의 거처가 되었다. 금룡은 마을에 사는 모든 반동분자들의 멍에를 벗겨주겠다고 선포한 동시에, 자신은 앞으로 남이란 성 대신 서문이라는 성을 사용하겠다고 선포했다. 그 모든 것에 또다른 의미가 있다는 것을 골수 혁명분자이던 홍태악은 알지 못했다. 홍태악이 길거리를 어슬렁거리며 돌아다니던 그때 연속극도 끝나고, 규정을 엄격히 지키는 오방이 투덜대는 젊은이들을 뒤로하고 꺼진 텔레비전을 안으로 옮겼다. 그의 내력을 아는 젊은이들이 낮은 소리로 욕을 해댔다. 저런 국민당 골수를 공산당은 왜 아직까지 살려둔 거야. 귀머거리일 리 없지만 그는 이런 욕을 들어도 늘 들은 체 만 체 했다. 환한 달빛에 날씨도 좋다 보니 할일 없는 젊은이들은 거리를 빈둥거리며 돌아다녔다. 남녀가 얄궂은 짓거리를 하는 이들도 있었고, 가로등 아래 쪼그리고 앉아 포커를 치는 이들도 있었다. 어디서 오리가 꽥꽥이는 것 같은 목소리로 누군가 떠드는 소리가 들려왔다. ─선보(善寶, 샨빠오), 너 오늘 시내에 나갔다가 오토바이 당첨됐다더니 우리한테 한턱내야 하는 거 아냐? ─그야 당연하지. 그런 횡재를 했으니 당연히 사야지. 횡재하고 시침 뚝 뗐다가는 하늘에서 벼락맞지. 가자, 추향네 술집으로 가자, 선보! 청년 몇명이 가로등 아래서 포커를 치는 선보를 강제로 일으켜세우자 선보가 발버둥치면서 당랑권을 하듯이 그들에게 주먹을 휘두르며 화난 목소리로 욕을 해댔다. ─어떤 개새끼가 뭐에 당첨되어서 무슨 오토바이를 탔다는 거야? ─놀라 발뺌하는 꼴을 보니 정말이야 정말. 차라리 개새끼가 되더라도 당첨 턱은 내지 못하겠다는 거야? ─내가 정말 당첨됐으면…… 중얼거리던 선보가 갑자기 고래고래 소리를 질러대며 악을 썼다. ─그래, 나 당첨됐다. 오토바이에 당첨됐어. 어쩔래? 약 올라죽겠지, 이 잡종새끼들아! 말하고는 전봇대를 등진 채 쭈그려앉더니 씩씩거리며 말했다. ─그만하고 가서 잠이

나 잘란다. 내일 아침 일찍 경품 받으러 시내에 가야 하니까. 그 자리에 모인 사람들이 다들 웃음을 터뜨리자 그 오리 목소리의 젊은 청년이 제안했다. ─자, 마누라 바가지 무서워 벌벌 떠는 선보는 그만 괴롭히고 각자 이원씩 내서 추향주점에 가서 놀자고. 이렇게 아름다운 밤에 마누라 있는 것들은 집에 가서 자면 그만이지만 없는 것들은 집에 가봤자 뭐 해. 자기 물건이나 주물럭거리지. ─가자. 마누라 없는 것들은 날 따라와. 오추향은 맘씨가 좋아서 가슴도 만지고 다리도 더듬고 얼굴에 입도 맞추게 해줄 거야! 홍태악은 퇴직한 뒤 점점 남검 같은 증상을 보이기 시작했다. 낮에는 종일 집에 틀어박혀 있다가 달만 뜨면 밖으로 나갔다. 남검은 달빛 아래서 일했지만 그는 달빛 아래서 마치 야간경비원처럼 마을 구석구석을 훑으며 돌아다녔다. 금룡이 그의 행동을 두고 말했다. ─훌륭하신 홍서기님께서 우리를 지켜주려고 밤마다 저러고 다니시는 겁니다. 물론 이것은 그의 본의가 아니었다. 홍태악은 주변의 변화를 두고 보지 못해 가슴에 근심이 쌓여 폭발 직전이었다! 그는 비틀거리고 다니면서 팔로군에서 썼다는 납작한 물통에다 술을 담아 마셨다. 낡은 군복을 걸치고 허리에 소가죽 벨트를 맨 모습이나, 짚신을 신고 다리에 각반을 친친 동여맨 모습은 뒤춤에 권총 한자루만 차면 영락없이 팔로군 공병대였다. 그는 두어 걸음 걷다가 술 한모금 마시고, 술 한모금 마시고 나서는 욕을 퍼부어댔다. 달이 서쪽으로 기울 때쯤이면 술 한병을 모두 마시고서 비틀거릴 정도로 취해 있었다. 그렇게 비틀대다 집으로 돌아갈 때도 있지만, 간혹 짚더미나 쓰다 버린 연자방아 받침돌에 쓰러져 다음날 해가 중천에 뜰 때까지 자기도 했다. 아침 일찍 장터로 나가는 사람들이, 수염과 눈썹이 얼어 고드름이 되어도 불그스름한 얼굴로 추위도 아랑곳하지 않고 짚더미에서 코까지 드르렁드르렁 골며 자는 모습을 여러 번 보았다고 했다. 보는 이들이 그를 깨우기가 오히려 멋쩍을 지경이었다. 간혹 가슴에서 뭔가 꿈틀거리며 치밀어오를 때면 그는 마을의 동쪽 들판을 어슬렁대거나 남검을 찾아가 입씨름을 벌이기도 했다. 감히 남검의 땅에 들어갈 엄두는 내지 못한 채 늘 다른 사람 땅에 서서 그에게 시비를 걸었다. 농사일이 바쁜 남검은 시비를 걸어와도 그냥 모른 체하며 상대도 하지 않고 혼자 계속 지껄이게 내버려두었지만, 가끔씩 바위처럼 무겁고 칼처럼 날카로운 말로 홍태악의 말문을 막아버리기도 했다. 그럴 때면 홍태악은 화가 나 거의 미칠 지경이 되곤 했다. 이런 적이 있었다. "계약에 따른 농가책임생산제(집단농장과 계약을 통해 개별농가가 자체적으로 농사를 짓는 제도—옮긴이)" 시행을 두고 홍태악이 남검에게 말했다.

"이게 자본주의의 부활이 아니고 뭐야? 물질로 사람을 자극하는 것이 아니냔 말이야?"

남검이 항아리에서 울려나오는 듯한 목소리로 말했다. "그보다 더한 일도 생길 테니 두고 보시오!"

농촌이 '개별농가 책임생산제(계약에 따라 국가와 일정한 소요비용과 생산량을 정해두고 초과이익은 개인이 갖는 농촌개혁 — 옮긴이)' 개혁을 하자, 홍태악이 남검 땅 경계에 서서 발을 동동 구르며 욕을 퍼부었다.

"빌어먹을, 인민공사는 세 개 단위(인민공사, 생산대대, 생산대)의 공동소유야. 생산대를 중심으로 각기 맡은 바에 충실하고 일한 만큼 받는 이런 체계가 쓸모없다는 거야?"

남검이 차갑게 말했다. "조만간 개인농 시대가 될 거네."

홍태악이 말했다. "꿈깨시지."

남검이 말했다. "두고 보게."

농촌이 전면적인 '개별농가 책임생산제'로 갈 때, 만취한 홍태악이 큰 소리로 울부짖으며 남검의 땅 경계로 왔다. 화나서 욕을 해대는데, 남검이 마치 이 천지개벽할 개혁정책의 최종결정자인 것 같았다.

"고꾸라져 뒈질 놈, 어떻게 너 같은 망할자식 말대로 될 수가 있지? 무슨 얼어죽을 전면적인 개별농가 책임생산제야? 그게 개인농이 아니고 뭐야? 고생고생하면서 삼십년을 개혁했는데 다시 해방 전으로 돌아간다는 거야? 난 인정 못해. 북경 천안문 광장에 갈 거야. 모주석 기념당에 갈 거야. 가서 모주석님 영전에 울면서 일러바칠 거야. 네놈들 모조리 고발할 거야, 고발할 거라고. 철의 강산이, 붉은 강산이 어떻게 이렇게 바뀌고 마느냐고……"

분을 이기지 못한 홍태악이 정신을 놓고 땅바닥을 구르

다가 경계를 넘으면 안된다는 것도 잊고, 그만 남검의 땅까지 굴러갔다. 당나귀만한 홍태악이 구르는 바람에 콩껍질이 눌려 톡톡 소리를 내며 콩이 튀어나왔다. 남검이 콩대를 베던 낫으로 홍태악을 위협하며 엄중하게 말했다.

"당신 지금 내 땅으로 넘어왔으니 예전에 우리가 서로 정한 규칙대로 발목을 잘라야겠지요! 하지만 이 몸이 오늘 기분이 좋아서 한번 봐주리다!"

홍태악이 다시 굴러 옆 땅으로 갔다. 부실한 뽕나무줄기를 붙잡고 일어서며 말했다.

"난 인정 못해, 남검. 삼십여년을 죽어라 했는데 어떻게 네놈이 옳고 우리들이, 그렇게 죽어라 충성스럽게 고생고생했는데, 피와 땀을 흘렸는데 우리가 틀렸다니……"

남검이 누그러진 투로 말했다. "땅을 개인한테 나눠줄 때 당신도 한몫 받지 않았습니까? 한치도 덜 나눠주지는 않았을 텐데요! 게다가 해마다 나오는 간부퇴직금 육백원도 매월 꼬박꼬박 받고 있고 매월 삼십원씩 나오는 명예군인 보조금도 중간에 가로채이는 일 없지 않습니까? 감히 누가 서기님의 돈에 손을 대겠습니까? 한데 뭐가 억울하다고 이러십니까? 그동안 일한 공로를 높이 사서 공산당이 손해를 보면서도 꼬박꼬박 다달이 돈을 주는 것 아니겠어요?"

홍태악이 말했다. "그건 전혀 다른 문제야. 내가 인정하지 못하는 것은, 너 같은 역사의 걸림돌은 분명 가장 뒤처져 있었는데 어떻게 도리어 선봉이 되어 우쭐해하느냐는 거야.

전체 고밀현에서 모두 너를 선견지명이 있다고 칭찬하고 있잖아!"

"난 성인이 아니오. 모택동이 성인이고, 등소평이 성인이지." 남검이 흥분하여 말했다. "성인들이야 세상을 바꾸는 사람들인데 나 같은 게 뭘 할 수 있겠소. 난 그저 친형제들도 분가하는 마당에 성씨마저 각기 다른 사람들이 이놈저놈 함께 모여살라고 하면 같이 잘살 턱이 없다는 이치밖에 모릅니다. 내가 아는 이 치가 인정받을 줄은 몰랐소." 눈가에 눈물이 그렁그렁한 채로 남검이 말했다. "홍형, 반평생이나 날 물고늘어지며 괴롭혔지만 이젠 더이상 괴롭힐 방법이 없겠소! 삼십년을 겨우 버티고서야 결국 허리 펼 날이 오는구려! 그 술병 좀 줘보시오—"

"왜, 너도 마시려고?"

자기 토지 경계를 넘어온 남검이 홍태악이 가지고 있던 납작한 술병을 빼앗아 머리를 뒤로 젖히고 벌컥벌컥 들이켰다. 그러고는 술병을 휙 던지더니 땅에 꿇어앉아 달을 보며 희비가 교차하는 투로 말했다.

"친구여, 내가 결국 견뎌낸 것을 보았는가? 이제 나도 태양 아래서 농사를 지을 수 있게 되었어……"

—사실 여기까지 여러 가지 일들은 내가 직접 보고 들은 것이 아니라 어디서 주워들은 이야기이다. 사실, 이 고장에서 소설을 쓴 막언이 나와 허구와 현실을 뒤섞어버린 뒤로 무엇이 진짜이고 무엇이 가짜인지 가릴 수 없게 되었다. 내

가 직접 겪고 눈으로 보고 귀로 들은 것들을 전해주는 것이 마땅하겠지만 막언 소설의 내용이 수시로 끼어드는 통에 이야기가 자꾸 옆길로 새는 점을 아주 미안하게 생각하고 있다. 「포스트 혁명전사〔後革命戰士〕」라는 막언 소설이 있는데 발표되고도 별로 알려지지 않았다. 내 생각에 그 소설을 읽은 사람은 채 백명도 되지 않겠지만, 거기서 무척 개성있는 전형적인 인물이 하나 탄생했다. 성씨가 철(鐵, 톄)인 사내로, 국민당 병사로 강제징발되었다가 해방군의 포로가 되었고, 해방군에 가담했다가 다시 부상을 입고 귀향한 인물이다. 사실 그런 사람들은 부지기수고, 실제로 별볼일없다. 그런데 그런 인물들의 특징은 자신들이 대단하다고 여기면서 자신의 일거수일투족이 국가의 운명, 나아가 역사에 영향을 끼친다고 생각한다는 점이다. 네 부류의 반동분자(지주, 부농, 반혁명, 불순분자)들과 우파분자들의 신분이 회복되던 때, 농촌에서 책임생산제가 실시되던 때, 그는 군복을 차려입고 상급기관에 문제해결을 요구하러 갔으며 돌아와서는 높은 사람을 접견했고, 그 높은 사람이 중앙정부가 수정주의 정책을 시행하는 것에 노선투쟁을 발동했다면서 온 동네에 그 소식을 전했다. 마을 사람들은 그 철가 사내를 '혁명에 미친 광인'이라고 불렀다. 막언 소설에 나오는 철씨 성의 사내는 홍태악과 아주 흡사하다. 막언이 직접 이름을 거론하지 않은 것은 그의 체면을 생각해서이다.

내가 서문저택 마당 밖의 어두운 곳에 숨어서 안의 상황을 훔쳐보았다는 것은 벌써 앞에서 말했다. 만취한 양칠이 술 한잔을 들고 비틀거리며 옛날 반동분자들이 앉아 있는 탁자로 다가가는 게 보였다. 그 탁자에 있던 사람들은 모두 특별한 이유로 모여서인지 참담했던 지난 세월로 빠져들면서 감정이 북받쳐올랐다. 사람들이 격앙되어 술에 취하지 않은 사람도 다들 취한 상태가 되었다. 옛날 치안유지대 주임은 프롤레타리아 독재시절 등나무줄기로 그들을 후려치던 자인데, 그를 보자 다들 놀라기도 하고 분노가 일기도 했다. 그들에게 다가간 양칠이 한손으로 탁자 모서리를 잡고 다른 한손으로는 술잔을 들어 꼬부라진 혀로 제법 또박또박 분명하게 말했다.

"여러분, 이 양칠이가 옛날에 여러분께 잘못한 것을 오늘 여기서 사과하도록 하겠습니다……"

그가 잔에 담긴 술을 입에 부었지만 대부분의 술이 목덜미로 줄줄 흘러내려 술에 젖은 넥타이가 그의 목에 감겼다. 넥타이를 풀려고 했지만 풀려고 애쓰면 쓸수록 목이 조여와 그의 얼굴이 새파랗게 질려가는 게 마치 고통을 감당할 길 없어 이런 방식으로 스스로 목숨을 끊어 사죄하려는 듯 보였다.

성품이 후덕한 반동 장대장이 자리에서 일어나 양칠의 넥타이를 풀어 나뭇가지에 걸자 목이 빨개진 양칠이 눈을 둥그렇게 뜨고 말했다.

"어르신들, 빌리 브란트 서독 총리는 폭설 속에서도 유대인을 추모하는 기념비 앞에 무릎꿇고 히틀러의 나라 나찌 독일의 죄를 시인하고 사죄했다고 합니다. 지금, 옛날 치안유지대였던 이 양칠이가 여러분 앞에 무릎꿇고 사죄와 용서를 빕니다!"

그가 무릎을 꿇었고, 강렬한 전등불빛이 그의 얼굴을 창백하게 비추었다. 살구나무가지에 걸린 넥타이가 마치 그의 머리 위에 매달려 있는 피묻은 칼 같아 자못 상징적으로 보였다. 이러한 장면이 약간 웃기기는 해도 내게는 사뭇 감동적이었다. 무식하고 제멋대로이던 양칠이 브란트 총리가 유대인들에게 백배사죄한 사건을 알고 있다는 것도 그렇고 양심에 걸려 지난날 자기에게 당한 사람들에게 속죄하는 것도 그를 다시 보이게 했다. 언젠가 막언이 『참고소식』에서 브란트 총리가 무릎을 꿇고 사죄한 사건을 읽어주던 기억이 어렴풋이 났다.

과거 반동분자들의 우두머리격인 오원이 급히 양칠을 일으켜세웠지만 양칠은 탁자 다리를 붙잡고 죽어도 일어나지 않겠다고 소리치며 울부짖었다.

"전 죄를 지었습니다, 죄를. 염라대왕께서 저승사자를 시켜 제게 채찍질을 합니다. ……아악, 아파죽겠어요…… 아파죽겠어요……"

오원이 말했다. "양형, 다 지난 일이오. 우리도 모두 잊었는데 양형은 아직도 맘에 담고 있소? 그리고 그게 다 세상이 시켜서 그런 것이잖소. 양형이 때리지 않았다면 다른 누군가가 때렸을 거요. 그러니 일어나시오. 어쨌든 우리는 고생을 견뎌냈고 이제 모든 멍에도 벗지 않았소. 그래도 정 양심에 가책이 된다면 양형이 돈도 많이 벌었다니 사당이나 수리하게 기부를 좀 하는 게 어떻소."

양칠은 울면서 소리쳤다. "기부요? 내가 힘들게 번 돈을 왜 사당 수리하는 데 기부합니까? ……차라리 저를 때리십시오. 제가 옛날에 때린 만큼 저를 치세요. 이건 제가 여러분께 빚진 게 아니라 여러분이 저한테 돌려줄 빚이 있는 겁니다……"

이렇게 소란이 벌어지고 있는데—마침 젊은이들이 마당으로 들어서서 양칠이 소란떠는 걸 보고는 같이 떠들어댔다—멀리서 건들거리며 걸어오는 홍태악이 보였다. 그가 내 곁을 지나갈 때 지독한 술냄새가 났다. 내가 이곳에서 도망친 뒤로 처음 이렇게 가까운 거리에서 왕년의 서문촌 생산대대를 호령하던 최고지도자를 볼 수 있었다. 머리는 백발이었지만 굵은 머리카락은 여전히 꼿꼿이 자라 있었다. 푸석푸석한 얼굴에 이가 몇개 빠지고 충치가 생긴 것도 있었다. 그가 대문에 들어서자 마당에서 떠들던 사람들이 일제히 입을 다물었다. 오랫동안 서문촌을 통치한 인물이어서 그래도 약간 두려워한다는 것을 알 수 있었다. 하지만 이내 한 젊은이가 나서며 그에게 비아냥거렸다.

"아이고, 우리 서기님 오셨네? 모택동 주석한테 가서 하소연하고 오셨어요? 성위원회 서기는 만나셨겠죠? 중앙에서 수정주의를 한다던데 이제 당신들은 어떻게 하나요?"

오추향도 황급히 나와 그를 맞았고, 왕년의 반동분자들도 반사적으로 자리에서 일어났다. 전귀는 허둥지둥 일어나느라 앞에 있던 그릇과 젓가락조차 땅에 떨어뜨렸다. 우리 홍서기님 오셨어요! 추향이 홍태악의 팔을 부축하면서 애교넘치는 목소리로 이름을 부르며 환대하는 모습을 보자 나는 문득 영화 한편이 떠올랐다. 내가 소로 환생했을 때 타작마당에서 봤던 영화로 계급의 적을 숨겨둔 음탕한 마누라가 혁명간부를 꾀어내는 내용이었다. 자리에 있던 청년이 혁명 모범극에서 지하 공산당원인 아경아주머니가 비정규군 사령관인 호전괴(胡傳魁, 후촨쿠이)를 접대하는 광경을 떠올리며 아경의 극중 대사인 "어머 호사령관님, 무슨 바람이 불어서 오셨나요?"를 괴상망측한 어조로 흉내냈다. 오추향의 지나친 환대에 익숙하지 않은 듯 홍태악이 그녀가 부축한 팔을 빼려 힘을 쓴 통에 하마터면 넘어질 뻔했다. 추향이 얼른 다시 부축하자 이번에는 팔을 빼지 않고 부축을 받으며 탁자 앞에 가서 앉았다. 등받이가 없는 의자여서 홍태악이 어느 쪽으로든 넘어지는 것은 시간문제였다. 눈치빠른 호조가 얼른 등받이의자를 갖고 나와 앉으라고 권했다. 그가 한쪽 팔을 탁자에 놓고 비스듬히 앉아서 나무 아래 있는 사람들을 뚫어져라 보았다. 눈이 침침해서인지 한동안 초점이 맞지 않았다. 추향이 그가 앉은 탁자를 습관적으로 행주로 닦으며 상냥하게 말했다.

"서기님, 뭘 드시겠어요?"

"뭘 먹지…… 내가 뭘 먹지……"

그는 무거워진 눈꺼풀을 껌뻑거리다 탁자를 탁 치며 이곳저곳이 찌그러진, 옛날 혁명전쟁 당시에 쓰던 물통을 내려놓으며 화난 목소리로 말했다. "내가 뭘 먹을 거냐고?! 술 줘! 그리고 술에 아예 화약도 좀 섞어줘!"

"서기님." 추향이 웃음을 띠며 말했다. "오늘은 벌써 많이 드신 것 같은데 술은 이제 그만 드시고 내일 다시 드세요. 제가 호조한테 붕어해장국 내오라고 할 테니 따끈할 때 드시고 오늘은 돌아가서 주무세요, 네?"

"해장국은 무슨 얼어죽을 해장국? 내가 취한 걸로 보여?" 그가 누런 눈곱이 낀 두툼한 눈꺼풀을 억지로 치켜뜨며 불만 섞인 소리를 질렀다. "나 안 취했어. 뼛속까지 취했다고 해도 정신만은 저 하늘의 달처럼 말짱해. 날 속이려고. 흥, 어림없어! 술, 술 가져와. 너희 자본주의 기업가와 장사치 들은 한겨울 파뿌리처럼 뿌리도 썩고 줄기가 말라도 마음은 단념을 모르지! 그러다가 날만 좋아지면 바로 싹을 틔우고 꽃을 피우지. 너희는 돈밖에 모르잖아, 돈. 돈만 알고 노선은 모르지. 나 돈 있으니까! 어서 술 가져와!"

추향이 호조에게 눈짓을 하자, 호조가 하얀 사발을 들고 급히 달려왔다.

"서기님, 우선 이것 좀 드세요."

한모금 마신 홍태악이 그대로 푸 하고 뱉어버렸다. 소매로 입을 쓱 닦은 그가 물통으로 탁자를 탁탁 치며 처량하기도 하고 비장하기도 한 말투로 소리쳤다.

"호조, 너까지 날 속일 줄은 몰랐다…… 술을 달라고 했는데 식초를 먹여? 내 마음이 이미 식초에 절고 또 절어서 침을 뱉어도 식초보다 더 신맛이 나는데, 그런 나한테 또 식초를 먹여. 금룡은? 금룡 그 자식 나오라고 해. 이 서문촌이 아직도 공산당 세상인지 물어보게 금룡자식 나오라고 그래!"

"옳소!" 구경거리를 좋아하는 청년들이 홍태악이 금룡을 욕하는 걸 듣고는 자신들도 모르게 끼어들었다. 그들이 말했다. "서기님, 주인아줌마가 술을 내오지 않으면 저희가 드릴게요!" 비실비실하게 생긴 녀석이 술 한병을 홍태악 앞에 가져다놓았다. "빌어먹을!" 홍태악이 소리를 지르자 그 녀석이 놀란 캥거루처럼 쏜살같이 저만큼 달아났다. 홍태악이 녹색 맥주병을 가리키며 깔보듯이 말했다. "이것도 술이냐? 퉤, 말오줌이지. 마실 걸 마셔야지. 내가 시킨 술은?" 그가 정말로 화난 듯 맥주를 탁자에다가 내동댕이쳤고, 쨍그랑하는 소리에 사람들이 다들 깜짝 놀랐다. "내 돈은 가짜 돈이야? 큰 술집일수록 손님을 무시한다더니, 이 조그만 길거리 술집에서도 손님을 우습게 알다니—"

"서기님도 참." 추향이 소흑단을 황급히 내오며 말했다. "서기님이 걱정돼서 그런 걸 가지고 왜 그러세요? 술이 부족하면 말씀하면 되지 돈이야기는 뭐 하러 하세요? 우리집은 서기님 술 마시기 좋으라고 문을 연 집이니까 마음껏 드세요!"

오추향이 소흑단의 마개를 따서 홍태악의 물통에 부어 건네주며 말했다.

"자, 이제 드세요. 안주는 필요없어요? 돼지요리를 드릴까, 해산물을 드릴까?"

"꺼져, 저리 꺼져." 홍태악이 손사래를 치며 오추향을 쫓아버리고는 부들부들 떨리는 손으로—너무 심하게 떨리는 통에 술잔에 술을 받으면 남는 게 하나도 없을 듯했다—술병을 낚아챘다. 고개를 숙이고 길게 한모금 들이켜고 고개를 들어 깊이 숨을 내쉬고 다시 한모금 길게 들이켜고 또 길게 숨을 한번 내쉬었다. 긴장했던 몸이 풀어지면서 주름지고 늘어진 그의 얼굴에 두 줄기 눈물이 흘러내렸다.

그가 마당에 들어선 순간부터 모든 사람들의 시선이 그에게 집중되었고 그의 입에서 이상한 말들이 줄줄 흘러나올 때는 땅에 꿇어앉은 양칠을 포함하여 모두들 그대로 입을 벌린 채 정신나간 듯 그를 바라보았다. 그가 정신없이 술을 마시기 시작해서야 다들 제정신으로 돌아왔다.

"저를 반드시 때려야 합니다. 전에 제가 때린 거 모두 저한테 돌려주세요……" 양칠이 애걸하며 말했다. "저를 때리지 않으면 당신들은 사람새끼가 아니고 말새끼, 당나귀새끼, 닭새끼, 껍질을 깨고 나온 축생입니다……"

다시 계속되는 양칠의 행동에 무료해하던 청년들은 박장

대소하며 신났다. 장난기 많은 한 녀석이 무리에서 몰래 빠져나와서는 반쯤 남은 맥주를 나뭇가지에 걸려 있는 넥타이에 천천히 부었다. 술이 넥타이를 타고 내려와 뾰족한 모서리 끝에서 진주알처럼 한방울 한방울 양칠의 머리로 떨어졌다. 그런 상황에서 손룡, 손호 형제가 양칠이 그려준 부자 되는 장밋빛 청사진에 한껏 들떠 고래고래 소리지르며 술주정을 했다. "좋아— 고추장이라, 멋진 차에, 돈에—"

"날 때리지 않으면 당신들은 허보를 물어죽인 돼지와 써커스단 곰을 교배해 낳은 괴물과 다를 바 없습니다." 양칠이 미친 듯 소리를 질러댔다. "죽어도 일어나지 않을 테니 날 억지로 일으킬 생각일랑 마세요."

오늘 반동들의 모임을 주선한 오원이 어쩔 수 없다는 듯이 말했다. "양선생, 우리가 졌소, 됐소이까? 양선생이야 정부를 대표해서 우릴 가르친 거 아니오? 양선생이 우릴 때리지 않았다면 우리가 어떻게 개과천선했겠소? 우리가 환골탈태해서 사람답게 살게 된 것도 사실 양선생의 그 등나무 채찍 덕분이에요! 그만 일어나시오." 오원이 반동들에게 말했다. "자, 자, 어서 우리 같이 양선생의 가르침에 감사하는 뜻으로 술 한잔 올리세." 반동들이 모두 일어나 술잔을 들고 술을 권했지만 양칠은 얼굴에 떨어진 맥주거품을 쓱 문지르고는 고집스럽게 말했다. "그런 방법은 내게 통하지 않습니다. 때리지 않으면 죽어도 일어나지 않을 겁니다. 사람을 죽이면 목숨을 내놓고, 빚을 졌으면 돈을 갚아야 하는 법, 내가 여러분을 때렸으니 이제 내가 맞아야 합니다."

오원이 좌중을 돌아보며 어쩔 수 없다는 듯이 말했다. "양선생이 이렇게 고집부리니 우리가 때리지 않으면 안될 것 같군. 그럼 내가 대표로 양선생 뺨을 한대 칠 테니 그걸로 빚은 다 갚은 걸로 합시다."

"한대 가지고는 안됩니다." 양칠이 말했다. "예전에 내가 적어도 삼천대는 때렸을 겁니다. 그러니 삼천대를 때려야 합니다. 한대도 적으면 안돼요."

"양칠, 이 망할녀석, 정말 미치겠군. 힘들던 친구들끼리 회포를 풀려던 자리가 너 때문에 엉망이 됐잖아. 이게 어디 사과하는 거야? 방법만 바꿔서 여전히 우리를 괴롭히는 거지. 나도 오늘은 제정신이 아니다. 네가 옥황상제라고 해도 내 오늘 기어이 네놈 따귀를 꼭 올려붙여버릴 거다……" 오원이 성큼 걸어나가 양칠의 뺨을 갈겼다.

철썩! 소리와 함께 양칠의 몸이 휘청대면시 쓰러질 듯했지만 곧바로 다시 허리를 펴고 앉아 처량한 소리로 부르짖었다. "더 때리십시오!" 그가 기운차게 소리쳤다. "이제 한대 맞았으니 끝나려면 아직 멀었습니다. 삼천대를 때리지 않으면 당신들은 사람새끼도 아닙니다."

이때 조용히 술만 마시던 홍태악이 물통을 쾅 하고 탁자에 내려놓고 자리에서 일어났다. 비틀거리는 몸의 중심을 잡더니 손가락을 곧게 뻗어 과거 반동분자들을 가리키는데, 그 모습이 풍랑에 흔들리는 작은 배에 장착한 포문 같았다.

"이런 반동새끼들! 지주, 부농, 반역자, 스파이, 반혁명분자들! 이런 무산계급의 적들이 어디 감히 사람처럼 앉아서 술을 처마시고 있어. 일어나지 못해?"

자리에서 물러난 지 벌써 몇해가 지났지만 그 위엄만은 여전했다. 그의 기세와 힘있는 목소리에 눌려 반동이란 멍에를 벗은 지 얼마 되지 않은 반동분자들이 반사적으로 벌떡 일어났다. 그중 몇명은 얼굴에 비오듯 땀을 흘리고 있었다.

"너—" 홍태악이 양칠을 가리키며 더욱 성난 목소리로 꾸짖었다. "이 배신자, 물러터진 녀석, 계급의 적들에게 굴복하는 변절자. 너도 일어나!"

자리에서 일어나던 양칠의 머리가 나뭇가지에 걸려 있는 흠뻑 젖은 넥타이에 부딪히고, 마치 다리에 뼈없는 사람처럼 휘청대다가 엉덩이가 뒤로 쏠렸다. 그 기세로 살구나무에 기대어섰다.

"그리고 너희들, 너희들, 너희들—" 홍태악이 풍랑으로 흔들리는 작은 배에 서 있는 것처럼 몸을 이리저리 흔들면서 마당의 탁자에 있던 사람들에게 마구 손가락질하면서 연설했다. 그의 연설은 「포스트 혁명전사」라는 막언 소설에 나오는 '혁명에 미친 광인'의 연설과 거의 비슷했다. "이 반동분자 새끼들아, 좋아서 지랄들 할 거 없어! 저 하늘을 봐라—" 그가 손가락을 들어 하늘을 가리키다가 넘어질 뻔했다. "이 천하는 여전히 공산당 거다. 지금 잠시 먹구름이 끼었을 뿐이야. 누가 너희 멍에를 벗겨줬는지 모른다만 다 소용없어. 순간일 뿐이야. 머지않아 다시 그 멍에를 쓰게 될 거야. 이번에는 머리에다 아예 철모자, 강철모자, 구리모자로 굴레를 씌워 이마에 땜질해서 죽어 무덤에 가서도 벗지 못하게 할 테다. 이게 바로 진정한 공산당원인 내가 너희에게 주는 답이다!" 그가 살구나무에 기대어 코를 골며 잠든 양칠을 가리키면서 욕했다. "이 변절자. 계급의 적에게 굴복한 것도 모자라 집단경제의 벽을 허무는 투기거래를 해?" 그러고는 몸을 돌려 오추향을 가리키며 말했다. "그리고 너, 애초에 불쌍해서 멍에를 씌우지 않았더니 착취계급의 본성은 바뀌지 않았어. 흥, 기회만 있으면 못된 근성이 튀어나와. 우리는 공산당이고 모택동 주석의 당원이야. 당내의 무수한 노선투쟁을 이겨내고 계급투쟁의 폭풍우를 겪으면서 단련된 공산당원이야. 볼셰비끼는 절대 굽히지 않아. 영원히 굽히지 않아! 개인에게 땅을 나눠준다는 게 뭐야? 무수한 중하층 빈농들을 더 고생시키겠다는 게 아니면 뭐야!" 그가 주먹을 불끈 쥔 손을 번쩍 쳐들고 소리쳤다. "우리의 투쟁은 멈추지 않는다. 우리는 남검을 타도하고 검은 깃발을 베어버리자! 이것이 서문촌 생산대대의 의식있는 공산당원과 빈농 들의 임무이다! 이것은 순간의 암흑이며, 순간의 추위일 뿐이니……"

자동차 소리가 들리더니 저 멀리서 눈을 찌르는 환한 불빛이 동쪽에서 다가왔다. 나는 사람들에게 발견될까봐 얼른 몸을 담벼락에 꼭 붙였다. 차가 멈추는 소리가 들리더니 불빛도 사라졌다. 녹색 지프에서 내린 사람은 금룡과 손표 일행이었다. 지금 그런 차는 쓰레기지만, 1980년대초 농촌에서는 사치이자 분수에 넘치는 것이었다. 이런 걸 봐도 시골 당지부 서기인 금룡이 여간내기가 아니란 걸 짐작할 수 있다. 그가 훗날 잘나가게 될 조짐이 이때 벌써 시작되었다.

홍태악의 연설은 정말 대단했다. 나는 푹 빠졌고, 흥분했다. 서문저택 마당이 연극무대 같았다. 살구나무와 탁자, 의자가 무대도구와 배경이고, 모든 사람들이 격정에 사로잡혀 연극하는 배우들 같았다. 연기도 최고로 물이 오른 듯했다! 그중에서도 홍태악은 국가의 일급배우로서 영화 속 위대한 인물 같았다. 그가 팔을 들어올리며 고함을 질렀다.

"인민공사 만세!"

금룡이 앞서 마당으로 들어오고 손표 일행이 따라들어오자 모든 사람의 이목이 현 서문촌 최고지도자에게 쏠렸다. 홍태악이 금룡에게 손가락질하며 분노에 찬 목소리로 외쳤다.

"서문금룡, 내가 눈이 멀었다. 네가 홍기 아래에서 나고 자랐기에 난 네가 우리와 같은 편이라고 생각했다. 너에게 여전히 악덕지주 서문뇨의 악독한 피가 흐르고 있으리라고는 생각지 못했어. 서문금룡, 삼십년을 위장한 너한테 내가 완전히 당했어……"

금룡이 곁에 있던 손표 일행에게 눈짓하자 그들이 급히 앞으로 나서 각각 홍태악의 한쪽 팔을 붙잡았다. 홍태악이 몸부림치며 욕했다.

"이 반혁명분자들, 지주계급의 자식들, 개자식들, 주구들. 난 절대 굴복하지 않아!"

"아저씨, 이제 연극이 끝날 때도 됐으니 그만하세요." 금룡이 그의 목에 물통을 걸어주며 말했다. "그만 가서 주무세요. 큰어머니하고 얘기 다 끝냈습니다. 날 잡아서 두 분 혼례를 올려드릴 테니 아저씨도 지주계급에 섞여보세요!"

손표 일행에게 두 팔을 잡힌 홍태악의 두 다리가 수세미 덩굴처럼 허공에 대롱대롱 매달린 채 밖으로 끌려나갔지만 홍태악은 계속 버둥거리며 고개를 돌려 금룡에게 소리를 질러댔다.

"난 인정 못해! 꿈에 나타난 모주석이 중앙에서 수정주의 길을 가고 있다고 말했어……"

금룡이 웃으며 사람들을 둘러보았다. "여러분도 이제 그만 돌아가셔야죠."

"금룡서기, 우리 반동분자들이 다같이 한잔 올리겠습니다……"

"금룡…… 형님…… 서기님. 우리 형제가 홍표 고추장을 전세계로 팔 수 있게 십만원만 대출해주시면……" 손룡이 더듬거리며 말했다.

"금룡, 피곤하지?" 추향이 각별히 다정하게 잘난 사위에게 말했다. "호조에게 국수 한그릇 말아 내오라고 했네……"

그 신비한 머리카락을 정수리높이로 말아올린 호조가 행랑채 입구에 고개를 숙인 채 서 있었다. 그녀의 표정과 머리 모양이 원망 가득한 궁녀 같았다.

금룡이 눈살을 찌푸리며 말했다. "이 가게 그만 문닫으시지요! 이 마당도 원래 모습대로 돌려놓고 모두 이사갑시다."

"그건 안돼, 금룡." 오추향이 다급하게 말했다. "한창 장사가 잘되는데."

"이 조그만 마을에서 잘되어봤자 얼마나 잘되겠습니까. 기왕 잘하려면 진이나 현 같은 큰 데 나가서 장사해야지요!"

이때, 서쪽 행랑채 북쪽 입구에서 영춘이 아이를 안고 나왔다. 남해방과 황합작의 아들인 남개방(藍開放, 린카이팡)이었다. 너 합작이한테 아무런 감정이 없다더니 어떻게 아이는 낳았느냐? 그때도 시험관아기가 있었더냐?! 쳇, 위선자 같은 놈.

"애들 외할머니." 영춘이 추향을 보며 말했다. "그러세요. 밤마다 시끄럽게 떠들어대는 소리에 술담배냄새에 당신 외손자가 잠을 제대로 못 자요."

무대에 등장할 사람은 다 나온 가운데 빠져 있던 남검도 나타났다. 뽕나무 뿌리를 어깨에 짊어지고 대문을 들어서더니 다른 사람은 모두 외면한 채 곧바로 오추향에게 가서 말했다.

"우리 땅까지 넘어온 이 집 뽕나무 뿌리를 내가 다 잘라 버렸어. 여기 뽕나무 뿌리나 받아."

"아이고, 이 고집불통 영감 같으니라고! 도대체 무슨 짓을 한 거예요!" 영춘이 기겁하며 고함을 질렀다.

긴 대나무의자에 누워 자고 있던 황동이 일어나 걸어오면서 하품을 하며 말했다.

"기운이 넘치거든 나머지 뽕나무도 다 베어버리시지요. 요즘 같은 세상에 어떤 멍청이가 농사지어서 밥벌어먹고 살려고 하나?"

"모두 돌아가세요!" 금룡이 이맛살을 찌푸린 채 돌아서서 안채로 들어갔다.

사람들이 다들 조용히 돌아갔다.

서문저택의 대문이 굳게 잠겼다. 마을이 적막했다. 나와 갈 곳 없는 달만이 배회하고 있었다. 달빛이 차가운 모래흙처럼 내게로 쏟아졌다……

제34장

홍태악은 성질을 부리다가 고환을 잃고
찢어진 귀는 혼란중에 왕위를 빼앗다

　막언은 소설 「양돈기」에서 내가 홍태악의 불알을 물어 완전 폐인으로 만든 사건을 아주 세밀하게 묘사했다. 그는 내가 홍태악이 휘어진 살구나무 아래 웅크리고 앉아 볼일을 볼 때 비열하게 그의 등뒤에서 공격했다고 적었다. 나아가 청명한 달빛과 살구꽃 향기 그리고 환한 달빛을 타고 꽃가루를 모으던 꿀벌에 대해서도 아주 그럴싸하게 묘사했다. 그런가 하면 "달빛에 물든 살구나무 농장의 구불구불한 오솔길이 마치 우유가 흘러가는 강물 같다"고 말하기도 했다. 그 녀석이 나를 사람의 불알이나 물어뜯는 괴벽을 가진 변태 돼지로 표현한 것은 실로 '소인의 마음으로 군자의 마음을 본다'는 옛말 그대로다. 생각해보라. 반평생을 영웅으로

서 정정당당하게 산 이 열여섯번째 돼지가 어떻게 비겁하게 볼일보는 사람의 뒤를 공격하겠는가. 그의 저질스러운 문장을 읽으며 나는 구역질이 날 것 같았다. 그뿐만이 아니다. 그는 그해 봄에 내가 고밀 동북향의 여기저기를 돌아다니며 농민들의 황소 십여 마리를 물어죽였다고도 했고, 게다가 더없이 비열한 방법을 썼다고도 했다. 그는 내가 항상 황소들이 대변을 보는 틈을 타 항문을 물어뜯은 다음 소들의 창자를 꺼냈다고 했다. 그는 이렇게 썼다. "구불구불 이어진 회백색 창자들이 진흙과 모래가 덕지덕지 붙은 채로 참사현장 여기저기에 흐트러져 있었다. 극도의 고통을 이기지 못한 소들이 쏟아져나온 창자를 끌고 미친 듯이 날뛰다가 결국 쓰러져 숨이 끊어졌다……" 그 녀석은 자신이 생각해낼 수 있는 온갖 사악한 상상력을 총동원하여 나를 가장 흉악한 악마로 묘사했다. 사실 황소를 유린한 장본인은 백두산 일대를 싸돌아다니다 흘러들어온 늙은 변태 늑대였다. 행적을 종잡을 수 없는 그 늑대놈이 단 한번도 자신의 흔적을 남기지 않은 탓에 그놈이 저지른 온갖 악행을 모두 내가 저질렀다고 생각한 것이다. 나중에 여기저기 떠돌던 그 늑대놈이 우리 오가취 모래섬에 흘러들어왔을 때, 내가 나설 필요도 없이 내 사나운 후손들이 갈기갈기 찢어죽였다.

사건의 진상은 이렇다. 그날 밤, 나는 고독한 달을 벗삼아 서문촌 구석구석을 돌아다니다가 돌아가는 것조차 잊었다. 그러다 나와 달은 살구나무 농장으로 갔는데, 홍태악이 보였다. 술독에서 막 빠져나온 것 같았다. 그가 옆으로 휘어진 살구나무 아래에서 오랫동안 참았던 소변을 보고 있었다. 가슴에 납작한 술병을 걸고 있었고, 온몸에서 술냄새가 진동했다. 원래부터 주량이 보통이 아니던 홍태악은 이제 영락없는 술고래가 되어 있었다. 막언의 말을 빌리면, 그는 한 잔 술을 빌려 마음속 울분을 토해내고 있었다. 소변을 다 본 그가 욕을 내뱉었다.

"이거 놔, 이 개자식들…… 네놈들이 내 손발을 묶고 내 입을 틀어막고 싶겠지만, 흥! 꿈도 꾸지 마라, 이놈들아! 네놈들이 나를 갈기갈기 찢는다 해도, 공산당원으로서 내 강철 같은 마음을 부술 수 있을 것 같으냐! 이 개자식들아, 내 말을 믿지 못하겠다 이거야? 네놈들은 믿지 못해도 난 믿는다……"

그의 말에 도취된 나와 달은 그를 따라 이 나무에서 저 나무로 살구나무 농장을 돌아다녔다. 살구나무에 부딪히면 그는 살구나무를 향해 주먹을 들고 눈을 부라리면서 일장훈계를 했다.

"이런, 제기랄, 감히 너까지도 나를 무시해? 무산계급의 쇠주먹 맛이 어떤지 보여주지……"

어느새 양잠실 근처까지 걸어온 그가 주먹을 들어 문을 두드렸다. 문이 열리고, 백씨의 얼굴이 보였다. 그녀가 뽕잎이 담긴 바구니를 들고 문을 열었다. 뽕잎의 상쾌한 냄새와 누에가 뽕잎을 먹을 때 내는 가을비 같은 소리, 그리고 실내 불빛이 같이 흘러나와 눈부신 달빛과 어우러졌다. 그녀가 동그랗게 눈을 떴다. 놀란 모양이었다.

"아니, 홍서기님…… 여기 어쩐 일로……"

"누굴 기다리고 있었나 보지?" 홍태악이 몸의 중심을 잡으려고 했지만 겹겹이 쌓여 있는 누에선반에 어깨가 부딪혔다. 그가 괴이한 목소리로 말했다. "당신도 지주의 멍에를 벗었다기에 축하해주려고……"

"그게 모두 홍서기님이 도와주신 덕분이에요……" 뽕잎 바구니를 내려놓은 백씨가 옷소매로 눈물을 훔치며 말했다. "그때 서기께서 도와주지 않았다면 전 벌써 사람들한테 맞아죽었을 거예요……"

"헛소리!" 홍태악이 씩씩거리며 말했다. "우리 공산당이 당신에게 시종 혁명적 인도주의를 시행한 거지!"

"저도 알아요. 홍서기님, 당연히 알고말고요……" 백씨가 두서없이 말했다. "진작부터 서기님께 말하고 싶었지만, 그때는 제가 반동의 신분이라 말씀드릴 수 없었어요. 하지만 지금은 반동의 멍에도 벗었고 인민공사 사원도 되었으니……"

"도대체 무슨 말을 하는 거야?"

"금룡이 서기님을 좀 보살펴달라고 하면서 제게 부탁한다고 하더라고요……" 백씨가 수줍어하면서 말했다. "홍서기께서 절 싫어하지만 않으신다면 제가 평생 곁에서 잘 모시고 싶어요……"

"백행아, 왜 당신이 하필이면 지주인 거요?" 홍태악이 낮은 목소리로 중얼거렸다.

"저도 이제 더이상 반동이 아니에요. 저도 이젠 국민이고 인민공사 사원이에요. 이제 계급도 사라졌고요······" 백씨가 웅얼거렸다.

"헛소리하지 마!" 홍태악이 흥분하여 한걸음 한걸음 위압적으로 그녀를 향해 다가갔다. "반동의 멍에를 벗었어도 당신은 여전히 지주야. 당신 몸속에는 지주의 피가 흐르고 있다고. 당신 피에는 독이 들어 있어!"

백씨가 누에고치 선반 앞까지 뒷걸음질쳤다. 입으로는 사정없이 매몰찬 분노의 말을 퍼붓는 홍태악이지만 그의 눈동자에서는 진의를 알 수 없는 애매모호한 빛이 흘러나오고 있었다. "당신은 우리의 영원한 적이야!" 그가 고함을 질렀다. 하지만 눈에서 눈물이 반짝거렸다. 그가 손을 뻗어 백씨의 젖가슴을 움켜쥐었다. 백씨가 신음하면서 저항했다.

"홍서기님, 제 피에는 독이 들어 있습니다. 그 피가 서기님에게 묻지 않도록 해야죠······"

"내가 당신에게 독재를 실시할 거야. 반동의 멍에를 벗었어도 당신은 영원히 지주야!" 홍태악이 두 손으로 백씨의 허리를 잡고 수염이 덥수룩하고 술냄새가 진동하는 입을 백씨 얼굴에 갖다댔다. 두 사람의 힘에 밀려 수숫대로 만든 선반이 무너지며 누에가 바닥으로 우르르 쏟아졌다. 하얀색 누에가 그들의 몸에서 꿈틀거리고, 눌려죽은 누에가 있는가 하면 눌려죽지 않은 누에는 계속 뽕잎을 먹었다……

바로 그때 달빛이 구름에 가려지며 주변이 어둑해진 가운데 서문뇨 시절의 희로애락이 한꺼번에 저 깊은 곳에서 솟아올랐다. 돼지로서 나는 모든 것이 분명했지만, 사람으로서는 모든 것이 분명치 않았다. 그렇다. 내가 억울하게 죽었든 아니든, 죽어야 했든 죽지 말아야 했든 벌써 죽은 지 여러 해가 지났으니 백씨가 다른 남자를 품에 안는 것은 그녀의 권리임이 분명했다. 그러나 홍태악이 욕을 하면서 그녀를 품는 것은 가만 두고 볼 수 없었다. 그것은 모욕이었다. 백씨에 대한 모욕이자 나아가 나 서문뇨에 대한 모욕이었다. 머릿속에서 윙윙거리며 날아다니던 수십 마리의 반딧불이 한곳으로 모여 불로 변하더니 활활 타오르기 시작했다. 눈앞에 있는 모든 것이 비취색 활석처럼 보였다. 누에도 녹색이고, 사람도 녹색으로 보였다. 애초에는 그저 백씨 몸에서 그를 떨어뜨려놓을 생각으로 덤벼들었지만 그의 불알이 내 입 안으로 들어온 순간 그것을 깨물지 말아야 할 어떠한 이유도 생각나지 않았다……

그랬다. 한순간의 분노가 훗날 엄청난 화를 가져왔다. 백씨는 그날 밤 양잠실 대들보에 목을 맸다. 병원으로 이송되어 구사일생으로 목숨을 건진 홍태악은 그때부터 포악한 성격의 괴물로 변해버렸다. 그보다 더욱 심각한 일은 내가 세상에서 가장 흉악한 짐승이 되어버렸다는 것이다. 소문은 꼬리에 꼬리를 물고 부풀려졌다. 그들은 나를 두고 호랑이처럼 흉악하고 늑대처럼 잔혹하고 여우처럼 교활하고 멧돼지처럼 난폭하다고 떠들었다. 그 사건 후 군대를 방불케 하는 많은 사람들이 대대적인 멧돼지사냥에 나섰다.

막언녀석은 내가 홍태악을 물어 다치게 한 뒤에도 고밀 동북향을 전전하면서 농민들의 소를 해쳤고 오랫동안 자신들도 소처럼 창자가 배 밖으로 나오는 죽음을 당할까봐 밖에서 볼일도 보지 못했다고 말했다. 앞서 말했듯이 막언이 쓴 글의 내용은 모두 근거없이 엉터리로 꾸며낸 이야기다. 그날 밤 사건의 진상은 이랬다. 한순간의 흥분을 이기지 못해 홍태악을 물어버린 뒤, 나는 곧장 오가취 모래섬으로 돌아왔다. 암퇘지 몇마리가 치근덕거리며 달라붙었지만 나는 귀찮아하며 그들을 밀어냈다. 나는 이번 일이 쉽게 수그러들지 않으리라는 예감에 곧장 조소삼을 찾아가 대책을 의논했다.

사건의 전말을 전해들은 조소삼이 한숨을 내쉬며 말했다.

"열여섯번째 돼지형, 원래 사랑이란 쉽게 잊혀지지 않는 법 아닌가. 백씨와 자네 사이에 뭔가 절절한 게 있다는 것은 이미 알고 있었네. 이미 벌어진 일을 이제 와서 후회한들 무슨 소용이 있겠나? 우리 모두 앞으로 그들과 벌일 격렬한 전쟁이나 준비하세!"

이어 일어난 일은 막언이 그래도 비교적 정확하게 묘사했다. 조소삼은 나에게 건장한 멧돼지들을 소나무숲 앞 모래사장에 집합시키라고 했다. 조소삼은 오랜 경험의 백전노

장처럼 우리의 조상이 인간과 호랑이, 표범과의 전투에서 어떻게 이겨 역사에 한획을 그었는지 차분하게 설명했다. 조소삼은 선조들이 발명한 전술도 가르쳐주었다. 그가 말했다.

"대왕은 아이들에게 송진을 온몸에 바르고 모래에서 구르라고 하게. 그러고는 다시 또 송진을 바르고, 그렇게 모래흙에서 뒹굴기를 계속 반복하라고 하게······"

그렇게 한달을 계속 반복하자 우리의 몸은 총이나 칼도 쉽게 뚫을 수 없는 황금갑옷을 입게 되었다. 우리의 몸이 바위와 나무에 부딪힐 때마다 철컥철컥 하는 소리가 났다. 처음 송진이 묻었을 때만 해도 왠지 갑갑하고 둔하게 느껴졌던 돼지들도 빠르게 적응하며 황금갑옷에 익숙해졌다. 조소삼은 우리에게 매복과 기습법, 포위해서 공격한 뒤의 퇴각법을 비롯해 전쟁에서 일어날 수 있는 돌발상황에 대처하는 법도 가르쳐주었다. 그는 백전백승에 빛나는 불패신화의 장수처럼 모든 것들을 일목요연하게 설명했다. 그가 전생에 훌륭한 전술가였을 거라며 감탄을 금치 못하는 나를 보면서 조소삼은 알 수 없는 의미심장한 냉소를 지었다. 우리가 사는 모래섬에 들어왔던 그 흉악무도한 늙은 늑대놈은 처음에는 우리를 안중에도 두지 않았다. 하지만 우리의 몸통을 한번 물어본 그놈이 쇠처럼 단단한 피부에 쉽게 상처를 입힐 수 없다는 것을 알았을 때 이미 모든 게 끝나버렸다. 앞서 이야기한 대로 내 후손 돼지들이 먼저 짓밟아 떡을 만든 뒤 갈기갈기 찢어죽였다.

8월, 가을비가 끝없이 내리고 강물이 크게 불었다. 달빛이 교교한 밤이면 달빛을 쫓던 수많은 물고기들이 모래 위로 곤두박질쳤다. 배불리 먹고 충분한 영양을 채울 수 있는 절호의 시기였다. 모래섬에 사는 들짐승들이 점점 많아지면서 먹을거리 경쟁도 치열해져갔다. 멧돼지들과 여우들이 서로 먹이를 구하기 좋은 지역을 차지하려고 치열한 전투를 벌였다. 모래와 송진을 뒤섞어 만든 갑옷으로 중무장한 우리는 결국 포식을 할 수 있는 황금지역에서 여우들을 몰아내고 강 중앙의 비옥한 삼각지대를 독차지했다. 하지만 여우들과의 전쟁에서 내 후손들이 많이 다쳤다. 귀와 눈은 황금갑옷으로 감쌀 수 없어서였다. 몇몇 여우들은 전투를 하다 자신들이 불리하다고 생각한 결정적 고비에 우리 눈에 방귀를 뀌어댔으며 눈과 코를 찌르는 그 냄새는 실로 지독하기 짝이 없었다. 건장한 돼지들은 그 냄새를 그래도 견딜 수 있었지만 체력이 떨어지는 돼지들은 그 자리에서 바닥에 고꾸라져 나뒹굴었다. 이때를 틈타 달려든 여우들이 날카로운 이빨로 돼지들의 귀를 물어뜯고, 뾰족한 발톱으로 눈알을 후벼팠다. 그러자 우리는 조소삼의 지휘 아래 대열을 돌격조와 대기조로 재정비했다. 먼저 독방귀를 내뿜는 여우들이 독기를 품고 달려들 때 대기조가 악귀를 물리칠 수 있다는 쑥으로 콧구멍을 꽉 틀어막은 뒤 맹렬하게 돌진했다. 우리의 군사전략가인 조소삼은 여우들이 연속해서 지독한 방귀를 뀔 수 없고, 첫번째 방귀냄새는 매우 지독하지만 두번째 방귀냄새는 그다지 위력이 없다는 것을 알고 있었다. 처음 지독한 방귀에 정신이 어질어질해진 돼지들도 정신을 가다듬고는 죽을힘을 다해 싸웠다. 눈알을 후벼파이고 귀가 물려 떨어져나가도 끝까지 여우들을 붙잡고 늘어져서, 두번째 결투를 벌일 돌격조가 여우들을 섬멸할 수 있는 절호의 기회를 만들어주었다. 수차례 사투 끝에 모래섬에 사는 여우 가운데 절반 이상이 목숨을 잃거나 다쳤다. 모래사장에는 갈기갈기 찢긴 여우 사체들이 여기저기 널려 있었고, 빽빽하게 들어서 있는 붉은 버들가지에는 살이 오른 채 털이 수북한 여우꼬리가 어지럽게 걸려 있었다. 붉은 버들에서 맘껏 배를 채운 파리들이 잔뜩 달라붙어 부드러운 가지의 색깔이 바뀌면서 굵어져 아래로 휘어진 모습은 과실이 가득 열린 관목의 나뭇가지처럼 보였다. 여우들과의 전쟁을 통해 우리는 전투력을 갖춘 모래섬의 멧돼지부대로 거듭날 수 있었다. 그것은 효과적인 실전 군사훈련이자 본격적으로 열릴 사람과 멧돼지 전쟁의 서막이었다.

나와 조소삼은 고밀 동북향 사람들이 바로 멧돼지사냥에 나설 것이라 예상했지만 예상과 달리 사람들은 중추절이 지나고 반달 동안 아무런 기미도 보이지 않았다. 조소삼이 먼저 영리한 멧돼지 몇마리를 보내 사람들을 염탐하게 했지만 하나같이 감감무소식이었다. 나는 그 녀석들 모두 이미 사람들의 함정에 빠져 결국엔 껍질이 벗겨진 채 살이 다져져 고기만두소가 되었을 거라고 생각했다. 그 당시 사람들의 생활이 점점 윤택해지면서 집에서 기르던 돼지고기에 질린 사람들은 야생의 맛을 찾기 시작했다. '악마 돼지를 때려잡아 인민을 보호하자'라는 허울좋은 깃발 아래, 그해 늦가을 드디어 멧돼지사냥이 시작되었지만 이는 사실상 권력자들의 야욕을 채우기 위해 야생동물을 희생시키는 야만적인 사냥행위에 불과했다.

모든 중대한 사건이 늘 게임처럼 시작되듯이 반년이 넘게 지속된 사람과 돼지의 전쟁도 처음에는 유치한 게임 같았다. 건국기념일인 국경일 휴가의 첫쨋날 오전이었다. 태양이 높게 솟아올라 온 대지를 비추고, 상쾌한 가을 향기가 퍼지고, 야생국화 향기, 소나무에서 나오는 송진 향기, 쑥에서 나는 한약냄새가 모래섬을 뒤덮고 있었다. 물론 좋은 향기만 풍기는 것은 아니지만 악취에 대해서는 굳이 말하고 싶지 않다. 장기간에 걸친 평화로 인해 우리는 팽팽하게 당겨졌던 긴장의 끈을 놓고, 매일매일 포식하며 아무런 근심 걱정 없이 하루하루를 보냈다. 소나무 근처에서 숨바꼭질을 하기도 하고 높은 곳에 올라 풍경을 감상하기도 하며 연애에 푹 빠져 시간가는 줄 모르는 돼지들도 허다했다. 발솜씨가 뛰어난 어린 수퇘지가 부드러운 버드나무가지를 꼬아 만든 틀에 야생화를 가득 꽂아넣은 예쁜 화환을 만들어 암퇘지의 목에 걸어주자 살살 녹는 초콜릿처럼 행복해 보이는 어린 암퇘지가 꼬리를 살랑살랑 흔들며 수퇘지 옆으로 다가와 몸을 기댔다.

이렇게 평화로운 날 홍기를 단 십여척의 배가 강을 타고 다가왔다. 맨앞의 강철 발동선에서는 온 천지가 떠내려갈 듯 시끄럽게 징과 북이 울리고 있었다. 이때만 해도 이것이 대학살을 불러올 전주곡이라고 생각하는 돼지는 단 한마리도 없었다. 돼지들은 그저 공장과, 기관의 공산주의청년단이나 노동조합이 가을야유회를 나온 것쯤으로 생각했다.

나와 조소삼은 모래언덕에 서서, 모래에 배를 정박하는 모습과 배에 있던 사람들이 소리지르며 육지에 오르는 모습을 바라보고 있었다. 내가 낮은 목소리로 눈에 보이는 상황을 계속 조소삼에게 보고했고, 그는 고개를 비스듬히 비틀고 귀를 쫑긋 세운 채 저 먼 곳의 동정을 살폈다. 내가 말했다. 백여명 되는데 야유회를 온 것 같아. 누군가 호루라기를 불었다. 모래사장에 집합하는 걸 보니, 회의를 하는 것 같아. 내가 말했다. 호루라기를 분 사람의 목소리가 바람에 실려오면서 들리다 안 들리다 했다. 사람들에게 일렬로 서라고 하는 것 같아. 조소삼이 멀리서 들리는 말을 내게 되풀이했다. 포위망을 좁혀 소탕해야 해. 함부로 총을 쏘지 말라고, 놈들을 물속으로 밀어붙여. ―뭐? 총을 가지고 있단 말이야? 내가 놀라 물었다. 우리를 잡으러 온 것 같아. 신호를 보내, 집합하라고. 조소삼이 말했다. 자네가 해. 어제 물고기를 먹다가 목구멍에 가시가 걸려서. 내가 말했다. 조소삼이 숨을 크게 들이마시고는 고개를 들고 입을 크게 벌렸다. 목구멍 깊이에서 나오는 귀를 찌를 듯한 우렁찬 소리가 방공경보처럼 울렸다. 모래섬의 나뭇가지들이 요란스럽게 흔들렸고 들판의 잡초들도 몸을 떨었다. 몸집이 크든 작든, 젊든 늙었든 돼지란 돼지는 죄다 사방팔방에서 모래사장으로 모여들었다. 놀란 여우와 오소리, 그리고 산토끼 들이 이리저리 마구 뛰기도 하고 굴속으로 들어가 숨기도 하고, 제자리를 빙빙 돌며 주변의 동정을 살피기도 했다.

송진과 모래가 뒤섞인 황금갑옷 때문에 모든 멧돼지들이 다 황갈색이었다. 황갈색 몸에, 위로 쳐든 커다란 머리, 쩍 벌린 큰 주둥이, 날카로운 이빨, 반짝이는 작은 눈을 가진 이 백여 마리의 멧돼지들이 나의 군대였고, 대부분 나와 혈연관계를 맺고 있었다. 다들 기대와 흥분으로 안절부절못하는 가운데 몸을 비비 꼬며 어금니와 발톱을 가만두지 못했다. 내가 말했다.

"아이들아, 전쟁이 시작됐다. 저들이 총을 가지고 있는만큼 우리의 전술은 틈을 찾아 가능한 한 몸을 숨기는 것이다. 저들에게 동쪽으로 내몰려서는 절대 안된다. 배후를 파고들어라!"

성격이 매우 난폭한 수퇘지 한마리가 튀어나와 큰 소리로 외쳤다.

"저는 반대합니다! 우리 모두 단결하여 단체로 정면돌파하여 저들을 강으로 몰아야 합니다!"

본명은 모르지만, '찢어진 귀'로 불리는 수퇘지였다. 삼백오십근에 육박하는 체중과 송진과 모래로 단련된 거대한 머리, 반쪽이 찢어져나간 귀를 가진 그는 여우들과의 전쟁을 승리로 이끈 영웅이었다. 아주 발달한 턱근육과 날카로운 이빨을 가진 저놈이 여우들과의 전쟁에서 여우 한마리의 머리통을 입에 넣고 단숨에 박살내던 광경을 나는 생생하게 기억하고 있었다. 그놈은 내 왕권에 가장 강력하게 도전하는 녀석이었고 나와 혈연관계도 없으며 모래섬 토착 멧돼지 무리의 우두머리였다. 내가 처음 모래섬에 와서 싸움을 치를 때만 해도 저놈은 아직 어린 새끼였는데, 이제 다 자랐다. 나는 예전부터 대왕의 자리에 아무 미련이 없다고 말했지만 흉악무도한 저놈에게는 대왕의 자리를 넘겨주기 싫었다. 조소삼이 일어나 나를 지지하며 말했다.

"대왕의 명령을 따르라!"

"대왕이 우리에게 투항하라고 해도 명령에 따라야 한다는 거야?" '찢어진 귀'가 투덜거렸다.

많은 멧돼지들이 '찢어진 귀'가 투덜거리는 소리를 듣고선 그를 따라 투덜거리는 것을 듣고 있자니 나의 마음이 무거웠다. 지금 당장 '찢어진 귀'를 제압하지 않으면 군대는 사분오열되어 내 명령에 따르기 어렵다는 것을 알았지만, 적이 바로 코앞에 있는 상황에서 내부다툼에 신경쓸 여유는 없었다. 나는 엄숙한 목소리로 명령했다.

"명령에 복종하라. 각자 위치로!"

대다수 멧돼지들이 내 명령에 따라 나무숲과 풀밭에 들어가 몸을 숨겼지만 '찢어진 귀'를 따르는 사십여 마리의 추종자들은 그를 따라 천천히 사람들을 향해 걸어갔다.

사람들이 작전을 다 상의한 뒤 한줄로 길게 늘어서서 서쪽에서 동쪽으로 좁혀왔다. 밀짚모자나 커다란 여행용 모자를 쓴 사람도 있고, 썬글라스나 근시안경을 착용한 사람도 있고, 재킷을 걸치거나 양복을 입은 이도 있고, 구두나 여행용 신발을 신은 사람도 있었다. 징과 북을 치면서 걷는 사람도 있고, 주머니에 있던 폭죽을 꺼내 터뜨리며 걷는 사람도 있고, 걸을 때 방해가 되는 풀들을 막대기로 헤치며 걷는 사람도 있고, 엽총을 들고 고함을 지르며 걷는 사람도 있었다. 건장한 청년만이 아니라 귀밑머리가 세고 날카로운 눈매를 가진 등 굽은 노인도 있었다. 모두 남자가 아니라, 예쁜 아가씨들도 십여명 섞여 있었다.

"펑— 팡—" 쌍발폭죽이 터지면서 요란한 소리가 울리고 땅 위로 노란 연기가 피어오르고, 공중에는 하얀 연기가 피어올랐다.

"징—" 징소리도 울렸다. 사천지방의 극단에서 흥을 돋우기 위해 쓰는 낡은 징이었다.

"어서 나와라, 나와. 나오지 않으면 총을 쏠 테다……" 나무몽둥이를 든 사람들이 고함을 질러댔다.

무질서한 대열을 보니 돼지를 잡기 위해 온 사람들이 아니라 1958년 당시 참새를 쫓기 위해 모인 대열 같았다. 나는 이들이 제5면화가공공장 사람들이라는 것을 알아봤다. 내가 너 남해방을 찾아냈기 때문이다. 그때 너는 벌써 정식직원으로 목화검열조의 주임이 되어 있었다. 너의 아내인 황합작도 정식직원이 되어 취사를 맡고 있었다. 너는 손목에 찬 번쩍번쩍한 시계를 보여주려는 듯 진회색 재킷 소매를 걷어올리고 있었다. 너의 아내 합작도 대오에 끼어 있었다. 아마도 멧돼지고기를 가져가 공장사람들의 식생활을 개선해주려는 것이리라. 인민공사 사람들과 공급판매합작사 사람들을 포함해 고밀 동북향의 모든 사람들이 다 있었다. 목에 쇠호루라기를 건 남자가 이번 전쟁의 총지휘자였다. 그가 누구인가? 서문금룡이었다. 어떤 의미에서 보면 그는 내 아들이다. 달리 생각하면 사람과 돼지의 전쟁이자 부자간의 전쟁이기도 했다.

사람들의 고함소리에 붉은 버들에 앉아 있던 황새들이 놀라서 떼지어 퍼드덕 하늘로 날아가자 나무 위 새집이 흔들리면서 허공에 작은 새털이 날렸다. 날아가는 새들을 본 그들은 더욱 흥분하는 것 같았다. 동굴에서 뛰쳐나온 여우 몇마리가 잽싸게 숲속으로 몸을 감추었다. 기세등등하게 1킬로미터 정도 진격해온 사람들과 '찢어진 귀'가 이끄는 결사대가 드디어 마주쳤다.

사람들 틈에서 누군가가 소리쳤다. "돼지왕이다!" 사방으로 흩어져 있던 사람들이 한곳으로 우르르 몰려들었다. 멧돼지 부대와 사람들의 간격이 50미터로 좁혀지자 모두 걸음을 멈추었다. 옛날에 병사들이 대치하던 모양새였다. 대열 맨 앞쪽에 '찢어진 귀'가 서 있었고 나머지 이십여 마리의 흉악한 수퇘지들이 그의 뒤에 서 있었다. 사람들 대열에서는 서문금룡이 가장 앞서 있었다. 한손에는 새총을 들고, 호루라기와 카키색 망원경을 목에 걸고 있었다. 한손으로는 총을 잡고, 다른 손으로는 망원경을 잡고 있었다. '찢어진 귀'가 험상궂은 외모와 오만방자한 기세로 한순간에 뛰어들면, 그가 혼비백산할 것이라는 것을 나는 잘 알고 있었다. "징을 울려라!" 당황한 그가 크게 외치는 소리가 들렸다. 그는 징을 울리고 목청껏 소리를 질러 참새를 도망치게 했던 방법을 동원하여 멧돼지들을 겁먹게 한 뒤 동쪽으로 내몰아 강가로 유인하겠다는 생각이었다. 두 갈래로 나뉘었던 물줄기가 다시 만나는 모래섬 끝에 12마력의 화력에 디젤기관으로 움직이는 강철발동선이 두 대나 정박해 있는 사실은 나중에야 알았다. 배에는 사냥 경험이 풍부한 돼지사냥꾼과 퇴역군인으로 구성된 전투조가 대기중이었다. 예전에 이리를 잡던 그 사냥꾼 세 명도 그 배에 타고 있었다. 서문나귀에게 어깨를 물렸던 교비봉은 늙어서 이발이 다 빠져버렸고, 유용과 여소파는 건장한 청년으로 자라 있었다. 이들은 다들 명사수로, 69구경 국산 전자동소총을 쓰고 있었는데 탄창에 열다섯 발의 탄알을 장전할 수 있을 뿐만 아니라 연속발사도 가능했다. 총은 성능뿐 아니라 정확도도 높았지만 취약점이 있다면 탄알의 관통률이 매우 낮아, 50미터 이하 근거리에서 총을 쏠 경우 우리 몸의 황금갑옷을 겨우 뚫을 수 있지만 일단 거리가 100미터를 넘어서면 살상률이 크게 떨어졌다. 이번 전쟁에서 대다수 멧돼지들이 모래섬 끝까지 내몰리기는 했지만 십여 마리의 멧돼지가 총에 맞아죽었을 뿐, 대개의 돼지들은 무사히 살아돌아왔다.

사람들은 징을 치며 계속 고함을 질러댔지만 그것은 모두 돼지들을 겁주기 위한 허장성세로 감히 앞으로 나서지는 못했다. '찢어진 귀'가 길게 포효하고는, 용감하게 선봉으로 나서며 공격을 시도했다. 사람들은 십여 자루의 새총을 갖고 있었지만 당황한 금룡만이 여기저기 마구잡이로 총을 쏘아댔다. 수많은 총알이 붉은 버들에 박히면서 죄없는 새집이 박살나고 재수없는 황새가 맞았지만 멧돼지들의 털끝 한 올조차 건드리지 못했다. 돼지들이 공격을 감행하는 순간, 금룡의 대열은 이미 혼비백산하여 꽁지빠지게 도망치기 바빴다. 비명을 질러대는 사람들 틈에서 흘러나오는 여자들의 비명이 특히 날카로웠다. 여자들의 날카로운 비명소리 중에서도 쌍입색의 그미기 특히나 처참했다. 놀라 도망치던 그녀가 발에 걸려 그만 고꾸라졌고, 넘어지면서 들린 그녀의 엉덩이를 '찢어진 귀'가 놓치지 않고 덥석 물었다. 그때부터 한쪽 엉덩이가 움푹 팬 그녀는 길을 걸을 때마다 가련하게 몸이 뒤뚱뒤뚱 흔들렸다. 멧돼지들이 사람들을 공격하자 엉망이 되어버렸다. 사람들 소리가 귀신이 곡을 하는 것 같았다. 혼란스러운 와중에도 창과 칼과 몽둥이가 멧돼지들에게 쏟아졌지만 전반적으로 돼지들은 아무런 상처도 입지 않았다. 그중 누군가 아무렇게나 휘두른 긴 창에 애꾸눈 수퇘지가 목젖을 찔려 중상을 입은 게 고작이었다. 이미 안전하게 배로 도망친 남해방이 합작이 중상을 입은 것을 보고는 용감하게 배에서 뛰어내려 삼지창을 들고 모래사장으로 뛰어들어 그녀를 구했다. 한손으로 합작을 부축하고 다른 손으로 삼지창을 휘두르며 후퇴하는 모습이 꽤 용감해 보였다. 이번 행동은 그에게 숭고한 명예를 선물했고, 나 역시 그의 행동에 감동받았다. 정신을 가다듬은 금룡은 다른 사람 손에 들린 통은 짧지만 구경이 큰 엽총을 빼앗아 공격하는 돼지들에 맞서 싸웠다. 동생의 용감한 행동에 자극을 받아서인지, 더 용기를 내는 것 같았다. 정확하게 '찢어진 귀'를 조준한 그가 한치의 망설임도 없이 총을 쏘았다. 천둥 같은 소리가 크게 울리더니 새빨간 불꽃이 '찢어진 귀'의 복부로 날아들었다. 총알이 그의 두꺼운 황금갑옷을 관통하지는 못했지만 그의 몸에 이글이글 타오르는 불꽃을 일으켰다. 불이 난 몸으로 달아나던 '찢어진 귀'가 모래사장을 뒹굴며 불을 껐다. 우두머리가 다치자 돼지들도 한걸음 물러섰다. 엽총이 발사될 때 떨어진 총알의 화약 잔여물 때문에 금룡의 얼굴이 온통 새까맣게 되었고, 총의 진동으로 찢어진 두 손에는 피가 낭자했다.

명령에 불복종한 '찢어진 귀' 때문에 촉발된 싸움에서 돼지들이 유리한 고지를 먼저 점령했다고 해야 할 것이다. 사람들이 도망치면서 떨어뜨린 신발, 밀짚모자, 나무막대기 등이 돼지들의 승리를 말해주고 있었다. 이번 승리로 그 위세가 하늘을 찌르게 된 '찢어진 귀'는 언제든지 퇴위를 강요할 태세였고, '찢어진 귀'를 추종하는 녀석들이 이미 과반수를 넘었다. 그들은 '찢어진 귀' 뒤에 서서 사람들이 흘리고 간 전리품들을 질질 끌고 다니면서 모래섬에서 퍼레이드를 벌이며 승리를 자축했다.

"조소삼, 어떻게 해야 할까?" 밝은 달이 뜨고 별이 희미한 어느날 밤, 나는 조소삼이 기거하는 모래언덕의 굴속으로 조용히 들어가 노련하고 용의주도하며 인생의 스승인 그에게 가르침을 청했다. "차라리 내가 스스로 물러나서 '찢어진 귀'에게 왕위를 넘기는 게 낫지 않겠어?"

조소삼은 아래턱을 앞발에 올린 자세로 엎드려 있었다. 시력이 거의 사라진 그의 눈동자가 어둠속에서 가늘게 빛났다. 굴 밖에서는 흐르는 강물이 나뭇가지와 부딪치며 둔탁한 소리를 냈다.

"조소삼, 자네 말대로 할 테니 말 좀 해보게."

그가 길게 한숨을 내쉬었다. 눈에서 가늘게 빛나던 빛이 사라졌다. 그를 건드려보았지만 물컹물컹한 몸은 아무런 반응도 없었다. "조형!" 나는 너무 놀라 큰 소리를 질렀다. "설마 죽은 건 아니지? 안돼, 죽으면 안돼……"

이미 숨이 끊어진 그는 내가 아무리 울부짖어도 다시 살아나지 않았다. 내 눈에서 뜨거운 눈물이 흘러내리고 한없는 슬픔에 마음이 무거웠다.

조소삼의 굴을 나오자 달빛 아래 번뜩이는 녹색 눈들이

보였다. 돼지무리 맨앞에는 사나운 눈빛을 번뜩이며 '찢어진 귀'가 앉아 있었다. 두렵지 않았고, 오히려 홀가분하게 느껴졌다. 강물은 수은이 출렁이듯 눈부시게 빛나고 있었고, 수풀에서는 수많은 가을곤충들이 내는 조화로운 소리가 들려왔다. 반딧불들이 만들어낸 초록색의 리본이 숲속에서 너울너울 춤추는 가운데 달은 이미 서쪽 제5면화가공공장의 상공으로 건너가 있었다. 그 달 아래 공장에서 목화솜 포장을 하는 작업장 건물 지붕에 매달린 백열전구에서 눈부시게 밝은 빛이 쏟아지고 있었다. 전구는 달이 방금 낳은 녹색 달걀 같았다. 단조압연기의 공기 해머가 강철을 두드리면 성마르면서도 규칙적인 둔중한 소리가 강력한 펀치로 내 심장을 때리는 것 같았다.

나는 조용히 '찢어진 귀' 앞으로 다가가 침착하게 말했다.

"나의 가장 소중한 친구 조소삼이 죽었다. 나 역시 모든 미련이 없으니 왕권을 너에게 넘기마."

내가 이렇게 말하리라고는 꿈에도 몰랐는지 '찢어진 귀'가 본능적으로 뒤로 몇걸음 물러서며 기습공격에 대비했다.

나는 '찢어진 귀'의 눈을 노려보며 말했다.

"물론 네가 끝까지 결투의 형식을 빌려서 왕권을 빼앗으려 생각한다면 나 역시 기꺼이 상대해주겠다!"

'찢어진 귀'가 나와 오랫동안 대치하는 동안, 내심 이해득실을 따지는 듯했다. 오백근이 넘는 몸집, 바위처럼 단단한 머리, 강철도 물어뜯을 예리한 나의 이빨에 그는 두려워진 듯했다. 그가 마침내 말했다.

"좋소! 하지만 지금 당장 이곳 모래섬을 떠나서 다시는 돌아오지 마시오."

나는 고개를 끄덕여 동의를 표하고 발을 들어 모여 있는 돼지무리에게 작별을 고하고는 몸을 돌려 그곳을 떠났다. 모래섬 남쪽으로 걸은 뒤 나는 바로 물속으로 뛰어들었다. 멀지 않은 곳에서 최소한 오십여 마리의 멧돼지들이 눈물을 머금은 채 나를 배웅하고 있다는 것을 알았지만, 뒤돌아보지 않았다. 나는 하천의 바닥까지 잠수를 했다가 건너편 강가로 헤엄쳐나왔다. 눈을 감았다. 눈물이 강물과 섞여 어느 것이 눈물이고 어느 것이 물인지 알 수 없도록 눈을 감았다.

제35장

화염을 방사하여 찢어진 귀는 목숨을 잃고
몸을 날려 배에 오른 열여섯번째 돼지가 복수하다

 보름이 지난 뒤 모래섬의 멧돼지들은 모조리 죽음을 당했다. 막언이 「양돈기」에서 상세하게 묘사했다.

 1982년 1월 3일, 경험이 풍부한 사냥꾼 교비봉이 고문을 맡고, 월남전에 참가하여 영예의 전공을 세운 퇴역군인 조용강(趙勇剛, 자오융깡)을 대장으로 한 멧돼지 소탕조가 구성됐다. 증기선을 타고 모래섬에 요란하게 도착한 그들은 예전에 왔던 사람들처럼 조용하게 수색작전을 펼치는 것이 아니라 오히려 더 과장되게 행동하며 자신들의 존재를 확실히 알렸다. 총 열 명으로 구성된 그들은 일곱 자루의 '56구경' 자동소총과 칠백발 장전이 가능하도록 특수제작한 철갑탄을 준비했다. 이 총알은 탱크의 철판은 뚫지 못해도 송진과 모래로 된 빈대떡보다 두꺼운 멧돼지들의 황금갑옷은 충분히 뚫을 수 있었다. 하지만 멧돼지사냥꾼들이 가장 믿고, 또 그 기능을 직접 시험해보고 싶은 것은 특수제작한 철갑탄이 아니라 세 대의 화염방사기였다. 이 기구는 매우 기괴한 형태로, 인민공사 시절 농민들이 사용하던 농약살포기처럼 생겼고, 앞부분에는 길고 뾰족한 쇠주둥이와 격발장치가 달리고, 뒷부분에는 둥그런 철통이 달려 있었다. 이것을 사용하는 사람들은 전쟁 경험이 풍부한 세 명의 퇴역병으로, 뜨거운 열기에 화상입는 것을 방지하려고 얼굴과 흉부에 석면으로 제작한 두꺼운 방화장비를 쓰고 있었다.

막언은 이렇게 서술했다.

떠들썩한 사냥꾼들의 출현에 멧돼지들의 주의가 집중된 것은 너무나도 당연한 일이었다. 새로운 왕으로 등극한 '찢어진 귀'는 사람들과의 전쟁을 통해 권위를 다질 수 있기를 갈망했다. 보고를 들은 그는 흥분하여 작은 눈이 빨개졌고, 즉시 큰 소리로 울부짖어 군대를 집결시켰다. 이백여 마리의 멧돼지들은 무협소설에서 사파의 말 많은 부하들이 만세를 부르듯이 일제히 비명을 질러댔다.

이어서 막언은 참혹하고 치열했던 도살 장면도 자세히 묘사했는데, 그것을 읽는 나의 마음이 찢어지듯 아팠다. 결국 나도 한마리 돼지였다. 그는 이렇게 썼다.

……첫번째 전투와 비슷했다. '찢어진 귀'가 여전히 돼지들의 선봉에 서 있었고, 백여 마리의 돼지부대가 그의 뒤에서 기러기날개 대형으로 서서 그를 호위했다. 오십여 마리의 돼지들로 구성된 두 부대가 적의 측면을 신속하게 포위해 들어가면서 어느새 삼면을 둘러싼 진영이 구축되었다. 멧돼지 대열의 뒤로는 강물이 흐르고 있었다. 이런 상황을 보면 돼지들에게 더 승산이 있는 듯하지만 열 명의 사람들은 위험을 감지하지 못한 것 같았다. 그들 중 앞장선 세 명은 동쪽을 보며 멧돼지무리의 선두와 왕인 '찢어진 귀'에 정면으로 대치했고 좌우로는 두 명씩 남쪽과 북쪽으로 양쪽 날개 진영의 돼지무리와 대치했다. 화염방사기를 멘 세 명이 맨뒤에 서서 좌우를 살피는 모습은 여유로워 보이기까지 했다. 그들은 시시덕거리며 동쪽으로 전진하면서 돼지들을 향한 포위망을 점점 좁혀갔다. '찢어진 귀'와의 간격이 50미터쯤 좁혀졌을 때, 조용강의 명령에 따라, 일곱 대의 자동소총이 동시에 삼면을 향해 불을 뿜었다. 총의 조정간이 연발로 되어 있었다. 먼저 세 발이 연발로 날아갔고, 이어 다시 세 발이 연발로 날아갔다. 그뒤 탄창에 든 총알이 모두 쏟아졌다.

"두두두, 두두두, 두두두, 두두두두……"

자동소총의 빠른 속도와 엄청난 위력은 돼지들의 상상을 뛰어넘었다. 일곱 대의 자동소총, 일백사십개의 총알이 오초도 안되어 전부 발사되었고, 삼면을 둘러싼 돼지 대열에서 적어도 서른 마리가 총에 맞아 쓰러졌다. 돼지들이 총알에 맞은 부위는 대개 머리로 철갑탄이 두개골을 관통했고 탄두는 두개골을 박살냈다. 돼지들 중 일부는 머리가 파열되고, 일부는 안구가 튀어나오면서 참혹한 죽음을 맞이했다. 대왕으로서의 본능에 입각하여 들려오는 총성에 머리를 낮게 숙인 덕분에 귀에 조그만 상처만 입은 '찢어진 귀'가 서글피 울부짖으며 돼지사냥꾼들을 향해 돌격했다. 바로 그때, 뒤에 있던 화염방사기를 멘 대원 세 명이 앞으로 나오며 오랜 훈련으로 쌓은 능숙한 동작으로 재빨리 바닥에 엎드리면서 동시에 화염을 발포했다. 세 가닥의 뜨거운 불줄기가 각각 전방을 향해 쏟아지면서 나는 발포소리가 백 마리의 흰 고니가 설사할 때 나는 소리 같았다. 막 발포되었을 때만 해도 그다지 위협적이지 않던 불꽃이 '찢어진 귀'의 몸을 뒤덮은 후 갑자기 3미터 높이의 화염을 토해내며 돼지왕 '찢어진 귀'를 휘감았다. 이어 그의 자취가 사라지고 커다란 불꽃덩어리만이 데굴데굴 구르다 이십초 정도 흐르자 마침내 움직임이 사라지며 '찢어진 귀'가 그대로 불타죽었다. 남북 양측에서 돼지무리를 이끌던 수령돼지들도 '찢어진 귀'와 똑같은 운명을 맞이했다. 모래섬의 돼지무리들 몸에 덧씌운 두꺼운 송진이 촉매역할을 하면서 더욱 빠르고 쉽게 불에 탔다. 응고된 연소제가 약간만 튀어도 그들 몸에 바로 불이 붙었다. 불이 붙은 수십 마리의 돼지가 펄펄 날뛰며 여기저기서 처참한 비명을 질러댔다. 그나마 똑똑한 돼지들은 바닥에 몸을 굴리며 불을 끄려는 시도라도 했지만 멍청한 돼지들은 미친 듯이 사방으로 뛰어다니며 몸부림만 쳤다. 불붙은 돼지들이 버들숲과 갈대숲으로 뛰어드는 바람에 모래섬에는 짙은 연기가 뭉게뭉게 피어올랐고, 더없이 역겨운 타는 냄새가 하늘을 뒤덮었다. 총에도 맞지 않고, 화염공격도 당하지 않은 돼지들은 놀라서 잔뜩 겁에 질린 채로 이성을 잃고 머리 없는 파리처럼 아무데나 들이받았고 사냥꾼들은 자동소총을 잡고 서서 쏴자세로 정확하게 목표물에 한발 한발 명중해 돼지들을 염라대왕에게 보냈다……

막언은 이렇게 썼다.

그 광란의 돼지살육은 환경보호 측면에서 보면 분명 지나친 것이다. 멧돼지들을 그렇게 처참하게 죽인 것도 지나쳤다. 예전 촉나라 수상인 제갈량이 등갑군(藤甲軍)을 불태워 죽인 뒤 길게 탄식하며 눈물을 줄줄 흘린 것이 당연한지도 모른다. 나는 2005년 남북한 경계에 위치한

판문점을 방문한 적이 있다. 38선을 기점으로 양측 2킬로미터는 사람이 들어갈 수 없는 구역이었다. 멧돼지떼가 서로를 쫓으며 장난치고, 나무 위 수많은 새둥지들, 떼지어 수풀 위를 날아다니는 백로를 보니 그 당시 우리가 오가취 모래섬에서 멧돼지를 도살했던 것이 생각나 마음이 무거웠다. 죽은 돼지들이 여러 가지 나쁜 짓을 했더라도 말이다. 도살할 때 화염방사기를 썼기에 산불까지 났다. 모래섬의 푸른 벌판 한쪽을 가득 채운 산나무숲과 붉은 버들더미가 모두 불타 사라졌고 잡초는 더욱 재난을 피할 수 없었다. 모래섬에서 살던 다른 동·식물 중 날개가 달린 것들은 대부분은 날아가 화를 피했고 날개가 없는 것들은 굴속으로 숨어들거나 물속으로 뛰어들어 겨우 목숨을 구할 수 있었지만 대부분은 불에 타죽었다……

그날, 나는 운량강 남쪽 언덕의 붉은 버들숲에서 모래섬을 뒤덮은 검은 연기와 활활 타오르는 불길을 보았고, '다다다다' 콩볶는 듯한 요란한 총소리와 돼지들의 처참한 비명소리도 들었고 북서풍을 타고 날아오는 숨막힐 정도로 역겨운 냄새도 맡았다. 그때 내가 왕좌에 대한 미련을 버리지 않았으면 나도 그들처럼 비참하게 죽었을 것이다. 그러나 이상하게도 살아남았다는 것이 그다지 다행스럽게 느껴지지 않았다. 이렇게 구차하게 목숨을 유지하느니 차라리 멧돼지들과 함께 불타죽는 것이 훨씬 낫겠다는 생각이 들었다.

잔혹한 사냥의식이 끝나고, 나는 다시 강을 건너 모래섬으로 갔다. 불에 탄 나무들과 숯덩이가 된 멧돼지들의 사체, 모래섬 주변의 강에 둥둥 떠다니는 동물 사체들이 보였다. 겹겹의 분노와 고통이 밀려들었고, 분노와 고통이 뒤엉켜 머리가 두 개인 독사가 나의 심장을 물어뜯는 것 같았다……

나는 복수를 생각한 적은 없지만, 더없는 고통에 초조해졌다. 나는 한시도 마음의 평정을 찾을 수 없었다. 겁많은 병사가 큰 전쟁을 앞둔 듯한 마음이었다. 나는 강을 거슬러 갔다. 헤엄을 치다가 힘들면 강 양측의 빽빽이 들어선 버들숲에 들어가 쉬었다. 어떤 때는 강 왼쪽에 있었고 어떤 때는 강 오른쪽에 있었다. 냄새를 따라 앞으로 나아갔다. 석유 타는 냄새와 불에 탄 돼지 사체 냄새가 합쳐진 냄새였다. 간혹 매캐한 담배냄새와 싸구려 백주냄새도 났다. 이 냄새를 좇아 하루를 가자 만행을 저지른 철갑발동선의 모습이 보였다. 자욱하던 안개가 걷히고 풍경이 모습을 드러내는 것 같았다.

길이가 12미터가량 되는 배였다. 선체는 2센티미터나 되는 두꺼운 강판으로 용접 처리되고, 거친 용접 이음새는 푸른빛을 띠고 있었다. 날카로운 배의 가장자리에는 짙푸른 수초가 더덕더덕 붙어 있었다. 뱃머리의 강철구조물에는 프로펠러를 돌리는 20마력급 디젤원동기가 고정되어 있었다. 멍청하고 형편없어 보이는 강철 괴물이었다. 배는 사냥꾼들을 태우고 거슬러올라가고 있었다. 돼지사냥조는 원래 열

명이었는데 현에서 일하던 여섯 명의 퇴역병사가 임무를 마치자 버스를 타고 먼저 현으로 돌아가서 배에는 대장 조용강과 사냥꾼 교비봉, 유용, 여소파가 타고 있었다. 인구가 폭증하고 토지가 줄어들고 수목이 파괴되고 공기가 오염되는 등의 이유가 종합적으로 합쳐져 고밀 동북향 일대에서 산토끼, 산오리가 자취를 감추자, 사냥을 업으로 하는 사람들도 다른 일을 찾았지만, 그 세 사람만 예외였다. 예전에 나귀가 잡은 이리 두 마리를 가로채 현에서 명성이 자자해진 이들이 이번에는 돼지사냥으로 사람들 입에 오르는 영웅이 되고 언론의 관심을 받았다. 그들이 이번 사냥의 전리품인 조소삼의 사체를 배에 싣고 강을 거슬러올라가는 목적지는 백리나 떨어진 현 소재지였다. 최대 시속 10킬로미터로 달리는 발동선이 이 속도로 달린다면 새벽에 출발해 현 소재지까지 저녁이면 족히 도착할 수 있었다. 하지만 이번 뱃길은 자신들의 공을 자랑하기 위한 출행이었다. 그래서 강나루터 마을에 도착할 때마다 배를 대고 현지 사람들에게 돼지왕의 사체를 구경시켜주었다. 그들은 조소삼의 시체를 메고 하선하여 넓은 공터에 내려놓고 마을 사람들이 직접 볼 수 있게 했다. 카메라가 있는 부자들은 가족과 이웃들에게 돼지왕과 기념촬영을 해주었다. 현의 신문사와 텔레비전 기자들은 그들을 줄곧 밀착취재했다. 성대한 판이 벌어지면서 기자들의 펜에 열광적인 감정이 실렸다. '온 동네 사람들이 모두 나와 구경했다'라든가, '구경꾼으로 발디딜 틈이 없다'는 등의 품위없는 기사가 그러했다. 여소파가 대장 조용강에게 구경하는 사람은 일원, 사진 찍는 사람은 이원, 돼지 이빨을 만지면서 사진 찍는 사람은 삼원, 돼지를 올라타고 사진 찍는 사람은 오원, 돼지 사냥꾼과 돼지왕 사체랑 함께 사진 찍는 사람은 십원씩 받고 표를 팔자고 제안했다. 교비봉과 유용은 그의 제안에 동의했지만 조용강이 반대했다. 180센티미터에 가는 허리와 널찍한 어깨를 한 조용강은 긴 팔과 약간 저는 듯한 왼발에 날카로운 얼굴과 강직한 성품을 지닌 진짜 대장부였다. 도착하는 마을마다 돼지사냥꾼들은 현지 간부의 성대한 대접을 받았다. 연회에서는 수많은 술잔이 오가고 탁자에는 진수성찬이 차려졌다. 교비봉이 돼지사냥 이야기를 할 때마다 항상 유용과 여소파가 세부적인 것을 보충했다. 그들은 이야기할 때마다 초를 쳤고, 이야기할 때마다 사실과 소설 사이의 거리가 좁혀졌고, 그때마다 조용강은 그저 고개를 숙인 채 술만 마셨고 술에 취하면 의미를 알 수 없는 냉소를 지었다.

이상 술자리 묘사는 물론 막언의 소설에서 가져온 것이다. 백주대낮에 그들을 추격할 수는 없기에 나는 그저 강물에서만 그들을 추격할 수밖에 없었다.

그들의 마지막 밤은 살을 에듯이 추웠다. 보름달에 가까운 둥근 달이 수은에 중독되어 죽은 이의 얼굴처럼 창백했다. 창백한 달빛이 잔잔한 수면을 음산하게 비추고 있었다. 흐르는 강물의 속도가 느려지는 강의 얕은 물가에는 벌써 살얼음이 얼어 무서운 푸른빛을 내고 있었다. 나는 오른쪽의 붉은 버들더미 속에서 잎이 모두 떨어진 나뭇가지 사이로 통나무로 만든 간이부두에 정박한 철갑선을 보고 있었다. 고밀현에서 가장 큰 진(鎭)으로, 이름이 여점(驢店)이었다. 백여년 전 나귀를 팔던 사람들이 모여살아서 붙은 이름이다. 진정부 청사의 조그만 삼층건물에 불이 환히 켜져 있었다. 외벽은 돼지피를 두껍게 바른 듯한 붉은 기와벽돌이었다. 건물의 넓은 응접실에서는 사냥꾼 영웅들을 위한 파티가 열리고 있었고, 술을 권하는 와자지껄한 소리가 끊임없이 흘러나왔다. 진정부 청사건물 앞에 광장이 하나 있었다—서문촌에도 광장이 있는 마당에 서문촌보다 훨씬 큰 진에 광장이 없을 리 없었다—전등불이 광장을 환히 비추고 있는 아래로 사람들의 떠들썩한 소리가 여기저기서 울렸다. 이곳 사람들이 조소삼 사체를 구경나온 것은 물론이고 성칠봉을 든 경찰이 돼지 사체를 지키려고 경비를 서고 있었다. 멧돼지털로 만든 칫솔이 누런 이를 하얗게 만들어준다는 소문에 누런 이를 가진 몇몇 젊은이들이 호시탐탐 돼지왕의 털을 노렸기 때문이다.

아홉시쯤 되었을 때 드디어 나의 긴 기다림이 결실을 맺었다. 먼저 십여명의 건장한 청년들이 네 개의 손잡이가 달린 들것에 조소삼의 사체를 실어 힘겹게 부두 쪽으로 걸어왔다. 붉은 옷을 입은 묘령의 아가씨 둘이 붉은 등을 들고 앞서 걸으며 그들을 인도했다. 뒤에는 수염이 하얗게 센 노인이 그들과 보폭을 맞추며 처량한 목소리로 단조로운 음률에 맞춰 내용없는 가사를 읊고 있었다.

"돼지왕이여— 배에 타자— 돼지왕이여— 배에 타자—"

조소삼의 시체에서 역한 냄새가 났다. 이미 뻣뻣하게 경직되었지만 날이 추워서 완전히 부패하지는 않았다. 조소삼의 사체를 배에 내려놓자 발동선의 홀수(吃水)가 눈에 띄게 내려갔다. 나는 사실 나와 '찢어진 귀' 그리고 조소삼 이렇게 세 마리 돼지 중에서 조소삼이야말로 진정한 대왕이라고 생각했다. 이미 죽었지만 배에 엎드려 있는 그의 모습은 살아 있을 때와 마찬가지로 여전히 당당했다. 창백한 달빛이 그의 위엄을 더욱 돋보이게 하는 가운데 그가 당장이라도 벌떡 일어나 물속으로 뛰어들거나 육지에 발을 내려놓을 것만 같았다.

마침내 술에 거나하게 취해 비틀거리면서 사냥꾼 네 명이 등장했다. 그들이 진정부 고위간부들의 부축을 받으며 부두로 걸어왔다. 붉은 옷을 입은 소녀 둘이 이번에도 붉은 등을 들고 앞서 걸으며 길을 인도했다. 나는 통나무 부두에서 10여 미터 떨어진 곳에 몸을 숨기고 있었고, 그들 몸에서 풍기는 술냄새와 담배냄새가 내 코앞의 공기마저 오염시켰다. 내 마음은 오히려 편안했다. 너무 편안해서 마치 눈앞의 모든 것이 나와는 전혀 무관한 일처럼 여겨졌다. 나는 그들이 배에 오르는 것을 지켜보았다.

그들은 배에 올라타 배웅나온 사람들과 인사하고, 가식적인 감사의 말을 하고, 부두에 남은 사람들도 똑같이 가식적인 인사를 늘어놓았다. 그들이 배에 자리를 잡았다. 유용이 밧줄로 휠을 잡아당겨 발동기를 돌렸다. 날이 추워서인지 기계가 말을 듣지 않아 먼저 불로 기계를 녹여야 했다. 목화섬유에 기름을 부어 불을 피우자 누런 불꽃이 달빛과 함께 교비봉의 누런 얼굴에 쪼그라들어간 입, 여소파의 부은 얼굴과 벌겋고 뭉툭한 코, 조용강의 냉소 띤 얼굴, 내 친구 조소삼의 부러진 이빨을 비추었다. 나의 마음은 불상 앞에 선 늙은 승려처럼 더없이 담담하고 편안했다.

발동기가 돌아가자 귀에 거슬리는 소리가 강의 공기와 달빛에 부딪혔다. 배가 천천히 움직였다. 집돼지가 배웅하러 사람들 곁으로 다가가듯이 나는 강가 살얼음 위를 조심조심 걸어 통나무 부두로 갔다. 소녀 손에 들린 붉은 등이 흔들리며 타오르면서 내 가는 길에 장엄한 기운을 더해주었다.

아무 생각도 나지 않았다. 사람 말을 배워 떠벌리는 앵무새처럼 막언녀석이 아무 생각 없이 떠벌리듯이, 나는 그저 움직이고, 행동할 뿐이었다. 주변환경에 아무것도 느끼지 못하는 마비되고, 뒤틀리고, 과장되고, 아무것도 아닌 생리적 느낌만 남고, 사상도 감정도 사라졌다. 머리가 텅 비었다. 나는 가볍게, 정말 가볍게 뛰어올랐다. 전통경극「백사전(白蛇傳)」의 가장 낭만적인 장면인, 아름다운 여인으로 변한 백사가 가볍게 배로 뛰어오르는 장면처럼 경쾌하게 뛰어올랐다. 결혼식 때 울려퍼지는 호금의 편안하고 낭만적인 연주소리가 들리는 것 같고, 배가 흔들린다는 것을 뜻하는 징소리가 나면서 나는 고밀 동북향의 이 강과 아무 관련이 없는 항주(杭州) 서호의 낭만적인 이야기에 빠져드는 듯했다. 사람들은 이야기를 추리해보기도 하고, 노래를 따라 부르기도 하고, 노래를 부르다가 다시 추리를 해보기도 하고, 추리를 하다가 노래를 따라 부르기도 했다. 그랬다. 당시 내 머릿속에는 생각은 없고 감각만 있었으며 그 감각이란 것은 꿈에 가까웠고, 꿈은 다시 현실로 반사되었다. 가라앉았다가 넘쳐난 물이 뱃전을 거의 덮자 선체가 갑자기 다시 천천히 올라오는 느낌이 들었다. 선체 주위로 물방울이 아니라 부서진 푸른 유릿조각이 사방으로 튀는 것 같았다. 아무 소리도 들려오지 않았다. 들려오는 소리라고는 저 멀리 떨어진 강언덕에서 나는 소리로, 저 깊은 물속에 잠긴 한사람, 한 마리 돼지의 귀에 들리는 것 같은 아득한 소리였다. 너는 막언의 가까운 친구이니, 내가 말하는 소설의 핵심비법을 그에게 전해주기 바란다. 중요한 사건을 전개할 때 묘사하는 인물에 대한 정확한 파악이나 강력한 표현수단이 부족할 때면 모든 인물들을 물속에 밀어넣은 뒤 글을 쓰라고 해라. 그것은 무음(無音)이 유성(有聲)을 이기고, 무색(無色)이 유색(有色)을 이기는 경계이다. 모든 권력은 물밑에서 시작된다. 그 녀석이 나의 권고를 받아들인다면 분명 위대한 작가가 될 것이다. 네가 나의 친구여서 말해주는 것이다. 막언이 너의 친구이니 나의 친구도 되기 때문에 너한테 내 말을 전하라고 한 것이다.

배가 갑자기 기울어지자 조소삼이 마치 벌떡 일어서는 것 같았다. 달빛은 이런 상황에 처한 소설가의 머릿속처럼 텅 비었다. 배 원동기 부분에 허리를 굽히고 있던 유용이 순식간에 강물에 빠져버리면서 똑같이 유릿조각 같은 물방울이 사방으로 튀었다. 원동기가 통통 튀면서 새까만 연기를 뿜어내고 소리가 약해졌다. 그랬다. 내 귀에 물이 가득 찬 것 같았다. 여소파가 휘청하더니 입을 쩍 벌리고 숨을 토하고 술을 토하고 뒤로 넘어졌다. 몸의 절반은 배 안에 절반은 배 밖에 있었다. 허리가 단단한 철제난간에 걸려 있다가 머리가 강물 속으로 처박혔다. 강물이 튀는데 아무 소리도 나지 않았다. 마찬가지로 유릿조각 같은 푸른 물방울이 튀었다. 내가 배에서 뛰었다. 오백근이나 나가는 체중 때문에 배가 심하게 흔들렸다. 몇에 건 나아 관계가 있었던 돼지사냥조의 고문 교비봉의 두 다리가 허물어지며 배 바닥에 무릎 꿇더니 연방 고개를 박았고, 그 모습이 우습기 짝이 없었다. 나는 아무 생각도 없었고, 머릿속 깊은 곳에 들어 있는 쓸데없는 것들을 찾아낼 생각도 없었다. 나는 머리를 숙였다 드는 동작을 반복하여 그를 배 밖으로 밀어냈다. 아무 소리도 나지 않았다. 강물이 유릿조각처럼 튀었다. 사내대장부답게 생긴 조용강이 나무몽둥이를 손에 들고 — 신선한 소나무 향기가 퍼져나왔지만 나는 거기에 신경쓰지 않았다 — 내 머리를 겨냥한 뒤 힘껏 내려쳤다. 그 소리가 뇌에서 고막까지 아주 깊게 전달되었다. 두 동강 난 몽둥이의 반쪽은 물속으로 사라졌고, 나머지는 그의 손에 쥐어져 있었다. 머리가 아픈 것에 신경쓸 틈도 없이, 나는 그가 들고 있는, 녹두전분을 풀어놓은 듯한 달이 매달려 있는 부러진 몽둥이를 노려보았다. 그가 몽둥이를 세우고 내 입을 향해 날아왔다. 나는 몽둥이를 물었다. 그가 몽둥이를 잡아당겼다. 힘으로. 그는 힘이 정말 셌다. 그의 붉게 달아오른 얼굴이 달빛과 겨루는 등불 같았다. 나는 힘을 뺐다. 간교한 계략 같아 보이지만 실은 별뜻이 없었다. 그러자 그가 뒤로 나자빠지면서 물속에 빠져버렸다. 그 순간, 모든 소리, 모든 빛, 모든 냄새가 일시에 내게 밀려들었다.

내가 물속으로 뛰어들자 수미터 높이의 거센 물보라가 일었다. 강물은 차갑고 수년간 숙성된 술처럼 걸쭉했다. 네 사람이 물에 둥둥 떠 있었다. 유용, 여소파는 술에 많이 취해 사지에 힘이 없고 정신이 반쯤 나간 상태라 내가 죽이려고 애쓸 필요도 없었다. 조용강은 역시 대장부였다. 강둑으로 기어올라가면 그냥 살려주기로 했다. 교비봉이 내 옆에서 허우적거리는데, 빨간 코를 물 위로 내놓은 채 가쁘게 숨을 몰아쉬는 모습은 정말 혐오스러웠다. 내가 발로 그의 대머리를 때리자 움직임이 멈추었다. 머리가 가라앉고 엉덩이가 떠올랐다.

나는 물이 흐르는 대로 몸을 맡겼다. 강물과 달빛이 뒤섞인 은백색의 액체가 나귀젖 같았다. 뒤쪽 배의 원동기가 미친 듯이 소리를 지르고 강언덕에서는 놀라 소리를 질렀다. 누군가 고함을 질렀다.

"총을 쏴, 총을 쏘라고!"

돼지사냥조의 총은 여섯 명의 퇴역병사들이 현으로 돌아가면서 가져갔다. 평화로운 시기에 멧돼지들을 소탕하기 위해 신식무기를 동원했다는 이유로, 그런 결정을 내린 책임자가 훗날 처벌을 받았다.

나는 서둘러 잠수했다. 위대한 소설가처럼 모든 소리를 내 뒤와 내 위에 남긴 채.

제36장

지난 일들의 기억이 줄줄이 떠오르고
몸을 돌보지 않고서 아이들을 구하다

삼 개월 후, 나는 죽었다.

오후였다. 태양도 없었다. 서문촌 뒤편 개울의 하얀 얼음 위에서 아이들이 놀고 있었다. 열살가량 되어 보이는 아이, 일고여덟살가량 되어 보이는 아이, 그리고 서너살가량 되어 보이는 아이들이었다. 신나게 썰매를 타고, 달리기도 하고, 채찍으로 나무팽이를 치기도 했다. 나는 숲에 가만히 엎드려 서문촌의 후손들을 바라보았다. 언덕 위에서 다정한 목소리로 그들을 부르는 소리가 들렸다.

"개방아— 개혁아— 봉황아— 환환아— 아가들아, 그만 집에 가자—"

언덕에 서 있는 초로의 여인이 보였다. 겨울바람에 그녀가 머리에 쓴 남색 스카프가 흔들렸다. 나는 그녀를 알아보았다. 영춘이었다. 죽음을 한 시간 앞두고, 수십년 동안의 지난 일들이 강물처럼 물밀듯이 솟아나 내가 돼지 몸이라는 것을 잊어버렸다. 개방은 남해방과 황합작의 아들이고, 개혁은 서문보봉과 마량재의 아들이고, 환환은 서문금룡과 황호조가 입양한 아들이었다. 봉황은 방향미와 상천홍의 딸이었다. 나는 봉황이 실은 서문금룡의 씨고, 파종 지점이 살구나무 농장의 그 유명한 사랑 나무라는 것도 알고 있었다. 살구꽃이 흐드러지게 피고 달빛이 교교하던 밤, 서문금룡이 인민공사 서기인 방향미를 살구나무가지에 누이고 서문집안의 훌륭한 종자를 고밀현 최고 미인의 자궁에 뿌렸다. 막 언녀석은 소설에 이렇게 썼다. 금룡이 방향미의 치마를 걷어올리자 방향미가 두 손으로 금룡의 귀를 잡고 낮고 매섭게 말했다. 나는 당위원회 서기야! 금룡이 그녀의 몸을 나무 줄기에 힘껏 누르며 말했다. 그래 서기랑 하는 거야. 다른 사람들은 돈으로 네게 뇌물을 바치는데, 나는 내 자지로 네게 뇌물을 바치는 거야! 그뒤 방향미가 누그러졌다. 살구꽃이 눈처럼 둘의 몸에 내렸다. 이십년 뒤 방봉황이 절세미인이 된 것은 당연했다. 씨가 좋고 밭이 좋고 파종할 때의 환경도 한편의 시와 그림이었으니 그가 미인이 아니면 하늘이 가만두겠는가!

아이들이 한창 노는 데 정신이 팔려 둑으로 올라오려 하지 않자 영춘이 애가 달아 둑을 내려갔다. 그때 개울 얼음이 깨지면서 아이들이 얼음 속으로 빠져버렸다.

이때 나는 돼지가 아니라 사람이었다. 영웅이 아니라 따뜻한 마음과 정의를 지닌 사람이었다. 나는 얼음물 속으로 뛰어들어 입으로 — 입으로 물었다고 해도 나는 돼지가 아니었다 — 여자아이의 옷을 물었다. 아직 깨지지 않은 빙판 근처까지 헤엄쳐가서 아이를 들어올렸다. 영춘이 다시 둑 위로 돌아가 마을을 향해 소리를 질렀다. 고마워, 영춘, 내가 가장 사랑하는 아내 — 강물이 전혀 차갑지 않았고 오히려 따뜻하게 느껴졌다. 온몸의 피가 막힘없이 힘차게 흘렀다. 원래 일부러 나와 복잡하게 관련된 세 아이들부터 구할 생각이 아니었고 손에 닿는 대로 한명씩 구했다. 당시 내 머릿속은 하얗게 텅 빈 것이 아니라 많은 것을 생각하고 있었다. 나는 소위 '백치 서사'라고 하는 것과 맞서고 있었다. 똘스또이의 소설 「안나 까레니나」에서 안나 까레니나가 기차선로에서 자살하기 전 수많은 생각을 했듯이, 막언의 소설 「폭발」에서 아버지에게 우악스럽게 따귀를 맞은 아들이 수많은 생각을 했듯이, 문화대혁명 전야를 다룬 유명한 소설 「구양해(歐陽海)의 노래」에서 구양해가 철도에 뛰어들어 놀라 날뛰는 말을 밀어내고 기차에 깔려죽는 그 짧은 순간에 수많은 생각을 했듯이 나도 그렇게 생각이 많았다. 하루가 백년처럼 길고, 일초가 스물네 시간보다 더 길게 느껴질 만큼 많은 생각을 했다. 나는 남자아이의 솜저고리를 입으로 물고 그를 빙판 위로 밀어올렸다. 내 머릿속에 수년 전 영춘이 아이를 품에 안고 젖을 물리던 때의 달콤한 모습이 생각났다. 아기에게서 나는 사람 마음을 앗아가는 특유의 젖냄새가 차가운 물에 녹아 있는 것 같았다. 나는 한명, 그리고 또 한명을 빙판 위로 끌어올렸다. 빙판에 올려진 아이들이 천천히 앞으로 기어갔다. 똑똑한 아이들, 옳구나. 앞으로 기어가라. 제발 일어서지 말아다오. 나는 아이들 가운데 가장 뚱뚱한 아이의 발을 물고 물속 깊은 곳에서 끌어올렸다. 물 위로 떠올랐을 때 그의 입에서 물고기처럼 기포가 뽀글뽀글 일었다. 물속에서 떠오르는 그 순간 나는 갑자기 현장인 진광제가 생각났다. 나귀와 단둘이 있을 때 그의 눈에는 따뜻한 정이 가득했다. 뚱뚱한 아이를 막 빙판에 올려놓자 얼음이 깨져 내려앉아버렸다. 나는 입으로 아이의 보드라운 배를 받치고 네 발을 힘차게 움직여 물을 갈랐다—네 발로 물속을 헤엄치고 있다 해도 나는 사람이었다—머리를 들어 아이를 피패킨 편 ㅈㅇㄷ 덜져올려다 고맙게도 얼음이 내려앉지 않았다. 힘차게 올라갔다 떨어지는 강한 관성의 힘 때문에 강물 밑바닥까지 내려가 콧구멍으로 물이 들어와 제대로 숨을 쉴 수가 없었다. 서둘러 수면으로 올라왔다. 나는 기침을 하고 숨을 헐떡였다. 사람들이 둑에서 내려왔다. 아둔한 인간들아, 제발 내려오지 마라! 내가 다시 물밑으로 들어가 아이 하나를 끌어냈다. 얼굴이 동그란 아이로 물 밖으로 나오자마자 얼굴에 투명한 시럽을 바른 것처럼 얇은 얼음이 얼굴에 맺혔다. 내가 구한 아이들이 얼음에서 기어가고 있었다. 울음소리가 났다. 그가 살아 있다는 증명이었다. 아이들아, 모두 힘차게 울어라. 여자아이 몇명이 한 아이를 따라 서문저택 정원에 있는 살구나무를 타고 올라가던 모습이 떠올랐다. 맨 위에서 나무를 타고 올라가던 여자아이가 갑자기 방귀를 뀌자 까르르 웃는 소리가 나더니 아이들이 모두 나무에서 미끄러져 내려오며 웃음을 터뜨렸다. 나는 그때 여자아이들의 웃음 띤 얼굴을 보았다. 보봉의 웃는 얼굴, 호조의 웃는 얼굴, 합작의 웃는 얼굴을 보았다. 나는 다시 잠수하여 강물에 멀리 떠내려간 남자아이를 찾았다. 머리 위에 두꺼운 얼음이 얼었고, 물속에 산소가 부족해 가슴이 터질 것 같았다. 그를 끌고 수면으로 떠오르다가 얼음을 들이받았는데도 깨지지 않았다. 급히 몸을 돌려 강물을 거슬러올라가 수면 위로, 또 위로 떠올랐을 때 눈앞이 온통 핏빛이었다. 석양인가? 나는 아이를, 이미 질식한 아이를 겨우 얼음 위에 올렸다. 핏빛 사이로 그들, 금룡과 호조, 합작, 남검, 그리고 많은 사람들이 보였다. 다들 혈인(血人)처럼 붉었다. 손에 장대와 밧줄, 갈고리를 들고 달려와 얼음 위를 기어 아이들에게 다가갔다. 똑똑한 사람들, 착한 사람들. 나는 그때 그들에게 감격했다. 나에게 못되게 굴던 사람들에게도 감격했다. 금지옥엽처럼 진기한 숲속에 구름 속에 세워진 듯한 신비스러운 무대의 한장면이 떠올랐다. 무대에서 음악이 울려퍼지고 연꽃을 수놓은 오색옷을 입은 여주인공이 노래를 부르고 있다. 정말 감동적이었다. 무엇에 감동했는지는 알지 못했다. 내 몸이 뜨거워지고, 물이 뜨거워졌다. 그렇게 편안할 수가 없었다. 나는 생각에 잠겨 천천히 물속으로 가라앉았다. 전에 본 듯한 파란 얼굴의 저승사자 둘이 웃으며 말했다.

"형씨, 자네 또 왔구먼!"

제4부

개의 정신

제37장

늙은 원혼은 윤회하여 개로 환생하고
소교아는 어머니를 따라 시내로 가다

저승사자 둘이 내 팔을 잡아당겨 언 강에서 끌어올렸다. 나는 화가 머리끝까지 치밀었다. "개자식들, 어서 빨리 염라대왕전으로 모시지 못할까. 오늘 그 늙은 개하고 결판짓고 말 거다!"

"헤헤." 저승사자 갑이 히죽히죽 웃으면서 말했다. "오랫동안 보지 못했는데, 우락부락한 성질 하나는 여전하군!"

"제 버릇은 개도 못 준다더니만!" 저승사자 을이 비웃었다.

"손을 놓아라." 내가 화를 내며 말했다. "나 혼자서도 그 늙은 개를 찾아갈 수 있다!"

"화 좀 푸시지." 저승사자 갑이 말했다. "그래도 우리는 옛친구 아닌가. 오랜만이네, 보고 싶었어."

"지금 당장 늙은 개한테로 모시겠네." 저승사자 을이 말했다.

저승사자 둘이 나를 잡아끌고서 서문촌 거리를 내달렸다. 찬바람이 얼굴을 스치고, 거위털 같은 얇은 눈송이가 얼굴에 달라붙었다. 내 몸 뒤로 마른 나뭇잎이 땅에서 뒹굴었다. 서문저택 마당을 지날 때 두 저승사자가 갑자기 걸음을 멈추고는, 저승사자 갑이 나의 왼팔과 왼다리를, 저승사자 을이 오른팔과 오른다리를 잡고 번쩍 들어올렸다. 그러고는 마치 종을 치는 통나무를 다루듯 앞뒤로 흔들더니 동시에 손을 놓아, 나를 앞으로 던졌다. 저승사자 둘이 소리쳤다.

"가서 늙은 개나 만나시게!"

머리에서 윙하는 소리가 나고, 진짜로 종을 들이받은 것 같았다. 눈앞이 캄캄해지고 의식을 잠깐 잃었다. 정신을 차렸을 때는 너도 알다시피 개로 환생하여 너의 어머니 영춘의 개집에서 태어났다. 건달같이 생긴 염라대왕이 내가 자신의 대전에서 행패를 부릴까봐 치사하게도 환생의 절차를 생략하고 나를 직접 개의 자궁에 집어넣어버린 것이다. 그리하여 나는 다른 세 마리 강아지를 따라 개의 질에서 빠져나오게 되었다.

개집은 초라하기 짝이 없었다. 처마 밑에 깨진 벽돌로 대충 두 개의 담을 쌓고 거기에 나무막대 몇개를 걸쳐놓은 것이 전부였다. 그나마 비닐장판을 둘러친 것이 천만다행이었다. 이것이 바로 내 어머니—그의 똥구멍에서 나왔으니 어미라고 부를 수밖에 없다 — 의 집이자 내가 어린시절을 보낸 집이다. 개집은 늘 닭털 섞인 나뭇잎이 가득 차 있었고, 그것이 우리의 이불과 요였다.

눈은 점점 더 많이 내렸다. 땅이 금세 눈으로 덮였다. 처마 밑에 전등이 달려 있어 개집이 대낮처럼 환했다. 눈송이가 비닐장판 틈으로 날아들어왔다. 살을 에는 추위에 덜덜 떨렸다. 나는 어미개의 따뜻한 품속으로 파고들었다. 형과 누나도 어미의 품속으로 비집고 들어왔다. 몇차례 환생을 거치면서 나는 소박한 이치를 터득했다. 로마에 가면 로마의 법을 따르라는 것이다. 돼지우리에서 태어나 돼지젖을 빨지 않으면 굶어죽고 개집에서 태어나 어미개 품속을 파고들지 않으면 얼어죽는다. 우리 어미는 앞발과 꼬리 끝만 검고 몸이 온통 하얀 개였다.

말할 것도 없이 우리 어미는 잡종이었다. 그러나 우리 아비는 손가네 형제가 독일에서 수입한 사나운 순종 사냥개였다. 나중에 그 개를 보았는데, 등과 꼬리는 검은색이고, 배와 다리는 누런 감초 빛깔을 띠고 있었다. 그 — 우리 아비라 치자 — 는 항상 굵은 쇠사슬에 묶인 채 손가네 형제의 홍표 고추장 가공공장 마당에 있었다. 그의 앞에 놓인 밥그릇에는 방금 끝난 회식자리에서 남은 요리로 가득했다. 거의 손도 대지 않은 통닭구이에 생선에, 푸른 자라 등껍데기도 통째로 들어 있었다. 하지만 그는 그것들을 본 척도 하지 않았다. 그는 황금빛 눈을 가졌는데 항상 핏발이 서 있고, 두 귀는 칼로 깎은 듯 뾰족하며, 음험하고 잔인한 표정을 띠고 있었다.

아비는 순종, 어미는 잡종, 우리 넷은 철두철미한 잡종이었다. 커가면서 우리의 체형과 모습은 서로 달라졌지만 막 태어났을 때는 별 차이가 없었다. 그래도 영춘만은 우리가 태어난 순서를 기억하고 있을 것이다.

네 어머니 영춘이 돼지갈비탕을 한대야 가져와 우리 어미개에게 먹였다. 뜨거운 김이 모락모락 그의 주위에서 피어올랐고 눈꽃이 불나방처럼 그의 머리 위에서 춤추고 있었다. 처음 태어났을 때 나는 시력이 흐려서 그녀의 얼굴이 조금 모호했다. 그러나 나는 그녀의 몸에서 풍기는 마치 썩은 참죽나무 잎사귀 같은 독특한 향기를 맡았다. 진한 돼지갈비탕 냄새도 그 냄새를 가릴 수 없었다. 나의 어미개는 조심스레 갈비탕을 핥았다. 쩝쩝 입맛을 다시는 소리가 들렸다. 네 어머니는 빗자루를 들고 개집 위의 눈을 쓱쓱 쓸었다. 눈이 말끔히 제거되자 틈으로 햇빛이 스며들어왔다. 더불어 추위까지 뚫고 들어와 좋은 뜻에서 한 일이 결국 나쁜 일로 변해버렸다. 그녀는 농민이다. 하지만 눈이 보리싹의 이불인 줄은 모르는 듯했다. 그것을 알았다면 개집에 쌓인 눈도 개의 이불이라는 것에까지 생각이 미쳤을 것이다. 그 어리석은 여인은 애들을 키운 경험은 풍부해도 자연과학 지식은 너무 부족했다. 나처럼 박식해서 에스키모인이 눈으로 만든 집에 살고, 북극탐험대의 썰매를 끄는 개들이 눈집에 들어가 추위를 피하는 것을 알았다면 개집의 눈을 치우지 않았을 것이다. 그러면 우리도 새벽에 추위에 벌벌 떠는 일은 없었을 것이다. 하지만 추위에 숨이 끊어질 만큼 얼어붙지 않았다면, 그녀의 따뜻한 아랫목에서 온기를 쐬는 과분한 대접은 받지 못했을 것이다.

네 어머니는 나를 안아서 따뜻한 구들 아랫목에 놓고 입으로 쉴새없이 뭐라고 중얼거렸다.

"귀염둥이들, 불쌍한 것들……"

그는 우리만 구들에 올려놓은 것이 아니라 어미개도 집에 들였다.

네 아버지 남검이 보였다. 아궁이에 불을 지피고 있었다. 눈바람이 갑자기 거세지고 굴뚝에 바람이 잘 통해서 아궁이에 불이 훨훨 타올랐다. 실내에는 뽕나무가지를 태우는 이상한 향기가 풍겼고 연기는 조금도 보이지 않았다. 그의 안색은 불데인 구리 빛깔이었고, 하얀 머리에서는 금빛 윤기가 났다. 두꺼운 솜옷을 입고 잎담배를 피우고 있었는데, 영락없이 행복한 대감의 모양새였다. 집단소유 토지가 개인들에게 분배된 뒤 농민이 주인이 되어 사실상 옛날 개인농 상태로 돌아갔다. 사정이 이렇게 되자, 너의 아버지와 어머니는 다시 한솥밥을 먹게 되었고 같은 구들에서 잠을 잤다.

아랫목이 아주 따뜻해서 언 몸이 이내 풀렸다. 우리는 구들을 기어다녔다. 나는 형과 누나의 모습에서 내 모습을 보았다. 내가 돼지로 환생할 때와 똑같았다. 우리는 움직임이 서툴고, 털이 덥수룩했다. 그 모습이 몹시 귀여웠을 것이다. 구들에는 어린아이 넷이 있었는데 모두 세살 정도로 보였다. 여자아이 하나에 남자아이 셋이었다. 우리 강아지도 수캐 세 마리에 암캐 한 마리였다. 네 어머니가 신기하다는 듯이 말했다.

"애아버지, 신기하지 않아요, 짝을 맞춘 것 같아요!"

남검은 가타부타 말없이 흥 하고 콧소리만 냈다. 그리고 아궁이에서 타버린 상표초(桑螵蛸, 뽕나무에 붙은 사마귀알 — 옮긴이)를 꺼내어 쪼개자 속에서 두 줄 사마귀알이 흰 김을 내뿜으며 향기를 풍겼다. "누가 오줌 쌌어?" 네 아버지가 물었다. "오줌 싼 사람이 먹어."

"저요!" 남자아이 둘하고 여자아이 하나가 동시에 말했다.

그중 남자아이 하나만 침묵을 지켰다. 두 귀가 피둥피둥했다. 두 눈을 부릅뜨고 입술을 뾰로통하게 내민 것이 화난 것 같았다. 너도 알다시피 그가 바로 서문금룡과 황호조가 입양한 아들이다. 듣자니, 원래 부모는 고등학교 일학년 학생이었다고 한다. 금룡은 돈의 신통한 힘으로 세력을 넓히고, 모든 것을 매수하고, 모든 것을 해결했다. 아이를 입양하느라 호조는 몇달 전부터 뱃속에 해면을 집어넣었다. 그러나 마을 사람들은 모두 사실을 알고 있었다. 아이의 이름은 서문환(西門歡, 시먼환)이다. 애칭은 환환(歡歡)이다. 서문금룡 부부는 애를 애지중지 키웠다.

"오줌 싼 아이는 가만있는데, 오줌 싸지 않은 아이들이 헛소리를 하네." 영춘이 말하면서 따끈한 상표초를 두 손에 번갈아 들면서 입으로 호호 불기까지 하면서 서문환에게 건네줬다. "환환아, 어서 먹어."

그러나 서문환은 영춘에게서 건네받은 상표초를 거들떠보지도 않고 구들바닥에 던져버렸다. 공교롭게도 우리 어미개 앞에 떨어졌다. 어미개가 사양도 하지 않고 먹어치웠다.

"이애 좀 봐요!" 영춘이 남검에게 말했다.

남검이 고개를 절레절레 흔들었다. "피를 속일 수 있겠어."

아이 넷이 신기한 표정으로 우리를 바라보고 있었다. 가끔 조막만한 손으로 우리를 만지기도 했다. 영춘이 말했다.

"한사람에 하나씩, 많지도 적지도 않고 딱 좋네."

―넉 달 후 서문저택 마당의 살구나무 꽃봉오리가 막 피어났을 때, 영춘은 서문금룡과 황호조 부부, 서문보봉과 마량재 부부, 상천홍과 방항미 부부, 남해방과 황합작 부부를 불러 이렇게 말했다.

"너희를 부른 이유는 다름이 아니다. 다들 자기 애들을 데려가거라. 알다시피 우리는 일자무식이다. 우리한테 애를 두었다가는 아이들 앞날을 망치지 싶다. 그리고 우리 둘다 이제 나이먹어서 머리도 세고 눈이 어두워 잘 보이지도 않는다. 가는귀도 먹고 이도 흔들린다. 평생 고생하면서 살아왔는데 이제부터라도 좀 편하게 살고 싶다. 상동지와 방동지가 우리한테 아이를 맡긴 것은, 사실 우리에게 행운이다.

하지만 내가 너의 큰아버지랑 상의했다. 봉황은 금지옥엽이니 시내 유치원에 보내는 것이 훨씬 나을 것 같다."

마지막 순간은 마치 성대한 전달식 같았다. 아이 넷은 나란히 구들 동쪽에, 개 네 마리는 구들 서쪽에 줄지어 서 있었다. 영춘은 서문환을 안고 볼에 뽀뽀했다. 호조에게 건네주자 호조가 서문환을 품에 안았다. 영춘이 이어 구들에서 맏이 강아지를 안아다가 머리를 쓰다듬어준 뒤 서문환 품에 건네주었다.

"환환아, 이것은 네 것이다."

영춘이 마개혁(馬改革, 마까이꺼)을 안고 볼에 뽀뽀했다. 보봉에게 건네주자 보봉이 마개혁을 품에 안았다. 영춘은 이번에는 구들에서 둘째 개를 안아다가 머리를 쓰다듬고 마개혁 품에 건네주었다.

"개혁아, 이건 네 것이다."

영춘이 방봉황(龐鳳凰, 팡펑황)을 안았다. 봉황의 얼굴은 발그레하고 분홍빛을 띠어 아주 아름다웠다. 영춘은 물끄러미 한참 보다가 눈물을 머금은 채 봉황의 양쪽 볼에 뽀뽀해주고는 못내 아쉬워하면서 방항미에게 건네주었다.

"대머리 사내녀석 셋보다 예쁜 계집 하나가 훨씬 낫구나."

영춘이 구들에서 셋째 암캉아지를 안아다 머리도 두드려주고 입도 만져주고 꼬리도 훑어주고는 방봉황 품에 건네주었다.

"봉황아, 이건 네 몫이다."

영춘은 조그만 얼굴 반쪽이 파란 남개방을 안았다. 그의 선명한 점을 만지면서 한숨을 길게 들이쉬더니 굵은 눈물을 흘리면서 말했다. "불쌍한 내 자식아…… 너마저……"

그는 남개방을 합작에게 건네주었다. 합작은 아들을 꼭 껴안았다. 전에 멧돼지한테 엉덩이를 물린 적이 있어 몸이 중심을 잡지 못하고 기우뚱했다. 너 남해방이 남검 3세를 빼앗으려고 했지만 합작에게 거절당했다.

영춘이 구들에서 넷째 강아지인 나를 안아다가 남개방 품에 건네주었다.

"개방아, 이건 네 것이다. 넷째가 가장 영리해."

이 와중에 늙은 남검은 개집 옆에 쪼그리고 앉은 채 까딱하지 않고 검은 천으로 암캐의 눈을 가리고 머리를 쓰다듬으면서 신경을 안정시켜주었다.

제**38**장

금룡은 허풍떨며 웅대한 뜻을 말하고
합작은 말없이 해묵은 한을 새기다

나는 등나무의자에서 거의 뛰쳐일어날 뻔했지만 참았다. 담배 한개비에 불을 붙이고 천천히 빨면서 마음을 가라앉혔다. 그러고는 대두의 그윽하고 파란 두 눈을 슬쩍 보았다. 그 눈은 우리집에서 십오년이나 같이 생활해온, 내 전처와 아들과 운명을 같이한 개의 차갑고 살기띤 표정이었다. 그러나 그 눈빛이 내 죽은 아들 남개방의 눈빛하고도 아주 비슷하다는 것을 발견했다. 차갑고 살기를 띤 채 나를 영원히 용서하지 않겠다는 눈빛이었다.

……그때 나는 현 공급판매합작사로 자리를 옮긴 뒤였다. 거기서 나는 정치공작과 과장을 맡았다. 나도 관리가 된 셈이다. 가끔 성 신문의 빈틈에 짧은 글이 실리기도 했다.

그래서 다들 나를 '땜빵 장군'이라고 불렀다. 막언은 그때 벌써 현위원회 선전부로 차출되어 일을 돕고 있었다. 아직도 농촌 호적(농촌에만 거주할 수 있는 일종의 주민등록—옮긴이)이었지만, 야심만만하여 현에서 그의 이름을 모르는 사람이 없었다. 그는 밤낮으로 원고를 썼으며, 머리는 덥수룩했고, 몸에서는 늘 역겨운 담배냄새가 코를 찔렀다. 그리고 비가 내려야 옷을 벗어 빨았으며 풍자적인 시를 지으며 소일거리로 삼았다. '스물아홉 개 성에서 내가 가장 광기가 있나니, 하느님더러 내 옷을 빨게 하리라.' 나의 전처 황합작은 그 지저분한 놈에게 호감을 갖고 있어서, 녀석이 올 때마다 매번 담배랑 차를 대접했다. 그러나 우리집 개와 아들은 녀석한테 쌓인 게 많았다. 그가 오면 개가 미친 듯이 날뛰고 짖어대느라 목의 쇠사슬에서 요란한 소리가 났다. 한번은 아들이 슬그머니 사슬을 풀어주자 개가 번개처럼 그한테 덤볐다. 막언이 다급한 나머지 어디서 힘이 불쑥 솟있는지 동작이 날쌘 도적처럼 우리집 행랑채 지붕으로 뛰어올라갔다. 내가 현 공급판매합작사로 자리를 옮긴 지 얼마 되지 않아 합작도 합작사 소속 역구내 식당으로 전근했다. 그녀는 밀가루 꽈배기를 튀기는 일을 했다. 몸에서는 항상 기름냄새가 났다. 흐린 날에는 냄새가 더욱 코를 찔렀다. 지금까지 나는 한번도 황합작을 나쁜 여자라고 말한 적이 없다. 앞으로도 영원히 그녀를 흉보지 않을 것이다. 그녀에게 이혼을 요구할 때 그녀는 눈물을 흘리며 자신이 도대체 무엇을 잘못했기에 이렇게 대하느냐고 물었다. 아들은 엄마가 아빠한테 무슨 사과할 만한 일을 한 적이 있느냐고 물었다. 아버지와 어머니는 네놈이 고관이 된 것도 아닌데 왜 합작의 어디가 못마땅해 버리느냐며 욕했다. 장인장모도 나를 욕했다. 남해방, 남검의 개자식, 네가 그렇게 잘났어? 내 직장 상사도 간곡하게 타일렀다. 해방동지, 사람은 자신을 정확하게 아는 게 중요하다고. 그렇다. 나도 인정한다. 황합작은 아무 잘못도 없다. 뿐만 아니라 나의 훌륭한 배필이 될 자격이 충분하다. 하지만 내가, 내가 그녀를 사랑하지 않는다.

그날 어머니는 애들을 나누고 개도 나누었다. 현위원회 조직부 부부장직을 맡고 있는 방향미는 그의 기사더러 우리 단체사진을 찍어달라고 했다. 네 쌍의 부부와 아이들 넷, 그리고 네 마리 개가 서문저택 마당의 살구나무 아래 모였다. 얼핏 보기에는 화목한 분위기지만 실은 저마다 속마음이 달랐다. 같은 사진을 여러 장 현상해서 한때는 여섯 가정의 벽에 걸려 있었지만, 지금은 한장도 찾아볼 수 없을 것이다.

단체사진을 찍은 뒤, 방향미와 상천홍이 자기 차를 타고 같이 가자고 했다. 내가 망설이고 있을 때, 합작이 친정에서 하룻밤 묵고 가겠다며 거절했다. 방향미의 승용차가 멀리 떠나자 그녀가 아이와 개를 안더니 간다고 고집을 부렸다. 누가 말려도 듣지 않았다. 이때 늙은 암캐가 아버지 품속에서 필사적으로 빠져나왔다. 눈을 가렸던 검은 천이 목덜미까지 흘러내려 검은 목걸이 같았다. 그가 바로 합작을 덮쳤다. 내가 미처 손쓸 틈도 없이 개의 이빨이 그녀의 오른쪽 엉덩이를 깊이 물었다. 비명소리와 함께 그녀가 거의 쓰러질 뻔했지만 억지로 몸을 가누었다. 그래도 간다고 고집을 부렸다. 보봉이 뛰어가 약상자를 들고 와서 상처를 응급처치했다. 금룡이 나를 한쪽으로 데리고 가더니 담배 한개비를 권하고 자기도 한개비 붙였다. 담배연기가 우리 얼굴을 뒤덮었다. 금룡이 이마를 찌푸리고 윗입술을 말더니 콧구멍 한쪽을 막고 다른 쪽으로 담배연기를 내뿜었다. 나는 그가 담배 피우는 모습을 여러 번 보아왔지만 그렇게 피우는 것은 처음 보았다. 괴상한 표정을 짓더니 나를 뚫어져라 바라보며 동정인지 비웃음인지 알 수 없는 투로 말했다.

"왜, 같이 못 살겠니?"

나는 그의 얼굴을 보지 않았다. 대문 밖 길에서 뛰노는 개 두 마리를 보고 있었다. 텅 빈 광장에서 빨간 오토바이를 타고 드라이브하는 사람을 보고 있었다. 낡은 무대 위에서 몇몇 사람이 떠들며 현수막을 걸고 있었다. 현수막에는 '남국 아가씨의 열정적인 무대'라고 비뚤게 쓰여 있었다. 나는 차갑게 말했다.

"아니, 아주 좋아!"

"다행이다." 그가 말했다. "사실 다 운명이야. 하지만 너도 머리가 있고 체면이 있는 사람 아니냐. 여자들이야 다 거기서 거기야······" 그는 왼손 엄지로 식지와 중지를 비비고는 두 손을 두 귀에 올리며 관리들이 쓰는 모자 흉내를 냈다.

"이 모자만 쓰면 여자들 금세 달려와."

그가 뭘 말하는지 알 것도 같았다. 지난 일을 떠올리지 않으려고 애썼다.

보봉이 합작을 부축하여 내게 왔다. 내 아들은 한손에 강아지를 안고 한손에 합작의 옷자락을 잡은 채 고개를 들고 그녀를 쳐다보았다. 보봉이 내게 광견병 주사약을 한통 건네며 말했다.

"집에 가서 냉장고에 보관해요. 위에 자세한 설명이 있어요. 꼭 때맞춰 주사를 놓아줘야 해요, 만일……"

"고마워, 보봉아." 합작이 말했다. 그러고는 차가운 눈빛으로 나를 힐끗 보더니 말했다. "이제는 개마저 나를 싫어하는 거야."

추향이 몽둥이를 집어들고 그 늙은 암캐를 쫓았다. 개가 집에 들어가 이빨을 드러내고 푸른 눈을 부릅뜬 채 추향에게 으르렁거렸다.

등이 많이 굽어 곱사등이 다 된 황동이 살구나무 아래에 서서 우리 아버지와 어머니에게 삿대질하며 욕을 퍼부었다.

"남씨 집안 사람들은 인정머리라고는 털끝만큼도 없는 물건들이야. 개조차 식구를 몰라본다고! 당장 저 개를 목매달아버려. 그러지 않으면 내가 개집에 불을 질러버릴 거야."

아버지가 닳아서 민둥해진 참대빗자루를 들더니 개집을 쑤셨다. 늙은 암캐의 비명소리가 들렸다.

어머니가 다급히 뛰어와 미안한 표정을 지으며 말했다.

"개방엄마, 정말 미안해. 이 늙은 암캐가 자기 새끼를 아끼느라 그런 거야. 일부러 문 게 아니라……"

합작이 두 집 어머니와 보봉, 호조가 만류하는데도 가겠다고 고집을 피웠다. 금룡이 손목시계를 보며 말했다.

"이번 버스는 벌써 떠났어요. 다음 버스까지는 두 시간이나 기다려야 해요. 고물 차라도 괜찮다면 바래다줄게요."

합작은 그를 슬쩍 쳐다보더니 사람들에게 인사도 하지 않은 채 아이 손을 잡고 동네 밖으로 걸어갔다. 내 아들 개방이 강아지를 안고 자꾸 뒤를 돌아보며 고갯짓을 했다.

아버지가 쫓아와서 나와 나란히 걸었다. 나이를 먹어가면서 그의 파란 반쪽 얼굴은 젊었을 때만큼 색깔이 선명하지 않았다. 서쪽으로 기울어진 햇살이 비치자 더 늙어 보였다. 나는 앞서 걸어가는 아내와 아들과 개를 보면서 걸음을 멈췄다.

"아버지, 그만 돌아가세요."

"참." 아버지가 한숨을 쉬며 풀죽은 목소리로 말했다. "진즉에 이 점이 유전되는 줄 알았더라면 홀아비로 살았을 텐데 그랬다."

"아버지, 제발 그런 생각 마세요." 내가 말했다. "전 부끄럽다고 생각해본 적 없어요. 개방이가 원망하면 좀 큰 다음에 성형수술해주면 돼요. 지금 과학이 얼마나 발달했는데 방법이 없겠어요."

"금룡과 보봉은 어쨌든 한시름 놓았다. 내 마음에 가장 걸리는 게 너희 집안이다." 아버지가 말했다.

"아버지, 걱정 마세요. 아버지 몸이나 잘 돌보세요."

"지난 삼년이 내 평생 가장 잘 지낸 세월이다." 아버지가 말했다. "집에 보리가 삼천근, 잡곡도 몇백근 있다. 앞으로 삼년 동안 흉년이 들어도 나와 네 엄마는 굶지 않는다."

금룡이 동쪽에서 지프차를 몰고 왔다. 내가 말했다. "아버지, 들어가세요. 시간나면 또 뵈러 올게요."

"해방아." 아버지가 말을 잠시 멈추고 땅을 뚫어져라 보면서 슬픈 목소리로 말했다. "네 어머니가 예전에 그랬다. 사람의 일생에서 누구랑 결혼하느냐는 운명이라고……" 그러더니 또 잠깐 말을 멈추었다. "네 어머니가 나더러 다른 마음 먹지 않게 널 잘 타일러주라더구나. 나라의 녹을 먹는 사람이 조강지처를 버리면 앞날을 망치는 법이라고. 이게 다 조상들의 경험에서 나온 이야기이니, 꼭 명심해라."

"알았어요, 아버지." 아버지의 못생기면서도 장엄한 얼굴을 보는 순간 나는 갑자기 슬퍼졌다. 내가 말했다. "엄마한테 전해주세요, 걱정하지 말라고."

금룡이 우리 옆에 차를 세웠다. 나는 차문을 열고 옆좌석에 앉았다.

"번거롭게 해서 미안해." 내가 말했다. 금룡이 고개를 돌려 입에 물었던 담배를 창밖으로 내뱉었다. 그러고는 내 말 허리를 잘랐다. "좆같이!" 나는 웃음이 터졌다. "우리 아들 앞에서는 말조심해." 그가 "흥!" 하고 콧방귀를 뀌었다. "무슨 상관이야, 남자는 열다섯살부터 쎅스를 배워야 해, 그래야 나중에 여자 때문에 끙끙거리지 않는다고." 내가 말했다. "그럼 서문환부터 시작해봐, 앞으로 큰인물이 되나 두고 보게." 그가 말했다. "부모가 잘 키운다고 되는 게 아니야. 키우기만 해서는 안돼. 본인이 변변찮으면 어쩔 수 없어."

금룡이 지프차를 몰고 합작과 개방이 서 있는 옆에 멈추고는 머리를 내밀고 말했다.

"제수씨, 조카, 타세요!"

개방은 개를 안고 합작은 개방의 손을 잡았다. 몸은 기우뚱거리면서도 머리는 꼿꼿이 들고 차를 지나쳤다.

"에이! 저 성질 하고는!" 금룡이 핸들 가운데를 누르자, 지프차가 짧은 울음소리를 냈다. 그가 눈은 앞을 향한 채 고개는 돌리지 않고 나에게 말했다. "야, 마음의 준비 단단히 해라. 저 여자 보통이 아니야."

금룡은 차를 다시 천천히 두 사람 곁으로 몰고 가서 다시 경적을 울리면서 머리를 내밀고 말했다.

"환환 이모, 차가 낡아서 그래요?"

합작이 그래도 가슴을 내민 채 앞으로 걸어가는데, 매서운 눈으로 앞만 바라보았다. 연회색 바지를 입고 있었다. 바지의 왼쪽은 꺼지고 오른쪽은 둥글었는데, 핏자국인지 요오드액인지 뭔가가 배어나왔다. 나는 그녀에게 정말로 짠한 마음이 들었지만, 속으로 밉기도 했다. 그녀의 짧게 자른 머리 밑으로 나온 창백한 목덜미, 귓불이 없이 말라빠진 귀, 길고 짧은 털 두 가닥이 난 볼의 사마귀, 그리고 늘 몸에 밴 꽈배기 튀김 냄새가 나를 질리게 했다.

금룡이 차를 길 한가운데로 몰고 가더니 차문을 열고 내려 허리에 손을 얹고 화난 듯이 차문 옆에 섰다. 나는 조금 망설이다가 차문을 열고 내렸다.

그렇게 대치하면서, 나는 합작에게 전설에 나오는 것 같은 신통한 마력이 있다면 거인으로 둔갑하여 나와 금룡, 그리고 지프차를 밟아뭉개고 지나갔을 것이라는 생각을 했다. 에둘러 가지 않을 것이다. 서쪽의 태양이 마침 그녀의 얼굴을 비추었다. 거의 일자로 이어진 무성한 눈썹, 가냘픈 입술, 별로 크지 않은 검은 눈에서 금방이라도 눈물이 흘러내릴 것 같았다. 나도 그녀에게 동정이 가고, 그녀가 힘들 거라는 생각이 들면서도 그래도 내 마음속은 미움으로 넘쳤다.

언짢은 표정을 짓고 있던 금룡의 얼굴이 갑자기 변하더니, 히죽거리면서 호칭을 바꿔 부르면서 말했다.

"제수씨, 이런 고물을 타기가 억울하다는 것도 알고, 나 같은 농사꾼이 눈에 들어오지 않는다는 것도 알고, 현까지 걸어가는 한이 있어도 내 차는 타지 않겠다는 것도 알아요. 하지만 제수씨는 걸어갈 수 있어도 개방은 못 가요. 조카를 봐서라도 큰아버지에게 기회 한번 주세요."

금룡이 다가가 허리를 굽혀 개방과 넷째 강아지를 안아 올렸다. 합작이 몇번 몸부림쳤으나 개방과 강아지는 이미 그의 품속에 있었다. 금룡은 지프차의 뒷좌석 문을 열고 개방과 강아지를 밀어넣었다. 개방이 차에서 울면서 엄마를 찾았다. 넷째 강아지가 멍멍 짖었다. 나는 다른 쪽 차문을 열고 못마땅한 눈으로 그녀를 바라보며 비꼬듯이 말했다.

"오르시죠, 선생님!"

그녀가 망설이자 금룡이 다시 히죽거리면서 말했다.

"환환이 이모, 이 자리에 환환이 이모부만 없었어도 안아서 차에 모셨을 겁니다."

합작의 얼굴이 갑자기 상기되었다. 그가 금룡을 힐끗 보는데, 눈빛은 아주 복잡했다. 나는 당연히 그녀가 무슨 생각을 떠올렸는지 알았다. 그러나 내가 그녀를 혐오하는 이유는 옛날 그녀가 금룡과 그렇고그런 일이 있었다는 것하고는 아무 상관이 없다. 나는 유부녀를 사랑해도 그녀가 전에 자기 남편과 가진 관계를 가지고 그녀를 미워하지는 않을 것이다. 뜻밖에 그녀가 차에 탔다. 내 쪽이 아니라 금룡 쪽으로 차에 올랐다. 나는 힘껏 차문을 닫았고, 금룡도 차문을 닫았다.

시동이 걸리고 차가 천천히 앞으로 움직이기 시작했다. 나는 금룡 쪽 백미러로 그녀가 개를 안은 애를 꼭 껴안고 있는 것을 보았다. 마음이 언짢기 그지없었다. 나도 모르게 한마디 중얼거렸다.

"장난이 지나치잖아!"

마침 차가 좁은 돌다리를 지나가고 있었다. 그녀가 갑자기 차문을 열더니 뛰어내리려고 했다. 금룡이 왼손으로 핸들을 잡고 오른손으로 그녀의 머리를 잡았다. 나도 몸을 돌려 그녀의 팔을 붙잡았다. 애가 울고 개가 짖었다. 차가 다릿목에 이르자 금룡이 주먹으로 내 가슴을 한대 쳤다.

"이런 개새끼!"

금룡이 차에서 뛰어내리더니 소매로 이마의 땀을 닦고서 차문을 걷어차며 욕했다.

"너도 미쳤어! 죽으려면 죽어도 돼, 너도 그렇고, 나도 그렇고. 하지만 개방은? 세살배기가 무슨 잘못이야?"

개방이 차에서 목놓아 울고, 넷째 강아지는 미친 듯이 짖어댔다.

금룡이 두 손을 바지주머니에 찔러넣고 자리에서 두 바퀴 돌았다. 씩씩거리며 숨을 내쉬었다. 그러더니 차문을 열고 손수건으로 개방의 눈물과 콧물을 닦아주면서 달랬다. "괜찮아, 남자가 울면 안돼. 다음에 오면 이 큰아버지가 싼타나로 마중나갈게." 금룡이 넷째 강아지 머리를 한대 치면서 욕했다.

"개자식, 너는 왜 짖고 그래?!"

지프차가 나는 듯이 달리고, 마차, 달구지, 트랙터, 자전거 탄 사람, 길을 걷는 사람 들이 모두 먼지에 묻혔다. 그 당시 서문촌에서 읍내로 통하는 도로는 길가운데만 5미터 정도의 아스팔트를 깔고 양쪽은 모두 모래였다. 지금은 서문촌 특별개발구에서 읍내로 통하는 길을 팔차선 콘크리트로 확장했다. 길 양편에는 잘 다듬은 감탕나무를 심었고 10미터 간격으로 탑 모양의 소나무도 심었다. 상하행선 중간 분리지역에는 노란색, 연분홍색 장미꽃을 심었다. 지프차가 심하게 흔들리며 삐걱거리는 소리를 냈다. 금룡이 화난 듯 과속운전을 하면서 가끔 핸들을 두드렸고, 경적소리가 개짖는 소리처럼 짧기도 하고 늑대울음처럼 날카롭기도 했다. 내가 앞쪽 차체를 꼭 붙잡고 농담했다.

"형씨, 차바퀴 나사는 단단히 죄었는가?"

"걱정 마시게." 금룡이 말했다. "내가 세계적인 레이써라네." 그러면서 차의 속도를 크게 줄였다. 차가 당나귀고기집을 지났고, 도로 옆은 굽이굽이 흘러가는 강줄기였다. 햇빛에 흐르는 강물이 황금빛을 띠었다. 파란색과 흰색으로 칠한 요트가 강을 따라 내려가고 있었다. 금룡이 말했다.

"개방아, 이 큰아버지는 꿈이 크단다. 고밀 동북향을 세상에서 가장 좋은 곳으로 만들 거야. 우리 서문촌을 강변의 보석으로 만들고 너희가 사는 오래된 읍내를 우리 서문촌의 교외로 만들어버릴 것이다. 어쩌 너, 믿기냐?"

개방은 말이 없었다. 내가 고개를 돌리며 말했다. "큰아버지가 너한테 묻지 않니?" 하지만 녀석은 벌써 잠이 들어버렸고, 침이 강아지 머리에 떨어졌다. 넷째 강아지 눈빛이 무엇에 홀린 듯 흐릿한 것이 멀미를 하는 것 같았다. 합작은 고개를 숙여 강줄기를 보고 있었다. 사마귀가 난 얼굴 한쪽이 내 쪽을 향하고, 입을 삐죽 내밀고 있는 것이 아직도 화가 풀리지 않은 것 같았다.

읍내에 거의 도착했을 무렵 홍태악이 눈에 들어왔다. 그는 낡은 자전거—옛날 돼지사육이 한창 유행일 때 타던 것이다—를 타고 머리에는 낡은 밀짚모자를 쓰고 허리를 굽혀 어깨를 움직이며 힘겹게 페달을 밟고 있었다. 옷이 땀에 흥건히 젖었고 흙으로 얼룩졌다.

"홍태악이다." 내가 말했다.

"아까부터 봤어." 금룡이 말했다. "아마 또 현위원회에 일러바치러 가는 거겠지."

"누구를?"

"누구든 걸리기만 하면 그대로 고발이야." 금룡이 잠깐 말을 멈추다가 웃으면서 말했다. "솔직히 저 사람하고 우리 집 영감님하고 동전의 양면이야." 금룡이 경적을 한번 울리면서 그의 옆을 스쳐지나가며 말했다. "홍태악은 난형, 남검은 난제, 난형난제 말이야!"

나는 고개를 돌렸다. 홍태악의 자전거가 몇번 흔들렸지만 넘어지지는 않았다. 그의 모습은 곧 작아졌다. 멀리서 한바탕 욕하는 소리가 가느다랗게 들려왔다.

"서문금룡! 네미 씹할! 악질토호의 개자식……"

"저 사람이 나를 욕하는 말은 이제 다 외웠어." 금룡이 웃으면서 말했다. "솔직히 아주 귀여운 영감탱이야!"

금룡이 우리집 문앞에 차를 멈추고 시동은 끄지 않은 채 말했다.

"해방, 합작, 우리도 이제 서른 넘어 마흔줄이야. 이만큼 살았으니 세상물정도 알 만큼 알고. 다른 사람을 못살게 굴더라도 자기 자신을 못살게 굴면 안돼!"

"명언이네." 내가 말했다.

"칫." 그가 말했다. "지난달에 심수(深圳)에 갔다가 예쁜 아가씨를 하나 만났는데, 그 여자가 늘 버릇처럼 하는 말이 있어. '나를 바꾸려 하지 마라.' 내가 말했어. '나는 나 자신을 바꾼다!'"

"무슨 뜻이야?" 내가 물었다.

"모르는 게 약이다." 그가 붉은 천에 머리를 박은 투우처럼 차머리를 돌렸다. 그리고 흰 줄무늬 장갑을 낀 손을 내밀어 우리를 두 번 찌르며, 이상하기도 하고 유치하기도 한 동작을 하더니 가버렸다. 공교롭게도 이웃 아주머니네 닭 한 마리가 바퀴 밑에 들어갔다가 납작하게 깔렸다. 그는 아무런 낌새도 알아차리지 못했다. 나는 닭을 집어들고 아주머니네 대문을 두드렸지만, 아무도 없었다. 어떻게 할지 잠깐 생각한 뒤, 돈 이십원을 꺼내 닭발에 찔러넣고 닭을 문틈으로 밀어넣었다. 그때 읍내에서는 아직 닭이나 거위 같은 것을 키울 수 있었다. 우리 앞집에서는 마당 절반을 비우고 모래를 깔아 타조 두 마리를 키우고 있었다.

합작이 마당에 서서 아들을 보며 말했다.

"여기가 우리집이다."

나는 가죽가방에서 광견병 예방주사를 꺼내 그녀에게 건네주면서 차갑게 말했다.

"빨리 냉장고에 보관해. 사흘에 한번씩 맞아야 해, 절대 잊지 마."

"네 누나가 광견병에 걸리면 꼭 죽는다고 했지?" 그녀가 물었다.

나는 고개를 끄덕였다.

"네가 원하는 대로 된 거 아니야?" 그녀가 말하면서 광견병 예방주사를 휙 채더니 주방으로 갔다. 냉장고가 거기에 있었다.

제39장

남개방은 기쁘게 새집을 구경하고
넷째 강아지는 옛집을 그리워하다

너희 집에 머문 첫날밤부터 나는 아주 좋은 대우를 받았다. 나는 개였지만 사람이 사는 집에서 같이 살았다. 네 아들은 한산 때 서문촌으로 보내져 힐머니 손에 컸다. 그사이 한번도 집에 와본 적이 없어서, 네 아들도 나랑 똑같이 그 집이 낯설고 신기했다. 나는 그의 뒤를 따라 이리저리 뛰어다녔고, 얼마 지나지 않아 집의 구조를 훤히 꿰게 되었다.

집은 아주 괜찮았다. 서문촌 남검네 처마 아래 개집에 비하면 궁전 같았다. 문에 들어서면 커다란 사각형의 거실이 있고, 바닥에 '내양홍(萊陽紅)' 대리석이 깔려 있었는데, 번쩍번쩍 빛이 나면서 발이 미끄러졌다. 네 아들은 집에 들어서자마자 바닥에 푹 빠졌다. 그는 머리 숙여 자기 그림자를 보았고, 나도 내 그림자를 보았다. 그는 마치 꽁꽁 언 강에서 스케이팅하듯이 미끄럼을 탔다. 얼음 느낌이 나면서 나는 어렴풋이 마을 뒤편의 드넓은 강줄기를 떠올렸다. 벽옥처럼 투명한 얼음바닥을 들여다보면 천천히 흐르는 강물과 물속에 행동이 굼뜬 물고기가 있었다. 커다란 돼지 모양 같은 것이 천천히 대리석 바닥에 나타나더니 나를 삼킬 것만 같았다. 나는 무서워서 얼른 고개를 돌려버렸다. 벽에는 귤색 목재장식이 있었다. 벽과 천장이 모두 새하얗고 연남색 샹들리에가 은방울꽃의 봉오리 같았다. 정면 벽에는 큰 사진이 걸려 있었다. 수풀, 푸른 연못, 두 마리 백조가 있고, 연못가에는 황금색 튤립이 가득한 사진이었다. 동쪽 방은 좁고 긴 서재였다. 책장이 한면을 가득 채웠지만 꽂혀 있는 것이라고는 크고작은 책 몇십권뿐이었다. 구석에는 침대가 있고 책상과 의자가 옆에 붙어 있었다. 바닥은 떡갈나무로 투명한 페인트를 칠했다. 거실 서쪽은 복도였는데, 맞은편과 오른쪽은 모두 방이었다. 방마다 모두 침대가 있고 떡갈나무 바닥을 깔았다. 거실 뒤쪽은 주방이었다.

당시 나는 네가 너무 사치스럽고 폼을 잡고 산다고 생각했다. 그러나 얼마 지나지 않아 셋째누나 개의 주인집을 가보았을 때 나는 현대적인 인테리어가 무엇이고 화려하다는 게 무엇인지 알게 되었다. 너희 집이기도 하지만 내 집이기도 한 이 집을 다른 사람들 집과 비교해보니 초라하게 느껴졌지만, 그래도 나는 이 집이 좋았다. 집이 부자든 가난하든 개하고는 별로 상관이 없기 때문이다. 게다가 가난한 것도 아니지 않나. 안채가 네 개이고, 동쪽 행랑채가 두 개, 서쪽 행랑채가 세 개, 게다가 삼십평이 넘는 마당에 커다란 오동나무가 네 그루, 마당에는 우물이 있었다. 이 집과 마당은 너 남해방이 잘나간다는 것을 말해주었다. 관직은 별로 높지 않지만 수완이 좋아, 그야말로 인물이었다.

내가 개인 이상, 큰 개이든 강아지든 개의 직분을 다해야 했다. 새로운 곳에 가면 오줌을 싸서 흔적을 남기는 것이다. 그 집이 자기 구역이라는 것을 밝히고, 멀리 떠났다가 길 잃을 것을 염려해서 그러는 것이다. 그 냄새를 맡으면 집을 찾을 수 있었다.

나는 첫번째 오줌을 오른쪽 문틀에 쌌다. 오른쪽 뒷다리를 들고 찍찍 두 번 쌌다. 그윽한 향기가 사방에 가득 찼다. 오줌을 아껴야 했다. 향수를 쓸 곳이 아주 많았다. 나는 두번째 오줌을 거실 벽에 쌌다, 이끼느키 두 번만 쌌는데도 냄새는 여전했다. 세번째 오줌은 너 남해방의 책꽂이에 쌌다. 한 번 싸고 두 번 싸려고 하는데, 너의 발에 걸어차여 나머지 오줌을 억지로 참을 수밖에 없었다. 그뒤로 몇십몇년이 흘러도 그때 너에게 걸어차인 것이 잊히지가 않았다. 네가 이 집의 바깥주인이지만 나는 너를 주인으로 생각해본 적이 없었다. 심지어 나중에는 너를 원수로 여겼다. 내 첫주인은 당연히 엉덩이가 반쪽만 남은 그 여인이었고, 두번째 주인은 얼굴 반쪽이 파란 남자아이였다. 너 같은 개자식은 나에게 하찮은 존재일 뿐이다.

네 아내는 복도에 바구니를 하나 놓고 안에 신문 몇장을 깔았다. 네 아들은 고무공 한개를 넣어주었다. 이게 내 집인 셈이다. 당연히 좋았고, 장난감도 있어서, 나는 몸값이 오른 것만 같았다. 그러나 달도 차면 기운다고 한밤중에 내가 한창 달게 자고 있을 때 너는 나를 서쪽 행랑채 연탄더미 옆에 던져버렸다. 왜 이런 일이 벌어졌을까? 나는 어둠속에서 서문촌의 개집이 생각났고 암캐의 따뜻한 품이 그리웠고 자애로운 할머니의 몸냄새가 생각났다. 나도 모르게 끙끙거렸고 눈물이 글썽글썽해졌다. 네 아들도 네 아내 품에서 자다가 밤중에 일어나서 할머니를 찾는다. 개도 마찬가지다. 네 아들은 세살이 되었지만 나는 태어난 지 이제 삼 개월이다. 나는 왜 엄마를 생각하면 안되는가? 나는 개엄마만이 아니라 사람인 너의 엄마도 보고 싶어했는데 말이다. 그러나 이런 말은 다 소용없었다. 밤중에 너는 문을 열고 바구니를 들어다 나를 연탄더미 옆에 던져버렸다. 그러고는 욕까지 퍼부었다. 개잡놈 다시 한번 울기만 하면 목을 졸라 죽여버릴 것이다.

사실 너는 잠을 자고 있었던 것이 아니라 서재에 숨어 있었다. 책상에는 그럴듯하게 『레닌 선집』 한권을 펴놓고 있었다. 쳇, 언제나 네가 쓰는 수법이었다. 너는 그 수법으로 내 안주인과의 잠자리를 피했다. 너는 줄담배를 피웠다. 서재는 담배냄새가 배어 벽이 누렇게 떠서, 인테리어할 때 이상한 페인트를 칠한 것 같았다.

　너의 서재 문틈으로 불빛이 새어나와 객실을 지나 복도로 흘렀다. 담배냄새도 같이 흘러나왔다. 나는 울면서도 개의 임무를 충실히 이행하고 있었다. 네 몸에는 담배냄새에 가려 있어도 쓸쓸한 어떤 냄새가 섞여 있었다. 네 아내 몸에는 기름냄새와 요오드냄새에 가려 있어도 쓰라린 어떤 냄새가 섞여 있었다. 네 아들 몸에는 너희 부부냄새에 가려 있어도 쓸쓸하고 쓰라린 어떤 냄새가 섞여 있었다. 나는 이 냄새에 일찌감치 익숙해 있었다. 서문촌에 있을 때 나는 눈을 감고도 산처럼 쌓인 신발더미에서 네 아들의 신발을 찾을 수 있었다. 그런데도 너는 감히 집 안에 있는 나를 연탄더미 옆에 버렸다. 주인이랑 한집에 살고 싶어하는 개가 있을까? 네 발냄새도 맡아야 하고 방귀냄새도 겨드랑이 암내도 입냄새까지 맡으면서 말이다. 그러나 그때 나는 아직 어렸다. 자비를 조금만 베풀어서 나를 하룻밤이라도 집 안에서 보내게 했어야 마땅하다. 그러나 네놈은 그러지 않았다. 우리는 그때부터 원수가 되었다.

　행랑채는 어두웠지만 개는 쉽게 사물을 분별할 수 있었다. 연탄냄새가 코를 찔렀고 초석(硝石)냄새, 연탄을 캐는 노동자의 땀냄새와 피비린내까지 섞여 있었다. 연탄은 반짝반짝 빛나는 좋은 것이었다. 그때 너는 공급판매합작사에서 물자를 관리하고 있어서 갖고 싶은 건 무엇이든 손에 넣을 수 있었다. 일반 가정집에서는 그렇게 좋은 연탄을 땔 수 없었다. 나는 바구니에서 나와 마당으로 갔다. 우물냄새가 나고 오동나무꽃 냄새가 풍겨왔으며 서남쪽 벽 구석에 있는 변소냄새까지 날아왔다. 나는 작은 채소밭에 있는 부추와 시금치 냄새를 맡았고 동쪽 행랑채에 있는 이스트냄새와 마늘양념을 한 쏘시지냄새, 그리고 쉰밥 냄새도 맡았다. 여러 가지 목재, 쇠붙이, 플라스틱, 가전제품 냄새도 맡았다. 나는 오동나무 네 그루에 모두 오줌을 쌌고 대문에도 쌌다. 오줌을 쌀 만한 곳에는 모두 쌌다. 그곳은 내 구역이 되었다. 나는 엄마 품을 떠나 낯선 곳에서 앞으로 혼자 삶을 개척해나가야 했다.

나는 마당을 돌며 길을 익혔다. 안채를 지나갈 때 감정을 이기지 못해 문을 덮쳐 발톱으로 몇번 할퀴었다. 입으로 슬프게 울부짖었다. 하지만 나는 바로 이런 연약한 감정을 극복할 수 있었다.

나는 서쪽 사랑채에 있는 바구니로 돌아왔다. 어른이 된 느낌이 들었다. 반달이 공중에 떠올랐고 붉은 얼굴이 부끄럼을 타는 농촌 아가씨 같았다. 별이 총총한 하늘은 끝없이 깊었고, 네 그루 오동나무에 피어 있는 연자색 꽃들은 흐린 달빛 아래서 살아 있는 나비처럼 언제라도 너울너울 춤을 출 것 같았다. 나는 한밤중에 읍내에서 들려오는 낯설고 신비한 소리에 귀기울이며 복잡한 냄새를 맡았다. 드넓은 새로운 세계에 온 것 같았다. 나는 내일에 대한 기대로 한껏 부풀어 있었다.

방춘묘는 주옥같은 눈물을 흘리고
남해방은 앵두입술에 첫키스하다

　육년이라는 시간이 흘렀다. 그사이 나 남해방은 현 공급판매합작사 정치공작과장으로부터 현 공급판매합작사 당위원회 부서기, 현 공급판매합작사 당위원회 부서기로부터 현 공급판매합작사 주임으로 승진했고, 나중에는 위생과 문화교육을 담당하는 부(副)현장으로 승진했다. 그런 승진은 결코 느린 것이 아니다. 여러 가지로 뒷말이 많았지만 나는 한치의 부끄럼도 없다. 전임 조직부장직에서 조직업무를 주관하는 부서기로 승진한 방항미의 어머니를 우리 아버지가 나귀로 현 병원에 옮겨줘 방항미가 태어났다고 해도, 아버지는 달라도 같은 어머니에게서 태어난 형 서문금룡이 그녀와 친하다고 해도, 우리 개와 그녀의 개가 친형제라고 해도,

사이가 그렇게 밀접하게 얽혀 있어도 나 남해방이 부현장으로 발탁된 것은 모두 나 자신이 노력한 대가이다. 나 자신의 노력과 재능, 내가 쌓은 인간관계와 내가 다진 대중적 기반 덕분이었고, 물론 조직에서 키워주고 동지들의 도움도 있었지만 결코 방향미의 연줄 덕분이 아니었다. 그녀도 나한테 별로 호감이 없었다. 취임하고 얼마 되지 않아서 그녀를 현위원회 마당에서 우연히 만났다. 그녀가 주위를 둘러보더니 사람이 없자 이렇게 말했다.

"자식, 너한테 반대표를 던졌는데도 됐네."

나는 한대 얻어맞은 것처럼 입이 벌어지고 말문이 막혔다. 나는 마흔살로, 배가 나왔고 머리도 빠져 듬성듬성했다. 그녀도 마흔살이었지만, 날씬한 몸매에 매끈한 피부에 얼굴은 청춘이었다. 그녀의 몸에서 세월의 흔적을 찾아볼 수 없었다. 나는 멍하니 서서 그녀의 뒷모습을 바라보았다. 그녀는 잘빠진 커피색 투피스를 입고 조금 높은 갈색 하이힐을 신었는데, 늘씬한 종아리와 가는 허리, 탱탱한 엉덩이를 보며 마음이 심란했다.

그 방춘묘 사건만 터지지 않았어도 나는 더 높은 자리에 올랐을 것이다. 다른 곳에 가서 현장이나 서기직을 맡았을 것이고, 운이 나빠도 인민대표대회나 정치협상회의에서 부(副) 자가 붙은 자리를 하나 맡아 놀고먹으면서 인생의 말년으로 접어들었을 것이고, 지금 이 꼴로 체면이 바닥에 떨어지고 온몸이 상처투성이인 채 코딱지만한 마당에 숨어서 구차하게 살지는 않았을 것이다. 하지만 나는 후회하지 않는다.

"네가 후회하지 않는다는 걸 안다." 대두 남천세가 말했다. "어떻게 보면 넌 사나이답기도 하다." 그가 히죽히죽 웃었다. 우리집 개의 표정이 그의 얼굴에서 배어났다. 마치 필름을 현상액에 넣자 영상이 나타나는 것 같았다.

막언녀석이 처음 그녀를 데리고 내 사무실에 나타났을 때, 나는 문득 시간이 얼마나 빨리 흘렀는지를 느꼈다. 지금까지는 방가네 사람들은 눈에 익고 자주 만난 것처럼 느껴졌다. 그런데 기억해보려고 애썼지만, 내 인상 속의 그녀는 여전히 제5면화가공공장 대문에서 물구나무를 서고 있는 여자아이의 모습이었다.

"네가, 벌써 이렇게 자랐어……" 나는 한참 윗세대처럼 그녀를 아래위로 훑어보며 감개무량해서 말했다. "그때, 너는 이렇게, 이렇게 물구나무를 섰지……"

그녀가 얼굴을 살짝 붉혔고, 코끝에 땀방울이 맺혔다. 그날이 1990년 7월 1일, 일요일이었다. 기온이 아주 높았고 내 사무실은 삼층에 있었는데, 활짝 열린 창문에 마주한 무성한 프랑스 오동나무에서 매미울음 소리가 비오듯 했다. 그녀는 빨간 치마를 입고 있었고, 옷깃은 하트형이었고 레이스가 달려 있었으며, 목은 가늘었고 쇄골은 움푹 들어갔다. 목에는 빨간 끈이 묶여 있는데 끝에는 푸르고 작은 옥 같은 액세서리가 달려 있었다. 두 눈은 크고 입은 작았으며 입술은 도톰했다. 화장은 하지 않았는데 나란한 앞니가 하얬다.

머리는 길게 땋아내려 이상한 느낌이었다. 막언녀석이 전에 「댕기머리」라는 소설을 쓴 적이 있는데, 중국공산당 현위원회 홍보부 부부장과 신화서점(新華書店)에서 그림동화책을 파는 아가씨와의 불륜을 다룬 것이다. 이야기의 결말은 아주 어처구니가 없었는데, 우리 이야기와 많이 달랐지만 우리를 모델로 한 것은 분명했다. 소설을 쓰는 사람과 사귀면 그가 쓰는 소설의 소재가 되기 십상이다. 빌어먹을 놈!

"어서 앉아." 나는 차를 따르면서 말했다. "진짜 빠르네. 꼬맹이 춘묘가 벌써 어엿한 아가씨가 되다니."

"괜찮아요, 아저씨. 방금 길에서 막언선생님이 사이다를 사주셨어요." 그녀가 어색한 듯이 소파 가장자리에 앉으면서 말했다.

"아냐, 아냐, 그렇게 부르면 안되지." 막언녀석이 말했다. "남현장은 네 큰언니랑 같은해에 태어났고, 남현장 어머니가 네 큰언니의 수양어머니이기도 한데!"

"헛소리." 내가 '중화담배〔中華煙〕'를 막언 앞에 던지면서 말했다. "수양어머니 같은 소리 하고 있어, 나는 저속하게 그런 관계 같은 것은 따지지 않아." 나는 용정차(龍井茶)를 그녀 앞에 놓았다. "편한 대로 불러. 저런 헛소리 신경쓰지 말고. 신화서점에 취직했다며?"

"남현장." 막언이 내가 새로 내놓은 담배는 자기 주머니에 집어넣고, 내가 피우던 담뱃갑에서 한개비 꺼내물며 말했다. "너무 관료주의 아니야? 방춘묘는 신화서점 아동부서판매원이자 아마추어 문예단의 핵심멤버라고. 아코디언도 연주하고 공작춤도 추고 대중가요도 부르지. 게다가 성 기관지 문화면에도 글이 실렸다고!"

"그게 사실이야?" 나는 놀라서 물었다. "그렇다면 신화서점에 두기에는 너무 아까운데?"

"당연하지." 막언이 말했다. "그래서 내가 이 사람한테 말했어. '가자, 남현장을 찾아가서 너를 현 방송국으로 옮겨달라고 하자'고 말이야."

"막선생님." 그녀가 얼굴이 새빨개져서 나를 보며 말했다. "전 그런 뜻이 아니었어요……"

"올해 스무살인가?" 내가 말했다. "그럼 대학시험을 보고, 예술대학에 가야지."

"저는 아무것도 할 줄 몰라요……" 그녀가 고개를 숙이며 말했다. "다 그냥 장난삼아 하는 거예요. 어떻게 대학에 합격하겠어요. 시험장에 들어가기만 해도 긴장해서 기절할 거예요……"

"대학 나오지 않아도 돼." 막언이 말했다. "예술가라고 다 대학 나온 거 아니잖아. 나 같은 사람도 그렇잖아."

"갈수록 뻔뻔해진다." 내가 말했다. "자화자찬하는 것 보면 큰인물 되기는 틀렸어."

"다 이게 내가 재주가 있으니까 안하무인하는 거고 내 멋대로 하는 거야!"

"이정(李靜, 리징)을 불러주랴?" 내가 말했다.

이정은 시 정신병원 주치의이고 우리 친구였다.

"쓸데없는 얘기 그만하고, 본론에 들어가자고." 막언이 말했다. "다른 사람 없으니까 그냥 내가 뻔뻔스럽더라도 현장이라고 부르지 않고 남형이라고 부를게. 남형, 이 여동생한테 관심 좀 가져줘."

"당연히 그래야지." 내가 말했다. "하지만 언니 방서기가 있는데 내가 돕고 싶어도 방서기만 할까?"

"그게 춘묘가 기특한 점이네." 막언이 말했다. "자기 큰언니한테도 부탁을 하지 않거든."

"좋아." 내가 말했다. "예비작가님은 요즘 무슨 소설을 쓰고 있는가?"

막언이 지금 자기가 쓰는 소설에 대해 줄줄 늘어놓았다. 나는 열심히 듣는 척했지만 속으로는 온통 방씨 집안 일을 생각하고 있었다. 하늘에 맹세컨대, 나는 그때 그녀를 여자라고 생각하지 않았다. 그후 한참 지나서까지도 그렇게 생각해본 적이 없다. 그때는 단지 온갖 풍파를 다 겪은 내 위치에서 그 아이한테 그저 호감만 갖고 있었을 뿐이다. 벽 모퉁이에 있는 탁상선풍기가 소리없이 머리를 흔들며 그녀의 맑은 몸냄새를 실어왔다. 나는 마음이 탁 트이고 기분이 좋아졌다.

그러나 두 달이 지나서 갑작스런 변화가 생겼다. 일요일 오후였고 날씨는 그날도 아주 더웠다. 창밖 오동나무에서 매미울음 소리가 종적을 감춘 지 오래였고, 두 마리 까치가 가지에서 뛰놀며 재잘거리고 있었다. 까치는 길조라 좋은 일이 있을 것 같았다. 그녀가 혼자 왔다. 말 많은 막언은 내 도움으로 모대학의 작가반에서 공부하고 있었다. 학력문제를 해결할 수 있어서 그가 돌아오면 호적을 도시로 바꿔주기로 했다. 그사이 그녀가 여러 번 나를 찾아왔다. 한번은 황산 후괴차(猴魁茶) 한통을 선물했다. 자기 아버지가 황산으로 여행갔을 때 옛 전우가 선물한 것이라고 했다. 아버지의 안부를 묻자 건강이 좋아서 등산할 때 지팡이를 짚지 않을 정도라고 한다. 나는 놀랍기도 하고 존경스럽기도 했다. 그가 길을 걸을 때마다 의족이 '삐걱'거리는 소리가 귓가에 들리는 듯했다. 그녀에게 방송국으로 옮기는 게 어떻겠느냐고 말을 건넸다. 그녀가 원하기만 하면 말 한마디로 해결할 수 있다고 이야기해줬다. 내게 그런 힘이 있어서가 아니라 그녀의 언니 지위 때문에 가능하다고도 했다. 그녀가 서둘러 말했다. 자기는 그럴 생각이 없고, 막언선생이 괜한 소리를 한 것뿐이라고 했다. 자기는 다른 데 가지 않겠다고 그저 신화서점에서 어린이책이나 팔겠다고 했다. 아이들이 책 사러 오면 팔고 오지 않으면 어린이책을 읽는다고 했다. 그러면서 만족한다고 했다.

　신화서점은 현정부 앞 큰길 건너편 비스듬한 쪽에 있었다. 직선거리는 200미터도 안되었다. 매일 창문을 열기만 하면 높은 곳에 있는 내 사무실에서 이층짜리 낡은 건물을 내려다볼 수 있었다. 모택동의 글씨인 '신화서점' 네 글자는 붉은색 페인트가 벗겨져 멀리서 보면 팔다리가 떨어져나간 것 같았다. 그녀는 특별했다. 많은 사람들이 머리를 쥐어짜 온갖 비열한 방법을 동원하여 대권을 쥐고 있는 방향미와 관계를 맺고 싶어할 때, 그녀만은 그러지 않았다. 그녀는 충분히 손쉽게 수입이 좋고 편한 직장으로 바꿀 수 있었다. 그러나 그녀는 그러지 않았다. 그런 가정배경을 가진 그녀가 그다지도 큰뜻이 없을 수 있을까? 이렇게 조용히 살 수 있을까? 하지만 중요한 것은 나한테 바라는 것이 없으면서도 왜 나를 찾아오느냐는 것이다. 그녀처럼 꽃다운 나이는 연애의 계절이다. 그녀는 분명 예쁜 편이 아니었고 진한 화장을 한 모란이나 작약은 아니었다. 하지만 매우 청신하고 국화처럼 담담했다. 그녀를 쫓아다니는 젊은 애들이 적지 않을 것이다. 그런데 마흔에 반쪽 얼굴에 파란 점이 난 못생긴 나 같은 남자와 사귈까? 그녀에게 승진을 좌지우지하는 언니만 없었어도 모든 것이 이해 가능했지만 그런 언니를 둔 그녀였기에 이해할 수 없었다.

두 달 사이 그녀가 여섯 번 찾아왔고, 이번이 일곱번째이다. 처음 몇번 그녀는 늘 앉던 자리에 앉고 늘 빨간색 치마를 입고 왔으며 사뿐히 앉은 모습이 항상 어색해 보였다. 막언이 두 번 같이 왔고 막언이 다른 곳으로 간 뒤로는 혼자 왔다. 막언이 있을 때는 그가 항상 말이 많아서 분위기가 썰렁하지 않았다. 그러나 막언이 없자 분위기가 좀 어색했다. 할 수 없이 나는 책꽂이에서 문학 관련된 책을 몇권 뽑아주었다. 한권을 주자 그녀가 대충 보더니 그 책은 보았다고 했다. 다른 책을 주자 대충 훑어보더니 그 책도 보았다고 했다. 나는 직접 찾아보라고 했다. 그녀가 농촌도서출판사에서 출판한 『가축 빈발질환 예방치료수첩』을 뽑더니 그 책은 본 적 없다고 말했다. 나는 실소가 터져나오면서 말했다. 너 정말 웃기는 여자아이네. 그래, 그럼 그거나 봐. 나는 서류 한뭉치를 꺼내 대강대강 훑어보았다. 슬쩍 훔쳐보자 그녀는 엉덩이를 소파에 붙이고 등을 기대고 다리는 나란히한 채 『가축 빈발질환 예방치료수첩』을 무릎 위에 놓고 열심히 읽고 있었다. 읽으면서 소리까지 냈다. 농촌에서 문화적 교양이 높지 않은 늙은 농민들이 책 읽는 방식이다. 나는 속으로 웃었다. 이따금 내 사무실에 들어온 사람들이 젊은 아가씨를 보고서는 난감한 표정을 지었다. 하지만 내가 그들에게 방서기 여동생이라고 말하면 표정이 곧바로 공손해졌다. 나는 그들이 속으로 어떻게 생각하는지 알고 있었다. 그들은 절대로 남현장과 방춘묘 사이가 애매한 관계라고 생각하지 않을 것이다. 그저 남현장과 방서기의 관계가 각별하다고 생각할 뿐이다. 나도 인정한다. 방춘묘 때문에 주말에 집에 가지 않은 것은 아니지만 그녀가 나타난 뒤로 더욱 집에 가기 싫어졌다.

이번에는 그녀가 그 빨간 치마를 입지 않았다. 내가 저번에 그녀한테 한 농담 때문인 것 같았다. 지난번에 그녀의 치마를 보고 내가 말했다. "춘묘, 내가 어제 방아저씨한테 전화했어. 너한테 새 치마 하나 사주라고 말이야." 그녀가 얼굴을 붉히며 말했다. "왜 그런 말을 했어요?" 내가 서둘러 말했다. "농담이야." 그녀가 이번에는 파란 청바지를 입었다. 위에는 하얀색 반팔 블라우스를 입었는데 옷깃은 하트 모양이고 레이스 장식이 있었고, 목에는 빨간 끈에 액세서리가 달려 있었다. 여전히 늘 앉던 자리에 앉았는데, 얼굴이 창백하고 눈이 초점을 잃었다. 내가 다급하게 물었다. "무슨 일이야?" 그녀가 나를 한번 보고 입을 삐죽거리다 '으앙' 하고 울음을 터뜨렸다. 밀린 일 때문에 일요일에도 사무실에 출근한 사람들이 있었다. 나는 쩔쩔매면서 다급하게 문을 열었다. 그녀의 울음소리가 새처럼 복도를 날아갔다. 나는 얼른 다시 문을 닫아버리고 창문도 닫았다. 내 일생에서 이렇게 난감한 상황에 부딪히기는 처음이었다. 나는 손을 비비면서 쇠창살 우리에 갇혀 초조해하는 원숭이처럼 이리저리 왔다갔다하면서 목소리를 낮추어 달랬다. "춘묘, 춘묘야, 제발, 울지, 울지 마……" 그녀는 아랑곳하지 않고 울었다. 울음소리는 더욱 커졌다. 나는 다시 문을 열고 싶었지만, 순간 문을 열어서는 절대 안된다는 생각이 들었다. 나는 그녀 옆에 앉아 땀이 난 오른손으로는 그녀의 차가운 오른손을 잡고 왼팔은 그녀의 등뒤로 어깨를 다독였다. 그러면서 연방 달랬다. "울지 마, 할말이 있으면 이 오빠한테 얘기해. 고밀현에서 누가 감히 우리 춘묘를 괴롭혀? 오빠한테 얘기해, 내가 가서 혼쭐을 내줄게……" 그래도 그녀는 울기만 했다.

눈은 감고 입은 크게 벌리고, 마치 제멋대로인 여자애 같았다. 구슬 같은 눈물이 뺨을 타고 흘러내렸다. 나는 벌떡 일어났다가 다시 앉았다. 일요일 오후 한 젊은 아가씨가 부현장 사무실에서 대성통곡하고 있으니, 이게 도대체 무슨 꼴인가? 나중에 생각한 거지만, 그때 나한테 타박상을 치료하거나 근육통을 치료하는 파스 같은 것이 있었으면 그녀 입에 붙였을 것이다. 역시 나중에 생각한 것이지만, 그때 내가 마음을 독하게 먹고 납치범처럼 냄새가 고약한 양말을 돌돌 말아서 그녀 입에 쑤셔넣었더라면 일이 다르게 진행되었을 것이다. 그러나 그때 나는 어떻게 보면 가장 어리석고, 어떻게 보면 가장 총명한 방법을 사용했다. 한손으로 그녀의 손을 잡고 다른 손으로 그녀의 어깨를 젖힌 뒤 내 입술로 그녀의 입술을 덮었다.

그녀의 입은 아주 작고 내 입은 아주 커서 찻잔으로 술잔을 덮은 것처럼 빈틈이 없었다. 그녀의 울음소리는 거세게 내 입으로 들어왔고 내 귀를 진동시켰다. 그러고는 좀 지나서 한번 짧게 울리더니 그녀가 울음을 멈췄다. 바로 이때 나는 난생처음 맛보는 묘한 느낌에 그만 무너지고 말았다.

나는 결혼해서 아이도 낳았다. 하지만 거짓말처럼 십사 년 동안 결혼생활을 하며 아내랑 모두 열아홉 번 쎅스를 했다(애정이 없으니 그럴 수밖에 없었다). 키스는 겨우 한번 했으나 그것도 강제로였다. 외국영화 한편을 보고 영화장면에 취해서 그녀를 껴안고 입술을 들이댔다. 그녀가 머리를 이리저리 돌리면서 잘도 피하다가 한번 부딪쳤는데 개 이빨에 부딪친 듯 적의로 가득 차 있었다. 게다가 그녀의 입에서 풍기는 썩은 고기 냄새 같은 악취에 머리가 핑 돌았다. 나는 바로 그녀를 풀어주었고 다시는 키스할 엄두가 나지 않았다. 그 열몇번 손으로 꼽을 정도의 쎅스를 하면서도 나는 최대한 그녀의 입술을 피했다. 그녀한테 치과에 가보라고 한 적도 있었다. 그러자 그녀가 차갑게 쏘아보면서 말했다. 왜? 내 이빨은 좋은데, 왜 치과에 가보라는 거야. 내가 말했다. 네 입에서 냄새가 나는 것 같아. 그녀가 불같이 화내며 말했다. 네 입에서는 똥냄새가 나.

나중에 막언에게도 말했지만 그날 오후의 키스는 내 마음과 혼을 뒤흔들어놓은 첫키스였다. 나는 그녀의 작고도 도톰한 입을 힘껏 빨면서 마음껏 느꼈다. 그녀를 통째로 내 뱃속에 빨아들일 것처럼 말이다. 그때 나는 처음으로 막언 소설에서 열광적인 사랑에 빠진 남자가 늘 여자에게 "통째로 너를 삼키고 싶어"라고 하는 말의 의미를 알게 되었다. 내가 그녀에게 키스하는 순간 처음에는 그녀의 온몸이 나무처럼 굳고 살갗이 얼어붙었지만 곧바로 몸이 풀어지고 뼈가 없는 것처럼 흐물흐물해지고 화로처럼 뜨거워졌다. 처음에 나는 눈을 떴지만 얼른 감았다. 그녀의 입술이 내 입속에서 부풀어올랐고, 그녀가 입을 벌리자 신선한 조개 같은 냄새가 내 입 안에 가득 찼다. 나는 스승 없이도 혼자 도통한 것처럼 그녀의 입 속에 혀를 넣고 그녀의 혀를 건드렸다. 그녀의 혀와 내 혀가 한데 뒤엉켰다. 그녀의 심장이 작은 새처럼 내 가슴 앞에서 뛰었고 그녀의 두 손은 벌써 내 목을 끌어안고 있었다. 나는 세상 모든 일을 잊었다. 그녀의 입술, 혀, 향기, 체온, 신음소리가 내 마음과 몸을 앗아가버렸다. 그렇게 시간이 얼마나 흘렀을까, 전화벨 소리에 멈추었다. 나는 그녀를 풀어주고 전화를 받으려고 했지만 다리에 힘이 빠져 그만 바닥에 무릎꿇고 말았다. 내 몸에서 무게가 빠져나가고 키스가 나를 깃털로 만들어버렸다. 나는 전화를 받지 않고 전화선을 뽑아 망할놈의 벨소리를 멈추게 했다. 그녀는 소파에 누워 있었다. 얼굴은 창백했고 입술은 붉게 부어올라 죽은 사람 같았다. 나는 그녀가 죽지 않았다는 것을 물론 알았다. 눈물이 뺨을 타고 흘러내렸기 때문이다. 나는 티슈로 그녀의 눈물을 닦아주었다. 그녀가 눈을 뜨고 두 팔로 내 목을 감으면서 중얼거렸다. 어지러워요. 나는 일어서면서 그녀도 같이 일으켜세웠다. 그녀가 내 어깨에 머리를 기댔고, 그녀의 머리카락 때문에 나는 귀가 간지러웠다. 복도에서 노래부르기를 즐기는 한 공무원의 노랫소리가 들려왔다. 섬북(陝北)지방 민요를 본떠 부르는 것이 특기였다. 매주 일요일 오후면 그가 화장실에서 목청을 돋우어 부르는 노랫소리를 들을 수 있었다.

"오빠는 서쪽 관문을 나서는데— 누이는 말릴 수 없다네—"

나는 그가 노래를 부를 때면 이 건물에 우리 둘밖에 없다는 것을 알았다. 다음에 그는 곧 청소를 할 것이다. 나는 정신이 번쩍 들어 그녀를 밀어냈다. 그리고 사무실문을 조금 열고는 가식적으로 말했다. "춘묘, 미안하다. 갑자기 흥분해서……" 그녀가 눈물을 머금은 채 말했다. "내가 싫어요?" 나는 서둘러 말했다. "좋아해, 너무 좋아……" 그녀가 다시 나한테 안기려 했지만 나는 그녀의 손을 잡고 말했다. "춘묘야, 착하지, 저 공무원이 곧 여기로 청소하러 오거든. 먼저 돌아가, 며칠 뒤 나랑 천천히 이야기해……" 그녀가 갔다. 나는 가죽 회전의자에 앉은 채 그녀의 발소리가 천천히 복도 끝에서 사라지는 것을 들었다.

제41장

남해방은 거짓 정으로 아내를 희롱하고
넷째 개는 아이를 호위해 학교에 보내다

 실은 그날 저녁, 네가 대문 밖에 도착하자마자 나는 네 몸에서 사람만이 아니라 개도 흥분시키는 냄새를 맡았다. 그 냄새는 네가 평소에 여자들 손을 잡고, 같이 식사하고, 부둥켜안고 춤출 때 묻은 냄새와는 달랐다. 심지어 여자들과 쎅스를 한 뒤에 나는 냄새하고도 완전히 달랐다. ─무슨 일이든 내 코는 못 속인다. 대두 남천세가 눈빛을 반짝거리면서 말했다.

 그 순간, 그의 표정과 눈빛은 나와 관계가 복잡하여 뭐라고 칭할 수 없는 방봉황이 키우는 아이가 나에게 하는 말 같지가 않고, 우리집에서 죽은 지 몇년이나 지난 개가 하는 말 같았다.

무슨 일이든 내 코는 못 속이지. 그가 자신있게 말했다. 1989년 여름, 너는 여진(驢鎭)에 갔다. 업무조사를 핑계로 친한 친구들, 여진 당서기 김두환(金斗宦), 여진 진장(鎭長) 노태어(魯太魚), 여진 공급판매사 주임 가리돈(柯裏頓)과 먹고 마시고 포커를 하러 갔다. 주말이면 현의 간부들은 대부분 시골에 가서 먹고마시고 카드놀이를 했다. 나는 네 손에서 김, 노, 가의 냄새를 맡았다. 그들은 다들 전에 우리집에 온 적이 있어서 내 머릿속 냄새 저장고에 그들의 파일이 보존되어 있었다. 냄새를 맡자 그들의 생김새와 목소리가 다 떠올랐기에 아내와 아이를 속일 수는 있어도 나는 절대 속일 수 없었다. 너희는 점심에 운량강의 자라를 먹고 그 지역 특산물인 황민계(黃燜鷄, 간장과 술을 넣어 조린 닭요리—옮긴이), 매미의 유충과 누에고치, 그밖에도 많은 음식을 먹었다. 그 많은 메뉴를 일일이 다 말하기도 귀찮다. 그런 것들은 별로 중요하지 않다. 가장 중요한 것은 너의 바짓가랑이 사이에서 비릿한 정액냄새와 고무콘돔냄새가 났다는 것이다. 배터지게 먹고 마신 뒤 여자를 찾았다는 뜻이다. 여진은 큰 강과 인접하여 자원이 풍부하고 풍경이 아름다울 뿐 아니라 강변을 따라 일자로 늘어선 술집과 이발소에서 수많은 미모의 여인들이 거의 공개적으로 인류사에서 역사가 가장 오래된 그 일을 벌이고 있다는 것은 내가 말하지 않아도 너희가 더 잘 안다. 나는 개니까 음란퇴치문제는 책임지지 않지만 그 방탕한 일을 굳이 들추어내는 이유는 네가 성관계를 맺은 여자들의 냄새가 너의 냄새를 넘어 밖으로 풍긴다는 것을 말해주고 싶을 따름이다. 네가 깨끗이 샤워하고 몸에 향수를 뿌리면 그 냄새가 기본적으로 없어지거나 감춰지지만 이번에는 달랐다. 네 몸에서 정액냄새도, 여인의 체액냄새도 나지 않은 채, 그저 상쾌한 냄새가 너의 냄새와 섞여 네 본래의 냄새를 바꾸어놓았고, 그래서 내가 알게 되었다. 네가 그 여자와 깊은 사랑에 빠졌고 그 사랑이 네 피와 뼛속까지 깊이 침투했으며, 그 어떤 힘으로도 갈라놓을 수 없다는 것을 말이다.

그날 저녁 너의 행동은 사실 헛된 몸부림이었다. 너는 저녁식사 후, 뜻밖에도 주방에 가서 설거지를 했고 아들이 공부를 잘하고 있는지까지 물었다. 심상치 않은 행동에 아내는 속으로 감동한 나머지 알아서 차까지 끓여주었다. 이날 밤, 너는 아내와 쎅스를 한번 했다. 너의 통계에 따르면 이는 너희 부부 사이에 스무번째이자 마지막 쎅스라 할 수 있다. 나는 냄새로 이번 쎅스의 질이 그런대로 괜찮은 편이라는 것을 알 수 있었지만 헛수고라는 것도 잘 알았다. 그런 일련의 일들을 하며, 너는 도덕적인 자책감으로 인한 미안한 마음 때문에 아내에 대한 생리적인 혐오감을 억제하기는 했지만, 방춘묘가 너의 체내에 주입한 체취는 한알의 씨앗 같아서, 지금은 막 싹이 트는 상태이지만 일단 싹이 트고 꽃이 피면 그 어떤 힘도 너를 네 마누라 곁으로 돌려보내지 않을 것이기 때문이다. 나는 너의 냄새의 변화에서 부활을 예감했으며 너의 부활은 이 가정의 죽음을 의미했다.

냄새라는 것은 개에게 목숨과 같다. 우리는 냄새로 세상을 감지하고 냄새로 세상을 알며 냄새로 사물의 성질을 판단하고 우리의 행동을 결정한다. 그것은 우리의 본능이고 특별한 훈련이 필요하지 않다. 사람들이 특수한 일을 하는 특수목적견을 훈련시키는 것은 개의 코를 더욱 발달시키는 것이 아니라 코가 둔한 사람에게 개가 맡은 냄새를 행동으로 가르쳐주어 사람이 눈으로 감지하도록 하는 것이다. 예를 들면 신발더미에서 범죄자들의 신발을 찾을 때 개가 무는 것은 그 냄새이지만, 사람들이 보는 것은 그 사람의 신발이다. 내가 주절주절 수다만 떨고 있다고 원망하지 마라. 나는 그저 우리 개 앞에서만큼은 너에게 어떤 프라이버시나 비밀도 존재할 수 없고 모두 남김없이 드러난다는 것을 말해주고 싶을 뿐이다.

그날, 네가 문에 들어서자마자 나는 단 일초 만에 방춘묘의 냄새를 분별해냈다. 그녀의 모습이 바로 내 머릿속에 떠올랐다. 그날 그녀가 입은 옷도 점차 선명하게 떠올랐고 네가 사무실에서 벌인 일들도 눈앞에 선명하게 펼쳐졌다. 내가 아는 것이 너보다도 더 많았다. 나는 너의 몸에서 그녀의 달거리 냄새도 맡았지만, 너는 몰랐으니 말이다.

너의 집에 들어온 뒤로 방춘묘와 키스한 날까지 칠년 가까운 사이에, 나는 털이 뽀송뽀송한 강아지에서 지엄한 어른 개로 자랐다. 유치원생이던 네 아들은 소학교 사학년생으로 자랐다. 그사이에 일어난 일들을 간단히 언급하더라도 책 한권은 쉽게 쓸 수 있을 것이다. 조금도 과장하지 않고, 이 작은 읍내의 모든 담장 모퉁이와 모든 길 옆 전봇대에는 모두 내 배설물이 묻어 있었다. 물론, 내가 배설한 곳에 무수한 다른 개들이 다시 배설물을 묻혀놓았다. 읍내에는 인구 사만칠천 육백여명이 살고 있고, 유동인구가 평균 이천여명이었다. 상주하는 개만 해도 육백여 마리였다. 이 읍내는 너희의 것인 동시에 우리의 것이다. 너희가 큰길과 지역사회와 조직과 지도자를 가지고 있다면 우리도 비슷하다. 읍내의 육백여 마리 개 중에서 사백여 마리는 토종이었는데, 다들 제멋대로 교배하여 혈통이 뒤죽박죽인데다 머리가 잘 돌지 않고 담이 작고 이기적이어서 큰일을 해낼 수가 없었다. 백이십여 마리의 독일 검둥 사냥개도 살고 있었는데 순종은 얼마 되지 않았다. 그밖에 북경 발바리 이십여 마리, 꼬리털이 빠진 독일 로트바일러 네 마리, 헝가리 비즐라 두 마리, 노르웨이 썰매개 두 마리, 네덜란드 달마티안 두 마리, 광동 사페이 두 마리, 잉글랜드 골든 리트리버 한 마리, 호주 양치기개 한 마리, 마스티프 한 마리, 그리고 개라고 칠 수도 없는 주둥이가 튀어나온 러시아 스피츠와 일본 치와와가 여남은 마리 살고 있다. 내력을 알 수 없는 노란 털의 맹인견도 한 마리 살고 있는데, 그와 그의 주인여자 맹인 모비영(毛菲英, 마오페이잉)은 떨어지는 일이 없었다. 모비영이 광장에서 이호(二胡, 중국 전통 현악기—옮긴이)를 타면 그는 조용히 그녀의 발 앞에 엎드려 있었고 다른 개가 접근해도 모른 체했다. 그리고 '짧은 다리 영국신사 바셋하운드'라는 녀석이 있었는데, 살구나무 구역 1번지 건물에 사는 미용실 여사장이 새로 구입해 데려온 녀석이었다. 그 녀석은 네 다리가 굵고 짧고 몸은 납작하고 길쭉하여 마치 나무걸상 같았다. 몸매만으로도 충분히 미운데 큰 빵처럼 바닥까지 늘어진 두 귀가 더 추해 보였고, 두 눈은 항상 충혈되어 마치 결막염에 걸린 것 같았다. 토종개는 수는 많아도 지도자가 없이 오합지졸이어서, 밤중에 고밀현 읍내는 우리 독일산 검둥 사냥개들의 세상이었다. 넷째 개인 나는 너희 집에서 배는 잘 채웠다. 네가 줄곧 관리였고, 네 마누라의 아래쪽 '입'은 굶겨도 위쪽 입은 섭섭지 않게 해주었다. 특히 명절만 되면 훌륭한 먹을거리들이 상자째로 날아왔다. 너희 집은 냉장고 뒤에 거대한 냉장실을 더 달았는데 그래도 그 많은 음식들이 상해서 썩는 냄새를 풍겼다. 죄다 좋은 물건들이었다. 닭, 오리, 물고기 같은 고기야 싼것들이니 말할 가치도 없지만 진귀한 물건으로 내몽골에서 보내온 낙타족발, 흑룡강에서 보내온 비룡(飛龍), 목단강에서 보내온 곰발바닥, 백두산에서 보내온 녹용, 귀주에서 보내온 큰 도롱뇽, 위해에서 보내온 매화인삼, 광동에서 가져온 상어지느러미⋯⋯ 모두 다 산해진미로, 막 가져왔을 때는 냉장실에 넣었다가 다시 냉동실에 넣었다가 결국은 내 뱃속으로 들어왔다. 너는 집에서 밥 먹는 일이 거의 없었고, 너의 아내도 꽈배기를 튀기고, 꽈배기를 팔고, 꽈배기로 배를 채우기에 그런 것들을 거의 요리하지 않았다. 나는 정말 복받은 개였다. 읍내에는 너보다 지위가 높은 주인들이 많았지만 그 집 개들은 다들 나보다 잘 먹지 못했다. 녀석들 말에 따르면 그 집에 들고 오는 선물은 대부분 금은보화인데, 우리집에 선물을 들고 오는 사람들은 거의 먹을 것만 가져온다는 것이다. 너 남해방한테 선물하는 것이 아니라 나한테 선물한다는 말이 더 맞았다. 나는 그런 산해진미를 먹고서 채 첫돌이 되기도 전에 읍내의 백이십여 마리 검둥 사냥개 중에서 가장 큰 개로 자랐다. 세살이 되자 키가 70센티미터까지 자랐으며 머리부터 꼬리까지 150센티미터나 되고 체중은 60킬로그램 가까이 되었다. 이 수치들은 네 아들이 잰 것이니 절대 과장이 아니다. 쫑긋한 두 귀와 황갈색 눈, 크고 단단한 머리, 날카로운 이빨, 악어같이 큰 입, 까만 등의 털, 연황색 배털, 수평으로 뻗은 뾰족한 꼬리를 가지고 있었고, 뛰어난 후각과 기억력도 가지고 있었다. 솔직히 말해서 작은 고밀현에서 나와 맞붙을 녀석은 그 밤색 마스티프밖에 없었다. 하지만 그 녀석도 눈덮인 고원에서 살다가 황해 연안까지 오는 바람에 하루종일 흐리멍덩하게 지낸다고 했다. 듣자니 산소가 많은 데로 이사오자 산소에 취해서 싸움은커녕 몇발짝 달리기만 해도 숨이 차서 헐떡인다고 했다. 녀석의 주인은 읍내의 홍표 고추장 사장 부인이었다. 서문촌 손룡의 아내인 그녀는 머리를 빨갛게 염색하고 입 안을 온통 금니로 도배했는데 미용실 단골손님이었다. 그녀가 뚱뚱한 몸을 흔들며 가는 곳마다 마스티프가 숨을 헐떡이면서 따라다녔다. 고원에서는 늑대와도 너끈히 맞서던 녀석인데, 고밀현에 와서는 꼬리를 내리고 애완동물로 살아갔다. 내가 이만큼 말했으면 이제 감을 잡겠지? 고밀현 간부들을 죄다 방항미가 관리한다면 고밀현의 개들은 모두 내가 관리하고 있었다. 하지만 개와 사람이 사는 세계가 어쨌든 한세상이니 개와 사람의 생활 역시 불가분의 관계를 맺고 있었다.

먼저 네 아들을 학교까지 바래다주던 일부터 이야기하자. 네 아들은 여섯살 때 현에서 가장 좋은 봉황소학교에 입학했다. 학교는 현청사 서남쪽 200미터 되는 곳에 있었는데 신화서점, 현청사, 봉황소학교가 정확히 이등변삼각형을 이루고 있었다. 그때 나는 벌써 세살로, 청춘의 꽃시절이었다. 읍내가 모두 내 차지였고, 내가 부르면 다른 개들이 일제히 대답했다. 절대 과장이 아니다. 내가 각자의 위치를 보고하라고 소리치면 오분도 되지 않아 대합창을 하듯 개짖는 소리가 사방팔방에서 들려왔다. 우리는 검둥 사냥개를 주축으로 개협회를 만들었고, 회장은 당연히 내가 맡았다. 거리와 구역에 따라 열두 개 분회로 나누어 분회장도 두었다. 모두 우리 검둥 사냥개들이 맡았다. 부회장은 원래 형식적인 직위여서 잡종개와 중국화된 서양개들에게 맡겼다. 이를 통해 우리 검둥 사냥개의 넓은 아량을 보여준 것이다. 우리가 언제 이런 일들을 끝냈는지 알고 싶은가? 알려주겠다. 보통 새

벽 한시부터 네시 사이, 휘영청 달 밝은 밤이든 별이 반짝이는 밤이든 바람이 살을 에는 겨울밤이든 박쥐가 날아다니는 여름밤이든, 특별한 상황이 없는 한 우리는 나가서 동정을 살피고 친구를 사귀고, 싸우기도 하고 연애도 하고 회의도 했다. 하여튼, 너희 인간들이 하는 일은 우리 개들도 다 했다. 첫해에는 하수도를 통해서 기어나갔지만 이듬해 여름부터는 하수도로 기어나가는 치욕스러운 짓은 그만두고 서쪽 행랑채 문앞에서부터 뛰어 첫 발짝은 우물가를 밟고, 두번째 발짝은 사선으로 창틀을 밟고, 세번째 발짝은 창틀에서 담장에 뛰어오른 뒤 몸을 날려 너의 집 문앞의 넓은 천화골목 중간에 뛰어내렸다. 우물가와 창틀, 담 꼭대기는 매우 좁아서 뛰어오른다고 해도 발을 잠깐 디디는 것뿐이어서, 잠자리가 물 위를 날듯이 나무가 강물 위를 떠다니듯이 나의 동작은 아름답고도 정확하게 단숨에 넘어가곤 했다. 현 검찰청에 내가 세 발짝 만에 담을 뛰어넘는 비디오자료가 있다. 검찰청반 부패국에 한건 올려 공을 세우려는 검사 곽홍복(郭紅富, 꿔훙푸)이란 자가 있었는데, 전기선로를 수리하는 기술자로 가장하여 슬그머니 너희 집 처마에 몰래카메라를 설치했다가 증거는 찾지 못하고 내가 세 점 사선으로 담장을 넘는 장면만 찍었다. 곽홍복네 개는 우리 홍매(紅梅) 구역 분회 부회장으로, 홋까이도오(北海道)의 여우들 무리에 섞여도 될 만큼 입이 나온 붉은 러시아산 스피츠 암캐였는데, 나는 그녀의 발에 기대어 침실에서 그 비디오를 보았다. 그날 밤, 천화광장의 분수 옆에서 그녀가 아양을 떨며 말했다. 회장님, 회장님이 세 점 사선으로 담장을 뛰어넘는 동작이 매우 멋지고 놀라웠어요. 우리집 주인부부가 열 번 넘게 보면서 박수를 쳤어요. 우리집 바깥주인이 회장님을 애완견 특기대회에 추천하겠다고 하셨어요. 나는 개의치 않고 콧소리를 내면서 쌀쌀하게 대답했다. 애완동물? 내가 애완동물이냐? 스피츠가 실수를 알아채고는 황급히 사과하고서 꼬리로 바닥을 쓸면서 교태를 부렸다. 그녀는 안주인이 직접 떠주었다는 털조끼 호주머니에서 우유냄새가 풍기는 껌을 건넸지만 나는 거절했다. 사실 그런 애완견들은 이름만 개였지 진즉에 장난감으로 전락해 개의 명예를 더럽히는 것들이다.

이제 네 아들을 학교까지 바래다주던 일을 이야기하겠다. 내가 쓸데없는 소리만 늘어놓는다고 투덜대지 마라. 그런 일을 모르고서는 이어지는 일들을 이해할 수 없다.

네 아들은 정말 효성이 지극한 아이였다. 그애가 막 학교에 들어갔을 때에는 네 아내가 자전거로 태워보내고 데려왔는데 아들의 등교시간과 네 아내의 출퇴근시간이 자꾸 겹쳐서 무척 힘들어했다. 네 아내는 힘이 들면 잔소리를 하고, 잔소리를 했다 하면 네 욕을 하고, 네 욕을 했다 하면 네 아들이 이맛살을 찡그렸다. 네 아들이 그래도 너를 사랑한다는 것을 알 수 있었다. 네 아들이 말했다. 엄마, 이제 저를 데려다주지 않아도 돼요. 저 혼자 갔다가 혼자 올게요. 네 아내가 말했다. 안돼, 차에라도 치이면 어떡하려고? 개한테 물리기라도 하면 어떡해? 나쁜 아이한테 맞기라도 하면 어떡하고? 인신매매범들한테 끌려가면 어떡해? 강도한테 납치라도 당하면 어떡하고? 네 아내는 단숨에 다섯 가지 이유를 들었다. 당시 확실히 치안이 불안했다. 남쪽 지방에서 온 여자 여섯 명이 읍내에서 인신매매를 당했는데, 속칭 '여자치기'라고 불리는 자들이었다. 그들은 꽃 파는 사람으로, 과자 파는 사람으로, 컬러 닭털 제거기를 파는 사람으로 가장하고 몸에 마취약을 감추고 다니다가 예쁜 아이들을 보면 머리를 살짝 툭 쳐서 아이가 정신이 나가면 고분고분 따라가게 된다고 했다. 공상은행 행장 호남청(胡藍靑, 후란칭)의 아들도 납치당해 이백만원을 내놓으라고 협박당했는데 경찰에 신고하기 무서워 결국 백팔십만원을 주고 아이를 데려올 수 있었다. 네 아들이 자기 파란 얼굴을 치면서 말했다. 여자치기는 예쁘게 생긴 남자아이들만 데려가요. 나 같은 애는 내가 따라가겠다고 해도 쫓아보낼걸요. 엄마랑 같이 다닌다고 해봤자 무슨 소용이에요. 엄마는 잘 달리지도 못하면서 말이에요. 네 아들은 네 아내의 엉덩이를 한번 보고서 그렇게 말했다. 네 아내는 몹시 속이 상해 눈이 빨개지고 목이 메어 말했다. 아들, 넌 못생긴 게 아니야. 엄마만 못났어. 엄마는 반쪽 엉덩이니까…… 네 아들이 아내의 허리를 안으며 말했다. 엄마, 엄마는 못생기지 않았어요. 엄마가 세상에서 가장 예뻐요. 엄마, 정말 날 데려다줄 필요 없어요. 우리집 넷째한테 학교까지 바래다주라고 할게요. 네 아내와 아들의 눈이 모두 나를 향했다. 나는 자못 웅장한 소리로 짖어댔다. 문제없으니 나한테 맡기라는 뜻이었다.

네 아들과 아내가 내 앞으로 걸어왔다. 네 아들이 내 목을 끌어안고 말했다. 넷째야, 나를 학교까지 데려다줄 수 있겠니? 엄마는 몸이 좋지 않고 출근하느라 힘드니까 말이야.

멍! 멍! 멍! 나의 소리에 오동나무잎이 흔들렸고, 남쪽 이웃집 타조 두 마리가 놀라 꽥꽥 소리를 질렀다. 내 말은 문제없다는 뜻이었다.

네 아내가 내 머리를 어루만졌고 나는 꼬리를 살랑살랑 흔들었다.

사람들이 다들 우리 넷째를 무서워하지. 네 아내가 물었다. 그렇지, 아들?

그래요, 엄마. 네 아들이 말했다.

넷째야, 그러면 개방이를 너한테 믿고 맡길게. 너희 둘은 다 서문촌에서 왔고, 같이 자랐으니 친형제 같잖니? 멍멍! 맞아요! 네 아내는 왠지 슬픈 표정으로 내 머리를 만지더니 내 목에 걸린 굵직한 쇠사슬을 풀어주고 손짓하면서 자기를 따라오라고 했고, 대문으로 가자 그녀가 말했다. 넷째야, 잘 들어라. 아침에는 내가 일찍 꽈배기를 팔러 가야 한다. 너희 둘 밥은 내가 미리 다 준비해놓을 테니 여섯시 삼십분이 되면 방에 들어와서 개방이를 깨워 밥을 먹이고 일곱시 삼십분에 같이 학교로 가야 한다. 대문 열쇠는 개방이 목에 걸려 있다. 개방아, 잊지 말고 문을 꼭 잠가야 한다. 개방이가 문 잠그는 것을 잊으면 네가 잡아끌어 가지 못하게 해야 한다. 학교 갈 때는 지름길 말고 큰길로 가야 해. 길을 돌아가는 것이 문제가 아니라 안전이 제일이니까. 길을 갈 때는 오른쪽으로 걸어야 하고 큰길을 지날 때는 왼쪽을 먼저 보고 큰길 중간까지 가서는 다시 오른쪽을 살펴야 한다. 오토바이를 탄 녀석들을 조심해야 한다. 특히 검은색 가죽점퍼를 입고 오토바이를 탄 녀석들 말이야. 그 녀석들은 강도들이야. 모두 색맹이어서 신호등도 분간하지 못해. 개방을 교문까지 바래다주고서 넷째 너는 동쪽으로 조금 달려서 큰길을 건너 북쪽 기차역 식당으로 와. 내가 광장 옆에서 꽈배기를 튀기고 있을 텐데 네가 나한테 두 번 짖으면 그땐 내가 마음을 놓을 테니까. 그러고 나서 너는 얼른 집으로 돌아가. 지름길로 농수산물시장 부근 골목을 따라 남쪽으로 가다가 천화천 다리를 지나 서쪽으로 돌면 집에 도착한다. 넌 이제 다 컸으니 하수도로 기어들어갈 수 없어. 들어갈 수 있다고 해도 그러지 말고. 너무 더러우니까 말이야. 대문이 잠겨서 들어가지 못하니까 미안하지만 대문 앞에 앉아서 내가 집에 돌아갈 때까지 기다려주렴. 볕이 너무 뜨거우면 골목 맞은편 동쪽 아주머니 집 담에 탑 모양의 소나무 한그루가 있으니까 소나무 그늘에서 기다려. 거기서 엎드려 조는 것은 몰라도 잠들면 절대 안된다. 우리집을 잘 봐야 해. 어떤 도둑들은 만능열쇠를 가지고 아는 사람처럼 문을 두드려보고는 나오는 사람이 없으면 문을 열고 들어간다더라. 우리집 친척들은 네가 다 잘 알고 있으니까 낯선 사람이 우리집 문을 열려고 하거든 가만두지 말고 물어버려. 오전 열한시 삼십분이면 내가 돌아오니까, 너는 집에 들어가 물 한모금 마시고 지름길로 교문에 가서 개방이를 집까지 데려오는 거야. 집에서 점심 먹고 오후에 다시 학교까지 바래다주고는 다시 나한테 와서 두 번 짖고 집으로 가서 집을 지키다가 다시 학교에 가거라. 봉황소학교는 오후에 수업이 두 시간밖에 없으니까, 방과후에는 꼭 바로 집으로 가서 숙제하게 지켜야 한다. 애가 마구 돌아다니게 하지 말고. ……넷째야, 잘 알겠니?

멍멍멍, 잘 알았어요.

아침마다 네 아내는 출근 전에 알람시계를 창밖에 놓고 나에게 웃어 보였다. 안주인의 웃음은 항상 아름다웠다. 나는 그녀의 뒷모습을 바라보면서 멍멍, 안녕! 멍멍, 걱정 마세요!라고 말했다. 그녀의 냄새는 문밖 골목에서 곧추 북쪽으로 움직이다가 동쪽으로, 다시 북쪽으로 갔다. 냄새가 점차 엷어지면서 읍내의 아침공기와 섞여 아주 가는 실처럼 되었다. 내가 정신을 집중하여 냄새를 좇는다면 기차역 구내식당 문앞에서 꽈배기를 튀기는 가마까지도 냄새를 맡을 수 있지만 그럴 필요까지는 없었다. 나는 주인이 있는 것처럼 마당에서 맴돌곤 했다. 알람이 울리면 나는 네 아들 방으로 뛰어들어갔다. 소년의 체취가 코를 찔렀다. 나는 아이가 놀랄까봐 크게 짖지 않았다. 내가 네 아들한테 얼마나 잘해주

인생은 고달파 **269**

었는가. 나는 혀를 날름거리며 그의 파란 얼굴을 핥았다. 파란 얼굴에서 뽀송뽀송한 솜털이 느껴졌다. 그가 눈을 뜨며 말했다. 넷째야, 시간 됐어? 멍멍. 나는 작은 소리로 대답했다. 일어나, 시간 다 됐어. 그러면 그는 일어나서 옷을 입고 대충 이를 닦고 세수한다. 아침 메뉴는 항상 콩국과 꽈배기, 아니면 우유에 꽈배기였다. 어떤 때는 아이랑 같이 먹고 어떤 때는 따로 먹었다. 나는 냉장고도, 냉동실도 열 줄 알기 때문에 먼저 물건을 입으로 꺼내 녹여서 먹곤 했다. 해동해서 먹어야지, 그러지 않으면 이빨에 좋지 않으니까. 이빨을 보호하는 것은 생명을 아끼는 것과 같다.

첫날, 우리는 네 아내가 지시한 노선대로 학교에 갔다. 그녀의 냄새가 우리와 얼마 떨어지지 않은 곳에서 났다. 그녀가 우리를 미행하면서 지켜본 것이다. 어머니의 마음이었다. 나는 네 아들과 1미터 거리를 두고 따라갔는데 큰길을 지날 때면 좌우를 잘 살피고 주위의 소리를 유심히 듣고서 건넜다. 200미터 떨어진 곳에서 차 한대가 질주해오고 있어 충분히 건널 수 있고 네 아들도 지나가려고 했지만 나는 그의 옷깃을 당겼다. 넷째야, 왜 그래? 네 아들이 말했다. 겁쟁이! 하지만 나는 안주인을 안심시키기 위해 물고 놓아주지 않았다. 그 차가 눈앞에서 지나간 뒤에야 나는 안심하고 극도로 주위를 살피면서 언제라도 주인을 구할 태세로 네 아들과 함께 길을 건넜다. 네 아내의 냄새에서 나는 그녀가 안심하고 있다는 것을 알 수 있었다. 그녀는 우리가 학교에 도착할 때까지 줄곧 따라왔다. 그러고는 서둘러 자전거를 타고 동쪽으로 에돌아 북쪽으로 향했다. 나는 달리기를 멈추고 100미터 가까이 거리를 두고 슬렁슬렁 그녀의 뒤를 따랐다. 그녀가 자전거를 세우고 유니폼을 바꿔입고 기름솥 앞에 서서 일을 시작하자 그녀에게 달려갔다. 멍멍! 나는 작은 소리로 안심하라고 알렸다. 그녀의 얼굴이 즐겁고도 편안했으며 사랑의 냄새가 풍겨났다.

셋쨋날부터 우리는 지름길로 가기 시작했다. 네 아들을 깨우는 시간도 여섯시 반에서 일곱시로 늦춰졌다. 시계를 볼 줄 아느냐고 물을지 모르지만 웃기는 소리 하지 마라. 가끔씩 텔레비전도 켜고 축구시합도 본다. 유럽챔피언리그도 보고 월드컵도 본다. 애완동물채널은 전혀 보지 않는다. 그런 노리개들은 생명을 가진 개 같지가 않고 털이 난 전자장난감 같아 보인다. 제기랄, 어떤 개들은 사람들의 애완동물이 되는가 하면 어떤 개들은 사람을 애완동물로 만들어버렸다. 고밀현에서, 산동성에서, 전국에서, 심지어 전세계에서 사람을 애완동물로 만든 개는 나밖에 없을 것이다. 마스티프 같은 녀석도 티베트에 있을 때는 사람과 평등하고 존엄하기도 했지만 내지에 들어오자마자 타락했다. 손룡 마누라 꽁무니를 졸졸 따라다니면서 눈꼴사나운 짓만 하고, 아양을 떨며 꼬리치는 모습이 임대옥(林黛玉, 「홍루몽」의 주요인물로 늘 병약했다—옮긴이) 같았다. 슬퍼라! 안타까워라! 네 아들이 내 애완동물이고 네 아내 역시 내 애완동물이었다. 네 애인 방춘묘도 내 애완동물이라 할 수 있다. 우리가 오랫동안 지낸 사이가 아니었다면 네가 그녀 몸에서 나는 신선한 조개 같은 냄새를 묻히고 와서는 아내에게 이혼하자고 했을 때, 내가 한입에 너를 물어죽였을지 모른다.

우리는 대문을 나서 동서로 뻗은 용왕묘(龍王廟) 거리를 가로지른 뒤 북쪽으로 걸었다. 골목을 지나 백화교(百花橋)를 지나서 농수산물시장 서쪽에서 북쪽으로 곧추 간 다음 탐화(探花)골목으로 갔다가 긴 골목을 지나면 바로 현청사 앞 인민대로에 들어섰다가 좌회전하여 200미터를 걸어 봉황소학교 교문에 도착했다. 암탉이 알을 낳듯이 천천히 걸어도 이십오분이면 충분했다. 빨리 달리면 십오분이면 충분했다. 나는 네가 마누라와 아들에게 쫓겨난 뒤 항상 사무실 창가에 앉아 러시아제 망원경을 손에 들고 탐화골목에서 뛰어오는 우리를 보고 있다는 것을 알았다.

오후에 수업이 끝나면 우리는 바로 집에 가지 않았다. 네 아들이 항상 물었다. 넷째야, 우리 엄마가 지금 어디에 있지? 나는 정신을 집중하여 네 아내의 냄새를 찾아 일분 안에 정확히 그녀의 위치를 찾아냈다. 꽈배기 솥 앞에 있으면 북쪽을 향해 짖고 집 쪽에 있으면 남쪽을 향해 짖었다. 만약에 그녀가 집에 있으면 곧 죽어도 네 아들을 집에 데려가야 했고 그녀가 꽈배기 솥 앞에 있으면 우리는 기뻐서 뛰었다.

네 아들은 정말 착한 아이였다. 나쁜 아이들처럼 방과후에 책가방을 메고 거리에서 빈둥거리거나 노점이나 가게를 기웃거리지도 않았다. 네 아들의 유일한 취미는 신화서점에서 동화책을 빌려보는 것이었다. 어쩌다 몇권 사기도 했지만 대부분 빌려보았다. 동화책을 팔고 빌려주는 사람이 너의 그 애인이었다. 하지만 우리가 그곳에서 책을 빌려볼 때는 그녀가 아직 너의 애인이 아니었다. 그녀는 네 아들한테 아주 살뜰하게 대해주었고, 그 냄새에는 감정이 서려 있었고, 단지 단골이어서 잘해주는 것이 아니었다. 나는 그녀의 용모에는 별로 관심이 없었고 그녀의 냄새에만 빠졌다. 나는 식물에서 동물에 이르기까지, 광물에서 화공제품에 이르기까지, 식품에서 화장품에서 공산품에 이르기까지 읍내의 이십여만 가지 냄새를 기억하고 있었지만, 방춘묘의 냄새보다 향기로운 것은 없었다. 냉정히 말해서, 읍내에는 냄새가 향기로운 미인들이 대략 사십여명 정도 있었는데, 다들 오염되어 깨끗하지 않았다. 처음 맡을 때는 아주 좋지만 조금만 지나면 변해버렸다. 방춘묘의 냄새는 산속에서 흐르는 맑은 샘물 같고, 소나무숲에서 부는 바람처럼 맑고 단순하여 영원히 변하지 않았다. 나는 그녀가 나를 쓰다듬어주기를 갈망했다. 물론 애완동물식 갈망이 아니라 나는…… 젠장, 아무리 위대한 개라 할지라도 순간적으로 약해질 수 있는 법이다. 원칙에 따르면 개는 서점에 들어가지 못하지만 방춘묘는 나에게 특권을 주었다. 신화서점은 읍내에 있는 상점 중에서 가장 썰렁했다. 판매원이 세 명뿐이었는데, 그중 둘은 중년부인이고, 하나가 방춘묘였다. 두 중년부인은 항상 방춘묘의 비위를 맞추려고 애썼다. 이유는 말하지 않아도 알 것이다. 막언녀석은 그 서점의 몇 안되는 단골손님이었는데, 그곳을 자기 폼잡는 곳으로 생각하고 있었다. 혼자 허풍을 떠는데 진심으로 하는 말인지 그냥 멋대로 떠드는 것인지 알 수가 없었다. 고사성어를 한글자씩 빼서 말하기를 좋아했는데, 그렇게 웃음을 유발했다. 예를 들어 '양소무시(兩小無猜, 남녀가 어릴 때 허물없이 어울리다)'를 '양소무—'라고 말하는가 하면 '일견종정(一見鍾情, 한눈에 반하다)'을 '일견종—'으로, '구장인세(狗仗人勢, 상전을 등에 업고 남을 괴롭히다)'를 '구장인—'으로 말했다. 그가 오면 방춘묘가 즐거워했다. 방춘묘가 즐거워하면 두 중년부인도 즐거워했다. 그 추한 모습을 막언의 방식으로 말하면 정말 '참불인—(慘不忍睹, 참혹하여 차마 볼 수가 없다)'이다. 하지만 이렇게 '참불인—'한 녀석을 하필이면 고밀현에서 가장 향기가 아름다운 여인이 좋아하게 되었다. 그 이유 역시 냄새였다. 막언의 냄새는 담배농가에서 담뱃잎을 굽는 흙집 냄새와 흡사한데 방춘묘는 잠재적인 담배애호가였나 보다. 막언은 서점 구석 대여창구 앞에서 열심히 책을 보고 있는 남개방을 발견하고는 다가가 귀를 잡아당겼다. 그러고는 방춘묘한테 소개했다. 이 아이가 남주임 아들이라고. 방춘묘는 진작부터 알아봤다고 말했다. 그때 내가 두 번 짖어댔다. 개방이 어머니가 벌써 퇴근하여 철물점 문앞까지 냄새가 이동했으니 지금 가지 않으면 먼저 집에 도착할 수 없다고 일깨워주려는 것이었다. 방춘묘가 말했다. "남개방, 얼른 집에 가야지. 네 개가 알려주잖니." 그녀가 막언에게 말했다. "이 녀석 정말 영리해요. 개방이 책에 깊이 빠져서 대답을 안하면 직접 달려들어 옷깃을 잡아당겨 데려가요." 막언이 머리를 내밀고 나를 엿보면서 말했다. "이 녀석 정말로 '여랑사—(如狼似虎, 늑대 같고 호랑이 같다)'구나." '참불인—'한 막언이 나더러 '여랑사—' '두구년—(豆蔻年華, 소년시절)'이라고 했다. 방춘묘가 나에게 살짝 웃어 보였다. '참불인—'한 막언이 '발자내—(發自內心, 마음에서 우러나오다)'로 감탄했다. 정말 훌륭한 개구나! 주인한테 '적담충—(赤膽忠心, 일편단심)'이네. 두 사람이 같이 크게 웃었다. 하하하하.

제42장

남해방은 사무실에서 쎅스를 나누고
황합작은 사랑채에서 녹두를 키질하다

첫키스를 하고서 나는 물러나고도 싶고 피하고도 싶었다. 나는 행복하고도 무서웠다. 물론 심한 죄책감도 느꼈다. 나와 아내의 스무번째이자 마지막 쎅스는 그런 모순되고 착잡한 마음에서 한 것이었다. 나도 열심히 잘해보려고 했지만 결국은 대충대충 끝내고 말았다.

그뒤 엿새 동안, 시골에 내려가든 회의를 하러 가든 테이프를 커팅하러 가든 배석하는 자리에 가든 차에 앉든 의자에 앉든 서 있든 앉아 있든 자나깨나 내 머릿속에는 방춘묘의 모습만 아른거렸다 — 그녀와의 관계가 가까워질수록 그녀의 모습은 더욱 흐려졌다 — 나는 그녀와 같이 있을 때와 같은 격정 속으로 빠져들었다. 아무래도 절대 피할 수 없다는 것을 나는 알았다. 정신차리라는 소리가 들려왔다. 그만해, 그만. 하지만 그 소리는 갈수록 약해졌다.

일요일 점심, 성에서 손님들이 와서 현정부 초대소에서 접대하는 자리에 배석하러 갔다. 그런데 그곳 게스트하우스 로비에서 방항미를 만났다. 진청색 원피스를 입고 목에는 반짝거리는 진주목걸이에 엷은 화장을 하고 있었다. 막언녀석 말을 흉내내자면, '서낭반—'(徐娘半老, 옛날 서소패(徐昭佩)처럼 여자가 나이들어도 미모를 간직하다)이고, '풍운유—'(豊韻猶存, 우아한 모습이 여전하다)였다. 그녀를 보는 순간, 헉, 나는 머리가 아찔했다. 손님은 성위원회 조직부에서 일하고 있었고, 전에 고밀현에서 처장을 지낸 사무정(沙武淨, 샤우징)이었다. 나하고 중국공산당 성위원회 당교(黨校)를 삼 개월간 같이 다닌 적이 있었다. 이번에 사실은 조직부의 귀빈이었는데 그가 나를 봐야 한다고 해서 내가 배석하게 된 것이다. 식사하면서 나는 마치 바늘방석에 앉은 것만 같았고, 말까지 떠듬거려 그 꼴이 바보 같았다. 방항미는 메인탁자에 떡하니 앉아, 어찌나 술도 잘 권하고 말도 잘하는지 옆에 앉은 사무처장까지도 혀가 굳고 눈이 흐려질 지경이었다. 술자리에서 방항미는 세 번이나 나를 흘겨보았다. 그 눈길이 송곳처럼 나를 콕콕 찔렀다. 마침내 자리가 끝났다. 처장을 방까지 데려다주고 방항미는 웃음 가득한 얼굴로 사람들과 인사를 나누었다. 그녀의 차가 먼저 왔다. 나랑 악수하며 헤어질 때, 그녀의 손에서 나에 대한 증오가 묻어나왔다. 하지만 그녀는 다정한 목소리로 말을 건넸다. "부현장님, 안색이 좋지 않아 보이는데, 어디 아픈 데 있으면 질질 끌면 좋지 않아요."

차에 몸을 실은 나는 방향미의 말을 곰곰 되새겼다. 소름이 끼쳤다. 나는 나 자신에게 수없이 경고했다. 지위도 명예도 잃지 않으려면 이쯤에서 말고삐를 당겨야 한다고. 나는 사무실 창가에 섰다. 동남쪽으로 신화서점의 그 얼룩진 간판을 보는 순간, 모든 공포와 불안이 씻은 듯이 싹 가셨다. 그녀에 대한 그리움만 남았다. 뼈에 사무치는 그리움, 사십 년 동안 느껴보지 못한 그리움이었다. 그는 동북지방에 가는 사람에게 부탁해서 사온 구소련의 군사용 고배율 망원경을 들고 신화서점 정문 쪽을 바라보았다. 닫혀 있는 출입문 손잡이에 녹이 얼룩덜룩했다. 그곳에서 사람이 나오자 가슴이 쿵쾅거리면서 제발 그녀의 날씬한 몸이 거기서 나와 사뿐히 거리를 건너 내 곁으로 와주길 바랐다. 하지만 그녀가 아니었다. 뭄으로 나오는 사람들은 계속 낯선 얼굴들뿐이었다. 늙은 사람도 있고, 젊은 사람도 있고, 여자도, 남자도 있었다. 나는 그들의 얼굴을 가까이 당겼다. 모두 비슷한 표정으로, 신비스러우면서도 황량해 보이는 표정이었다. 나는 불안했다. 서점에 무슨 일이라도 있는 걸까? 그녀에게 무슨 불상사라도 일어난 것일까? 나는 책을 산다는 핑계로 서점에 가보고 싶은 마음이 굴뚝같았다. 하지만 그래도 남아 있던 이성이 나를 자제시켰다. 벽에 걸린 전자시계가 한시 반을 가리켰다. 우리의 약속시간까지는 아직 한 시간 삼십분이 남았다. 나는 망원경을 내렸다. 병풍 뒤 야전침대에 누워 잠깐 눈을 붙이고 싶었다. 하지만 마음이 안정되지 않았다. 양치질을 했다. 세수를 했다. 면도를 했다. 코털을 깎았다. 거울 속 내 얼굴을 유심히 들여다보았다. 반쪽은 빨갛고 반쪽은 파랬다. 너무 추했다. 내 파란 반쪽 얼굴을 툭 치며 나 스스로를 욕했다. 못생긴 놈! 순식간에 자신감이 무너졌다. 막언이 내 비위를 맞추려고 했던 말이 생각났다. 친구, 네 얼굴은 반쪽은 관운장이고, 반쪽은 두이돈(竇爾墩, 떠우얼뚠. 청나라 강희제 때의 의적으로 나쁜 부자들의 재산을 털어 가난한 사람을 도왔다—옮긴이)이야. 남성적 매력에 여자들이 쩔쩔맬 거야. 농담인 줄 알지만 그래도 자신감이 다소 회복되었다. 또 각또각 맑은 발소리가 복도 저쪽에서 들려오는 것만 같았다. 나는 얼른 문을 열었다. 텅 빈 복도뿐이었다. 그녀가 앉았던 자리에서 기다리면서 나는 길고 고통스러운 시간을 보냈다. 그녀가 읽었던 『가축 빈발질환 예방치료수첩』을 뒤적이며 나는 그녀의 책 읽는 표정과 자태를 떠올렸다. 책에 그녀의 향기가 남아 있었고 그녀의 지문이 찍혀 있었다. 돼지콜레라, 바이러스 전염병으로 발병속도가 빠르고 사망률이 높다…… 그런 내용을 그녀가 흥미진진하게 읽다니, 참으로 엉뚱한 아가씨였다……

드디어 나는 확실한 노크소리를 들었다. 극도의 추위를 느끼며 온몸이 바들바들 떨렸고 나도 모르게 이까지 덜덜거리며 '득득' 소리가 났다. 얼른 문을 열었다. 그녀의 미소가 나의 영혼을 뚫고 들어왔다. 아무 생각도 떠오르지 않았다. 미리 생각해두었던 말들이 하나도 떠오르지 않았다. 방항미의 그 의뭉스러운 암시도, 심연 같던 공포도 머리에서 지워졌다. 그녀를 안았다. 키스했다. 나를 안았다. 나에게 키스했다. 구름에 둥둥 뜨고 바다에 가라앉았다. 아무것도 필요없다. 너만 있으면 된다. 아무것도 두렵지 않다. 너만 있으면……

키스하면서 눈을 떴다. 두 눈 사이가 참으로 가깝다. 눈물을 흘렸다. 눈물을 핥았다. 짜고도 상큼했다. 착한 춘묘야, 왜 그래? 이게 꿈이 아니지? — 왜 그래? 해방오빠, 내 모든 게 이제 다 오빠 거예요. 나를 가져요. ……나는 몸부림쳤다. 물에 빠진 사람이 지푸라기라도 잡으려고 발버둥치는 것처럼. 하지만 지푸라기조차 잡지 못했다. 다시 키스했다. 죽었다가 살아난 듯한 키스 뒤에 이어지는 일은 뻔했다.

우리는 부둥켜안은 채 그 비좁은 야전침대에 몸을 내렸다. 침대가 좁게 느껴지지 않았다. "춘묘야, 착한 내 동생, 나는 너보다 스무살이나 많아. 게다가 이렇게 흉하게 생긴 내가 너에게 상처를 줄까 걱정이다…… 내가 죽일놈이다……" 나는 밑도끝도없는 말을 늘어놓았다. 그녀가 내 턱수염을 어루만지고 내 얼굴을 쓰다듬으면서, 내 귀에 입을 바짝 대고 간지럽게 말했다. "사랑해요……"

"왜?"

"모르겠어요……"

"내가 널 책임질게……"

"책임 같은 거 필요없어요. 내가 좋아서 그런 거예요. 당신이랑 백번 쎅스를 하고 떠날게요."

굶주린 늙은 소가 연한 풀을 만난 것 같았다.

너무나도 빨리 백번이 되었다. 하지만 우리는 갈라설 수 없었다.

백번째가 영원히 끝나지 않았으면 하는 바람뿐이었다. 그녀가 나를 어루만지며 눈물을 흘렸다. "저를 잘 봐두세요. 잊으면 안돼요."

"춘묘, 결혼하자."

"안돼요. 싫어요."

"난 이미 결정했어." 내가 말했다. "우리 앞에 깊은 수렁이 기다리고 있겠지만 나한텐 이 길밖에 없어."

"그럼, 우리 같이 뛰어내려요." 그녀가 말했다.

그날 저녁, 나는 집에 돌아가 아내와 결판을 냈다. 마침 아내는 행랑채에서 키로 녹두를 까부르고 있었다. 굉장한 기술이 필요한 일이었지만 그녀의 솜씨는 노련했다. 불빛 아래 그녀의 손이 아래위로, 좌우로 흔들리면서 수천만개의 녹두알도 따라서 앞으로 뒤로 굴러다녔다. 녹두에 섞인 잡것들이 날려갔다.

"뭘 그렇게 바쁘게 해?" 내가 싱겁게 말을 건넸다.

"아버님께서 보내주신 녹두예요." 그녀가 나를 슬쩍 보고는 손으로 키 앞부분에 몰린 큰 모래알들을 골라내면서 말했다. "아버님이 직접 키우신 거예요. 다른 것들은 썩게 두어도 이것은 그냥 둘 수 없어요. 키질을 해서 숙주나물을 키워 개방에게 먹이려고요."

그녀가 다시 키질을 하기 시작했다. 녹두가 쏴쏴 하는 소리가 들려왔다.

"합작." 나는 독하게 마음먹고 말했다. "우리 이혼하자."

그녀가 키질을 멈춘 채 넋나간 표정으로 나를 바라보았다. 내 말을 제대로 알아듣지 못한 것 같았다. 내가 말했다.

"합작, 미안해. 우리 이혼하자."

키가 그녀의 가슴에서 천천히 내려오더니, 처음에는 녹두알 몇개가 흘러내리고, 나중에는 수십개, 수백개의 녹두알이 굴러떨어졌고, 나중에는 한무더기 녹두알들이 녹색 폭포처럼 바닥에 쏟아졌다. 수많은 녹두알들이 대리석 바닥에서 굴러다녔다.

그녀의 손에서 키가 떨어졌다. 그녀의 몸이 좌우로 흔들리더니 균형을 잃었고, 내가 부축하려고 했지만 그녀가 벌써 파 몇뿌리와 마른 쫘배기가 놓인 도마에 몸을 기댔다. 그녀는 입을 막고 엉엉 소리를 지르며 울었고, 눈물이 쏟아졌다. 내가 말했다.

"정말 미안해. 하지만 그렇게 해줘……"

그녀가 갑자기 손으로 입을 훔치고는 오른손 식지로 오른쪽 눈의 눈물을 털어내고, 왼손 식지로 왼쪽 눈의 눈물을 털어낸 뒤 이를 물고 말했다.

"내가 죽고 나면 해!"

황합작은 떡을 구워 분노를 풀고
넷째 개는 술로 슬픔을 달래다

    너는 방춘묘와 미친 듯이 사랑을 나눈 뒤 진한 냄새를 풍기면서 네 아내와 행랑채에서 결판을 내고 있었고 나는 처마 밑에서 달을 쳐다보면서 생각에 잠겼다. 아름다운 달빛에 약간 실성한 것 같기도 했다.
    다시 보름달이 뜬 밤이었다. 동네 개들이 천화광장에 모두 모여 집회를 열고 있을 것이다. 오늘밤 집회는 세 가지 프로그램이 예정되어 있었다. 우선, 그 마스티프를 위한 애도였다. 그는 결국 해발이 낮은 환경에 적응하지 못하고 신체 기관의 기능이 퇴화되어 내출혈로 죽었다. 다음은 태어난 지 한달 된 우리 셋째누이의 아이를 축하해주는 일이었다. 넉 달 전, 현 정치협상회의 주석 집의 노르웨이 허스키와 연애결혼하여 흰 얼굴, 노란 눈을 가진 잡종 세 마리를 낳았다. 방항미 집에 자주 드나드는 곽홍복네 러시아 스피츠 말에 따르면 세 조카는 아주 건강하고 팔팔한데, 다만 눈빛이 어두워서 도적 같다고 했다. 생긴 것은 별로지만 태어나자마자 부잣집에서 세 놈을 찍어두었는데, 그 가격이 정말 어마어마했다. 마리당 최고 십만원씩이나 되었다.

연락책인 나의 부관 광동 사페이가 먼저 신호를 울렸다. 각각 다른 개짖는 소리가 곳곳에서 울려퍼져 파도가 되어 밀려왔다. '멍! 멍! 멍!' 나는 달을 보며 세 번 짖어 나의 위치를 알렸다. 주인집에 큰 변고가 생겨도 회장의 책임은 수행해야 했다.

너 남해방은 급히 나가면서 나를 한번 째려보았다. 나는 짖으면서 너를 전송했다. 녀석, 이제 좋은 날도 얼마 남지 않았다는 생각이 들었다. 네가 살짝 미웠지만, 아주 많이 밉지는 않았다. 앞에서도 말했다시피 네 몸에서 풍기는 방춘묘의 향기가 너에 대한 증오를 누그러뜨렸다.

나는 네가 차를 타지 않고 곧장 북쪽으로 걸어가고 있다는 것을 냄새로 알았다. 내가 네 아들을 학교에 바래다주는 길로 가고 있었다. 네 아내가 행랑채에서 큰 소리가 나게 문을 벌컥 열었다. 네 아내 손에서 시퍼런 식칼이 번쩍였는데 도마에 놓인 파뿌리와 꽈배기를 거칠게 썰었고 파의 매운 맛과 꽈배기 냄새가 코를 찔렀다. 하지만 그때 너의 냄새는 벌써 천화교에서 났고, 다리 밑의 썩은 냄새와 뒤섞여 있었다. 칼질을 할 때마다 그녀의 왼쪽 다리가 가늘게 떨렸고 입에서는 "뒈져라! 뒈져라!" 소리가 튀어나왔다. 너의 냄새가 농수산물시장 서쪽에서 났다. 주택들이 한줄로 늘어서 있는데, 강남에서 온 옷장수들이 살고 있었다. 그들은 '양 면상'이라는 별명을 가진 호주산 목양견을 기르고 있었다. 그 녀석은 어깨까지 털이 길게 내려와 있고, 얼굴이 작고 기다란 것이 개 같기도 하고 양 같기도 했다. 예전에 한번은 그 녀석이 네 아들의 길을 가로막고는 대가리를 쳐들고 이를 악물고서 시위하듯이 '으엉—' 하는 괴성을 질렀다. 네 아들은 잔뜩 겁먹고 내 뒤에 숨었다. 이제 막 도착해서 예의도 모르는 그런 녀석에게는 이빨로 본때를 보여주는 것조차 귀찮았다. 옷장수들이 사는 곳은 축축하고 더러워서 몸에 온통 벼룩들이 매달려 있는 녀석이 감히 이 몸이 호송하는 학동의 앞길을 막고 있었다. 나는 앞에 있는 날카로운 돌멩이를 발견하고는 몸을 돌려 왼쪽 뒷발로 힘껏 걷어찼다. 돌멩이가 날아가더니 그놈의 코에 명중했다. 그놈이 비명을 지르더니 대가리를 처박고 빙빙 도는데, 코에서는 시커먼 피를 흘리고 두 눈에서는 눈물을 흘렸다. 내가 엄숙하게 말했다. "자식! 그 양 눈깔은 폼으로 달고 다니냐?" 그 녀석은 그뒤로 내 말을 더없이 잘 듣는 친구가 되었다. 한번 맞붙어봐야 상대를 안다는 말이 딱 들어맞았다. 나는 농수산물시장 쪽에 대고 몇번 짖어 목양견한테 명령했다. "양 면상아, 그 남자 한번 겁 좀 줘라. 지금 바로 너희 집앞을 지나고 있어." 잠시 후, 양 면상이 늑대처럼 포효하는 소리가 들렸다. 네 냄새가 붉은 실처럼 탐화골목을 따라 쏜살같이 날아가고 있었고 뒤에는 밤색 실 같은 냄새가 바짝 쫓고 있었다. 양 면상이 너를 쫓아가고 있었던 것이다. 네 아들이 안채에서 뛰어나오더니 동쪽 행랑채의 광경을 보고는 깜짝 놀라서 소리쳤다. "엄마, 뭐 하세요?" 네 아내는 분이 채 가시지 않은 듯 썩은 파를 두 토막 내더니 칼을 던지고는 몸을 돌려 소매로 얼굴을 훔치며 말했다. "왜 아직도 자지 않고 그래? 내일 학교에 안 갈 거야?" 네 아들이 행랑채로 와서 네 아내 앞으로 가더니 날카로운 목소리로 말했다. "엄마, 울고 있어요?" 네 아내가 말했다. "울기는, 울긴 왜 울어? 파 때문에 눈이 매워서 그래." "이 밤중에 무슨 파를 썰고 그래요?" 네 아들이 투덜거렸다. "얼른 가서 잠이나 자. 지각해서 나한테 한번 혼나볼 거야!" 네 아내가 신경질적으로 소리지르면서 다시 칼을 손에 들었다. 네 아들이 놀라 뭐라고 투덜거리면서 돌아섰다. "이리 와봐, 아들." 네 아내가 말했다. 한손에는 칼을 들고 한손으로는 네 아들 머리를 쓰다듬으면서 말했다. "아들이, 힘내서 열심히 공부해. 그럼 엄마가 파를 넣어서 전병 만들어줄게." "엄마, 엄마." 네 아들이 소리쳤다. "나 먹지 않을 거니까, 하지 마세요. 엄마 너무 힘들어요……" 네 아내가 아들을 내보내면서 말했다. "엄마는 괜찮아. 힘 하나도 안 들어. 어서 가서 자……" 네 아들이 몇걸음 가더니 다시 돌아서 물었다. "아버지가 온 것 같았는데?" 네 아내가 멈칫하더니 말했다. "왔다가 또 갔어. 야근하러……" 네 아들이 투덜거렸다. "아버지는 왜 만날 야근이야?"

그 광경을 보고 있자니 내 가슴이 참으로 찡했다. 개들의 사회에서 나는 냉혹하고 무정하지만 사람 가정에서는 정이 넘쳤다. 천화골목에는 술에 전 젊은이 몇몇이 쇳내가 풍기는 자전거를 타고서 흔들거리며 지나갔다. 매끄러운 노랫가락이 하늘로 울려퍼졌다.

넌 항상 마음이 너무 약해. 마음이 너무 약하지. 모든 일을 혼자서 떠맡으려 하지.

나는 하늘에 떠도는 그 노랫소리를 향해 미친 듯이 짖어 댔다. 두 줄기 냄새는 아직도 쫓고 쫓기를 계속하고 있었고, 거의 탐화골목 끝으로 가고 있었다. 나는 얼른 양 면상에게 신호를 보냈다. "됐어. 이제 쫓지 마." 냄새 줄기가 서로 갈라지면서, 붉은 냄새는 북쪽으로, 밤색은 남쪽으로 가고 있었다. "양 면상, 너 물지는 않았지?" "살갗만 살짝 건드렸어. 피는 안 났을 거야. 그 자식, 바지에 오줌 지린 것 같던데." "알았어. 이따 봐."

네 아내는 정말로 전병을 만들기 시작했다. 밀가루를 이기고 있었다. 베개 절반만한 밀가루덩이를 반죽하고 있었다. 네 아들 반 학생들한테 파전병을 만들어다 주려는 건가? 그녀가 여린 어깨를 들썩이면서 반죽을 이겼다. '마누라는 두들겨패야 제맛이고, 밀가루는 치댈수록 제맛이다'는 말이 있다. 마누라는 맞을수록 어질어지고 밀가루는 치댈수록 쫄깃쫄깃해진다는 말이다. 땀이 흘러내리고 어깻죽지 양쪽으로 옷이 젖었다. 그녀의 눈물이 흐르다 멈추다 했다. 분노의 눈물, 슬픔의 눈물, 옛일을 회상하니 끝없는 감회가 밀려들어 흘리는 눈물이었다. 옷깃에 떨어지기도 하고 손등에 떨어지기도 하고 부드러운 밀가루반죽에 떨어지기도 했다. 밀가루덩이가 점점 부드러워지더니 달짝지근한 냄새까지 풍겼다. 밀가루를 조금 더 넣고서 다시 주무르기 시작했다. 낮은 소리로 흐느끼는가 싶더니 소매로 얼른 울음소리를 막아버렸고, 얼굴은 온통 밀가루 천지여서 우습기도 하고 가엽기도 했다. 간혹 일을 멈추고, 밀가루투성이인 손을 늘어뜨린 채 행랑채를 왔다갔다하기도 했는데 뭔가를 찾는 것 같았다. 그러다가 발이 미끄러져서 바닥에 엉덩방아를 찧으면—바닥의 녹두가 말썽이었다—그냥 얼빠진 채로 눈이 휘둥그레져서 벽에 붙은 도마뱀을 보는 것 같았다. 그러더니 땅을 치며 엉엉 울기 시작했다. 한참 울다가 일어나 다시 밀가루반죽을 이겼다. 반죽을 한참 이기고는 칼로 난도질한 파와 꽈배기를 그릇에 담았다. 기름을 따르더니 생각에 잠기고, 소금을 넣더니 생각에 잠기고, 다시 기름병을 들고 기름을 따랐다. 나는 알았다. 여인의 머리가 이미 매우 혼란스럽다는 것을. 그녀는 한손으로 대접을 들고 한손으로는 젓가락을 들고 휘저으면서 집 안을 빙빙 돌았다. 이리저리 보면서 뭔가를 찾는 듯했다. 바닥에 떨어진 녹두알 때문에 그녀가 다시 미끄러졌다. 이번에는 더 심하게 넘어졌다. 단단하고 차가운 인조대리석 바닥에 거의 대자로 누워버렸다. 하지만 손에 든 그릇은 기적적으로 떨어뜨리지 않았을 뿐만 아니라 절묘하게 균형까지 잡았다. 내가 달려가 도와주려고 했지만 그녀가 벌써 윗몸을 일으키고 있었다. 일어서지 않고 앉은 채로 슬프게 소녀처럼 소리내며 울더니 뚝 그쳤다. 엉덩이를 끌고 앞으로 가더니 다시 앞으로 두 번 나아갔다. 한쪽 엉덩이가 일그러져서 움직일 때마다 몸이 왼쪽 뒤편으로 크게 기울었다. 하지만 손에 든 그릇은 계속 균형을 유지하고 있었다. 몸을 앞으로 기울여 도마에 그릇을 올려놓자 몸이 다시 왼쪽 뒤편으로 기우뚱했다. 그녀가 일어나지 않은 채로 두 다리를 곧게 펴면서 윗몸을 앞으로 기울였는데, 머리가 거의 무릎까지 닿았다. 이상한 기공(氣功)을 하는 것 같았다. 밤은 벌써 한참 깊어서, 달이 가장 높이 떠올라 가장 강한 빛을 내고 있었다. 고요한 달밤에 서쪽 이웃집 고물시계가 시간을 알리는 소리에 깜짝 놀랐다. 우리 개들 모임 시작까지는 한 시간밖에 남지 않았다. 많은 개들이 진즉에 천화광장의 분수 옆에 모였고, 많은 개들이 큰길과 골목을 따라 모이고 있었다. 나는 다소 초조했지만 차마 갈 수가 없었다. 여인이 주방에서 어떤 어리석은 짓을 할지 몰라 걱정스러웠다. 나는 구석의 종이박스에 있는 새끼줄 냄새, 고무호스와 연결된 부분에서 나는 가스 새는 냄새, 기름종이 봉투로 꽁꽁 싸서 구석에 놓은 디디브이피(DDVP) 살충제 냄새를 맡았다. 그런 것은 사람 목숨을 앗아가는 물건들이다. 물론 식칼로 손목을 벨 수도 있고 목을 벨 수도 있고 전기에 손을 가져다댈 수도 있고 벽에 머리를 박을 수도 있고 마당 우물의 씨멘트 덮개를 열고 뛰어들 수도 있다. 아무튼 그런 이유 때문에 원월회(圓月會) 파티에 갈 수가 없었다. 양 면상과 곽홍복네 러시아 스피츠가 대문 밖에서 나를 부르면서 발로 문을 두드렸다. 러시아 스피츠가 애교를 떨며 말했다. "회장님, 우리 기다리고 있어요." 내가 목소리를 깔고 그들에게 말했다. "너희 먼저 가. 나는 여기 일이 좀 있어서 몸을 빼기 어려워. 내가 제시간에 가지 못하면 마(馬)부회장더러 진행하라고 해."—마부회장은 육류가공공장의 마공장장이 기르는 검은색 사냥개였다. 개는 주인의 성을 따른다—둘은 시시덕거리면서 천화골목을 따라 남쪽으로 갔다. 나는 계속 네 아내를 관찰하고 있었다.

그녀가 마침내 고개를 들었다. 앉아 있는 자기 주위의 녹두를 손바닥으로 쓸어모으더니 한쪽 엉덩이로 힘겹게 움직이면서 바닥의 녹두를 모으기 시작했다. 녹두가 한무더기 쌓였다. 볼록하게 쌓인 녹두 무더기가 잘 만든 무덤 같았다. 녹두무덤을 한참 멍하니 보던 그녀가 또다시 눈물을 흘렸다. 그녀가 갑자기 녹두를 한줌 쥐고는 공중에 뿌렸고, 녹두 알이 행랑채에서 춤을 추었고, 벽이나 냉장고에 부딪히기도 하고 밀가루 항아리에 떨어지기도 했다. 행랑채에 울리는 소리가 마른 잎에 우박 떨어지는 것 같았다. 두 줌을 뿌리더니 그만두고 옷깃으로 얼굴을 닦고는 키를 끌어와 녹두를 한움큼씩 담았다. 키를 한쪽으로 밀어내고 어렵게 일어나 도마 앞으로 다가가 다시 반죽을 몇번 이기고 빵에 넣을 소를 몇번 휘젓고는 반죽을 뜯어 빵을 만들기 시작했다. 바닥이 평평한 냄비를 부뚜막에 올리고 가스 불을 켜고 기름을 적당히 따랐다. 첫번째 빵을 냄비에 올리자 지글지글 기름 소리와 함께 코에 스치던 향기가 주방에서 흘러나와 온 마당에 퍼지더니 빠르게 거리로, 온 읍내로 퍼져나갔다. 조마조마하던 내 마음이 이제야 풀리는 것 같았다. 고개를 들고 서쪽으로 기운 달을 보고 천화광장 쪽 동정을 듣고 냄새를 맡았더니 우리 회의는 아직 시작하지 않은 모양이다. 모두들 나를 기다리고 있었다.

 그녀가 놀라지 않도록 나는 그 편한 '삼점 사선' 법을 쓰지 않고 화장실 쪽 낡은 기왓더미를 밟고 서쪽 벽으로 뛰어올랐다. 서쪽 이웃집 마당에 내린 뒤 그 집의 낮은 서쪽 담을 뛰어넘어 좁은 골목을 따라 남쪽으로 내달리다가 동쪽으로 돌아 천화골목으로 향했다. 남쪽을 향해 미친 듯이 뛰었다. 귓가에는 바람소리가 쌩쌩 들리고 달빛이 물처럼 내 등에 흘렀다. 천화골목 끝은 입신로(立身路)였고 골목과 큰길이 만나는 곳 오른편 모퉁이에 성관(城關, 청관) 공급판매합작사의 맥주도매점이 있었다. 비닐끈으로 열 병씩 묶인 맥주가 산더미처럼 쌓여 달빛 아래 반짝이고 있었다. 검둥 사냥개

여섯 마리가 맥주 한묶음씩 끌고 줄지어 큰길을 건너고 있었다. 똑같은 거리를 유지한 채 자세도 똑같고 보폭도 똑같은 것이 잘 훈련된 병사 같았다. 다른 개라면 어림없는 일이었다. 내 가슴에서 우리 종족에 대한 자부심이 솟구쳤다. 나는 그들에게 아는 체할 수가 없었다. 내가 아는 체하면 필시 답례를 할 것인데, 그렇게 되면 맥주 여섯 묶음이 바닥에 떨어질 것이다. 나는 그들 옆을 슬쩍 지나치고, 무성한 꽃들로 가지가 휘어진 길 옆 백일홍을 지나치고, 비스듬히 천화광장으로 들어섰다. 광장 중앙의 분수 주위에 수백 마리 개들이 무리지어 앉아 내가 오는 것을 보고는 일어나 일제히 환호성을 질렀다.

마부회장과 여(呂)부회장, 그리고 열 마리가 넘는 분회회장들에게 둘러싸여 나는 단상에 올랐다. 대리석 기단인 단상에 서서 나는 호흡을 가다듬었다. 멀리서 보면 멋진 개 조각 같을 것이나. 하지만 미안하다. 나는 조각이 아니다. 나는 용처럼 범처럼 팔팔하고 토종 흰 개와 독일 검정 사냥개의 우수한 DNA를 물려받은 맹견으로, 고빌현의 견공 대왕이었다. 연설을 시작하기 전, 나는 우선 이초 동안 정신을 집중하고, 후각을 집중해서 일초 동안 네 아내의 상황을 살폈다. 동쪽 행랑채에서 파전병 냄새가 진동하는 걸 보니 모든 게 정상이었다. 다시 이초 동안 너의 상황을 살폈다. 너는 연기가 자욱한 사무실에서 창문에 기대 달밤의 읍내를 바라보며 생각에 잠겨 있었다. 네 상황도 괜찮은 편이었다.

나는 기단 앞 초롱초롱한 개들의 눈과 반짝이는 개털들을 마주보면서 소리높여 말했다.

"형제자매들이여, 나는 제18차 원월회의 개막을 선포한다!"

개들이 일제히 짖었다.

나는 오른발을 들어 그들에게 흔들면서 소리가 멈추기를 기다렸다.

"이달, 우리 사랑하는 마스티프가 불행하게 세상을 떴다. 우리 다같이 세 번 짖어서 그의 영혼이 편안히 고원으로 돌아가길 기원하자."

수백 마리 개들이 세 번 짖었고 그 소리가 읍내를 뒤흔들었다. 내 눈시울은 이미 젖어 있었다. 마스티프 때문이기도 하고 개들의 진심 때문이기도 했다.

이어서 다같이 노래하고 춤추고 이야기를 나누고 술마시고 음식을 먹으며 셋째누이의 새 아기 탄생 삼십일을 축하하도록 했다.

개들이 환호했다.

기단 아래에 있던 셋째누이가 자기 아들을 위로 건네주었다. 내가 강아지 볼에 뽀뽀하고 모든 개들 앞에 들어 보이자 개들이 일제히 환호성을 질렀다. 강아지를 내려놓자 셋째누이가 다른 암캐를 건네주었다. 암캐에게도 뽀뽀하고 들어올리자 개들이 환호성을 질렀다. 암캐를 내려놓자 셋째누이가 마지막 강아지를 건네주었다. 나는 대충 뽀뽀를 하고 개들 앞에 들어올렸다가 내려놓았다. 개들이 또 환호성을 질렀다.

내가 기단에서 뛰어내리자 셋째누이가 다가와 세 강아지들한테 말했다. "삼촌이라고 불러. 이분이 너희 외삼촌이야."

강아지들은 웅얼거리며 삼촌이라고 불렀다.

나는 셋째누이에게 차갑게 말을 던졌다. "애들이 모두 팔렸다면서?"

셋째누이가 우쭐해하면서 말했다. "그러게 말이야. 낳자마자 사려는 사람들이 문이 닳도록 찾아왔어. 결국 우리집 안주인이 여진의 가(柯)서기와 공상국의 호(胡)국장, 위생국의 도(塗)국장한테 팔만원씩에 팔았어."

"십만원이 아니고?" 내가 차갑게 물었다.

"십만원 가져왔는데 우리집 주인이 이만원씩 돌려줬어. 우리집 주인은 돈에 눈먼 사람이 아니어서 말이야."

"젠장!" 내가 말했다. "그게 어디 개를 파는 거야? 분명히……"

셋째누이가 날카로운 소리로 내 말을 잘랐다. "애들 삼촌!"

"알았어, 아무 말 안할게." 낮은 소리로 셋째누이와 이야기를 나누고는 다시 목소리를 높여 개들에게 말했다. "춤을 춰라! 노래를 불러라! 술을 마셔라!"

귀가 쫑긋하고 허리가 잘록하고 꼬리털이 빠진 독일 도

베르만 핀셔 한마리가 맥주 두 병을 안고 내게 다가왔다. 입을 벌려 맥주병을 따자 거품이 뿜어져나왔고 맥주 향기가 넘쳤다. 그가 말했다.

"회장님 한잔하시지요." 나는 맥주병을 들어 그가 안고 있는 맥주병과 부딪쳤다.

"건배!" 내가 말했고 그도 말했다.

우리는 병 주둥이를 입에 넣고 두 발로 병을 잡고서 벌컥벌컥 쏟아부었다. 개들이 계속 와서 술을 권했고 나는 거절하지 않았다. 얼마 지나지 않아 내 뒤로 맥주병이 가득 쌓였다. 흰색 페키니즈 한마리가 머리에는 댕기를 매고 목에는 나비리본을 매고서 육류가공공장에서 생산한 햄을 물고 공처럼 굴러 다가왔다. 몸에서 향수 샤넬 넘버 5 향기가 우아하게 풍겼고 새하얀 털이 은처럼 빛났다.

"회장님……" 그가 약간 말을 더듬었다. "회…… 회장님, 햄 드세요."

그가 촘촘한 이빨로 포장지를 찢어서 두 발로 햄을 내 입 가까이에 들어올렸다. 나는 호두알 크기만큼 한입 떼서 천천히 근엄하게 씹기 시작했다. 마부회장이 술병을 안고 와 내 술병에 부딪치면서 물었다.

"햄맛이 어떤가요?"

"괜찮은데." 내가 말했다.

"젠장, 녀석들더러 맛만 보게 한상자만 가져오라고 했더니 스무 상자나 끌고 왔지 뭡니까. 내일, 창고 지키는 늙다리한테 혼날 것 같아요." 마부회장의 말에 만족감이 묻어 있었다.

"마부회장님, 제가 한잔…… 부…… 부회장님께 따라 올리지요." 페키니즈가 아양을 떨었다.

"회장님, 얘는 마리라고 하는데, 북경에서 금방 왔어요." 마부회장이 페키니즈를 가리키면서 말했다.

"네 주인은 누구냐?" 내가 물었다.

페키니즈가 자랑하면서 말했다. "제 주인은 고밀현 사대 미인 중의 하나인 자의예요!"

"공자의(鞏紫衣, 꿍쯔이)?"

"초대소 소장!"

"네, 맞아요."

"마리는 귀엽고 영리하고 사람들 말도 잘 알아들으니까 회장님 비서를 시키는 게 어떨까요?" 마부회장이 의미심장하게 말했다.

"나중에 이야기하자고." 내가 대답했다.

나의 쌀쌀한 태도는 당연히 마리에게 큰 충격이었다. 그가 눈을 흘기면서 분수 옆에서 열심히 먹어대는 개들을 보며 무시하는 투로 말했다.

"고밀현의 개들은 너무 야만스러워. 우리 북경의 개들은 원월회를 할 때, 모두 화려하게 차려입고 우아하게 춤을 추는데 말이야. 다들 춤을 추면서 예술을 논하고 술을 마셔도 포도주를 약간 마시거나 얼음물을 마셔. 먹을 때도 이쑤시

개에 햄을 꽂아서 먹고 말이야. 어디 너희 같은 줄 알아? 아휴, 저 검은 털에 흰 발톱을 한 녀석 좀 봐!"

토종개 한마리가 한쪽에 꿇어앉아 있는데, 그 앞에 맥주 세 병, 햄 세 개, 마늘 한 무지가 쌓여 있었다. 녀석은 맥주 한입 마시고 햄 한입 먹고, 그런 다음 발톱으로 마늘을 집어 정확하게 입으로 던져넣었다. 녀석은 다른 사람을 전혀 개의치 않고 요란하게 씹으면서 먹는 데 완전히 빠져 있었다. 옆에 있는 토종개들도 벌써 거의 취해 있었다. 하늘을 향해 길게 휘파람을 부는 놈도 있고 연거푸 트림하는 놈도 있는가 하면 헛소리를 지껄이는 놈도 있었다. 그 녀석들도 마음에 들지는 않았지만 페키니즈의 쁘띠부르주아 같은 태도가 하도 꼴사나워 내가 한마디했다.

"로마에 가면 로마법을 따라야지. 너도 고밀현에 왔으니 먼저 마늘 먹는 것부터 배워야겠다!"

"아이고!" 페키니즈가 요란스럽게 소리쳤다. "매워죽겠어, 더러워죽겠어!"

고개를 들고 달을 보니 시간이 거의 된 것 같았다. 초여름에는 낮이 길고 밤이 짧아서 이제 길어봐야 한 시간만 지나면 새들이 재잘댈 것이다. 새장을 들고서 산책하는 사람들, 검을 들고 단련하는 사람들이 천화광장에 모여들 때가 되었다. 나는 마부회장의 어깨를 툭툭 치면서 말했다.

"그만 끝내자."

마부회장이 술병을 버리고 고개를 치켜들고 달을 향해

날카롭게 짖어댔다. 개들이 잇달아 품에 있던 술병들을 버렸다. 취한 녀석이든, 취하지 않은 녀석이든 다들 정신을 차리고 내 말을 기다렸다. 나는 단상에 올라가 말했다.

"오늘 모임은 이만 하겠다. 삼분 후, 이 광장에 한마리도 남아서는 안된다. 다음 모임 일정은 추후에 정하겠다. 해산!"

마부회장이 다시 짖자, 개들이 무거운 뱃가죽을 끌고 사방으로 뛰어갔다. 많이 마신 녀석들은 비틀거리면서 기고 구르면서 잠시도 가만있지를 못했다. 셋째누이와 남편은 세 아이를 일본제 유모차에 물어 올렸다. 한마리는 밀고, 한마리는 끌면서 나는 듯이 가버렸다. 세 강아지들이 유모차를 꼭 붙들고 흥분하여 계속 날카롭게 소리를 질렀다. 삼분 후 떠들썩하던 광장이 조용해지고 여기저기 널브러진 술병이 반짝이고, 먹다 남은 햄냄새가 풍기고, 몇백 마리 개들이 싼 오줌 지린내가 진동했다. 나는 만족스럽게 머리를 끄덕이고 마부회장과 하이파이브를 하고 헤어졌다.

나는 슬그머니 집에 들어왔다. 네 아내는 동쪽 행랑채에서 전병을 굽고 있었다. 그 일을 통해 즐거움을 찾고 평온을 찾은 듯 얼굴에 묘한 미소까지 짓고 있었다. 오동나무에서는 참새 한마리가 재잘대고 있었다. 십여분 후, 읍내는 새소리로 뒤덮였으며 달빛이 점차 옅어지더니 조용히 여명이 찾아왔다.

제44장

금룡은 리조트를 건설하려 하고
해방은 망원경에 사랑을 실었다

……나는 금룡과 관계된 서류를 읽고 있었던 것 같다. 그는 서문촌에 문화대혁명 시절의 모습을 그대로 재현한 문화리조트를 건설하려고 했다. 보고서에 그 성공 가능성이 그럴듯하게 적혀 있었다. 문화대혁명은 문화를 파괴한 동시에 새로운 문화를 창출했다. 그는 지워진 표어를 다시 벽에 칠하고 고성능 스피커를 다시 매달고 살구나무에 단상을 다시 세우고 큰비로 무너진 살구나무 양돈장을 다시 세우려고 했다. 또한 마을 동쪽에 오천무 넓이의 골프장을 건설하고 땅을 잃고 실직한 농민들에게는 마을에서 문화대혁명기에 그들이 했던 일들을 연기하도록 했다. 비판대회를 열고 '주자파'를 끌고 다니며 혁명모범극을 공연하고 충자무(忠字舞, 문

혁기에 모택동에게 충성을 맹세하는 내용을 담은 집단무—옮긴이)를 추게 하기도 했다. 보고서에는 또 문화대혁명 때 물품들을 대량복제할 수 있다고 썼다. 예를 들면 완장, 창, 모주석 배지, 전단지, 대자보 등이었다. 또한 관광객들도 옛날 힘들던 과거를 회상하는 데 동참하여 과거를 회상하는 극을 보고 그 시절의 밥을 먹으면서 빈농들이 늘어놓은 신중국 성립 이전의 구사회 이야기를 들려주자고 했다. 보고서에는 서문저택 큰마당을 박물관으로 조성하여 남검과 그의 의족을 붙인 나귀, 뿔 하나가 잘린 소의 밀랍상을 만들자고도 했다. 그런 포스트모던한 행사들은 분명히 도시인과 외국인들의 호기심을 자극할 것이고 그러면 그들도 아낌없이 주머니를 털 것이라고 했다. 그들의 지갑이 얇아지면 우리 지갑은 두둑해질 것이라고 했다. 보고서에는 문화대혁명 시절을 재현한 마을을 다 돌고 나면 바로 휘황찬란하고 황홀한 현대적인 향락세상으로 보내자는 내용도 들어 있었다. 그는 야심만만해서 서문촌 동쪽에서 오가취 모래섬까지 땅을 전부 집어삼켜서 세계 최고 수준의 골프장을 짓고 세상 모든 놀이기구를 다 모은 놀이공원을 건설하겠다고도 했다. 오가취에는 고대 로마궁전을 닮은 싸우나를 건설하고 미국 라스베이거스 같은 규모의 도박장을 세우며 모래사장에 조각공원을 만들겠다고도 했다. 조각의 주제는 십여년 전 사람을 놀라게 했던 사람과 돼지가 벌인 일대 전쟁이었다. 그는 그 공원이 사람들로 하여금 환경문제를 생각하도록 하고 만물은 영성이 있다는 생각을 갖게 만들 것이라고 했다. 얼어붙은 강에서 아이를 구한 수퇘지의 행동은 더 과장되어야 한다. 보고서는 또 컨벤션센터를 세워 해마다 국제 애완동물 대회를 열어 외국손님을 유치하고 외국자본을 끌어들이자고 했다……

현정부 관련부처 앞으로 보낸 지도요청서와 아주 그럴듯한 성공 가능성에 대한 보고서, 그리고 중국공산당 현위원회와 현정부 주요 지도자들의 칭찬이 담긴 의견을 본 뒤, 나는 고개를 흔들며 한숨을 내쉬었다. 나는 사실 옛것을 보존하고 지키려는 사람이다. 땅을 아끼고 쇠똥냄새를 좋아하고 전원생활을 즐기고 우리 아버지처럼 땅을 생명으로 아는 전통적인 농민에 대해 깊은 존경심을 품고 있다. 하지만 그런 사람들은 지금 시류를 따라가지 못하고 있다. 뜻하지 않게 한 여자를 미친 듯이 사랑하고 그녀를 위해 아내에게 이혼까지 요구한 것도 아주 고전적이고 시류에 맞지 않았다. 그 보고서에 내 의견을 적시할 수가 없어서 읽었다는 표시로 그냥 내 이름에 동그라미만 쳤다. 그런데 문득 의문이 들었다. 이렇게 허황하고 터무니없는 보고서를 대체 누가 썼을까? 음흉하게 웃는 막언의 얼굴이 갑자기 창문에 떠올랐다. 그의 얼굴이 어떻게 10미터가 넘는 삼층 창문에 떠올랐는지 의아해하는데 복도에서 갑자기 떠들썩한 소리가 들렸다. 문을 열어보니 황합작이 한손에 식칼을 들고 한손에는 긴 끈을 끌고 걸어오고 있었다. 머리카락이 헝클어지고 입가에서는 피가 흐르고 눈빛은 초점을 잃고 절룩거리면서 내 앞으로 다가왔다. 내 아들은 책가방을 멘 채 기름이 뚝뚝 떨어지는 뜨거운 꽈배기를 들고 무표정하게 뒤를 따랐고 그 뒤를 다시 송아지처럼 지엄하게 생긴 커다란 개가 따르고 있었다. 개의 목에는 아들이 학교 다닐 때 쓰는 물통이 걸려 있었다. 주전자에는 만화캐릭터가 그려져 있었는데 끈이 너무 길어서 걸을 때마다 물통이 무릎에 부딪혔다.

나는 비명을 지르며 꿈에서 깨어났다. 나는 옷을 입고 소파에 누워 있었고, 이마는 흥건히 젖고 머릿속에 아무 생각도 나지 않았다. 수면제의 부작용 때문에 머리가 띵하고 창문에서 쏟아지는 아침햇살이 눈을 찔렀다. 나는 진저리를 치면서 일어나 대충 세수를 하고 벽시계를 보았다. 벌써 여섯시 삼십분이었다. 전화벨이 울려서 수화기를 들었다. 아무 말도 하지 못한 채 그저 불안하게 기다렸다. ―저예요! 그녀가 흐느끼며 말했다. 밤새 한잠 못 잤어요. ―걱정 마. 나 괜찮아. ―먹을 것 좀 가져다드릴게요. ―절대 오지 마. 내가 말했다. 겁이 나서 그러는 게 아니야. 메가폰을 들고 빌딩 옥상에서 널 사랑한다고 외칠 수도 있어. 하지만 그 결과는 상상도 할 수 없을 거야. ―나도 알아요. ―당분간 만나는 걸 줄이자. 그녀한테 꼬리잡히지 않게. ―알았어요. 그 사람한테 너무 미안해요. ―절대 그렇게 생각지 마. 죄가 있다면 다 내 잘못이야. 엥겔스가 말했지. 사랑이 없는 결혼이 가장 비도덕적인 일이라고. 그러니까 우리는 잘못이 없는 거야. ―만두 좀 사다드릴까요? 경비실에 두고 가면 안될까요? ―절대 오지 마. 걱정 말고. 땅속 지렁이가 굶지 않는 한 나도 굶지 않아. 앞으로 어떻게 될지 모르지만 지금은 부현장이잖아. 숙직실에 가서 먹을게. 거기 없는 게 없어. ―정말 많이 보고 싶어요. ―나도 그래. 이따가 출근할 때 서점 정문에서 내 방 창 쪽으로 얼굴을 돌려봐. 그러면 널 볼 수 있어. ―하지만 전 볼 수 없잖아요. ―나를 느낄 수 있으면 돼. 됐어. 춘묘야……

나는 숙직실에 가서 밥을 먹지 않았다. 그 여자와 살을 섞은 뒤로 나는 사랑에 빠진 개구리마냥 식욕을 잃고, 걱정만 끓어올랐다. 식욕이 없어도 먹어야 했다. 그녀가 가져온 간식들을 찾아내 손에 집히는 대로 입에 쑤셔넣었다. 아무 맛도 느껴지지 않았다. 그저 칼로리가 생성되고 영양이 공급되어 내 생명을 지속시킬 것이란 점만 알았다.

나는 망원경을 들고 창에 엎드려 늘 하던 작업을 시작했다. 내 머리에 정확한 시간표가 있었다. 읍내 남쪽으로는 그때만 해도 높은 건물이 없어서 시선에 막힘이 없었고 마음만 먹으면 천화광장에서 아침운동을 하는 노인들의 표정까지 볼 수 있었다. 나는 먼저 망원경으로 천화골목을 들여다보았다. 천화골목 1번지는 우리집 문에 적힌 번지수이다. 대문이 굳게 닫혀 있었다. 문에는 내 아들의 원수들이 분필로 그려놓은 그림과 표어가 적혀 있었다. 왼쪽 문짝에는 이를 드러낸 남자아이가 그려져 있는데 얼굴 반쪽은 하얗지만 반쪽은 비어 있었다. 가느다란 두 팔을 머리 위로 들고 있었는데 마치 항복하는 자세 같았고 가냘픈 두 다리는 벌리고 있는데 가운데에 비례가 전혀 맞지 않게 큰 생식기가 붙어 있었다. 생식기 아래에 흰 선이 그려져 있고, 대문까지 이어진 것을 보니 오줌줄기였다. 오른쪽 문짝에는 눈알이 방울만한 채 입술을 반달처럼 벌리고 머리를 두 갈래로 땋은 여자아이가 그려져 있었다. 그 아이도 두 팔을 어깨 위로 들어올리고 두 다리는 벌리고 있었는데 중간에 흰 선이 대문 밑까지 이어졌다. 남자아이의 그림 왼쪽에는 비뚤비뚤 커다란 세 글자가 쓰여 있었다. 남개방. 여자아이의 그림 오른쪽에도 커다랗게 세 글자가 쓰여 있었다. 방봉황. 나는 그림을 그린 사람의 의도를 알았다. 내 아들과 방항미의 딸은 같은 반으로 방봉황이 반장이었다. 내 머리에 차례로 춘묘, 방호, 왕낙운, 방항미, 상천홍, 서문금룡 등의 얼굴이 떠올랐고 마음은 쓰레기통저럼 어지러웠다.

망원경렌즈를 조금 쳐들자 천화골목이 갑자기 짧아지고 눈앞까지 다가왔다. 분수는 쉬고 있었고 까마귀들이 떼지어 주위에서 음식물을 빼앗아먹고 있었다. 먹다 남은 햄 같은 것이다. 까마귀 울음소리는 들을 수 없어도 그들이 시끄럽게 울고 있다는 것은 알 수 있었다. 한마리가 음식물을 물고 날면 열 마리가 넘는 까마귀들이 흥분하여 날아갔다. 하늘에서 떼지어 싸웠고 날아다니는 깃털들이 죽은 사람을 위해 태우는 종이 재 같았다. 땅에는 맥주병들이 흩어져 있었고,

흰 모자에 큰 마스크를 끼고 빗자루를 든 청소부 아주머니가 검은색 주머니를 들고 쓰레기를 줍는 노인네와 맥주병을 두고 다투고 있었다. 환경보호 분야는 내 관할이었다. 폐품을 파는 것이 청소부 아주머니들의 큰 수입이라는 것을 나는 잘 알고 있었다. 그 폐품 중에서도 이익이 가장 좋은 것이 맥주병이었다. 쓰레기 줍는 노인네가 맥주병을 주머니에 넣을 때마다 청소부 아주머니가 빗자루로 한대씩 때렸다. 정면으로 달려들어 가격했다. 맞을 때마다 쓰레기 줍는 노인네가 일어나서 술병을 들고 청소부 아주머니에게 대들었고 아주머니는 빗자루를 끌고 도망쳤다. 노인네는 진짜로 쫓아가지는 않았고 다시 자리로 돌아가 쭈그려앉아 부지런히 빈 병을 주머니에 넣었고, 그러면 다시 청소부 아주머니가 빗자루를 들고 달려왔다. 그 광경은 텔레비전의 「동물의 세계」를 연상시켰다. 쓰레기 줍는 늙은이는 사자였고, 청소부 아주머니는 하이에나였다.

나는 예전에 「둥근달〔圓月〕」이라는 막언 소설에서, 고밀현 개들이 보름마다 천화광장에 모여 모임을 가진 이야기를 읽은 적이 있는데, 그렇다면 이 맥주병들과 햄들은 개들이 모임하고 남긴 흔적일까?

망원경렌즈를 조금 낮추자 천화광장과 천화골목이 보였다. 나는 가슴이 갑자기 뛰었다. 황합작이 나타났다. 자전거를 밀면서 힘겹게 대문 앞 세 계단을 내려오고 있었다. 돌아서서 문을 잠글 때 문에 그려진 그림을 발견했다. 계단을 내려와 두리번거리더니 길을 건너 솔잎 한줌을 뜯어와서는 벽에 그려진 분필 그림들을 힘껏 닦아냈다. 그녀 얼굴을 볼 수는 없었지만 분명 내 욕을 하고 있다는 것은 알 수 있었다. 분필이 어느정도 지워지자 그녀는 자전거를 타고 북쪽으로 수십 미터를 갔고, 한줄로 늘어선 집들이 그녀의 앞을 가로막았다. 그녀는 어제저녁 어떻게 지냈을까? 밤을 새웠을까? 아니면 평상시처럼 달게 잤을까? 나는 모른다. 그녀를 사랑하지 않은 지 몇년이 되었어도 여전히 내 아들의 어머니니까 나와 어쩔 수 없이 관련이 있었다. 그녀의 모습이 기차역 광장으로 통하는 큰길에 나타났다. 자전거를 타고 있어도 몸의 균형을 잡기 힘들었다. 그녀가 자전거를 아주 급하게 몰았다. 몸이 심하게 흔들리고 있었다. 나는 담뱃재를 뒤집어쓴 듯한 그녀의 얼굴을 보았다. 그녀는 검은색 셔츠를 입고 있었고, 가슴에는 노란색 봉황이 그려져 있었다. 그녀는 옷이 아주 많았다. 무슨 생각에서였는지, 전에 한번은 내가 출장갔다가 오는 길에 그녀에게 치마를 열두 벌이나 사다주기도 했다. 하지만 그 옷들은 모두 상자 밑에 차곡차곡 깔려 있었다. 현청사 옆을 지나면서 혹시 그녀가 내 사무실 창문을 쳐다보지 않을까 했는데 전혀 아니었다. 먼 곳을 바라보며 빠르게 지나갔다. 나는 길게 한숨을 쉬었다. 그녀가 절대 나를 쉽게 놓아주지 않으리란 것을 알았다. 하지만 전쟁은 시작되었고, 끝까지 밀고 나가는 수밖에 없다.

  나는 망원경으로 집 문을 조준했다. 천화골목은 골목이

라고 하지만 너비가 족히 몇십 미터가 넘는 대로였다. 읍내 남쪽에 사는 사람들은 아이들을 봉황소학교에 바래다줄 때 다들 이 길을 지나갔다. 마침 학교 가는 시간이라 골목이 북적였다. 고학년 아이들은 거의 모두 자전거를 타고 다녔다. 남자아이들은 바퀴가 두툼한 산악자전거를 타고, 여자아이들은 비교적 전통적인 자전거를 탔다. 남자아이들은 몸을 앞으로 기울이고 엉덩이를 치켜들고 자전거를 탔는데, 자전거를 타고 가는 여자아이들 몸에 바짝 붙어서 갔고, 어떤 아이는 여자아이들 사이를 불쑥 비집고 지나갔다.

내 아들이 개하고 같이 문을 나섰다. 먼저 개가 기어나왔고 아들이 따라나왔는데, 아들은 문을 아주 조금만 열었다. 정말 영리했다. 두 철문을 모두 여닫자면 시간도 걸릴 뿐 아니라 힘도 많이 들었다. 둘은 문을 잠그고 첫번째 계단에서 바로 땅으로 뛰어내려 북쪽으로 걸어갔다. 내 아들이 옆에서 자전거를 타고 지나가는 남자아이와 인사를 나누는 것 같았다. 개가 그 남자애를 향해 몇번 짖어댔다. 둘이 천화이발소 앞을 지나갔다. 천화이발소 맞은편에 유리어항을 만들고 금붕어를 파는 가게가 있었다. 가게문이 동쪽으로 향해 있는데 햇빛이 찬란했다. 가게주인은 예전에 면화물류쎈터에서 회계로 일했던 퇴직노인인데, 아주 멋지게 늙었다. 그가 마침 어항들을 하나씩 들고 나왔다. 내 아들과 개가 장방형 어항 앞에 쪼그려앉아 둔하게 헤엄치는, 배가 불룩한 금붕어를 뚫어져라 바라보고 있었다. 가게주인이 내 아들에게 무슨 말을 하는 것 같았고, 아들은 고개를 숙이고 있어서 그의 입이 보이지 않았다. 대답하는 것 같기도 하고, 아닌 것 같기도 했다.

둘은 계속 북쪽으로 걸어 천화교까지 왔다. 내 아들이 다리 밑으로 내려가려고 했는지 개가 그의 옷깃을 물었다. 정말 충성스러운 좋은 개다. 내 아들이 개와 실랑이했지만 결국은 개의 상대가 되지 못했다. 하지만 내 아들은 기어이 벽돌 한조각을 집어들고서 다리 밑으로 던져 물보라를 일으켰다. 물속에 있는 올챙이를 향해 던진 것 같았다. 오렌지색 개 한마리가 우리집 개를 향해 짖으면서 살랑살랑 꼬리를 흔들었다. 농수산물시장의 파란 햇빛가리개가 아침햇살에 반짝였다. 내 아들은 가게를 지날 때마다 발걸음을 멈췄고 그럴 때마다 개가 그의 옷깃을 물고 그의 다리를 받으며 길을 재촉했다. 탐화골목에 들어서자 그들이 속도를 냈다. 이때 나도 망원경으로 탐화골목과 신화서점 대문 사이를 번갈아 보고 있었다.

내 아들이 바지주머니에서 새총을 꺼내더니 배나무에 앉은 새 한마리를 조준했다. 거기는 나의 직장동료인 진부헌 장의 집이다. 그는 청나라 도광(道光) 황제 때 탐화공(探花公, 과거의 '전시(殿試)'에서 3등으로 합격하여 진사가 된 사람—옮긴이)의 후손이다. 배꽃가지가 담장으로 뻗어나왔는데 가지에 새들이 앉아 있었다. 방춘묘는 하늘에서 내려온 듯 신화서점 앞에 서 있었다. 아들아, 개야, 나는 너희를 돌볼 겨를이 없구나.

춘묘는 흰색 원피스를 입고 있었다. 내 눈에 콩깍지가 씐 것이 아니라 그녀는 정말 늘씬했다. 깨끗하게 씻은 얼굴에는 아무것도 바르지 않았다. 청신한 박달나무 비누냄새가 맡아지는 것 같고 나를 유혹하고 미치게 하는 그녀 몸의 냄새가 나는 것도 같았다. 그녀는 얼굴에 미소를 짓고 있었다. 눈이 반짝였고, 도자기빛이 나는 이가 살짝 드러나 보였다. 그녀가 나를 보고 있었다. 그녀는 내가 자기를 보고 있다는 걸 알고 있었다. 출근시간이라 거리에는 차들이 오갔고 오토바이가 검은 연기를 뿜으며 인도로 달렸다. 자전거는 과감하게 역주행을 했고 승용차는 경적을 요란하게 울리고 있었다. 나는 원래 그런 것들을 싫어하지만 오늘따라 그 모든 것이 아름다워 보였다.

그녀가 한참 서 있더니 동료들이 문을 열자 안으로 들어갔다. 들어가기 전에 손가락을 입술에 댔다가 나한테 날렸다. 그녀의 키스는 나비처럼 큰길을 건너 내 창문으로 날아왔다. 창밖에서 날다가 내 입술에 와 앉았다. 정말 좋은 여자이다. 그대를 위해 펄펄 끓는 물과 타오르는 불에 뛰어든다고 해도 나는 후회가 없다.

비서가 오전에 현위원회 대회의실에서 열리는 연석회의에 참석하라고 알렸다. 서문촌에 리조트를 건설하는 문제를 의논해야 했다. 회의에는 현위원회 상무위원들, 모든 부현장, 현위원회 및 현정부의 각부 책임자들, 그리고 각 은행의 일인자들이 참석하기로 되어 있었다. 금룡은 이번에 일을 크게 벌였다. 하지만 그를 기다리는 것, 그리고 나를 기다리는 것은 꽃이나 탄탄대로가 아닌 듯했다. 나는 우리 형제의 운명이 아주 비참해지리라는 것을 예감했다. 하지만 우리는 여기서 그만두지 않을 것이다. 그런 것을 보면, 우리는 참으로 난형난제였다.

서류들을 정리하고 사무실을 떠나기 전, 나는 또 망원경을 들고 창문으로 다가섰다. 내 아들의 개가 아내를 인솔하여 큰길을 지나 신화서점으로 향하고 있었다. 나는 막언이 쓴 개에 관한 소설을 몇편 읽은 적이 있다. 그는 개를 사람보다도 더 영리하게 그래서 항상 헛소리를 한다고 비웃음을 샀는데, 나는 이제야 그것을 믿게 되었다.

넷째 개는 냄새를 따라서 춘묘를 쫓고
황합작은 손가락을 깨물어 혈서를 쓰다

내가 네 아들을 학교까지 바래다줄 때, 마침 은회색 크라운 승용차 한대가 천천히 학교 정문 앞에 멈추었다. 화려하게 단장한 여자애가 차에서 내렸다. 네 아들이 아주 멋스럽게 그 여자애에게 손을 흔들었다. "야, 방봉황!" 그 여자애도 네 아들에게 손을 흔들었다. "남개방!" 둘은 어깨를 나란히하고 교문을 들어섰다.

나는 달려가는 승용차를 물끄러미 바라보았다. 방항미의 냄새가 코끝에서 맴돌았다. 전에는 그녀에게서 새 톱으로 회화나무 판자를 자르는 듯한 냄새가 났는데 지금은 공장에서 막 인쇄되어 나온 인민폐 냄새, 프랑스 향수냄새, 명품 옷 냄새, 귀중한 액세서리 냄새가 났다. 나는 고개를 돌려 봉황소학교의 좁은 교정을 힐끔 쳐다보았다. 정원을 크게 초과한 그 명문학교는 금빛 새장처럼 화려한 깃털을 가진 새들로 붐볐다. 국가가 울리는 가운데 학생들은 그 작은 운동장에 줄지어 서서 오성홍기가 천천히 올라가는 것을 쳐다보고 있었다.

나는 큰길을 가로질러 동쪽으로 돌아 북쪽으로 올라갔다. 천천히 기차역 광장으로 걸어가고 있었다. 아침에 네 아내가 나한테 파전병 네 개를 던져주었다. 그녀의 호의를 차마 저버리고 싶지 않아서 모두 먹었더니 위를 짓누르면서 벽돌처럼 굳어버린 것 같았다. 길 옆 음식점 뒷마당에 있던 헝가리 사냥개가 냄새로 나를 알아보고는 '멍멍!' 인사했다. 나는 대답하기가 귀찮았다. 그날 기분이 별로였다. 사람과 개 모두에게 심란한 하루가 될 듯한 예감이었다. 아니나다를까, 내가 네 아내의 기름솥에 도착하기도 전에 그녀가 내 앞으로 나가셨다. 나는 네 아들을 무사히 바래다주었다고 그녀를 향해 두 번 짖었다. 그녀가 자전거에서 내리더니 내게 말했다.

"넷째야, 너는 다 봤지. 그 사람이 우리를 버리려고 해."

나는 동정어린 눈길로 그녀를 쳐다보면서 가까이 다가가 꼬리를 살랑살랑 흔들어 위로를 표했다. 그녀의 몸에서 나는 기름냄새는 별로 좋아하지 않지만 그래도 내 주인이었다.

그녀가 자전거를 세워놓고 큰길 옆에 걸터앉더니 나를 앞으로 불렀다. 나는 그녀를 따랐다. 길 옆 회화나무에서 흰

꽃들이 바닥에 떨어졌다. 멀지 않은 곳에 있는 판다 모양의 도자기 쓰레기통에서 악취가 풍겼다. 간간이 야채를 실은 농사용 삼륜트럭이 검은 연기를 내뿜으며 심하게 떨면서 남쪽으로 갔는데 사거리에만 가면 교통경찰에게 저지당했다. 이 도시의 교통은 정말 너무 복잡하다. 어제는 개 두 마리가 바퀴에 깔려죽었다. 네 아내가 내 코를 만지면서 말했다.

"넷째야, 그 사람이 나 모르게 여자가 생겼어. 그 사람 몸에서 여자냄새가 나. 나보다 코가 밝은 너도 물론 낌새를 챘겠지." 그녀는 자전거에 달린 바구니에 들어 있는 가장자리가 하얗게 닳은 검은 가죽가방에서 흰 종이 한장을 꺼냈다. 종이를 풀자 긴 머리카락 두 가닥이 나타났다. 그 머리카락을 내 코끝에 대면서 말했다. "이게 바로 그 여자 거야. 그 사람이 벗은 옷에서 나온 거야. 넷째야, 날 도와서 그녀를 찾아다오." 그녀가 머리카락을 다시 집어넣고 땅을 짚으면서 일어섰다. "넷째야, 내가 찾게 도와주렴." 그녀의 눈시울은 젖어 있었지만, 분노의 불길이 뿜어져나왔.

나는 망설임이 없었다. 그것은 개의 사명이기 때문이다. 사실 그 머리카락 냄새를 맡을 필요도 없이 어디로 가서 찾아야 할지 알고 있었다. 나는 녹두당면 같은 약한 냄새를 따라 앞장서서 천천히 달렸다. 네 아내는 내 뒤에서 자전거로 따라왔다. 몸이 약간 불편해서 자전거를 빨리 타야지 천천히 달리면 균형을 잡기 어려웠다.

신화서점 정문 앞까지 와서 나는 망설였다. 방춘묘의 향기 때문에 그녀에게 무척 호감을 느꼈지만 절룩거리는 네 아내의 걸음걸이를 보고서 다시 마음을 굳게 먹었다. 나는 개니까 주인에게 충성을 다해야 한다. 나는 신화서점 대문을 향해 두어 번 짖어댔다. 네 아내가 문을 밀더니 나를 먼저 들여보냈다. 젖은 걸레로 카운터를 닦고 있는 춘묘를 보고 두어 번 짖고서 나는 바로 고개를 숙였다. 방춘묘의 눈을 마주할 수가 없었다.

"어떻게 저 여자일 수 있니?" 네 아내가 나한테 말했다. 나는 작은 소리로 애처롭게 짖었다. 네 아내가 고개를 들고 붉게 달아오른 방춘묘의 얼굴을 뚫어지듯 보더니 고통스럽게, 절망스럽게, 그리고 알 수 없다는 듯이 말했다. "어떻게 너일 수 있니? 어떻게 네가?"

그때, 두 중년 여점원이 당혹스러운 눈길로 우리를 바라보았다. 입에서 장조림두부와 파 냄새가 풍기는 붉은 얼굴의 아낙이 소리쳤다.

"뉘 집 개야? 빨리 나가!"

엉덩이에서 치질약 냄새가 나는 다른 여자가 낮은 소리로 말했다.

"남현장 집 개 아니야? 저분은 그 집 부인이고……"

네 아내가 고개를 돌려 쏘아보자 여자들이 얼른 고개를 숙였다. 네 아내가 큰 소리로 방춘묘에게 말했다.

"너 잠깐 나와봐. 내 아들 담임선생님이 나더러 널 잠깐 만나보래!"

네 아내가 문을 열고 나를 먼저 내보낸 다음 자기도 따라 나왔다. 그녀는 돌아보지도 않고 자전거 옆으로 가 열쇠를 열고 큰길을 따라 동쪽으로 끌고 갔다. 나는 그녀의 뒤를 따라갔다. 신화서점의 문이 열리는 소리가 들렸다. 고개를 돌리지 않아도 방춘묘가 따라온다는 것을 알았다. 그녀가 긴장하여 냄새가 더욱 진하게 느껴졌기 때문이다.

홍표 고추장가게 앞에서 네 아내가 멈추어섰다. 나는 그녀 옆에 꿇어앉아 가게문에 걸린 거대한 광고판을 마주보았다. 붉고도 큰 입술을 벌린 여인이 고추장을 들고 나를 보고 웃고 있었다. 그 웃음이 퍽 부자연스러웠다. 고추를 씹은 그녀가 고통스럽고도 통쾌한 표정을 짓고 있었다. "홍표 고추장은 조상 대대로 내려온 비방으로 만들었습니다. 건강과 미용에 좋고, 향기가 좋습니다." 여기 있자니, 나는 불행하게 세상을 떠난 홍표 고추장집 개 마스티프가 생각나 마음이 아팠다. 네 아내는 두 손으로 길 옆 프랑스 오동나무가지를 잡고 있었는데 다리를 살짝 떨고 있었다. 방춘묘가 주저하며 걸어오더니 네 아내와 3미터쯤 떨어져서 멈추어섰다. 네 아내는 나무껍데기를 뚫어지게 보고 있었고, 그녀는 땅을 내려다봤다. 나는 왼쪽 눈으로는 네 아내를, 오른쪽 눈으로는 방춘묘를 쳐다보았다.

"우리가 면화가공공장에 막 들어왔을 때, 넌 겨우 여섯살이었어." 네 아내가 말했다. "우리는 너보다 스무살이나 더 먹었어. 우리는 같은 세대 사람이 아니란 말이야."

노란 털의 맹인안내견이 눈먼 예술인 모비영을 데리고 우리 사이를 지나갔다. 그 맹인안내견은 우리 원월회에 참석하지는 않았지만 주인에 대한 충성심으로 다른 개들의 존경을 받고 있었다. 그 눈먼 예술인은 어깨에 호금이 든 천가방을 메고 있었고, 손에는 개목을 졸라맨 끈을 잡고 있었다. 그녀는 몸을 약간 뒤로 기울이고 고개를 살짝 옆으로 돌리더니 뭔가 엿듣는 것처럼 비틀거리면서 걸었다.

"그 사람이 널 속인 거야." 네 아내가 말했다. "그 사람은 유부남이고, 넌 처녀잖아. 그 사람이 그러는 것은 무책임한 행동이야. 사람의 탈을 쓴 짐승이야. 널 해치는 거라고." 네 아내가 얼굴을 돌리고 어깨를 나무에 기댄 채 방춘묘를 무섭게 쏘아보았다.

"그 사람은 그 파란 반쪽 얼굴 때문에 사람이면서도 귀신 같아. 네가 그 사람을 좋아하는 것은 쇠똥에 꽃을 꽂는 격이야!"

경찰차 두 대가 경적을 울리면서 쏜살같이 지나가자 행인들이 그쪽으로 눈길을 돌렸다.

"내가 그 사람에게 말했어. 이혼하려면 날 죽이고 하라고!" 네 아내가 흥분하며 말했다. "넌 똑똑한 애잖아. 네 아버지, 어머니, 언니 다들 유명한 사람들이고. 너하고 그 사람 일이 소문나면 가족들이 어떻게 얼굴을 들고 다니겠니? 나야 상관없어. 엉덩이가 반쪽인데다가 얼굴도 못생겨서 화가 나면 얼굴이고 체면이고 가리지 않는다고."

현의 유치원생들이 큰길을 건너고 있었다. 앞에서 한 여자가 길을 안내하고 뒤에서도 한 여자가 지켜봐주고 있었다. 두 여인이 앞뒤를 왔다갔다하면서 큰 소리로 외치곤 했다. 오가는 차들이 아이들을 위해 길을 비켜주었다.

"그 사람한테서 떠나. 가서 연애하고 결혼하고 애 낳고 살아. 네 이름 더럽히지 않겠다고 약속할게." 네 아내가 말했다. "나 황합작은 얼굴도 못생기고 천한 목숨이지만 말한 대로 하는 사람이야!" 네 아내는 오른쪽 손등으로 눈을 살짝 비비더니 집게손가락을 입에 집어넣었고, 양볼의 근육이 볼록 부풀었다. 그녀가 입에서 손가락을 꺼내는데 피비린내가 풍겼다. 집게손가락 끝에서 피가 흐르고 있었다. 그녀가 집게손가락을 들어서 매끌매끌한 프랑스 오동나무껍데기에 글자를 써놓았다.

'그를 떠나'

방춘묘가 신음하더니 입을 막고 돌아서 비틀거리면서 앞으로 뛰어갔다. 몇걸음 뛰다가 다시 걷고, 몇걸음 뛰다가 다시 걸었다. 우리 개들의 운동방식과 흡사했다. 그녀의 손이 시종 입에서 떠나지 않았다. 나는 애처롭게 그녀를 바라보았다. 그녀는 신화서점 문으로 들어가지 않고 옆 골목으로 들어갔다. 유방(油坊)골목으로, 기름을 짜는 사람들이 사는 골목이었다. 우리 분회장 하나가 거기 사는데 참기름을 많이 먹어서인지 털에 윤기가 자르르했다.

얼굴이 창백해진 네 아내를 보니 내 마음도 얼음처럼 얼어붙었다. 방춘묘는 내 아내에게 싸움상대가 되지 못한다는 것을 나는 잘 알고 있었다. 그녀도 몹시 힘든 것 같았다. 눈물이 떨어질 듯하면서도 떨어지지 않았다. 그녀한테 나를 데리러 가야 한다고 했지만 그녀는 가지 않았다. 손가락에서는 계속 피가 흘렀고 그 피를 그냥 버릴 수는 없었다. 그녀는 혈서의 글씨가 잘 써지지 않거나 흐릿한 부분을 마저 마무리하고는 끝에 느낌표를 찍었다. 피가 나자 다시 느낌표를 하나 더 찍었다. 그리고 다시 또 하나를 찍었다.

'그를 떠나!!!'

표어가 더없이 선명해졌다. 네 아내는 그래도 성에 차지 않는 듯했지만 더이상 쓰면 사족이었다. 그녀가 손가락을 툭툭 뿌리더니 입에 넣고 빨기 시작했다. 그러고는 왼손을 옷깃 사이에 넣고 왼쪽 어깨에 붙어 있는 파스를 떼어내어 오른손가락을 감았다. 아침에 금방 붙인 파스라 아직 끈적끈적함이 남아 있어 손가락을 감는 데 문제가 없었.

그녀가 다시 피로 쓴 글씨를 진지하게 쳐다보았다. 방춘묘에 대한 독촉장이자 경고장인 셈이다. 그녀의 얼굴에 만족스러운 미소가 떠올랐다. 그녀가 자전거를 끌고 큰길을 따라 동쪽으로 향했다. 나는 3미터 정도 간격을 두고 그녀의 뒤를 따랐다. 남들이 지울까봐 그녀는 자꾸 그 나무를 돌아다보았다.

신호등 앞에서 초록불이 켜지길 기다렸다가 길을 건너면서도 우리는 마음을 놓을 수가 없었다. 검은 가죽점퍼 차림에 오토바이를 탄 사람들이 신호를 무시한 채 질주하고, 화려한 고급승용차들이 신호를 무시하고 달리기 때문이었다. 게다가 요즘은 '혼다 폭주족'까지 생겼는데 열여덟살쯤 되는 젊은 아이들이 혼다 오토바이를 타고 개들만 치고 다녔다. 오토바이로 치어 넘어뜨린 뒤, 혹시 죽지 않았을까봐 다시 돌아와서 내장이 터질 때까지 깔아뭉개고 나서야 휘파람을 불면서 바람처럼 사라지곤 했다. 왜 하필이면 개를 그렇게 미워할까? 아무리 생각해봐도 알 수 없었다.

제46장

황합작이 어리석은 남편을 놀래주려 작정하고
홍태악은 사람들을 모아 현청사에서 소동을 일으키다

  금룡이 제출한 그 터무니없는 계획을 검토하는 연석회의는 열두시가 되어서야 끝났다. 현위원회 서기 김벼―전에 우리 아버지의 검은 나귀에게 편자를 박아줬던 대장장이다―이 시 인민대표대회 부주석으로 승진하면 방항미가 그 자리를 잇는 것은 기정사실이었다. 그녀는 영웅의 딸이자, 대학졸업 학력이고 기층에서 일한 경험도 있고 마흔 나이에 성품과 인물도 훌륭해서 위에서 칭찬하고 아래에서 떠받들고 있으니 유리한 조건을 다 갖춘 셈이다. 회의에서 끝없이 논쟁이 붙고 서로 팽팽히 맞서자 방항미가 한마디로 정리해버렸다. 합시다! 먼저 삼천만원을 투자하는데, 각 은행들이 계획을 세워 해결하고, 차후에 투자유치단을 꾸려서 국내와 해외 투자를 유치합시다.

회의하는 동안, 나는 초조하고 불안해서 가만히 앉아 있을 수가 없어 화장실에 간다는 핑계로 신화서점에 몇차례 전화를 걸었다. 방항미가 매서운 눈빛으로 나를 바라보았다. 나는 억지로 웃으며 배를 손가락으로 몇번 가리키고는 허둥지둥 지나갔다.

나는 신화서점에 세 번이나 전화했다. 세번째는 전화를 받은 목소리 굵은 여자가 화를 내면서 말했다.

"또 당신이야? 전화 좀 그만해. 남현장네 그 절름발이 마누라한테 불려나가서 여태 돌아오지 않았다고!"

집에도 전화해봤지만 역시 받지 않았다.

회의실에 앉아 있지만 마음은 불에 달궈진 석쇠에 앉은 것만 같았다. 안색도 분명 엉망이었을 것이다. 여러 가지 비참한 모습들만 떠올랐다. 가장 비참한 것은 읍내의 인적 드문 구석에서, 혹은 사람이 북적한 곳에서 내 아내가 방춘묘를 죽이고 자기도 자살하는 장면이었다. 그녀의 시체를 수많은 사람들이 둘러싸고 공안경찰이 처량한 경적소리를 울리면서 그쪽으로 달려가는 장면이었다. 나는 지시봉을 들고서 서문금룡의 설계도를 가리키며 열변을 토하는 방항미를 슬쩍 보면서 생각에 잠겼다. 일분 후, 일초 후면 그 거대한 스캔들이 피와 살, 그리고 파편이 튀는 자살폭탄처럼 이 회의실에 갑자기 터지겠지……

회의는 복잡한 여러 가지 의미가 담긴 박수 속에서 드디어 끝났다. 나는 다른 것을 돌아볼 겨를도 없이 회의실을 뛰쳐나갔다. 뒤에서 누군가 장난스럽게 지껄이는 소리가 들려왔다. "남 현장께서 바지에다 쌌나 보네요."

나는 내 차를 향해 뛰었다. 호(胡, 후)기사가 뛰어나와 문을 열어주기도 전에 내가 먼저 차로 기어들어갔다.

"빨리 가자!" 내가 다급하게 말했다.

"갈 수가 없어요." 호기사가 난감하다는 듯이 말했다.

그렇다. 갈 수 없었다. 관리과장의 지휘로 직급에 따라 주차하는 바람에 방항미의 은회색 크라운이 맨앞에 버틴 채 현위원회 건물 앞 차도에 서 있었다. 크라운 뒤로 현장의 닛산, 정치협상회의 주석의 검은색 아우디, 인민대표대회 주임의 흰색 아우디가 줄줄이 서 있었고, 내 싼타나는 스무번째로 세워져 있었다. 모든 차들이 시동을 걸었고 엔진이 윙윙거리기 시작했다. 나처럼 차에 뛰어드는 사람이 있는가 하면 문 양쪽에 서서 조곤조곤 이야기를 나누며 자기 차를 기다리기도 했다. 사람들이 다들 방항미를 기다리고 있었다. 건물 현관에서 그녀의 호쾌한 웃음소리가 들려왔다. 마음 같아서는 당장 웃음을 그치게 하고, 카멜레온이 입에서 긴 혀를 끄집어내듯 당장 건물에서 그녀를 끌어내고 싶은 마음이 굴뚝같았다. 드디어 그녀가 나왔다. 하늘색 투피스를 입었는데 옷깃에서는 은색 브로치가 반짝이고 있었다. 말로는 자기 액세서리는 전부 가짜라고 했다. 하지만 춘묘가 예전에 얼떨결에 말했는데, 그녀의 액세서리가 물양동이 하나에 가득 찰 정도라고 했다. 춘묘야, 나와 피와 살로 이어진 나의 연인아. 지금 어디에 있는가? 내가 차에서 뛰어내려 큰길로 달려가려고 할 때 방향미가 자기 크라운으로 들어갔다. 차량행렬이 꼬리에 꼬리를 물고 나가기 시작했고 정문 경비가 굳은 얼굴로 경례했다. 행렬이 문을 빠져나와 우회전하자 내가 다급하게 물었다.

"어디로 가는 거야?"

"서문금룡의 연회에 가야죠." 기사가 붉은색 초청장을 건네주었다.

회의중에 누군가 옆에서 하던 귓속말이 어렴풋이 생각났다. "이렇게 따져봐야 뭐 해. 벌써 연회까지 다 준비해놓았는데." 내가 급히 말했다.

"차 돌려."

"어디 가시려고요?"

"사무실에 가려고."

기사는 물론 내키지 않아했다. 연회에 참석하면 배불리 먹을 수 있을뿐더러 선물까지 받을 수 있었다. 금룡회장은 통이 크기로 고밀현에 소문이 자자했다. 나는 기사를 달래고 내 행동의 구실을 찾기 위해 이야기를 건넸다.

"자네도 알잖아. 서문금룡과 나 사이를."

기사가 아무 대꾸도 하지 않고 차를 돌렸다. 싼타나가 현 청사를 향해 달렸다. 마침 장날이어서 자전거를 타고, 트랙터를 몰고, 나귀를 몰고, 그리고 걸어서 시장에 모여드는 사람들로 인민대로가 꽉 막혀버렸다. 기사가 끊임없이 경적을 울렸지만 차의 흐름을 따라 서행할 수밖에 없었다.

"교통경찰놈들이 술 퍼마시러 갔나 봐요." 호기사가 작은 목소리로 욕했다.

나는 대꾸하지 않았다. 교통경찰이 술 마시러 간 것까지 신경쓸 여유가 어디 있나? 차가 겨우 현청사 정문에 도착했을 때, 땅에서 솟구친 듯 갑자기 사람들이 무더기로 나타나 내 싼타나를 둘러쌌다.

허름하게 차려입은 할머니 몇명이 내 차 앞에 털썩 주저앉아 두 손으로 땅을 치며 소리지르며 우는데 눈물은 보이지 않았다. 몇몇 중년남성들이 마술이라도 부리듯이 현수막을 꺼내들었고, 거기에는 '내 땅을 돌려달라!' '부패 공무원 타도하자!'라고 쓰여 있었다. 땅을 치며 울부짖는 할머니들 뒤로 수십명쯤 되는 사람들이 글씨가 잔뜩 적힌 흰 천을 머리높이까지 들고 앉아 있었다. 차 뒤 양쪽에서는 몇사람이 색색깔의 전단지를 뿌리고 있었다. 그들은 훈련을 받은 것 같았는데 문화대혁명 때의 홍위병 같기도 하고 시골에서 장례지낼 때 지전을 뿌리는 전문일꾼 같기도 했다. 사람들이 물밀듯이 몰려와 내 차를 둘러쌌다. 우리 동네분들이시여, 여러분은 지금 이렇게 에워싸서는 절대로 안되는 사람을 에워싸고 있어요. 머리가 새하얀 홍태악이 두 청년의 부축을 받고 정문 동쪽 소나무 있는 데서 내 차 앞으로 걸어와 앉아 있는 농민들과 할머니들 사이에 섰다. 그를 위해 연자방아

받침돌만한 그 공간을 미리 남겨둔 것 같았다. 조직적이고 계획적으로 온 방문객들이었다. 주동자는 홍태악이었다. 인민공사 시절의 집단소유제를 미친 듯이 그리워하는 홍태악과 고집스럽게 개인농을 밀고 나간 우리 아버지, 고밀 동북향의 괴물인 그 두 사람은 빛을 발하는 커다란 전등불이자, 한쪽은 빨갛고 한쪽은 까맣다는 것만 다를 뿐 둘다 하늘높이 휘날리는 깃발이었다. 홍태악이 등에 멘 가방에서 누렇게 색이 바래고 옆에 구리 고리가 아홉 개 달린 소 엉덩이뼈를 꺼내 들었다 내렸다 하면서 아주 익숙하게 흔들자 찰가닥찰가닥 박자를 맞추는 소리가 났다. 소 엉덩이뼈는 그의 영광스러운 역사를 장식했던 중요한 도구이자, 적을 무찌른 병사의 장검 같은 것이었다. 그가 말했다.

찰가닥, 찰가닥, 소 엉덩이뼈를 두드리니 절로 가락이 나오는구나.
오늘 무슨 이야기를 할거나? 또다시 서문금룡이라는 미쳐버린 놈 이야기나 할거나.

더 많은 사람들이 밀려들었다. 사람들 소리가 밀물 같고 떠들썩했다. 그러더니 갑자기 조용해졌다.

이 고밀 동북향으로 말할 것 같으면
서문촌이라는 경치 좋은 작은 마을이 있지

동네에 살구나무가 백 그루 있었고
양돈운동으로 유명했지
오곡이 풍년이고 여섯 가지 가축[六畜]이 잘 자라
모주석의 혁명노선이 빛을 발하는구나!

여기서 사설을 멈춘 홍태악이 갑자기 소 엉덩이뼈를 하늘로 던지더니 몸을 돌려 정확하고도 민첩하게 등뒤에서 다시 잡았다. 그러는 동안 찰가닥 소리가 계속 울리는데 생명이 있는 영물 같았다. 잘한다! 박수갈채가 터져나왔다. 홍태악의 표정이 갑자기 변하더니 말을 이었다.

이 동네 악덕지주 서문뇨가 있었는데, 흰 눈깔 승냥이를 남겼지.
이 자식의 이름은 금룡으로, 어려서부터 감언이설로 남을 잘 속였지.
위장하여 공산주의청년단에 가입하더니, 또 위장하여 입당했다네.
권력을 노려 서기 자리를 빼앗더니 미친 짓을 했지.
땅을 나누어주어 개인농을 되살리고 인민공사 재산을 바닥냈다네.
지주의 죄를 용서해주고 반동들 입이 벌어지고, 여기까지 말하고 보니 내 가슴이 찢어지고 콧물 눈물이 앞을 가리네……

그가 소 엉덩이뼈를 높이 던졌다가 오른손으로 받아쥐고 왼손으로 왼쪽 눈물을 닦고서 다시 소 엉덩이뼈를 높이 던졌다가 왼손으로 받아쥐고 오른손으로 오른쪽 눈물을 닦았다. 소 엉덩이뼈가 흰 족제비처럼 그의 두 손을 건너다녔다. 박수소리가 우레와 같았다. 경찰차 소리가 나직이 들렸다. 홍태악이 더욱 흥분하여 말했다.

1991년 이야기를 하세. 이 녀석이 또 간계를 부렸다네.
온동네 사람들을 쫓아내고, 동네를 리조트로 만들려고 하지.
만무나 되는 땅을 갈아엎어 축구장을 만들고, 도박장을 만들고, 기생집을 열고, 싸우나를 열어서 사회주의 서문촌을 제국주의 리조트로 만들려고 하네.
동지들, 동네 사람들, 가슴에 손을 얹고 생각해보소.
계급투쟁으로 그놈을 때려잡아야 하지 않겠는가?
서문금룡을 죽여야 하지 않겠는가? 재산 많고 뒷심 든든한 동생 해방이 현장을 하고 있어도 단결하면 우리 힘이 더 셀 것이니, 반동들을 모조리 소탕하고, 소탕하고……

옆에서 지켜보던 사람들 가운데에는 욕하는 사람도 있고 웃는 사람도 있고 발을 구르는 사람도 있고, 펄쩍펄쩍 뛰는 사람도 있었다. 현청사 정문 앞이 아수라장이 되었다. 나는 원래 기회를 보아 차에서 내려 잘 아는 사이라는 구실을 들어 그만 돌아가도록 권해볼 참이었는데 홍태악이 소 엉덩이뼈 쾌판을 부르며 나를 금룡의 든든한 백으로 몰아붙이고 있었다. 나는 썬글라스를 끼고 얼굴을 가린 채 뒤돌아보면서 경찰이 빨리 오기를 기다렸다. 경찰 여남은 명이 경찰봉을 들었지만 저만치 떨어져 있었다 — 실은 경찰들도 사람들처럼 환호성을 지르고 있었다 — 사람들이 끊임없이 몰려드는 바람에 경찰들도 포위되고 말았다.

나는 썬글라스를 바로하고 하늘색 모자를 꾹 눌러쓰고는 될 수 있는 한 반쪽 파란 얼굴을 가린 채 차문을 열었다.

"현장님, 절대 내리면 안돼요." 호기사가 놀라 소리쳤다.

나는 차문을 열고 나와 허리를 숙이고 앞으로 달렸다. 누군가 다리를 앞으로 내밀더니 슬쩍 거는 바람에 나는 완전히 바닥에 넘어졌다. 안경다리가 부러지고 모자도 날아갔다. 정오의 태양으로 뜨겁게 달궈진 씨멘트 땅에 얼굴이 닿았고 입술과 코도 몹시 아팠다. 극도의 절망감이 엄습했다. 차라리 이렇게 죽어버리면 공무로 죽었다는 소리라도 듣겠지만 방춘묘를 생각하면 이렇게 죽을 수 없었다. 그녀가 죽었더라도 시체라도 봐야 마음이 놓일 것 같았다. 내가 기어서 일어나자 주위에서 우레같이 외치는 소리가 들렸다.

"남해방이다, 파란 얼굴이다! 이 사람이 바로 금룡의 백이다."

"잡아! 도망가지 못하게 해!"

눈앞이 깜깜했다가 다시 밝아졌다. 주위 사람들 얼굴이 금방 뜨거운 불에서 달궈낸 편자처럼 굽어 보이고 시퍼런 빛을 뿜고 있었다. 누군가 내 두 팔을 틀어쥐고 뒤로 접는 것이 느껴졌다. 콧구멍이 뜨끈뜨끈 간질간질, 벌레 두 마리가 입술까지 기어내려가는 것 같았다. 뒤에서 무릎으로 내 엉덩이를 차는가 하면 발로 배를 걷어차기도 했다. 내 등을 심하게 꼬집기도 했다. 코피가 뚝뚝 씨멘트 바닥에 떨어지더니 바로 검은 연기로 변했다.

"해방아, 정말 너야?" 낯익은 목소리가 앞에서 들리자 나는 얼른 멍한 머리가 다시 돌고 흐릿한 눈이 다시 볼 수 있도록 정신을 수습했다. 나를 고생시키고 깊은 원한이 맺힌 홍태악의 얼굴이 또렷이 보였다. 무슨 영문인지 코가 찡하고 눈시울이 뜨거워지더니 눈물이 뺨을 타고 흘러내렸다. 나는 위급한 순간에 지인을 만난 것처럼 목이 메어 말했다. "아저씨, 절 좀 풀어주세요……"

"그만해, 다들 풀어주라고……" 홍태악이 외치는 소리가 들렸다. 그가 악단 지휘자가 지휘봉을 다루듯이 소 엉덩이뼈를 치면서 소리쳤다. "글로 싸워야지, 힘으로 싸우지는 말란 말이야!"

"해방아, 너는 현장이니 우리에게 부모와 같은 사람이다. 우리 서문촌 사람들을 위해 일해야 한다. 서문금룡이 마음대로 하도록 해서는 안돼." 홍태악이 말했다. "네 아버지도 오려고 했는데 네 어머니가 아파서 오지 못했다."

"홍아저씨, 저하고 금룡은 한어머니 배에서 태어났지만 어릴 적부터 다르다는 것을 아저씨도 잘 아시잖아요." 내가 코피를 닦으면서 말했다. "그의 계획에 저도 반대예요. 저 좀 놓아주세요."

"다들 들었지?" 홍태악이 소 엉덩이뼈를 휘두르면서 말했다. "남현장이 우리를 지지한다고!"

"제가 여러분 의견을 상급에 보고할 테니, 그만 돌아가세요." 나는 앞에 있는 사람들을 밀치면서 엄숙하게 말했다. "이것은 위법입니다!"

"이렇게 현장을 보내주면 안돼. 각서를 쓰게 해야 해!"

나는 화가 치밀어 손을 뻗어 홍태악의 소 엉덩이뼈를 빼앗아서 칼처럼 휘두르며 가로막고 있는 사람들을 밀쳐냈다. 소 엉덩이뼈가 사람들 어깨를 치기도 하고 머리를 후려치기도 했다. 누군가 소리쳤다. "현장이 사람을 쳐요!" 그래, 때리면 때리는 거고, 죄를 지으면 짓는 거다. 나 같은 사람에게 죄고 뭐고 현장이고 다 필요없다! 다 꺼져라! 나는 소 엉덩이뼈로 길을 터서 포위를 뚫고 청사건물로 뛰어들어갔다. 한 걸음에 세 계단씩, 삼층으로 뛰어올라 사무실로 들어갔다. 창밖으로 반짝이는 사람들의 머리가 보였다. 둔탁한 소리가 몇번 들리더니 분홍색 연기가 흩날렸다. 경찰들이 부득이 최루탄을 쏜 것이고 사람들이 동요하기 시작했다. 나는 소 엉덩이뼈를 내동댕이치고 창문을 닫았다. 창밖에서 벌어지는 일들이 잠시나마 나와 무관해졌다. 나는 좋은 간부가 아니다. 나 자신의 문제를 인민들의 고통보다 더욱 무겁게 생각하고 심지어 불법청원 행동을 기뻐하기도 했다. 골치아픈 일들은 방항미가 처리할 것이다. 나는 신화서점에 전화를 걸었다. 받지 않았다. 우리집으로 전화를 걸자 받았다. 아들이었다. 치밀어오른 화가 절반은 가라앉은 듯했다. 나는 될 수록 차분한 투로 말했다.

"개방아, 엄마한테 전화 받으라고 해."

"아버지, 엄마하고 무슨 일 있었어요?" 아들이 불만스레 물었다.

"아무 일도 없었어." 내가 말했다. "엄마한테 전화 받으라고 해."

"안 계세요, 개도 날 마중하러 오지 않았고요." 아들이 말했다. "밥도 안해주고 나한테 메모만 남겼어요."

"무슨 메모?"

"제가 읽어줄게요." 아들이 말했다. "'개방아, 혼자 차려서 먹어. 아버지한테 전화 오면 인민대로의 홍표 고추장가게 앞으로 엄마 찾으러 오라고 해.' "무슨 뜻이에요?"

나는 아들에게 설명하지 않았다. 아들아, 지금은 이 아비가 뭐라고 설명해줄 수가 없구나. 나는 수화기를 던지고 탁자에 놓인 소 엉덩이뼈를 보았다. 뭔가 가져가야 할 것 같은데 잘 생각나지 않았다. 나는 황급히 계단을 내려갔다. 정문 앞은 난장판이었다. 사람들이 달걀 모양으로 모여 있었다.

매운 냄새가 코끝을 찌르고 눈을 자극하고 기침소리와 고함소리가 섞여서 났다. 한쪽에서 소동이 마무리되면 다시 다른 쪽에서 소동이 벌어졌다. 나는 코를 막고 건물을 돌아서 동북쪽 작은 문을 통해 뒷길을 따라 동쪽으로 달렸다. 영화관 옆 구두가게 골목으로 가서 다시 남쪽으로 꺾어 인민대로로 들어섰다. 구두가게 골목 양쪽의 구두장이들이 무척 불안한 표정이었다. 남부현장이 황급히 달려오는 모습과 청사 앞에서 벌어진 소동을 연결지어 생각한 모양이었다. 읍내 사람들 중에 방향미를 모르는 사람은 있어도 나를 모르는 사람은 거의 없었다.

인민대로에서 나는 그녀를 발견했다. 그녀 뒤에 엎드려 있는 개도 보였다. 똥개녀석! 거리는 사람들이 바쁘게 뛰어다니고 교통은 엉망이 되어 차들과 사람들이 한데 뒤엉켜 있었다. 경적소리가 귀를 찢는 것 같았다. 나는 네모난 뜀틀놀이를 하는 어린애처럼 폴짝폴짝 뛰면서 길을 건넜다. 어떤 사람은 나를 주시했지만, 그래도 많은 사람들이 나인지 눈치채지 못했다. 나는 헐떡이면서 그녀 앞으로 다가갔다. 그녀는 그 나무를 뚫어져라 보고 있었고, 너 똥개는 나를 뚫어져라 보았다. 개의 눈은 황량했다.

"당신 그 여자를 어떻게 했어?" 내가 정색하고 물었다.

그녀는 입이 뒤틀리고 얼굴 근육이 푸들푸들 떨리고 있었다. 얼굴에는 냉소가 이는 것 같기도 했지만 눈길은 조금도 움직임없이 그 나무를 보고 있었다.

나무에 까맣고 파란 것 네 덩이가 붙어 있는 게 보이는데 자세히 보니 꿈틀거리는 파리떼였다. 가장 역겨운 파란머리 파리였다. 다시 찬찬히 보니 네 개의 큰 글자와 세 개의 큼지막한 느낌표가 보였다. 피비린내를 맡자 갑자기 현기증이 나더니 눈앞이 새까매져서 하마터면 넘어질 뻔했다. 가장 두려운 일이 일어난 것이다. 아내가 그녀를 죽이고, 그녀의 피로 그 표어를 썼다. 그래도 나는 억지로 정신을 가다듬고 물었다.

"당신 그 여자 어떻게 했어?"

"그 여자한테 아무 짓도 안했어." 그녀가 나무를 두어 번 툭툭 찼다. 파리가 놀라 달아나면서 윙윙 듣기 싫은 소리가 났다. 그녀가 파스 붙인 손가락을 들고서 말했다. "이건 내 피야, 내가 내 피로 썼어. 당신한테서 떠나라고 했어."

나는 그제야 무거운 짐을 부린 듯이 마음이 놓였다. 극도로 피로가 몰려와 나도 모르게 바닥에 주저앉았다. 손에서 경련이 일어나 닭발 같았다. 호주머니에서 담배를 꺼내 불을 붙이고 힘껏 빨아들였다. 연기가 작은 뱀처럼 내 머릿속으로 비집고 들어와 이리저리 꿈틀대는 듯했다. 기쁨과 안도의 기분이 들기 시작했다. 파리가 나는 순간, 그 더러운 표어가 비장하게 내 눈에 들어왔지만 파리가 다시 앉자 전혀 알아볼 수 없게 덮여서 분간이 되지 않았다.

"내가 그 여자한테 말했어." 아내는 여전히 나를 보지는 않고 넋이 나가 떨리는 목소리로 말했다. "그 여자가 당신을 떠나기만 하면 나는 더이상 아무 말도 하지 않겠다고. 너는 연애를 할 수도 있고, 결혼해 애도 낳고 살림도 차릴 수 있다고. 만약에 그 여자가 당신을 떠나지 않으면 그 여자도 죽고 나도 죽는 거야!" 아내가 갑자기 몸을 돌리더니 파스를 감은 그 집게손가락을 내 앞에 들어 보였다. 눈빛이 반짝이더니 구석에 몰린 개처럼 소리치기 시작했다. "내가 피를 본 이 손가락으로 너희의 추악한 짓을 현청사 정문에도 쓰고, 현위원회 정문에도 쓰고, 현 정치협상회의 정문에도 쓰고, 인민대표회의 정문에도 쓰고, 공안국, 법원, 검찰청 정문에도 쓰고, 극장, 영화관, 인민병원에도 쓰고 모든 나무에도, 모든 벽에도 쓸 거야…… 내 온몸의 피가 다 없어질 때까지 쓸 거야!"

제47장

영웅인 척 잘난 체하던 아이 명품시계를 쏘고
버림받은 아내는 상황을 수습하러 고향에 가다

네 아내는 복사뼈를 덮는 보라색 긴 치마를 입고 너의 싼타나 승용차 옆자리에 단정하게 앉아 있었다. 코를 찌르는 나프탈렌 냄새가 치마에서 계속 풍겼다. 치마의 앞쪽과 뒤쪽에 동그란 반짝이가 붙어 있어서, 그녀를 강물에 버리면 물고기로 변할 것만 같았다. 머리에 무스를 바르고 얼굴에는 화장을 했는데 석회처럼 하얀 얼굴과 갈색의 목이 선명하게 대비되어 얼굴에 가면을 씌워놓은 듯했다. 목에는 금목걸이가 걸려 있고, 손에는 금반지 두 개를 끼고 있어서 보석으로 단장한 귀부인 티가 났다. 호기사가 처음에는 얼굴을 찡그리더니, 네 아내가 담배 한갑을 찔러주자 얼굴이 펴졌다.

나와 네 아들은 차 뒷자리에 앉아 있었다. 우리 주위에는 알록달록한 상자들이 여남은 개 쌓여 있었는데 술, 차, 케이크, 옷감 등이 들어 있었다. 내가 서문금룡의 지프를 타고 읍내에 오고 나서 처음으로 서문촌에 가는 길이었다. 그때는 내가 태어난 지 석 달밖에 되지 않은 강아지였지만 지금은 온갖 풍파를 겪은 어른 개로 자랐다. 나는 기분이 좋아 두 눈으로 창밖 풍경을 살펴보느라 바빴다. 길은 넓게 쭉 뻗어 있고, 길가의 꽃과 나무 들은 울창하고, 길에는 차가 아주 적어 기사가 속력을 냈다. 차가 날개 달린 것처럼 날았다. 어쩌면 차가 날개를 단 것이 아니라 내 갈비 사이에서 날개가 나왔는지 모른다. 길가의 꽃과 나무 들이 잇달아 뒤로 넘어지고 밑으로 떨어졌다. 길이 마치 검은 벽처럼 천천히 일어서는 것 같고, 길 옆의 큰 강마저 잇달아 일어서는 것처럼 느껴졌다. 우리는 하늘 끝까지 이어지는 검은 도로를 따라 올라갔고, 옆의 강물은 큰 폭포처럼 쏟아져내렸다……

내가 흥분하고 망상에 빠져 있는 것과 달리 네 아들은 극히 차분했다. 손에 게임기를 들고 옆에서 열심히 테트리스 게임을 하고 있었다. 아랫입술을 지그시 문 채 두 엄지손가락으로 버튼을 빠르게 누르는데, 실수할 때마다 짜증스럽게 발을 구르면서 후 하고 한숨을 내쉬곤 했다.

네 아내가 처음으로 너의 이름으로 네 공무용 차를 이용해 고향에 가는 길이었다. 예전에는 항상 버스를 타거나 자전거에 네 아들을 태우고 갔다. 네 아내가 이렇게 화려하게 단장하고 귀부인처럼 차려입고서 고향에 가는 것은 이번이 처음이었다. 예전에는 항상 초라한 모습으로 기름때에 전 낡은 옷을 입고 갔다. 네 아내가 이렇게 귀한 선물을 안고 고향에 가는 것도 이번이 처음이었다. 예전에는 항상 금방 튀겨낸 꽈배기를 몇근 들고 갔다. 네 아내가 나를 데리고 고향에 가는 것이 이번이 처음이었다. 예전에는 항상 나를 마당에 묶어놓고 집을 지키게 했다. 내가 그녀에게 너의 애인, 방춘묘를 찾아준 뒤로 나에 대한 그녀의 태도가 눈에 띄게 좋아졌다. 나를 전보다 더 소중하게 생각하게 되었다고 할 수 있을 것이다. 요즘 그녀는 나에게 자주 구구절절 속마음을 털어놓기 일쑤였고, 나를 자기 마음속 나쁜 말들을 버리는 쓰레기통으로 생각하는 것 같았다. 그녀는 나를 하소연하는 상대로 여기는 한편 계책을 짜는 책사로 생각하고 있었다. 그녀가 어떻게 하면 좋을지 망설일 때면 자주 나한테 묻곤 했다.

"개야, 내가 어떻게 하면 좋을지 말해봐."

"개야, 그 여자가 그를 떠날까?"

"개야, 그 사람이 이번에 회의하러 제남에 가면 그 여자가 그를 찾아갈까?"

"개야, 그 사람이 제남에 회의하러 간 것이 아니라 그 여자 데리고 어디 숨어서 그 짓을 하는 건 아닐까?"

"개야, 진짜 그런 여자가 있을까? 남자랑 그 짓을 하지 못하면 살 수 없는 여자 말이야."

그런 장황한 문제들에 대해서 나는 그저 침묵으로 응대했고, 그럴 수밖에 없기도 했다. 나는 말없이 그녀를 주시하며 그녀의 물음에 따라 내 기분이 좌우되었는데 천당까지 치솟을 때도 있고 지옥에 떨어질 때도 있었다.

"개야, 네가 판단을 좀 해줘. 그 사람 잘못이야, 내 잘못이야?" 그녀가 조그만 네모의자에 앉아서 주방도마에 등을 기대고 녹슨 식칼과 뒤집개와 가위를 넓적한 숫돌에 갈았다. 내게 속마음을 털어놓으면서 집안 모든 쇠붙이들이 다시 빛나게 할 모양이었다. "나는 확실히 그녀보다 젊지도 않고 예쁘지도 않아. 하지만 나도 젊을 때가 있었어. 예쁠 때가 있었다고. 그렇지? 내가 젊지도 않고 예쁘지도 않지만, 그럼 그 사람은 어떤데? 그 사람도 마찬가지 아니야? 그 사람은 젊을 때도 멋이 없었어. 그 반쪽 파란 얼굴 때문에 밤에 전등을 켜면 나는 놀라서 부들부들 떨었어. 개야, 그 서문금룡이란 건달한테 욕을 보지 않았어도 내가 왜 이런 사람한테 시집왔겠니? 개야, 내 인생이 그 두 형제놈 손에 망하다니……" 말하다가 흥분하면 눈물이 눈시울을 비집고 나와 옷깃에 떨어졌다. "이제, 난 늙었어. 추해졌고. 하지만 그 사람은 승진했어. 출세했어. 이제 나를 헌신짝처럼 버리려고 하는 거야. 개야, 말해봐. 세상에 이런 법이 어디 있어? 양심이 있는 거야?" 힘차게 칼을 갈다가도 중간중간 말했다. "난 일어설 거야! 나는 강해질 거야! 이 칼처럼 나도 내 몸의 녹을 다 갈아 없애고 다시 빛나게 할 거야!" 그녀가 손톱으로 칼날이 잘 섰는지 보았고, 칼날이 손톱에 하얀 흔적을 남겼고, 이미 예리한 무기가 되어 있었다. "내일, 우리 고향에 가자. 개야, 너도 가자. 우리 그 사람 차로 가자. 십여년 동안 나는 그의 차를 써본 적도 없고 나라 재산을 맘대로 쓰지도 않으면서 그 사람 명예를 지켜왔어. 그 사람이 사람들한테 신망을 받는 것은 절반은 내 덕이야. 개야, 착한 사람은 남에게 무시당하고 착한 말은 남을 태우고 다닌다더니, 우리 이제 참지 말자. 우리도 관리들 사모님처럼 분발해서 남해방에게 부인이 있고 남해방 부인도 어엿하게 나다닐 수 있다는 것을 사람들에게 보여주자……"

승용차가 새로 건설한 재부대교(財富大橋)를 넘어 서문촌으로 질주했다. 예전의 그 작은 돌다리는 새 다리 오른편에 방치되어 있었는데, 엉덩이를 드러낸 남자아이들 한패가 돌다리에 서서 자세를 바꾸어가며 잇달아 강물에 풍덩 뛰어들었고 물보라가 화려하게 부서졌다. 그때, 네 아들이 게임을 멈추고 창밖을 내다보는데 얼굴에 부러움이 가득했다. 네 아내가 아들에게 말했다.

"개방아, 큰이모네 환환이 저기 있어."

어렴풋이 환환과 개혁의 얼굴이 떠올랐다. 환환의 작은 얼굴은 깨끗했고 개혁의 작은 얼굴은 포동포동한데 입술에 항상 콧물이 묻어 있었다. 그 두 녀석의 어릴 적 냄새는 아직도 내 머리에 저장되어 있었다. 그 녀석들의 냄새를 회상하자 팔년 전 서문촌과 관련된 수천 가지 냄새가 강물처럼 용솟음쳐 올라왔다.

"저렇게 커가지고 엉덩이를 온통 드러내놓고 노네." 깔보는지 부러워하는지, 네 아들이 중얼거렸다.

"이따가 집에 도착하면 말을 또박또박 하고, 버릇없이 굴지 말고." 네 아내가 말했다. "할아버지 할머니, 외할머니 외할아버지 기쁘게 해드리고 친척과 친구한테 칭찬 듣게 행동해야 해."

"차라리 내 입에 꿀을 좀 발라주시죠."

"이 녀석, 열받게만 해봐." 네 아내가 말했다. "그 꿀은 네 할아버지 할머니, 외할머니 외할아버지께 드릴 거야. 네가 직접 드리면서 어른들을 위해 네가 산 거라고 말해."

"내가 무슨 돈이 있어요?" 네 아들이 볼멘소리로 말했다. "말해도 믿지 않을걸요."

네 아내와 아들이 다투는 가운데 승용차는 동네 큰길로 접어들었다. 길 양쪽에 늘어선 80년대 초에 지은 획일적인 붉은 기와집 벽에 모두 흰색 석회로 철거를 뜻하는 '탁(拆)' 자가 크게 쓰여 있었다. 옛날 주거지의 남쪽 벌판에서는 경운기 소리가 요란하게 들려왔고 기중기 두 대가 거대한 노란 팔을 치켜올리고 묵묵히 기다리고 있었다. 서문촌에 새마을을 건설하는 공사가 벌써 시작된 것이다.

승용차가 낡은 서문저택 마당 입구에 섰다. 기사가 경적을 울리자 마당으로 사람들이 몰려들었다. 나는 그들의 냄새를 맡고 그들의 얼굴을 살폈다. 그들의 냄새에는 오래된 정보가 담겨 있었고, 그들의 몸에는 지방이 늘어 있었고, 그들의 얼굴에는 주름이 늘어 있었다. 남검의 파란 얼굴, 영춘의 갈색 얼굴, 황동의 누런 얼굴, 추향의 하얀 얼굴, 호조의 붉은 얼굴이 그랬다.

네 아내는 바로 차에서 내리지 않고 기사가 차문을 열어주기를 기다렸다. 그녀가 치마를 들고 차에서 내리는데, 하이힐에 익숙지 않아서 하마터면 넘어질 뻔했다. 그녀가 어떻게든 몸의 균형을 유지하려고 푹 파인 왼쪽 궁둥이에 무언가를 채워넣은 게 내 눈에 들어왔다. 왼쪽 궁둥이가 부풀어올라 있었고 스펀지 냄새가 났다. 의미가 자못 큰 이번 귀향을 위해 그야말로 노심초사를 아끼지 않았던 것이다.

"우리 딸!" 오추향이 싱글벙글 딸을 부르면서 가장 먼저 달려왔는데 딸을 안으려는 듯하다가 바로 면전까지 와서는 갑자기 그 자리에 멈추어섰다. 한때는 늘씬한 몸매를 자랑했지만 지금은 두 볼이 축 늘어지고 아랫배가 튀어나온 여자의 얼굴에 자애로우면서도 아부하는 표정이 역력했다. 그녀가 굽은 손가락을 내밀어 네 아내 치마에 붙은 반짝이들을 만지작거리면서 과장하여 말했다—이것이야말로 그녀의 진정한 말투였다—"어이구, 얘가 우리 둘째딸이야? 나는 하늘에서 선녀가 내려온 줄 알았네!"

네 어머니 영춘은 지팡이를 짚고 나왔다. 몸 반쪽이 말을 잘 듣지 않아서인지 연약하고 힘없는 팔을 들고서 네 아내에게 물었다.

"개방은? 우리 강아지 손자는?"

기사가 차문을 열고 선물들을 꺼냈고, 내가 훌쩍 뛰어내렸다.

"이 녀석이 넷째 개 아니냐? 세상에, 송아지만큼 자랐네!" 영춘이 말했다.

네 아들이 별로 내키지 않는 듯 차에서 내렸다.

"우리 개방아……" 영춘이 불렀다. "어디 할머니 좀 보자. 몇달 보지 못했더니 그새 이렇게 많이 컸네."

"할머니 안녕하세요." 네 아들이 인사하고는 돌아서서 그의 머리를 쓰다듬는 네 아버지에게도 인사했다. "할아버지!" 두 파란 얼굴, 하나는 거칠고 늙고 하나는 여리고 산뜻한 얼굴이 선명하게 대조를 이루었다. 네 아들은 외할아버지 외할머니, 큰이모, 한사람 한사람에게 모두 인사를 했다. 네 아내가 아들이 인사하는 것을 바로잡아주면서 말했다. "큰어머니라고 불러야지!" 그러자 호조가 말했다. "괜찮아. 큰이모라고 하면 더욱 친근해 보이잖아." 네 아버지가 네 아내에게 물었다. "애아범은? 왜 안 오는 거냐?" 네 아내가 말했다. "회의가 있어서 성에 갔어요."

"들어가자, 어서!" 네 어머니가 지팡이로 땅을 두드리면서 집안어른의 권위가 실린 투로 말했다.

"호기사!" 네 아내가 말했다. "호기사는 먼저 돌아가요. 오후 세시에 시간 맞춰서 우리를 데리러 오고요."

네 아내와 아들을 둘러싸고 있던 사람들이 알록달록한

상자들을 들고서 서문저택 마당으로 들어갔다. 너는 내가 푸대접을 받았다고 생각하는가? 아니다. 사람들이 가족애를 나누며 즐거워할 때 얼룩개 한마리가 서문저택 마당에서 뛰어나왔다. 한핏줄 개의 친근한 냄새가 코를 찌르자 먼 옛일들이 밀려들었다. "큰형! 큰형!" 나는 흥분하여 짖어댔다. "넷째야, 우리 넷째야!" 그도 흥분하여 마구 짖어댔다. 그 소리에 영춘이 놀랐는지 고개를 돌려 우리를 보며 말했다.

"맏이야, 넷째야, 너희 형제가 몇년 만에 만나는 거냐? 어디 보자……" 영춘이 손가락을 구부리면서 헤아리기 시작했다. "일년, 이년, 삼……년…… 어이구, 너희 팔년이나 보지 못했구나. 개한테 팔년이면 사람한테 반평생인데……"

"그러게 말이에요." 옆에서 말참견할 틈을 찾지 못하던 황동이 말했다. "개가 이십년 살면 사람이 백살까지 산 것이나 같지요."

우리는 코를 맞대기도 하고 얼굴을 핥기도 하고 목으로 서로를 쓰다듬고 어깨도 부딪치면서 오랜만에 만난 기쁨과 감동을 나누었다.

넷째야, 나는 평생 다시는 너를 보지 못할 줄 알았어. 큰형이 눈물을 글썽이며 말했다. 나하고 둘째가 널 얼마나 그리워했는지 아느냐? 너도 그립고 네 셋째누이도 그립고.

둘째형은? 나는 급하게 물으면서 콧구멍을 넓혀 그의 냄새를 찾아내려고 했다.

네 둘째형은 최근에 상을 당했어. 맏형이 안됐다는 듯이

인생은 고달파 343

말했다. 너도 그 마량재란 사람 기억하지? 맞아. 네 주인의 매형이지. 정말 좋은 사람인데. 피리도 불고 악기 연주면 연주, 글이면 글, 그림이면 그림 못하는 게 없었지. 소학교 교장을 했지, 정말 좋은 직업이었는데 말이야. 인민들의 교사이니 존경하지 않는 사람이 어디 있겠어? 그런데 선생을 그만두고 하필이면 서문금룡의 조수 노릇을 하더니. 누군지 모르지만 현 교육국의 어느 높은 사람한테 몇마디 꾸중을 듣고 집에 돌아와 우울해하면서 술 몇잔을 마셨지. 그러고는 소변 보러 가려고 일어서다가 몸이 휘청하면서 머리를 박고 쓰러져 그대로 죽어버렸지 뭐야. 참, 사람 인생 한순간이고, 초목은 가을 한철이라더니, 우리 개들도 그렇지 않겠니? 우리 형이 말했다. 왜 그 사람들이 이 소식을 네 집주인에게 알리지 않았지?

우리집 주인이 요즘 젊은 여자와 바람을 피우는데 그 여자가 누군지 맞혀봐. 셋째누이네 집주인 여동생이야. 회의에서 돌아오면 저 사람하고…… 나는 아래턱으로 마당에서 복숭아나무를 짚고 호조와 이야기하고 있는 합작을 가리키면서 가만히 말했다. 이혼하자고 하니까 저 사람이 거의 미쳐가고 있어. 요 며칠 좀 회복되나 했더니 오늘 이 모습을 보니 남해방의 앞길을 막으려고 작정한 것 같아.

헛, 집집마다 다 나름의 걱정이 있다더니. 큰형이 말했다. 우리 개들은 그저 주인의 지시를 받고 주인을 위해 일하면 되니까 그런 귀찮은 일들은 우리가 상관할 바 아니야. 기다려봐, 내가 둘째 불러올게. 우리 셋이 모여서 회포나 풀자.

뭐 하러 큰형이 직접 가. 내가 말했다. 우리 개들은 천리까지 소리를 전하는 능력이 있잖아. 내가 목을 치켜들고 짖으려는 순간, 큰형이 짖을 필요없다고, 둘째형이 벌써 오고 있다고 말했다.

서쪽에서 둘째형과 그 집 안주인 보봉이 걸어오는 것이 보였다. 둘째형이 앞장서고 보봉이 뒤따랐다. 보봉 뒤에는 키가 겅충한 남자아이가 따라오고 있었다. 개혁의 냄새가 기억에서 떠올랐다. 그 녀석, 정말 많이 컸네. 사람들은 우리 개의 눈에는 사람이 작아 보인다고 하지만 쳇, 헛소리다. 우리 눈에도 높은 것은 높아 보이고 낮은 것은 낮아 보인다.

큰형이 크게 짖었다. 둘째야, 이게 누군지 보아라. 둘째형! 내가 큰 소리로 짖으면서 달려갔다. 둘째형은 아버지 유전자를 더 많이 받은 검둥이라 모습은 나하고 비슷하지만 체구가 나보다 많이 작았다. 우리 세 형제가 함께 모여 서로 부딪치기도 하고 비비기도 하면서 오랜만에 회포를 풀었다. 그렇게 한참 뒤 형들이 셋째누나 안부를 물었다. 셋째누이는 잘 지내고 있고 새끼 세 마리를 낳아 비싼 가격에 팔려 주인 수입을 올려주었다고 전했다. 내가 엄마 안부를 묻자 형들이 한참 침묵하더니, 눈물이 가득한 눈으로 나를 보면서 말했다. 엄마는 아무 병 없이 연로하셔서 돌아가셨어. 죽어서도 사체를 훼손하지 않고 주인 남검이 손수 나무상자를 만들어 우리 엄마를 자기 그 소중한 땅에다 묻어주었어. 정말 훌륭한 대우를 받은 셈이지.

  세 형제가 다정하게 즐거워하는 모습이 보봉의 관심을 끌었다. 그녀가 약간 놀란 표정으로 나를 보았다. 내 생각에는 내 체구가 너무 크고 사나워 보여서 놀라고 당황한 것 같았다. "너 넷째 아니야?" 그녀가 말했다. "너 어떻게 이렇게 컸어? 옛날에는 정말 조그만 강아지였는데."

  그녀가 나를 주목하자 나도 그녀를 쳐다보았다. 네 번 윤회하고도, 서문뇨의 기억이 아직 사라지지는 않았지만 수많은 기억들에 묻혀서 먼 옛날의 기억을 되살리면 머리가 어지러워 정신분열이 일어날 것 같았다. 세상일이란 한권의 책과 같아서 한장씩 넘겨야 한다. 사람은 앞을 보아야 하고, 지난 역사는 가급적 덜 들추어야 한다. 개도 시대흐름에 발맞추고 현실을 직시해야 하는 법이다. 지나간 역사의 페이지에서는 내가 그녀의 아버지였고, 그녀는 내 딸이었다. 하지만 눈앞의 현실에서 나는 개이고 그녀는 내 형의 주인이자 주인의 씨다른 누나였다. 그녀는 안색이 창백해도 머리카락은 아직 하얗지 않았지만 수척한 모습이 서리맞은 풀 같았다. 검은 옷을 입고 있었고 신에 하얀 천이 달려 있었다. 마량재를 위해 상복을 입었고 몸에서 죽은 사람과 접촉한 음울한 냄새를 풍겼다. 내 기억에 그녀는 항상 우울하고 말수가 적었으며 얼굴색은 창백하고 웃는 일이 적고, 어쩌다 웃어도 눈에 반사된 빛처럼 처량하고 차가워서 사람들에게 잊히지 않았다. 그녀 뒤에 서 있는 녀석, 마개혁은 마량재의 깡마른 몸매를 이어받았다. 어릴 적에는 동그랗고 희고 포동포동했는데 지금은 긴 얼굴에 수척하고 두 귀는 양쪽으로 흔들리고 있었다. 이제 열몇살밖에 되지 않았는데 새치가 많았다. 푸른색 반바지에 흰색 남방셔츠를 입고 있었다—서문촌 소학교 교복이었다—흰색 고무신을 신고 두 손에는 녹색 플라스틱 대야를 들고 있었는데 대야에는 탐스러운 자홍색 앵두가 담겨 있었다.

나는 두 형에게 이끌려 마을을 한바퀴 돌았다. 어릴 적 집을 떠나 서문집안의 큰마당 말고는 마을에 대한 인상이 남아 있지 않지만 그래도 내가 태어나 자란 곳이고, 막언녀석이 어느 글에서 쓴 것처럼 '고향은 피의 땅'이어서 거리와 마을을 돌아보니 역시 감동이 일었다. 낯익은 듯한 얼굴도 보고 예전에 없던 수많은 냄새를 맡기도 하고 예전의 수많은 냄새를 잃기도 했다. 그 시절, 마을에서 가장 진하게 풍겼던 소냄새, 당나귀냄새가 깨끗이 사라지고 집집마다 마당에서 쇠냄새가 코를 찔렀다. 인민공사 시절 꿈에도 그리던 농업기계화가 토지를 개인들에게 분배한 뒤 모두 개인농을 하게 되자 실현되었다는 것을 알았다. 온 마을이 대변동 전야의 흥분과 당황, 그리고 불안한 분위기에 휩싸인 게 느껴졌고 사람들 얼굴에서 이상한 표정으로 빛나는 것이 마치 금방이라도 무슨 큰일이 일어날 것만 같았다.

마을을 둘러보는 도중에 우리는 여러 개들을 만났다. 그들 모두 큰형, 둘째형과 뜨겁게 인사를 나누었고 나를 경외

하는 눈빛이었다. 나의 두 형은 기가 살아 그들에게 자랑했다. 얘는 우리 넷째동생이야. 지금 읍내에 사는데 읍내 개협회 회장으로 만여 마리의 개를 거느리고 있어. 내 형은 정말 불리기도 잘했다. 읍내 개 숫자를 열 배나 부풀려서 말했다.

나의 요청에 따라 두 형이 엄마 무덤으로 데려다주었다. 내가 그곳에 가보려는 것은 단순히 엄마 무덤을 찾아보기 위해서가 아니라 그들에게는 말할 수 없는 수많은 역사적 소회 때문이었다. 서문뇨에서 서문의 나귀로, 서문의 나귀에서 서문의 소로, 서문의 소에서 서문의 돼지로, 서문의 돼지에서 서문의 개로 태어나기까지 망망대해의 고도 같은 그 땅은 나와 천갈래 만갈래 혈육관계를 맺고 있었다. 마을 동쪽에는 복숭아가 심겨 있었는데 한달 정도 빨리 왔으면 복숭아꽃 천지였을 것이다. 지금은 복숭아잎이 누렇게 되고 가지에는 복숭아가 달려 있었다. 남검의 1무 6푼 땅은 여전히 개성이 넘쳐났다. 양쪽 복숭아나무숲 사이에 자란 곡식들은 작고 약하면서도 강인해 보였다. 그는 뜻밖에도 지금으로서는 찾아보기 힘든 농작물을 심고 있었다. 나는 기억 깊은 곳에서 그 농작물의 이름과 관련된 지식을 찾았다. 삼자(穇子)라고 하는 것인데 가뭄과 수해에 강하고 메마른 땅에서도 잘 자라고, 생명력이 잡초처럼 아주 강했다. 사람들이 배불리 지내는 시대에는 그런 거친 곡식들이 사람들 목숨을 구하는 훌륭한 약이 될 수도 있었다.

엄마의 무덤 앞에서 우리 셋은 한참 우두커니 서 있다가 하늘을 쳐다보고 길게 울어 애도를 표했다. 무덤이라고 하지만 바구니만한 흙덩이뿐이었고, 그 흙덩이에도 삼자의 싹이 나 있었다. 우리 엄마 무덤 옆에 무덤 세 개가 일자로 줄지어 있었다. 큰형이 우리와 가장 가까운 흙덩이를 가리키면서 말했다. 이 무덤에는 돼지가 묻혀 있다더라. 온갖 악행을 저지른 돼지이자 자기를 희생하여 사람을 살린 돼지라더라. 너의 집 작은주인과 둘째네 작은주인, 그리고 마을 아이 열몇명을 모두 얼음웅덩이에서 물어내 구했단다. 애들은 구했지만 돼지는 목숨을 잃은 거야. 멀리 떨어져 있는 두 무덤에 대해 둘째형이 말했다. 하나는 소 무덤이고 하나는 나귀 무덤이라는데, 어떤 사람들은 무덤에 아무것도 없고 나귀 무덤에는 나무로 조각된 나귀발굽만 있고, 소 무덤에는 소 고삐만 묻혀 있다더라. 다 까마득한 옛날 일이어서 우리도 자세히 몰라.

그 땅의 맨끝에는 진짜 무덤이 있었다. 만두 모양으로 하얀 돌을 깎고 씨멘트로 틈을 메웠다. 무덤 앞에 대리석 묘비가 세워져 있었는데 예서로 '선고서문공뇨급부인백씨지묘(先考西門公鬧及夫人白氏之墓)'라고 큼직하게 쓰여 있었다. 눈앞의 모습을 보자 나도 모르게 심장박동이 빨라지고 끝없는 슬픔이 용솟음쳤다. 개의 눈에서 사람의 눈물이 흘러내렸다. 큰형과 둘째형이 발로 내 어깨를 다독이면서 물었다. 넷째야, 너 왜 그렇게 슬퍼하는 거야? 나는 고개를 저어 눈물을 털면서 말했다. 아무것도 아니야. 그냥 옛날 친구가 생각나서. 큰형이 말했다. 이것은 서문금룡이 서기직을 맡고 이듬해에 부친을 위해 쓴 무덤이야. 사실 무덤에는 백씨와 서문뇨의 위패만 묻혀 있고, 서문뇨의 시신은 안타깝지만 굶주린 우리 조상들이 진즉에 먹어버렸어.

나는 서문뇨와 백씨의 무덤을 세 바퀴 돌고서 뒷다리 하나를 곧게 세우고 만감이 교차하는 오줌을 그들의 묘비에 쏟았다.

둘째형이 놀라 안색이 변하면서 말했다. 넷째야, 너 정말 대단하다. 서문금룡이 알면 엽총으로 널 죽여버릴 거야.

내가 쓴웃음을 지으면서 말했다. 죽일 테면 죽여보라지. 날 죽이고서 나도 여기에 묻어주면 좋겠네……

큰형과 둘째형이 눈빛을 주고받더니 거의 이구동성으로 말했다. 넷째야, 우리 어서 집에 가자. 이 땅에는 원혼들이 너무 많고 사악한 기운이 가득해서 귀신에게 홀리면 감기보다 훨씬 심할 거야. 말을 마치자 그들이 나를 에워싸고 그 땅을 벗어났다. 그뒤로 나는 내 마지막 귀착점이 어디인지 알게 되었다. 도시에 살고 있지만 죽은 뒤에는 반드시 그 땅에 묻힐 것이다.

우리 세 형제가 서문저택 마당에 들어서자 서문금룡의 아들 서문환이 뒤따라 들어왔다. 몸에서 진한 물고기 비린내와 진흙냄새가 나긴 해도 나는 금방 그의 냄새를 알아냈다. 웃통을 벗고 맨발에 나일론 반바지만 입고 있었다. 어깨에 명품 티셔츠를 걸치고 있었고 손에는 비늘이 하얀 피라미 한꾸러미를 들고 있었다. 무척 비싸 보이는 손목시계가 그의 손목에서 반짝였다. 그 녀석이 첫눈에 나를 알아보고는 들고 있던 것을 내동댕이치고 달려왔다. 분명 나를 타고 싶은 거였다. 하지만 존엄한 개로서 어떻게 사람을 태우랴? 몸을 슬쩍 비켜 그를 피했다.

그의 어머니 호조가 부엌에서부터 달려오더니 급히 소리쳤다.

"환환아, 너 어디 갔다왔어? 왜 이제 오는 거야? 내가 말했잖아. 작은이모하고 개방형이 온다고."

"물고기 잡으러 갔었어요." 그가 바닥에 팽개친 물고기를 집어들고 나이에 어울리지 않는 투로 말했다. "귀한 손님이 왔는데 물고기가 없으면 되겠어요?"

"아이고, 이 녀석." 호조가 서문환이 바닥에 버린 옷들을 주섬주섬 집으면서 말했다. "이런 피라미 두 마리 가지고 누구 입에 풀칠하게?" 호조가 손으로 서문환 머리에 묻은 진흙과 물고기 비늘을 닦아내면서 갑자기 생각난 듯이 물었다. "환환아, 네 신발은?"

서문환이 웃으면서 말했다. "실은 엄마, 신발하고 물고기를 바꿨어요."

"아이고, 이 망할자식아!" 호조가 날카롭게 소리쳤다. "그 신발은 아버지가 다른 사람한테 부탁해서 상해에서 사온 거야. 나이키잖아. 천원이 넘는데 물고기 두 마리하고 바꿨어?"

"엄마, 두 마리가 아니에요." 서문환이 버들가지에 끼운 물고기를 꼼꼼히 세더니 말했다. "아홉 마리인데, 두 마리라니요?"

"이것 좀 보세요. 우리 이 바보 같은 아들놈요." 호조가 서문환의 손에서 물고기를 빼앗아 방에서 나온 사람들을 보며 말했다. "손님 대접한다고 꼭두새벽부터 강에 가더니 반나절 만에 고작 피라미 한꾸러미 들고 왔어요. 그것도 나이키 신과 바꾸어가지고요. 이런 바보가 어디 있어요?" 호조는 요란을 떨면서 그 물고기 꾸러미로 서문환의 어깨를 때리며 말했다. "누구하고 바꾼 거야? 빨리 가서 다시 바꿔와!"

"엄마!" 서문환이 약간 사팔뜨기인 눈으로 흘겨보면서 말했다. "사내대장부가 어떻게 한번 한 말을 바꿔요? 고작 신발 한켤레 가지고. 다시 한켤레 사면 되죠 뭐. 아버지 돈 많잖아요."

"이 망할자식, 입다물지 못해?" 호조가 말했다. "헛소리 마. 네 아버지가 무슨 돈이 있어?"

"우리 아버지가 돈이 없으면 누가 돈이 있어요?" 서문환이 흘겨보면서 말했다. "우리 아버지 부자잖아요. 세상에서 최고 부자 말이에요."

"헛소리 그만해. 바보짓 그만해." 호조가 말했다. "아버지 오면 너 엉덩이에 불날 테니까 그리 알아."

"왜 그래?" 서문금룡이 캐딜락 승용차에서 내리자마자

말했다. 승용차가 소리없이 앞으로 미끄러져갔다. 캐주얼 차림이었는데 머리와 수염이 말끔했고 배는 살짝 튀어나오고 손에는 넓적한 휴대폰을 들고 있었다. 정말 완벽한 사장님의 모습이었다. 호조한테 이야기를 듣더니 아들 머리를 살짝 치면서 말했다. "경제적으로 보면 천원이 넘는 나이키 신발을 피라미 아홉 마리하고 바꾼 것은 바보짓이야. 하지만 도덕적으로 보자면, 귀한 손님을 대접하기 위해 천금 같은 신을 아까워하지 않고 물고기하고 바꾼 것은 영웅다운 행동이야. 이 일을 가지고 널 칭찬하지도 나무라지도 않을게. 하지만 내가 칭찬하고 싶은 것은……" 금룡이 힘차게 아들의 어깨를 두드리며 말했다. "한번 내뱉은 말은 말 네 마리가 끄는 마차로도 따라잡을 수 없다고 했으니, 사내대장부가 바꿨으면 바꾼 거고, 후회하면 안된다!"

"거봐요." 서문환이 기가 살아 호조에게 말하면서 피라미 꾸러미를 들고 크게 소리쳤다. "할머니, 물고기 가져가세요. 귀한 손님한테 탕을 끓여줘야죠!"

"나쁜 습관 들겠어요. 계속 이러면 어쩌려고요?" 호조가 금룡을 힐끗 보면서 조용히 투덜거리더니 돌아서 아들의 팔을 잡았다. "우리 보물, 얼른 방에 가서 옷이나 갈아입어. 이런 꼴로 어떻게 손님한테 인사하겠어."

"굉장한데!" 서문금룡이 안채에 들어가기 전에 나를 보고는 엄지손가락을 치켜세우며 감탄했다. 그러고서 그를 맞으러 문밖에 나온 사람들과 인사를 나누었다. 그가 네 아들을 칭찬했다. "개방은 영리하게 생겼어. 이 머리만 봐도 보통 애가 아니야. 네 아버지가 현장이니까 넌 성장이 되어야지!" 그가 마개혁을 위로하면서 말했다. "녀석, 당당하게 허리를 쭉 펴. 겁낼 것 없어. 걱정할 것도 없고. 이 큰삼촌이 있으니까 걱정 말고." 보봉에게도 말했다. "너무 괴로워하지 마. 죽은 사람이 다시 살아나는 것도 아니잖아. 슬프기는 나도 마찬가지야. 그가 이렇게 죽어버리니, 내 팔이 하나 잘린 것 같아." 그가 양가 부모에게 머리를 끄덕여 인사했다. 그가 네 아내를 보고 말했다. "제수씨, 제가 오늘 술 한잔 꼭 따라드릴게요. 그날 점심때, 우리 건설계획이 통과된 것을 축하하려고 천관루에서 축하회식을 했는데 해방이 혼자 너무 억울하게 당했어요. 홍태악, 그 노인네 정말 귀여울 정도로 고집불통이에요. 이번에 구류를 살고서 정신 좀 차리면 좋을 텐데."

밥을 먹으며 네 아내는 시종 뜨뜻미지근했다. 부현장 부인으로서 체통을 지키고 있었고, 서문금룡은 술을 권하고 요리를 집어주면서 가장으로서의 열정을 보였다. 가장 활달한 사람은 서문환이었다. 술좌석에 대해서 정말 일가견이 있었다. 서문금룡도 별로 제지하지 않자 더욱 맘대로였다. 서문환은 자기 술잔에 술을 따르고는 개방에게도 술을 따르면서 혀 꼬부라진 소리로 말했다.

"개방형, 이거 마셔…… 이 잔 마시고, 내가 좀 상의할 일이 있어……"

네 아들이 네 아내를 쳐다보았다.

"이모 눈치 보지 말고…… 우리 사내대장부끼리 일이니까, 네 마음대로 해. 자, 내가 한잔 권할게!"

"환환아, 그만해!" 호조가 말했다.

"그럼 입술에 살짝 묻히기만 해." 네 아내가 아들에게 말했다.

두 녀석이 잔을 부딪쳤고 서문환은 목을 빼고 잔에 든 술을 한번에 털어넣었고, 빈잔을 개방 앞에 내밀면서 말했다.

"먼저 잔을 비웠어…… 존경의 표시로!"

개방은 입술에 술을 조금 묻히고서 잔을 내려놓았다.

"너 너, 의리없이……" 서문환이 말했다.

"됐어!" 서문금룡이 서문환의 머리를 다독이면서 말했다. "그만하면 됐어. 강요하지 마! 술을 강요하는 것도 대장부다운 행동이 아니야!"

"아버지 말 들을게요……" 그가 술잔을 내려놓고 손목시계를 보더니 개방에게 내밀면서 말했다. "형, 이거 스위스시계 론진이야. 내가 한국인 사장하고 새총과 바꾼 거야. 내가 이걸 줄 테니까 형네 저 개하고 바꾸자."

"안돼!" 네 아들이 단호하게 말했다.

서문환은 당연히 기분이 좋지 않았다. 하지만 화내지 않고 단호하게 말했다.

"언젠가 분명 동의할 거라고 믿을게."

"아들, 장난 그만해." 호조가 말했다. "몇달 있으면 현에 있는 중학교에 가는데 개가 보고 싶으면 이모네 집에 가면 되잖아."

그리하여 술자리 화제가 내 이야기로 옮겨왔다. 네 어머니가 말했다. "한어미 배에서 나왔는데 이렇게 다를 줄 누가 알았겠어?"

"우리 모자는 이 개 덕분에 잘 지내요." 네 아내가 말했다. "애아버지가 밤낮 바쁘고, 나도 출근해야 하니까 집 지키고 개방이 학교에 바래다주는 일까지 이 개가 다 해요."

"정말 야무지고 신기한 개네." 서문금룡이 간장에 조린 족발 하나를 나한테 던져주면서 말했다. "넷째야, 출세해도 고향을 잊으면 안되는 법이다. 자주 집에 들러라."

나는 족발의 향기에 이끌려 뱃속에서 꼬르륵 소리가 났지만 큰형과 둘째형의 눈치를 보며 입에 대지 않았다.

"정말 다르네, 달라." 서문금룡이 감탄해 마지않았다. "환환아, 너 이 개한테 좀 배워야겠다." 그가 다시 족발 두 개를 내 큰형과 둘째형에게 던져주고는 아들에게 말했다. "사람이 큰사람다운 위풍이 있어야 하는 거야!"

내 큰형과 둘째형이 기다렸다는 듯이 족발을 입에 물고 큰 입을 쩝쩝거리면서 자기도 모르게 목에서 으르렁으르렁 음식 지키는 소리를 냈다. 나는 그래도 입을 대지 않고 네 아내를 쳐다보았고, 먹어도 좋다는 손짓을 하자 가만히 입에 물고, 천천히, 조용히 씹기 시작했다.

나는 개로서의 존엄을 지켜야 했다.

"아버지, 아버지 말이 맞아요." 서문환이 개방 앞에서 손목시계를 도로 집어가며 말했다. "나도 큰사람다운 위풍을 가질 거예요!" 그러고서 몸을 일으켜 안방으로 가더니 엽총을 들고 나왔다.

"환환아, 너 뭐 하려고 그러니?" 호조가 놀라서 벌떡 일어섰다.

서문금룡이 침착하게 웃으면서 말했다.

"어디 우리 아들이 어떻게 큰사람다운 위풍을 표현하는지 한번 보자. 네 둘째삼촌네 개를 쏘려고? 그것은 군자다운 행동이 아니다. 우리 개나 고모네 개를 쏘는 것은 더욱더 소인배의 행동이고."

"아버지는 저를 너무 얕잡아보지 마세요." 서문환이 화를 내면서 소리쳤다. 그가 엽총을 어깨에 둘러메는데 어깨가 약해도 메는 모습이 상당히 노련했고, 조숙한 고수 같았다. 그는 어깨를 틀더니 그 비싼 손목시계를 복숭아나무가지에 걸었다. 그리고 10미터 정도 뒤로 물러나서 익숙한 솜씨로 탄알을 넣었다. 입가에는 꽤나 어른 같은 잔인한 미소를 짓고 있었다. 그 비싼 시계가 정오의 태양 아래 반짝반짝 빛났다. 호조의 날카로운 비명소리가 먼 뒤쪽에서 어렴풋이 들렸지만 그 손목시계의 바늘소리가 하도 커서 혼을 뒤흔드는 것 같았다. 시간과 공간이 한데 뒤엉켜 눈을 찌르는 눈부신 햇살을 이루는 듯 느껴지고, 찰칵! 찰칵! 하는 소리는 그 햇살을 가위로 산산이 잘라내는 것 같았다. 서문환의 첫 발이 공중에 발사되었고 복숭아나무에 찻잔 크기만한 흰 구멍이 생겼다. 두번째 발은 정확하게 목표물을 명중했다. 탄알이 손목시계를 깨부수는 순간……

숫자는 뿔뿔이 흩어지고 시간은 산산조각났다.

제48장

화난 사람들에게 둘러싸여 심문을 받고
개인적인 정 때문에 형제가 서로 등지다

금룡이 어머니가 위독하다고 전화했다. 서문집안 현관에 들어서는 순간, 나는 그의 올가미에 걸려들었음을 알았다.

어머니는 몸이 좋지 않기는 했지만, 위독한 것은 아니었다. 어머니는 단단한 가시가 잔뜩 돋은 산초나무 지팡이를 짚고 현관 서쪽 긴의자에 앉아 있었다. 백발이 성성한 머리가 부들부들 떨리고 눈에서는 탁한 눈물이 주륵주륵 흘러내렸다. 아버지는 어머니 오른쪽에 앉아 있었다. 그 사이에 한 사람이 앉을 만큼 멀찍이 떨어져 있었다. 내가 들어서는 것을 본 아버지가 신발 한짝을 벗어들고 버럭 소리를 지르며 다가왔다. 그러고는 다짜고짜 신발굽으로 내 왼뺨을 후려갈겼다. 귀에서 윙윙거리는 소리가 울렸고 눈에서 불꽃이 튀고 볼에서 불이 일었다. 아버지가 일어나는 순간, 긴의자의 한쪽이 들리면서 어머니가 엉덩방아를 찧고 뒤로 넘어졌다. 그녀가 들고 있던 지팡이를 긴 창처럼 치켜들더니 내 가슴을 조준했다. 나는 "어머니!" 하고 불렀다. 달려가서 어머니를 부축하려고 했지만 나도 모르게 몸이 문어귀까지 뒷걸음질쳐졌고, 그만 문지방에 주저앉아버렸다. 꽁무니뼈가 문지방에 부딪혀 아픈 동시에 몸뚱이가 뒤로 젖혀지면서 뒤통수가 섬돌에 부딪혀 아팠고, 그 순간 다리가 붕 뜨고 머리가 밑에 처박히는 꼴이 되어 몸의 반쪽은 바깥에 반쪽은 안에 있는 낭패스러운 자세가 되었다.

아무도 나를 부축해주지 않았다. 나는 혼자 기어서 일어났다. 귀에서는 여전히 윙윙거렸고, 입에서 녹냄새가 났다. 내 뺨을 때린 아버지는 그 반작용으로 현관을 몇바퀴 돌았고, 제자리에 서자마자 다시 나한테 달려들었다. 그의 얼굴 반쪽은 파란빛이 돌고 반쪽은 자줏빛이 돌았다. 눈에서는 파란 불꽃이 튀었다. 수십년 동안 온갖 풍상을 겪은 아버지였고, 화를 내는 모습을 워낙 무수히 보아온 터라 화낼 때 어떤지 너무도 익숙했지만, 이번에는 달랐다. 다른 여러 가지 감정들이 섞인 것 같았다. 극도의 슬픔과 거대한 치욕이 그것이다. 아버지가 신발짝으로 나를 때린 것은 절대 연기가 아니었다. 혼신의 힘을 쏟은 것이다. 내가 한창때여서 골격이 튼튼한 상태가 아니었다면 내 머리통은 벌써 박살났을 것이다. 비록 내가 한창때라고 해도 그 신발짝에 머리가 강한 충격을 받아 어지러워져서 방향을 분간할 수가 없었다. 현관에 있던 사람들은 무중력상태에서 인광을 뿜는 귀신 같았다.

파란 얼굴의 영감님이 나한테 두번째 공격을 하려고 할 때, 금룡이 막았다. 금룡에게 붙잡혀 안긴 노인네가 낚시에 걸린 가물치처럼 발버둥쳤다. 손에 든 더럽고 무거운 신발을 나한테 던졌다. 나는 피하지 않았다. 그 순간, 몸놀림을 지휘하는 내 뇌신경은 휴면상태였다. 그 더럽고 낡은 신발이 괴물처럼 날아오는 것을 나는 그저 빤히 보고만 있었다. 마치 나와 상관없는 다른 몸으로 날아가는 것처럼. 그 큰 신발이 내 가슴으로 날아왔고 잠깐 머물더니 천천히 굴러서 땅에 툭 떨어졌다. 고개를 숙여 떨어진 신발을 보려고 했지만 어지러운 머리와 깜깜한 눈이 시의에 맞지 않고 부질없는 행동을 저지했다. 내 왼쪽 콧구멍이 후끈해지더니 벌레가 기어가는 것처럼 가려웠다. 손으로 코를 만져보았다. 짙은 금빛 액체가 묻어났다. 그때 아스라이 방춘묘의 부드러운 말소리가 들려왔다. 코피가 나요! 코피가 나면서 나의 흐릿하던 대뇌에 한갈래 틈이 생겼다. 그 틈으로 상쾌한 바람이 불어들어오고 찬 기운이 점점 넓게 퍼지면서 멍하던 상태에서 점차 깨어나기 시작했다. 내 대뇌가 정상적으로 움직이기 시작했고 신경계도 정상으로 돌아오기 시작했다. 십여일 동안에 나는 두 번이나 코피를 흘렸다. 첫번째는 현청사 정문에서 홍태악이 이끌던 시위대 중 한사람이 발을 거는 바람에 넘어져 코를 다쳤다. 아아! 나는 기억이 되돌아왔다. 보봉이 어머니를 부축하여 일으키는 모습이 보였다. 어머니의 비뚤어진 입에서 침이 턱까지 흘러내렸다. 그리고 뭐라고 하는지 분명하지 않은 발음으로 말했다.

"아들아…… 내 아들 때리지 마세요……"

땅에 버려진 어머니의 산초나무 지팡이가 죽은 뱀 같았다. 익숙한 노랫소리가 귓전에 들려오고 꿀벌 몇마리가 그 선율을 타고 맴돌았다. 어머니, 어머니, 백발 어머니— 나는 내심 심한 가책이 들었고 크나큰 슬픔이 쏟아졌다. 눈물이 입으로 흘러들었는데 의외로 향기로운 맛이 났다. 어머니가 보봉 품에서 몸부림치고 있었다. 그녀의 힘이 얼마나 센지 보봉 혼자서 감당할 수가 없었다. 어머니의 태도를 보니 그 뱀 같은 지팡이를 주우려는 것 같았다. 보봉도 어머니의 의사를 알아차렸는지 두 손으로는 어머니를 안고 한발로 지팡이를 가까이 끌어당겨 어머니에게 쥐여주었다. 지팡이를 든 어머니가 금룡에게 안긴 아버지를 때리려고 했다. 하지만 어머니에게는 무거운 산초나무 지팡이를 휘두를 힘이 더이상 없었다. 지팡이가 다시 땅에 떨어졌다. 어머니는 아예 포기하고 분명하지 않은 발음으로 욕하기 시작했다.

"저런 독종놈이…… 내 아들을 때리다니……"

소동이 한동안 계속되다가 한참 뒤에야 잠잠해졌다. 나의 머리도 기본적으로 정상으로 돌아왔다. 아버지는 두 손으로 머리를 감싸쥐고 현관 남쪽 벽 밑에 쪼그리고 앉았다.

그의 얼굴은 보이지 않고 고슴도치 같은 머리카락만 보였다. 긴의자는 이미 세워져 있었고 보봉이 어머니를 부축해 앉혔다. 금룡이 허리를 굽히고 신발을 주워서 아버지 앞에 놓았다. 그리고 나한테 쌀쌀한 어조로 말했다.

"녀석, 이런 너저분한 일에 나도 상관하기 싫어. 하지만 어른들이 시키시니 형으로서 어쩔 수가 없다."

금룡이 팔로 반원을 그렸고 내 눈이 그 반원을 따라 돌았다. 자기 연기를 끝내고 고통과 무력감에 빠져 있는 부모님이 보였고, 현관에 놓인 유명한 팔선 탁자 뒤에 단정하게 앉아 있는 방호와 왕낙운 부부가 보였다. 두 사람에게 너무 부끄러웠다. 현관 동쪽의 긴의자에 나란히 앉아 있는 황동과 오추향 부부가 보였다. 그들 뒤에는 연방 소매로 눈물을 닦는 황호조가 서 있었다. 긴장된 분위기였지만 나는 그녀의 짙고 굵은, 신기하면서도 매력적인 머리카락에 눈길이 갔다.

"네가 합작과 이혼하려는 거 다들 알고 있어. 너랑 춘묘의 일도 다들 알고." 금룡이 말했다.

"너, 이 양심없는 놈아……" 오추향이 날선 소리를 지르면서 나를 덮치려고 했다. 금룡이 그녀를 막았고 호조도 그녀를 꼼짝 못하게 의자에 앉혔다. 그녀가 계속 욕을 퍼부었다. "우리 딸이 너한테 잘못한 게 뭐냐? 우리 딸이 너보다 못난 게 뭐야? 남해방, 너 벼락맞는 게 무섭지도 않냐?"

"네 멋대로 결혼하고 싶으면 결혼하고 이혼하고 싶으면 이혼하냐? 우리 합작이 너한테 시집갈 때, 넌 별볼일없는 놈이었어. 이제 조금 출세했다고 우리 합작이를 감히 차버려? 어떻게 세상에 이런 일이 있을 수 있냐? 현위원회를 찾아가고 성위원회를 찾아가고 중앙위원회를 찾아가겠다!" 황동이 대로하며 말했다.

"동생아." 금룡이 의미심장하게 말했다. "이혼하고 안하고는 네 사적인 일이니 친부모라도 간섭할 권리가 없다만 이번 일은 좀 심각하다. 이 일이 확대되고 퍼져나가면서 파장이 커져버렸다. 방씨 아저씨와 아주머니 의견을 들어보는 게 좋을 듯하다."

솔직히 나는 부모님이나 황씨 부부의 태도에는 그리 신경쓰지 않았다. 하지만 방씨 부부에게는 몸둘 바를 몰랐다.

"이제는 자네를 해방이라고 부르면 안되겠지. 자네는 지금 부현장님이니까." 방호가 기침을 몇번 하면서 조롱하듯이 말했다. 옆에 앉은 뚱뚱한 아내를 보며 물었다. "이 사람들이 언제 면화가공공장에 들어갔지?" 왕낙운이 대답하기도 전에 방호가 말을 이었다. "1976년이었어. 그때 해방이 자네 뭘 알았나? 자넨 그때 제정신이 아니어서 아무것도 몰랐어. 그래도 나는 자네를 제일목화검사소에 배치해주었어. 편하고 체면이 서는 일이었지. 당시로 보면 자네보다 능력 있고 인물도 좋고 집안도 좋은 훌륭한 젊은이들도 다들 목화바구니를 나르는 육체노동을 했어. 목화 한바구니면 이백근이 넘는데 하루에 여덟 시간, 어떨 때는 아홉 시간씩 출근하자마자 쉼없이 뛰어다녔지. 그게 얼마나 힘든지 자네도 잘 알 거야. 자네는 계약직이라 삼 개월이면 잘리는데 자네 부모님을 봐서 그냥 공장에 두었지. 그뒤 현에서 사람을 보내달라고 해서 나는 다른 많은 사람들의 의견을 물리치고 자네를 추천했지. 그때 현의 간부들이 뭐라고 말했는지 알아? 왜 시퍼런 귀신을 보냈느냐고 했어. 그래도 나는 해방이 인물은 없어도 정직하고 듬직하고 글재주가 훌륭하다고 두둔했지. 물론 자네는 일을 열심히 잘했고, 자네가 출세하니 내가 더없이 기쁘고 뿌듯하더라고. 그런데 혹시 자네가 모르고 있는 건 아니겠지? 만약 내 추천이 없었다면, 그리고 뒤에서 우리 항미가 자네를 이끌어주지 않았다면 오늘날 남해방이 있을 수 없었다는 걸 말이야. 자네가 이제 부귀영화를 얻었으니 첩을 얻을 수도 있겠지. 옛날부터 그런 일이 많았으니까. 자네가 양심에 거리낌이 없다면, 사람들 뒷손가락질이 무섭지 않다면 얼마든지 이혼하고 또 재혼하고 살아. 우리 늙은이들과 무슨 상관이겠어? 하지만…… 빌어먹을, 어떻게 우리 춘묘를…… 춘묘 나이가 어떻게 되나, 남해방? 자네보다 스무 살이나 어려. 춘묘는 아직 어린애야! 자네가 그런 짓을 하는 것은 짐승만도 못한 거야! 그러고도 부모님한테 부끄럽지 않나? 장인장모한테 부끄럽지도 않나? 처자식한테 부끄럽지도 않나? 그리고 내 이 목발에 부끄럽지 않나? 남해방, 나는 구사일생으로 살아난 사람으로 평생 당당하고 꿋꿋하게 살아왔네. 지뢰가 터져 이 다리가 날아갔을 때도 눈물 한방울 흘리지 않았고, 문화대혁명 때 홍위

인생은 고달파

병들이 내가 가짜 영웅이라며 내 나무의족으로 내 머리를 후려갈겨도 눈물 한방울 흘리지 않았어. 하지만 지금 자네가 나를……" 방호가 비오듯 눈물을 줄줄 흘렸고, 옆에서 그의 아내도 눈물을 흘리면서 방호의 눈물을 닦아주었다. 방호가 아내의 손을 밀치고 계속 비분을 토로했다. "남해방, 자네 이건 내 목에 올라타고 똥을 싸는 격이네……" 그는 거친 숨을 몰아쉬며 허리를 굽혔다. 그리고 그의 의족을 뜯어내어 나한테 휙 던지면서 비장하게 말했다. "부현장, 내 이 다리를 봐서라도, 나와 자네 아버지의 친분을 봐서라도 우리 춘묘를 놓아주게. 자네 스스로 죽든 말든 우리가 상관할 바 아니지만, 우리 딸을 자네 순장품으로 만들지 말게."

나는 아무한테도 사과하지 않았다. 그들의 말, 특히 방호의 말이 비수처럼 가슴을 찔렀다. 내게 천만가지의 이유가 있다고 해도 그들에게 미안하다고 말해야 할 것 같았지만, 나는 그러지 않았다. 내게 천만가지의 이유가 있다고 해도 방춘묘와 정리하고 황합작과 다시 잘해보겠다고 해야 할 것 같았지만, 나는 그러지 않았다.

얼마 전 황합작이 혈서로 나한테 시위했을 때, 사실 나도 그만 포기할까 생각했다. 하지만 시간이 갈수록 춘묘에 대한 그리움이 나를 정신나간 사람처럼 만들었고, 밥도 먹지 못하고 잠도 잘 수 없고 일도 손에 잡히지 않았다. 나는, 빌어먹을, 일조차 하고 싶지 않았다. 성에서 회의가 끝나고 돌아와 내가 가장 먼저 한 일은 신화서점 어린이책 코너로 춘묘를 찾아간 일이었다. 그런데 춘묘의 자리에 얼굴이 뻘건 한 아주머니가 서 있었다. 그녀가 쌀쌀맞은 말투로 춘묘가 병가를 냈다고 말해주었다. 낯익은 서점 여종업원들이 슬그머니 나를 보았다. 봐라. 욕해라. 나는 신경쓰지 않을 것이다. 나는 신화서점 직원숙소로 찾아갔다. 그녀의 방문이 잠겨 있었다. 나는 그녀의 창가에 엎드려 방을 들여다보았다. 그녀의 침대, 그녀의 탁자, 그리고 그녀의 세숫대야와 벽에 걸린 둥근 거울이 보였다. 침대머리에 놓인 분홍색 곰인형도 보였다. 춘묘, 내 사랑하는 사람아, 어디로 갔는가? 나는 모퉁이를 돌아 읍내에 있는 방호 부부의 집으로 찾아갔다. 그 집도 역시 시골식 건물이었고 대문에는 커다란 쇠자물통이 채워져 있었다. 큰 소리로 춘묘를 불렀더니 이웃집 개가 미친 듯이 짖어댔다. 춘묘가 절대로 방항미의 집에 숨었을 리 없지만 그래도 용기를 내어 그녀의 집 문을 두드렸다. 바로 중국공산당 현위원회의 1번지 숙소로, 우뚝 솟은 이층짜리 건물은 경비가 삼엄했다. 내가 부현장 신분증을 보이고 서야 겨우 통과되었다. 나는 문을 두드렸다. 마당의 개가 짖기 시작했다. 대문에 감시카메라가 있으니 방에 사람이 있다면 나를 알아봤을 것이다. 하지만 아무도 문을 열어주지 않았다. 나를 들여보낸 경비원이 겁에 질린 얼굴로 달려와서는, 내게 나가라고 명령하는 것이 아니라 돌아가달라고 애원했다. 나는 집을 나왔다. 차량이 붐비는 거리로 들어섰다. 거리에서 소리를 지르고 싶었다. 춘묘, 어디에 있니? 너

없이 나는 살 수 없어! 너 없이는 차라리 죽을 거야! 명예며 지위며 가족과 돈, 그런 것 다 버릴 수 있어! 너만 있으면 돼! 마지막으로 한번만 보고 싶어. 네가 날 떠나겠다면 나는 그 자리에서 죽어버릴 거야. 그런 뒤에 떠나……

나는 그들에게 사과하지 않았고, 어떤 입장도 밝히지 않았다. 나는 무릎을 꿇었다. 나를 낳아주고 길러준 부모님께 큰절을 올렸다. 그리고 돌아서서 황씨 부부에게도 큰절을 올렸다. 어쨌거나 나의 장인장모 되는 사람이었다. 마지막으로 나는 북쪽을 향해, 가장 정중하고 가장 엄숙하게 방호 부부에게 큰절을 올렸다. 나를 도와주고 힘이 되어준 것에 감사드렸고, 나를 위해 춘묘를 낳아준 은혜에 더욱 감사를 드렸다. 나는 역사와 영광의 상징인 그 의족을 받쳐들고 무릎으로 걸어 팔선 탁자에 놓았다. 그리고 일어나서 허리를 깊이 숙여 절했다. 나는 아무 말도 하지 않고 그들을 떠나 서쪽으로 걸어갔다.

나는 호기사의 태도에서 나 자신의 관운이 이제 끝났다는 것을 알았다. 이번에 성에서 회의를 마치고 돌아오자마자 그는 내 아내가 내 이름으로 관공서 차를 사적으로 썼다고 불평해댔다. 그리고 이번에 시골에 올 때도 그는 전기회로가 망가졌다는 핑계로 차를 내주지 않았다. 그래서 할 수 없이 농업국의 차를 잡아타고 왔다. 지금 나는 서쪽으로 걸어가고 있다. 읍내로 가는 방향이었다. 하지만 정말 읍내로 돌아갈 것인가? 현에 가서 뭘 할 것인가? 나는 춘묘가 있는 곳으로 가야 한다. 하지만 춘묘는 어디에 있는가?

금룡의 캐딜락이 따라와 소리없이 내 옆에 섰다. 그가 창문을 내리며 말했다.

"타!"

"됐어."

"빨리 타!" 그가 명령조로 말했다. "물어볼 게 있어서 그래."

나는 그의 화려한 승용차에 탔다.

나는 그의 화려한 사무실로 갔다.

그는 푹신한 보랏빛 가죽소파에 기대 긴 담배연기를 내뿜었고, 수정 샹들리에를 쳐다보며 침착하게 말을 꺼냈다.

"동생아, 네가 봐도 인생이라는 게 정말 꿈같지 않니?"

나는 아무 소리 없이 그의 말만 들었다.

"우리가 모래톱에서 방목하던 때 기억나니? 너를 인민공사에 들어오게 하려고 하루에 한번씩 팼잖아. 그런데 이십 년이 지난 오늘, 그 인민공사는 모래집처럼 순식간에 허물어져버렸어. 넌 부현장이 되고 난 사장이 되고, 당시에는 꿈도 못 꾸던 일 아니냐. 그때 더없이 신성했던 수많은 일들이 지금 보면 다 개소리야."

나는 여전히 입을 열지 않았다. 분명 그는 이런 말들을 하려는 게 아니었다.

그가 허리를 펴고 피우다 만 담배를 재떨이에 넣었다. 그러고는 나를 노려보면서 말했다.

"현에 예쁜 여자들이 쌔고쌨는데 왜 하필 그 삐쩍 마른 원숭이 같은 계집애를 건드리냐? 그렇게 외로웠으면 진작 나한테 말하지. 그럼 네가 원하는 대로, 깜둥이, 흰둥이, 뚱뚱이, 갈비, 얼마든지 찾아줄 수 있는데 말이야. 서양여자를 맛보고 싶으면 그것도 문제없어. 러시아 아가씨들도 천원이면 하룻밤 놀 수 있고."

"이런 말 할 거면 나 갈게." 나는 자리에서 일어났다.

"앉아!" 그가 화내며 탁자를 쳤다. 탁자에 놓인 재떨이에서 담뱃재가 날렸다. "너는 철저하게 나쁜 놈이야. 토끼도 자기 집앞 풀은 뜯어먹지 않는 법이야. 더구나 그 계집은 좋은 풀도 아니고." 그가 또 담배에 불을 붙였다. 연기를 잘못 들이마셔서 기침을 하며 다시 담뱃불을 껐다. "나랑 방항미가 어떤 관계인지 알아? 그 여자가 내 애인이야. 이 서문촌 리조트는 우리 둘의 비즈니스이고. 그런데 그 아름다운 앞날을 네 좆 때문에 다 망쳐버렸다."

"난 두 사람 일에는 관심없어." 내가 말했다. "나는 춘묘 일밖에 관심없어."

"그렇게 말하는 걸 보니 여전히 포기할 생각이 없구나." 그가 물었다. "정말로 그 계집이랑 결혼이라도 할 셈이냐?"

나는 확고하게 고개를 끄덕였다.

"안돼. 그건 절대 안돼!" 서문금룡이 일어나서 넓쩍한 사무실을 왔다갔다했다. 그리고 내 앞으로 다가와 주먹으로 내 가슴을 한대 치고, 명령처럼 단호하게 말했다. "당장 그 계집이랑 관계를 끊어. 하고 싶은 여자가 있으면 내가 책임져줄게. 많이 하다 보면 알게 될 거야. 여자들은 다 거기서 거기라는 걸 말이야."

"미안하지만." 내가 말했다. "형 말이 너무 역겨워. 내 생활에 간섭할 권리도 없고, 나도 형 도움 받을 생각 없어."

나는 휙 돌아섰다. 그러자 그가 내 어깨를 끌어당기면서 조금 부드럽게 말했다.

"물론 사랑 같은 게, 빌어먹을, 있을 수도 있겠지. 우리 얘기 좀 하자. 절충안을 찾아보자고. 너 일단 조용히 있고, 이혼한다고 나대지 마. 당분간 방춘묘랑 연락도 하지 말고. 너를 다른 현으로 보내줄 테니까. 좀 먼데로, 시나 성으로 보내줄게. 적어도 좌천되지는 않게 해줄게. 조금만 일을 하면 얼마든지 승진할 수 있을 거야. 그때 가서 합작이랑 이혼하는 일은 나한테 맡겨. 삼십만원, 오십만원, 백만원, 돈에, 빌어먹을, 눈깔 뒤집히지 않는 여자 없어. 그러고 나서 방춘묘를 데려가 둘이 사랑놀음을 하라고. 사실……" 그가 한참 머뭇거리다가 말을 이었다. "우리도 이러고 싶지 않지만 힘을 써봐야지 어쩌겠니? 나는 네 형이고 그 여자는 그 계집 언니니까 말이야."

"고마워." 내가 말했다. "두 사람의 기막힌 작전이 참으로 고마워. 하지만 필요없어." 나는 문앞까지 걸어갔다가 다시 몇걸음 물러서며 말했다. "말한 대로 한사람은 나의 형, 한사람은 그녀의 언니니까 충고하는데, 너무 욕심내지 마.

죄받을 거야. 나 남해방이 바람을 피우는 건 기껏해야 도덕성 문제지만, 두 사람은 도가 지나치면……"

"너 지금 감히 나를 가르치겠다고." 금룡이 비웃었다. "나중에 내 탓 하지 말고, 됐어, 그만 꺼져!"

"두 사람, 춘묘 어디다 숨겼어?" 내가 차갑게 물었다.

"꺼져!" 그가 화가 나서 욕하는 소리가 가죽으로 된 문에 막혔다.

서문촌 큰길을 거닐면서 나는 알 수 없는 눈물이 쏟아졌다. 서쪽 하늘의 태양은 무척이나 찬란했다. 햇살이 나의 눈물에 일곱 가지 빛을 냈다. 통통한 아이들 몇이 내 뒤를 따라왔다. 개 몇마리도 따라왔다. 내가 성큼성큼 걸어가자 아이들이 나를 따라오지 못했다. 내 눈물을 보려고, 내 추하고 시퍼런 반쪽 얼굴을 보려고 그들이 쏜살같이 달려 나를 추월했다가 다시 뒷걸음질치며 나를 쳐다보았다.

서문저택 마당을 지나면서 나는 눈을 돌리지 않았다. 나도 안다. 나 때문에 부모님은 오래 살지 못할 것이다. 나는 불효자식이다. 하지만 절대 물러설 수 없다.

다릿목에서 홍태악이 나를 막았다. 이미 취해서, 다릿목 술집에서 걸어나온 것이 아니라 날아서 왔다. 그가 삽 같은 큰 손으로 내 멱살을 잡고 고래고래 소리를 질렀다.

"남해방, 너 이 개새끼! 감히 나를 잡아넣어! 감히 이 원로 혁명가를 잡아넣어! 네놈들이 나 같은 모주석의 충성스런 전사를 잡아넣어! 네놈들이 나 같은 부정부패에 반대하는 용사를 잡아넣어! 내 몸은 잡아넣어도 진리는 잡아넣지 못해, 이놈들아! 철두철미한 유물론자는 두려움이 없는 법이야! 이 몸은 네놈들이 무섭지 않아!"

술집에서 몇사람이 나오더니 나한테서 홍태악을 떼어냈다. 그들의 얼굴이 눈물에 그저 어렴풋이 보일 뿐이었다.

나는 다리를 건넜다. 강이 금빛으로 빛나고 있었다. 위대한 길처럼. 홍태악이 뒤에서 계속 소리를 질렀다.

"개새끼, 내 소 엉덩이뼈나 돌려줘!"

제49장

폭우를 무릅쓰고 합작은 화장실 청소를 하고
죽도록 얻어맞은 해방은 마침내 선택을 하다

9호 태풍의 영향을 받아 그날 저녁에 보기드문 폭우가 내렸다. 비가 내리는 우중충한 날이면 나는 정신이 흐릿하고 졸렸다. 그러나 그날 저녁은 전혀 달랐다. 조금도 졸리지 않았고 내 청각과 후각은 극도로 민감했다. 눈은 강한 번개 불빛의 영향을 받아 조금 아물아물해졌다. 하지만 마당 구석구석에서 자라는 풀잎에 맺힌 물방울을 보는 데에는 영향이 없었고 번갯불이 빛날 때 오동나무 뒤쪽 잎에서 떨고 있는 매미를 발견하는 데에도 지장이 없었다.

저녁 일곱시부터 시작한 비가 아홉시가 되어도 그칠 기미가 없었다. 번개 불빛을 빌려 나는 너의 집 안채 처마에서 작은 폭포가 되어 쏟아지는 빗물을 볼 수 있었다. 너의 집 행랑채 처마에 있는 직경이 10센티미터나 되는 플라스틱 배수관에서 힘찬 물줄기가 곡선을 이루며 수챗구멍으로 쏟아져 나오고 있었다. 배수구는 잡스러운 것들 때문에 막혀버렸고 미처 빠져나가지 못한 빗물이 마당에 넘쳐 계단까지 차올랐다. 담장 밑 나뭇더미에 숨어살던 고슴도치들이 빗물에 둥둥 떠 있었다. 물에서 몸부림쳤지만 생명을 보존하기 힘들어 보였다.

나는 큰 소리로 네 아내에게 위급한 상황을 알리려고 했지만 내가 짖기도 전에 전등이 켜지면서 불빛이 마당을 훤하게 비추었다. 네 아내가 밀짚모자를 쓰고 흰 비닐을 목에 묶고 잠방이 차림으로 가는 다리를 드러낸 채 비닐 신발을 끌고 뛰어나왔다. 처마에서 폭포수가 쏟아지는 바람에 밀짚모자가 바로 비뚤어지더니 바람에 날려 벗겨졌다. 빗물이 순식간에 그녀의 머리를 적셔버렸다. 그녀가 쏜살같이 서쪽 행랑채로 달려와 내 뒤에 있는 연탄더미 옆에서 삽을 찾아들더니 빗속으로 뛰어들어갔다.

금방 넘어질 듯 휘청거리면서 그녀가 빗속을 달렸고, 마당에 고인 물이 그녀의 무릎까지 찼다. 번갯불이 번쩍하자 마당을 비추던 노란 전등불보다 밝았다. 번갯불에 그녀의 얼굴이 창백하게 드러났다. 창백한 얼굴에 검은 머리카락이 묻어 있는 모습에 나는 무서워졌다.

그녀가 삽을 끌고 대문 남쪽으로 갔다. 그곳에서 요란한 소리가 나기 시작했다. 그곳은 아주 더러웠다. 썩은 나뭇잎에, 바람에 날려온 비닐봉지에, 들고양이들이 들어와 싼 똥 오줌들이 뒤섞여 있었다. 그곳에서 쏴 하는 물소리가 나기 시작하더니 마당에 고인 물이 육안으로 식별할 수 있을 정도로 잦아들기 시작했다. 배수구가 뚫린 것이다. 그러나 네 아내는 돌아오지 않았다. 거기서 삽이 기와와 벽돌에 부딪히는 소리가 들리고 삽으로 물을 퍼내는 소리가 들렸다. 좁은 공간에 네 아내의 냄새가 가득 찼다. 정말 고생을 마다 않고, 힘든 일을 마다 않고, 조금도 귀한 티를 내지 않는 여자였다.

마당에 고였던 빗물이 삽시간에 배수구를 통해 사라졌다. 빗물에 떠 있던 잡스러운 것들도 배수구 쪽으로 모여들었다. 그중에는 빨간 플라스틱 오리도 있고 눈알이 움직이는 플라스틱 인형도 있었다. 내가 네 아들을 데리고 신화서점에 그림책을 사러 갔을 때 방춘묘가 경품이라면서 공짜로 준 선물들이었다. 떨어뜨렸던 밀짚모자도 물살을 따라 배수구 쪽으로 떠내려가다가 모습을 드러낸 수챗구멍에 막혀 걸려 있었고, 그 옆에 월계수가 쓰러져 가지가 수챗구멍에 걸쳐 있고 반쯤 핀 꽃망울이 밀짚모자 테두리를 눌러 기이한 그림을 만들고 있었다.

네 아내가 배수구에서 나왔다. 비닐을 목에 묶고 있었지만 몸은 벌써 다 젖었다. 번갯불을 받아 네 아내 얼굴은 더욱 창백해 보였고 두 다리는 더욱 가늘어 보였다. 삽을 끌고 곱사등이 된 그녀의 모습은 전설 속 처녀귀신 같았다. 하지만 그녀의 얼굴에는 분명 안도의 표정이 드러났다. 그녀가 밀짚모자를 주워들고 휙휙 물기를 털었다. 다시 머리에 쓰지 않고 동쪽 사랑채 벽에 있는 못에 걸었다. 그리고 쓰러진 월계화를 부축하여 세워놓았다. 월계화가지에 있는 가시에 찔렸는지 그녀가 잠깐 손가락을 입으로 물었다. 비가 조금 약해진 듯싶었다. 그녀는 고개를 들어 하늘을 쳐다보았다. 빗물이 그녀의 얼굴에 쏟아져내렸다. 낡은 청색 접시에 비가 쏟아지는 것 같았다. 퍼부어라, 더욱 세차게 퍼부어라. 그녀가 아예 비닐을 벗어던지고 가녀린 몸으로 비를 맞았다. 그녀의 앞가슴은 메말라 있었다. 대추알 같은 젖꼭지 두 개가 가슴에 붙어 있을 뿐이었다. 그녀가 기우뚱거리면서 마당 서남쪽에 있는 화장실로 갔다. 뚜껑을 열자 악취가 진동했다. 읍내 전체가 반은 중국식에 반은 서양식이어서 완벽한 배수 씨스템이 마련되지 않았다. 단독주택에 사는 사람들은 대부분 옛날 농촌식 화장실을 쓰고 있었다. 분뇨처리가 아주 어려운 문제였다. 네 아내는 늘 한밤중에 일어나 농수산물시장 부근의 천화천에 똥을 몰래 쏟았다. 일대의 주민들이 다들 그렇게 했다. 네 아내는 똥통을 들고 기우뚱거리면서 담벼락을 따라 천화천으로 걸어가곤 했다. 그 모습을 지켜보는 내 마음이 짠했다. 그 때문에 나는 여간해서는 집에서 볼일을 보지 않았다. 보통때 나는 너의 집 서남쪽에 있는 방직공장의 행실이 불량한 그 윤공장장이 타고 다니는 아우디 승용차 바퀴에 일을 보았다. 개오줌이 승용차 바퀴에 닿을 때 나는 그 묘한 소리와 냄새가 좋았다. 나는 정의감이 있는 개였다. 그래서 한참을 달려 천화광장 화단에 똥을 누었다. 개똥은 고급비료다. 나는 과학을 알고 공익개념을 가진 훌륭한 개였다. 나는 개똥의 악취를 꽃의 향기로 전환시켰다.

그것이 바로 네 아내가 비가 내릴 때마다 얼굴에 웃음을 띠는 이유이다. 화장실 옆에 서서 긴 자루가 달린 똥바가지로 똥통에 든 오물을 꺼내 빗물에 쏟으면 오물이 빗물에 실려 배수구로 흘러갔다. 그럴 때면 나도 네 아내와 같은 심정이었다. 비가 좀더 세게 퍼부어 화장실을 더욱 깨끗이 씻어주기를 바랐고, 우리집 정원을 더욱 깨끗이 씻어주기를 바랐고, 쓰레기와 오물이 널려 있는 읍내를 더욱 깨끗이 씻어주기를 바랐다.

자루가 빌린 똥바가지로 화장실 밑바닥을 긁는 소리가 들렸다. 나는 네 아내의 일이 거의 끝나간다는 것을 알았다. 그녀가 똥바가지를 내려놓았다. 대신 다 닳은 참대 빗자루를 들고 화장실 옆 벽을 쓸어냈다. 그렇게 똥바가지로 긁어내고 빗자루로 쓸어내기를 반복했다. 내일아침 깨끗해진 화장실 모습이 눈에 선했다. 이때 네 아들이 안채 문에 서서 큰 소리로 불렀다.

"엄마, 그만해요. 들어오세요."

네 아내는 아들이 부르는 소리를 듣지 못한 듯 낡은 빗자루로 화장실에서 배수구에 이르는 길바닥에 널린 오물들을 쓸어냈다. 배수구로 흘러드는 마당의 물이 네 아내의 일에 적지 않은 도움이 되었다.

네 아들이 울먹이는 소리까지 냈지만 네 아내는 내버려두었다. 아들은 효자였다. 내가 말한 적 있지만 어머니의 고생을 덜어드리려고 네 아들도 부득이한 경우를 제외하고는 집에서 볼일을 보지 않는다. 가끔 나와 네 아들이 탐화골목을 따라 급히 뛰어간 것은 학교에 지각할까봐서가 아니었다. 네 아들의 첫번째 목표는 교실이 아니라 학교의 화장실이었다. 여기까지 말하고 보니 지난 이야기를 하지 않을 수 없다. 네 아들이 마음에 가책을 느끼라고 말이다. 언젠가 네 아들이 몸에 열이 나고 배탈까지 나서 화장실을 자주 가게 되었다. 하지만 네 아들은 어머니의 부담을 덜어드린답시고 이번에도 학교 화장실로 달려갔다. 그런데 가는 도중 끝내는 참지 못하고 '교미' 미용실 옆 라일락숲에서 바지를 내렸다. 그때 머리를 알록달록 염색한 여자가 미용실에서 나오더니 네 아들 목에 걸린 붉은 머플러(중국 소학생들의 소년선봉대 붉은 머플러—옮긴이)를 틀어쥐고는 금세 눈알이 튀어나올 것처럼 조였다. 그 난폭한 여인은 현 공안국 형사대 부대대장 백석교(白石橋, 빠이스챠오)의 애인이었다. 읍내에서 누구도 감히 건드리는 사람이 없는 여자였다. 그녀가 몸에서 나는 지극히 향기로운 향수냄새와는 전혀 딴판인 쌍소리로 네 아들에게 욕을 퍼부었고, 그 욕 때문에 구경꾼들이 몰려들었다. 사람들이 다들 그녀 역성을 들며 아이를 나무랐다.

네 아들은 울면서 거듭 잘못했다고 했다. 아주머니 제가 잘못했습니다. 아주머니 제가 잘못했어요. 하지만 그녀는 그 사과를 받아들이는 대신 두 가지 해결방안을 제시했다. 하나는 네 아들을 학교에 끌고 가서 선생님들한테 처벌을 받게 하는 것이고, 다른 하나는 네 아들이 자기가 싼 똥을 먹는 것이다. 금붕어를 파는 할아버지가 삽을 들고 와서 똥을 멀리 떠가려다가 그 여인에게 되레 욕만 먹고 말없이 물러섰다. 이 고비에 나는 개가 주인을 위해 바칠 수 있는 최대의 충성을 보여주었다. 나는 숨을 멈추고 네 아들이 싼 똥을 먹어버렸다. 개가 똥 먹는 버릇을 못 고친다는 말은 헛소리다. 나처럼 우아한 생활을 하고 지체가 존엄하고 총명한 개가 어찌 똥을 먹는단 말인가. 나는 억지로 참고 네 아들이 싼 똥을 먹었다. 나는 농수산물시장 옆에 있는 스물네 시간 물이 콸콸 쏟아져나오는 수도로 달려가 고개를 들고 입을 씻었다. 입을 크게 벌려 물이 목구멍 깊이까지 내려가도록 했다. 입을 말끔히 씻은 나는 네 아들이 있는 곳으로 달려가 매섭고 적대적인 눈초리로 그녀의 두꺼운 분을 바른 납작한 얼굴과 상처 같은 붉은 입술을 쏘아보았다. 나의 목덜미에 있는 털이 온통 곤두서고 목에서 뇌성 같은 소리가 윙윙거렸다. 네 아들의 목덜미를 움켜쥐고 있던 그녀의 손이 풀렸다. 그녀가 천천히 뒷걸음질치더니 괴성을 지르며 미용실로 뛰어들어갔다. 그리고 가게 문을 급하게 닫아걸었다. 네 아들이 내 머리를 끌어안고 엉엉 울었다. 그날 우리 발걸음은 아주 무거웠다. 등뒤에서 많은 눈초리가 우리를 지켜보고 있다는 것을 알았지만, 우리는 뒤를 돌아보지 않았다.

네 아들이 우산을 들고 달려가 어머니한테 씌워주었다. 네 아들이 울면서 말했다.

"엄마, 들어가요. 비에 다 젖었어요."

"애는 울긴 왜 울어. 이렇게 큰비가 오는데 기뻐해야지." 네 아내는 우산을 다시 아들에게 씌워주면서 말했다. "이렇게 큰비가 얼마 만이야? 우리가 읍내로 이사와서 처음인 것 같다. 우리집 마당이 이렇게 깨끗하기는 처음이다." 네 아내는 마당과 화장실을 가리키며, 빗물에 씻겨 깨끗해진 지붕 기와를 가리키며, 검정 물고기의 등 같은 수챗구멍을 가리키며, 까맣고 번쩍번쩍한 오동나무잎을 가리키며 흥분하여 말했다. "우리집만 깨끗해진 것이 아니라 읍내 집들이 모두 깨끗해졌다. 이 비가 아니었으면 읍내에 악취가 진동하고 썩었을 것이다."

나는 두어 번 짖는 것으로 네 아내 견해에 찬성을 표했다. 네 아내가 말했다.

"거봐, 비가 내리니 나만 기뻐하는 게 아니라 우리집 개도 기뻐하잖아."

네 아내가 아들을 집 안에 밀어넣었다. 네 아들은 안채 문 앞에 서서, 나는 행랑채 문앞에 서서 네 아내가 마당 한가운데 배수구에서 몸을 씻는 모습을 바라보았다. 네 아내는 아들더러 처마 밑에 있는 전등을 끄라고 했다. 주위가 삽시에

인생은 고달파 381

어둠에 잠겼다. 하지만 계속 때리는 번갯불이 네 아내를 비추었다. 그녀가 빗물에 젖은 녹색 비누를 가져와 머리와 몸에 발랐다. 그리고 손으로 비볐다. 거품이 크게 일면서 그녀의 머리가 보통때보다 커 보였고, 마당에 비누냄새가 가득 찼다. 비가 점점 약해졌고, 빗물이 때리는 소리도 점점 약해졌다. 거리에 물이 쿨럭쿨럭 흘렀고, 번갯불이 사라지자 요란하게 천둥소리가 울렸다. 바람이 불어 오동나무가지에 매달렸던 물방울들이 우두둑 떨어졌다. 네 아내가 물통에 담긴 빗물로 몸을 깨끗이 씻었다. 번개가 칠 때마다 그녀의 앙상한 엉덩이와 까만 털이 보였다.

네 아내가 집으로 들어갔다. 나는 그녀가 수건으로 머리와 몸을 닦는 냄새를 맡았다. 이어서 그녀가 옷장을 여는 소리를 들었고 동시에 건조된, 나프탈렌이 묻어 있는 옷냄새를 맡았다. 그제야 나도 한시름 놓았다. 안주인이여, 이불 속으로 들어가시라. 좋은 꿈을 꾸시라.

옆집의 낡은 벽시계가 열두 번 울리고, 한밤중에 대문 밖 넓은 천화골목에서 빗물 흘러가는 소리가 울리고, 온 도시의 골목골목에서 물 흐르는 소리가 울렸다. 배수설비가 거의 되어 있지 않으면서 지상에 많은 현대식 건축물이 들어선 이 도시에 이번에 내린 호우는 대재앙이 아닐 수 없었다. 비가 그친 뒤의 모습이 증명하다시피 큰비는 높은 지대에 자리잡은 몇몇 집의 화장실과 마당을 깨끗이 청소해준 대신에 낮은 지대에 있는 집들은 각종 쓰레기와 오물로 난장판이 되었다. 네 아들의 여러 친구들은 탁상에서 긴긴 밤을 보내야 했다. 홍수가 지나간 뒤, 이 도시의 얼굴이라 할 수 있는 인민대로마저 쓰레기로 덮였고, 쓰레깃더미 속에서는 죽은 고양이와 쥐 들이 물에 팅팅 붇고 악취를 뿜었다. 신임 현위원회 서기 방항미가 바지를 걷어올리고 고무신을 신고 삽을 들고 현위원회와 현정부의 간부들을 이끌고 거리에 나와 쓰레기를 치우는 모습이 연속 삼일 동안 현 방송국 뉴스에 나왔다.

밤 열두시가 지나고 얼마 되지 않아 나는 한줄기 악취가 인민대로 쪽에서 풍겨오는 것을 느꼈다. 뒤이어 심하게 기름이 새는 지프차 냄새를 맡았다. 지프차 때문에 물이 사방으로 튀는 소리도 들리고 모터소리도 들렸다. 그 냄새와 소리가 점점 가까워졌고, 성남대로에서 천화골목으로 굽어들더니 너의 집앞에서 멈춰섰다. 물론 내 집앞이기도 하다.

그들이 네 집 문고리를 두드리기도 전에 나는 마치 적군이라도 만난 것처럼 미친 듯이 짖었다. 나는 쏜살같이 대문을 향해 달려갔다. 대문에 붙어 있던 십여 마리 박쥐가 놀라 날아갔다. 박쥐들은 칠흑같이 어두운 밤하늘을 선회했다. 문밖에서는 너와 몇몇 낯선 사람 냄새가 났다. 요란하고도 무섭게 문을 두드리는 소리가 났다.

처마에 달린 등불이 켜졌다. 네 아내가 옷을 걸치고 마당으로 나와 큰 소리로 물었다. "누구세요?" 대문 밖 사람들이 대답을 하지 않은 채 계속 문을 두드렸다. 나는 앞발을 대문에 걸치고 일어서서 짖어댔다. 내가 너의 냄새를 맡고도 계속 짖어댄 것은 너를 감싸고 있는 사악한 기운 때문이었다. 마치 흉악한 승냥이 몇마리가 온순한 양 한마리를 에워싸고 있는 것 같았다. 네 아내가 옷매무새를 바로하고 대문으로 다가가 전등을 켰다. 대문에 붙어 있는 십여 마리 도마뱀과 채 날아가지 않은 박쥐 몇마리가 보였다. "누구세요?" 네 아내가 다시 물었다. 문밖에서 흐릿하게 말소리가 들렸다. "어서 문 열어요. 문 열어보면 알아요." 너의 아내가 말했다. "이 야심한 시각에 누군지도 모르고 어떻게 문을 열어요." 문밖에 있는 사람들이 나직이 말했다. "남현장이 누군가에게 맞았어요. 그래서 우리가 데리고 왔어요." 네 아내가 잠깐 망설이더니 문을 빠끔히 열었다. 문밖에는 얼굴은 뭉개지고 머리는 떡이 된 너 남해방이 서 있었다. 네 아내가 비명을 지르며 문을 활짝 열었다. 함께 온 두 사람이 죽은 돼지를 밀어넣듯이 너를 마당으로 밀어넣었다. 너의 육중한 몸이 전혀 준비없이 서 있던 아내를 바닥으로 눌렀고, 너와 네 아내가 함께 마당에 쓰러졌다. 너를 데려온 사람들이 몸을 돌려 황급히 계단을 내려갔다. 나는 번개같이 그중 한사람을 덮쳤다. 모두 세 명이었는데 모두 검은 비닐 비옷을 입고 검은 썬글라스를 끼고 있었다. 두 명이 차에 타고 있었는데 그중 하나는 운전석에 앉아 있었다. 그들이 타고 온 지프차는 시동이 켜진 상태였다. 매캐한 휘발유냄새가 코를 찔렀다. 비에 젖은 비닐 비옷이 미끄러워 나는 덮쳤던 사람을 놓치고 말았다. 훌쩍 뛰어 단번에 길 한가운데까지 나간 그가 급히 지프차 뒤로 몸을 숨겼다. 목표물을 놓친 바람에 나는 그만 무게중심을 잃고 물속에 처박혀버렸고, 배가 물에 젖는 바람에 행동이 굼떴다. 나는 다시 한번 힘을 내 막 차에 오르려는 다른 사람을 덮쳤다. 등 쪽으로 내려온 비옷이 엉덩이를 가리고 있어서 물 수가 없었다. 대신 다리를 물었다. 그가 비명을 지르면서 급히 차문을 닫았다. 비옷 끝자락이 차문에 끼었고, 내 코도 차문에 맞아 얼얼했다. 다른 일행이 반대편 문으로 차에 올랐다. 지프차가 사방에 물방울을 튀기면서 순식간에 사라졌다. 나는 한동안 차를 쫓아갔지만 더러운 물 때문에 속력을 낼 수가 없었다. 달렸다기보다는 더러운 물에 뜬 채 수영을 했다고 해야 할 것이다.

나는 가까스로 몸을 틀어 물을 거슬러 대문 앞 계단으로 돌아왔다. 그곳에서 몸에 묻은 더러운 물과 오물을 힘껏 털어냈다. 담장에 물에 잠겼던 흔적이 나온 것으로 보아 거리에 물이 많이 빠졌다는 것을 알 수 있었다. 한 시간 전쯤, 그러니까 네 아내가 화장실 청소를 할 때 방금 도망간 세 사람이 차를 몰고 왔더라면 아마 차가 물에 잠겨 고장났을 것이다. 그들은 어디에서 온 것일까? 어디로 간 것일까? 나는 대문 앞에 서서 후각을 최대한 활용해보았지만 그들의 정확한 방향을 찾을 수 없었다. 빗물에 씻겨내려오는 오물의 냄새가 너무 복잡하고 지독해서 나처럼 우수한 후각을 가진 개도 방법이 없었다.

마당에 들어서자 네 아내의 목에 네 왼쪽 겨드랑이를 걸치고, 네 왼팔은 네 아내 가슴께로 축 늘어져 수세미처럼 흔들리고 있었다. 네 아내의 오른팔은 네 허리를 감싸고 있었다. 네 머리는 그녀의 머리 위에 있었다. 그녀의 몸이 수시로 너의 몸을 짓눌렀고 죽을힘을 다해 부축하며 너를 앞으로 끌고 갔다. 그래도 너의 두 다리가 완전히 힘을 잃은 것은 아니어서 둔하기는 해도 발을 뗄 수는 있었다. 아직 살아 있다는 것을, 살아 있을 뿐 아니라 의식도 아직 또렷하다는 것을 말해주는 것이다.

나는 대문을 닫고 천천히 마당을 걸으면서 불안한 마음을 가라앉혔다. 네 아들이 속옷바람으로 달려나와 "아버지" 하고 소리치더니 울음을 터뜨렸다. 어머니를 따라서 오른쪽 겨드랑이를 끼어 너를 부축해 힘을 덜어주었고, 그러자 네 몸이 균형을 잡았다. 네 집 세 식구가 이렇게 삼십여 발자국을 걸어 마당에서 네 아내의 침대까지 갔다. 힘들고도 머나먼 길이었다. 나는 세 식구가 거의 한세기 동안 걸은 것처럼 느껴졌다.

나는 내가 길거리 오물에 몸이 더러워진 개라는 것을 잊었다. 너희와 운명을 같이하는 사람 같았다. 슬퍼서 멍멍 짖었다. 그리고 너희를 따라 네 아내의 침대까지 갔다. 너의 몸은 온통 피투성이였고, 옷은 찢겨 있었다. 가죽채찍에 맞은 것 같았고, 바지에서 오줌냄새가 나는 것이 그 사람들에게 맞으면서 오줌을 싼 것이 분명했다. 네 아내는 소박하면서도 정갈한 사람이었다. 그녀가 그런 몰골의 너를 침대에 누이는 것은 너를 아직도 사랑한다는 뜻이었다.

네 아내는 네 몸이 더러운 것도 개의치 않고 자기 침대에 누이고, 내 몸이 더러운 것도 개의치 않고 나를 방 안에 들였다. 네 아들도 침대 앞에 무릎꿇고 앉아 울먹이며 말했다.

"아버지, 무슨 일이에요? 누가 이렇게 때렸어요."

네가 눈을 뜨더니 팔을 들어 아들의 머리를 쓰다듬었다. 너의 눈에서는 눈물이 났다.

네 아내가 더운물 한대야를 떠와 침대 옆 의자에 놓았다. 냄새를 맡아보니 네 아내가 더운물에 소금을 넣었다. 그녀가 수건을 더운물에 넣어두고는 너의 옷을 벗겼다. 네가 몸을 이리저리 뒤틀면서 옷을 벗지 않으려 했고, "싫어"라고 말했다. 하지만 네 아내는 집요하게 너의 팔을 물리치고 침대 옆에 꿇어앉아 옷 단추를 하나하나 풀었다. 너는 아내의 보살핌을 받으려 하지 않았지만 그녀를 물리칠 힘이 없었다. 네 아들도 어머니를 도와 옷을 벗겼다. 너는 알몸으로 네 아내의 침대에 누웠다. 네 아내가 소금물에 적신 수건으로 너의 몸을 닦았다. 네 아내의 눈물이 너의 가슴에 수시로 떨어졌다. 네 아들도 눈물을 흘렸다. 꼭 감은 너의 두 눈에서도 눈물이 눈초리를 따라 구레나룻으로 흘러내렸다.

처음부터 끝까지 네 아내는 한마디도 묻지 않았다. 너 역시 아내에게 한마디도 하지 않았다. 아들만 몇분에 한번씩 반복해서 물었다.

"아버지, 누가 이렇게 때렸어요? 내가 가서 복수할 거예요."

너는 대답하지 않았고 네 아내도 아무 말이 없었다. 너희 부부는 그 상황에 뭔가 공감하는 바가 있는 듯 보였다. 답답한 마음에 네 아들이 나에게 물었다.

"넷째야, 누가 아버지를 때렸어? 복수하게 날 좀 데리고 가줘."

내가 낮은 소리로 짖으며, 태풍으로 인한 호우 때문에 냄새를 제대로 맡을 수 없다고, 네 아들에게 유감을 표했다.

네 아내가 아들이 도와주는 가운데 너에게 깨끗한 옷을 입혔다. 흰색 씰크 잠옷이었다. 헐렁하고 편한 옷이었다. 옷을 갈아입자 네 얼굴이 더욱 파랗고 검어 보였다. 네 아내가 더러운 옷을 세숫대야에 넣고 바닥을 걸레로 닦았다. 그리고 아들의 머리를 쓰다듬으며 말했다.

"개방아, 금방 날이 밝겠다. 어서 가서 자라. 내일 학교에 가야잖아."

네 아내가 세숫대야를 들고 아들을 끌고서 침실에서 나갔다. 나도 따라나왔다.

그녀가 물통에 있는 빗물로 너의 옷을 빨아 건조대에 걸고는 동쪽 행랑채로 들어가 불을 켜고 도마에 등을 기대고 조그만 의자에 앉았다. 두 팔꿈치를 무릎에 대고 두 손으로 턱을 받친 채 무언가 골똘히 생각에 잠겼다.

그녀는 전등 불빛 속에 있었고, 나는 어둠속에 있었다. 나는 그녀의 얼굴을 아주 똑똑히 볼 수 있었다. 푸른 입술, 아득한 눈동자, 그녀는 무슨 생각을 하고 있는가? 나는 그녀가 무슨 생각을 하는지 알 수 없었다. 그녀는 그렇게 앉아 있었다. 어둠이 가시고 여명이 밝아올 때까지.

무척 소란스러운 아침이었다. 읍내 구석구석마다 사람들 소리가 들렸다. 기뻐하는 사람도 있고, 슬퍼하는 사람도 있고, 욕하는 사람도 있고, 원망하는 사람도 있었다. 하늘에는 여전히 검은 구름이 덮여 있었고, 비는 때로는 세게, 때로는 약하게 계속 내렸다. 네 아내는 아침밥을 지었다. 국수를 만드는 것 같았다. 맞다. 국수를 만들었다. 진동하는 악취 속에서 밀가루냄새가 싱그러럽게 풍겼다. 나는 너의 코고는 소리를 들었다. 녀석, 마침내 잠이 든 것이다. 네 아들이 일어났다. 그는 아직도 잠이 덜 깬 얼굴로 화장실에 달려가 소변을 보았고, 힘찬 물소리가 들렸다. 바로 그때, 방춘묘의 냄새가 혼탁한 여러 냄새들 틈을 비집고 빠르게 가까워졌고, 조금도 망설임없이 너희 집 대문 앞까지 다가왔다. 나는 딱 한번 짖고는 고개를 떨어뜨렸다. 마음이 무거웠고 더없이 슬픈 감정이 마치 큰 손으로 내 목을 조르는 것 같아서였다.

방춘묘가 대문을 두드렸다. 그녀가 힘차고 과감하게 대문을 두드렸다. 화가 실린 것 같기도 했다. 네 아내가 달려가 문을 열었다. 두 여인이 대문을 사이에 두고 마주보았다. 두 여자는 서로 할말이 많은 듯 보였지만 한마디도 하지 않왔다. 방춘묘가 빠른 걸음으로, 정확히 표현하면 달려서 마당으로 들어섰다. 네 아내가 기우뚱거리면서 뒤를 따랐다. 아내가 앞으로 손을 내밀었다. 방춘묘를 붙잡으려는 것 같았다. 아들도 급히 마당으로 달려나왔다. 그의 얼굴에도 당황한 표정이 역력했다. 아들이 달려가 대문을 안으로 걸었다.

유리창으로 황급히 복도를 지나 네 아내의 침실로 달려가는 방춘묘가 보였다. 뒤이어 그녀의 울음소리가 들려왔다. 네 아내도 따라들어갔다. 네 아내의 울음소리가 더 컸다. 네 아들이 우물가에 웅크리고 앉아 울면서 세수했다.

두 여인의 울음소리가 멈추고, 방 안에서는 담판이 시작된 듯했다. 흐느끼는 소리가 가끔씩 섞여나와 똑똑히 알아들을 수 없었지만 대강의 뜻은 짐작할 수 있었다.

"당신들 너무 지독해요. 어떻게 사람을 이렇게 때릴 수가 있어요!" 방춘묘의 말이었다.

"방춘묘, 나는 너하고 과거에도 그렇고 최근에도 원수진 일이 없는데, 세상에는 잘난 남자들이 널려 있는데, 왜 하필 우리 가정을 파탄내려는 거야?"

"언니, 나도 언니한테 미안하다는 것 알아요. 나도 이 사람한테서 떠나려고 했어요. 하지만 못했어요. 이게 내 운명인가 봐요."

"남해방, 당신이 결정해." 네 아내가 말했다.

한동안 침묵이 흐른 뒤, 너의 말소리가 들렸다.

"합작, 미안해. 나는 방춘묘와 같이 가야겠어."

이어 방춘묘의 부축을 받고 네가 일어나는 게 보였다. 너희는 복도를 지나고 방문을 나서 마당으로 내려섰다. 네 아들이 세숫대야의 물을 너희에게 뿌렸고, 그러고서 마당에 꿇어앉아 눈물을 흘리면서 말했다.

"아버지, 엄마 떠나지 마세요. 춘묘아주머니도 가지 않아도 돼요. 할머니하고 외할머니도 전에 다 서문할아버지랑 같이 살았잖아요."

"아들아, 그것은 옛날 세상 이야기다." 네가 슬프게 말했다. "개방아, 네 엄마 잘 보살펴드려라. 엄마는 잘못없다. 다 아비 잘못이다. 이 집을 떠나지만 내 있는 힘을 다해 너와 엄마를 돌볼 것이다."

"남해방, 가려면 가. 하지만 명심해. 내가 살아 있는 한 너와 이혼은 절대 안해." 네 아내는 문앞에 서서 무덤덤하게 말했다. 하지만 그녀의 눈에서는 계속 눈물이 흘러내렸다. 그녀가 계단을 내려오다가 넘어졌다. 다시 일어난 그녀가 너와 방춘묘를 돌아가서 아들을 일으켜세웠다. "일어나라. 남자는 함부로 무릎꿇는 게 아니야." 네 아내와 아들이 한쪽으로 비켜서서 너희 두 사람에게 길을 내주었다.

네 아내가 너를 부축해 방으로 들어갔듯이 방춘묘도 목을 그의 왼쪽 겨드랑이에 넣고 너의 왼팔은 그녀의 가슴에 늘어지고, 그녀의 오른팔로 네 허리를 감았다. 걸음을 떼기가 힘들었고, 너의 육중한 몸이 수시로 약한 여자의 몸을 짓눌렀는데, 그녀가 안간힘을 쓰며 버티는 모습이 개가 보아도 감동적이었다.

　너희 두 사람이 대문을 나섰다. 뭐라고 딱히 꼬집을 수 없는 감정에 나는 대문까지 따라나갔다. 나는 계단에 서서 멀어져가는 너희의 뒷모습을 바라보았다. 너희는 더러운 물을 밟으며 천화대로를 걸어나갔다. 너의 흰색 씰크 잠옷이 곧 더러운 물에 뒤범벅되었다. 방춘묘한테도 더러운 물이 튀었다. 그녀는 빨간 치마를 입었는데 우중충한 날씨 때문에 유달리 눈에 띄었다. 가는 비가 내리고 있었다. 비옷을 입거나 우산을 쓰고 거리를 가는 사람들이 이상한 눈초리로 두 사람을 보았다.

　나는 감개무량하여 마당으로 돌아와 내 집으로 들어가 엎드린 채 동쪽 행랑채를 보았다. 네 아들이 의자에 앉아 울고 있었다. 네 아내는 더운 김이 나는 국수를 아들 식탁 앞에 놓으면서 큰 소리로 말했다.

　"먹어라!"

제50장

남개방은 아비에게 진흙덩이를 던지고
방봉황은 이모에게 페인트를 뿌리다

—드디어 춘묘와 다시 만났다. 우리집에서 신화서점까지는 건강한 사람이 보통 걸음으로 십오분 정도 걸린다. 하지만 나와 춘묘는 거의 두 시간을 걸었다. 막언의 말을 빌리면 그것은 낭만적이자 고통스러운 여정이었다. 후안무치한 과정이자 고상한 행동이었다. 후퇴이자 공격이었다. 투항이자 저항이었다. 약함을 보이는 것이자 강함을 보이는 것이었다. 도전이자 타협이었다. 그는 이밖에도 숱한 반대되고 모순적인 말들을 늘어놓았다. 어떤 문구들은 내 마음에 와닿았지만 어떤 문구들은 뜬구름 잡는 이야기였다. 사실 나는 춘묘가 나를 부축하고 집을 나온 것은 고상하지도 영광스럽지도 않다고 생각했다. 가장 칭찬할 만한 것은 용기와

솔직함이었다.

지금 다시 그 이야기를 하자니, 각양각색의 우산들과 형형색색의 비옷들, 길에 가득하던 더러운 흙탕물과 오물들, 그리고 씨멘트 길에서 겨우겨우 호흡하던 물고기들과 두꺼비들이 다시 떠오른다. 90년대 초반의 그 집중호우는 그 시절의 가식적인 화려함 속에 가려진 갖가지 문제들을 여실히 드러낸 셈이다.

춘묘는 신화서점 뒤뜰의 단칸 숙소를 잠시 우리의 사랑의 둥지로 만들었다. 그 지경에까지 이르렀는데 나는 더이상 숨길 것이 없었다. 나는 그 모든 것을 눈치챈 대두 남천세에게 모든 사실을 말했다. 우리의 만남은 키스와 쎅스만을 위한 것이 아니었다. 하지만 그녀의 숙소에 들어가자마자 우리는 키스를 하고 쎅스를 했다. 내 몸에 상처가 나서 고통을 참을 수 없으면서도 그랬다. 우리의 눈물은 서로의 입으로 흘러들어갔고 우리의 살은 쾌락으로 떨었고 우리의 영혼은 한데 어우러졌다. 나는 며칠 동안 어떻게 지냈는지 묻지 않았다. 그녀도 내가 누구한테 맞아서 이 꼴이 되었는지 묻지 않았다. 우리는 끼고 껴안고 입맞추고 서로를 더듬었고, 다른 아무것도 필요없었다.

—네 아들은 아내가 억지로 먹여서 국수 반그릇을 간신히 먹었다. 눈물이 뚝뚝 그릇에 떨어졌다. 하지만 네 아내는 식욕이 당겨 마늘 세 쪽을 넣어 국수 한그릇을 다 먹고는, 네 아들이 먹다 만 국수 반그릇을 마늘 두 쪽과 함께 비웠다. 그

녀의 두 볼이 매운맛 때문에 발그레해졌고, 이마와 콧잔등에 땀방울이 송골송골 맺혔다. 그녀가 수건으로 아들의 얼굴을 닦아주면서 단호하게 말했다.

"아들아, 이겨내야 한다! 밥 잘 먹고 학교 잘 다니고 영웅적인 기개를 가진 사내대장부가 되어야 한다. 그 인간들은 우리가 죽기를 바라고, 우리를 웃음거리로 생각하고 있다. 어림없지!"

나는 네 아들을 경호하여 학교에 갔다. 네 아내가 우리를 대문 앞까지 바래다주었다. 네 아들이 돌아서서 아내의 허리를 부둥켜안았다. 네 아내가 아들의 등을 다독이며 말했다.

"봐, 네 키가 엄마보다도 크잖아. 이제는 어엿한 사나이가 되었네."

"엄마, 제발 절대로……"

"웃기는 소리야." 네 아내가 웃으면서 말을 이었다. "그 쓰레기 같은 두 인간 때문에 내가 목매달아 죽고 우물에 뛰어들고 독약을 마시겠니? 걱정 말고 어서 가. 엄마도 이제 출근해야지. 인민들은 꽈배기를 절실히 필요로 해. 인민들이 엄마를 절실히 원하는 셈이지."

우리는 언제나처럼 지름길로 갔다. 천화천 물이 작은 다리까지 불었다. 농수산물시장의 플라스틱 지붕 한쪽이 바람에 날아갔고 절강(浙江) 상인들은 침수된 포목을 앞에 두고 울었다. 이른아침인데도 날이 쪘다. 빗물에 자홍색 지렁이들이 땅속에서 꿈틀꿈틀 기어올라왔고 빨간 잠자리들이 떼 지어 낮게 맴돌았다. 네 아들이 훌쩍 뛰어 날렵하게 잠자리 한마리를 잡았다. 그러고는 다시 훌쩍 뛰더니 잠자리 한마리를 더 잡았다. 그는 잠자리 두 마리를 움켜쥐고 나한테 물었다.

"멍멍아, 먹을래?"

나는 고개를 저었다.

그는 꼬리를 끊고 풀줄기로 두 마리의 잠자리를 한데 이었다. 그러고는 날아가라고 하늘 높이 내던졌다. 두 마리 잠자리가 공중에서 허우적거리다가 흙탕물에 떨어졌.

봉황소학교의 교실 한동이 밤새 무너졌다. 불행 중 다행이었다. 대낮 수업 때 무너졌더라면 방항미가 학교 재해상황을 시찰하면서 그렇게 큰소리치지 못했을 것이다. 원래 좁았던 학교에 깨진 벽돌과 기와, 그리고 쓰레기까지 널려 혼잡하기 이를 데 없었다. 아이들이 어지럽게 널린 깨진 벽돌더미에서 뛰놀았다. 그들은 슬퍼하는 것이 아니라 오히려 즐거워했다. 학교 정문에 흙탕물을 잔뜩 뒤집어쓴 고급 승용차가 십여대 서 있었다. 방항미가 분홍색 장화를 신고 바지를 무릎까지 걷어올렸다. 새하얀 종아리에 흙탕물이 튀었다. 파란 범포(帆布) 작업복에 썬글라스를 쓰고, 손에는 메가폰을 들고 쉰 목소리로 말했다.

"선생님 여러분, 학생 여러분, 9호 태풍으로 인한 폭우로 우리 전 현 및 학교가 심각한 재해를 입었습니다. 여러분의 심경이 얼마나 침통할지, 저는 잘 압니다. 이 자리에서 저는 현위원회와 현정부를 대표하여 여러분께 심심한 위로를 표합니다. 저는 이번 재해로 사흘 동안 휴교할 것을 제안합니다. 이 사흘 동안 정부에서는 최대한 인력을 투입하여 재해현장을 정리하고 교실을 재건하겠습니다. 저 방항미가 진흙탕 속에서 공무를 보는 한이 있어도 학생들을 진흙탕 속에 두지는 않겠습니다. 학생들에게 넓고 안전한 교실을 반드시 만들어주겠습니다."

방항미의 연설에 뜨거운 박수소리가 울려퍼졌다. 적지 않은 선생들은 눈에 눈물까지 맺혔다. 방항미가 말을 이었다.

"이 긴급구조의 시기에 현의 모든 간부들은 재해현장을 직접 살피고 최고의 충성심과 최대의 열정으로 최선의 구조작업을 진행해야 합니다. 직책을 소홀히하는 자, 책임을 회피하는 자는 누구든 가차없이 엄벌에 처하겠습니다."

―이런 긴박한 순간에 문화와 교육을 책임지고 있는 부현장인 나는 애인과 단칸방에 숨어 죽어라고 뒤엉켜 있었다. 확실히…… 비열하고 파렴치했다. 그들이 나를 때려 상처를 입혔어도, 학교가 무너진 일을 내가 전혀 몰랐다고 해도, 그 사무친 사랑 때문이었다고 해도 모두 이유가 될 수 없었다. 며칠 뒤, 내가 사직서와 탈당계를 제출하려고 중국공산당 현위원회 조직부에 찾아가자 여부부장이 차갑게 말했다.

"자네는 이미 사직하거나 탈당할 자격이 없어. 자네는 해임과 당적 제명, 파면이야."

우리는 아침부터 저녁까지 뒤엉켜 지냈다. 죽었다가 살아나고 죽었다가 살아났다. 좁은 방이 덥고 습해서 우리 땀으로 침대가 축축해졌고, 우리 머리는 비를 맞은 것 같았다. 나는 걸신들린 듯 그녀의 체취를 탐했다. 그녀의 깊은 눈동자에서 도깨비불 같은 빛이 터지는 것을 보면서 나는 슬픔과 기쁨이 뒤섞인 목소리로 말했다.

"묘, 우리 묘, 지금 죽어도 여한이 없어……"

그녀가 빨갛게 핏줄이 돋고 퉁퉁 부어오른 입술로 다시 내 입을 막았고, 그녀의 양팔이 필사적으로 나의 목을 휘감았다. 우리는 다시 한번 생사의 고비에 빠져들었다. 그 가녀린 여자가 그토록 거대한 사랑의 에너지를 지니고 있을 줄 몰랐다. 몸이 성치 않고 중년인 내가 그녀와 호흡을 맞추어 사랑의 격렬한 파도와 박투를 벌일 수 있을지 몰랐다. 막언의 이느 소설에서 '어떤 사랑은 가슴에 꽂히는 예리한 칼이다'라고 한 그대로였다. 하지만 그것으로는 부족하다. 어떤 사랑은 심장을 산산조각내기도 하고 어떤 사랑은 머리카락에서도 피가 배어나게 한다. 너그러운 자들이여, 그런 사랑에 빠진 우리를 용서해줄 수 없겠는가? 이렇게 그녀와 쎅스를 하고 쎅스를 하면서 나를 괴롭힌 인간들, 캄캄한 방에서 내 눈을 가리고 죽어라고 때린 인간들에 대한 증오가 얼음 녹듯이 사라졌다. 그들은 내 한쪽 다리에만 골절상을 입혔을 뿐 다른 데는 살짝만 다치게 했다. 그들은 사람 패는 데 고수여서 손님의 구미에 맞게 소갈비를 굽는 훌륭한 요리사 같았다. 나는 그들에 대한 증오만 거둔 것이 아니라 이번 음모를 꾸민 자들에 대한 증오도 풀었다. 나는 맞아도 당연했다. 하지만 그렇게 죽도록 맞지 않았더라면 이렇게 춘묘와 사랑에 푹 빠져 있는 것이 몹시 부끄러웠을 터이고, 불안했을 터이다. 그래서 나를 팬 그들과 그들을 배후에서 사주한 자들에게 진심으로 고마움을 표했다. 감사합니다. 고맙습니다. 구슬처럼 빛나는 춘묘의 눈에서 나는 내 얼굴을 보았고 그녀의 향기나는 입에서 나는 나처럼 말하는 소리를 들었다. 그녀도 계속 중얼거리고 있었다. 감사합니다. 고맙습니다……

—학교에서 휴교한다고 발표하자 학생들은 다들 신이 났다. 큰 손실을 입고 심각한 문제점까지 드러낸 이번 재해가 아이들 눈에는 그저 신기한 구경거리였고, 아이들 마음에는 그저 흥분과 재밋거리였다. 봉황소학교 일천여명의 학생들이 인민대로로 쏟아지자 그러지 않아도 혼란스럽던 교통이 순식간에 난장판이 되어버렸다. 너의 말대로, 그날 아침, 아가미가 벌렁벌렁하고 꼬리는 씰룩거리고 배는 은백색을 띤 손바닥만한 붕어떼가 거리에서 퍼덕였다. 물을 떠나면 바로 죽는 연어떼도, 살굿빛 통통한 미꾸라지떼도 진흙에 몸을 박고 즐거워하고 있었다. 더욱 눈에 들어온 것은 호두만한 두꺼비떼였다. 방향이 없이 그저 길에서 폴짝폴짝 뛰었고, 어떤 두꺼비들은 길 왼쪽에서 오른쪽으로, 어떤 두꺼비들은 길 오른쪽에서 왼쪽으로 뛰어다녔다. 그 광경에

주민들은 물통과 비닐봉지를 들고서 길에서 퍼덕이는 물고기들을 담느라 난리가 났다. 그런데 잠시 뒤 물고기를 담아갔던 사람들이 물고기를 황급히 근처 강에 버리는 것이었다. 어떤 사람들은 아예 거리에다 쏟기도 했다. 그날 차가 다니는 거리는 모두 참혹한 살육이 일어났다. 물고기 깔려 죽는 소리에 사람도 소름이 끼쳤고 개도 소름이 끼쳤고, 두꺼비 깔려죽는 소리에 개들이 숨을 멈추고 눈을 감았다. 그 소리가 마치 더러운 화살이 고막을 찌르는 것 같아서였다.

비가 내리다가 그치다가 했다. 비가 그치면 간혹 습기를 머금은 햇빛이 구름을 뚫고 나왔다. 온 읍내가 덥고 습한 중기를 내뿜으면서 시체 썩는 악취가 진동했다. 그럴 때는 집에 가만히 숨어 있는 게 최고였다. 하지만 네 아들은 전혀 집에 갈 생각을 하지 않았다. 아마도 혼란한 읍내를 정처없이 싸돌아다니면서 스트레스를 풀려고 그랬을 것이다. 그래서 나도 그냥 뒤를 따라다녔다. 나는 안면이 있는 개를 십여 마리 만났다. 그들은 이번 재해에서 우리 개들이 입은 손실을 앞다투어 나한테 보고했다. 두 마리의 개가 죽었는데, 한 마리는 기차역 호텔 뒷마당에서 무너진 담장에 깔려죽은 사냥개이고 다른 한마리는 목재도매시장의 사냥개로, 물에 빠져 죽었다. 그 소식을 들은 나는 기차역과 강변 쪽으로 길게 두 번 짖어서 애도의 뜻을 표했다.

네 아들을 따라가다 보니 나도 모르는 사이에 신화서점 정문까지 갔다. 아이들이 무리지어 서점으로 들어갔다. 네 아들은 들어가지 않았다. 그의 파란 얼굴이 차갑게 굳어 기왓장 같았다. 여기서 우리는 방항미의 딸 방봉황을 만났다. 그녀는 오렌지색 비옷에 같은 색의 짧은 장화를 신고 있었는데 눈부신 불꽃 같았다. 젊고 건장한 여자 한명이 그녀의 뒤를 따랐다. 경호원이었다. 그녀들 뒤에 털을 정갈하게 정리한 셋째누이 개가 따르고 있었다. 셋째누이 개는 조심조심 흙탕물을 피해다녔지만, 어쩔 수 없이 발이 흙탕물에 더러워졌다. 네 아들과 방봉황의 눈길이 마주쳤다. 그녀가 화를 내며 네 아들에게 침을 뱉었다. 그러고는 독하게 욕을 했다. "깡패새끼!" 그 말에 네 아들은 목덜미를 얻어맞은 것처럼 고개를 숙였다. 셋째누이가 나를 향해 이를 악물어 보이며 얼굴에 신비한 표정을 지었다. 십여 마리쯤 되는 개들이 신화서점 앞에 모여 있었다. 개가 아이를 학교에 바래다주고 데려오는 것이 요즘 새로운 풍경이었다. 모두 내가 용감하고 절대적인 충성심으로 모범을 보여준 덕택이었다. 하지만 나는 다른 개들과 거리를 두었다. 전에 나랑 교배했던 암캐 두 마리가 축 늘어진 젖을 질질 끌고서 친한 척 다가왔지만 내 쌀쌀한 태도에 어색해하면서 물러섰다. 저학년 학생 십여명이 잔인하고 역겨운 게임을 하고 있었다. 거리에서 담녹색 두꺼비를 잡아 나뭇가지로 후려갈기면 배가 공처럼 부풀어올랐고, 그러면 벽돌로 내려쳐 배를 터뜨렸다. 배 터지는 소리를 참을 수 없었다. 나는 네 아들의 옷자락을 입에 물고 집에 가자고 했다. 네 아들은 나를 따라서 십분쯤 걷더니 갑자기 멈추어섰다. 그의 얼굴이 흥분하여 벽옥처럼 파래졌고 눈에서는 눈물이 아른거렸다. 그가 말했다.

"멍멍아, 우리 집에 들어가지 말자. 날 그 사람들 있는 데로 데려가줘."

―우리는 쎅스를 쉬고 있을 때 피곤한 나머지 의식이 몽롱했다. 하지만 정신이 아무리 몽롱해도 우리 손은 서로를 계속 애무하고 있었다. 나의 손가락이 붓고 안쪽 도톰한 살 부분이 비단처럼 매끌매끌 닳았다. 그녀는 의식이 몽롱한 상태에서도 신음하면서 말했다. "내가 사랑하는 것은 당신의 그 파란 얼굴이에요. 나는 당신을 처음 봤을 때부터 반해버렸어요. 막언아저씨가 처음 날 데리고 당신 사무실에 갔을 때 당신하고 쎅스를 하고 싶었어요" 같은 말들을 속삭였다. 그녀는 심지어 두 손으로 유방을 받쳐들고 나한테 보여주면서 말했다. "보세요. 당신 주려고 이렇게 커졌어요." 현 전체가 재해복구에 나서고 있을 때, 우리가 그런 짓을 하고 그런 말을 하고 있는 것은 분명 시의가 적절하지 않았다. 가증스럽고 수치스러운 일일 수 있다. 하지만 사실이었기에 너를 속일 수 없다.

우리는 문과 창문이 덜거덩거리는 소리를 들었다. 네가 짖는 소리도 들었다. 우리는 맹세했다. 설령 하느님이 문을 두드려도 상관하지 않기로 말이다. 하지만 네가 짖는 소리만은 거역할 수 없는 명령처럼 나를 급히 일어나게 만들었다. 내 아들이 너랑 같이 있다는 것을 알았기 때문이다. 나는 매우 심하게 다쳤다. 하지만 쎅스가 치유의 비방이어서 나는 신속하게 옷을 걸쳤다. 다리가 풀리고 현기증이 일었지만 나는 쓰러지지 않았다. 나는 온몸의 뼈마저 다 발라낸 것처럼 벌거벗고 있는 방춘묘가 옷 입는 것을 도와주고는 그녀의 머리도 대충 빗겨주었다.

　문을 열자 후덥지근한 빛이 내 눈을 찔렀다. 이어서 두꺼비 같은 한덩이의 시커먼 진흙덩이가 내 얼굴로 날아왔다. 미처 피하지 못했다. 아니, 무의식중에 피하고 싶은 생각이 들지 않았다. 그 진흙 한덩어리가 턱 하고 내 얼굴에 붙었다.

　나는 손가락으로 얼굴의 진흙을 긁어냈다. 왼쪽 눈에 흙모래가 들어가 조금 껄끄러웠지만 오른쪽 눈은 볼 수가 있었다. 분노가 극에 달한 아들과 차갑게 서 있는 개가 보였다. 단칸방의 문짝과 창문에 다닥다닥 진흙덩이가 붙어 있었다. 뿐만 아니라 문앞 물웅덩이에 큰 구덩이가 파였다. 아들은 책가방을 메고 있었는데, 두 손은 진흙투성이였고 몸과 얼굴에도 진흙이 튀어 있었다. 분노의 표정을 지었지만, 아들은 눈물을 펑펑 쏟았다. 내 눈에서도 눈물이 흘렀다. 아들에게 할말이 무수히 많았지만 치통을 앓는 소리처럼 겨우 한마디가 새어나왔다.

　"아들아, 뿌려라······"

　나는 문밖으로 한걸음 내디뎠다. 넘어지지 않게 두 손으로 문틀을 잡고 눈을 감고서 아들이 뿌리는 진흙을 맞았다. 아들의 씩씩거리는 거친 숨소리가 들렸다. 냄새나고 더러운 진흙덩이들이 바람소리를 내며 날아왔다. 흙덩이가 내 콧등에 똑바로 와 붙기도 하고 내 이마를 치기도 하고, 내 앞가슴과 배를 때리기도 했다. 그러다가 깨진 기왓장을 넣은 단단한 진흙덩이가 나의 성기에 명중했고, 그 심한 타격에 나는 신음소리를 내며 허리를 굽혔고, 두 다리가 풀리면서 쭈그려앉았고, 결국 주저앉았다.

나는 눈을 떴다. 눈물에 씻기어 앞을 볼 수 있었다. 아들 얼굴이 난롯불에 던져진 구두 밑창처럼 뒤틀려 보였다. 아들 손에 있던 큰 진흙덩이가 땅에 떨어졌다. 그가 '으앙' 하고 울었고, 그러고서 두 손으로 얼굴을 감싸며 뛰어갔다. 개도 나를 향해 미친 듯이 몇번 짖고는 아들을 따라 달려갔다.

아들 화풀이의 표적이 되어 문앞에서 참으면서 진흙덩이를 맞고 있을 때, 나의 사랑하는 춘묘가 줄곧 내 옆에 서 있었다. 아들의 공격대상은 나였지만 그녀의 몸에도 흙덩이가 잔뜩 튀었다. 그녀가 나를 부축해 일으켰다. 그러면서 나직하게 말했다.

"오빠, 우리가 당해야 할 일이에요…… 난 기뻐요…… 우리 죄가 좀 가벼워진 것 같아요……"

아들이 진흙덩이로 나를 공격할 때, 신화서점의 이층 복도에 수십명의 사람들이 모여 있었다. 신화서점 간부와 직원들이었다. 그중 성이 여(余)씨인 키작은 사람도 있었다. 부사장으로 발탁되려고 막언에게 부탁해 나를 찾아오기도 했었다. 그가 고급 카메라를 들고 여러 각도, 여러 거리에서,

여러 렌즈로 나의 낭패스러운 모습을 전부 기록했다. 나중에 막언이 사진사가 엄선한 십여장의 사진을 나에게 보여주었다. 너무나 충격적이었다. 정말 세계사진대상을 탈 만한 작품들이었다. 내 얼굴에 진흙덩이가 붙어 있는 사진이건, 나는 온몸과 얼굴이 진흙투성이지만 거의 진흙이 묻지 않은 채 슬픈 표정을 짓고 있는 방춘묘의 사진이건 선명하게 구도가 잘 잡혀 있었다. 그런가 하면 성기를 맞아 주저앉은 나를 방춘묘가 기겁한 표정으로 부축하는 사진, 공격을 참고 있는 나와 방춘묘를 보면서 어리둥절해하는 아들과 개의 사진 같은 것들은 '죄와 벌' 혹은 '부친과 그의 애인' 등의 이름을 달면 충분히 감동적인 명작사진 대열에 들어갈 만했다.

두 사람이 복도에서 내려와 난처한 표정을 지으며 천천히 우리한테 다가왔다. 우리는 그들을 알아보았다. 서점 당지부 서기와 경비계장이었다. 두 사람은 우리와 이야기하면서도 눈은 다른 곳에 두었다.

"남형……" 지부 서기가 난처하다는 듯이 말을 꺼냈다. "정말 미안하지만, 우리도 어쩔 수 없어…… 여기서 나가주었으면…… 자네도 알다시피 이건 당 현위원회의 결정……"

나는 답했다. "설명하지 않아도 돼요. 이제 곧 나갈 테니까."

"그리고 또……" 경비계장이 더듬거리며 말했다. "방춘묘, 자네는 정직 조사를 받아야 하니까 이층 경비팀 사무실로 오라고. 우리가 거기에 춘묘를 위해 침대도 준비했어."

"정직은 받아들일 수 있어요." 춘묘가 말했다. "하지만 조사는 받을 수 없어요. 난 이 사람 떠날 수 없어요. 차라리 날 죽이세요."

"이해했으니 됐어. 이해했으니 됐어." 경비계장이 말했다. "어쨌든 우리는 다 전달했어."

우리는 서로 부축하면서 마당 가운데 상수도 앞으로 걸어갔다. 나는 당지부 서기와 경비계장에게 말했다.

"미안하지만, 당신들 물로 얼굴 좀 씻겠소. 안된다면……"

"무슨 말을 그렇게 해, 남형." 지부 서기가 목소리를 높여 말했다. "그럼 우리가 너무 옹졸해지잖아." 그가 조심스럽게 주위를 살피면서 말했다. "사실 자네들이 가든 가지 않든 우리와는 아무 상관이 없지만, 내 생각에 가능한 한 빨리 떠나는 게 좋을 것 같아 '주인'이 이번에는 정말로 화가 많이 났나 봐."

우리는 얼굴과 몸의 진흙을 씻어내고는 건물에서 여러 사람들이 힐끔힐끔 보는 가운데 곰팡이가 핀 춘묘의 눅눅한 숙소로 들어갔다. 우리는 서로 안고 한참 동안 키스했다. 내가 말했다.

"춘묘야……"

"아무 말도 마요." 그녀가 내 말을 자르면서 담담하게 말했다. "험한 산을 넘고 불바다를 건넌다고 해도 당신을 따를 거예요."

―다시 학교가 문을 연 첫날 아침, 네 아들과 방봉황이 학교 정문에서 만났다. 네 아들은 고개를 돌려서 그녀를 외면했다. 하지만 그애가 당당하게 다가와서 손바닥 끝으로 네 아들의 어깨를 툭툭 치면서 어디론가 데려갔다. 학교 정문 동쪽에 있는 커다란 프랑스 오동나무 아래서 그녀가 발을 멈추더니 반짝이는 눈빛으로 흥분하며 말했다.

"남개방, 너 참 대단해!"

"내가 왜? 내가 뭘 어쨌다고……" 하면서 네 아들이 더듬거렸다.

"겸손하기는?" 방봉황이 말했다. "그 사람들이 우리 엄마한테 보고하는 말을 내가 다 들었어. 우리 엄마 말이 그 후 안무치한 두 인간은 반드시 혼내줘야 한다고 하셨어."

네 아들은 몸을 돌려 갔다. 방봉황이 손을 뻗어 네 아들을 잡고 발로 장딴지를 걷어차며 화를 내면서 말했다.

"너 왜 도망가? 내 말 아직 끝나지도 않았는데 말이야!"

그 여우는 아름다우면서도 세련됐다. 정교한 상아 조각 같았다. 조막만한 가슴은 갓 피어난 꽃봉오리 같았다. 그 소녀의 매력에 도무지 저항할 수가 없었다. 네 아들은 겉으로는 씩씩대고 있지만 속으로는 이미 두 손 들고 투항했다. 나도 모르게 길게 한숨을 내쉬었다. 아비의 로맨스가 바야흐로 뜨겁게 연출되고 있는 마당에, 아들의 로맨스도 싹이 트기 시작했다.

"너는 네 아버지가 밉고 나는 우리 이모가 미워." 방봉황이 말했다. "이모는 주워왔나 봐. 우리한테 너무 쌀쌀하거든. 엄마, 외할머니, 외할아버지가 이모를 방에다 가둬놓고 며칠 동안 타일렀어. 네 아버지한테서 떠나라고. 우리 외할머니가 무릎까지 꿇고 빌었어. 그래도 듣지 않았어. 그러고는 담넘어 도망가버렸어. 네 아버지를 찾아서 말이야." 방봉황이 이를 물고 말했다. "네가 네 아버지를 처벌했으니까 내가 우리 이모를 처벌할게!"

"나는 이제 그 사람들 신경쓰지 않아." 네 아들이 말했다. "그들은 개 같은 연놈들이야!"

"그래, 맞아." 방봉황이 말했다. "개 같은 연놈들이야. 우리 엄마도 그렇게 말했어."

"난 네 어머니가 싫어." 네 아들이 말했다.

"감히 우리 엄마를 싫어해?" 방봉황이 네 아들의 옆구리를 툭 치면서 말했다. "우리 엄마는 현위원회 서기야. 지금 엄마는 학교에서 링거를 맞아가면서 재해현장을 지휘하고 있어. 너희 집에는 텔레비전 없니? 엄마가 피를 토하면서 현장을 지휘하는 뉴스가 나왔을 텐데?"

"우리집 텔레비전 고장났어." 네 아들이 말했다. "아무튼 난 네 어머니가 싫어. 어쩔래?"

"쳇, 너 질투하는 거지!" 방봉황이 말했다. "얼굴은 시퍼래가지고, 못난이 같은 게!"

네 아들이 갑자기 방봉황의 가방끈을 틀어쥐었고, 힘을 주고 당겼다 밀었다 하자 방봉황의 몸이 프랑스 오동나무에 부딪혔다.

"아프단 말이야……" 방봉황이 말했다. "그래, 알았어. 이젠 못난이라고 그러지 않을게. 남개방이라고 이름 불러줄게. 우리 어려서부터 함께 지낸 소꿉친구잖아. 그런데 부탁이 하나 있어. 내가 이모를 혼내주려고 하는데, 나 좀 도와줄래?"

네 아들은 그냥 걷기만 했다. 방봉황이 그의 앞을 가로막고 눈을 부릅뜨며 말했다.

"들었어?!"

─그때 우리는 멀리 떠날 생각은 하지 않았다. 그저 조용한 곳에서 잠깐 머물면서 그 상황을 넘기고, 그뒤에 법률적인 방법으로 나의 이혼문제를 해결하려고 했다.

여점진(驢店鎭)에 새로 취임한 당서기 두노문(杜魯文, 뚜루원)은 전에 현 공급판매합작사 정치공작과장이었고 내 후임이자 절친한 친구였다. 나는 터미널에서 그에게 전화를 걸어 조용한 방을 하나 마련해달라고 부탁했다. 그가 잠시 머뭇거리더니 나의 부탁을 들어주었다. 우리는 버스를 타지 않았다. 조용히 읍내 동남쪽에 있는 운량강 강변의 어탄(魚瞳)이란 자그마한 마을에서 작은 목선을 빌려타고 물길을 따라내려갔다. 목선 주인은 사슴 같은 둥그런 눈에 얼굴이 수척한 중년여자였다. 선실에는 한살쯤 되어 보이는 남자아이가 있었다. 아이가 뱃전으로 나가지 못하게 하려고 여자는 빨간 띠로 아이의 발목을 선실 칸막이 격자에 단단히 묶어놓았다.

두노문이 직접 차를 몰고 나와 여점진 부두에서 우리를 마중했다. 그는 우리를 여점진 공급판매합작사 뒷마당에 있는 세 칸짜리 집으로 안내했다. 사기업이 많아지면서 합작사는 벌써 무너져 직원들도 다들 각자 입에 풀칠하려고 뿔뿔이 흩어졌고, 몇몇 노인들만 남아서 빈집을 지키고 있었다. 우리가 살 집은 합작사의 전 당서기가 살던 집으로, 그는 정년퇴직을 한 뒤 현에 올라가 살고 있었다. 방에는 가구들이 모두 갖추어져 있었다. 두노문이 한쪽에 있는 밀가루부대와 쌀부대, 그리고 기름통과 쏘시지, 통조림 등 먹을거리를 가리키면서 말했다.

"두 사람 여기 꼭 숨어 있어. 필요한 물건이 있으면 우리 집으로 전화하고. 절대로 함부로 나가서는 안돼. 여기는 방서기의 구역이어서 그 여자가 갑자기 습격을 잘하거든."

우리는 하늘이 떠나갈 듯한 행복한 생활을 시작했다. 밥을 하고, 밥을 먹고, 그러고서 포옹하고, 키스하고, 애무하고, 쎅스를 했다. 조금 창피하지만 그래도 솔직히 너한테 말할 수밖에 없다. 너무 급히 도망가는 바람에 우리는 아무런 옷가지도 챙기지 못했다. 그래서 어쩔 수 없이 우리는 대부분 시간을 벌거벗고 지내야 했다. 알몸뚱이로 쎅스를 하는 건 정상적이지만 알몸으로 마주앉아서 그릇을 들고 죽을 훌훌 먹어대는 광경은 참으로 황당한 코미디였다. 내가 나 자신을 놀리듯이 춘묘에게 말을 걸었다.

"여기가 진짜 에덴동산이네."

우리는 밤과 낮을 가리지 않았다. 꿈과 현실도 가리지 않았다. 한번은 우리가 지치도록 섹스를 하다가 깊은 잠에 빠져들었는데, 춘묘가 갑자기 나를 밀치고 앉더니 불안한 기색으로 말했다.

"꿈에서 선실에 있던 그 남자아이를 봤어요. 아이가 내 품으로 기어와 날 엄마라고 부르면서 내 젖을 빨려고 했어요."

─네 아들은 방봉황의 매력에 어쩔 수 없었다. 그녀를 도와 방춘묘를 혼내주려고 네 아내한테 거짓말을 했다.

나는 냄새가 서로 섞인 너하고 방춘묘의 두 줄기 냄새의 흔적을 따라갔고, 그들이 내 뒤를 따랐다. 우리는 조금도 어긋남없이 너희가 걸었던 길을 따라 어탄 부두까지 왔다. 우리는 작은 배에 탔다. 배의 주인은 사슴 같은 둥그런 눈에 얼굴이 수척한 중년여자였다. 선실에는 빨간 배두렁이를 입은 가무잡잡한 남자아이가 묶여 있었다. 우리가 배에 오르자 남자아이는 무척 흥분했다. 아이가 내 꼬리를 잡고 입에 쑤셔넣는 것이었다.

"어디로 갈 거니?" 선미에 서 있던 여주인이 노를 쥐고서 친절하게 물었다.

"멍멍아, 어디로 갈 거니?" 방봉황이 나에게 물었다.

나는 강 하류 쪽을 향해 큰 소리로 두 번 짖었다.

"아래로 가주세요." 네 아들이 말했다.

"아래쪽으로 간다고 해도 정확한 지점이 있어야 하는데." 여주인이 말했다.

"아래쪽으로만 가주세요. 때가 되면 이 개가 알려줄 거예요." 네 아들이 자신있게 말했다.

여주인이 웃었다. 배가 강 중류쯤에서 물결을 따라내려갔다. 날치처럼 빨랐다. 방봉황이 양말을 벗고 뱃전에 걸터앉아 두 발을 강물에 넣었다. 강 양쪽의 붉은 버들이 끊임없이 떠올랐다 가라앉았고, 해오라기떼가 버드나무 사이를 자유로이 날고 있었다. 방봉황이 노래를 부르기 시작했다. 그녀의 맑고도 낭랑한 목소리는 은방울이 구르는 것 같았다. 네 아들이 입술을 가볍게 떨었고 입에서는 이따금 한두 마디 외로움에 겨운 말들이 튀어나왔다. 그는 분명히 방봉황이 흥얼거리는 노래를 알고 있었지만 같이 부르지 않았다. 그 남자아이가 활짝 웃으면서 흥얼거렸다.

우리는 여점진 부두에서 내렸다. 방봉황이 더없이 통 크게 뱃삯을 냈다. 미리 말해둔 금액보다 훨씬 많이 건네주자 사슴의 눈을 가진 그 여자는 몹시 당황스러워했다.

우리는 곧바로 너희가 숨은 곳을 찾아냈다. 문을 여는 순간 부끄럽고 당황해하던 너희의 표정을 나는 보았다. 너는 무섭게 나를 쏘아보았다. 나는 난처한 나머지 두 번 짖었다. 이런 뜻이었다. 남해방, 너한테는 미안하다만, 네가 집을 나갔으니 더이상 나의 주인이 아니고, 이제부터는 네 아들이 나의 주인이다. 그러니 주인의 명령에 따르는 것은 나의 천직이다.

방봉황이 양철통 뚜껑을 열더니 안에 있는 페인트를 방춘묘의 몸에 마구 뿌렸다.

"이모, 이모는 걸레야!" 방봉황이 어안이 벙벙한 방춘묘한테 욕설을 퍼붓고는 네 아들에게 손짓했다. 과단성있게 지휘하는 장교같이 말했다. "철수!"

나는 방봉황과 네 아들을 따라서 진위원회에 가서 당위원회 서기 두노문을 찾아냈다. 방봉황이 사령관처럼 두노문에게 단호하게 말했다.

"난 방항미의 딸이에요. 어서 차 한대를 마련해서 우리를 현까지 바래다주세요."

─두노문이 우리의 에덴동산에 찾아와 우물쭈물 말을 꺼냈다.

"자네들, 어리석은 내 소견으로는, 어서 이곳을 뜨는 게 좋을 것 같아."

그가 우리에게 입을 옷가지를 건네주고, 인민폐 천원이 들어 있는 봉투를 꺼내주면서 말했다.

"거절하지 마. 이건 두 사람한테 빌려주는 돈이니까."

춘묘가 눈이 휘둥그레져서 나를 막연히 쳐다보았다.

"나한테 십분만 줘. 생각 좀 해보게." 나는 두노문에게 담배 한대를 얻어 의자에 앉아 천천히 빨았다. 나는 담배를 반쯤 빨고서 일어나며 말했다. "오늘저녁 일곱시에 우리를 교현(膠縣) 기차역까지 좀 바래다줘."

우리는 청도에서 서안(西安)으로 가는 열차에 몸을 실었다. 고밀현에 도착했을 때는 이미 밤 아홉시 반이었다. 우리는 얼굴을 더러운 차창에 대고 플랫폼에서 무거운 짐을 들고 있는 승객들과 무덤덤한 철도직원들을 보았다. 멀리 보이는 읍내는 등불이 환하고 역광장에서는 불법 택시영업을 하는 승용차들과 먹을거리를 파는 노점상들이 소리치며 손님을 부르고 있었다. 고밀, 우리가 언제 다시 당당하게 돌아올 수 있을까?

우리는 서안에 있는 막언을 찾아갔다. 그는 작가반을 졸업하고 작은 신문사에서 기자로 일하고 있었다. 그는 우리를 '하남촌'에 있는 그의 낡은 집으로 안내했다. 그리고 자기는 사무실 소파에서 잤다. 그는 우리에게 일본제 콘돔을 주면서 기이한 웃음을 지으며 말했다.

"작은 선물이지만 의미는 깊어. 웃으며 받아줘."

— 여름방학에 네 아들과 방봉황은 또 나를 시켜 두 사람의 뒤를 쫓으라고 했다. 나는 그들을 기차역까지 데려갔다. 서쪽으로 가는 기차를 보면서 나는 나지막한 소리로 웅얼거렸다. 이런 뜻이었다. 너희 냄새도 그 반들반들한 레일처럼 아주 멀리, 내 코가 냄새를 맡을 수 없는 곳으로 가버려라.

제51장

서문환은 읍내에서 우두머리 노릇을 하고
남개방은 실험하느라 손가락을 자르다

1996년 여름방학이다. 너희가 도망간 지 오주년이 되었다. 막언이 편집책임을 맡고 있는 조그만 신문사에서 너는 편집을 맡고 방춘묘는 신문사 식당에서 조리사로 일한다는 소식이 오래전에 네 아내와 아들에게 들려왔다. 하지만 그들은 너희를 깨끗이 잊어버린 것 같았다. 네 아내는 여전히 꽈배기를 튀기고 있었고 꽈배기를 즐겨먹었다. 네 아들은 제1고등학교 일학년이고 성적도 꽤 좋았다. 방봉황과 서문환도 역시 고등학교 일학년이었다. 그들 둘은 고등학교 진학시험에서 성적이 좋지 않았다. 하지만 하나는 현 최고간부의 딸이고, 하나는 학교에 오십만원을 기부하여 '금룡장학금'을 설립한 부잣집 아들이라 입시에서 빵점을 받더라도 제1고등학교 교문은 그들에게 열려 있었다.

고등학교 때 서문환이 우리 현으로 전학왔다. 그의 어머니 황호조도 따라와서 아들의 뒷바라지를 했다. 그들 모자가 너희 집에서 지내게 되어 적막하고 썰렁하던 집이 시끌벅적해졌고, 지나칠 정도였다.

서문환은 공부할 아이가 아니었다. 그가 오년 동안 저지른 사고는 셀 수가 없었다. 현에 온 첫해는 그나마 조용했지만 다음해부터 남부지역의 우두머리가 되었다. 그는 북부의 꼽추와 동부의 쇠대가리, 그리고 서부의 갈비 등과 함께 공안국에 등록된 '4대 악당'이었다. 서문환은 그 나이에 할 수 있는 모든 나쁜 짓은 다 했고, 어른들이 하는 나쁜 짓도 다 했다. 하지만 겉보기에는 나쁜 아이가 아니었다. 항상 체격에 어울리는 명품옷을 차려입었고 몸에서는 늘 상큼한 향기가 풍겼다. 머리는 항상 짧게 커트했고 얼굴은 항상 하얗게 씻고 까맣게 돋은 콧수염이 그가 청춘의 소년이라는 것을 말해주었다. 어릴 적의 사팔뜨기조차 교정을 받았다. 서문환은 달콤한 말로 아주 친절하게 사람을 대했다. 네 아내한테도 예의가 바르고 입만 열면 "이모! 이모!" 하면서 아주 친근하게 불렀다. 그래서 네 아들이 네 아내에게,

"엄마, 환환이 쫓아내버려. 나쁜 놈이야"라고 말했을 때, 네 아내가 서문환을 좋게 이야기했다.

"왜? 괜찮은 아이 아니야? 경우도 바르고 말도 잘하고. 공부 못하는 거야 타고난 거지. 내 생각에 장래에는 너보다 잘

풀릴 것 같은데. 너는 네 아버지를 닮아서 온종일 걱정을 짊어지고 살잖아. 온 나라 사람들이 다 너한테 빚진 것처럼 말이야."

"엄마가 몰라서 그래. 다 사기치는 거라고."

"개방아." 네 아내가 말했다. "그애가 아무리 나쁘고, 사고를 치더라도 자기 아버지가 다 수습해주니까 신경쓸 것 없어. 게다가 엄마하고 네 큰이모는 쌍둥이 자매야. 어떻게 나가라고 하겠니? 참아. 몇년만 참고 졸업하면 다 흩어지잖아. 네 큰아버지가 저렇게 부자인데 현에 집 한채 장만하는 건 식은죽 먹기잖아. 그런데도 우리집에서 같이 사는 건 서로 도우면서 살자는 거야. 네 할아버지와 할머니, 그리고 외할아버지와 외할머니도 이렇게 하자고 하셨고."

네 아내는 반박할 수 없는 수많은 이유를 들며 네 아들의 의견을 부정했다.

서문환이 저지른 나쁜 짓들은 네 아내를 속일 수 있고 자기 엄마를 속일 수 있고 네 아들을 속일 수 있어도 내 코는 절대로 속이지 못했다. 나는 열세살 된 개로서 후각이 퇴화되었어도 사람들의 냄새를 구분하고 냄새로 그들의 뒤를 따르는 일은 아직도 충분히 잘할 수 있다. 말이 나온 김에 알려줄 게 있다. 나는 이미 현 개협회 회장직을 내놓았다. 내 후임은 '검둥이'라고 불리는 독일 사냥개였다. 우리 현의 개들 세계에서 사냥개의 권력은 결코 동요되지 않았다. 사임 후 나는 천화광장의 원월회 정기모임에 거의 나가지 않았다.

우리가 모임을 할 때는 흥겹게 춤추고 노래부르고 배터지도록 먹고 마시고 연애하고 교배했지만, 요즘 젊은 세대들의 행동은 이해할 수 없었다. 예컨대, 한번은 검둥이가 직접 와서 멋지고 신비스럽고 낭만적인 행사가 있다고 가자고 했다. 그의 성의에 못이겨 나는 시간에 맞추어 천화광장에 갔다. 수백 마리의 개들이 사방팔방에서 달려오더니 서로 인사치레도 없이 누가 누구인지도 모른 채 다들 다시 건립한 비너스 조각상을 둘러싸고 고개를 들고 일제히 세 번 짖고는 사방팔방으로 쏜살같이 흩어졌다. 회장인 검둥이도 그런 식이었다. 번개처럼 달려와 질풍같이 흩어졌고, 순식간에 나 혼자 달빛 밝은 광장에 쓸쓸히 남았다. 나는 달빛에 파랗게 빛나는 비너스 조각상을 멍하니 바라보면서 내가 꿈꾸고 있는 것은 아닌가 했다. 나중에 들었지만 그것이 바로 요즘 가장 유행하고, 가장 쿨한 '번개팅' 놀이였다. 놀이에 참가하는 개들은 다들 자칭 '번개족'이었다. 나중에는 더 알 수 없는 놀이를 했다고 들었는데, 나는 참석하지 않았다. 개들의 세계도 그러했고, 사람들이 사는 세상도 비슷했다. 그즈음 방항미는 여전히 중국공산당 현위원회 서기 자리에 있었고, 곧 성위원회로 승진할 거라는 소문이 자자했다. 하지만 그녀가 기율위원회에 '이중범죄'로 적발되어 검찰에 소환되어 사형에 집행유예 이년을 선고받을 날이 얼마 남지 않았다.

네 아들이 고등학교에 진학한 뒤 나는 더이상 그를 학교로 호송해주는 일을 하지 않았다. 나는 날마다 서쪽 행랑채에 편히 누워 낮잠을 자거나 추억에 잠겨 지낼 수 있었다. 하지만 그것이 싫었다. 나의 육체와 뇌의 노화를 가속화하는 짓이기 때문이다. 네 아들이 나를 버린 뒤로 나는 날마다 네 아내를 따라 기차역에 가서 꽈배기 튀기는 것도 보고 파는 것도 구경했다. 나는 바로 거기서, 기차역광장 주위의 미용실이며 여관, 술집에서 자주 서문환의 냄새를 맡았다. 집에서 나올 때는 단정한 교복 차림이지만 문만 나서면 기다리는 오토바이를 타고 광장으로 줄달음쳤다. 오토바이를 운전하는 사람은 얼굴에 수염이 덥수룩한 표범 같은 장사였는데, 서문환의 헤픈 씀씀이에 기꺼이 고등학생의 전담 마부 노릇을 하고 있었다. 그곳이 '4대 악당'들의 관할구역이자, 그들이 먹고 마시고 계집질하고 도박하며 노는 곳이었다. 그 4대 악당들의 관계는 6월의 날씨처럼 변덕스러웠다. 사이가 좋을 때는 똘똘 뭉쳐 술집에서 술내기도 하고 미용실에서 계집질도 하고 여관에서 대마초도 하고 광장에서 말타기도 하면서 한줄에 묶은 게와 같았다. 하지만 사이가 나쁠 때는 두 패로 갈라져 닭싸움하듯이 서로 헐뜯었다. 나중에 이들은 각자 패거리를 모아 네 분파를 결성했고 그 분파도 수시로 합쳤다 찢어졌다를 반복했고 역광장은 그들 때문에 아수라장이 되었다.

나와 네 아내도 그들이 처참하게 난투극을 벌이는 것을 직접 본 적이 있다. 하지만 네 아내는 싸움을 지휘하는 우두머리가 그녀의 마음속에 착한 아이로 자리잡고 있는 서문환이라는 것을 전혀 몰랐다. 햇빛이 찬란한 한낮, 그야말로 백주대낮이었다. 광장 남쪽에 있는 '호재래(好再來)'라는 식당에서 소란스러운 소리가 나더니 피투성이가 된 청년 네 명이 뛰쳐나왔고 그 뒤로 몽둥이를 든 청년 일곱 명이 쫓아나왔다. 네 청년은 머리를 싸쥐고 광장을 돌아 허겁지겁 도망치는데, 머리를 다쳤는데도 얼굴에는 전혀 두렵거나 고통스러운 기색이 없었다. 뒤에서 쫓는 자들도 살벌한 표정이 없었고, 몇사람은 실실 웃기도 했다. 그 난투극은 시작단계에서는 게임 같았다. 도망치는 사람들 중 한명이 바로 4대 악당 중 하나인 서부의 갈비였다. 삐쩍 마르고 키가 큰 그는 손에 몽둥이를 들고 달렸다. 그들 네 명이 순순히 달아나는 것도 아니었다. 도망가다가도 돌아서서 반격했다. 갈비가 품에서 삼각면도칼을 꺼내 휘두르며 큰형님의 위세를 보였다. 다른 세 졸개도 허리띠를 뽑아 '야아' 고함을 지르며 갈비 뒤를 따르면서 추격하는 자들 속으로 파고들었다. 한동안 몽둥이에 머리가 터지고 가죽벨트가 뺨을 때리고 고함소리와 비명이 뒤섞여 광장이 난장판이 되었다. 광장 주변 사람들은 다들 멀리 피했고 신고받은 경찰들은 아직 도착하지 않았다. 그때 갈비의 면도칼이 대걸레를 휘두르는 한 똥보의 배를 찔렀다. 그 똥보가 비명을 지르며 주저앉았다. 동료가 쓰러지는 것을 보자 추격하던 녀석들이 삽시에 무너졌다. 갈비가 똥보의 옷에 면도칼을 쓱쓱 닦더니 동생들 셋을 데리고 광장 서쪽을 따라 남쪽으로 달려갔다.

두 패거리가 광장에서 싸움판을 벌일 때, 나는 '호재래' 식당 옆에 있는 '선인각(仙人閣)'이라는 식당에서 썬글라스를 끼고 창문 쪽 의자에 앉아 유유히 담배를 피우고 있는 서문환을 보았다. 무서워서 마음을 졸이며 광장에서 벌어지는 싸움을 보던 네 아내는 서문환을 보지 못했다. 서문환을 보았더라도 그 하얀 얼굴의 소년이 난투극의 총지휘관이라는 것은 생각지도 못했을 것이다. 서문환이 주머니에서 당시에 꽤 유행하던 폴더식 휴대폰을 꺼내 번호를 누르고 입 가까이 대고 몇마디 하더니 다시 앉아 계속 담배를 빨았다. 담배 무는 폼이 여간 노련하지 않아서 홍콩영화에 자주 나오는 폭력조직의 큰형님 같았다. 갈비가 그의 수하들을 데리고 역전 광장 서남쪽의 신민 2가로 달려가고 있었는데, 그때 질주하는 오토바이와 정면으로 부딪쳤다. 오토바이에 탄 사람은 바로 그 털보 사내였다. 갈비가 깃털처럼 길가로 날아가 떨어졌다. 멀리서 보니 사람 몸집이 아니라 스티로폼에 옷을 입혀놓은 것 같았다. 교통사고였다. 책임은 갈비에게 있었다. 위기에서도 지혜를 발휘해 용감하게 악당들에 맞선 영웅의 장거라 할 수 있을 것이다. 오토바이가 10여 미터나 앞으로 미끄러져나간 뒤 완전히 뒤집혔다. 물론 털보도 중상을 입었다. 그때 서문환이 자리에서 일어나 책가방을 메고 식당을 나섰다. 휘파람을 불면서 말라빠진 사과를 발로 차고 학교 쪽으로 걸어갔다.

서문환이 싸움질을 하고 역전파출소에서 사흘 동안 구류

를 살고 나온 뒤 너의 집 마당에서 벌어진 일을 이야기해주겠다.

노기등등한 황호조가 서문환의 옷을 잡아당기며 죽고 싶다는 듯이 말했다.

"환아, 환아, 엄마 정말 실망이야. 엄마가 다 포기하고 와서 네 뒷바라지하고 학교 뒷바라지를 하고, 아버지도 너한테 돈을 아끼지 않고 원하는 대로 다 들어주면서 공부를 시키는데, 네가 어떻게……"

황호조가 말하면서 눈물을 흘렸다. 하지만 서문환은 지극히 냉정한 태도로 황호조의 어깨를 다독이면서 태연하게 말했다.

"엄마, 울지 마요. 엄마가 생각한 것처럼 그렇지 않아요. 난 나쁜 짓은 하나도 안했어요. 억울하다고요. 저를 좀 보세요. 내가 나쁜 아이 같아요? 난 나쁜 아이가 아니에요. 난 착해요."

그러고는 착한 아이가 마당에서 노래를 부르고 춤을 추면서 갖가지 천진난만한 척을 했다. 그러자 황호조가 울음을 그치고 웃어버렸다. 하지만 나는 닭살이었다.

연락을 받고 달려온 서문금룡도 처음에는 화가 머리끝까지 치밀었지만 아들 서문환의 감언이설에 얼굴에 미소를 지었다. 나는 서문금룡을 오랜만에 보았다. 이번에 보니 무정한 세월은 부자에게나 가난한 사람에게나 마찬가지였다. 서문금룡이 제아무리 명품을 차려입고, 아무리 고상한 운동을 하러 다녀도 머리가 듬성듬성 빠지고, 눈이 침침해지고, 아랫배가 나오는 것을 막을 수는 없었다.

"아버지는 걱정 말고 위대한 사업이나 열심히 하세요." 서문환이 실실 웃으면서 말했다. "아버지만큼 자식을 잘 아는 사람이 없다고 하잖아요. 아직도 저를 모르세요? 이 아들의 결함이라면 조금 뺀질뺀질하고, 먹을 것 밝히고, 조금 게으르고, 예쁜 계집을 보면 딴생각이 난다는 것뿐이에요. 이런 조그만 결함이야 아버지에게도 있잖아요."

"아들아." 서문금룡이 말했다. "엄마는 속여도 나는 못 속인다. 네 그 잔꾀의 속을 내가 모르면 어떻게 내가 이 세상에서 살아나가겠니. 내 짐작에 요 몇해 동안 넌 나쁜 짓이란 나쁜 짓은 다 하고 다녔어. 사람이 나쁜 짓 하기는 쉽지. 하지만 평생 나쁜 짓만 하고 좋은 일을 하지 않는 것도 정말 어려워. 이제부터는 좋은 일을 하고 다녀라."

"아버지, 지당한 말씀입니다. 항상 나쁜 일을 좋은 일로 만들게요." 서문환이 서문금룡의 몸에 철썩 달라붙어서 팔에 찬 시계를 잽싸게 훑어내더니 말했다. "아버지가 짝퉁시계를 차면 체면 깎여요. 그러니까 내가 대신 차줄게요."

"무슨 헛소리야? 이거 오리지널 롤렉스인데."

며칠 뒤 현방송국에서 뉴스가 나왔다. 고등학생 서문환이 길에서 주운 돈을 탐내지 않고 일만원을 학교에 기부했다는 것이다. 그의 팔목에 있던 번쩍번쩍한 금빛 롤렉스 시계는 다시 보이지 않았다.

착한 아이 서문환이 또다른 착한 아이 방봉황을 집에 데려왔다. 그녀는 예쁜 아가씨가 되어 있었다. 유행하는 옷을 입고 몸매는 늘씬하고 젖가슴은 봉곳하고 엉덩이는 오뚝하고 눈빛은 나른하고 머릿결은 촉촉했다. 조금 정신없어 보였다. 구식인 호조와 합작은 방봉황의 입성이나 단장한 것이 마음에 들지 않았다. 서문환이 조용히 두 여자에게 말했다.

"엄마랑 이모는 너무 촌스러워. 지금 가장 유행하는 스타일인데."

나도 안다. 네가 관심을 갖는 것은 서문환도 아니고 방봉황도 아니고 네 아들이라는 것을. 이제부터 하는 이야기에 네 아들이 등장한다.

화창한 어느 가을날 오후였다. 네 아내와 황호조가 모두 밖에 나갔다. 젊은이들 파티에 자리를 비워준 것이다.

마당 동북쪽 구석에 오동나무가 한 그루 있었다. 나무 아래에 네모난 탁자를 놓고 세 아이가 앉았다. 탁자에는 싱싱한 과일과 초승달 모양의 수박이 놓여 있었다. 서문환과 방봉황은 유행하는 옷을 입고 얼굴이 준수한데, 네 아들은 구식 옷을 입고 얼굴이 추했다.

방봉황처럼 섹시하고 예쁜 여자아이에게 어떤 남자가 마음이 흔들리지 않을까. 네 아들도 예외가 아니었다. 네 아들이 너한테 진흙덩이를 던질 때와 나를 따라 여점진에 찾아갔던 일을 돌이켜보면 알 것이다. 아주 오래전부터 네 아들은 방봉황의 노예가 되어 있었고, 앞으로 일어날 비참한 사건도 보면 사실 그때 심어놓은 불씨였다.

"누가 오지는 않겠지?" 방봉황이 의자에 기대면서 나른하게 말했다.

"오늘 이 마당은 우리 셋 세상이야." 서문환이 말했다.

"저놈도 있네." 방봉황이 가녀린 손가락으로 한쪽에서 졸고 있는 나를 가리키며 말했다. "이 늙은 개 말이야." 그녀가 허리를 세우며 말했다. "우리집 개가 이 개 누나래."

"이 개한테 형도 둘 있어." 네 아들이 풀죽은 목소리로 말했다. "서문촌에 있는데, 한마리는 얘네 집에 있고……" 네 아들이 서문환을 가리켰다. "한마리는 우리 고모 집에 있어."

"그런데 우리집 개는 죽었어." 방봉황이 말했다. "새끼를 낳다가 힘들어 뒈졌어. 나 아직도 기억이 생생한데 우리집의 개는 쉴새없이 새끼를 퍼질렀어. 낳고 또 낳고 또 낳고." 방봉황이 거침없이 말했다. "세상 참 불공평해. 수캐는 퍼지르고 가버리면 끝인데, 암캐만 죄를 받잖아."

"그래서 우리가 위대한 모성애를 노래하잖아." 네 아들이 말했다.

"서문환, 너 들었지?" 방봉황이 히죽히죽 웃으면서 말했다. "이런 심각한 말은 너도 못하고, 나도 못하고, 유일하게 남해방만 할 수 있다니까."

"사람 놀리지 마." 네 아들이 어색하게 말했다.

"놀리는 것 아니야." 그녀가 말했다. "진심으로 널 칭찬하는 거야." 그녀가 우윳빛 가죽핸드백에서 말보로담배와 다이아몬드가 박힌 순금 라이터를 꺼내면서 말했다. "노땅들 없으니까 우리 편하게 퍼지자고."

그녀가 빨갛게 물들인 손톱으로 담뱃갑을 탁 치자 담배가 한대 나왔다. 빨갛고 도톰한 입술 사이에 담배를 끼우고 라이터를 켰다. 담배에 불을 붙였다. 그런 다음 담뱃갑과 라이터를 탁자에 던지고 연기를 깊이 한모금 빨았다. 그런 뒤 몸을 뒤로 누이고 목을 의자에 기대고 얼굴은 쳐들고 입은 내밀면서 파란 하늘을 보고 노련하게 연기를 내뿜었다. 영화에서 담배 피우지 못하는 여자가 담배 피우는 연기를 하는 것 같았다.

서문환이 담배 한대를 뽑아서 네 아들에게 건넸다. 네 아들이 고개를 저으며 거절했다. 네 아들은 확실히 착한 아이였다. 방봉황이 픽 웃으면서 경멸조로 말했다.

"피워봐. 우리 앞에서 착한 척하지 말고. 담배는 일찍 피워야 니코틴에 대한 면역력이 세지는 거야. 영국 수상 처칠은 여덟살 때부터 할아버지 담뱃대를 빨았단다. 그래서 아흔까지 살았잖니. 나중에 늦게 배우지 말고 일찍 배우는 게 낫다."

네 아들이 담배를 집고 망설이더니 결국은 입에 물었다. 서문환이 친절하게 불을 붙여주었다. 네 아들이 콜록콜록 기침을 계속했다. 얼굴은 불에 그슬린 솥 밑바닥 같았다. 네 아들이 피운 첫 담배였다. 하지만 금방 골초가 될 것이다.

서문환이 방봉황의 다이아몬드 라이터를 손에 들고 이리저리 보면서 말했다.

　"씨발, 고급이네."

　"좋니? 좋으면 가져." 방봉황이 아무렇지도 않다는 듯이 말했다. "한자리하려는 작자들, 공사를 따려고 하는 작자들이 준 거야."

　"그럼 너의 엄마가……" 네 아들이 나오던 말을 삼켰다.

　"그래, 우리 엄마 씹할 년이다!" 방봉황이 한손에는 담배를 들고 다른 손으로는 서문환을 가리키며 말했다. "네 아버지는 더 개새끼야! 그리고 네 아버지." 방봉황이 이번에는 네 아들을 가리키며 말했다. "그 양반도 씹새끼야!" 방봉황이 웃으며 말했다. "이 씹새끼들 완전히 다 뻥이야. 다 연기하는 거고. 입으로는 우리를 교육한답시고 이래라저래라 가르치려 들면서 우리한테는 이것 하지 마라, 저것 하지 마라 하면서 자기네들은 어때? 이것도 하고, 저것도 하고."

　"우리더러 반드시 이렇게 해라 저렇게 해라 하잖아!" 서문환이 말했다.

　"맞아. 우리더러 착한 아이가 되고 나쁜 아이가 되지 말라고 하지." 방봉황이 말했다. "그런데 어떻게 해야 착한 아이인데? 누가 나쁜 아이인데? 우리가 바로 착한 아이야. 아주아주 착한 아이 말이야." 방봉황이 손에 들고 있던 담배꽁초를 멀리 오동나무 쪽으로 튕겼다. 하지만 힘이 부족해서인지 담배꽁초가 지붕처마에 떨어지면서 가늘게 연기가 피어올랐다.

"우리 아버지를 개새끼라고 욕하는 건 괜찮아." 네 아들이 말했다. "하지만 우리 아버지는 위선적인 사람이 아니야. 연기하는 것도 아니고. 그렇지 않았다면 지금처럼 이렇게 비참하지도……"

"헛, 그래도 지 아버지라고 감싸기는." 방봉황이 말했다. "너희 아버지는 너희 모자를 팽개치고 혼자 도망가서 풍류를 즐기고 있으니, 맞아, 우리 그 괴상한 이모도 씹할 년이다."

"나는 삼촌이 존경스러워." 서문환이 말했다. "용기가 있잖아. 부현장도 버리고, 처자식도 버리고 어린 애인을 데리고 도망갔으니 진짜 쿨하잖아!"

"너희 아버지?" 방봉황이 말했다. "우리 현의 귀재인 작가 막언의 말을 빌리면 가장 영웅인 대장부가 가장 씹새끼이고, 가장 술을 잘 먹는 사람이 사랑을 가장 잘하는 사람이라고 했어." 방봉황이 말했다. "너희들 귀 막아! 내가 아랫것들에게 하는 말을 너희가 들으면 안돼." 네 아들과 서문환이 고분고분 귀를 막았다. 방봉황은 나에게 말했다. "넷째 멍멍아, 너도 알고 있니? 남해방과 우리 이모 말이야, 하루에 쎅스를 열 번 넘게 하고, 그것도 할 때마다 한 시간씩 한단다!"

서문환이 '피식' 웃었다. 방봉황이 그의 다리를 차며 욕했다.

"건달! 너 다 들었지!"

네 아들은 얼굴이 파래진 채 아무 말도 못했다.

"너희는 언제 서문촌에 가니? 나도 한번 데려가라. 거기에 네 아버지가 자본주의 낙원을 세웠다던데." 방봉황이 말했다.

"개소리 마!" 서문환이 말했다. "사회주의 땅에 어떻게 자본주의가 있을 수 있니? 우리 아버지는 개혁가이고 시대의 영웅이야!"

"뻥치지 마!" 방봉황이 말했다. "네 아버지는 나쁜 놈이야. 네 삼촌이랑 우리 이모야말로 영웅이야!"

"우리 아버지 얘기 꺼내지 마!" 네 아들이 말했다.

"네 아버지가 우리 이모를 납치해가는 바람에 우리 외할머니가 화병으로 죽었고 외할아버지도 병이 났는데, 왜 말을 꺼내지 말라는 거야?" 방봉황이 말했다. "열받으면 내가 서안에 가서 두 사람 잡아다가 길거리에서 조리돌림시켜버릴 거야!"

"야." 서문환이 말했다. "우리 정말 두 사람 찾으러 서안에 갈까?"

"좋은 생각이네." 방봉황이 말했다. "난 갈래. 이번에도 페인트 한통 들고 가서 이모를 보자마자 말할 거야. '이모, 이모한테 페인트칠해주려고 왔어.'"

서문환이 웃음을 터뜨렸다. 하지만 네 아들은 고개를 푹 숙이고 말이 없었다.

방봉황이 네 아들 다리를 툭 치면서 말했다.

"어이, 남형, 기운내. 우리 같이 서안에 갈까?"

"아니, 난 안 가." 네 아들이 말했다.

"정말 밥맛이야." 방봉황이 말했다. "나 갈래. 너희랑 안 놀래."

"가지 마." 서문환이 말했다. "놀이는 아직 시작도 안했는데."

"무슨 놀이?"

"신비의 머리카락! 우리 엄마의 신비한 머리카락 말이야!" 서문환이 말했다.

"맞아." 방봉황이 말했다. "왜 그걸 까먹었지. 뭐라고 했더라? 개의 대가리를 잘라서 너네 엄마 머리카락으로 꿰매서 이으면 개가 바로 먹고 마시고 할 수 있다고 했던가?"

"난 그렇게 복잡한 실험은 안해봤어." 서문환이 말했다. "하지만 살갗을 오려낸 다음 우리 엄마의 머리카락으로 꿰매면 십분 뒤에 아물어. 그리고 아무 흉터도 없어."

"네 엄마 머리카락은 자르지 못한다며. 자르면 피가 나서?"

"맞아."

"네 엄마는 마음씨가 정말 좋대. 동네에서 누가 다치면 다들 네 엄마한테 가서 머리카락을 달라고 하는데, 다 뽑아 주었다고 하던데?"

"맞아."

"그렇게 뽑아주다 보면, 대머리 되겠네?"

"아니야, 우리 엄마의 머리카락은 뽑을수록 숱이 많아져."

"야아, 넌 절대 굶어죽지 않겠다." 방봉황이 말했다. "네 아버지가 망해서 한푼 없는 거지가 되어도, 네 엄마 머리카락으로 얼마든지 너를 먹여살릴 수 있을 테니까 말이야."

"아니, 내가 거지 노릇을 해도 엄마 머리카락으로 장사는 하지 않을 거야." 서문환이 말했다. "내가 친자식은 아니지만 말이야."

"뭐라고?" 방봉황이 놀라서 물었다. "친자식이 아니라고? 그럼 너의 친엄마는 누구니?"

"어떤 여고생이라던데."

"여고생 미혼모 자식이라, 와 쿨하다." 방봉황이 의미심장하게 말했다. "우리 이모보다 더 쿨하네!"

"멋있으면 너도 하나 낳아라." 서문환이 말했다.

"개소리하고 있어." 방봉황이 말했다. "난 착한 아이야!"

"아이를 낳는다고 나쁜 사람이냐?" 서문환이 말했다.

"뭐 착한 아이 나쁜 아이 할 거 있니? 우리는 다 착한 아이지!" 방봉황이 말했다. "자, 어서 실험 시작해야지. 넷째 개 대가리를 잘라야지?"

나는 화내며 큰 소리로 짖었다. 이런 잡종녀석들, 감히 나를 건드리면 누구든 물어죽여버리겠다는 뜻이었다.

"내 멍멍이 손대지 마!" 네 아들이 말했다.

인생은 고달퍼

"그럼 어떻게 해?" 방봉황이 말했다. "이제 봤더니 너희 둘이 날 속이고 있어. 나 갈래!"

"잠깐만!" 네 아들이 말했다. "가지 마!"

네 아들이 일어나서 주방으로 갔다.

"야, 남해방, 뭐 하려고 그래?" 방봉황이 큰 소리로 물었다.

네 아들은 오른손으로 왼손의 중지를 감싸쥐고 주방에서 나왔다. 피가 그의 손가락 사이를 타고 흘렀다.

"야, 남봉황, 너 미쳤니?" 방봉황이 놀라며 말했다.

"과연 우리 삼촌 아들이다!" 서문환이 말했다. "중요한 순간에 확실히 보여주니까 말이야."

"이런 미혼모 새끼, 주둥이는 살아가지고." 방봉황이 말했다. "어서 네 엄마 머리카락이나 꺼내봐!"

서문환이 방으로 들어갔다. 그러고는 길고 굵은 머리카락 일곱 개를 꺼내 탁자 위에서 불로 태웠다.

"남해방, 손 치워봐!" 방봉황은 네 아들의 상처입은 손의 손목을 잡았다.

네 아들의 상처가 여간 심한 게 아니었다. 방봉황의 안색이 하얗게 질렸고, 자기도 아픈 것 같은 표정이었다.

서문환은 새 지폐로 탁자의 머리카락 재를 쓸어담아서 네 아들 상처에 골고루 뿌렸다.

"아프니?" 방봉황이 물었다.

"아니."

"손목을 좀 놓지." 서문환이 말했다.

"손목을 놓으면 재가 피에 씻겨버리잖아." 방봉황이 대답했다.

"괜찮아." 서문환이 말했다.

"만약 지혈이 안되면." 방봉황이 모질게 말했다. "네 손모가지를 확 잘라버릴 거야."

"걱정 마!"

방봉황이 천천히 손을 놓았다.

"어때?" 서문환이 기가 살아 말했다.

"정말 신기하네!" 방봉황이 말했다.

제52장

해방과 추묘는 연기를 하면서 진심을 말하고
태악과 금룡은 함께 황천길에 오르다

―남해방, 네가 사랑을 위해 벼슬도 버리고 명예도 버리고 처자식도 버린 행동은 세상 도덕군자들의 비난을 받았지만 막언 같은 작가들은 너를 찬미했다. 하지만 네 어머니가 돌아가셨는데도 달려가지 않은 불효에 대해서는 막언 같은 비뚤어진 인간조차도 네 편이 되어줄 수 없었다.

―나는 어머니가 돌아가신 것을 몰랐다. 서안으로 도망가고 나서 나는 죄지은 강도처럼 이름을 숨기면서 살았다. 나는 방항미가 죽지 않는 한 법원에서 내 이혼수속을 접수하지 않으리라는 것을 잘 알고 있었다. 이혼은 할 수 없지, 춘묘하고 같이 살고는 싶지, 떠날 수밖에 없었다. 서안 길거리에서 나는 고향 친구들을 몇번 보았다. 얼마나 아는 체하

고 싶었는지 모른다. 하지만 결국은 고개를 숙여 얼굴을 숨기고 지나쳤다. 나와 춘묘가 고향과 가족 생각에 얼마나 여러 번 목놓아울었는지 모른다. 우리는 사랑 때문에 도망왔고 사랑 때문에 고향에 갈 수 없었다. 우리가 얼마나 여러 번 전화기를 들었다가 놓곤 했는지 모르고, 얼마나 여러 번 편지를 우체통에 넣었다가 집배원에게 핑계를 대고 다시 찾아왔는지 모른다. 고향 소식은 언제나 막언한테 전해들었다. 하지만 그는 항상 희소식만 알렸다. 그의 유일한 두려움은 이 세상에 이야깃거리가 없어지는 것이었다. 그래서 아마 우리를 자신의 소설감으로 삼았을 것이다. 우리의 운명이 비참할수록, 우리 이야기가 파란만장할수록, 우리 처지가 극적일수록 흐뭇해했다. 어머니 초상때 가지는 못했지만 우연한 일로 그 며칠 동안 나는 효자 노릇을 했다. 막언이 다녔던 작가반의 한 친구가 해방군이 비적을 물리치는 소재로 연속극을 찍었는데 연속극에 '남검'이란 별명을 가진 인물이 나왔다. 그놈은 살인귀였지만 어머니한테는 효성이 지극했다. 용돈이나 벌라고 막언이 나를 배우로 추천한 것이다. 감독은 턱석부리에 셰익스피어처럼 대머리였고, 단떼처럼 갈고리코였다. 나를 보자마자 얼씨구나 하고 다리를 치면서 말했다. 씨발, 딱이야. 분장할 필요도 없어.

— 우리는 서문금룡이 보낸 캐딜락을 타고 서문촌으로 달려갔다. 얼굴이 시뻘건 기사는 내가 차에 오르는 것을 달갑지 않아했다. 네 아들이 눈을 부라리며 말했다.

"당신한테는 이게 개로 보여요? 이 녀석은 성도(聖徒)예요. 이 개는 우리 가족들보다도 할머니를 더 사랑했어요."

우리가 현 밖으로 나서자 눈이 내리기 시작했다. 고운 소금 같은 눈이었다. 차가 서문촌에 들어설 때는 땅이 온통 하얗게 변해 있었다. 조문하러 온 먼 친척의 울음소리가 들려왔다.

"하늘과 땅도 당신 때문에 슬퍼하고 있어요, 어르신! 당신의 인덕이 하늘을 감동시켰어요, 어르신!"

그의 울음소리가 선창이 되어 울음바다를 만들었다. 서문보봉의 흐느끼는 울음소리가 들리고, 서문금룡의 우렁찬 울음소리가 들리고, 오추향의 노래 같은 울음소리도 들렸다.

차에서 내리자마자 호조와 합작은 얼굴을 파묻고 울기 시작했다. 네 아들과 서문환이 각자 자기 어머니를 부축했다. 나도 슬프게 흐느끼면서 그들 뒤를 따랐다. 그때 나의 큰형은 벌써 죽었고 늙어서 뼈까지 앙상한 둘째형이 구석에 엎드려 나한테 인사를 보냈다. 하지만 나는 인사를 받을 기분이 아니었다. 사지에서 한기가 올라오더니 오장육부가 얼음덩이로 굳어졌다. 온몸이 떨리고 팔다리가 굳으며 반응까지 둔해졌다. 나도 이제 늙었다는 것을 알았다.

네 어머니는 성장(盛裝)을 한 채 입관을 마쳤고, 관 뚜껑이 옆에 세워져 있었다. 그녀의 수의는 자주색 비단으로 위에는 금색으로 '수(壽)' 자가 새겨져 있었다. 금룡과 보봉이 관의 양쪽에 무릎을 꿇고 앉아 있었다. 보봉은 산발을 하고 있었다. 금룡은 눈이 뻘겋게 부었고 가슴 쪽이 사발 모양으로 젖어 있었다.

호조와 합작이 무릎꿇고 앉아 관을 치며 통곡했다.

"어머니, 어머니, 우리가 오기도 전에 이렇게 가시면 어떻게 해요? 어머니가 가시면 우리는 누구를 믿고 살아요? 우리 자식들을 버리고 가시면 어떻게 해요?" 네 아내가 반복하면서 통곡하는 소리였다.

"어머니, 어머니, 평생 고생만 하시다가 이제야 좀 살 만해지니까 가버리시다니요……" 호조의 통곡소리였다.

여자들의 눈물은 비가 흩날리듯이 네 어머니 수의에 튀고 네 어머니 얼굴을 덮은 노란 종이에 튀었다. 노란 종이에 배어든 눈물이 망자의 눈물 같았다.

네 아들과 서문환은 각각 자기 어머니 뒤에 무릎꿇었다. 하나는 얼굴이 쇠처럼 시커멓고 하나는 눈처럼 새하얬다.

장례를 책임지는 사람은 허학영(許雪榮, 쉬쉬에롱) 부부였다. 허씨아주머니가 호조와 합작을 보면서 말했다.

"아이고, 효자효부들, 제발 눈물은 망자 몸에 튀게 하지 말게! 이승의 눈물이 몸에 튀면 환생을 못한다네."

허씨아저씨가 주위를 돌아보며 물었다.

"가족 친척들 다 모였소?"

아무도 대답이 없었다.

"가족 친척들 다 모였소?"

사람들이 서로 마주보기만 하고 대답이 없었다.

인생은 고달파 437

"주인한테 물어보시오."

나는 허씨아저씨를 따라 서쪽 행랑채로 갔다. 네 아버지는 한쪽 구석에 쭈그리고 앉아서 수숫대와 가느다란 삼노끈으로 솥뚜껑을 만들고 있었다. 벽에는 등잔이 걸려 있었고 흐릿한 등불이 구석을 비추었다. 네 아버지는 얼굴이 잔뜩 흐려 있었지만 눈에서는 두 줄 밝은 빛이 나오고 있었다. 네모난 의자에 앉아 두 다리에 거의 다 만든 솥뚜껑을 끼고 있었다. 삼노끈이 수숫대를 스치면서 '치릿치릿' 소리가 났다.

"주인어른, 해방한테는 소식 알렸어요?" 허씨아저씨가 말했다. "해방이 바로 올 수 없으면……"

"관을 닫게!" 네 아버지가 말했다. "개만도 못한 놈!"

─내가 연속극을 찍는다고 하니까 춘묘도 나섰다. 우리가 막언을 찾아가 사정했고 막언이 감독을 찾아가 사정했다. 감독이 춘묘를 보더니 '남검'의 여동생 역을 하라고 했다. 삼십회짜리 씨리즈물이었다. 모두 열 개로 독립된 비적 소탕 이야기였는데 이야기 하나에 삼회씩이었다. 감독이 대강의 줄거리를 우리에게 설명해주었다. '남검'이란 비적이 거느리던 도적떼는 무리가 흩어진 뒤 깊은 산속으로 도망간다. 해방군은 그가 효자라는 것을 알고 그의 여동생과 어머니를 설득해 '남검'을 불러내려고 한다. 그래서 여동생더러 어머니가 죽었다고 오빠에게 알리게 한다. 그 소식에 '남검'이 산에서 내려와 상복을 입고 어머니 영전에 들어서는 순간 일손을 보태려고 온 친척들에 섞여 있던 해방군이 달

려들어 '남검'을 땅에 누인다. 그때, 어머니가 관에서 일어나 말한다. 아들아, 해방군은 포로를 특별 대우 한단다. 그러니 투항해라! —알았나? 감독이 우리에게 물었다. 알았습니다. 우리가 말했다. 폭설로 산이 막혀 지금 야외촬영은 못하겠어. 자네는 자신을 산적이라고 상상해보라고. 오랫동안 숨어서 외지를 떠도는데 갑자기 어머니가 돌아가셨다는 소식을 듣고는 아무것도 생각지 않고 집으로 달려오는 거야. 어때, 느낌이 좀 오나? 한번 해볼게요. 여기 상복 한벌 가져다줘. 여자 몇명이 곰팡이가 낀 옷더미를 뒤지더니 하얀 두루마기를 찾아서 내게 걸쳐주었다. 그리고 하얀 모자도 하나 찾아서 씌워주고 허리에는 삼노끈 하나를 둘러주었다. 춘묘가 감독에게 물었다. 저는 뭘 연기하지요? 자네는 그냥 이 남자를 진짜 오빠라고 생각하면 되네. 내가 감독에게 물었다. 총은 필요없어요? 감독이 말했다. 자네가 말하지 않았으면 깜빡할 뻔했네. '남검'은 쌍엽총을 들고 다니지. 장비, 장비, 목총 두 자루를 빨리 허리에 채워줘! 나에게 상복을 입혀준 그 여자들이 어디서 총 두 자루를 가져왔는지 내 허리에 채워주었다. 춘묘가 물었다. 저도 상복을 입나요? 감독이 말했다. 이 여자한테 상복 한벌 갖다줘. 이 총 나가나요? 내가 감독에게 물었다. 감독이 말했다. 그걸 쏴서 뭐 하게? 네 어머니가 관에서 일어나 투항하라고 할 때 총을 땅에 버리면 돼, 알았나? 알았어요. 자, 그럼 찍자고. 카메라 스탠바이! 어머니의 상청(喪廳)은 우리가 사는 '하남촌' 서쪽의 허름한

집에 차려졌다. 나와 춘묘가 그 집을 임대해 산동 만두장사를 하려다 임대료가 너무 비싸서 포기했다. 우리는 그 동네를 훤히 꿰고 있었다. 상청에서 눈물없이 소리만 지를까봐 감독이 우리더러 감정연습을 하라고 했다. 나는 헐렁한 상복을 걸친 춘묘의 핼쑥한 얼굴을 보는 순간, 서러움이 울컥 치밀어올라 눈물이 줄줄 흘러나왔다. 춘묘, 나의 착한 동생, 얼마든지 호의호식하고 살 수 있었는데 나 같은 도적놈을 만나 타관에 와서 이렇게 고생을 하는구나. 춘묘가 내 품에 안겨 온몸을 떨면서 슬프게 울었다. 마치 천릿길을 걸어 오빠를 찾으러 온 여자 같았다. 감독이 소리를 질렀다. 그만, 그만. 감정이 너무 지나쳐!

—관을 덮기 전에 허씨아주머니가 네 어머니 얼굴의 노란 종이를 떼면서 말했다.

"효자효부들, 마시막으로 얼굴 한번 더 봐요. 다들 꾹 참고 제발 눈물을 망자 몸에 떨어뜨리지 마요!"

네 어머니의 얼굴은 약간 부은 것 같았다. 누렇게 뜬 것이 엷은 금가루를 바른 것 같았다. 눈이 완전히 감겨 있지 않아 두 줄기 싸늘한 빛이 눈 사이로 흘러나왔다. 사람들이 자기의 죽은 얼굴을 구경한다고 나무라는 것 같았다.

"어머니, 어머니가 이렇게 가시면 우리는 고아가 되어버리잖아요……" 서문금룡이 통곡했다. 두 친척이 서문금룡을 한쪽으로 끌고 갔다.

"어머니, 어머니, 이 딸도 같이 데려가줘요……" 보봉이 머리를 관에 찧었고 퍽퍽 소리가 났다. 몇사람이 달려와 그녀의 팔을 끼고 한쪽으로 부축해갔다. 젊은 나이에 새치가 희끗희끗한 마개혁이 자기 어머니를 붙들고 관 쪽으로 가지 못하게 했다.

네 아내 역시 관을 쓰다듬으면서 대성통곡했고, 그뒤 눈이 하얗게 뒤집혀 뒤로 쓰러졌다. 사람들이 네 아내를 부축해서 인중을 누르고 소동을 벌인 뒤에야 깨어났다.

허씨아저씨가 부르자 마당에 있던 목수들이 연장을 들고 들어와 조심스럽게 관뚜껑을 올렸고, 죽어서도 눈을 감지 못하는 그 여인을 덮었다. 관에 못질하는 탕탕 소리에 효자 효부들의 울음소리가 또다시 하늘을 찔렀다.

그뒤 이틀 동안 금룡과 보봉, 호조, 합작은 상복을 입고 관 양쪽 멍석에 앉아서 밤낮없이 영전을 지켰다. 남개방과 서문환은 관 앞쪽 작은 의자에 마주보고 앉아서 토기 쟁반에 지전을 태우고 있었다. 관 뒤쪽 네모난 탁자에 네 어머니의 위패가 놓여 있었고 위패 앞에는 굵고 크고 하얀 초가 꽂혀 있었다. 종이재가 날리고 촛불이 어른거리면서 분위기가 자못 엄숙했다.

조문하러 온 사람들이 끊이지 않았다. 허씨아저씨는 돋보기를 쓰고 살구나무 아래 탁자에서 열심히 부의를 접수했다. 친척 지인들과 동네 사람들이 부의한 지전이 살구나무 아래 더미를 이루었다. 날이 몹시 추웠다. 허씨아저씨가 얼어붙은 볼펜 끝을 입김으로 녹이려고 애썼고, 그의 수염에 하얀 서리꽃이 맺혔다. 살구나무가지에는 상고대가 피어 눈나무의 은빛 꽃 같았다.

─우리는 감독의 지적을 받고 최대한 감정을 억제하려고 애썼다. 나는 속으로 중얼거렸다. 나는 남해방이 아니라 살인마 '남검'이다. 나는 전에 부뚜막에 수류탄을 묻어두었다가 새벽에 밥하던 아내를 죽인 사람이다. 나는 면전에서 내 별명을 부른 남자애의 헛바닥을 칼로 베어버린 사람이다. 자애로운 어머니께서 돌아가시니 내 마음이 더없이 비통하지만 나는 울음을 극히 절제해야 한다. 나의 눈물은 아주 소중해서 수돗물처럼 줄줄 흘리면 안된다. 이렇게 다짐해도 상복 입은 춘묘의 온통 때에 전 얼굴을 보기만 하면 나의 개인적인 일이 캐릭터를 압도하고, 사적인 감정이 공적인 감정을 대체해버렸다. 몇번을 다시 했지만, 감독은 여전히 불만이었다. 그날은 막언도 촬영현장에 있었다. 감독이 막언한테 뭐라고 소곤거렸다. 막언이 감독에게 하는 말이 나한테도 들렸다. 야 대머리, 대충 넘어가자! 이번에 좀 도와주어야 해. 그러지 않으면 다시는 얼굴 안 볼 거야! 그러고서 우리를 한쪽으로 끌고 갔다. 이 사람들 왜 그래? 눈물샘이 너무 발달했어. 춘묘는 죽도록 울어도 괜찮지만, 자네는 적당히 눈물을 서너 방울 떨어뜨리면 된다니까. 자네 어머니가 죽은 것도 아니고 말이야. 이건 산적 어머니가 죽은 거야. 삼회짜리이고 자네는 일회 출연료가 삼천원이고 춘묘는 이천원이야. 삼 삼은 구, 이 삼은 육, 합해서 만오천원이야.

그럼 두 사람 생활이 넉넉히 해결된다고. 내가 한수 가르쳐 줄게. 막언이 다시 말했다. 이따가 울 때, 관 속에 있는 노인네를 네 어머니로 생각하지 말라고. 자네 어머니는 지금 서문촌에서 호의호식하며 잘살고 있어. 그저 관 속에 지폐가 만오천원 널려 있다고만 생각하라고.

— 길에 눈이 쌓여 차가 다니기 위험했지만 발인날 사십여대가 넘는 승용차가 서문촌에 왔다. 거리의 새하얀 눈이 자동차 배기가스의 매연으로 시커먼 흙탕물이 되어버렸고, 날씨가 추워서 다시 잿빛으로 얼어붙었다. 차들은 모두 서문저택 마당 맞은편 공터에 세웠다. 팔에 빨간 완장을 찬 손씨 집안 셋째가 공터에서 차량질서를 관리했다. 날씨가 추워 자동차의 시동을 걸기가 어려워 차들이 모두 시동을 건 채 세워져 있었다. 기사들은 모두 차에서 온기를 쬐고 있었다. 사십여대 차량에서 나오는 배기가스가 하늘로 올라가 자욱한 안개가 되었다.

장례식에 찾아온 사람들은 모두 유력인사들이었다. 거의가 현관리들이었고 일부는 다른 현에서 온 서문금룡의 지인들이었다. 마을 사람들은 혹독한 추위에도 마다 않고 길거리에 모여서 서문집안의 그 떠들썩한 광경을 구경했다. 며칠 동안 집안 가족들은 모두 나의 존재를 잊었다. 밤이면 나는 둘째형과 잠자리를 같이했고 낮이면 마당에서 어슬렁거렸다. 네 아들은 하루에 두 끼씩 나에게 먹이를 주었다. 한끼는 만두였고 한끼는 얼어붙은 닭날개였다. 만두는 먹었지만 닭날개는 먹지 않았다. 기억 깊이 가라앉은 서문뇨와 관련된 추억이 솟아나 내 마음을 적셨다. 가끔 나는 내가 네 번 환생한 일을 망각한 채 여전히 집주인으로 착각한다. 그래서 상처(喪妻)의 변을 당했다고 생각한 것이다. 하지만 다시 정신이 돌아와 이승과 저승의 길이 서로 다르고, 세상일은 연기 같고, 그 모든 일이 개인 나와는 상관없다는 것을 알았다.

거리의 사람들 가운데 나이가 지긋한 사람이 젊은이에게 옛날에 서문뇨 어머니 초상 때 굉장하던 발인 모습을 이야기해주었다. 두께가 네 치나 되는 측백나무 관을 들기 위해 스물네 명이나 되는 장정들이 동원되었다. 길 양쪽으로 만장이 끝없이 늘어서고, 오십보 거리를 두고 차일을 치고 그곳에서 노제를 지냈는데 통돼지와 통양(羊), 수박만한 만두…… 나는 얼른 피했다. 추억의 수렁에 빠지기 싫어서였다. 지금 나는 한마리 개, 늙어가고 있고, 남은 세월이 많지 않은 개일 뿐이다. 장례식에 찾아온 관리들은 하나같이 검은 코트를 입었고 검은 목도리를 둘렀다. 어떤 사람들은 검은 모피모자까지 썼다. 아마도 그런 사람들은 대머리일 것이다. 모자를 쓰지 않은 사람들은 거의가 머리카락이 검고 많았다. 그들 머리의 눈꽃과 앞가슴의 흰꽃이 참으로 잘 어울렸다.

정오 때, '홍기표' 경찰차가 앞에서 길을 트고, 검은 아우디 승용차 한대가 뒤를 따라오다가 천천히 서문저택 마당 문앞에 섰다. 상복 입은 서문금룡이 황급히 문밖으로 달려

나갔다. 기사가 차문을 열자, 검은 양털코트를 입은 방향미가 차에서 내렸다. 검은 코트를 입어서인지 얼굴이 유난히 뽀얗게 빛났다. 몇년 보지 못한 사이에 이제는 입가와 눈가에 깊은 주름이 잡혔다. 비서인지, 한사람이 그녀의 앞가슴에 흰꽃을 달아주었다. 그녀의 표정이 무거웠고 눈에는 보통 사람들이 느낄 수 없는 깊은 불안이 서려 있었다. 그녀가 검은 가죽장갑 낀 손을 내밀어 서문금룡과 악수했다.

"너무 슬퍼하지 마세요. 진정하세요. 냉정을 잃으면 안돼요."

서문금룡이 무겁게 고개를 끄덕였다.

방향미를 따라 차에서 내린 사람은 그녀의 착한 딸 방봉황이었다. 그녀의 키가 자기 어머니를 따라잡았고 정말 예쁘고 멋있고 세련된 여자아이였다. 위에는 흰색 다운재킷을 입고 아래는 청바지를 입고, 하얀 양가죽 운동화에 흰색 털실모자를 쓰고 있었다. 화장을 하지 않은 얼굴이 한결 더 청순해 보였다.

"이분이 서문아저씨다!" 방향미가 딸에게 말했다.

"아저씨, 안녕하세요!" 방봉황이 달갑지 않은 듯 인사를 건넸다.

"이따가 할머니 영전에 절을 올려라. 너를 키워주신 분이다." 방향미가 정답게 딸에게 말했다.

―나는 관 속에 만오천원이 있다고 상상하려고 노력했다. 그 돈은 묶음으로 있는 게 아니라 한장 한장 흩어져 있어

야 했다. 그래서 관을 열면 지폐가 우수수 쏟아져나와야 했다. 그 방법은 확실히 효과가 있었다. 지폐를 상상하고서 춘묘를 보니 그녀가 도깨비처럼 우스꽝스러웠다. 그녀의 흰옷은 땅에 질질 끌리도록 길어서 어쩌다 밟으면 오뚝이처럼 쓰러질 듯 말 듯 비틀거렸다. 소매도 너무 길어서 고전극에서 배우들이 입는 넓은 덧소매 같았다. 그녀는 입을 벌리고 그리 가지런하지 않은 앞니를 드러내면서 목놓아 통곡했다. 간혹 그 긴 소매로 눈물을 닦았고, 얼굴에 잿빛 한줄과 까만 줄 한줄이 난 것이 방금 항아리에서 꺼낸 송화단(松花蛋) 같았다. 그런 상황이다 보니 나는 울기는커녕 웃음을 참으려고 여간 애쓴 게 아니었다. 하지만 웃으면 만오천원이 새떼처럼 날아가버린다는 것을 나는 알고 있었다. 그래서 웃음을 참으려고 이를 악물고 춘묘를 외면했고, 그녀의 팔을 잡고 앞만 보면서 성큼성큼 마당으로 들어갔다. 춘묘의 어깨를 잡고, 그녀가 타박타박 내 뒤를 따라 걷는 것이 삐친 아이를 데리고 가는 부모 같았다. 예전에 그 마당은 불법으로 솜을 만들던 곳이었다. 그래서 눈이 두껍게 내렸어도 그 쓰레깃더미에서 여전히 썩은 곰팡이 냄새가 풍겨나왔다. 집으로 달려들어가자 짙은 자주색 관이 놓여 있었다. 관뚜껑은 아직 덮이지 않았고 내가 오기를 기다리는 모양이었다. 십여명이 관 주위에 쭉 둘러서 있었다. 상복을 입은 사람도 있었고 평상복을 입은 사람도 있었다. 그들은 거의가 해방군으로 이따가 나를 땅에 누일 것이다. 집 안 벽에는 솜을 뽑을 때 날린 섬유와 먼지가 붙어 있었다. 산적 남검의 어머니가 관 속에 누워 있는 것이 보였다. 얼굴에 노란 종이를 붙이고 자주색 비단수의에는 짙은 금빛으로 '수' 자가 새겨져 있었다. 나는 관 앞에 무릎을 꿇고 대성통곡했다.

"어머니…… 이 불효자식 이제야 왔습니다……"

—네 어머니의 관이 효성스러운 아들 손자 들의 통곡과 이웃 현의 유명한 농민관악대의 연주 속에서 마침내 문밖으로 나왔다. 벌써 한참을 기다린 구경꾼들이 흥분하기 시작했다. 장례행렬의 맨앞에서 긴 장대를 든 두 사람이 길을 열었다. 장대 꼭대기에는 하얀 천조각이 매달려 있는데 참새를 쫓는 도구 같았다. 그 뒤로 만장을 든 수십명의 아이들이 따랐다. 그 일이 끝나면 쏠쏠한 보수를 받을 수 있어서 다들 얼굴에 기쁨을 감추지 못했다. 아이들 뒤에 지전을 뿌리는 두 사람이 따랐다. 동작이 아주 노련하고 기교가 좋아서 지전을 뿌리면 10여 미터 공중까지 올라갔다가 흩날리며 떨어졌다. 지전을 뿌리는 사람들 뒤에 네 사람이 자주색 요여(腰輿)를 들었는데, 요여 안에는 네 어머니의 신주가 들어 있었다. 신주에는 예서체로 이렇게 적혀 있었다. '서문공뇨원배부인백씨영춘행범신주(西門公鬧原配夫人白氏迎春行凡神主).' 그 신주를 본 사람은 다들 짐작했을 것이다. 서문금룡이 자기 어머니를 남검에게서 되찾아 원래 자기 생부에게 보내드렸고, 자기 어머니가 과거에 첩이었다는 신분까지 바꾸었다는 것을 말이다. 원래 법도에 어긋나는 일이고, 영춘처럼 재

혼한 여자는 가문의 선산에 묻힐 자격도 없었다. 하지만 서문금룡은 그런 낡은 법도를 깨버렸다. 신주 뒤에는 네 어머니의 자주색 관이 따랐다. 한쪽에 네 명씩, 모두가 유명인사들이 관의 동아줄을 잡았다. 관은 열여섯 명의 건장한 남자들이 들었다. 키가 다들 비슷했고 머리는 모두 완전히 밀었으며 '송학(松鶴)'이란 두 글자가 새겨진 노란 제복 차림이었다. 임(臨)현의 혼상례 전문회사에서 나온 사람들이었다. 침착한 걸음, 꼿꼿한 허리, 엄숙한 표정에 조금도 힘든 기색이 아니었다. 관 뒤에는 버드나무로 만든 지팡이를 짚은 효자 현손들이 따랐다. 네 아들과 서문환, 마개혁은 평상복에 하얀 두루마기를 걸쳐입었고 머리에는 하얀 천을 둘렀다. 그들 셋은 각자 상복을 입고 허리를 굽힌 채 슬퍼하는 자기 어머니를 부축하고 소리없이 눈물을 흘렸다. 금룡은 지팡이를 짚고 가다가 몇번이나 무릎을 꿇고 대성통곡했다. 그의 눈에서 뻘건 눈물이 나올 지경이었다. 보봉의 목소리는 심하게 쉬었고 눈은 초점을 잃고, 입은 벌린 채, 눈물도 나지 않고 소리도 나지 않았다. 네 아내는 거의 허약한 네 아들한테 기댄 채 걸었다. 먼 친척 몇사람이 다가와 부축하는 네 아들을 거들었다. 그녀는 걸어서 묘지에 간 것이 아니라 사람들에게 끌려갔다고 하는 게 더 맞을 것이다. 호조의 산발이 사람들의 눈길을 끌었다. 평소에는 머리카락을 둘둘 올려서 망에 넣곤 했는데 멀리서 보면 뒤통수에 검은 봉지를 달아맨 것 같았다. 그런데 지금은 하얀 상복을 입고 머리를 늘어뜨려서 높은 곳에서 땅으로 쏟아지는 까만 폭포수가 같았다. 머리끝이 땅에 끌리면서 흙탕물이 묻었다. 먼 친척 여자가 눈치빠르게 호조의 긴 머리카락을 집어들어 자기 어깨에 걸쳤다. 길가의 구경꾼들이 호조의 신기한 머리카락을 두고 수군거렸다. 누가 그랬다. 서문금룡 곁에 미녀들이 구름처럼 모였는데 왜 이혼을 안하지? 서문금룡은 마누라 덕으로 살잖아. 그녀의 머리카락 덕분에 부자가 된 거라고!

방항미가 방봉황의 손을 잡고 관리들과 갑부로 보이는 사람들과 함께 유족들 뒤를 따랐다. 그녀가 '이중범죄' 혐의로 법원판결을 받기까지 석 달이 남았을 때였다. 임기가 다 됐는데도 승진 소식이 없자 머잖아 불행이 닥쳐올 것이라고 예감하고 있었다. 그런데도 그녀가 그런 시기에 서문집안의 호화로운 장례식을, 나중에 언론에까지 보도된 장례식을 찾은 이유는 무엇일까? 아무리 온갖 풍파를 다 겪었다고 해도 한마리 개인 나로서는 알 수 없는 복잡한 문제였다. 그런데 생각해보니, 물론 그녀의 행동이 아무 이유가 없을 수도 있지만, 필시 방봉황을 위해서인 것 같았다. 그녀의 어여쁘고 반항심 강한 딸은 어쨌거나 네 어머니의 손녀딸이니까 말이다.

— "어머니, 이 불효자식 이제야 왔습니다……" 통곡을 하고 나니 막언이 가르쳐준 것도, 연속극을 촬영중이라는 사실도 모두 날아가버렸다. 나는 환각상태에 빠졌다. 아니 환각이 아니라 정말로 관에 자주색 수의를 입고, 노란 종이

로 얼굴을 덮고 있는 사람이 바로 내 친어머니로 느껴졌다. 육년 전, 어머니와 마지막으로 만났던 장면이 눈에 선명하게 떠올랐다. 내 얼굴 반쪽이 벌겋게 달아오르고 귀가 윙윙거렸다. 아버지가 구두 밑창으로 나를 때려서였다. 어머니의 백발이 보였다. 이가 빠져 움푹 들어간 입이 보였다. 동작이 불편하고 갈색 반점투성이고 정맥이 구불구불한 어머니의 손이 보였다. 바닥에 나뒹굴던 산초나무 지팡이가 보였다. 어머니가 나를 막아주며 고통스럽게 소리치는 것이 보였다. 당시의 모습들이 죄다 보였다. 눈물이 쏟아졌다. 어머니, 이 불효자식 이제야 왔습니다! 어머니, 몇해 동안 어떻게 지내셨어요? 어머니, 불효자식, 세상 사람들에게 욕먹을 짓을 했지만, 어머니, 저의 효심은 변함이 없습니다. 어머니! 불효자식, 춘묘랑 같이 어머니를 뵈러 왔어요, 어머니, 이 사람을 며느리로 받아주세요……

―네 어머니의 묘지는 남검의 그 유명한 땅의 남쪽 끄트머리에 만들어졌다. 서문금룡이 서문뇨와 백씨의 합장묘를 열어서 네 어머니를 모시려다가 결국 포기했다. 좀 꺼림칙하기도 하고 그의 양아버지와 장모의 체면도 고려해서였다. 그래서 서문뇨와 백씨의 합장묘 옆에 어머니의 묘를 화려하게 만들었다. 묘지의 석문이 활짝 열려 있었는데, 끝이 보이지 않는 비밀통로의 입구 같았다. 묘지의 주변에 사람들이 가득 찼다. 흥분한 구경꾼들을 보면서, 그리고 당나귀의 무덤, 소의 무덤, 돼지의 무덤, 개의 무덤을 보면서, 사람들에

게 밟혀서 돌처럼 단단해진 땅을 보면서 나는 감개무량했다. 몇년 전, 서문뇨와 백씨의 무덤 앞에서 '지지직' 싸놓은 오줌냄새가 났다. 끝이 다가오고 있다는 슬픈 느낌이 일었다. 나는 천천히 돼지 무덤 옆 빈터로 걸어갔다. 몇번 오줌을 '지지직' 싸고서 그 자리에 엎드렸다. 눈물이 앞을 가린 가운데 생각했다. 서문집안의 사람들, 그리고 서문집안과 긴밀한 관계를 가진 후손들이, 부디 내 뜻을 알아주길 바랐다. 내 이번 개로의 윤회의 사체를 내가 직접 고른 이곳에 묻어달라는 뜻을.

관을 멘 사람들이 관을 받친 막대를 어깨에서 내렸다. 그들은 관에 꼭 붙어 있어서 커다란 갑충(甲蟲)을 멘 노란 개미떼 같았다. 그들이 관 밑의 삼노끈을 잡고서 흰색 깃발을 든 반장의 지휘 아래 긴 통로를 따라 관을 무덤에 밀어넣었다. 효자현손들이 절하면서 통곡했다. 농민관악대가 묘지 뒤쪽에서 빨간 술이 달린 지휘봉을 든 사람의 지휘에 따라 너무 빠른 행진곡을 연주하는 바람에 하관하는 사람들이 발을 맞출 수가 없었다. 하지만 관악대를 원망하는 사람은 아무도 없었다. 행진곡이 어울리지 않는다고 생각하는 사람이 없었기 때문이다. 그저 음악을 아는 소수만이 악대 쪽을 돌아다보았다. 금빛의 트롬본, 코넷, 호른 등이 흐린 날씨에 빛을 발하면서 음울한 장례식에 경쾌한 분위기를 북돋워주었다.

―나는 정신을 잃을 정도로 울었다. 뒤에서 누군가 고함치는 소리가 들렸지만 뭐라고 소리치는지 들리지 않았다.

어머니, 한번만 보게 해주세요! 나는 손을 뻗어 어머니 얼굴의 노란 종이를 떼어냈다. 우리 어머니 얼굴과 전혀 다른 한 노인이 바로 관 속에서 일어났다. 그러고는 엄숙한 투로 말했다. 아들아, 해방군은 포로를 특별 대우 한단다. 총을 버리고 투항해라! 나는 털썩 바닥에 주저앉았다. 머리가 텅 비었다. 관 주위에 있던 사람들이 몰려오더니 나를 바닥에 짓눌렀다. 차가운 두 손이 내 허리에 차고 있던 총을 하나씩 뽑아갔다.

— 네 어머니의 관이 무덤으로 거의 들어갈 찰나에 구경꾼 속에서 커다란 외투를 입은 한사람이 뛰쳐나왔다. 비틀거리며 걷는데 몸에서 술냄새가 훅 풍겼다. 넘어지고 이리저리 부딪히며 뛰면서 커다란 외투를 벗어던졌다. 외투가 땅에 떨어졌다. 죽은 양 같았다. 그는 손과 발로 기어서 네 어머니 무덤으로 올라갔다. 몸이 뒤뚱하면서 미끄러질 뻔했지만 미끄러지지 않고 똑바로 섰다. 홍태악! 홍태악! 그가 네 어머니 무덤에 단단히 선 채 허리를 펴려고 애썼다. 다 떨어진 낡은 황토색 군복을 입고, 허리에 빨갛고 굵은 뇌관을 차고 있었다. 그가 손을 높이 쳐들고 소리쳤다.

"동지 여러분, 무산계급 형제들이여, 블라지미르 일리찌 레닌과 모택동의 전사들이여, 우리는 지주계급의 효자현손들과 무산계급의 적들, 지구의 파괴자인 서문금룡과 투쟁해야 할 때가 왔습니다!"

사람들이 다들 놀라 얼어붙었다. 순간, 돌아서서 도망가는 사람도 있고, 땅에 엎드리는 사람도 있고, 어떻게 해야 할지 몰라 쩔쩔매는 사람도 있었다. 방향미는 본능적으로 자기 뒤로 딸을 끌어당겼고, 몹시 당황하는 듯했지만, 바로 냉정을 찾았다. 그녀가 앞으로 몇걸음 나가서 엄한 목소리로 말했다.

"홍태악, 나는 중국공산당 고밀현위원회 서기 방향미요. 명령인데, 즉시 어리석은 짓을 멈추시오!"

"방향미, 내 앞에서 그 잘난 꼴값떨지 마! 네까짓 게 무슨 서기야?! 서문금룡과 죽이 맞아서 나쁜 짓을 골라 했지? 고밀 동북향에 자본주의를 부활시켜 붉은 고밀 동북향을 온통 까맣게 만들어버렸잖아. 너희는 무산계급의 반역자, 인민의 적이야!"

서문금룡이 일어나더니 상복 모자를 뒤로 젖혔다—상모가 땅에 떨어졌다—그는 한손을 뻗었다. 성난 소를 다독이는 것 같았다. 그러고는 묘지로 천천히 다가갔다.

"다가오지 마!" 홍태악이 오른손으로 허리의 도화선을 만지면서 소리쳤다.

"아저씨, 착한 아저씨." 서문금룡이 부드럽게 말했다. "제가 아저씨 손에서 컸잖아요. 아저씨의 가르침을 구구절절 마음에 새기고 있어요. 아저씨, 사회가 발전하고 시대도 변했어요. 저 서문금룡이 한 모든 일들은 모두 시대흐름을 따르는 거예요. 아저씨, 양심에 손을 얹고 말해보세요. 요 몇년 사이 마을 사람들이 잘살게 됐잖아요."

"개소리 집어치워!"

"아저씨, 그만 내려오세요." 금룡이 말했다. "제가 잘못하고 있다고 생각하시면, 바로 그만둘게요. 서문촌을 아저씨 마음대로 하세요."

서문금룡과 홍태악이 대화하고 있을 때, 방항미를 경호하러 경찰차를 몰고 온 경찰들이 살금살금 묘지로 접근했다. 경찰이 덮치려는 순간, 홍태악이 묘지에서 뛰어내려 서문금룡을 끌어안았다.

폭탄소리가 음울하게 울려퍼졌다. 화약냄새와 피냄새가 가득했다.

시간이 한참 지나서야 아직도 놀라 경황없는 사람들이 허둥지둥 몰려들었다. 누구 몸인지 분간조차 할 수 없게 뒤엉킨 두 사람을 떼어냈다. 금룡은 이미 숨이 끊어졌고 홍태악은 아직 가늘게 숨을 쉬고 있었다. 죽어가는 그 노인을 어떻게 처치해야 할지를 몰라 모두들 그저 멍하게 바라만 보고 있었다. 그의 얼굴빛이 누렇게 뜨고 입에서는 희미한 소리가 나면서 피가 간간이 흘러나왔다.

"이것은…… 최후의 투쟁…… 끝까지 단결하여…… 인터내셔널은…… 꼭……"

욱 하고 피가 몇자 높이까지 솟구쳐 주위 땅에 튀었다. 그의 두 눈이 돌연 밝아지더니 닭털을 태울 때 나는 빛처럼 깜빡였고 다시 한번 깜빡이더니 이내 어두워졌다. 영원히 꺼졌다.

사람은 죽으면 은혜와 원한이 사라지지만
개는 죽어서도 윤회에서 벗어나지 못하다

―나는 영전하여 새 집으로 옮기는 신문사 동료가 준 구식 선풍기를 메고 춘묘는 그 친구가 준 구식 전자레인지를 들고, 우리는 땀에 흠뻑 젖어서 버스에서 내렸다. 덥고 힘들었지만 공짜로 가전제품을 둘이나 얻어서 마음은 기뻤다. 버스정류장에서 우리가 기거하는 방까지 거의 삼릿길이었다. 버스가 다니지 않는데다 인력거를 부르자니 돈이 아까워 걷다 쉬다 걷다 쉬다 하는 수밖에 없었다.

6월의 서안은 황사가 날리고, 더위를 이기지 못한 시민들은 웃통을 벗은 채 길거리에서 맥주를 들이켰다. 장호접(莊蝴蝶, 좡후떼)이라고 불리는 풍류작가가 파라솔에 앉아서 젓가락으로 장단을 맞추며 멋지게 섬서지방극의 한대목을 불렀다.

"으흠 소리에 커튼을 열고, 영웅이 저도 몰래 마음을 여는구나."

그의 양쪽에는 친누이 같은 애인 둘이 앉아서 부채질을 해주고 있었다. 그는 매부리코에 뒤집힌 입술에 덧니까지 나서 정말 형편없이 생겼지만 여자를 다루는 데에는 선수였다. 그의 애인들은 하나같이 아름답고 풍류를 아는 여자들이었다. 막언과 장호접은 술친구였고, 항상 자기들이 관여하는 신문을 두고 자랑을 늘어놓았다. 나는 그녀들이 장호접의 애인이라고 춘묘에게 눈짓을 해주었다. 춘묘가 불쾌하다는 듯이 말했다. 진즉 알아봤어요. 내가 말했다. 옛날부터 알긴 했지만, 서안 여자들은 참 바보 같아. 춘묘가 말했다. 세상 여자들은 다 바보예요. 나는 쓴웃음을 지으며 입을 닫았다.

우리가 개집 같은 조그만 방에 도착했을 때, 땅거미가 벌써 짙게 드리워졌다. 뚱보 주인마누라가 세사는 사람들이 더위를 식히려고 바닥에 물을 뿌린다고 노발대발하고 있었다. 이웃집에 사는 두 젊은이가 히죽히죽 웃으면서 주인마누라의 성화를 듣고 있었다. 우리 방문에 마르고 긴 그림자가 어른거리는 것이 내 눈에 들어왔다. 그의 파란 반쪽 얼굴에 노을이 비쳐 청동 같았다. 나는 선풍기를 땅에 떨어뜨렸고 온몸에 한기가 엄습했다.

"왜 그래요?" 춘묘가 물었다.

"개방이가 왔어." 내가 말했다. "먼저 좀 피할래!"

"피하긴요?" 춘묘가 말했다. "이제 끝낼 때도 됐어요."

우리는 옷매무새를 대충 가다듬고 자연스러운 모습으로 전기제품을 들고 아들 앞으로 갔다.

아들은 마르고, 키는 나보다 더 컸고, 등은 조금 굽어 있었다. 그 더운 날에 검은색 긴팔 점퍼에 검은 바지를 입었고, 원래 색깔을 알 수 없는 캐주얼화를 신고 있었다. 그의 몸에서는 썩은 냄새가 풍겼고 옷에는 하얀 땀이 찌들어 땀자국이 나 있었다. 짐도 없었고 그저 손에 하얀 비닐봉지 하나를 들고 있었다. 나는 아들과 그의 나이에 어울리지 않는 차림새와 얼굴을 훑어보았다. 코끝이 찡해지고 눈물이 핑 돌았다. 선풍기를 내팽개치고 달려가서 아들을 안고 싶은 마음이 굴뚝같았다. 하지만 아들의 쌀쌀한 태도에 나의 두 팔이 허공에 멈췄다.

"개방아……" 내가 말했다.

그가 쌀쌀하게 나를 쳐다보았다. 내가 눈물을 흘린 것이 몹시 혐오스러운 듯했다. 아들이 그의 어머니를 닮은 일자 주름을 찌푸리면서 싸늘하게 말했다.

"두 사람 참 대단하십니다. 이런 데까지 도망을 오다니요."

나는 혀가 얼어붙어 대꾸할 수 없었다.

춘묘가 방문을 열어 그 구식 가전제품들을 밀어놓고 25와트의 등불을 켠 뒤 말했다.

"개방아, 왔으니 들어가자. 할말 있으면 들어가서 천천히 해."

"당신하고는 할말 없어요." 아들이 우리 방을 힐끔 쳐다보더니 말했다. "당신들 방에 들어갈 일도 없어요."

"개방아, 그래도 난 네 아버지다." 내가 말했다. "이 먼길을 왔으니 아버지랑 춘묘이모가 너에게 밥이라도 한끼 사줘야지."

"둘이 다녀오세요. 나는 가지 않을 테니까." 춘묘가 말했다. "맛있는 걸로 사줘요."

"당신들 밥은 절대로 안 먹어요." 아들이 손에 든 비닐봉지를 흔들며 말했다. "나도 밥 있어요."

"개방아······" 나는 다시 눈물이 솟구쳤다. "이 아버지 체면을 한번만 살려주면 안되겠니?"

"됐어요, 됐어." 아들이 지겹다는 듯이 말했다. "내가 두 사람을 미워한다고 생각하지 마요. 사실 난 조금도 미워하지 않아요. 나도 찾아오고 싶지 않았는데, 엄마가 시켜서 왔어요."

"네 어머니는······ 잘 있니?" 내가 머뭇거리며 물었다.

"엄마가 암에 걸렸어요." 아들이 잠긴 목소리로 말했다. 잠시 숨을 가다듬더니 다시 말했다. "얼마 살지 못할 거예요. 두 사람을 한번 보고 싶다고, 두 사람에게 할말이 많다고 했어요."

"뭐라고? 암에 걸려?" 춘묘가 눈물을 흘리며 말했다.

아들이 춘묘를 슬쩍 보고는 가타부타 말없이 그저 고개를 흔들더니 내게 말했다.

"됐어요. 소식을 전했으니까 가고 안 가고는 두 사람이 결정하세요."

아들은 말을 마치고는 돌아서 갔다.

"개방아……" 내가 개방의 팔을 잡으며 말했다. "우리 너랑 같이 갈게. 내일 바로 가자."

아들이 팔을 뿌리치며 말했다.

"두 사람하고는 같이 안 가요. 벌써 오늘저녁 표를 샀어요."

"그럼 우리도 오늘저녁에 갈게!"

"말했잖아요. 두 사람하고 같이 안 간다고!"

"그럼 기차역까지 바래다줄게." 춘묘가 말했다.

"아니에요." 아들은 단호하게 거절했다. "필요없어요!"

―네 아내는 자기가 암이란 걸 알고는 마음을 다잡고 서문촌으로 돌아갔다. 네 아들은 고등학교를 마치지 않고 고집을 피워 자퇴하고는 경찰시험을 보겠다고 했다. 네 친구인 여점진 당위원회 서기 두노문이 공안국 정치위원을 맡고 있던 때였다. 두노문이 옛정을 생각해서 힘을 써준 덕분인지, 아니면 네 아들의 뛰어난 소질 덕분인지, 그는 시험에 합격했고, 형사대에 배치받았다.

네 어머니가 돌아가신 뒤, 네 아버지는 서쪽 행랑채 남쪽의 그 작은 방으로 들어가 개인농이던 시절의 고독하고 괴벽스러운 생활을 다시 시작했다. 낮에는 전혀 모습을 볼 수가 없었다. 혼자 밥을 지어먹는다지만 낮에 그의 창에서는 연기가 나지 않았다. 호조와 보봉이 그에게 끼니를 가져다주어도 입에 대지도 않은 채 부뚜막이나 책상에 그냥 둬서 쉬고 곰팡이가 피었다. 밤이 깊어야 방구들에서 천천히 몸을 일으켰다. 강시가 살아나는 것 같았다. 그는 오랜 세월 몸에 밴 습관대로 솥에다 물 한바가지에 곡식 한줌을 넣고는 반은 익고 반은 날것인 죽을 먹었다. 아니면 곡식을 날로 씹어먹고는 찬물을 한모금 마신 뒤 다시 구들로 올라갔다.

네 아내는 어머니가 살았던 행랑채의 북쪽 방에 살았다. 언니 호조가 그녀의 의식주를 보살폈다. 중병을 앓으면서도 네 아내는 신음 한번 내지 않았다. 그녀는 그저 조용히 누워서 지냈고, 눈을 지그시 감고 자거나 눈을 크게 뜨고 멍하니 천장을 바라보기도 했다. 호조와 보봉은 갖가지 민간요법을 수소문했다. 두꺼비죽, 돼지허파와 삼백초즙, 뱀허물에 달걀 볶은 것, 도마뱀술 같은 것이었다. 하지만 그녀는 이를 악물고 전혀 먹지 않았다. 그녀의 방과 네 아버지의 방은 수숫대와 흙을 섞어 쌓은 얇은 벽 하나를 사이에 두고 있었다. 두 사람의 기침소리와 숨소리를 뚜렷이 들을 수 있었지만 두 사람은 전혀 대화가 없었다.

네 아버지의 방 시렁에는 밀 한 항아리와 녹두 한 항아리, 그리고 옥수수 두 줄이 걸려 있었다. 둘째형이 죽은 뒤로 나는 외롭고 무료하고 의기소침해서 집에서 그냥 자거나 마당에서 이 방 저 방을 전전했다. 서문금룡이 죽고서 서문환은 읍내에서 나쁜 아이들과 놀다가 가끔씩 호조한테 돈을 달라고 했다. 방항미는 체포되었고 서문금룡의 회사는 관련 부서에서 접수했으며, 중국공산당 서문촌 지부 서기도 현에서 직접 파견해 내려왔다. 그의 회사는 진즉 빈털터리가 되었고 수천만원의 은행대출금도 서문금룡이 다 탕진해버린 뒤였다. 그는 호조와 서문환에게 일전 한푼 남기지 않았다. 서문환은 호조가 모아둔 것을 싹 쓸어간 뒤로 다시는 서문촌에 나타나지 않았다.

호조는 서문집안의 안채에 살았다. 그녀는 방에 들어가면 항상 팔선 탁자를 앞에 두고 종이를 오렸다. 그녀는 손재주가 좋아서 오려낸 화초며 짐승 들이 살아 있는 것 같았다. 그녀는 그런 전지를 하얀 종이에 끼워놓았다가 백장이 되면 들고 가 길거리 관광기념품 가게에 넘겼다. 그녀는 그것으로 생계를 유지했다. 우연히 그녀가 머리를 빗는 것을 보았다. 의자에 올라섰고 머리카락은 바닥까지 닿았다. 그녀의 머리 빗는 모습을 보고 있자니 내 마음이 짠하고, 눈이 아렸다.

네 장인집도 날마다 꼭 들렀다. 황동은 복수(腹水)가 차서 얼마 버티지 못할 것 같았다. 네 장모 오추향은 그래도 건강한 편이지만, 백발이 성성하고 눈도 침침해서 옛날의 그 풍류는 찾아볼 수 없었다.

내가 자주 들르는 곳은 역시 네 아버지 방이었다. 나는 구들 앞에 엎드려서 구들 위 노인과 서로 바라보며 눈으로 수많은 말들을 나누었다. 어떤 때는 그가 이미 내 내력을 알고 있다는 생각이 들었다. 간혹 잠꼬대처럼 중얼거렸기 때문이다.

"주인어른, 당신은 정말 억울하게 죽었지요. 하지만 이 세상에 지난 수십년 동안 억울하게 죽은 사람이 어디 당신뿐이겠어요?"

나는 낮게 울면서 그에게 응답했다. 그가 말을 이었다.

"멍멍아, 왜 울먹이니? 내가 말 잘못했니?"

그의 머리 위에 매달린 강냉이를 쥐들이 마음껏 갉아먹고 있었다. 종자로 쓰려고 남겨둔 옥수수였다. 농민들은 종자를 목숨처럼 애지중지한다. 하지만 네 아버지는 아무 반응도 없었다.

"먹어라, 먹어. 독 안에 밀도 있고 녹두도 있다. 부대에 메밀도 있고. 어서 먹어서 나를 도와주어라. 내가 편하게 길을 가게 말이다……"

달빛이 밝은 밤에 네 아버지가 삽을 들고 마당을 나섰다. 달빛 아래서 일하는 것이 오랫동안 네 아버지의 몸에 밴 습관이었다. 서문촌 사람들도 다 알고, 고밀 동북향 사람들도 모두 알았다.

네 아버지가 외출할 때면 나는 아무리 피곤해도 꼭 따라갔다. 그는 다른 데는 가지 않았다. 항상 1무 6푼의 그의 땅에만 갔다. 그가 오십년 동안 지켜온 땅으로 거의 묘지 전용이 되어 있었다. 서문뇨와 백씨가 여기에 묻혀 있고 네 어머니가 여기에 묻혀 있고, 나귀가 여기에 묻혀 있고, 소가 여기에 묻혀 있고, 돼지가 여기에 묻혀 있고, 우리 어머니 개가 여기에 묻혀 있고, 서문금룡이 여기에 묻혀 있었다. 무덤이 없는 곳은 잡초가 무성하게 자라 있었다. 그 땅이 그렇게 황폐하기는 처음이었다. 나는 벌써 심하게 퇴화하여 가물가물한 기억을 따라 나의 무덤 자리를 찾아냈다. 그 자리에 엎드려 가만히 울먹였다. 네 아버지가 말했다.

"멍멍아, 울지 마라. 내가 네 뜻을 안다. 네가 나보다 앞에 가면, 내가 직접 너를 여기에 묻어줄 것이다. 네가 나보다 뒤에 가면, 너를 여기에다 묻어주라고 말해주마."

네 아버지는 네 어머니 무덤 뒤쪽에 흙을 파더니 나에게 말했다.

"이건 합작의 자리야."

달이 시름에 잠겨 있었지만, 달빛은 밝고 서늘했다. 나는 네 아버지를 따라 밭을 오갔다. 같이 잠자던 자고새 한쌍이 놀라서 날개를 퍼득이며 남의 땅으로 날아갔다. 새가 날아가면서 달빛 사이에 두 줄기 틈이 생겼지만 달빛에 바로 메워졌다. 네 아버지는 서문집안 사람들 무덤에서 북쪽으로 10여 미터 떨어진 곳에 섰다. 주위를 둘러보더니 밭밑의 땅을 구르면서 말했다.

"여기는 내 자리다."

그러고는 그 자리를 팠다. 길이가 2미터, 너비가 1미터쯤 되었고, 50센티미터쯤 파더니 멈추었다. 그가 구덩이에 들어가 누웠다. 눈은 달빛을 바라보았다. 반시간쯤 지나 그가 구덩이에서 일어나더니 나에게 말했다.

"멍멍아, 네가 증인이고 달이 증인이다. 여기 내가 누웠으니 내 차지다. 누구도 빼앗아가지 못한다."

네 아버지는 내가 엎드린 자리에도 내 몸집만한 구덩이를 팠다. 나는 그의 뜻을 알아차리고 구덩이에 들어가 잠깐 누웠다가 나왔다. 네 아버지가 말했다.

"멍멍아, 여기는 네 자리다. 내가 증인이고 달이 증인이다."

우리가 달빛을 받으며 강둑길을 따라 서문저택 마당으로 들어섰을 때, 밤도 절반을 넘어 첫닭 울음소리가 들려왔다. 동네에 몇십 마리 개들이 살고 있었는데 도시의 개들한테 배워서 마당 맞은편 공터에서 원월회를 갖고 있었다. 개들이 빙 둘러 있고 가운데서 목에 붉은 비단을 두른 암캐 한마리가 달빛을 보면서 노래를 부르고 있었다. 물론 그 노랫소리가 인간에게는 그저 개가 미친 듯이 짖어대는 소리로 들리겠지만, 그녀의 노랫소리는 맑고 은근하고 선율이 아름답고 매력적이고 가사가 시 같았다. 가사는 대강 이런 뜻이었다. '달님이여, 달님이여, 나를 슬프게 하네…… 아가씨, 아가씨, 당신 때문에 미치겠어요……'

그날 밤, 네 아버지와 아내가 벽을 사이에 두고 처음으로 이야기를 나누었다. 네 아버지가 벽을 두드리며 말했다.

"개방어미야."

"들려요. 아버지, 말씀하세요."

"네 무덤 자리를 내가 준비해놨다. 네 어미 무덤에서 뒤로 열 걸음 떨어진 곳이다."

"아버지, 이제 안심이에요. 저는 살아서는 남씨 집안 사람이고, 죽어서는 남씨 집안 귀신이에요."

―그녀가 우리가 산 것을 먹지 않는다는 것을 알았지만, 우리는 가진 돈을 털어서 '영양식품'을 잔뜩 사갔다. 개방이 헐렁한 경찰복을 입고 싸이드카가 달린 경찰 오토바이에 우리를 태우고 서문촌에 바래다주었다. 오토바이 옆에 달린 싸이드카에는 춘묘가 탔다. 몸이 꼭 끼었고 품에는 알록달록한 상자와 봉지를 들고 있었다. 나는 아들 뒤에 앉아서 두 손으로 손잡이를 꼭 잡았다. 개방은 표정에 위엄이 있고 눈빛이 싸늘해서 경찰복이 몸에 잘 맞지 않는데도 위엄있어 보였다. 그의 파란 얼굴과 진청색 경찰복이 무척 잘 어울렸다. 아들아, 너는 직업을 정말 잘 골랐다. 우리 그 파란 얼굴이 바로 추호의 사심도 없이 법을 집행하는 사람들의 철의 얼굴을 상징하니까 말이다.

길가 은행나무는 굵기가 대접만했다. 길 가운데 화단에는 흰색 아니면 진홍색 백일홍이 피어 있었다. 몇년 사이 서문촌은 많이 변해 있었다. 그러고 보면 서문금룡과 방항미가 나쁜 짓만 했다고 말하는 것도 객관적이지 못했다.

아들이 오토바이를 서문저택 대문 앞에 세워놓고 우리를 마당 가운데로 데리고 들어가면서 쌀쌀하게 물었다.

"먼저 할아버지를 볼 건가요, 우리 엄마를 볼 건가요?"

내가 조금 망설이다가 말했다.

"옛 법에 따라 그래도 할아버지 먼저 봬야지."

아버지의 방문은 꼭 닫혀 있었다. 개방이 방문을 두드렸다. 방 안에서 기척이 없었다. 개방이 작은 창문 쪽으로 가서 창틀을 두드리며 말했다.

"할아버지, 저 개방이에요. 할아버지 아들이 돌아왔어요."

방 안에서는 여전히 침묵이었다. 마침내 슬픈 탄식이 들려왔다.

"아버지, 불효자식이 돌아왔습니다." 나는 아버지 방 창문 앞에 무릎을 꿇었다. 춘묘도 따라서 무릎을 꿇었다. 내가 눈물 콧물이 뒤범벅인 채로 말했다. "아버지, 문 좀 열어주세요. 한번만 뵙게 해주세요."

"너 볼 면목이 없다." 아버지가 말했다. "내 너한테 몇가지만 넘기마. 듣고 있니?"

"네, 아버지, 듣고 있어요."

"개방어미의 무덤은 네 어미 무덤 남쪽으로 열 걸음 떨어진 곳이다. 내가 벌써 흙으로 표시해놓았다. 개의 무덤은 돼지 무덤 서쪽이다. 내가 이미 자리를 파놓았다. 내 무덤은 네 어미 무덤 북쪽으로 삼십걸음 떨어진 곳이다. 무덤 자리는 내가 이미 대충 만들어놓았다. 내가 죽으면 관도 필요없고 악대를 부를 필요도 없고, 친척 지인 들에게 알릴 필요도 없다. 돗자리로 말아서 조용히 묻어주면 된다. 내 항아리에 있는 양식들은 전부 무덤에 쏟아 내 몸과 얼굴을 덮어줘라. 내 땅에서 거둔 양식들이니 응당 내 땅으로 돌아가야 한다. 내가 죽거든 울지 마라. 울 일 없다. 개방어미는 어떻게 보내든지 난 상관하지 않겠다. 너 하고 싶은 대로 해라. 너한테 조금이라도 효심이 남아 있다면 내가 말한 대로 해라!"

"아버지, 명심할게요. 꼭 말씀하신 대로 할게요. 그러니 문 좀 열어주세요. 한번만 뵙게 해주세요."

"네 마누라한테 가보아라. 그 사람 며칠 남지 않았다." 아버지가 말했다. "내 보기에 나는 일년 반은 더 산다. 지금 당장 안 죽는다."

나와 춘묘는 합작의 구들 앞에 섰다. 개방이 엄마를 부르고는 몸을 돌려 마당으로 나갔다. 합작은 우리가 왔다는 것을 알고는 준비하고 있었다. 그녀는 앞섶이 달린 남색 적삼을 걸쳐입었다. 그 옷은 우리 어머니의 유품이었다. 머리도 단정히 빗고 얼굴도 깨끗이 씻고 구들에 앉아 있었다. 피골이 상접한 그녀를 보면서 춘묘가 한없이 눈물을 흘리며 "언니" 하고 불렀고, 손에 들고 있던 봉지며 상자를 구들에 내려놓았다.

"이런 데 돈은 왜 써요?" 합작이 말했다. "이따가 가서 물러달라고 하세요."

"합작……" 내가 얼굴이 온통 눈물범벅이 된 채 말했다. "다 내 탓이야……"

"지금 와서 그런 말을 해서 뭐 하겠어요? 두 사람도 그동안 고생 많이 했어요." 그녀가 춘묘를 보면서 말했다. "자네도 늙었네." 다시 나를 보면서 말했다. "당신은 검은 머리가 하나도 없어요……" 말하면서 기침을 했고 얼굴이 붉게 달아오르면서 피냄새가 났고, 다시 누렇게 변했다.

"언니, 누우세요……" 춘묘가 말했다. "언니, 저 이제 안 가요. 여기서 언니 보살펴드릴게요." 춘묘가 구들에 엎드려 울면서 말했다.

"내가 어떻게 자네한테……" 합작이 손을 저었다. "내가 개방한테 두 사람을 찾아오라고 한 것은 할 이야기가 있어서였어요. 난 며칠 못 버텨요. 그러니 두 사람도 이제 이리저리 숨어살 필요 없어요…… 내가 바보였어요. 그때 두 사람을 왜 도와주지 못했는지……"

"언니……" 춘묘가 울며 말했다. "다 제 잘못이에요."

"누구 잘못도 아니야……" 합작이 말했다. "다 하늘이 그리한 것을, 운명이 그런 걸 어쩌겠어."

"합작." 내가 말했다. "걱정 마. 우리 큰 병원에 가서 좋은 의사를 찾으면……"

그녀가 슬프게 웃었다. "해방, 우린 그래도 한때는 부부였잖아요. 내가 죽으면, 춘묘한테 잘해주세요…… 좋은 여자예요. 당신을 따르는 여자들은 다들 복이 없네요. ……개방이 잘 부탁해요. 그 아이도 우리 때문에 고생 많이 했어요."

그때, 마당에서 네 아들이 울먹이는 소리가 들려왔다.

사흘 후, 합작은 죽었다.

장례식이 끝난 다음, 아들은 개의 목을 끌어안고 자기 어머니 무덤 앞에서 울지도 움직이지도 않은 채 앉아 있었다. 정오부터 해질 때까지 줄곧 그렇게.

황동 부부도 아버지처럼 나한테 문을 열어주지 않았다. 나는 그들 집 문앞에서 무릎을 꿇고 큰절을 세 번 했다.

두 달 후, 황동이 죽었다.

그날 밤, 오추향도 마당 살구나무의 동남쪽으로 기울어진 마른 가지에 목을 매고 죽었다.

장인장모의 장례식을 치르고, 나와 춘묘는 서문저택에서 살았다. 우리는 어머니와 합작이 살던 방에서 아버지와 벽 하나를 사이에 두고 살았다. 아버지는 여전히 대낮에는 출입을 하지 않았고 밤이 돼서야 가끔 창문을 통해 그의 구부러진 그림자를 볼 수 있었다. 그는 늘 개와 같이 있었다.

추향의 유언에 따라 우리는 그녀를 서문뇨와 백씨의 합장묘 오른쪽에 묻었다. 서문뇨와 그의 여인들이 마침내 지하에서 같이 만나게 되었다. 황동은 마을 공동묘지에 묻혔다. 그의 묘와 홍태악의 묘는 2미터 거리였다.

―1998년 10월 5일, 음력 무인(戊寅)년 8월 15일, 추석이었다. 그날 밤, 서문집안 사람들이 모두 한자리에 모였다. 개방은 오토바이를 타고 읍내에서 왔고, 싸이드카에는 월병 두 상자와 수박 한통이 실려 있었다. 보봉과 마개혁도 왔다.

그날은 남해방과 방춘묘가 혼인신고를 한 날이기도 했다. 온갖 고생을 한 끝에 사랑하는 사람들이 마침내 부부가 된 것이다. 늙은 개인 나도 기분이 좋았다. 두 사람은 네 아버지의 창문 앞에 무릎꿇고 간절하게 애원했다.

"아버지…… 저희 결혼했어요. 이제 합법적인 부부가 되었어요. 다시는 아버지 얼굴에 먹칠하는 일 없을 거예요. 아버지…… 문 좀 열어주세요. 며느리의 큰절 받으셔야지요."

네 아버지 방의 다 썩은 문이 드디어 열렸다. 너희는 무릎걸음으로 문앞으로 가서 손에 든 붉은 결혼증명서를 높이 치켜들었다.

"아버지……" 네가 말했다.

"아버지……" 춘묘가 말했다.

네 아버지는 간신히 문틀을 붙잡았다. 파란 얼굴이 실룩거리고, 푸른 수염이 바들바들 떨리고, 파란 눈물이 파란 눈가를 타고 흘러내렸다. 추석달이 파란빛을 내고 있었다. 네 아버지가 떨리는 목소리로 말했다.

"일어나라…… 결국 고생한 보람이 있구나…… 나도 이제 마음이 놓인다……"

추석날 온 가족이 함께 모여 식사하는 자리가 은행나무 아래 차려졌다. 팔선 탁자에는 월병과 수박, 그리고 맛있는 음식들이 가득했다. 너희 아버지는 북쪽에 앉았고 나는 네 아버지 옆에 엎드렸다. 너하고 춘묘는 동쪽에, 보봉과 개혁은 서쪽에, 개방과 호조는 남쪽에 앉았다. 크고 둥근 추석달이 서문저택 마당을 비추고 있었다. 죽은 지 벌써 몇년이 지난 살구나무에서 8월 들어 가운뎃가지에서 파란 새잎이 나오고 있었다.

네 아버지가 술을 받쳐들고 달을 향해 뿌렸다. 달이 잠시 떨리더니 달빛이 갑자기 어두워졌다. 안개가 그의 얼굴을 가린 것 같았다. 조금 지나자 달빛이 다시 밝아졌다. 더 밝고, 더 부드럽고, 더 쓸쓸했다. 마당에 있는 집과 나무, 사람, 개 모든 것들이 파란 잉크에 잠기는 듯했다.

네 아버지가 두번째 술잔을 땅에 부었다.

네 아버지가 세번째 술잔을 내 입에 부었다. 막언의 친구가 독일 양조 전문가를 직접 불러 만든 레드와인이었다. 붉은빛이 선명하고 향기가 그윽하고 맛이 약간 텁텁한 것이 목에 들어가자 지난 무수한 기억들이 마음속에서 일어났다.

—이 밤은 내가 춘묘와 합법적인 부부가 된 첫날밤이었다. 우리는 감격한 나머지 도무지 잠을 이룰 수가 없었다. 달빛이 방의 틈새로 비쳐들어왔다. 나와 춘묘는 어머니랑 합작이 누웠던 방구들에 벌거벗은 채로 무릎을 꿇고 앉았다. 우리는 초면인 것처럼 서로의 얼굴과 몸을 자세히 뜯어보았다. 나는 묵묵히 축복했다. 어머니, 합작, 우리를 보고 있다는 거, 다 알아요. 당신들이 희생하여 우리에게 행복을 가져다주었어요. 내가 춘묘에게 가만히 말했다.

"춘묘, 우리 시작할까? 어머니와 합작이 우리를 지켜보고 있어. 우리가 얼마나 행복하고 잘 지내는지 봐야 안심하고 갈 거야……"

우리는 부둥켜안았다. 교미중인 두 마리 물고기가 달빛 속에서 뒹구는 것 같았다. 우리는 감사의 눈물을 흘리면서 쎅스를 했다. 몸이 점점 허공으로 둥둥 뜨기 시작하더니 창문을 타고 달 높이까지 날았다. 아래로 수많은 등불과 보랏빛 대지가 보였다. 우리는 어머니와 합작을 만났다. 황동과 오추향을 만났다. 춘묘의 어머니를 만났고 서문금룡과 홍태악, 백씨도 만났다. 그들이 하얀 큰 새를 타고 우리가 볼 수 없는 머나먼 허공으로 날아갔다.

─밤이 절반을 넘어선 시각에, 네 아버지가 나를 데리고 마당을 나섰다. 네 아버지는 이제 나의 전생과 이승에 대해 알고 있었다. 그와 나는 대문 앞에 서서 한없이 미련이 남으면서도 조금도 미련이 없는 듯 집 안의 모든 것들을 둘러보았다. 우리는 그 땅으로 걸어갔다. 달이 벌써 그곳에서 우리를 기다리고 있었다.

우리가 1무 6푼의 땅, 금으로 도금한 듯한 땅에 도착했을 때, 달은 색깔이 바뀌어 있었다. 처음에는 자주색으로 변하더니 나중에는 진남색으로 변했다. 그 순간, 우리 주위에서 달빛이 푸른 바다처럼 드넓은 하늘과 하나가 되었고 우리는 바다 속 작은 생물이 되었다.

네 아버지가 무덤 자리에 들어가 누우면서 나에게 조용히 말했다.

"주인어른, 당신도 가셔야지요."

나는 내 무덤 자리로 갔다. 풀쩍 뛰어서 내려갔다. 점점 가라앉았다. 등불이 휘황찬란하고 파란 궁전이 있는 곳까지 가라앉았다. 궁전에서는 저승사자들이 소곤대고 있었다. 대청에 염라대왕이 있었다. 못 보던 얼굴이었다. 내가 입을 열기도 전에 염라대왕이 말했다.

"서문뇨, 너에 관한 것은 내가 다 알고 있다. 네 마음속에 아직도 원한이 남았느냐?"

나는 잠시 머뭇거리다 고개를 저었다.

"이 세상에는 원한을 품고 사는 사람이 너무 많다." 염라대왕이 슬프게 말했다. "우리는 원한을 품은 영혼이 다시 사람으로 환생하는 것을 바라지 않는다. 물론 원한을 가진 영혼들이 빠져나가는 경우가 항상 있지만."

"저는 이제 원한이 없어졌습니다, 대왕마마!"

"아니다. 네 눈에 아직도 원한의 잔재가 어른거리는 게 보인다." 염라대왕이 말했다. "난 너를 다시 한번 축생도(畜生道)에서 윤회시키마. 하지만 이번에는 영장류이니 사람하고 가장 가깝다. 솔직히 말하자면, 원숭이다. 시간은 짧다. 단지 이년이다. 이 이년 동안 모든 원한을 깨끗이 씻어버려라. 그러면 너는 사람으로 환생할 것이다."

—아버지의 유언대로 우리는 독 안의 밀이며 녹두, 그리고 포대 속의 메밀과 시렁에 걸려 있는 강냉이를 아버지의 무덤 속에 쏟았다. 그 귀한 식량들이 아버지의 얼굴과 몸을 덮었다. 아버지의 유언에는 없었지만, 우리는 개의 무덤에

도 식량을 뿌렸다. 그런데 곰곰이 생각해보니 아버지의 유언을 어긴 것 같았다. 그래서 그의 무덤 앞에 묘비를 세우고 막언더러 비문을 쓰게 하고, 나귀 시대의 유명한 대장장이인 한씨에게 새기게 했다.

 땅에서 온 모든 것은 결국 땅으로 돌아간다.

제5부

끝과 시작

태양의 빛깔

친애하는 독자 제군, 여기까지 썼으면 소설을 끝내야 하지만 책에 등장한 많은 인물들이 아직 결말을 보지 못했고, 최종결말을 알고 싶은 것이 많은 독자들의 바람이기도 한 까닭에 우리의 서사 주인공—남해방과 대두 남천세—을 쉬게 하고 나, 그들의 친구 막언이 그들의 이야기를 받아 이 긴 이야기에 꼬리를 달까 한다.

남해방과 방춘묘는 아버지와 늙은 개를 묻은 뒤, 원래는 서문촌에 남아 아버지의 땅을 경작하면서 여생을 보내려고 했다. 하지만 불행히도 서문집안에 귀한 손님이 찾아왔다. 남해방과 전에 중국공산당 성위원회 당교를 같이 다녔고 지금은 고밀현위원회 서기를 맡고 있는 사무정이었다. 그는 남해방의 처지와 예전에 그토록 화려했으나 처참하게 몰락한 서문집안의 모습에 착잡하기 그지없다는 소회를 말하더니, 남해방에게 인심을 베풀며 말했다.

"남형, 부현장으로는 절대 복직할 수 없고 당적도 회복하기가 어려워. 하지만 공직은 회복할 수 있어. 편안히 노후를 보낼 수 있는 자리는 가능할 거네."

"자네 호의는 고맙네. 하지만 그럴 필요 없네." 남해방이 말했다. "나는 원래 서문촌 농민의 아들이니 그냥 여기서 여생을 보내겠네."

"자네 옛날 서기를 했던 김변을 기억하는가?" 사무정이 말했다. "이게 다 그 양반 뜻이네. 김서기하고 자네 장인어른 방호가 친한 친구라네. 자네들이 읍내로 돌아가면 장인어른도 보살필 수 있지 않나. 자네를 문물전시관 부관장으로 임명하는 건이 상무위원회에서 이미 통과됐으니 그냥 그렇게 하게. 춘묘동지는 말이야, 신화서점에 복직할 의향이 있다면 그래도 되고, 아니면 달리 알아볼 수도 있네."

독자 제군, 남해방과 방춘묘는 돌아가지 말아야 했다. 공직에 다시 나아가고 읍내로 가 늙은 아버지를 봉양하는 것이 좋은 일이긴 하지만 말이다. 그 두 사람은 지극히 평범한 인간이어서 앞날을 내다볼 수 있는 특이한 능력이 없었다. 그래서 그들은 바로 읍내로 갔다. 어찌 보면 모든 것이 운명이어서, 피할 수 없었다.

그들은 잠시 방호의 집에서 같이 살았다. 춘묘를 딸로 여기지 않겠다고 맹세한 영웅이지만, 그래도 자애로운 아버지인데다 풍전등화처럼 말년을 보내고 있어, 눈물도 많아지고 마음도 여려져서 남해방과 딸이 고생 끝에 합법적인 부부가 된 것을 보자 맺혔던 감정을 풀고 대문을 열어 그들을 받아들였다.

남해방은 날마다 자전거를 타고 전시관에 출퇴근했다. 그런 조용하고 한산한 전시관에서 부관장은 그냥 이름뿐이었다. 하루종일 할일이 없었다. 온종일 서랍 세 개가 달린 책상 앞에서 연하게 우린 차를 마시고 독한 담배를 피우고 신문을 뒤적이는 게 그의 일이었다.

춘묘는 역시 신화서점을 택했다. 예전처럼 어린이책 코너에서 새롭게 자라나는 어린아이들과 소통하며 지냈다. 그의 옛날 동료들은 모두 정년퇴직했고 지금은 이십대 아가씨들뿐이었다. 그녀도 날마다 자전거를 타고 출퇴근했다. 퇴근할 때는 항상 극장 옆길에서 꺾어 닭똥집 반근이나 양고기 한근을 사서 아버지와 남편에게 술안주를 만들어주었다. 남해방과 방호는 둘다 술이 약한 편이라 석 잔만 마시면 얼얼했다. 두 사람이 잡담을 나누고 있으면 사이좋은 친구 같았다.

이듬해 춘묘는 임신을 했다. 오십대에 들어선 남해방과 여든에 가까운 방호가 기쁜 나머지 둘다 눈물을 흘렸다. 한집에 삼대가 모여사는 행복한 모습이 눈에 선했다. 하지만 뜻밖에 찾아온 불행에 그 아름다운 꿈은 물거품이 되어버렸다.

그날 오후, 춘묘는 극장 옆길의 반찬가게에서 나귀고기 장조림을 사들고 흥얼거리면서 예천(醴泉)대로로 접어들었다가 역주행하는 홍기표 승용차에 부딪혀 변을 당했다. 자전거는 엉망이 되었고 나귀고기는 사방으로 흩어졌으며 그녀는 뒷머리를 길가 보도블록 턱에 찧었다. 내 친구 남해방이 황급히 현장에 갔을 때, 그녀는 이미 숨을 거두었다.

그 차량은 여점진 전 당위원회 서기이고 지금은 현 인민대표위원회 부주임인 두노문의 전용 차량이었다. 기사는 옛날 서문금룡의 졸개였던 손표의 아들이었다.

남해방의 기분을 어떻게 묘사해야 할지 잘 모르겠다. 수많은 위대한 소설가들이 그런 장면을 처리할 때 더이상 뛰어넘을 수 없는 높은 경지를 이루어버렸기 때문이다. 예를 들어, 대학교 문학전공 교수들과 작가들에게 자주 인용되는 소련 작가 숄로호프의 『고요한 돈강』에서는 이렇게 묘사하고 있다. 아크시냐가 폭탄에 맞아죽은 뒤, 그의 애인 그레고리는 깊은 슬픔에 잠겼다. 그레고리의 슬픔을 숄로호프는 이렇게 묘사하고 있다. '알 수 없는 어떤 힘이 그레고리의 가슴을 쳤다. 그는 뒷걸음질쳤고 얼굴이 땅을 향한 채 쓰러졌다.' '그는 악몽에서 깨어난 것 같았다. 고개를 들자 머리 위로 까만 하늘 아래 눈부신 까만 태양이 걸려 있었다.'

숄로호프는 그레고리를 무의식중에 넘어지게 했다. 그럼, 나는 어떻게 할까? 나도 남해방을 땅에 넘어뜨려야 하나? 숄로호프는 그레고리의 마음을 텅 비게 만들었다. 그럼, 나는 어떻게 할까? 나도 남해방의 마음을 텅 비게 해야 하나? 숄로호프는 그레고리에게 눈부신 까만 태양을 보여주었다. 그럼, 나는 어떻게 할까? 나도 남해방에게 눈부신 까만 태양을 만들어줘야 하나? 내가 남해방을 넘어뜨리지 않고 그를 물구나무세운다고 해서, 내가 남해방의 마음을 텅 비게 하지 않고 생각이 복잡하고 만감이 교차하고 일분 만에 온갖 세상사를 생각하게 만든다고 해서, 내가 남해방에게 눈부신 까만 태양을 보게 하지 않고 그에게 눈부신, 아니면 눈이 부시지 않는 백색이나 회색, 붉은색, 파란색 태양을 보게 한다고 해서 독창적이라 할 수 있을까? 아니다. 그것도 역시 고전에 대한 어리석은 모방일 뿐이다.

남해방은 춘묘의 유골을 아버지의 그 유명한 땅에 묻었다. 춘묘의 무덤은 합작의 무덤에 맞닿아 있었다. 두 여자의 무덤에는 묘비가 없었다. 처음에는 그래도 두 무덤을 분간할 수 있었지만 춘묘 무덤에 풀이 무성하게 자라자 도무지 그럴 수가 없었다. 춘묘를 묻고서 얼마 지나지 않아 영웅 방호가 죽었다. 남해방은 장모 왕낙운의 유골과 장인 방호의 유골을 한데 모아 서문촌 아버지의 무덤 옆에 모셨다.

그리고 얼마 지나지 않아 징역을 살던 방항미가 순간적인 어리석음으로 뾰족하게 간 칫솔로 가슴을 찔러죽었다. 상천홍이 그녀의 유골을 가지고 남해방을 찾아와 말했다. "사실 방항미도 자네 집안 사람이야." 남해방은 그의 뜻을 알고 방항미의 유골을 받아 서문촌 방호 부부의 무덤 뒤에 묻어주었다.

쎅스 체위

 남개방이 내 친구 남해방을 오토바이에 태워서 그가 전에 살던 천화골목 1번지 옛집에 데려다주었다. 오토바이의 싸이드카에는 그의 일용품이 들어 있었다. 그는 아들 뒤에 앉았다. 이번에는 오토바이의 손잡이가 아니라 아들의 허리를 꼭 안았다. 아들은 여전히 말랐지만 허리만은 곧고 딴딴했다. 방씨 집에서 천화골목 1번지까지 가는 길에 내 친구는 줄곧 울었다. 그의 눈물이 아들의 경찰복 등판을 온통 적셨다.
 다시 옛집으로 돌아오자 남해방은 마음이 진정되지 않았다. 춘묘의 부축을 받고 비를 맞으며 나간 뒤 그 집에 처음으로 발을 들여놓는 것이다. 마당에 있는 네 그루 오동나무는 굵게 자라 줄기가 담벽에 닿을 정도였고 가지는 담벽을 넘었다. '나무도 이러한데, 사람이라고 어찌 그렇지 않으랴(樹猶如此, 人何以堪)'라는 옛말 그대로였다. 하지만 내 친구는 오랫동안 감상에 젖지는 않았다. 안채 동쪽 방, 전에는 남해방의 서재였던 그 방의 반투명 커튼으로 익숙하고도 친근한 그림자 하나가 보였기 때문이다. 황호조였다. 그녀는 방에 앉아서 종이공예에 정신이 팔려 있었다.

분명히 남개방의 치밀한 배려였다. 내 친구한테 이렇게 속깊고 이해심 많은 아들이 있었으니, 참으로 그의 복이다. 남개방은 그렇게 이모와 아버지를 붙여놓았을 뿐만 아니라 정신을 차리지 못하고 방황하는 상천홍까지 오토바이에 태워 서문촌에 데려다주었다. 몇해째 과부로 지내는 보봉과 서로 만나게 해준 것이다. 상천홍은 보봉의 첫사랑이었다. 상천홍도 보봉에게 마음이 없었던 것은 아니었다. 보봉의 아들 마개혁은 큰뜻을 품은 사람은 아니었고, 다만 착하고 정직하고 부지런한 농민이었다. 그도 어머니의 재혼에 찬성해서 두 사람은 행복한 나날을 보내게 되었다.

내 친구 남해방이 애초에 사랑한 사람은 황호조였다 — 더 정확히 말하면 황호조의 머리카락을 사랑했다 — 온갖 풍상을 겪은 뒤에 그 두 사람도 마침내 같이 살게 되었다. 아들 남개방은 직장에 기숙사가 있어서 평일에는 집에 잘 오지 않았다. 게다가 직업의 특성상 주말에도 집에 들르기 어려웠다. 그러다 보니 집에는 남해방과 황호조뿐이었다. 둘은 각자 자기 방에서 생활하고 식사때만 같이 밥을 먹었다. 황호조는 옛날부터 말이 적은 편이었는데 지금은 더욱 말수가 줄었다. 해방이 할말이 있어 물으면 그저 처연한 웃음만 보일 뿐 말이 없었다. 이렇게 이년이 지나고 마침내 변화가 일어났다.

봄비가 보슬보슬 내리는 어느 황혼이었다. 밥 먹고 설거지를 하는데 두 사람의 손이 자신들도 모르게 부딪쳤다. 어색한 분위기에 자연히 눈길도 부딪쳤다. 호조가 길게 한숨을 내쉬었다. 내 친구도 따라서 한숨을 내쉬었다. 호조가 조용히 말했다.

"……그럼, 내 머리 좀 빗겨줘요……"

내 친구는 황호조를 따라 그녀의 방으로 들어갔다. 그리고 그녀한테서 복숭아나무로 만든 빗을 건네받아 조심스레 그 무거운 머리를 풀었다. 신기하고 아름다운 머리카락이 파도처럼 바닥까지 쏟아져내렸다. 내 친구는 사춘기부터 사모하던 머리를 그렇게 처음으로 만져보았다. 그윽한 레몬기름 같은 향이 코를 찌르면서 그의 영혼 깊이 스며들어왔다.

몇미터나 되는 길이의 머리를 완전히 풀려고 호조가 앞으로 조금 다가가 무릎이 침대에 닿았다. 내 친구가 두 팔로 그 머리카락을 끌어안았다. 그는 극히 조심스럽게 그리고 부드럽게 빗을 놀렸다. 사실 그녀의 머리는 빗을 필요도 없이 굵고, 무겁고, 매끄럽고, 엉키지 않아 빗겨준다기보다는 머리카락을 애무해주고 만져주고 그것을 느낀다고 해야 옳왔다. 친구의 눈물이 그녀의 머리카락에 떨어졌다. 원앙 깃털에 떨어진 물방울처럼 가볍게 구르다 땅에 떨어졌다.

황호조가 길게 숨을 내쉬더니 옷을 하나씩 벗었다. 내 친구는 머리카락을 받쳐들고 그녀한테서 2미터 떨어진 곳에 서 있었다. 웨딩마치에 발걸음을 맞추어 교회 결혼식장에 들어서는 신부 뒤에서 드레스를 받치는 화동처럼 멍한 눈으로 그저 바라보고 있었다.

"어디 그럼, 당신 아들이 바라던 일을 들어줄까……" 호조가 낮은 소리로 중얼거렸다.

내 친구는 울었다. 그가 신비의 머리카락을 헤쳤다. 그러고는 버드나무 아래를 걷는 사람처럼 걷고 걸어 마침내 종점에 다다랐다. 호조가 침대에 꿇어앉아 맞을 채비를 했다.

그렇게 몇십번을 한 뒤, 내 친구가 정상체위를 요구했다. 그러자 그녀가 쌀쌀하게 대답했다.

"안돼요, 개들은 언제나 후배위로 하잖아요."

3
광장의 원숭이쇼

 2000년 신정이 지나고 얼마 되지 않은 어느날, 고밀 기차역 광장에 원숭이쇼를 벌이는 두 사람이 나타났다. 독자 제군도 이미 짐작했겠지만, 그 원숭이가 바로 나귀-소-돼지-개-원숭이로 윤회하고 있는 서문뇨였다. 원숭이는 물론 수컷이었다. 우리가 흔히 보는 귀엽고 작은 원숭이가 아니라 몸집이 커다란 붉은털원숭이였다. 털은 진청색이고 광택까지 없어서 썩은 이끼 같았다. 미간이 극히 짧고 움푹 패어 흉악한 눈빛이 번뜩였다. 머리에 바싹 붙어 있는 두 귀는 영지버섯 같았다. 콧구멍은 하늘을 향했고 입은 쩍 벌어져서 윗입술조차 보이지 않았다. 게다가 이빨을 자주 드러내서 더욱 흉악스러워 보였다. 사실 사람들이 그 원숭이를 보고 흉악하다거나 우스꽝스럽다고 할 필요는 없다. 옷 입은 원숭이들이 다 그렇지 않은가?

원숭이의 목에는 가는 쇠사슬이 걸려 있었다. 쇠사슬 한쪽 끝은 젊은 아가씨의 팔에 연결되어 있었다. 말하지 않아도 독자 제군은 벌써 짐작했겠지만, 그녀가 바로 몇년째 실종된 방봉황이었다. 그녀와 같이 있는 청년은 같이 실종된 서문환이었다. 두 사람 모두 위에는 볼록하고 원래 모양을 알아볼 수 없을 정도로 더러운 다운재킷을 입고 아래에는 낡아빠진 청바지를 입고, 발에는 짝퉁 운동화를 신고 있었다. 방봉황은 금빛으로 머리를 염색하고 가늘게 뻗은 실 같은 두 눈썹에, 오른쪽 코에는 은으로 된 링을 달고 있었다. 서문환은 빨간 머리카락에 오른쪽 눈두덩에 금으로 된 링을 달았다.

요 몇 년 사이, 고밀향도 비약적인 발전을 했지만 큰 도시에 비하면 그래도 시골이었다. 옛말대로 숲이 크면 별별 새가 다 있겠지만, 숲이 작다 보니 새도 적게 마련이다. 그러다 보니 그 두 마리의 '이상한 새'와 사나운 원숭이의 출현은 자연 사람들의 눈길을 끌게 마련이었다. 원숭이쇼를 본 말썽꾼 한놈이 바로 역전 파출소에 신고를 해버렸다.

어느새 군중들이 우 하고 몰려들어 에워쌌다. 바로 서문환과 방봉황이 바라던 바였다. 그때 서문환이 배낭에서 징을 꺼내들더니 '쩽쩽' 치기 시작했다. 징소리가 울리자 사람들이 더욱 모여들었고 얼마 지나지 않아서 구경꾼들이 물샐

틈 없이 들어찼다. 눈이 예리한 사람은 바로 서문환과 방봉황을 알아보았다. 하지만 대다수 사람들은 원숭이한테만 시선을 집중했고, 원숭이를 놀리는 사람의 생김새에는 관심이 없었다.

서문환의 징소리는 제법 리듬이 있었다. 방봉황이 손목의 쇠사슬을 풀어 원숭이가 더 넓은 공간에서 움직이게 했다. 그러고서 그녀는 배낭에서 밀짚모자, 작은 멜대, 작은 광주리, 담뱃대 등을 꺼내 자기 옆에 놓았다.

'쟁쟁' 하는 징소리에 방봉황이 노래를 부르기 시작했다. 조금 쉰 목소리였지만 노래는 제법 듣기 좋았다. 그녀를 가운데 두고 원숭이가 서서 걸으면서 한바퀴 돌았다. 다리는 비틀거리고 꼬리는 땅에 질질 끌리고 눈은 주위를 이리저리 돌아보았다.

> 징소리 쨍쨍쨍
> 나의 원숭아, 잘 들어라
> 우리 아미산에서 득도했으니
> 고향에 돌아와 왕이 되리
> 고향 사람들에게 멋진 공연을 할 테니
> 부디 포상을 잊지 마소.
> ………

"비켜! 비켜!" 역전 파출소 부소장으로 발령받은 지 며칠 되지 않은 남개방이 구경꾼들을 헤치면서 안쪽으로 비집고 들어갔다. 그는 타고난 경찰이었다. 형사팀에서 이년 사이에 공을 두 번이나 세워 이십대 초반에 벌써 부소장으로 승진했다. 원래 기차역 일대는 중점 범죄구역이어서 그를 파견한 것만 보아도 위에서 그를 무척 신임한다는 것을 알 수 있었다.

어디 한번 놀아보세. 밀짚모자 영감이 입에 담뱃대 물고 뒷짐지며 시장구경을 하네.

방봉황이 노래를 부르면서 밀짚모자를 원숭이에게 던졌다. 눈치빠른 원숭이가 모자를 받아서 자기 머리에 쿡 눌러썼다. 방봉황이 다시 담뱃대를 던졌다. 원숭이가 훌쩍 뛰어올라 담뱃대를 받아 자기 입에 물었다. 그뒤 두 손을 엉덩이에 대고 허리를 숙이고 다리는 구부정하고 머리는 비뚤고 눈은 이리저리 두리번거리는 것이 영락없이 하릴없이 돌아다니는 영감 같았다. 원숭이쇼는 구경꾼들의 웃음과 박수갈채를 이끌어냈다.

"비켜! 비켜!" 남개방이 안으로 비집고 들어갔다. 사실 신고를 받고 그는 가슴이 덜커덩했다. 읍내에는 일찍이 서문환과 방봉황이 인신매매조직들 손에 동남아 어느 나라로 팔려가서 한사람은 막노동을 하고, 한사람은 창녀가 되었다는 이야기가 떠돌았다. 두 사람이 마약중독으로 죽었다는 이야기도 있었다. 하지만 남개방은 두 사람이 아직 살아 있다고 확신했다. 특히 방봉황은 분명히 살아 있다고 믿었다. 독자 제군은 남개방이 손가락을 칼로 그어 황호조의 머리카락을 실험했던 사건을 아직 기억하고 있을 것이다. 손가락을 칼로 그은 것으로 이미 그의 진심을 다 보여준 셈이다. 그래서 신고를 받자마자 그는 두 사람이 돌아왔음을 확신했다. 그는 하던 일을 팽개치고 기차역 광장으로 달려갔다. 달려가는 그의 눈앞에 방봉황의 그림자가 어른거렸다. 그녀를 마지막으로 본 것은 외할머니 장례식에서였다. 그날, 그녀는 새하얀 다운재킷에 털목도리 차림이었고 얼굴은 빨갛게 얼어 동화 속 해맑은 공주 같았다. 쉰 목소리로 부르는 그녀의 노랫소리를 듣자 범죄자들에게 그토록 쇠처럼 차갑던 남개방의 눈이 벌써 흐려졌다.

산을 짊어진 이랑신, 명월을 쫓아가볼까,
날개를 편 봉황새, 태양을 쫓아가볼까.

방봉황이 광주리를 건 멜대를 발로 차올렸다. 정교한 기술이 필요한 동작이었는데, 공중에 올라간 멜대가 조금도 치우침 없이 원숭이 어깨에 떨어졌다. 원숭이는 먼저 멜대를 오른쪽 어깨에 걸었다. 광주리가 앞뒤에 하나씩 달랑거렸는데, 그것이 바로 '명월을 쫓는 이랑신'이었다. 그러고는 다시 멜대를 목덜미에 걸었다. 광주리가 양옆에서 하나씩 달랑거렸는데, 이게 바로 '태양을 쫓는 봉황새'였다.

공연은 마쳤으니
포상은 잊지 마소.

원숭이는 멜대를 버리고 방봉황이 던진 빨간 플라스틱 접시를 받았다. 원숭이가 두 손으로 접시를 받쳐들고 구경꾼들한테서 돈을 받아냈다.

아저씨, 아주머니
할머니, 할아버지
오빠, 언니, 고향 사람들
십전도 적지 않고
백원이면 보살일세.

방봉황의 노래를 들으면서 사람들은 잇달아 원숭이가 치켜든 접시에 돈을 던졌다. 일전, 이전, 오전, 십전, 그리고 오십전과 일원짜리 동전들이 접시에 떨어지면서 쨍그렁 소리가 울렸다. 십전, 이십전, 오십전, 일원, 오원, 십원짜리 지폐들은 접시에 떨어지면서 아무런 소리도 울리지 않았다.

원숭이가 빨간 접시를 남개방 앞으로 내밀었다. 그가 한 달 월급과 휴일 초과근무수당까지 들어 있는 두툼한 봉투를 접시에 넣었다. 원숭이가 자지러지는 소리를 내더니 방봉황에게로 기어갔다.

"쨍쨍쨍!" 서문환이 꽹과리를 세 번 치며 곡마단의 어릿광대처럼 남개방에게 큰절을 올렸다.

"경찰아저씨, 고마워요!"

방봉황이 봉투의 돈을 꺼냈다. 그리고 오른손으로 돈뭉음을 쥐고 왼손바닥에 탁탁 치면서 구경꾼들에게 보여주었다. 그녀는 「동북사람들은 모두 살아 있는 뇌봉(雷峰, 모택동 시대의 사회주의 인민영웅—옮긴이)」이라는 유행가를 흉내내 큰 소리로 짓궂게 노래부르기 시작했다.

우리 우리 고밀 사람— 모두 모두 살아 있는 뇌봉, 두툼한 인민폐에, 이름까지 숨기고—
남개방은 모자를 눌러쓰고, 급히 돌아서서, 사람들을 밀치고, 말도 없이 가버리네.

4
살을 베는 아픔

친애하는 독자들이여, 남개방은 얼마든지 자신의 직권을 이용하여 정당한 이유를 들어 서문환과 방봉황, 그리고 원숭이를 광장에서 쫓아낼 수 있었다. 하지만 그는 그러지 않았다.

나와 남해방은 호형호제하는 사이이니 남개방은 내 조카뻘 되는 셈이다. 하지만 나와 그 아이는 그저 얼굴만 알 뿐, 몇마디 말도 나눈 적이 없었다. 그 아이는 나한테 좋지 않은 감정을 품고 있을 것이다. 내가 방춘묘를 그의 아버지에게 데려가지 않았으면 훗날 이런저런 비참한 일들도 일어나지 않았을 테니까 말이다. 개방조카야, 사실은, 굳이 방춘묘가 아니더라도 네 아버지 인생에는 또다른 여자가 나타났을 것이다. 기회를 잡아 그런 말을 너한테 꼭 해주고 싶었는데 영원히 해줄 수 없게 되었구나.

남개방과 대화를 해본 적이 없으니 그의 마음에 대한 판단은 전적으로 나의 추측이다.

남개방이 모자를 눌러쓰고 사람들 무리에서 빠져나갈 때 굉장히 착잡했을 것이다. 예전에 방봉황은 고밀현에서 제일가는 공주였고 서문환은 고밀현에서 제일가는 왕자였다. 한사람의 어머니는 현의 최고지도자였고 한사람의 아버지는 현의 최고갑부였다. 그들 두 사람은 소탈하고 멋을 알고 돈이 많고 친구가 많았다. 그야말로 신선의 시중을 드는 한쌍의 금동옥녀(金童玉女)였다. 그래서 얼마나 많은 사람들의 부러움과 질투를 자아냈는지 모른다. 하지만 눈깜짝할 사이에 고관대작은 그들의 적이 되어버렸고 부귀영화가 다 똥이 되어버렸다. 왕년의 금동옥녀는 거리에서 원숭이쇼를 하는 거지로 전락했다. 그런 선명한 대비가 어찌 착잡하지 않을 것인가!

내 짐작에 남개방은 여전히 방봉황을 깊이 사랑하고 있었고, 옛날의 공주가 지금은 거지로 전락했어도, 지금의 방봉황이 앞날이 창창한 파출소 부소장과는 어울리지 않더라도, 남개방은 여전히 열등감을 극복하지 못했다. 그가 두툼한 돈봉투를 내놓았지만 서문환과 방봉황은 여전히 옛날의 그 우월감으로 못생긴 파출소 부소장을 하찮게 취급했다. 그래서 그는 서문환에게서 방봉황을 빼앗아오는 것을 단념했다. 곤경에서 방봉황을 구해낼 자신감과 용기를 접었다고 해야 맞을지도 모른다. 그래서 그는 경찰모를 눌러쓰고 군중들에게서 빠져나가버린 것이다.

방항미의 딸과 서문금룡의 아들이 기차역 광장에서 원숭이쇼를 하고 있다는 소식이 삽시간에 온 현에 퍼졌고 시골에까지 퍼졌다. 사람들은 뭐라고 딱 부러지게 말할 수는 없으면서도 뻔한 속마음으로 기차역 광장에 모였다. 방봉황과 서문환은 조금도 부끄러워하지 않았다. 옛날의 자신들과 완전히 다른, 딴사람 같았다. 그들에게 기차역 광장은 이국 타향땅 같았고 모인 구경꾼들은 생면부지의 사람 같았다. 구경꾼 중에 어떤 이들은 그들의 이름을 불렀고 어떤 이들은 그들 부모의 이름을 부르면서 욕을 퍼부었다. 그래도 두 사람은 들은 체 만 체, 얼굴에 시종 미소를 띠고 있었다. 하지만 방봉황에게 무례한 말을 하거나 볼썽사나운 짓을 하는 사람이 있으면 그 사나운 원숭이가 번개같이 덮쳐서 물어버렸다.

옛날 '4대 악당' 중 한녀석이었던 동부의 왕초 쇠대가리가 손에 백원짜리 두 장을 들고서 방봉황에게 흔들며 말했다. "어이, 언니, 코에 링을 달았네. 혹시 아래에도 링을 넣지 않았나? 바지 벗어서 이 오빠한테 한번 보여주지. 그럼 이 지폐는 네 것이야." 쇠대가리의 졸개들이 일제히 소리를 질렀다. "맞아. 맞아. 바지 벗어 한번 보여줘봐." 그들이 음탕한 말을 지껄여도 방봉황은 아랑곳하지 않고 한손에 가늘고 긴 채찍을 들고 원숭이를 빙글빙글 돌려 돈을 구걸했다. 어르신들 내 말 좀 들어보세요. 돈 있으면 돈을 주고 돈 없으면 박수를 치고.

"쨍—쨍—쨍—" 서문환도 웃는 얼굴로 손에 든 징을 제법 근사하게 쳤다. "서문환, 개자식, 옛날의 당당하던 모습은 다 어디 갔어? 우리 갈비 형님을 죽인 원수, 이제 갚을 때가 됐네. 빨리 네 여자 바지 벗겨! 그러지 않으면……" 쇠대가리의 두 졸개가 말했다. 원숭이가 접시를 받쳐들고 쇠대가리 앞으로 다가섰다. 방봉황이 일부러 손목의 쇠사슬을 풀었다고 말하는 사람도 있었고 전혀 아니라고 말하는 사람도 있었다. 아무튼 원숭이가 접시를 뒤로 확 던지고는 쇠대가리의 머리에 걸터앉았다. 그러고는 미친 듯이 할퀴고 물어뜯었다. 원숭이의 낙카교오 울음소리와 쇠대가리의 처참한 비명이 한데 뒤섞였다. 구경꾼들이 뿔뿔이 흩어졌다. 그중에서도 쇠대가리의 졸개들이 가장 잽싸게 뺑소니쳤다. 방봉황은 여전히 미소를 지으면서 원숭이를 내려오게 했다. 그러고는 노래를 불렀다.

> 부귀는 하늘이 정한 것이 아니며—
> 평범한 사람들에게는 좌절이 있게 마련이지—

쇠대가리는 얼굴이 피범벅되어 땅에서 뒹굴었다. 경찰 몇명이 현장에 달려와서 서문환과 방봉황을 연행하려고 했다. 그러자 원숭이가 또 사납게 달려들었다. 경찰 하나가 총을 꺼내 원숭이를 조준했다. 방봉황이 급히 원숭이를 품에 안았다. 인자한 어머니가 아들을 품에 안는 것 같았다. 사람들이 다가와 서문환과 방봉황, 원숭이 편을 들었다. 땅에서 뒹구는 쇠대가리를 가리키며 말했다. "그자를 잡아가야 해!" 친애하는 독자들이여, 사람들의 심리라는 것은 참으로 이상하다. 방항미와 서문금룡이 득의양양할 때는 다들 방봉황과 서문환을 욕했지만, 지금처럼 약자로 전락하자 그들에게 동정을 보내고 있었다. 경찰들도 서문환과 방봉황의 집안 내력을 잘 알았고, 이들과 부소장의 관계는 더욱 잘 알고 있었다. 여기에 구경꾼들마저 편을 들어주자 손을 털어버리고 더이상 말하지 않았다. 경찰 하나가 쇠대가리의 목덜미를 걸어쥐고 화내며 말했다. "따라와. 이런 빌어먹을 새끼."

그 일은 중국공산당 현위원회에서도 알게 되었다. 마음이 넓은 현위원회 서기 사무정이 사무실 주임과 간사 몇명을 보내 기차역 여관 지하실에 살고 있는 서문환과 방봉황을 찾아보라고 했다. 원숭이가 찾아온 손님들에게 사납게 짖어댔다. 사무실 주임은 현위원회 서기의 지시를 전달하고서 원숭이는 현 서쪽 교외에 있는 봉황공원에 맡기고, 서문환과 방봉황에게는 적당한 일자리를 알아봐주겠다고 했다. 우리 보통 사람들 생각으로는 그 제안이 참으로 반가운 것이다. 하지만 방봉황은 원숭이를 꼭 끌어안고 눈을 부릅뜨며 말했다. "누구든 내 원숭이를 건드리면, 내가 목숨걸고 싸울 거야!" 서문환도 이죽거리면서 말했다. "상급의 배려에 대해서는 고맙습니다. 하지만 우리는 잘 지내고 있어요. 우리보다 실직노동자들이나 먼저 신경쓰시지요!"

이어지는 이야기는 다시 비참한 일에 관한 것이다. 친애하는 독자들이여, 내 고의가 아니라 인물들의 운명 때문에 그렇게 되었다.

어느 저녁이었다. 서문환과 방봉황, 그리고 그들 원숭이까지 셋이서 기차역 광장 남쪽의 노점에서 밥을 먹고 있었다. 머리에 붕대를 둘둘 감은 쇠대가리가 슬그머니 그들에게로 다가갔다. 원숭이가 꽥 소리를 지르며 쇠대가리를 덮쳤다. 하지만 밥상에 달아맨 쇠사슬 때문에 공중제비만 돌고 말았다. 서문환이 얼른 일어나 몸을 돌려 쇠대가리의 흉악한 얼굴을 바라보았다. 그런데 미처 말도 꺼내기 전에 칼이 그의 가슴을 찔렀다. 쇠대가리는 방봉황까지 죽이려고 한 모양이지만, 미친 듯이 울부짖으면서 날뛰는 원숭이 때문에 서문환 가슴에 찌른 칼을 뽑아내지도 못하고 뺑소니쳤다. 방봉황이 서문환 몸에 엎드려 대성통곡했다. 옆에 있던 원숭이도 활활 타오르는 사나운 눈빛으로 가까이 다가서려는 사람들을 노려보았다. 신고를 받은 남개방과 경찰 몇명이 다가서려다가도 사나운 원숭이 때문에 뒷걸음질칠 수밖에 없었다. 경찰 한명이 총을 뽑아 원숭이를 쏘려고 했다. 남개방이 얼른 그 총을 잡아챘다.

"봉황아, 네 원숭이를 좀 안아라. 서문환을 병원으로 옮기게." 남개방이 방봉황에게 말했다. 그러고는 돌아서 총을 들고 있는 그 경찰에게 명령했다. "어서 구급차 불러!"

방봉황이 원숭이를 안고서 그의 눈을 가렸다. 원숭이가 고분고분 방봉황의 품에 안겼다. 방봉황과 원숭이는 서로 생명을 의지하는 모자 같았다.

남개방은 서문환 가슴에 꽂힌 칼을 뽑아내고 피가 쏟아지는 상처를 손으로 막으면서 소리질렀다. "환아! 환아!" 서문환이 천천히 눈을 떴다. 입에서는 피거품을 뿜으며 말했다. "개방…… 우리 형…… 난 이제…… 정말 끝이다……" "환아, 조금만 참아. 구급차가 곧 올 거야!" 개방이 그의 목을 받치며 소리쳤다. 피가 그의 손가락 사이로 세차게 흘러나왔다.

"봉황…… 봉황…… 봉황……" 서문환이 거의 들리지 않는 목소리로 불렀다. "……봉황."

구급차가 왔다. 의료진들이 구급가방과 들것을 들고 차에서 급하게 내렸다. 하지만 서문환이 남개방 품에서 영원히 눈을 감은 뒤였다.

이십분 뒤, 남개방이 서문환의 피가 묻은 손으로 쇠대가리의 목을 집게처럼 졸랐다.

독자 제군이여, 서문환의 죽음은 나를 더없이 슬프게 했다. 하지만 그의 죽음은 객관적으로는 우리의 남개방이 방봉황을 차지하는 데 놓여 있던 장애물을 치워준 셈이다. 하지만 더 큰 비극도 여기서 시작했다.

인생은 고달파

세상에는 수많은 미스터리가 존재하지만 과학이 발전하면서 점차 의문이 풀리곤 한다. 하지만 유독 사랑만은 영원히 풀 수 없는 미스터리이다. 중국 작가 아성(阿城, 아청)이 어떤 글에서 사랑은 일종의 화학반응이라고 한 적이 있다. 실로 참신한 비유이다. 하지만 사랑을 화학과 같은 방식으로 만들어낼 수도 있고 억제할 수도 있다면 이 세상에 소설가는 필요없을 것이다. 때문에 아성의 말이 진리라 하더라도 나로서는 찬성할 수 없다.

쓸데없는 이야기 그만하고 우리의 남개방 이야기를 계속하자. 그는 서문환의 뒷일을 수습하고서 아버지와 이모의 동의를 얻어 서문환의 유골을 서문금룡의 무덤 옆에 묻어주었다. 황호조와 남해방의 마음이 어떠했는지는 굳이 더 말할 필요도 없을 것이다. 남개방 이야기만 하자면, 그뒤 남개방은 매일 저녁 역전 여관 지하실로 방봉황을 찾아갔다. 뿐만 아니라 낮에도 시간만 나면 역광장으로 방봉황을 찾아갔다. 방봉황이 원숭이를 끌고 광장을 거닐면 남개방은 그 뒤를 묵묵히 따라다녔다. 그녀와 원숭이의 경호원 같았다. 그의 그런 행동을 두고 파출소의 일부 동료들이 불만을 터뜨렸다. 그래서 나이든 소장이 남개방을 불러다 이야기까지 했다.

"개방, 현에 좋은 여자애들이 쌔고쌨는데 원숭이를 끌고 다니는 여자 때문에……"

"소장님, 면직시켜주세요. 제가 지금 경찰 자격을 잃었다면 당장 사직하겠습니다."

개방이 그렇게 나오자 다른 사람들은 더이상 말을 못했다. 시간이 얼마쯤 지나서 그때 개방에게 불만을 품었던 사람들도 이제는 태도를 바꾸었다. 그렇다. 방봉황은 담배 피우고 술 마시고 금빛으로 염색하고 코에 링을 달고 온종일 광장을 건들거리며 다니는 좋지 않은 여자였다. 하지만 그녀가 좋지 않은 여자라고 해서 도대체 얼마나 나쁜 여자란 말인가? 그래서 파출소 경찰들도 점점 방봉황과 가깝게 지내기 시작했다. 광장 순찰중에 방봉황과 마주치면 농담까지 하곤 했다.

"어이 금발, 우리 부소장님 너무 못살게 굴지 마. 저러다 완전히 말라죽겠다!"

"맞아. 풀어줄 때는 좀 풀어줘야지!"

그들의 농담을 방봉황은 언제나 들은 체 만 체했다. 원숭이만 그들에게 이를 갈았다.

남개방도 처음에는 방봉황더러 천화골목 1번지나 서문촌 서문저택에 가서 살라고 권했다. 하지만 방봉황이 거절했다. 하지만 조금 지나자 남개방도 밤에 방봉황이 기차역 여관 지하실에 없거나, 낮에 방봉황이 광장을 거닐지 않으면 일이 전혀 손에 잡히지 않았기에 그냥 여기에 있는 것도 괜찮다 싶었다. 점차 현의 건달들까지도 예쁜 금빛 머리 방봉황이 파출소 부소장의 애인이라는 것을 알게 되었다. 그래서 방봉황에게 나쁜 마음을 품던 녀석들도 아예 단념했다.

인생은 고달파

누가 감히 호랑이의 먹이를 빼앗을 것인가.

남개방이 매일 저녁 역전 여관 지하실로 찾아가는 모습을 상상력을 동원해서 묘사해보겠다. 그 여관은 원래 집단 소유였다. 제도가 바뀌면서 개인에게 넘어간 것이다. 공안국 관리 규정대로라면, 진즉 문을 닫았어야 했다. 그런 까닭에 남개방이 나타날 때마다 여관 주인아줌마는 참기름을 두른 듯이 얼굴에 활짝 웃음을 띠었고, 입에서 꿀이 쏟아지듯이 달콤한 말만 골라서 했다.

처음에는 남개방이 아무리 문을 두드려도 방봉황이 열어주지 않았다. 우리의 개방은 어쩔 수 없이 말뚝처럼 문밖에 우두커니 서 있기만 했다. 방에서 방봉황이 울 때도 있었고, 어떤 때는 미친 듯이 웃는 소리가 들리기도 했다. 원숭이가 슬프게 울 때도 있었고, 어떤 때는 문을 긁는 소리가 들리기도 했다. 가끔은 방 안에서 담배냄새도 새어나오고 술냄새도 풍겨나왔다. 하지만 마약냄새는 없었다. 남개방은 다행이라고 생각했다. 만약 마약까지 한다면 그녀에게는 철저히 망하는 길뿐이었다. 방봉황이 정말로 마약을 해도 지금처럼 그녀를 사랑할까? 남개방은 생각했다. 그렇다. 그녀가 어떻게 되든, 설사 오장육부가 썩는다고 해도 나는 그녀를 사랑할 것이다.

그녀를 찾아갈 때마다 그는 꽃 한다발이나 과일 한바구니를 들고 갔다. 그녀가 문을 열어주지 않으면 말없이 문밖에 놓고 가야 할 시간이 될 때까지 기다렸다. 꽃과 과일은 그대로 문밖에 있었다. 여관 주인아줌마가 처음에는 그가 누구인지 모르고 말했다.

"동생, 이 누나한테 예쁜 여자애들 많은데, 내가 불러줄게. 골라봐. 고르는 대로 다 동생 것……"

남개방이 차갑게 쏘아보면서 주먹을 움켜쥐는 것을 보고는 주인아줌마가 기겁하여 오줌을 줄줄 흘렸고, 다시는 그런 헛소리를 하지 않았다.

지성이면 돌에도 꽃이 핀다고 드디어 방봉황이 우리의 개방에게 문을 열어주었다. 방은 어둡고 눅눅했다. 벽의 칠이 화상입은 수포처럼 부풀어 있었다. 천장에 희미한 등불이 걸려 있고, 곰팡이냄새가 코를 찔렀다. 작은 침대가 두 개 있었고 쓰레깃더미에서 주워온 듯한 낡아빠진 소파도 두 개 있었다. 침대 하나는 그녀의 잠자리였고 다른 침대에는 옛날 서문환의 옷들이 널려 있었다. 지금은 원숭이가 그 침대에서 자는 모양이었다. 방 안에는 보온병 두 개와 14인치 텔레비전도 있었다. 역시 주워왔을 것이다. 그런 초라한 방에서 우리의 개방이 마침내 십여년을 숨겨온 사랑을 고백했다.

"너를 사랑해……" 우리의 개방이 말했다. "너를 처음 본 순간부터 이미 사랑했어."

"거짓말!" 방봉황이 쌀쌀하게 말했다. "네가 나를 처음 본 게 서문집 네 할머니 구들에서였을걸? 그때 너는 아직 기지도 못했어!"

"그래, 기어다닐 줄도 모를 때부터 너를 사랑했어!" 우리의 개방이 말했다.

"됐네요, 됐어." 방봉황이 담배를 꺼내며 말했다. "나 같은 여자를 사랑하는 건 진주를 뒷간에 던지는 격 아니야?"

"자학하지 마." 우리의 개방이 말했다. "난 누구보다도 너를 잘 알아."

"네가 알기는 쥐뿔이나 알아?" 방봉황이 차갑게 웃으며 말했다. "나 몸도 팔았어. 수천명이나 되는 남자들하고 잤어! 원숭이하고도 잤고! 사랑? 나랑 사랑을 하겠다고? 빨리 꺼져! 남개방, 가서 좋은 여자 찾아! 내 불결한 기운이 너한테 옮겨붙게 하지 말고!"

"거짓말!" 우리의 남개방이 얼굴을 가리고 울음을 터뜨렸다. "날 속이는 거지. 말해. 그런 일 없었다고."

"내가 그런 짓을 했음 어떻고, 안했음 또 어때? 너하고 무슨 상관인데?" 방봉황이 쏘아붙이며 말했다. "내가 네 마누라니? 애인이니? 우리 엄마아빠도 상관하지 않는데 네가 뭐라고 그래?"

"너를 사랑하니까!" 우리의 남개방이 미친 듯이 화내며 소리를 질렀다.

"그런 역겨운 말 나한테 하지 마. 꺼져! 불쌍한 파란 낯가죽아!" 방봉황이 원숭이에게 가볍게 손짓하고, 친절하게 말했다. "귀염둥이, 이리 온, 우리 그만 자자!"

원숭이는 풀쩍 뛰면서 그녀의 침대에 떨어졌다.

우리의 남개방이 총을 꺼내 원숭이를 조준했다.

방봉황이 원숭이를 품에 꼭 안았다. 화를 내며 말했다.

"남개방, 나를 먼저 죽여!"

우리의 남개방은 큰 충격을 받았다. 물론 방봉황이 창녀였다는 말을 소문으로 들은 적이 있었다. 하지만 그는 무의식중에 그런 말들을 반신반의했다. 하지만 오늘 방봉황의 입에서 직접 수천명의 남자들과 그 짓을 했고, 심지어 원숭이하고도 했다는 독한 말을 듣고 보니, 수만발의 화살이 동시에 발사되어 그의 심장에 꽂힌 것 같았다.

우리의 남개방은 가슴을 부여잡고 비틀거리며 뛰어서 계단을 올라갔고 여관을 빠져나가 광장으로 달려갔다. 모든 것을 다 망쳐버리고 싶은 생각뿐이었다. 네온싸인이 반짝이는 술집 앞에서 짙은 화장을 한 술집여자 둘이 남개방을 끌고 들어갔다. 그는 높은 의자에 앉아서 브랜디를 세 잔이나 들이켰다. 그러고는 고통스러운 듯이 머리를 탁자에 박았다. 머리는 금빛이고 눈두덩은 시커멓고 입술은 시뻘겋고 노출이 심한 한 여자가 다가왔다—우리의 남개방은 언제나 평상복 차림으로 방봉황을 찾아갔다—술집여자가 손을 뻗쳐 남개방의 파란 반쪽 얼굴을 어루만지려고 했다—그 여자는 외지에서 온 지 얼마 되지 않은 불나비였다—우리의 남개방은 직업적인 습관으로 그 여자의 손이 얼굴에 닿기도 전에 그녀의 손목을 꽉 잡았다. 여자는 자지러지게 비명을 질렀다. 개방이 손을 놓고, 미안하다는 듯이 웃었다. 여자가 개방에게 기대어 애교를 떨며 말했다. "오빠, 손힘 정말 세다!"

우리의 개방이 손짓하면서 여자더러 가라고 했다. 하지만 그녀는 뜨거운 가슴을 비벼대면서 술냄새와 담배냄새가 섞인 입김을 개방에게 불었다.

"오빠, 너무 슬프시네. 여자한테 차였어? 여자들은 다 똑같아. 내가 위로해줄게……"

우리의 개방이 속으로 중얼거렸다. 나쁜 계집, 기어이 너한테 복수할 거야!

높은 의자에 앉아 있던 개방이 떨어질 뻔했다. 여자한테 끌려서 음침한 복도를 지나 도깨비불이 번뜩이는 방으로 들어갔다. 여자가 두말없이 옷을 벗더니 완전 알몸이 되어, 침대에 누웠다. 그런대로 예쁜 여자였다. 유방은 봉곳하고 복부는 평평했으며 다리는 늘씬했다. 우리의 개방은 여자의 알몸을 처음 보는 것이었다. 흥분하기도 했지만, 그보다는 긴장이 더 되었다. 개방은 머뭇거렸다. 여자가 귀찮아하는 것 같았다. 그런 일을 하는 여자들에게는 시간이 돈이었기 때문이다.

"오빠, 뭘 그러고 있어. 내숭은!"

여자가 몸을 일으키려는 순간, 그녀의 금빛 머리카락이 떨어지고 길쭉한, 머리카락이 거의 없는 머리가 드러났다. 우리의 개방은 머리가 띵했다. 눈앞에 방봉황의 금빛 머리와 예쁜 얼굴이 아른거렸다. 그는 주머니에서 백원짜리 지폐 한장을 꺼내 여자의 몸에 던졌다. 그러고는 돌아서 나가려 했다. 여자가 풀쩍 뛰어서 문어처럼 개방에게 매달렸다. 그러고는 욕을 퍼붓기 시작했다.

"이 썩을놈, 장난치니? 백원 가지고 나를 건드려?"

여자가 욕을 퍼부으면서 개방의 주머니에 손을 넣었다. 돈을 꺼내려는 수작이었다. 순간 딱딱하고 차가운 총이 손에 잡혔다. 개방이 손을 빼지 못하게 하면서 그녀의 손목을 잡았다. 여자가 비명을 질렀다. 비명소리를 반은 밖으로 토하고, 반은 안으로 삼켰다. 개방이 그녀를 밀쳤다. 여자가 뒷걸음질치더니 침대에 주저앉았다.

우리의 개방은 광장으로 나왔다. 찬바람을 쐬자 술기운이 울컥 치밀어올라와 바닥에 토했다. 토하고 나니 정신이 좀 맑아졌다. 하지만 가슴속 아픔은 여전했다. 그는 이를 갈다가도 부드러운 표정을 지었다. 미워도 봉황이고 사랑해도 봉황이었다. 미울 때는 사랑이 북받쳐오르고 사랑할 때는 미움이 북받쳐올랐다. 이틀 동안 우리의 개방은 그렇게 미움과 사랑의 고통 속에서 헤맸다. 몇번이고 그는 총을 꺼내어 자기 가슴을 쏘려고 했다. ―착한 아이야, 절대 바보짓하면 안돼! 이성이 끝내 충동을 이겼다. 그가 낮은 소리로 맹세했다.

"창녀였어도 그녀와 결혼한다!"

우리의 개방은 이렇게 마음을 다잡고 다시 봉황을 찾아갔다.

"너 또 왔어!" 그녀가 귀찮다는 듯이 말했다. 하지만 그녀는 바로 그 이틀 동안 그에게 일어난 변화를 알아차렸다. 그의 얼굴이 더 파래졌고 더욱 야위었다. 서로 맞닿은 두 눈썹도 커다란 송충이처럼 눈 위에 붙어 있었다. 두 눈이 이글이글 불타오르고, 사람만이 아니라 원숭이까지 놀라서 자지러지게 울었다. 그녀가 말투를 조금 누그러뜨리며 말했다.
"왔으면 앉아. 나한테 사랑 이야기만 하지 않는다면 우리는 친구로 지낼 수 있어."

"너를 사랑할 뿐 아니라 너랑 결혼할 거야!" 우리의 남개방이 매섭게 말했다. "네가 남자 만명하고 잤어도, 네가 사자, 호랑이, 악어하고 잤어도 나는 너랑 결혼할 거다."

잠시 침묵하더니 방봉황이 웃으며 말했다.

"얼굴 파란 녀석아, 감정적으로 그러지 마. 사랑은 그렇게 생각없이 하는 게 아니야. 결혼은 더더욱 생각없이 하는 게 아니고."

"나 그냥 생각없이 말한 거 아니야." 우리의 남개방이 말했다. "이틀 밤낮을 생각했어. 이제 알았어. 난 다 필요없어. 소장도 안할 거고 경찰도 안할 거야. 내가 징을 쳐줄게, 너를 따라다니면서."

"됐어, 미쳤어? 나 같은 여자 때문에 네 앞길을 망칠 필요 없어." 방봉황이 무거운 분위기를 좀 풀어보겠다는 생각에 웃자고 말을 던졌다. "나랑 결혼하려면 네 얼굴을 하얗게 해 가지고 와."

말하는 사람은 무심히 하지만 듣는 사람은 유심히 듣는

다고 사랑에 빠진 남자한테는 절대 함부로 농담해서는 안된다. 독자 제군, 『요재지이(聊齋志異)』에 나오는 '아보(阿寶)'를 기억하는지. 손자초(孫子楚)라는 서생이 아보아씨의 농담 한마디에 선뜻 자기의 손가락을 자르지 않는가. 나중에는 앵무새로 변해 아보의 침상으로 찾아가고, 몇차례 윤회로 생사를 겪은 뒤에 끝내 아보와 부부의 인연을 맺었다.

아보의 이야기는 그래도 해피엔드지만 친애하는 나의 독자들이여, 우리의 남개방에게는 그렇지 않았다. 역시 옛말 그대로였다. '이것은 나의 뜻이 아니다. 이것은 그들의 운명이었다.'

우리의 개방은 병가를 냈다. 위에서 허가를 해주거나 말거나 청도로 떠났다. 피부이식수술을 받으러 간 것이다. 붕대를 둘둘 감은 채 기차역 여관 지하실에 나타난 남개방을 보는 순간, 방봉황은 놀랐다. 원숭이도 놀랐다. 원숭이는 쇠대가리의 모습이 떠오르는지 붕대 감은 사람에게 극도의 증오감을 나타냈다. 원숭이가 미친 듯이 남개방에게 덮쳐들었다. 남개방이 주먹을 날려 원숭이를 기절시켰다. 그리고 미친 사람처럼 방봉황에게 말했다.

"나 피부이식했어."

방봉황은 우두커니 남개방을 바라보더니 눈에 눈물이 맺혔다. 우리의 남개방이 그녀 앞에 무릎꿇었다. 그리고 그녀의 다리를 안았다. 방봉황이 그의 머리를 쓰다듬으며 말했다.

"너 왜 이렇게 바보니? 왜 이렇게 바보……"

이어서 두 사람은 서로를 부둥켜안았다. 개방의 얼굴이 아파서 방봉황은 그의 다른 반쪽 얼굴에 가볍게 키스했다. 그가 그녀를 침대로 안고 갔다. 두 사람은 쎅스를 했다.

빨간 피가 시트를 적셨다.

"숫처녀였어?" 우리의 개방이 기쁘고 놀라면서 소리쳤다. 바로 눈물이 돌았다.

"숫처녀였어? 우리 봉황, 내 사랑, 너 왜 거짓말했어?"

"숫처녀는 무슨?" 방봉황이 장난스럽게 말했다. "팔백원만 주면 처녀막 재생수술을 할 수 있는데!"

"너 이런 창녀 같으니라고. 또 나를 속이려고? 우리 봉황……" 우리의 개방은 아픔을 참으면서 그 일현에서 — 개방의 마음속에서는 온 세상에서 — 가장 아름다운 여인의 몸에 입을 맞추었다.

방봉황은 나뭇가지를 묶어놓은 것처럼 단단하면서도 탄력있는 그 남자의 몸을 어루만지며 거의 절망적으로 말했다.

"하늘이시여, 결국 이 남자를 피하지 못했어요……"

독자 제군이여, 이어지는 이야기는 마음이 아파 차마 할 수가 없다. 그렇지만 이왕 시작했으니 마무리해야 하니, 내가 잔혹한 서술자 역할을 하겠다.

우리의 남개방은 붕대를 그대로 둘둘 감은 채 천화골목 1번지에 사는 남해방과 황호조를 찾아갔다. 두 어른은 물론 깜짝 놀랐다. 그들은 이제 더이상 충격을 감당할 용기가 없었다. 얼굴의 붕대에 대해 개방은 전혀 자초지종을 말하지 않았다. 그저 기쁘고, 행복에 겨운 모습으로 두 어른에게 말했다.

"아버지, 이모, 저 봉황이랑 결혼합니다."

만약 두 어른의 손에 유리그릇이라도 쥐고 있었다면 떨어뜨려 산산조각났을 것이다.

"안돼. 절대로 안된다!"

"왜요?"

"안된다면 안되는 거다!"

"아버지, 아버지도 남들이 말하는 헛소문을 믿으세요?" 개방이 말했다. "제가 맹세하는데요, 봉황은 더없이 순결한 여자예요. 숫처녀라고요."

"세상에!" 우리 친구가 울먹이며 말했다. "안된다, 아들아."

"아버지." 개방이 화를 내면서 말했다. "애정과 혼인 문제에 아버지가 저를 막을 자격이 있는 줄 아세요?"

"아들아…… 이 아비는 자격이 없다…… 하지만…… 네 이모한테 말해달라고 해라……" 내 친구는 자기 방으로 달려들어갔다.

"개방아…… 불쌍한 아이야……" 황호조가 온통 눈물투성이가 되어 말했다. "봉황은 네 큰아버지의 친딸이다. 너희 둘은 할머니가 같아……"

우리의 개방이 얼굴의 붕대를 풀었다. 붕대 때문에 새로 이식한 피부가 떨어져버려, 반쪽 얼굴의 온통 피범벅인 상처가 드러났다. 그는 집을 박차고 나가 오토바이를 탔다. 엄청난 속도를 이기지 못해 오토바이가 미용실 문에 처박히고 말았다. 미용실에 있던 사람들이 혼비백산했다. 남개방은 오토바이를 일으켜 모퉁이를 돌아 미친 말처럼 역광장으로 달려갔다. 그는 자기 이웃집에 오래 산 미용실 아가씨가 하는 말을 듣지 못했다.

"이 집 사람들은 다들 미쳤어!"

남개방은 비틀거리며 지하실로 들어갔다. 그는 어깨로 채워지지 않은 채 닫힌 문을 밀었다. 그의 봉황이 침대에서 그를 기다리고 있었다. 원숭이가 미친 듯이 달려들었다. 이번에도 그는 경찰 기율을 잊었다. 그는 모든 것을 잊었다. 그는 총을 쏘아 원숭이를 죽였다. 축생도에서 반세기 동안 윤회를 한 원혼이 마침내 해탈했다.

방봉황은 눈앞에 일어난 돌발사건 때문에 기절했다. 우리의 개방이 그녀에게 총을 조준했다. ―애야, 어리석은 짓 하지 마라. 그는 옥에 새긴 것 같은 방봉황의 아름다운 얼굴을 바라보았다. 세상에서 가장 아름다운 이 얼굴―총구가 힘없이 내려왔다. 그는 총을 들고 달려나갔다. 올라가는 계단에서―지옥에서 천당으로 올라가는 것 같은 계단에서―우리의 개방은 두 다리에 맥이 풀려 주저앉았다. 이미 더할 수 없는 충격을 받아 상처를 입은 심장에 총부리를 갖다댔다. ―애야, 어리석은 짓 하지 마라. 방아쇠를 당겼다. 무거운 소리가 울렸다. 우리의 개방이 계단에 엎드려 죽었다.

5
밀레니엄베이비

 남해방과 황호조는 개방의 유골을 안고 무덤이 줄줄이 늘어선 그 땅으로 가 황합작의 무덤 옆에 묻어주었다. 그들이 아들을 화장하고 매장하고 슬퍼하는 동안 방봉황은 줄곧 죽은 원숭이만 안고 있었다. 슬피 울어 핼쑥해진 모습을 사람들이 보고는 안타까워했다. 하지만 다들 속깊은 사람들이고 어차피 남개방도 죽은 마당이니 방봉황에게 별말은 하지 않았다. 원숭이 사체에서 썩은 냄새가 풍기기 시작했다. 사람들이 설득하자 그녀가 손을 풀고, 원숭이를 이 땅에 묻어달라고 했다. 내 친구가 조금도 주저하지 않고 들어주었다. 그리하여 나귀, 소, 돼지, 개의 무덤 옆에 원숭이 무덤이 하나 더 생겨났다. 방봉황을 어떻게 할 것인가. 내 친구는 여간 난처하지 않아서 양가가 함께 의논했다. 상천홍은 입을 꼭 다물었다. 황호조도 유구무언이었다. 역시 보봉이 말했다.

"개혁아, 가서 그애 좀 불러와라. 당사자의 이야기를 들어보자. 어쨌든 우리집 구들에서 자란 아이니까. 바라는 게 있으면 도와주어야지. 깨진 솥을 팔아서라도 도와줘야지."

개혁이 돌아와 말했다. "그 여자 벌써 가버렸어."

시간은 유수와도 같이 흘러 어느덧 2000년말이었다. 새천년이 시작될 그 시각, 고밀현은 잔치 분위기로 들끓고 있었다. 집집마다 홍등을 내걸고 오색천으로 아름답게 장식했다. 기차역 광장과 천화광장에는 카운트다운 스크린이 설치되어 있었다. 광장 한쪽에는 많은 돈을 들여 사람까지 불러와서 세기가 교차하는 시각에 불꽃을 터뜨리기로 되어 있었다.

저녁 무렵, 눈이 내리기 시작했다. 눈꽃이 오색등불 아래서 흩날리고 있었다. 현 사람들은 거의 다 집밖으로 나왔다. 천화광장으로 달려가기도 하고, 기차역 광장으로 달려가기도 하고, 휘황찬란하게 불밝힌 인민대로를 거닐기도 했다.

내 친구와 황호조만은 집을 나서지 않았다. 여기서 잠깐 말해두고 싶은 것은 그들이 아직도 혼인신고를 하지 않은 상태였다는 것이다. 두 사람에게는 무슨 신고 같은 게 필요하지 않았다. 그들은 만두도 빚고 문앞에 홍등도 두 개 내걸었으며 유리창에는 황호조가 직접 오린 종이그림도 붙였다. 죽은 사람은 죽어도 산 사람은 살아야 한다. 울어도 한평생이고 웃어도 한평생이다. 이것은 내 친구가 항상 그의 할멈에게 하는 말이다. 그들은 만두를 먹고서 텔레비전을 잠깐 보았다. 그러고는 관례에 따라 쎅스의 방식으로 망자들의 명복을 빌었다. 먼저 머리를 빗은 다음 쎅스를 하는 그 절차는 독자들도 잘 알고 있으니 여기서 반복하지는 않겠다. 내가 말하고 싶은 것은 이것이다. 그들에게 만감이 서리던 그 시각, 황호조가 갑자기 몸을 뒤집으며 말했다.

"오늘부터 우리도 사람이 됩시다……"

서로의 눈물이 상대방의 얼굴을 적셨다.

밤 열한시쯤, 그들이 막 잠에 떨어지려는데, 전화 한통이 그들을 깨웠다. 기차역 광장 여관에서 걸려온 것이었다. 한 여자가 그들에게 말했다. 그들의 며느리가 지하 101호 객실에서 곧 출산하려고 하는데 상황이 급박하다는 것이다. 두 사람 모두 어리둥절해하다가 바로 알아차렸다. 출산하는 사람이 아마도 그날 사라진 방봉황일 것이다.

그런 시각에 그들은 도움을 청할 만한 사람을 찾지 못했다. 아마 찾으려고 하지도 않았을 것이다. 두 사람은 서로 부축하며 기차역 광장으로 달려갔다. 그들은 헐떡거리면서 걷다가 다시 달렸고, 달리다가 다시 걸었다. 사람들이 많았다. 거리에 사람들이 너무 많았다. 크고작은 길마다 사람들이 넘쳤다. 금방 집을 나설 때는 인파가 남쪽으로 몰려가더니 인민대로를 지나자 이번에는 인파가 북쪽으로 움직이기 시작했다. 마음은 몹시 다급했지만 빨리 갈 수가 없었다. 눈꽃이 날아와 그들의 머리에, 얼굴에 내려앉았다. 등불 속에서 흩날리는 눈꽃이 떨어지는 살구꽃잎 같았다. 서문저택 마당의 살구나무도 시들고 서문촌 양돈장의 살구나무꽃도 시들었다. 그 살구나무꽃들이 읍내에도 날아왔다. 온 중국의 살구꽃이 고밀현 읍내로 날아왔다!

두 사람은 엄마 아빠를 잃은 어린아이들처럼 역전 광장에서 사람들을 헤치고 나갔다. 광장 동쪽에 임시로 세운 무대에서는 젊은이들 한패거리가 신나게 노래를 부르고 춤을 추고 있었다. 살구꽃이 무대에 날렸다. 광장에서 수천개의 머리가 움직였다. 저마다 새옷을 입고 리듬에 맞추어 노래 부르며 춤추고 박수치고 발을 굴렀다. 살구꽃이 흩날리는 가운데, 흩날리는 살구꽃 속에서, 카운트다운 스크린에서는 숫자가 똑딱똑딱 뛰고 있었다. 감격스러운 시간이 다가오고 있었다. 음악이 멈췄다. 노랫소리도 멈췄다. 사위가 조용해졌다. 내 친구와 그의 여인은 한걸음 한걸음 지하로 계단을 내려갔다. 친구의 여인은 너무 급히 집을 나선 터라 머리카락을 제대로 단속하지 못해 뒤로 늘어뜨린 머리카락이 긴 꼬리 같았다.

그들은 101호 방문을 밀었다. 살구꽃처럼 하얀 방봉황의 얼굴이 보였다. 그녀의 하반신이 피범벅이 되어 핏물에 잠겨 있었고 옆에는 통통한 아기가 누워 있었다. 그때, 신세기의, 새천년의 눈부신 불꽃이 솟아오르며 고밀현을 환하게 비추었다. 그 아기는 자연분만으로 태어난 밀레니엄베이비였다. 같은 시각 현의 병원에서도 두 명의 밀레니엄베이비가 태어났는데 자연분만이 아니라 제왕절개수술을 통해서였다.

내 친구와 그의 여인은 할아버지와 할머니의 신분으로 아기를 안았다. 아기가 할머니의 품에서 앵앵 울었다. 할아버지는 눈물을 머금고 더러운 침대시트로 방봉황의 몸을 덮어주었다. 그녀의 몸과 얼굴이 모두 투명했다. 그녀의 피가 모두 흘러나왔다.

그녀의 유골은 물론 서문촌의 그 유명한 땅에 묻혔다. 남개방의 무덤 바로 옆이었다.

내 친구와 그의 여인은 아기를 살뜰하게 보살폈다. 아기는 선천적인 괴질이 있었다. 걸핏하면 피가 나고 지혈도 되지 않았다. 의사가 혈우병이라고 했다. 백약이 무효여서 죽기만 기다려야 한다고 했다. 내 친구의 여인이 자기 머리카락을 뽑아 불로 태워 우유에 섞어서 아기에게 먹였다. 그뿐 아니라 아기의 피가 나오는 곳에 뿌리기까지 했다. 근본적인 치료는 아니어도 일시적인 치료는 되었다. 그리하여 아기의 목숨은 친구 여인의 머리카락과 밀접하게 관계를 맺게 되었다. 머리카락이 있으면 아기도 살고, 머리카락이 없으면 아기도 죽었다. 다행히도 하늘이 불쌍히 여겨 내 친구 아내의 머리카락은 뽑을수록 점점 많아졌다. 그러니 우리는 아기가 일찍 죽을 걱정은 하지 않아도 되었다.

아기는 태어나자마자 남달랐다. 몸집이 왜소하고 머리는

크고 비범한 기억력과 천재적인 언어능력을 타고났다. 내 친구와 그의 여인은 아기의 내력이 비범하다는 것을 알고 생각에 생각을 거듭한 끝에 그에게 남씨 성을 주기로 결정했다. 새천년과 함께 태어난 아기여서 '천세(千歲)'라고 이름을 지어주었다. 남천세가 다섯살 되는 생일에, 내 친구를 앞으로 부르더니 장편소설을 낭독하는 자세를 하면서 말했다.

"나의 이야기는 1950년 1월 1일부터 시작한다……"

| 옮긴이의 말 |

이야기꾼 모옌이 절정의 입심으로 풀어놓는 반세기 중국현대사

　모옌의 대표작인 「붉은 수수밭」을 소설로 읽었거나 영화를 통해 소설을 간접체험한 독자들이라면 모옌이 길들지 않은 야생인간을 경배하고 원시적 생명력을 지닌 인간과 대지를 숭배하는 작가라는 것을 익히 알 것이다. 어찌 보면 모옌에게 역사란, 특히 현대화란 진보의 이름으로 그런 원시적 생명력과 열정을 거세하는 과정이다. 모옌의 최신작 『인생은 고달파』(원제는 '생사피로生死疲勞')도 크게 보아 그런 모옌 소설의 맥을 잇고 있다. 『인생은 고달파』는 지난 오십년 동안의 중국 역사를 배경으로, 역사의 흐름에 동참하여 자신을 던진 사람들과 역사에 길들기를 거부한 사람들 사이에 벌어지는 삶의 고통과 환희, 그리고 삶의 덧없음에 관한 이야기이다. 태양을 숭배하고 집단을 숭배하고 붉은색을 숭배하고 현대화를 숭배하고 기계를 숭배하고 이념과 돈을 숭배하던 시대와, 그에 맞서 달을 숭배하고 개성을 숭배하고 푸른색을 숭배하고 땅을 숭배하고 야성을 숭배하고 사랑과 욕망을 숭배하던 소수의 사람들에 관한 이야기이다.

우리의 경우도 그렇지만 중국에서도 소설은 원래 보통사람들이 경험하지 못한 새롭고 신기한 것을 이야기하는 '지이(志異)'와 역사를 이야기하는 '지사(志史)'에서 시작했다. 예나 지금이나 사람들이 가장 듣고 싶어하고 가장 재미있어 하는 것도 그런 이야기들이다. 『인생은 고달파』에서 모옌은 이야기꾼으로서, 『삼국지』에서와 같은 전통적 장회체(章回體)를 선보이는 등, 중국 전통소설의 정신과 서사기법을 복원하고 있다. 모옌이 갈수록 이야기꾼이 되어가고, 그런 가운데 그의 입심이 더욱더 탄력을 받고, 그의 소설이 날로 새로워진다는 점을 여실히 확인할 수 있는 작품이 바로 『인생은 고달파』이다. 독자들은 이 작품에서 의뭉스럽고, 허풍스럽고, 기상천외하고, 황당하고, 그로테스크한 이야기를 능청맞고도 유장하게 늘어놓는 그의 입심이 바야흐로 절정으로 치닫는 것을 똑똑히 확인할 수 있다. 모옌은 과연 탁월한 이야기꾼이다.

이 작품의 배경은 사회주의정권이 들어선 뒤 첫해인 1950년 1월 1일부터 새천년이 시작된 2001년 1월 1일까지 반세기 동안의 중국이다. 그 반세기 동안 토지분배가 이루어졌고, 인민공사라는 집단농장과 집단소유제가 실시되고, 문화대혁명이 일어나고, 마침내 모택동(毛澤東, 마오쩌뚱)이 죽고 자본주의의 물결이 밀려들었다. 지난 오십년 동안 중국은 20세기 인류역사의 상징적인 실험장이었다. 극단적인 사회주의시대를 살았고, 그에 대한 반동으로 극단적인 자본주의가 도입되었다. 사회주의 중국에서는 이념의 카니발이 열렸고, 자본주의 중국에서는 돈의 카니발이 열리고 있다. 자고로 중국은 농민의 나라이니만큼, 중국 농민들이 그 두 시대와 두 카니발을 어떻게 받아들이고, 어떻게 동참하고 어떻게 저항했는지, 그 두 시대와 두 카니발은 중국 농민들에게 무엇이었는지를 밝히는 것은 중국 사회와 문화를 이해하는 데 중요한 부분을 차지한다. 이와 관련해 모옌의 『인생은 고달파』는 지난 반세기 동안 중국 농민들이 겪은 경험은 인류에게 무엇을 말해주는지 그에 대한 풍성한 이야기와 질문, 문제의식을 담고 있다.

  이 작품은 윤회를 모티프로 한 불교적 상상력을 바탕으로 하고 있다. 사회주의정권이 들어서면서 악덕지주로 처형을 당한 주인공이 육도윤회(六道輪廻)의 길에 들어서서 나귀 소 돼지 개 원숭이를 거쳐 새로운 천년인 2001년 밀레니엄 베이비로 환생한 뒤, 현재 다섯살인 그가 윤회과정에서 보고 겪은 이야기를 서술한다. 이 작품이 기본적으로 구술의 형태이고, 지난 반세기 동안 중국이 겪은 사회주의시대와 자본주의시대, 이념의 카니발과 돈의 카니발에 관한 과거의 기억을 이야기하는 화자가 나귀와 소 돼지 개 그리고 다섯 살짜리 아이인 것은 그 때문이다. 모옌은 이 소설에서 주인공의 운명적인 윤회를 바탕으로 중국역사의 운명적인 윤회를 이야기한다.

이 소설 속 이야기가 지극히 개인적인 기억으로 처리되어 있는만큼 독자들은 이야기를 전적으로 신뢰할 수도 있고, 신뢰하지 않을 수도 있다. 원래 이야기란 그런 것이다. 화자는 최대한 그럴듯하게 꾸며서 청자들이 믿도록 하지만, 믿고 말고는 듣는 사람 마음이다. 노련한 이야기꾼 모옌은 그것을 잘 알기에, 이것이 중국현대사의 진실이라거나 역사의 진상이라고 이야기하지 않는다. 이 소설이 과거 중국에서 일어난 일들을 이야기하며 끊임없이 화자를 바꾸고 다른 사람의 다른 기억을 집어넣는 방식으로, 한편으로는 기억으로 역사를 구성하면서 다른 한편으로는 역사를 해체하는 것은 그 때문이다. 그러니 독자들도 그저 한편의 이야기를 듣는 가벼운 마음으로 소설 속 인물들의 기상천외한 이야기를 따라 인간 운명의 덧없음과 고달픔, 중국현대사의 운명 같은 행로를 그저 따라가면 될 터이다. 이것이 근대적 의미의 소설인지 이야기인지를 따지는 것은 그다음 문제다.

번역에서 현지음을 존중하면서 중국어 발음을 살리는 것이 원칙이나 이 작품의 인명·지명은 한자음으로 읽었다. 중국현대사를 배경으로 한 이 소설 속 등장인물들의 이름이 강한 시대 배경을 담고 있어서 그렇게 했다. 예컨대, 합작 호조 해방 개방 등의 이름이 그렇다. 중국어 발음으로는 의미를 살릴 수 없어서 부득이 한자음으로 읽고, 대신 처음 나올 때는 한자와 중국어 발음을 병기했다. 등장인물들의 이름이 지니는 상징성을 감안해 읽으면 이야기의 재미가 더할 것이다.

번역이 늦어지는 바람에 두루 미안하고 고맙다. 무엇보다 작가 모옌에게 더없이 송구스럽고, 너그럽게 이해하고 기다려주어 감사드린다. 제4부의 번역을 도와주어 다급함을 덜어준 윤성룡, 김은신 선생과, 창비 문학팀의 노고와 이해에 깊이 감사드린다.

2008년 가을
이욱연

인생은 고달파 2

초판 1쇄 발행/2008년 10월 6일
초판 2쇄 발행/2012년 10월 16일

지은이/모옌
옮긴이/이욱연
펴낸이/강일우
책임편집/황혜숙
펴낸곳/(주)창비
등록/1986년 8월 5일 제85호
주소/413-120 경기도 파주시 회동길 184
전화/031-955-3333
팩시밀리/영업 031-955-3399 · 편집 031-955-3400
홈페이지/www.changbi.com
전자우편/lit@changbi.com
인쇄/한교원색

한국어판 ⓒ (주)창비 2008
ISBN 978-89-364-7152-1 03820
ISBN 978-89-364-7980-0 (전2권)

* 이 책 내용의 전부 또는 일부를 재사용하려면
  반드시 저작권자와 창비 양측의 동의를 받아야 합니다.
* 책값은 뒤표지에 표시되어 있습니다.